In ihren Adern fließt das Blut der römischen Kaiser: Galla Placidia, die Tochter von Theodosius dem Großen. Als die Goten Rom erobern, wird sie als Geisel verschleppt. Sie begegnet dem Gotenführer Athaulf, und ihre Verachtung für den »Barbaren« verwandelt sich in Liebe. Mit Athaulf zieht sie nach Gallien, auf der Suche nach einer neuen Heimat. Gegen den Widerstand ihres Bruders, des weströmischen Kaisers, heiratet sie Athaulf und wird Königin der Goten. Doch als Athaulf durch Verrat stirbt, muss Placidia fliehen – zurück in die Wirren um Rom. Aber sie lässt sich nicht zum Spielball von Intrigen machen, sondern greift selbst nach der Macht, was sie in große Gefahr bringt. Kann sie Westrom von Ravenna aus regieren und vor dem Zerfall bewahren?

Der große historische Roman über das Schicksal einer außergewöhnlichen Frau und Herrscherin an der Schwelle von der Antike zum Mittelalter.

Maria R. Bordihn stammt aus Südafrika und lebt heute in der französischen Schweiz. Sie studierte Geschichte an der Universität Johannesburg und hat sich intensiv mit der Antike und dem Mittelalter beschäftigt. Ihr erfolgreicher Stauferroman ›Der Falke von Palermo‹ wurde in mehrere Sprachen übersetzt.

Weitere Informationen, auch zu E-Book-Ausgaben, finden Sie bei www.fischerverlage.de

Maria R. Bordihn

Die Kaiserin von Ravenna

Historischer Roman

Aus dem Englischen von
Karin König und Tatjana Kruse

Fischer Taschenbuch Verlag

Deutsche Erstausgabe
Veröffentlicht im Fischer Taschenbuch Verlag,
einem Unternehmen der S. Fischer Verlag GmbH,
Frankfurt am Main, April 2012

Der Titel der englischen Originalausgabe lautet
›The Last Empress‹

Kartenentwurf: Légion VIII Augusta
Satz: Dörlemann Satz, Lemförde
Druck und Bindung: GGP Media GmbH, Pößneck
Printed in Germany
ISBN 978-3-596-17133-0

Für meine Töchter
Bianca und Alexa

Prolog

Konstantinopel, im Jahr 395

Der Wind trieb Schneeflocken durch die verlassenen Straßen Konstantinopels. Es hatte während der Nacht geschneit, und wenn man zum stählernen Himmel aufsah und den eisigen Nordwind spürte, der die Wasser des Goldenen Horns aufpeitschte, drohte bald neuer Schneefall. Stille lastete auf der Stadt. Die Straßen und Paläste, die Hütten und Märkte waren von Trauer und dem Schweigen der Angst erfüllt.

In der Kirche der Heiligen Weisheit schwoll der Grabgesang an und sank wieder zu einem Murmeln, seine griechischen Silben so düster wie die Weihrauchwolken, die Konstantins große Basilika erfüllten. Flavius Stilicho, Magister Militum und Heermeister Roms, trat von einem Bein aufs andere. Die neuen Riten waren noch ermüdender, als es die der alten Götter gewesen waren.

Sein Blick glitt über den mit Purpur drapierten Sarg des Kaisers Theodosius und sein goldenes Diadem, Schwert und Sporen bis zu den drei Kindern des Kaisers am Kopf der Totenbahre.

Dem neunzehnjährigen Arcadius, Regent der östlichen Hälfte des Kaiserreichs, wuchs ein spärlicher neuer Bart. Honorius, der für seine elf Jahre klein war, nestelte an seiner juwelenbesetzten Spange herum und wirkte von seinem neuen Status als Regent des Westens wenig beeindruckt. Ihre kleine Schwester, Galla Placidia, zart und dunkelhaarig, klammerte sich an Honorius' Hand. Sie blickte zum Sarg ihres Vaters, ihr Gesicht war angeschwollen und gerötet. Hinter dem Kind stand Stilichos Frau Serena, das längliche, ein wenig pferdeähnliche Gesicht mit der hervorstehenden Nase ein Modell steinerner *Dignitas*. Aber sie hatte ihren Onkel gemocht, so sehr, wie Serena nur irgendjemanden wirklich mögen konnte.

Stilicho betrachtete seine Stiefelspitzen, die mit Schweinefett und Ocker auf Hochglanz poliert waren. Ja, sagte er sich, als könne er die Gedanken jener lesen, die ihn heimlich musterten. Ich bin heute der mächtigste Mann in Rom. Ich regiere das östliche und westliche Reich, und ich gäbe einen weitaus besseren Kaiser ab als der verweichlichte Arcadius oder dieser jämmerliche kleine Honorius. Aber nach römischen Vorstellungen bin ich ein Barbar. Eine römische Mutter macht mich in ihren Augen nicht zu einem Römer. Und selbst wenn – könnte ein Vandale, wie ich es bin, jemals das Diadem des Theodosius tragen? Vielleicht. Die Legionen würden mich zum Kaiser ausrufen. Der Senat ließe sich kaufen. Und doch habe ich Theodosius mein Wort gegeben. Ich habe geschworen, seine Kinder zu beschützen.

Er dachte an die eingesunkenen Züge des toten Kaisers und sah sich selbst den mit Silber beschlagenen Leichenwagen von Mediolanum durch Italien und Griechenland bis nach Konstantinopel begleiten. Stilicho seufzte, ein Seufzen des Bedauerns, in das sich Erleichterung mischte. Nein, dachte er, ich bin kein Usurpator, kein Verräter. Nicht, weil ich besser bin als die anderen. Ich bin einfach so. Er hob den Blick zum Wahren Kreuz, dem heiligsten Relikt des Christentums, über dem Altar. Ein Gott hatte sich wie ein Verbrecher an dieses Stück geschwärztes Holz nageln lassen, um die Sünden der Menschheit zu sühnen. Dem Christentum entsprechend, war auch Ehrgeiz eine Sünde, und er war ein Christ, in gewisser Weise ...

Nach dem Begräbnis, an dem nur Männer teilnahmen, wartete Stilicho vor dem kaiserlichen Mausoleum auf Serena und die Kinder des Kaisers. Er stand unter dem Portikus, die Arme unter seinem scharlachroten Umhang verschränkt, und bewunderte wieder einmal die sich vor ihm ausbreitende Stadt. Eine fahle Wintersonne glänzte durch die Wolken. Jenseits der vergoldeten Dachziegel und weißen Marmorsäulengänge floss der Bosporus, viel breiter als der Tiber in Rom, ins Marmarameer. Jenseits des Wassers lockten die Konturen Asiens, sanfte Hügel üppig braunen, mit Schnee bestäubten Agrarlandes. Als Konstantin die Stadt vor knapp siebzig Jahren gründete, nachdem er das überforderte römische Reich geteilt hatte, benannte er sie nach sich selbst. Aber ihre Bewohner sprachen von der Hauptstadt des Ostreiches stolz als dem Neuen Rom. Es stimmt, dachte Stilicho, Konstantinopel ist das neue Rom. Der erste christliche Kaiser Roms hatte eine Stadt geschaffen, die der alten Hauptstadt durch die Pracht ihrer öffentlichen Gebäude, der breiten, gepflasterten Alleen, des Hippodroms und der mit Mosaiken geschmückten Kirchen gleichkam.

Aber ihre Lage an den Ostgrenzen des Reiches machte die Stadt auch den Barbaren gegenüber angreifbar, die sich in immer stärkerer Anzahl regten und einander in gewaltigen, nach Westen strebenden Wogen verdrängten. Der Danuvius und der Rhenus waren die längsten Grenzen, die irgendein Kaiserreich jemals verteidigt hatte. Wie viel länger konnte Rom sie noch halten? Die Goten, die vor den Hunnen flohen, weitaus schlimmere Wilde als sie selbst, hatten bereits die Erlaubnis erhalten, sich auf der römischen Seite des Danuvius anzusiedeln. Die Goten waren zumindest arianische Christen, hatten in Roms Heeren gedient und waren mit der römischen Art vertraut. Wenn man sie richtig behandelte, könnten sie für Rom vielleicht von Nutzen sein. Aber wenn Volksstämme wie die Hunnen jemals diese Flüsse überquerten …

Stilicho spürte ein vertrautes Brennen im Magen, die Folge jahrelanger Sorge und der Kriege. Theodosius und er hatten diese Last geteilt. Nun musste er sie allein tragen. Theodosius' Name hatte selbst bei den entlegensten Wilden Ehrfurcht erweckt. Nun, da der Kaiser tot war, fingen Männer wie Alarich der Gote und sogar niedriger gestellte Stammesführer überall in Hütten und Zelten und Ochsenwagen wieder an, Komplotte zu schmieden.

Zwischen dem Kaiserreich und den Horden, die auf dessen Zerstörung brannten, stand nur das römische Heer, ein Heer, das auf zu viele Posten verteilt war, von zu vielen barbarischen Hilfstruppen unterstützt wurde und das ein alternder General befehligte. Sein Heer. Würde er es wieder siegreich führen können, wie er es in der Vergangenheit getan hatte, um Rom zu schützen?

Rom, 24. August 410

Galla Placidia stand in dem großen zinnoberroten Bogen der Palastbibliothek und blickte auf die brennende Stadt hinab. Schwarze Rauchsäulen stiegen zum Himmel auf, den Zerstörung verdunkelte. Der Circus Maximus unten lag verwaist, seine Tore geschlossen, sein weißer Sand makellos gerecht. Wie oft hatte sie dort in der kaiserlichen Loge gesessen, hatte die Streitwagen in der Hitze des Nachmittags vorüberrasen sehen und den Circus vom Gebrüll der Menge widerhallen hören. Ihr Gesicht war bleich und angespannt, der Kopf erhoben. Sie hielt sich, obwohl sie erst achtzehn Jahre alt war, mit einer Würde, die weit über ihr Alter hinausging.

Sie umklammerte die Balustrade. Wäre ich ein Mann, dachte sie, im alten Rom, hätte ich mich jetzt in das Schwert gestürzt. Aber ich bin kein Mann, und wir leben nicht mehr in der Welt der alten Götter. Das Christentum verbot Selbstmord. Sie glaubte fest an den Heiland. Es war nur so, dass sich ihr Geist manchmal von ihrem Herzen absonderte. Augustinus sagte, der Zweifel sei es, wodurch der Teufel in die Seele der Menschen drang. Und er würde sie bestimmt schelten, dass sie solche Qual empfand. Er würde ihr sagen, dass nur die Stadt Gottes zähle. Aber Augustinus war alt und heiligmäßig und weit weg in Afrika, während Rom vor ihren Augen brannte. Bald wäre sie wie die Stadt ihren Eroberern ausgeliefert. Merkwürdigerweise empfand sie weniger Angst als Zorn, hilflosen Zorn.

Rom ist meine Stadt, meine Welt, wollte sie ausrufen, die Stadt von Caesar und Augustus. Rom hatte Millionen von Menschen, trotz aller heidnischen Sünden, Frieden und Zivilisation gebracht. Wie konnte Gott zulassen, dass diese mächtige Stadt unterging, durch die Hand von Barbaren, durch Verrat vernichtet? Wo war seine Barmherzigkeit?

Wenn Gott zuließ, dass Rom, das jahrhundertelang nicht erobert worden war, unterging, würde er dann nicht auch das Kaiserreich scheitern lassen?

Placidia drängte die Tränen zurück und drehte sich um. Die Bibliothek, von Bücherschränken gesäumt, war in einen Bereich für griechische und einen weiteren Bereich für lateinische Schriftrollen unterteilt. Ihre Tante Tertia und ihre alte Amme Elpidia saßen gemeinsam auf einer Malachitbank und sahen mit trüben Augen zu ihr hoch. Über dem Palast lag eine unheimliche Ruhe. Die meisten Wachen und Sklaven des Haushalts waren geflohen, als die ersten Goten Alarichs in die Stadt strömten. Die Verbliebenen hatten versucht, die äußeren Tore der kaiserlichen Residenz zu verteidigen. Aber nun waren sie alle tot oder ebenfalls geflüchtet. Die sporadischen Kampfgeräusche, die sie den Morgen über gehört hatten, waren verstummt. Elpidia öffnete den Mund.

»Schsch.« Placidia legte einen Finger auf die Lippen. »Wir werden alle umkommen.«

»Sie werden uns ohnehin töten. Nachdem sie uns geschändet haben.« Elpidia barg das Gesicht in den Händen.

Tertia erhob sich mühsam. Sie berührte Placidias Wange. »Verlier nicht die Hoffnung, Kleines. Es ist noch immer möglich, dass Honorius uns rettet.«

Placidia presste die Hand der alten Dame an ihr Gesicht. »Du weißt doch, dass Honorius kaum genug Soldaten hat, um Ravenna zu verteidigen, wie soll …«

Unverdrossen widersprach Tertia: »Vielleicht hat er Hilfe aus Konstantinopel bekommen. Wir müssen beten. Wir …« Sie hielt inne.

Schritte hallten durch die Stille. Die großen Bronzetüren wurden aufgestoßen. Langhaarige Männer stürmten mit gezückten Schwertern in die Bibliothek. Placidias Mund wurde trocken. Die Männer vor ihr waren rußbeschmutzt, verschwitzt und vom Kampf gezeichnet. Ihr Blick fiel auf die Schwerter, kurze römische Schwerter. Sie waren blutbefleckt. Sie konnte den Blutdurst in den Augen der Männer erkennen, und vielleicht auch den Durst einer anderen Art. Ihr Anführer, ein hochaufragender, breitschultriger Mann mit flachsfarbenem Haar und einem massiven Goldreif um den Hals, warf einen Blick durch den Raum. Als er sich davon überzeugt hatte, dass sich nur drei wehrlose Frauen darinnen befanden, steckte er sein Schwert wieder ein und kam auf sie zu. Seine Leute blieben mit weiterhin gezogenen Schwertern zurück.

Tertia rückte näher an Placidia heran, als wollte sie sie beschützen.

Placidia trat einen Schritt vor. Jetzt, dachte sie, jetzt ist meine einzige Chance. Sie straffte die Schultern und hob stolz den Kopf. »Ich bin Galla Placidia, die Schwester des Kaisers«, sagte sie mit gefasster Stimme. »Dies ist meine Tante Tertia. Unversehrt werden wir Euch ein hohes Lösegeld einbringen. Bringt uns zu Eurem Stammesführer Alarich, und Ihr werdet erkennen, dass ich die Wahrheit sage.«

Placidia hielt dem harten Blick des Goten stand. Zu spät erkannte sie, dass sie hätte Gotisch sprechen sollen. Der Mann verstand wahrscheinlich kein Latein. Sie wartete mit angehaltenem Atem. Das Herz hämmerte ihr in der Brust.

Die hellblauen Augen des Barbaren blieben ausdruckslos, während er sie prüfend ansah. Er betrachtete die großen, tiefliegenden Augen, das im Nacken festgesteckte dunkle Haar und die lange Tunika, über die eine Palla aus aquamarinfarbener Seide fiel. Sein Blick verweilte auf der Halskette aus Perlen und Türkisen. Er nickte. Ein Schatten der Belustigung durchzuckte seine Augen. »Ich glaube Euch, Prinzessin«, sagte er auf Latein mit griechischem Akzent, »aber ich werde Euch nicht auslösen lassen. Meine Frau hätte vielleicht gerne eine römische Prinzessin als Magd. Seht Ihr, ich bin Alarich.« Er vollführte eine Handbewegung, als wollte er die von Säulen getragene Bibliothek, die große Stadt, die gesamte römische Welt umfassen. »Ich brauche kein Gold mehr. Rom und alle seine Reichtümer gehören mir. Nun wird mein Volk alles Gold bekommen, das es ersehnt, und das Land, das Honorius uns so lange widerrechtlich vorenthalten hat.«

Tertia, die den König der Goten nur angestarrt hatte, stöhnte plötzlich. Sie wurde aschfahl und griff sich an die Brust.

»Tertia!« Placidia fing ihre Tante auf, als sie zusammensank. Sie barg den ergrauten Kopf auf ihrem Schoß und blickte zu der alten Frau hinab. Ihr Gesicht war bleich. Ein Rasseln löste sich von den blau verfärbten Lippen. Ihre Augen suchten Placidias Blick. »Liebes«, flüsterte sie, »nicht ...« Ihr Kopf sank zur Seite. Ein Speichelfaden rann aus ihrem Mundwinkel. Ihr kränkliches Herz hatte schließlich aufgegeben.

Placidia hob den Kopf. Alarich stand noch immer groß und ungerührt am selben Fleck. Ein entsetzlicher Zorn wallte in ihr auf und drängte alles andere in den Hintergrund. »Ihr«, spie sie hervor, »Ihr wilder Barbar, Ihr habt sie getötet. Sie war für mich wie eine Mutter, meine einzige Mutter! Möget Ihr und alle Eure Verwandten auf ewig verdammt sein!«

Alarich zuckte zusammen. Placidia glaubte einen Moment Angst in seinem Blick zu erkennen. Dann presste er den Kiefer zusammen. »Rom wurde auch verflucht«, sagte er kalt, »vom gebrochenen Wort seines Kaisers verflucht. Ich bin vielleicht ein Barbar, Prinzessin, aber ich habe bisher noch nie mein Wort gebrochen.«

Er wandte sich um und erteilte seinen Kriegern einen barschen Befehl, während er hinausschritt.

Alarichs Goten verheerten Rom mit Bränden, Schändungen und Plünderungen drei Tage und drei Nächte lang. Die herrschaftlichen Wohnsitze und Paläste, Kirchen und Tempel, Badehäuser, Bibliotheken und Läden wurden aller Reichtümer beraubt. Den Statuen im Forum brach man die Augen aus kostbaren Steinen heraus, während die goldenen Dachziegel von Vestas Tempel entfernt und in Handkarren vom nahe gelegenen Fleischmarkt, dem Macellum, weggetragen wurden. Obwohl die Goten Christen waren, wenn auch ketzerische Arianer, verschonten sie Roms Kirchen, außer St. Peter, nicht. Goldene Hostienschalen, silberne Weihrauchgefäße, mit Edelsteinen besetzte

Abendmahlskelche und bestickte Altartücher schleppten die Barbaren weg, die unter dem Gewicht ihres Beutegutes schwankten.

Am vierten Tag verließen die Goten Rom, denn sie brauchten Futter für ihre Tiere und Verpflegung für ihre Leute. Als sich die Sonne dem Zenit näherte, sahen die Bürger Roms traurig zu, wie das gotische Heer in langen, geordneten Reihen abzog. Ihre Disziplin ließ die gerade noch entfesselte Zerstörungswut fast unwirklich erscheinen. Die Goten hinterließen die schwelenden Ruinen der größten Stadt auf Erden.

Alarich und seine Stammesführer ritten voraus, mit konischen Helmen, Lederwamsen und breiten goldenen Reifen um den Hals, die in der brennenden Augustsonne glänzten. Reihen von Ochsen gezogener Wagen, mit dem Reichtum von Jahrhunderten beladen, rumpelten das Kopfsteinpflaster der Via Sacra entlang. Ihnen folgten Gefangene, Krieger, Reservepferde, Esel, Maultiere und weitere Wagen mit dem gesamten gotischen Volk, Frauen, Kinder, arianische Priester, Sklaven, Kochtöpfe, Getreidekisten, Wasserschläuche, räudige Hunde.

Placidia betrachtete die Verheerung von dem Wagen aus, in den sie von zwei barbarischen Wächtern gezwungen worden war. Zerbrochene Türen, die eingestürzten Dächer der Kirchen und Basiliken, mit Marmor ausgelegte Gehwege knietief in Schutt und Asche und überall der beißende Qualmgeruch. Als sie das Forum überquerten, erschrak Placidia beim Anblick dessen, was von den einst majestätischen Gebäuden übrig geblieben war. Von der Curia, dem Sitz des Senats, standen nur noch die geschwärzten Säulen, die das Dach getragen hatten.

Etwas in ihr wollte einfach nicht akzeptieren, was sie sah. Es war, trotz aller Warnzeichen, undenkbar gewesen, dass Rom fallen könnte. Selbst als vor einigen Jahren eine gewaltige Horde Vandalen, Alanen und Sueben den gefrorenen Rhenus überquert hatten, in Germanien eingefallen und mordbrennend durch Gallien und Spanien gezogen waren, wo sie sich niederzulassen versuchten, hatte niemand es für möglich gehalten, dass Barbaren eines Tages Rom selbst einnehmen könnten. Es war schon lange absehbar, dass das Kaiserreich schrumpfen würde und ganze Stämme innerhalb seiner Grenzen aufgenommen werden müssten. Und doch hatte man, bis Stilicho starb, eine friedliche Aufnahme für möglich gehalten. Aber das war, bevor Alarich seine Chance ergriff.

Aber wer war Alarich? Der Mann, dem Placidia in der Bibliothek gegenübergestanden hatte, schien irgendwie menschlicher, wenn auch nicht weniger gefährlich, als das haarige Ungeheuer ihrer Vorstellung. Über seine Herkunft war wenig bekannt, nur dass er in seiner Jugend, wie viele Söhne verbündeter Stammesführer, als Geisel gehalten wurde, um die Treue seines Vaters zu gewährleisten. In Konstantinopel aufgewachsen, wurde er Befehlshaber der gotischen Hilfstruppen im römischen Heer. Kurz nach Theodosius' Tod wurde er zum König der Goten gewählt. Zu dem Zeitpunkt forderte er zum ersten Mal eine Heimat für sein Volk innerhalb des Kaiserreichs. Als seine Forderungen abgewiesen wurden, verlegte er sich auf Gewalt, griff die griechischen Provinzen an und verheerte Korinth, Sparta und Megara. Stilicho besiegte ihn zweimal. Schließlich wurde ein Waffenstillstand vereinbart und Alarich zum Statthalter von Illyrien ernannt. Der Waffenstillstand hielt, obwohl die Frage einer Heimat für die Goten ungelöst blieb. Dann, nach Stilichos Ermordung, marschierte Alarich gegen Rom. Er bedrohte Rom zweimal und wurde vom Senat zweimal mit Tausenden von Pfunden Silber, Pfeffer und dem Versprechen der Fürsprache des Senats vor dem Kaiser zufriedengestellt.

Als Honorius jegliche Abmachung verweigerte und Alarich zum dritten Mal gegen Rom marschierte, sandte Placidias Bruder Befehl, sie solle mit dem Schiff den Tiber hinabfahren und zu ihm nach Ravenna kommen. Sie wusste nicht einmal genau, warum sie Rom nicht verlassen wollte. Vielleicht war es ihr Stolz oder weil sie Honorius nicht mochte oder beides. Später war sie, wann auch immer ihre Sänfte auf den Straßen erschien, von der Begeisterung überrascht und ein wenig beschämt, mit der die Bevölkerung ihr zujubelte, weil sie sie nicht im Stich gelassen hatte.

Als sie nun das Forum des Augustus passierten, wandte Placidia den Kopf in Richtung des Argiletum, der Straße der Buchhändler. Die gesamte Straße war vom Feuer zerstört worden. Unter dem eingestürzten Mauerwerk musste die Asche von Papyrusrollen im Wert von Millionen Solidi liegen. Marcus Tullius – war er mit dem Leben davongekommen, oder war er jetzt auch tot? Sie hatte ihre Sänftenträger an Nachmittagen häufig angewiesen, vor seinem vornehmen Laden im Argiletum zu warten, während sie eine Schriftrolle mit Dichtkunst auswählte. Als sie an den gutaussehenden Buchhändler mit den tiefdunklen Augen dachte, überkam sie ein Schluchzen. Sie barg das Gesicht in den Händen. Endlich konnte sie weinen. Während all der langen Monate der Belagerung, als die Hoffnung auf Rettung zu schwinden begann, als deutlich wurde, dass kein vom Kaiser aus Ravenna oder seinem Bruder aus Konstantinopel gesandtes Heer auftauchen würde, um Rom zu retten, hatte Placidia nicht ein einziges Mal geweint. Sie hatte ihre Angst hinter einer Würde versteckt, von der sie hoffte, dass ihr Vater und Stilicho sie zu schätzen gewusst hätten. Sogar als sich Roms Getreidespeicher leerten und die stolze Stadt langsam verhungerte, als die Bürger Hunde, Katzen und sogar, wie es hieß, das Fleisch Toter zu essen begannen, während die Pest wütete und der Gestank aufgestapelter Leichen außerhalb der Mauern, die nicht auf den Friedhöfen bestattet werden konnten, sogar den kaiserlichen Palast erreichte, waren Placidias Augen trocken geblieben.

Aber nun, während sie in diesem Barbarenwagen auf einer harten, ungehobelten Planke durchgerüttelt wurde, brachen alle unvergossenen Tränen der vergangenen Monate aus ihr hervor. Sie sah Rom durch einen Schleier vorüberziehen, die Stadt, die sie seit der Zeit geliebt hatte, als sie als Kind von Serena und Stilicho hierher gebracht wurde.

Das Leben in dem Palast mit den Mosaikfußböden hoch oben auf dem Palatin, mitten zwischen duftenden Schirmkiefern und weißen Schmetterlingen, war angenehm gewesen. Ihre Tante Tertia, die in einem zerfallenden alten Palast in der Nähe lebte, überschüttete

Placidia mit Zuneigung, und Elpidia, einst ihre Amme, war nie weit entfernt.

Und sie hatte viele Spielgefährten. Da waren ihr Halbbruder Honorius sowie Serenas und Stilichos drei eigenen Kinder. Sie jagten einander durch die Gärten und spielten zwischen den gelben und zinnoberroten Säulen des großen Hofes Verstecken.

Gainsrich, Stilichos Oberstallmeister, lehrte die Jungen das Reiten. Placidia kauerte währenddessen unter dem Säulengang im Stallhof, ihr Blick folgte den prachtvollen Tieren sehnsüchtig, und sie beobachtete jeden Fehler und jede Verbesserung der Reitkunst ihres Bruders. Sie bettelte darum, reiten zu dürfen, aber man sagte ihr, dass es für Mädchen unschicklich sei. Eines Tages hievte Honorius sie, als er ihr Jammern satt hatte, auf sein Pferd und hoffte zweifellos, dass ein Sturz sie von ihrer Besessenheit heilen würde. Aber Placidia stürzte nicht. Stattdessen betrachtete sie die Welt von ihrer neuen Höhe aus und fühlte sich wie eine Königin. Gainsrich, den ihre Sitzhaltung und Beharrlichkeit beeindruckten, erklärte sich einverstanden, sie zu unterrichten. Lange bevor Serena Placidia an Spindel und Webstuhl setzte und ihr die häuslichen Fertigkeiten beibrachte, die jede römische Dame – auch eine Prinzessin – beherrschen musste, hatte ihre Reitkunst diejenige ihres Bruders überflügelt. Sie konnte ohne Steighilfe auf einen Pferderücken springen und ohne Sattel so schnell wie ein parthischer Pfeil reiten. Sie konnte ein Pferd im Takt einer Trommel laufen oder über eine Palisade springen lassen, ohne dass sich ihre scharlachrote Satteldecke verschob. Stilicho lachte, anstatt sie zu schelten, als er sie eines Tages dabei ertappte, wie sie seinen Hengst Polydoxus ritt. Er steckte ihr je einen Gold-Solidus unter die Arme. »Wenn du sie eine volle Runde im Trab um den Hof festhalten kannst, meine kleine Amazone, dann gehören sie dir.« Sie bewahrte die beiden Münzen, in ein Stück karmesinrote Seide gewickelt, unten in ihrem Schmuckkästchen auf.

Nach und nach vergaß sie den Schmerz über den Verlust ihres Vaters. Das Bild ihrer Mutter, die kaum ein Jahr vor ihrem Vater starb, fiel auch der Vergessenheit anheim. Niemand, nicht einmal ihre Tante

Tertia, erwähnte ihre Mutter. Erst Jahre später begann Placidia, Serena für das Schweigen verantwortlich zu machen, das die Erinnerung an Theodosius' zweite Frau wie ein dunkler Schleier verhüllte. Serena mit ihrem scharfen Geist und der noch schärferen Zunge, deren Blick ein Leben lang auf den kaiserlichen Thron gerichtet war. Anfänglich begehrte sie ihn für Stilicho. Dann verheiratete sie zunächst die eine und dann die andere ihrer unglücklichen Töchter mit Honorius. Als schließlich offensichtlich wurde, dass Honorius keinen Erben zeugen konnte, arrangierte sie Placidias Verlobung mit ihrem Sohn Eucherius.

Die Kinder im Palast wuchsen zu Erwachsenen heran. Ihr Halbbruder Arcadius, der Kaiser des Ostens, der nun in Konstantinopel residierte, war nur eine verschwommene Erinnerung. Honorius, der Kaiser des Westens, zog nach Mediolanum.

Und nun war Serena tot. Auf dem Höhepunkt der Belagerung hatte der Senat befohlen, sie zu erdrosseln. Als Placidia sich an die harten braunen Augen der Frau erinnerte, die ihre Pflegemutter gewesen war, durchlief ein schuldbewusstes Schaudern ihren Körper. Sie hatte sie nicht gemocht, das stimmte, aber sie hätte ihr nicht den Tod gewünscht. Und doch hatte sie das Todesurteil mit purpurfarbener kaiserlicher Tinte unterzeichnet, als der Senat es von ihr als dem einzigen anwesenden Mitglied der kaiserlichen Familie forderte. Serena wurde zum Tode verurteilt, weil man glaubte, sie habe sich mit Alarich verschworen. Aber was war ihr wahres Verbrechen gewesen? Ihr maßloser Ehrgeiz? Dass sie Stilichos Witwe war? Auch wenn Stilicho zur Hälfte ein Barbar und sogar einst Alarichs Freund gewesen war, war er doch römischer als die Römer. Als der größte General seines Zeitalters überragte er Rom, zu fähig und zu beliebt, um nicht von jenen als eine Bedrohung angesehen zu werden, die Honorius manipulierten.

Auch Stilicho hatte ein gewaltsames Ende gefunden. In einem Anfall blinder Wut befahl Honorius, Stilicho wegen Verrats zu töten. Und so starb der einzige Mann, der Rom hätte retten können. Erneut brannten Tränen in Placidias Augen. Dieser ungehobelte, vierschrötige

Mann, dessen widerhallenden Schritt sie erkannte, schon lange bevor er einen Raum betrat, war stets freundlich zu ihr gewesen. Wann auch immer Stilicho zu Hause war, folgte sie ihm und beobachtete ihn. Irgendwo in ihrer Kinderseele verschmolzen das Bild ihres Vaters und das seines flachshaarigen Generals, bis sie fast nicht mehr zu unterscheiden waren. Auch später noch, in ihrem zweiten Lebensjahrzehnt, durch die Erzählungen ihres Lehrers über die ruhmreiche Vergangenheit Roms angeregt, setzte sie Stilicho mit dem Schutzgeist Roms gleich. Sowohl sie als auch Rom waren sicher, solange Stilicho über sie wachte. Aber Stilicho war nun schon über ein Jahr tot, und Rom lag in Schutt und Asche.

Placidia starrte mit geschwollenen Augen auf die lange Reihe der Männer und Tiere, die unter der brennenden Sonne verängstigt und elend dahinzogen. Die hölzernen Wagen knarrten und ächzten unter der Last des Beutegutes. Die Wachen, die auf ihren struppigen Pferden hin und her ritten, ließen ihre langen Peitschen wahllos auf die angeketteten Gefangenen und die Ochsengespanne knallen. Placidia wischte sich über die Wangen. Alle sind tot, dachte sie. Rom ist tot. Sie schloss die Augen. Das Rumpeln der Wagen wurde für sie zu einem dumpfen Lärm, wie das ferne Gebrumm eines gewaltigen Bienenstocks.

Die Goten errichteten an diesem Abend vor Sonnenuntergang auf einer weiten Ebene an einer Flussschleife ihr Lager. Placidia saß inmitten des zertretenen Grases auf einem Stein und beobachtete die Geschäftigkeit um sich herum. Kochfeuer wurden angezündet. Die langfelligen Pferde waren angepflockt, getränkt und gefüttert worden. Die jeweils neben ihren Wagen liegenden Ochsengespanne käuten wieder. Sie betrachtete die Anordnung der Wagen und Wachen. Offenbar handelten die Goten weitaus weniger planlos, als die Römer geglaubt hatten. Aber wohin zogen sie? Sie waren den ganzen Tag nach Osten gereist, und die Sonne ging hinter ihnen unter.

Sogar hier, im Lager, hielt man sie von den anderen Gefangenen, die angekettet waren und zweifellos als Sklaven verkauft werden sollten, getrennt. Das war zumindest ein ermutigendes Zeichen. Erwog Alarich doch die Möglichkeit, sie auslösen zu lassen? Die beiden Goten, die sie bewachten, behandelten sie grob, aber nicht grausam. Sie hatten während der langen Fahrt etwas hartes Brot und gesalzenen Käse mit ihr geteilt und sie aus ihrem Wasserschlauch trinken lassen. Als sie sich zuvor, als ihre Not unerträglich wurde, zwingen musste, dem großen Grobian zu sagen, dass sie sich erleichtern müsse, hatte er sie zu einem Gebüsch geführt und ihr zu ihrer Überraschung und Erleichterung den Rücken zugewandt.

Ein großes, pockennarbiges Mädchen in einem langen Lederrock erschien hinter einem Wagen. Sie sprach auf Gotisch mit dem Wächter, bevor sie Placidia in gebrochenem Latein ansprach: »Ich bin Tuga. Die Herrin schickt mich. Kommt mit.«

Placidia sah zu ihr hoch. Es waren hünenhafte Menschen. Sogar die Frauen waren größer als die meisten römischen Männer. Placidia runzelte die Stirn. »Wer ist deine Herrin?«

»Die Frau des Königs.« Das Mädchen ergriff ihre Schulter. »Kommt, die Königin wartet nicht gerne.«

Placidia erbleichte. Also hatte dieses Ungeheuer gemeint, was er gesagt hatte! Sie zwang sich, ruhig zu bleiben und erhob sich mühsam von ihrem Stein. Ihr Rücken schmerzte von der langen Fahrt in dem Karren. Der ranzige Geruch des neben ihr ausschreitenden Mädchens erinnerte Placidia an ihren eigenen Schmutz. In diesem Moment vermisste sie ein Bad fast ebenso sehr wie ihre Freiheit. Sie fragte sich, ob diese Barbaren jemals badeten. Bisher hatte sie nichts davon gesehen. Während sie zur anderen Seite des Lagers gingen, erkannte sie entsetzt, wie groß es war. Es gab zwei konzentrische Kreise von mit Häuten bedeckten Wagen. In der Mitte des inneren Kreises erblickte sie ein großes, purpurfarbenes Zelt, das bisher einzige, um das von Wächtern bewachte Wagen gruppiert waren, wahrscheinlich diejenigen mit dem wertvollsten Beutegut. Die Goten trugen zwischen den beiden Kreisen Ausrüstung hin und her, schärften Schwerter, reparierten gebrochene Achsen. Hufschmiede beschlugen Pferde. Tiere wurden geschlachtet, gehäutet und ausgenommen. Frauen, von herumhüpfenden Kindern umgeben, trugen Wasser vom Fluss heran oder kümmerten sich um die Kochfeuer. Die Pferde und das Vieh wurden in ihren Pferchen gefüttert. Am Rande der beiden Kreise schritten die Wachen mit Helm und Schild einher. Das Einzige, was in diesem ansonsten sehr militärischen Lager fehlte, waren Belagerungsgeräte. Wenn die Goten wirklich keine besaßen, dann musste das Gerücht stimmen, dass Rom durch Verrat gefallen war und barbarische Sklaven die Tore für ihre gotischen Kameraden geöffnet hatten.

Die Königin besaß ebenfalls ein Zelt, ein aufwendiges römisches Armeezelt aus gelbem Segeltuch, dessen Boden mit dicken orientalischen Teppichen bedeckt war, auf denen ein Kreis von Frauen saß. Sie aßen von vor ihnen auf dem Boden stehenden Tellern. Die Königin selbst lehnte auf einem Stapel Kissen und kaute genussvoll. »Ah, Prinzessin. Ich bat meinen Mann um die Erlaubnis, nach Euch zu schicken.« Ihre Stimme war tief und angenehm, jedoch ebenso fest wie der Blick, mit dem sie Placidia maß.

Die Königin der Goten, eine robuste Frau mittleren Alters mit geschminkten Wangen, deren etwas welkes Gesicht noch immer Spuren bemerkenswerter Schönheit trug, wirkte eher wie eine wohlhabende römische Matrone – vielleicht die Frau eines neureichen plebejischen Händlers – als das barbarische Ungeheuer, das Placidia sich vorgestellt hatte. Ihr unfachmännisch blond gefärbtes Haar war lockig und in veraltetem römischen Stil hochgesteckt und ihre karmesinrot-goldene Palla auf protzige Art römisch, wie auch die Überfülle von Juwelen, die sie schmückten. Sie hatte außergewöhnliche grüne, große und klare Augen. Bei jeder ihrer Bewegungen klimperte eine Vielzahl von Armbändern.

»Ihr seid gewiss gut behandelt worden?«

Placidia unterdrückte aufkommenden Zorn. »Unter den gegebenen Umständen war es nicht allzu schlimm.«

Die Königin lächelte. »Mein liebes Kind, Krieg ist Krieg.« Dann wurde ihr Blick härter. »Hätten Eure beiden Brüder nicht immer wieder ihre Versprechen gebrochen, wäre dies nicht nötig gewesen.« Ihre Schultern bebten, und ihre Stimme wurde schrill. »Ihr Römer habt es euch selbst zuzuschreiben, da ihr uns sogenannte Barbaren gegeneinander ausgespielt habt, uns stets Land versprochen habt, das wir nie bekamen, Getreide, das nie geliefert wurde, Posten in eurem Heer, die nie eingelöst wurden …«

Der Ausbruch endete. Das Gesicht der Königin entspannte sich. Sie wedelte mit einer kleinen, plumpen Hand, als blende sie das Thema aus. »Aber ich vergesse meine Gastgeberpflichten.« Sie deutete mit einer halb verzehrten Keule auf das Essen. »Setzt Euch und nehmt an unserer Mahlzeit teil, Prinzessin.«

Placidia fühlte sich schwach vor Erleichterung. In dem Ausbruch der Königin, der ganz ähnlich klang wie die klägliche, absurde Selbstrechtfertigung, die Alarich bereits in der Bibliothek geäußert hatte, erstrahlte das Wort »Gast« in ihrem Geist wie ein Fanal. Ich soll, so dachte sie, doch keine Magd werden.

Sie beschloss, auf die Stimmung der Königin einzugehen. Sie zwang sich, ihr höflich zu danken. Das Essen wirkte appetitlich. Sie erkannte plötzlich, wie hungrig sie war, und riss sich ein Stück Huhn ab. Es war köstlich. Das Brot, wenn auch grobkörnig und braun, war frisch.

Placidia sah sich nach dem Essen nach einer Schüssel und einem Mundtuch um, bevor sie sich daran erinnerte, wo sie sich befand. Zu ihrem Erstaunen reichte ihr ein dunkelhäutiges Mädchen, offensichtlich eine Sklavin, beides.

»Ich denke, Prinzessin«, sagte die Königin, »Ihr solltet in mein Gefolge kommen. Hier werdet Ihr Euch wohler fühlen. Braucht Ihr etwas?« Sie betrachtete Placidias zerrissene, befleckte Tunika. »Vielleicht ein paar Kleidungsstücke?«

Placidia nickte. »Auch ein Bad wäre höchst willkommen.«

Etwas wie Mitgefühl blitzte in den Augen der Königin auf. »Natürlich.« Sie deutete auf das Mädchen, das Placidia geholt hatte und nun beim Abräumen der Teller und Körbe half. »Tuga wird sich um Euch kümmern.« Sie fügte lächelnd hinzu: »Sie wird auch darauf achten, dass Ihr nichts Unpassendes tut. Tuga, sorge dafür, dass die Prinzessin alles bekommt, was sie braucht. Lass sie einige meiner Öle benutzen. Und achte darauf, dass das Wasser heiß ist!«

Die junge Riesin nahm Placidia beim Ellenbogen. »Kommt, Prinzessin.« Als sie das Zelt gerade verlassen wollten, blickte Placidia noch einmal zur Königin zurück. Alarichs Frau sah ihr mit dem versonnenen, nachdenklichen Ausdruck eines Menschen nach, der eine gewichtige Entscheidung abwägt.

Placidia entdeckte während der darauffolgenden Wochen, dass Alarichs Frau eine unersättliche Neugier auf alles Römische empfand. Oft sandte sie an einem Nachmittag nach ihr, ließ sie Platz nehmen und befragte sie über die neuesten Moden und Frisuren. Sie wollte alles über Enthaarungsmittel und Haarfärbungen wissen sowie darüber, wie man Gesichtspuder zerreibt oder nicht verlaufenden Lidstrich mischt. Und doch war Alarichs Frau trotz ihrer Oberflächlichkeit keine Närrin. Sie fragte auch, warum Frauen in römischen Kirchen abgesondert wurden, was Adlige ihre Söhne lehrten und ob der Kaiser den Senat zu Rate ziehen musste, bevor er in den Krieg zog.

Placida beschloss, sich bei der Königin einzuschmeicheln. Obwohl sie nur wenig über Kosmetik und deren Zubereitung wusste, versuchte sie Antworten zu finden. Was sie nicht wusste, erfand sie. Wenn es ihr gelänge, der Königin zu gefallen, bedeutete das für sie vielleicht mehr Freiheit. Nicht, dass sie grob behandelt wurde. Der Wagen, den sie mit Tuga teilte, war mit Kissen und Bettzeug und einer hölzernen Wanne ausgestattet. Wären die Flöhe nicht gewesen, wäre es, bis auf die Langeweile, recht erträglich gewesen. Placidia saß stundenlang in ihrem Wagen und hatte nichts anderes zu tun, als zu sinnieren oder die Geschäftigkeit im Lager zu beobachten. Wenn sie nur etwas zu lesen hätte, eine Geschichte, Worte, in denen sie sich verlieren könnte. Irgendetwas, Cäsars Gallischen Krieg, sogar Lukullus' Rezepte … Sie erkannte am entspannten Verhalten der Goten, dass keine Gefahr bestand, von einem römischen Heer angegriffen zu werden. Sie war entschlossen zu fliehen, musste aber noch einen praktikablen Plan ersinnen. Tugas wachsamer Blick war nie weit entfernt.

Eines Tages bot Placidia aus reiner Langeweile an, einer Gruppe Mädchen beim Beerensammeln zu helfen. Sie kicherten, nicht unfreundlich, über ihre Ungeschicklichkeit und zeigten ihr, wie man die Beeren von den Stielen abnahm, ohne sie zu zerdrücken. Die Menschen im Lager starrten sie allmählich nicht mehr an. Auch die Hunde und Kinder begannen sich an sie zu gewöhnen. Nachts, wenn Placidia nicht schlafen konnte, lag sie im Dunkeln neben Tuga und lauschte dem Murmeln von Gesängen und Erzählungen, das von den Lagerfeuern heranschwebte.

Die Goten blieben eine Woche in dem Lager am Volturno und zogen dann nach Süden weiter. Sie überfielen Landsitze. Jeden Tag kehrten Gruppen berittener Goten mit Schafen und Vieh und mit Beutegut beladenen Wagen zurück. Manchmal trieben sie auch Gefangene vor sich her, unglückliche Freigelassene oder Sklaven, die nicht rechtzeitig hatten fliehen können. Placidia wandte den Blick ab. Sie schämte sich. Es waren Römer, oder Sklaven von Römern, die von den Barbaren wie Tiere geführt wurden, auf römischem Boden. Häufig kamen Sklavenhändler ins Lager und zogen mit den erworbenen Menschen wieder davon. Sie erhaschte kurze Blicke auf Alarich und andere Stammesführer, begegnete ihnen aber nie unmittelbar. Ein Mann, den sie bisher nicht gesehen hatte, war der Verräter Attalus. Sie wusste von Tuga, dass er im Lager war. Sie fürchtete die Begegnung mit ihm fast ebenso sehr wie die erneute Begegnung mit Alarich. Alarich hatte diesen obskuren Römer während der Belagerung zum Senatorenkaiser erklärt und versprochen, die Belagerung aufzuheben, wenn der Senat Honorius absetzte und Attalus anerkannte. Rom hatte bestürzt reagiert. Noch nie hatte es ein Barbar gewagt, einen Kaiser zu ernennen. Anstatt den Widerstand des Senats und der Bürger zu brechen, bestärkte diese Unverschämtheit deren Entschlossenheit, sich nicht zu ergeben. Dann entthronte Alarich Attalus, behielt ihn aber als seinen Berater.

Eines Nachmittags versuchte Placidia, den Mund voller kupferner Haarnadeln, bei der Königin eine Frisur nachzubilden, die ihr ihre Sklavin Flavia, eine Kennerin weiblicher Zierde, bei besonderen Gelegenheiten machte. Die Nachmittagssonne brannte auf das Zelt herab. Placidia fühlte sich schon den ganzen Tag unwohl, müde und benommen. Ihr Kopf pochte. Das Geplapper der Königin dröhnte in ihren Ohren. Die Königin bewegte den Kopf, anstatt still zu sitzen, aß Honigkuchen und verfolgte Placidias Bemühungen in einem bronzenen Handspiegel. Dann neigte sie den Kopf. »Ein wenig höher, meine Liebe. Höhe verleiht einer Person Würde, meint Ihr nicht?«

Placidias Arme fühlten sich wie Blei an, als sie das strohige Haar auf das Haarteil drehte und dieses auf dem Kopf der Königin platzierte. Rasch, bevor die Königin erneut Einwände erheben konnte, sicherte sie es mit Nadeln. Sie nahm einen weiteren Spiegel zur Hand und zeigte, wie eine wahre Ornatrix, die Rückseite ihrer Schöpfung. »Schaut, Herrin.« Draußen erklang Männerlachen. Der Schoßhund der Königin sprang von ihrem Schoß und warf die Schale mit dem Backwerk um.

»Ah, die fluchende Prinzessin macht sich nützlich!«

Placidia fuhr herum. Alarich stand hinter ihr, neben sich einen Mann, den Tuga als Athaulf, den Bruder der Königin, bezeichnet hatte. Der Bruder setzte sich, nachdem er Gerlinda begrüßt hatte, auf einen Stapel Kissen.

Alarich gab der Königin mit einer Vertrautheit, die kein Römer in der Öffentlichkeit gezeigt hätte, einen schallenden Kuss. Er lächelte Placidia zu. »Ich sagte Euch, dass meine Frau gerne eine römische Prinzessin als Magd hätte. Das ist eine ihrer Schwächen. Ihr müsst wissen, dass es ihr größter Ehrgeiz ist, Kaiserin von Rom zu werden.« Er warf den Kopf zurück und lachte. »Und sie könnte es werden, also solltet Ihr sie besser gut unterrichten, damit es nicht heißt, sie sei eine ungehobelte Barbarin.« Er schien unmäßig erfreut über seinen Scherz.

Die Königin richtete sich auf. »Sie ist nicht meine Magd! Ich behandle sie mit allem gebührlichen Respekt!« Ihre Stimme klang schrill. Placidia empfand Mitleid. Alarich hatte offensichtlich einen wunden Punkt getroffen. Es musste schrecklich sein, wenn die eigene Schwäche so vor einem Fremden offenbart wurde. Der Bruder der Königin betrachtete Placidia genau, als könne er ihre Gedanken lesen. Er sah auf kalte, nordische Art gut aus. Seine Augen waren ebenso grün wie Gerlindas, aber vorsichtiger, fast ausdruckslos. Sie hatte jäh das Gefühl, dass er gefährlich war, vielleicht noch gefährlicher als Alarich.

»Herrin, ich bitte um die Erlaubnis, mich zurückziehen zu dürfen. Ich fühle mich nicht sehr gut.« Sie spürte, wie ihr Schweiß die Rippen hinablief. Übelkeit stieg ihr in die Kehle. Sie musste hinaus, an die frische Luft, fort von dem stickigen Zelt, Athaulfs prüfendem Blick und Alarichs spöttischem Lachen.

Die Königin nickte mit zusammengepressten Lippen. Als Placidia sich umwandte, drehte sich plötzlich alles um sie. Sie griff nach einer Zeltstange. Jemand fing sie auf, als sie fiel. Sie hörte durch einen schwarzen Nebel die Stimme der Königin, die nach Wasser rief. Und weitere weibliche Stimmen, eine davon Tugas. Die Stimme eines Mannes, nicht Alarichs Stimme, sagte: »Sorgt dafür, dass sie nicht stirbt, wir brauchen sie vielleicht noch.«

Placidia lag über eine Woche in schwerstem Fieber. Nur einmal erkannte sie Tuga, die neben ihr saß und mit einem Schwamm ihre Stirn abtupfte.

Als sie das Bewusstsein schließlich wiedererlangte, beugte sich gerade ein alter Mann über sie. Sein weißes Haar und der lange Bart wirkten vertraut. Wie auch seine tröstliche, murmelnde Stimme. Sie kannte ihn schon seit ihrer Kindheit. Jähe Freude wallte in ihr auf. »Ambrosius?«, flüsterte sie und hob den Kopf.

Der alte Mann lächelte. »Nein, Prinzessin, ich bin nicht der Bischof von Mediolanum. Ich bin Sigesarius, der Bischof der Goten. Ich bin ein Arianer, ein Ketzer, wie Ihr sagen würdet, und wurde von Ambrosius in seinen Schriften häufig geschmäht. Aber ich verehre ihn, denn er war wahrhaft ein heiliger Mann. Ich kam, um für Euch zu beten, solange Ihr in Gefahr wart, und Euch vielleicht ein wenig Trost zu spenden, aber wenn Ihr möchtet, dass ich gehe, verstehe ich das.« Seine Stimme klang vertraut, aber als sich ihr Geist klärte, bemerkte sie, dass er Latein mit fremdem Akzent sprach. Und Ambrosius war natürlich tot, war nur zwei Jahre nach seiner wunderbaren Grabrede für ihren Vater in der von Weihrauch umwölkten Basilika Mediolanums gestorben. Sie hatte sie so oft gelesen, zunächst mit ihren Lehrern, dann allein, dass sie sie auswendig aufsagen konnte … Jetzt kam die Wirklichkeit wieder. Rom war zerstört, das Reich zerfallen, sie war Gefangene der Goten. Ihre Augen füllten sich mit Tränen.

»Nein, bitte geht nicht. Ich …« Placidia versuchte, sich aufzurichten, sank aber wieder zurück. Sie hustete.

»Strengt Euch nicht an, Prinzessin. Ihr müsst Euch ausruhen. Ihr wart sehr krank.«

»Wo bin ich?«

»Das Lager wurde verlegt, seit Ihr krank wurdet. Wir befinden uns nun weiter südlich, wenige Wegstunden von Nola entfernt. Verliert nicht den Mut, Prinzessin. Denkt nur daran, wieder gesund zu werden. Friede ist noch immer möglich …« Der alte Mann vollführte das Zeichen des Kreuzes über ihr. »Möge Gottes Segen mit Euch sein.« Er raffte mit einer Hand seinen abgetragenen Umhang und hob die andere zum Gruß. Er beugte sich unter der Zeltklappe hindurch, und seine große, weißhaarige Gestalt verschwand wie eine Erscheinung. Zu spät erkannte sie, dass sie vergessen hatte, ihm zu danken.

Placidia dachte lange über die Worte des Bischofs nach. Was bedeuteten sie? Vielleicht hatte Honorius inzwischen eine Gesandtschaft geschickt. Oder vielleicht hatte Alarich inzwischen erkannt, dass es eine Sache war, Rom zu erobern, aber eine ganz andere Sache, das Kaiserreich zu erobern. Sie schloss die Augen, war zu erschöpft, um nachzudenken. Sobald es ihr wieder besser ginge, wollte sie Tuga befragen.

Eine Woche später nahm Placidia zum ersten Mal an einer arianischen Messe teil. Sie hatte die Versammlungen am Sonntagmorgen bisher gemieden, aber heute musste sie mit dem Bischof sprechen.

Ihre Befragung Tugas hatte nichts ergeben. Während ihrer Erkrankung waren keine römischen Gesandten im Lager eingetroffen. Placidia glaubte ihr. Tuga war zu arglos und grundehrlich, um eine gute Lügnerin zu sein. Aber der Bischof könnte etwas wissen, was Tuga nicht wusste. Placidia hatte einen perfekten Vorwand, um ihn aufzusuchen. Sie war dem alten Mann aufrichtig dankbar. Er hatte sie getröstet, und ihr war aufgefallen, dass seine Freundlichkeit so gar nicht dem Bild der ränkeschmiedenden arianischen Priester entsprach, das man ihr gezeichnet hatte.

Als sie das Feld erreichte, erstaunte sie die Größe der Gemeinde. Sie standen schweigend da, Männer und Frauen gemischt, mit erhobenem Blick und gefalteten Händen, und hörten Bischof Sigesarius zu. Für diejenigen, die weiter hinten standen, konnte es nur ein leises Murmeln sein, aber auch sie bemühten sich, das Wort Gottes zu hören. Placidia bahnte sich ihren Weg nach vorn, bis sie nahe dem Behelfsaltar unter einem Baldachin aus Schilfmatten stand. Auf dem Altar befand sich ein mit Edelsteinen verzierter Reliquienschrein.

Einen Moment lang vergaß Placidia den Zweck ihres Kommens, während sie das rustikale Gebet der Goten beobachtete. Gott unter einem blauen Himmel mit feierlichen Mienen huldigend, bildeten sie einen gefälligen Gegensatz zum weltlichen Gemunkel und den durchtriebenen Blicken der eleganten römischen Patrizier, die sie in St. Peter beobachtet hatte, viele zweckdienlich Konvertierte, deren Herzen den alten Göttern treu blieben, während sie ein Lippenbekenntnis für die neue Religion ablegten.

Die Goten bereiteten sich nun darauf vor, das Abendmahl zu empfangen. Placidia reckte sich, um besser sehen zu können. Zuerst kamen die Krieger. Sie knieten sich in langen, ordentlichen Reihen in den Staub, um den Körper und das Blut Christi zu empfangen. Es waren prachtvolle Männer, viel beeindruckender als die kleineren, dunkleren Römer. Placidia spürte, wie sich ihr Magen verkrampfte. Gott helfe Rom. Zu disziplinierten Legionen aufgestellt, mit Belagerungsgeräten ausgestattet und von einem fähigen Taktiker befehligt, könnten sie die Welt erobern.

»Nun, Prinzessin, was haltet Ihr von unserer andersgläubigen Art?«

Athaulf stand neben ihr. Sie hatte nicht bemerkt, wie er herankam. Sie mied ihn, wann immer möglich. Tuga hatte ihr erzählt, er sei Witwer mit zwei kleinen Kindern. Er war Alarichs engster Berater. Selbst nach gotischen Maßstäben von großer Gestalt, schien er, anders als die meisten gutaussehenden Männer, frei von jenem selbstgefälligen Charme, den sie bei den Offizieren und Patriziern am Hof ihres Bruders so irritierend fand. Vielleicht verstärkte das ihr Unbehagen nur noch.

»Zumindest sind sie Christen, wenn auch fehlgeleitete.«

»Seid Ihr erleichtert darüber, dass wir Wotan keine Jungfrauen mehr opfern?«

»Euer Bischof war freundlich zu mir. Ich kam, um ihm zu danken. Aber Arianismus ist Ketzerei. Das Bekenntnis von Nicäa wurde als die einzige Wahrheit verkündet. Der Sohn ist vom selben Blut wie der Vater. Wie ihr Arianer zu glauben, dass der Sohn geringer ist als der Vater, bedeutet, Christus zu einem Halbgott herabzusetzen. Zwei getrennte Götter zu verehren, den Sohn und den Vater, ist Heidentum. Es bedroht die hart errungene Einigkeit ...«

»Um Gottes willen, Prinzessin!« Ein belustigtes Schimmern war in seinen Augen erkennbar. »Ihr sprecht wie ein aufgeblasener alter Bischof! Ich versuche nicht, Euch zu bekehren. Offen gesagt, kümmert mich die theologische Haarspalterei keinen Deut. Ich habe kein Interesse an der Frage, ob Christus nur teilweise oder gänzlich göttlich war. Gott hat, da bin ich mir sicher, die Angelegenheit auf die passende Art geregelt.« Er fuhr sich mit der Hand durchs Haar. »Wie dem auch sei, eine alleinige Wahrheit ist *in der Tat* eine erschreckende Aussage.«

Ehrfürchtiges Murmeln durchlief die Gemeinde. Vier bärtige Älteste erschienen in feierlicher Prozession mit einem großen, in Leder gebundenen Kodex.

Placidia deutete hin. »Was ist das?«

»Das ist die Heilige Schrift. Unser erster Bischof, Ulfilas, übersetzte sie ins Gotische. Er erfand die Schrift, die wir unsere Kinder lehren. Wir sind nicht völlig unwissend, auch wenn die meisten von uns nicht Vergil zitieren oder Ovid lesen können.«

»Könnt Ihr es?«

»Virgil zitieren oder Ovid lesen?«

»Beides. Wenn Ihr das eine könnt, solltet Ihr auch das andere können.«

Athaulf hob die Schultern. »Ich habe versucht, Ovid zu lesen, etwas über das Verwandeln der Gestalt. Alarich pflegte sich Zeilen aus Virgil zu merken, um seine römischen Freunde zu beeindrucken. Ich fand es ziemlich albern zu versuchen, die Römer in etwas zu besiegen, worin sie so gut sind. Es wäre weitaus besser, ihnen zu zeigen, was sie falsch machen.«

»Wie was?«

»Wie das Zusammenhalten des Kaiserreichs. Ihr Römer habt eure Fähigkeit verloren, zu ...«

»Was wisst Ihr denn über Rom?«, fragte sie hitzig. »Rom hat der Welt Frieden und Wohlstand und Gerechtigkeit gebracht!« Menschen wandten sich um und starrten sie an. Placidia spürte, wie sie errötete. Sie hatte die Stimme nicht erheben wollen.

Er schüttelte lächelnd den Kopf. »Ich werde Euch ein anderes Mal erklären, Prinzessin, was Rom meiner Meinung nach falsch macht, wenn Ihr es wirklich wissen wollt. Aber nun solltet Ihr zu Sigesarius gehen.« Er wandte sich an Tuga. »Führe die Prinzessin hinter den Altar. Warte, bis der Gottesdienst vorüber ist. Sie möchte dem Bischof danken.«

Vielleicht war er ein wenig verrückt, dachte Placidia. Sich einzubilden, dass er wüsste, was mit Rom nicht stimmte! Und Alarich offen zu kritisieren ...

Er bahnte sich mit der Schulter seinen Weg durch die dicht gedrängte Menschenmenge und wartete, bis sie die Menge hinter sich gelassen hatten, bevor er zwischen zwei Wagen verschwand.

Der Bischof schüttelte den Kopf. »Es tut mir leid, Prinzessin. Ich habe Euch alles gesagt, was ich weiß.«

Verzweiflung durchströmte sie. »Aber warum? Ich kann es nicht verstehen. Mein Bruder neigt zu seltsamen Stimmungen, aber er ist kein Ungeheuer. Er mag mich auf seine Art. Wie kann er einfach nichts tun? Er weiß nicht einmal, ob ich tot bin oder lebe.«

»Verhandlungen zwischen Feinden sind heikle Angelegenheiten. Sie beinhalten Taktiken und vor allem Stolz, diesen großen Stolperstein der Vernunft.« Sigesarius betrachtete sie einen Moment, bevor er hinzufügte: »Ihr müsst wissen, dass ich mir nicht sicher bin, ob König Alarich mit Eurem Bruder verhandeln würde, selbst wenn Euer Bruder dazu bereit wäre. Wir wurden zu oft betrogen, Prinzessin. Unser König ist ein geduldiger Mann und war einst ein Freund Roms. Wir sind nicht in römisches Gebiet einmarschiert, Prinzessin, das haben andere getan. Vor Jahren, als die Hunnen uns aus unserer Heimat vertrieben, erhielten wir als Dank für unsere Verteidigung Roms die Erlaubnis, uns im Kaiserreich anzusiedeln. Als König Alarich jung war, diente er im Heer Eures Vaters. Aber wir haben das versprochene Land nie erhalten. Wir wurden jahrelang vertröstet. Und die Römer griffen unsere Leute bei mehreren Gelegenheiten an.«

Placidia kaute auf ihrer Lippe. Es stimmte. Sie erinnerte sich daran, wie der schwelende Hass nach Stilichos Tod erneut ausgebrochen war. In Garnisonen im gesamten Reich fielen römische Legionäre über die gotischen und Vandalen-Hilfstruppen her und massakrierten sie, wobei sie weder Frauen noch Kinder verschonten. Diejenigen, die entkamen, gelangten zu Alarich. Tausende schworen Rache an dem Kaiserreich, dem sie einst gedient hatten.

Der Bischof legte eine Hand auf ihre Schulter. »Ihr seid eine Frau, Prinzessin, und ich bin ein alter Mann Gottes. Wir werden diese Fehde nicht beilegen können. Nur Gott wird das zu Seiner gegebenen Zeit tun. Geht nun in Frieden, mein Kind, und quält Euch nicht.« Der Bischof lächelte. »Auch ich war als junger Priester einst eine Geisel, am Hof Eures Vaters in Konstantinopel. Ich kannte Eure Mutter, die Kaiserin Galla. Sie war eine wahre Christin. Sie bat mich um Hilfe bei einem Waisenhaus für Barbarenkinder, das sie in Salonica gründen wollte. Es wurde jedoch nichts daraus, denn es galt als unerhört, sich um barbarische Waisen kümmern zu wollen, und als profitabler, sie in die Sklaverei zu verkaufen.«

Placidia starrte ihn an. »Ihr kanntet meine Mutter?«

»Ja. Es war nicht leicht für sie. Nach dem Tod der ersten Frau Eures Vaters glaubte Eure Tante Serena, selbst die neue Königin Roms zu werden. Sie nahm es übel, als der Kaiser erneut heiratete.« Der Bischof zwinkerte. »Und nach dem Tod Eurer Mutter wurde die Herrin Serena, Gott sei ihrer Seele gnädig, in ihrem Ehrgeiz recht maßlos.«

Placidia spürte einen Kloß in der Kehle. Serenas Schatten zog plötzlich in dem Zelt herauf, so groß wie zu dem Zeitpunkt, als Placidia sich als Kind unter ihren Maßregelungen geduckt hatte. Sie dankte Sigesarius und ging. Sie wollte nicht hören, was die Goten noch über ihre Familie wussten. Unfassbar, dass dieser arianische Bischof ihre Mutter gekannt hatte.

Draußen regnete es. Tuga, die auf sie hätte warten sollen, war verschwunden. Tuga wurde nachlässig. Sie weiß, dachte Placidia, dass ich nirgendwo hingehen kann. Sie lief im Regen zurück, wobei der Schlamm in ihre Sandalen und zwischen ihre Zehen drang und ihre Tränen sich mit dem Regen vermischten. Die ersten Herbstregen. Vielleicht würde sie für immer eine Gefangene bleiben, dazu verdammt, den Goten zu folgen. Vielleicht war dies wirklich das Ende der Welt, wie sie einen alten Mann beim Verlassen Roms im Forum hatte klagen hören.

Die Kohlenpfanne in ihrem Wagen war noch nicht angezündet, und es war kein Zeichen von Tuga zu sehen. Es war bereits dunkel, als Tuga, einen tropfenden Lederumhang über dem Kopf, mit einem Kessel und einem Korb in den Wagen kletterte.

»Guten Abend, Prinzessin. Heute Abend gibt es Kaninchen mit Kohlrüben, frisches Brot und auch Backwerk!« Tuga aß gerne. Sie hatte wahrscheinlich in ihrem ganzen Leben noch nie so gut gegessen. Das Mädchen summte vor sich hin, während sie auf die glühenden Kohlen blies, die sie zum Anzünden des Feuers mitgebracht hatte. Placidia beobachtete sie, während sie den Kessel aufhängte. Ihre Wangen glühten und sie bewegte sich schwungvoll. Dass sie ihr Abendessen aus dem Kochzelt der Königin geholt hatte, konnte sie kaum in solch gute Stimmung versetzt haben. Als sich Tuga vorbeugte, um Eintopf in zwei hölzerne Schalen zu füllen, fiel etwas aus ihrem Haar. Ein Strohbüschel. Jetzt begriff sie: Tuga hatte einen Geliebten, einen verbotenen Geliebten.

Als sie in dieser Nacht auf ihrer Strohmatratze lag und sich hin und her warf, lauschte sie Tugas leisem Schnarchen und dem auf das Leder prasselnden Regen und sann wie schon so viele Nächte zuvor darüber nach, was sie tun sollte. Seit die Goten Rom verlassen hatten, war mehr als ein Monat vergangen. Sie zogen ungehindert südwärts. Wenn Honorius und sein General Konstantius ein ausreichend großes Heer hätten aufstellen können, um sich den Goten entgegenzuwerfen, hätten sie es inzwischen bereits getan. Und wenn sie verhandlungsbereit wären, hätten sie auch das inzwischen geäußert. Es hatte keinen Sinn, Alarich zunächst ganz Italien plündern zu lassen. Honorius hatte keinen seiner Soldaten in Ravenna eingesetzt, um dem belagerten Rom zu helfen. Aber er musste inzwischen die Legionen aus Spanien zurückgerufen haben. Auch Alarich wusste von den spanischen Legionen. Warum versuchte er dann nicht rasch, mit seiner Beute zu entkommen? Alarich wusste etwas, was sie nicht wusste. Vielleicht waren die spanischen Legionen auch zu Konstantin übergelaufen oder hatten, wie so häufig zuvor, einen weiteren rivalisierenden Kaiser erwählt? Wenn das so war, könnte der Thron ihres Bruders wanken. Seine einzige Hoffnung bestünde in der Hilfe aus Konstantinopel.

Als der erste Vogelgesang den Tagesanbruch verkündete, beschloss Placidia, nicht länger zu zögern. Sie musste abwarten, bis die Goten in die Nähe einer ummauerten Stadt kamen, die zu groß war, als dass sie sie einnehmen konnten. Dann würde sie flüchten. Mit Hilfe von Tugas Geliebtem.

Die Pferde der Stammesführer wurden jeden Abend in eine spezielle Einfriedung gebracht. Wenn es genug zu essen gab, bekamen sie Gerste. Die meisten der Pferde waren langhaarig und robust. Einige wenige, darunter Alarichs Hengst, waren anmutige, glatthaarige Lusitaner. Manchmal, in der melancholischen Zeit zwischen Tag und Nacht, wenn die Vögel schwiegen und die Luft vom Rauch der Kochfeuer erfüllt war, beobachtete Placidia sie. Eines, das in der Nähe des Zaunes graste, eine Fuchsstute mit einer langen Narbe an der linken Flanke, hob den Kopf. Die Stute sah sie mit ihren glänzenden Augen an, als verstehe sie ihre Einsamkeit. Placidia streckte eine Hand durch den mit Stricken gefertigten Zaun, aber das Tier schrak zurück.

»Sie ist verwirrt. Unsere Pferde sind es nicht gewohnt, von Frauen berührt zu werden.«

Placidia fuhr herum. Hinter ihr stand Athaulf mit einem Halfter in der Hand. Spionierte er ihr nach? »Ihr habt mich erschreckt! Schleicht Ihr Euch immer so an Leute heran?«

»Es tut mir leid. Ich wollte Euch nicht erschrecken. Mögt Ihr Pferde?«

»Ich liebe Pferde. Als Kind bin ich immer viel geritten.«

»Ihr könnt reiten?«

Sie nickte. »Ich fühle mich auf einem Pferd größer, größer als alle anderen. Vielleicht kommt das daher, dass meine Brüder älter und größer waren. Ich konnte auch gut reiten, viel besser als sie ...«

»Ich wusste nicht, dass römische Damen reiten.«

»Das tun sie auch nicht. Als Serena entdeckte, dass der Reitlehrer meines Bruders auch mich unterrichtete, bekam sie einen Anfall. Wäre Stilicho nicht gewesen, hätte ich niemals wieder auf ein Pferd steigen dürfen.«

Athaulf schwieg einen Moment. Dann sagte er: »Ich kannte ihn, wisst Ihr, damals, als er noch der Freund meines Bruders war. Dieser schwarze Hengst dort drüben«, er deutete mit dem Kinn hin, »war ein Geschenk von Stilicho. Alarich hegt ihn noch immer, obwohl er inzwischen zu alt ist, um noch geritten zu werden.«

Placidia spürte einen Kloß in der Kehle. Sie betrachtete das Pferd, das Stilicho dem Barbaren geschenkt hatte, der Rom erobern würde. Die Vergangenheit stand zwischen ihnen wie ein Geist. Kurz darauf hob Athaulf grüßend die Hand und ging davon.

Kaiser Honorius stöhnte vor Wonne. Die Hände des Jungen liebkosten ihn, jede geschickte Bewegung und Berührung kalkuliert. Der Junge, ein hübscher, lockenköpfiger Thraker, beobachtete den Kaiser unter halbgesenkten Wimpern. Honorius lag nackt auf einer mit purpurfarbener Seide drapierten Liegestatt. Seine fahlen Augen zuckten zwischen seiner eigenen kümmerlichen Erektion und dem prächtig aufgerichteten Phallus des Thrakers hin und her. Honorius leckte sich die trockenen Lippen. Sein Atem wurde allmählich zu einem kurzen, scharfen Keuchen. »Jetzt«, stöhnte er.

Der Junge hielt in seiner liebevollen Fürsorge inne. Zwei kräftige Eunuchen hoben das nackte Mädchen rasch an und setzten es rittlings auf Honorius. Honorius bäumte sich auf. Er hob den Kopf, um besser zu sehen. Kurz darauf sank er zurück, seine Stirn schweißbedeckt, ein verzücktes Lächeln auf dem Gesicht. Er schloss die Augen und wartete darauf, dass sein Atem wieder langsamer wurde.

Das Mädchen, eine hübsche Ägypterin mit kleinen Brüsten und langem, dunklem Haar, hob ihre Tunika auf und verschwand mit dem Jungen. Die Eunuchen nahmen ihre Plätze vor den Doppeltüren des Schlafzimmers wieder ein.

Eine Stunde später lag der Kaiser des Westreiches gebadet, rasiert und parfümiert in einer makellosen purpurfarbenen Robe ausgestreckt vor dem Altar seiner Kapelle, die Stirn auf den kühlen Marmor gepresst, die Arme ergeben ausgestreckt. Ein überwältigender Duft von Rosenöl hing in der Luft. Honorius betete, bat Gott um Vergebung für die Sünde, die er begangen hatte. Er schwor wie immer, sich zu ändern, die Bedürfnisse seines Fleisches zu zähmen. Er wusste wie immer, dass er scheitern würde.

Er erhob sich mit einem Seufzer und dem tiefgehenden Gefühl der Unwürdigkeit. Sein Mund fühlte sich trocken an, und ein fauliger Geschmack von zu viel Wein bei der Mittagsmahlzeit war spürbar. Wenn er nur auf den Wein verzichten könnte. Nach drei Bechern Falernerwein vergaß er die schrecklichen Warnungen seines Geistlichen Eusebius. Dann konnte er nur an jenes Gefühl der Extase denken, für das er auch das Paradies hingeben würde. Nur der Anblick und die Berührung eines lebensstrotzenden jungen Mannes schenkte ihm dieses Gefühl, und er musste den Akt obsessiv in einer Frau vollenden. Diese Last trug er schon seit der Pubertät mit sich herum. Er hatte bei seinen beiden Ehefrauen sogar versucht, durch diese Methode einen Erben zu zeugen, hatte aber zu seiner Erniedrigung und zu seinem Entsetzen festgestellt, dass die Versuche mit Thermantia und Maria seine Männlichkeit vollständig entmutigt hatten.

Er ging von der Kapelle durch eine freskenverzierte Vorhalle zum Altar seiner Privaträume. Der Nachmittag war wolkig, aber warm. Die Lagune Ravennas, von reetbewachsenem Sumpfland gesäumt, lag glatt und still da. Lorbeer und Zitronenbäume wuchsen in Marmorkübeln entlang der zum Meer weisenden Balustrade. Silberkäfige mit Singvögeln hingen an den ockerfarbenen Mauern. Honorius griff nach einem für seinen Gebrauch reservierten Ebenholzkästchen und begann, die Goldzeisige zu füttern. Sie scharten sich um seine Hand, zwitscherten und schlugen in ihrem Eifer, die Samen zu erhaschen, mit den Flügeln. Er erfreute sich an der seltenen Abgeschiedenheit, die er hier genoss, an diesen sanften Wesen, an dem Picken ihrer Schnäbel auf seiner Handfläche. Er liebkoste die zahmeren Tiere, streichelte ihre Köpfe und murmelte ihnen etwas zu.

Honorius war so vertieft, dass er den Mann nicht bemerkte, der unter dem Säulengang stand und ihn, mit dem Helm in der Armbeuge, beobachtete. Er war klein und muskulös, mit ergrauendem Haar, niedriger Stirn und breiter Nase, die wirkte, als sei sie von einem unfähigen Feldscher gerichtet worden. Das Gesicht war von Jahrzehnten des Reitens unter der Sonne gebräunt und zerfurcht. Man hätte ihn irrtümlicherweise für einen Zenturio mittleren Alters halten können. Seine dunklen Augen blickten jedoch so scharf wie die eines Falken und sein Brustharnisch und der rotgefiederte Helm waren aus Goldbronze gefertigt.

Flavius Konstantius, Heerführer und oberster Befehlshaber der bewaffneten Streitkräfte des Westlichen Kaiserreichs, musste sich zweimal räuspern, bevor Honorius ihn hörte. Er trat vor und neigte den Kopf. »Ave, Augustus.« Konstantius war einer der wenigen Menschen, die sich nicht vor dem Kaiser niederwerfen mussten.

Honorius lächelte, ein schwaches, melancholisches Lächeln. Er hielt noch immer das Futterkästchen in der Hand. »Ich grüße Euch, Konstantius. Ich vertraue darauf, dass Ihr keine weitere üble Kunde bringt.«

Konstantius war wie immer von Honorius' Stimme betroffen. Die Stimme passte so wenig zu dem Mann, dass sie aus einer anderen Quelle zu entspringen schien. Es war eine großartige Stimme, tief, sonor, männlich, die fesselnde Stimme eines großen Redners. Cicero musste eine solche Stimme gehabt haben. Es war die Stimme des Kaisers Theodosius, das Einzige, was dieser kümmerliche Spross eines großen Baumes von seinem Vater geerbt hatte. Konstantius hatte als junger Mann gehört, wie Theodosius seine Truppen bei mehreren Gelegenheiten ansprach. Einmal, auf einem schlammbedeckten Schlachtfeld in Noricum, hatte der Kaiser sie allein durch die Macht seiner Stimme von einer fast sicheren Niederlage zu einem glorreichen Sieg geführt.

Konstantius legte seinen Helm auf den Tisch. »Augustus«, sagte er mit zusammengezogenen Augenbrauen, »ich fürchte, ich bringe doch schlechte Nachrichten. Ich habe gerade durch Signale erfahren …«

»Die Signaltürme funktionieren wieder?«

Konstantius schüttelte den Kopf. Wusste dieser Mann nichts über den Zustand seines Reichs? »Nur Schiffssignale.«

Er fuhr fort: »Konstantin hat Westgallien eingenommen. Wir können das Heer nicht gegen die Goten einsetzen, sondern müssen Konstantin aufhalten. Wenn wir auch noch Ostgallien verlieren, wird Konstantin auf unserer Schwelle stehen. Er wird nach Italien ziehen. Er will die vollkommene Macht, nicht nur einen Teil des Reichs. Er zieht, durch Alarichs Erfolg ermutigt, weiter nach Westen und sammelt Anhänger. Er hat Arles zu seiner Hauptstadt gemacht, wo er sich wie der rechtmäßige Kaiser benimmt. Er erlässt Edikte, prägt Münzen …«

Honorius winkte ab. »Usurpatoren kommen und gehen. Die Legionen jubeln schon seit Caesars Zeit rivalisierenden Kaisern zu. Ihr werdet uns auch von diesem wieder befreien.«

»Einige, Augustus, haben Erfolg. Konstantin ist bereits erfolgreicher als die meisten. Zuerst Armorica, dann die Bretagne und die Normandie und jetzt halb Gallien. Er ist eine schlimmere Gefahr als die Goten. Ihr wisst das, Augustus, Ihr habt selbst gesagt ...«

»Bah. Die Legionen laufen zu ihm über, weil sie abergläubische Narren sind. Weil er sie glauben gemacht hat, er wäre der von Gott ernannte Nachfolger des großen Konstantin.«

»Wir müssen ihn jetzt angreifen, mit einem Überraschungsangriff. Er erwartet, dass wir die Verstärkung aus Konstantinopel gegen Alarich einsetzen. Wenn wir Konstantin und den Kern seiner Anhänger vernichtet haben, wenn sie erst einmal sehen, dass er weder unbesiegbar noch göttlich ist, werden sie lammfromm ins Lager zurückkehren. Soldaten, Honorius, sind ebenso wankelmütig wie der Pöbel. Dann, und nur dann, können wir Alarich angreifen. Inzwischen müssen wir Zeit gewinnen, mit Alarich verhandeln, die Dinge in die Länge ziehen ...«

»Wo ist Alarich jetzt?« Honorius reichte seinem General das Futterkästchen. »Hier, haltet das. Erzählt es mir, während ich diese Vögel füttere.« Er öffnete die Käfigtüren, fütterte und streichelte, während Konstantius neben ihm ging, redete und dem Kaiser hin und wieder das Kästchen hinhielt, damit er hineingreifen konnte.

»Die Goten ziehen weiterhin nach Süden und verheeren das Land. Sie verschlingen wie Heuschrecken alles, was ihnen in den Weg gerät. Alle großen Besitzungen wurden geplündert. Wer konnte, ist nach Sizilien, Judäa oder Afrika geflohen, und alle andern sind tot oder versklavt.«

»Was bezweckt Alarich? Sie sollten mit dem errungenen Beutegut doch gewiss zufrieden sein. Es muss auch ihr Vorankommen behindern. Warum gehen sie nicht einfach dahin zurück, woher sie gekommen sind?«

Konstantius knirschte verbittert mit den Zähnen. Honorius hatte die vielen Depeschen, die er ihm geschickt hatte, entweder ignoriert oder vergessen. Er verbarg seine Verärgerung und wiederholte die Fakten. Schließlich seufzte Honorius. »Ich kann keine Verhandlungen mit Alarich eröffnen. Er muss den ersten Schritt tun.«

»Aber Augustus, Eure Schwester …«

»Ja, ja, ich weiß. Sie könnten sie töten oder verkaufen.« Er schüttelte den Kopf. »Ich glaube nicht, dass sie das tun werden. Mein Vater pflegte zu sagen, Alarich sei der fähigste Gote, mit dem er jemals zu tun gehabt hätte. Er ist zu schlau, um nicht zu erkennen, dass sie nützlich sein könnte. Darum verweigert er die Auslösung. Sogar die Goten müssen essen, ungeachtet ihres übermäßigen Stolzes. Ihnen wird schließlich die Nahrung ausgehen, genauso wie es in Rom war. Wie Ihr sagt, ist das Land verheert. Keine neuen Feldfrüchte werden angepflanzt, kein Vieh gezüchtet. Die afrikanische Getreideflotte wird dieses Jahr hier andocken. Die Goten werden bis zum Winter verhungern, und wir werden genug Getreide haben, das wir nicht nur gegen meine Schwester austauschen können, sondern auch gegen den Abmarsch der Goten.«

Konstantius warf ihm einen überraschten Blick zu. Anstatt ihn zu beruhigen, machten ihn Honorius' gelegentliche Momente der Einsicht stets noch nervöser als die übliche Unbestimmtheit des Kaisers. »Augustus, Ihr müsst mir den Befehl erteilen, Konstantin anzugreifen! Meine Männer sind bereit. Die adriatische Flotte wartet in Classis. Es ist keine Zeit …«

Honorius lächelte, ein kleines, trauriges Lächeln. Er streckte die Hand aus. »Gebt mir das Kästchen, Konstantius, es passt nicht zu Euch. Lasst mich die Vögel füttern. Dann werdet Ihr Euren Befehl erhalten.«

Konstantius reichte das Kästchen zurück. Honorius wandte sich den Vögeln zu. Einen Moment beobachtete Konstantius ihn mit angewidert geschürzten Lippen. Dann wandte er ihm, mit derselben einzigartigen Vertrautheit, die ihm unangekündigten Zutritt zum Kaiser verschaffte, den Rücken zu.

Er kreuzte die Arme, blickte auf die glatte graue See hinaus und dachte an den Usurpator Konstantin und an die Goten und an Placidia. Er sah ihr Gesicht, die dunklen, melancholischen Augen, die gebieterische Nase, die Wölbung ihres schlanken Halses, ihre vollen Brüste und die schmale Taille. Er stellte sich jene Brüste vor. Sie waren ausgereift, und das Mädchen ebenfalls, mehr als ausgereift. Sie brauchte einen Ehemann. Wenn sie erst mit ihm verheiratet wäre, würde er sie bald lehren, nicht mit ihrer unnahbaren Art auf ihn herabzublicken. Er war es, und er allein, der ihren Bruder auf dem Thron hielt.

Aber zunächst musste er sie von den Goten erretten. Und die Goten bereiteten ihm ebenso großes Kopfzerbrechen wie der Usurpator in Gallien. Während der letzten Wochen, in denen er die dürftigen Berichte seiner Spione analysierte, hatte sich bei ihren Bewegungen ein Muster entwickelt, das an ihm nagte wie Rost an einer alten Heeresstandarte. Die Goten waren nomadische Plünderer. Aber sie zogen weiter nach Süden, die Westküste Italiens entlang, wichen niemals von ihrer Richtung ab, gleichgültig welch üppige Beute im Hinterland wartete. Würden sie sich, wenn sie die Stiefelspitze erreichten, der Ostküste zuwenden, nach Ravenna? Das ergab keinen Sinn. Alarich wusste, dass Ravenna, von Sümpfen und Meer umgeben, unbezwingbar war. Die einzige andere Erklärung für Alarichs Handeln war so unmöglich, dass Konstantius sich weigerte, darüber nachzudenken. Kein Barbar konnte einen solch wagemutigen Plan ersinnen, geschweige denn, ihn auszuführen. Allein die praktischen Schwierigkeiten wären für die Goten unüberwindbar. Alarich musste sich an der Spitze Italiens niederlassen wollen, ein Gebiet, das die Goten verteidigen könnten, und dort darauf warten, dass Honorius sich mit ihm einigte.

Und das werden wir tun. Wir werden ihn loskaufen. Und das Mädchen. Aber Honorius hat recht. Wir müssen warten, bis ihnen der Mut sinkt. Dann werden sie gehen, wenn wir ihnen genug Getreide und Gold geben. Natürlich wird Alarich, wie alle erfolgreichen Erpresser, früher oder später zurückkommen. Aber wenn er es tut, werde ich aus Gallien zurück sein. Ich werde bereit sein. Für die Goten und für Placidia.

Konstantius hob den Blick. »Hilf mir, großer Jupiter«, flüsterte er, »hilf mir, Rom zu retten, und dein Name wird wieder so groß sein wie vor der Ankunft des Galiläers.«

Nebel schwebte im ersten grauen Licht der Dämmerung über das taufeuchte Gras. Placidia schlich vorwärts, duckte sich zwischen die Wagen. Eher vor Anspannung als vor Kälte zitternd, zog sie ihren Umhang fester um sich. Als sie sich den königlichen Wagen näherte, hielt sie den Atem an, weil sie die Hunde fürchtete. Die Tiere regten sich jedoch nicht. Sie ging weiter, bahnte sich ihren Weg durch das Lager. Als sie die Pferdekoppel erreichte, sah sie mit Erleichterung, dass die Fuchsstute, die sie letzte Woche mit Äpfeln gefüttert hatte, unmittelbar am Rand der Einfriedung stand. Vorsichtig hob sie den Riegel des Gatters und betrat die Koppel. Sie streichelte den Kopf des Tieres.

»Du bist ein braves Pferd.« Sie legte die Hand an den warmen Hals und bemühte sich, ihr hämmerndes Herz zu beruhigen. Unter ihrem Umhang holte sie das Zaumzeug hervor, das sie vor Tagen versteckt hatte, ließ es über den Kopf der Stute gleiten und schob ihr die Kandare zwischen die Zähne. Das Mundstück war ein wenig zu groß, aber das ließ sich nun nicht ändern. Ihre einzige Chance bestand beim Wachwechsel. Die Wächter tauschten da ein paar Worte und ein, zwei Scherze aus, bevor der abgelöste Wächter schlafen ging. In dieser kurzen Zeitspanne musste sie an den Latrinengräben vorbei, die sie wegen des Gestanks mieden, und den nahegelegenen Wald erreichen, bevor sie ein Stück weiter unten wieder auf die Straße kam. Sie hatte die Wächter jeden Tag nachlässiger werden sehen. Wie alle hier wussten sie, dass es im Umkreis von einhundert Meilen keine römischen Soldaten gab.

Placidia richtete sich auf, strich sich eine Haarsträhne aus dem Gesicht und griff nach den Zügeln. Sie tätschelte das Pferd. »Komm«, flüsterte sie.

Etwas raschelte hinter ihr. Bevor sie herumfahren konnte, legte sich eine Hand fest auf ihren Mund. »Nicht so schnell, Prinzessin.«

Placidia glaubte, das Herz müsse ihr aussetzen. Sie hätte auch ohne die Hand auf ihrem Mund nicht schreien, geschweige denn sich regen können. Die Knie drohten ihr wegzusacken. Der Mann wandte sie um und nahm seine Hand fort, hielt aber ihre Schulter weiterhin fest umfasst.

Sie riss die Augen auf. Es war Gerlindas Bruder.

»Das war eine sehr törichte Idee, Prinzessin. Wohin wolltet Ihr?«

Placidia schluckte. »Nach Nola, um bei Bischof Paulinus Zuflucht zu suchen.«

»Hm, verstehe. Wisst Ihr, wie weit es bis Nola ist?«

Sie sah ihn finster an. »Natürlich weiß ich, wie weit es bis Nola ist!« Hielt er sie für völlig schwachsinnig? »Ich habe die Sklavenhändler, die gestern im Lager waren, sagen hören, sie kämen aus Nola. Ich habe einen von ihnen gefragt, wie weit es sei und in welcher Richtung es läge.«

»Sie müssen Euch gesagt haben, dass es einen guten Tagesritt entfernt liegt?«

Sie nickte.

»Und Ihr wart bereit, einen solchen Ritt allein zu versuchen, auf einem ungesattelten Pferd, ohne Verpflegung oder Wasser? Oder habt Ihr das unter Eurem Umhang verborgen wie das Zaumzeug? Habt Ihr eine Ahnung, welcher menschliche Abschaum die Straßen und das Land heutzutage durchstreift? Was diese Gesetzlosen oder davongelaufenen Sklaven einem wehrlosen Mädchen auf einem wertvollen Pferd antäten, bevor sie es umbrächten?«

Placidia spürte, wie sie bis zu den Haarwurzeln errötete. Jäh erkannte sie die Wahrheit seiner Worte – und ihre eigene Torheit. Der kleine Dolch, den sie in ihrem Gürtel versteckt hielt, hätte ihr nichts genützt, wenn sie tatsächlich in die Hände Gesetzloser gefallen wäre.

»Kommt«, sagte er in weniger spöttischem Tonfall, »ich bringe Euch zu Eurem Wagen zurück, bevor das gesamte Lager erwacht. Ihr habt Glück, dass ich nachsehen wollte, ob eine meiner Stuten in der Nacht gefohlt hat.« Er nahm ihr die Zügel aus der Hand, nahm dem Pferd das Zaumzeug ab und ließ es ins hohe Gras fallen. »Jemand wird froh sein, es zu finden«, sagte er und schob es noch weiter außer Sicht.

Sie gingen schweigend voran und begegneten niemandem. »Nola«, sagte Athaulf kurz darauf, »wäre ohnehin keine gute Wahl gewesen. Es ist unser nächstes Ziel.«

Als sie ihren Wagen erreichten, fragte er: »Was ist mit Tuga?« Er fuhr sich mit einer Hand über die Kehle und sah sie mit schiefgelegtem Kopf an.

»Natürlich nichts!«, antwortete Placidia scharf. »Sie … sie schläft.«

Athaulf wölbte die Augenbrauen. »Sie schläft? Das glaube ich nicht. Wo ist sie?«

»Sie besucht eine Freundin. Sie … bitte bestraft sie nicht. Es war meine Schuld. Tuga ist ein gutes Mädchen, aber sie schlüpft manchmal des Nachts hinaus, um ihren Geliebten zu treffen. Ich habe sie heute Abend ermutigt …«

Athaulf sah sie nachdenklich an. »Prinzessin«, sagte er langsam, »wenn Ihr mir Euer Wort gebt, dass Ihr diese Eskapade nicht wiederholen werdet, erzähle ich Alarich nichts davon. Sein Zorn ist furchtbar. Er könnte etwas Unvernünftiges tun, was unseren Interessen schaden könnte.«

»Interessen?«

»Den Interessen unsers Volkes. Früher oder später müssen wir mit Rom Frieden schließen. Mit Eurem Bruder. Wir können nicht ewig gegen Rom kämpfen.«

Sie hielt seinem Blick stand, während sie versuchte, ihre Überraschung zu verbergen. »Ich gebe Euch mein Wort.«

Ein Lächeln erhellte sein Gesicht. »Kann ich dem Wort einer Frau trauen?«

»Ich bin nicht irgendeine Frau!« Sie straffte die Schultern. »Ich bin die Tochter von Theodosius dem Großen. Mein Vater hat sein Wort, anders als meine Brüder, niemals gebrochen, nicht einmal einem Barbaren gegenüber. Und das werde ich auch nicht tun.«

Seine Miene verdüsterte sich. Mit kalter Stimme sagte er: »Lasst mich Euch helfen«, und hob sie in den Wagen. Dann wandte er sich ohne ein weiteres Wort ab und ging davon, eine große, dunkle Gestalt, die sich vor dem erwachenden Tag abhob.

Placidia lag lange Zeit auf ihrem Bettzeug und blickte zu dem Lederverdeck hinauf, ohne es zu sehen. Stattdessen sah sie das Gesicht von Athaulf, seine Miene, als sie ihn einen Barbaren nannte. Wie konnte sie so unhöflich sein? Aus welchen Gründen auch immer hatte er sie doch gerettet.

Athaulf hatte die Wahrheit gesagt. Zehn Tage später fiel Nola an die Goten. Placidia saß auf ihrem Wagen und sah zu, wie neue Gefangenen ins Lager getrieben wurden. Ihr Blick folgte gerade einer distinguiert wirkenden, ältlichen Matrone, die ein kleines Mädchen an der Hand führte, vielleicht ein Enkelkind, als sie einen großen Mann erblickte. Er war breitschultrig, das Gesicht von der Sonne ledrig, mit langem, ergrauendem Haar, das einst flachsfarben gewesen war. Sie starrte ihn an. Das konnte nicht sein. Und doch – das Gesicht, die Art, wie er die Arme schwang, aber vor allem der ausschreitende, von einem Leben auf dem Pferderücken geprägte Gang.

»Gainsrich! Gainsrich!« Er fuhr herum. Placidia sprang von ihrem Wagen und lief auf ihn zu.

»Nobilissima!« Er umarmte sie mit breitem Grinsen. Tränen wallten in ihren Augen auf. Sie lehnte den Kopf an die breite, knochige Schulter und wurde von Schluchzen geschüttelt. Gainsrich hielt sie wie ein Kind, streichelte ihren Rücken, murmelte beruhigend. Sie war wieder im Stallhof ihrer Kindheit.

Schließlich setzte er sie ab. »Ich hatte davon gehört, hatte aber geglaubt, dass Ihr inzwischen ausgelöst worden wärt. Zumindest scheint Ihr wohlauf zu sein. Seid Ihr …«

Sie lächelte und wischte sich die Augen, während sie zu dem Mann aufblickte, der einst Stilichos Oberstallmeister gewesen war. »Es geht mir gut, Gainsrich. Was ist mit dir? Ich werde dir helfen, ich werde mit der Königin sprechen.« Als sie seinen Blick sah, fügte sie hinzu: »Königin Gerlinda, Alarichs Frau. Ich bin für sie eine Art Magd.«

»Es geht nicht um mich, sondern um den Bischof. Er ist schwach und krank, und ich fürchte um sein Leben.«

»Paulinus? Der Bischof von Nola?«

Gainsrich nickte. »Nach Stilichos Tod, als wir der Rache Eures Bruders entkommen mussten, gewährte er uns in seiner Kirche Zuflucht, obwohl er wusste, dass ich ein Gefolgsmann von Arius war. Er ist ein großartiger, ein heiliger Mann. Es geht ihm nicht gut. Ihr müsst ihm helfen.«

Placidia sah sich um. »Wo ist er?«

Gainsrich deutete mit dem Kopf nach hinten. »Sie haben ihn in einen Wagen verfrachtet. Sie glauben, er wäre eine große Ablösesumme wert. Wenn sie herausfinden, wie arm er inzwischen ist, werden sie ihn töten …«

Die Kolonne hatte angehalten. Gefangene liefen umher. Ein berittener Gote mit einer Peitsche in der Hand kam heran, um nachzusehen, worum es bei dem Tumult ging. »Prinzessin, aus dem Weg!« Sie trat zurück, fort von den Hufen seines Pferdes. Er ließ seine Peitsche knallen. »Weiter, ihr römischer Abschaum!«

Sie beobachtete mit nassen Augen, wie sich die Kolonne neu formierte und zum hinteren Teil des Lagers zog.

Die Goten, die sich in Städten, selbst in einer Stadt mit zerstörten Mauern, stets unbehaglich fühlten, lagerten außerhalb von Nola, während sie die Stadt und ihre wohlgefüllten Getreidespeicher plünderten. Alarich und seine Leute zogen in ein verlassenes Anwesen in den Außenbezirken. Nach einigem Grübeln beschloss Placidia, lieber mit

Alarich als mit Gerlinda über Gainsrich und Paulinus zu sprechen. Nach Stilichos Ermordung waren viele seiner Soldaten zu Alarich übergelaufen. Alarich war einst Stilichos Freund gewesen und war bekannt dafür, dass er den toten General noch immer bewunderte. Er wäre vielleicht geneigt, Stilichos Oberstallmeister gegenüber Gnade walten zu lassen.

Der Wächter im Peristyl wandte den Kopf beiläufig nach links. Er, wie auch alle anderen, kannte sie inzwischen. »Dort drüben, die Doppeltür.«

Die Bronzetüren waren geschlossen. Panik durchströmte sie. Dordrinnen würde sie Alarich und vielleicht einem Raum voller Goten gegenüberstehen. Sie spürte den Blick des Wächters auf sich ruhen. Verzagt wollte sie sich umwenden und davonlaufen. Sie stand einen Moment da und nahm mit hämmerndem Herzen all ihren Mut zusammen, bevor sie an die Tür klopfte.

»Herein!«

Drinnen beugte sich ein Mann über einen großen Tisch. Aber es war nicht Alarich. Athaulf hob den Kopf. »Sucht Ihr mich, Prinzessin?«

Sie wich zurück. Seit der Nacht, in der er ihren unsinnigen Fluchtversuch vereitelt hatte, war sie ihm nicht mehr begegnet. Sie musste schnell weg, bevor er sie an ihre Dummheit erinnern konnte. »Nein. Ich war … ich bin … auf der Suche nach Alarich. Man sagte mir, er sei hier.«

»Er überwacht den Getreidetransport.«

»Nolas Getreidespeicher waren also voll?«

Er nickte. »Das wird uns ermöglichen, die Stiefelsohle Italiens einzunehmen.«

»Die Stiefelsohle Italiens?« Dies war für sie der erste Hinweis darauf, wohin sie zogen.

Er deutete auf den Tisch. »Ich habe gerade dieses Itinerarium studiert. Ich muss sagen, ich bewundere Eure Kartographen. Bisher war jede Angabe korrekt. Die Entfernungen von einer Stadt zur nächsten,

Brücken, Flüsse, sogar die Positionen der Meldeposten sind alle bis auf den letzten Meilenstein richtig verzeichnet. Seht Euch das an«, er deutete auf eine schwarze Doppellinie auf dem Pergament, »dies bedeutet, dass die Straße hier breit genug ist für zwei Streitwagen. Ist das nicht erstaunlich?« Er grinste wie ein Junge mit einem neuen Spielzeug.

Sie entspannte sich ein wenig. Ermutigt von seiner Freundlichkeit, fragte sie: »Warum die Stiefelsohle Italiens?« Sie hielt den Atem an. Würde er es ihr erzählen?

Athaulf sah sie an, dann zuckte er die Achseln. »Ich kann es Euch ja einfach sagen. Ihr könnt nichts daran ändern.«

O doch, ich kann, dachte sie und spürte, wie sie vor Aufregung erschauderte.

»Wart Ihr jemals in Afrika, Prinzessin?«

»Nein. Aber ich besitze dort mehrere Anwesen. Viele meiner Freunde sind nach Afrika geflohen. Es ist nach Gallien die reichste Provinz des Reichs. Vielleicht jetzt, nach dem Verlust Galliens, sogar die reichere der beiden.«

»Darum ziehen wir dorthin.«

Ihr stockte der Atem. »Das ist unmöglich!«

»Das ist es nicht. Wir werden hier, in Rhegium, eine Flotte versammeln«, sein Finger fand ohne Zögern die Stelle auf der Landkarte, »und die Meerenge nach Sizilien überqueren. Von dort werden wir nach Karthago übersetzen.« Er schien ihre Verwunderung zu genießen. »Gold, Prinzessin, ist eine sehr überzeugende Währung. Wir sind keine Seeleute, dank der Vorsicht, die ihr Römer so wirkungsvoll habt walten lassen, aber es gibt in den Küstenstädten viele Seeleute und Fischer. Wenn wir Afrika erst einmal beherrschen, werden wir mit Eurem Bruder einen Vertrag aushandeln. Er kann den Westen behalten, und wir übernehmen Afrika.«

Placidia betrachtete ihn. Er wirkte verändert. Er trug wie immer die kurze, gegürtete Tunika, die enge Hose, den Dolch und die braunen Sandalen. Und wie immer unterschieden ihn nur der breite goldene

Halsreif und die Sauberkeit seiner schlichten Tunika von seinen Männern. Und doch strahlte er eine Autorität aus, die sie zuvor nicht bemerkt hatte. Vielleicht lag es an der Umgebung. Sie hatte Athaulf noch nie zuvor in einem römischen Raum gesehen. Der große Empfangsraum war mit erlesenen Fresken von Jagdszenen in Grün und Ocker und Rot verziert. Die Türen zum Peristyl-Garten standen offen und ließen einen leeren Brunnen mit einem bronzenen Faun und verwitterten Lorbeer in Marmorkübeln erkennen.

Athaulf deutete auf zwei Bänke neben den Türen. »Nehmt Platz, Prinzessin. Sagt mir, warum Ihr Alarich sprechen wollt.«

Sie streifte die Blätter von der Marmorbank, bevor sie sich auf deren Rand setzte. »Ich bin gekommen«, sagte sie, »um Alarich um Gnade für den Bischof von Nola zu bitten. Vielleicht sollte ich Euch stattdessen bitten. Würdet Ihr ihm die Freiheit gewähren? Er ist schwach und fromm und wird Euch keine Auslösesumme einbringen. Kennt Ihr Paulinus' Geschichte?«

Athaulf schüttelte den Kopf.

Sie fuhr fort: »Er war einer der reichsten und kultiviertesten Männer Roms. Als er und seine Frau das mittlere Alter überschritten hatten, wurden sie Christen. Kurz darauf gaben sie ihr gesamtes Vermögen den Armen und zogen sich in eine Höhle in der Nähe von Nola zurück, wo sie von Almosen lebten. Die Menschen von Nola baten Paulinus nach dem Tod seiner Frau, ihr Bischof zu werden. Nun ist er alt und allein, bis auf einen Goten namens Gainsrich, der einst Stilichos Oberstallmeister war. Paulinus rettete ihn vor seinen Verfolgern, nachdem Stilicho ermordet wurde.« Sie zerbröselte ein dürres Blatt in den Händen. »Gainsrich war es, der mir als Kind das Reiten beibrachte.«

Er nickte. »Ich werde mit Alarich sprechen.« Dann sah er sie durchdringend an. »Hat dieser Gainsrich Euch neben dem Reiten auch Gotisch beigebracht?«

Sie warf ihm einen überraschten Blick zu. »Woher wusstet Ihr, dass ich Gotisch spreche?«

»Ich wusste es nicht, ich habe es nur vermutet. Ich habe beobachtet, wie Ihr uns zuhörtet. Ich habe Alarich einmal gewarnt, aber er lachte nur. Nun weiß ich es. Wie gut ist Euer Gotisch?«

Sie hielt seinem Blick stand und sagte auf Gotisch: »Gut genug, um das meiste von dem zu verstehen, was Ihr sagt. Aber Ihr wart vorsichtig.«

Er lachte. »Bei den Märtyrern! Zuerst verflucht Ihr uns, dann spioniert Ihr uns aus. Und ich fing schon an, Mitleid für Euch zu empfinden!«

»Ich weiß Euer Mitleid zu schätzen, aber Paulinus braucht es mehr als ich. War es wirklich nötig, eine alten Gottesmann einzusperren?«

»Wir brauchten Nola. Und Paulinus sollte sehr reich sein ...«

Placidia platzte heraus: »Ihr nennt Euch Christen, und doch nehmt Ihr so beiläufig Menschen gefangen und metzelt sie nieder wie jeder Heide! Nur dass Ihr noch gieriger seid!«

»Es ist keine Gier, Prinzessin, sondern Notwendigkeit. Meine Männer haben ein Recht auf Beute. Sie waren jahrelang unterwegs. Sklaven sind ein Teil des Beuteguts der Soldaten.« Er beugte sich mit den Händen auf den Knien vor. »Lasst mich Euch etwas sagen, Prinzessin. Man hat Euch erzählt, wir wären Barbarengesindel. Aber hat man Euch auch erzählt, wie Euer Vater und Euer Bruder uns als Gegenleistung für falsche Versprechen dazu benutzt haben, ihre Kämpfe auszufechten? Mein Bruder hat Rom erst geplündert, nachdem jahrelange Verhandlungen nichts als Worte erbrachten. Er ist ein ehrenwerter Mann. Euer Bruder besitzt trotz seines Namens weniger Ehre als eine Metze, und er ist obendrein ein Dummkopf.«

Sie sprang auf. »Wie könnt Ihr es wagen, Honorius zu beleidigen! Ihr ...«

Er hob eine Hand. »Beruhigt Euch, Prinzessin. Ich beleidige nicht Euch, ich beleidige Euren Bruder. Ich wage zu behaupten, dass Ihr einen besseren Kaiser abgegeben hättet. Ihr besitzt sowohl Mut als auch Intelligenz. Wir Goten bewundern tapfere Frauen, anders als ihr Römer. Wie behandeln unsere Frauen als gleichwertig, nicht als abgesondert und wie Minderwertige.«

»Römische Frauen werden nicht wie Minderwertige behandelt! Nur weil wir es für geziemender halten, die Messe oder Spiele abseits der Männer zu besuchen und in Frauengemächern leben, bedeutet das nicht, dass wir minderwertig sind. Im Gegenteil – es erlaubt uns, unsere Würde zu bewahren. Wir fühlen uns so wohler. Habt Ihr jemals darüber nachgedacht, wie es sich anfühlt, wie ein Stück Fleisch an einem Fleischerhaken lüstern begafft zu werden? Oder zufällig die groben Bemerkungen zu hören, die Männer über jedes vorübergehende Mädchen machen? Und wenn es um Tapferkeit geht, dann denkt an die großartigen Frauen unserer Vergangenheit, an Livia, oder an die Mutter der Gracchen. Sie …«

Er erhob sich. »Prinzessin, ich muss zu meinem Bruder gehen. Ich würde Eure Geschichte jedoch gerne ein anders Mal hören, wenn Ihr sie mir erzählen mögt. Es ist nützlich, die Geschichte seines Feindes zu kennen. Und was Männer betrifft, so sind nicht alle lüstern, und Ihr wärt überrascht, wie viele Frauen gerne begafft werden.« Er sah sie an und streckte dann eine Hand aus. »Glaubt Ihr, wir könnten Freunde sein, obwohl wir Feinde sind, Prinzessin?«

Sie sagte zögerlich: »Freundschaft zwischen Feinden? Ist das möglich?«

»Vielleicht. Der Gedanke kam mir schon neulich, aber ich wusste nicht«, er hielt inne und lächelte, »ob Ihr mich erneut anfauchen und einen Barbar nennen würdet …«

Es stimmte, sie hatte ihn an jenem Tag Barbar genannt. Es war unfreundlich gewesen, was auch immer seine Motive dafür waren, dass er ihren Fluchtversuch Alarich gegenüber verschwiegen hatte. »Es tut mir leid. Ich wollte nicht …« Sie streckte die Hand aus, von ihrer eigenen Kühnheit überrascht, und umfasste sein Handgelenk, so wie Offiziere es taten. »Lasst uns Freunde sein.«

Sie ärgerte sich stets über die Angewohnheit der Goten, sie Prinzessin zu nennen. Und bei ihm irritierte es sie noch mehr. Bevor sie sich daran hindern konnte, fügte sie hinzu: »Aber nennt mich nicht Prinzessin.«

Er lächelte und ignorierte die Schärfe in ihrer Stimme. »Wie soll ich Euch denn nennen?«

»Nennt mich Placidia.«

Athaulf hielt sein Versprechen. Eine Woche, nachdem sie Nola verlassen hatten, wurden Paulinus und Gainsrich freigelassen. Placidia stand in der frühen Morgensonne, um sich vom Bischof zu verabschieden. Athaulf hatte eine Eskorte bereitgestellt, die ihn nach Nola zurückbringen sollte.

Der alte Mann legte eine Hand auf Placidias Schulter. »Möge Gott Euch beschützen, Nobilissima. Wenn ich jemals etwas tun kann, um Eure Freundlichkeit zu erwidern, dann lasst es mich wissen. Und verzweifelt nicht. Die Wege des Herrn sind unergründlich, aber stets gerecht.«

Was, fragte sie sich, meinte Paulinus? Und was könnte er möglicherweise für sie tun, außer zu beten? Aber vielleicht waren Gebete genau das, was sie selbst, was sie alle, Römer und Goten, mehr brauchten als alles andere. Nur Gott konnte solch einen Konflikt lösen, in dem auf beiden Seiten Recht und Unrecht geschah. Das Schicksal eines Volkes und eines Kaiserreichs hing davon ab.

Paulinus umarmte Gainsrich. »Lebt wohl, mein Freund. Ich weiß, dass Ihr der Prinzessin so treu dienen werdet, wie Ihr mir gedient habt.«

Gainsrichs blaue Augen waren feucht. »Herr, Ihr versteht, nicht wahr?«

Paulinus lächelte. »Das tue ich.«

Athaulf half Paulinus auf sein Pferd. Er reichte dem Bischof eine Lederbörse. »Für Eure Kirche. Ich heiße vieles nicht gut, was meine Männer tun, aber dies ist ein Krieg, und sie sind Krieger ... Geht mit Gott, ehrwürdiger Vater.«

Paulinus hob zwei Finger zum Segen. »Ich werde für Euch beten.«

Sie beobachteten, wie die aufrechte, weißhaarige Gestalt auf der Rotschimmelstute den Berg hinabritt. Unten im Tal wandten sich die

Reiter, die nun nur noch ein dunkler, verschwommener Fleck vor dem Horizont waren, nach Westen. Placidia sah Gainsrich an. Er stand neben ihr und knetete seine großen Hände, um seine Gefühle zu beherrschen. Sie spürte eine Woge der Zuneigung zu diesem wortkargen Mann, der darum gebeten hatte, lieber bei ihr bleiben zu dürfen als seine Freiheit zurückzuerlangen. Athaulf hatte zu ihrem Erstaunen zugestimmt.

»Dieser alte Mann«, sagte Athaulf mit Blick auf das Tal, »ist ein Heiliger. Ihr hattet recht damit, Euch für ihn zu verwenden. Seine Gebete sind ein großes Geschenk. Wir brauchen sie, wir alle.«

Placidia sah ihn überrascht an. Er hatte genau ihre Gedanken ausgesprochen.

Eines Nachmittags, als Placidia und Tuga spinnend am Fluss saßen, ritt Athaulf in leichtem Galopp heran.

»Was für ein prächtiger Tag, Prin …« Er lächelte. »Placidia. Meine beste Stute hat gestern gefohlt. Ein neuer Bukephalos! Wollt Ihr den kleinen Hengst sehen?«

Placidia hielt mit ihrer Spindel mitten in der Bewegung inne. Ein seltsames Gefühl überkam sie. Als würden Vergangenheit und Gegenwart durchs Schicksal miteinander verwoben. Sigesarius, der von ihrer Mutter sprach, Alarichs Pferd, das ihm Stilicho geschenkt hatte, und Athaulf, der von einem Pferd wie dem von Alexander träumte. Sie schaute zu Athaulf. »Gerne.«

Das Fohlen stand wackelig auf den Beinen und war reizend. Es hatte einen perfekt proportionierten Kopf. Die Stute, prächtig grau gesprenkelt mit weißen Fesseln und einem majestätischen Mähnenwurf, ließ es zu, dass sie ihren Nachwuchs streichelten, und rieb ihren Kopf dann an Athaulf.

»Sie ist großartig. Wo habt Ihr sie her?«

Er grinste wie der Wolf, dessen Namensvetter er war. »Ich möchte es Euch lieber nicht erzählen. Aber sie mag mich vermutlich lieber als ihren letzten Herrn. Würdet Ihr sie gerne reiten?«

»Aber ja.«

»Aber Ihr solltet nicht allein reiten. Gainsrich kann Euch begleiten.«

»Ihr würdet darauf vertrauen, dass wir nicht fliehen?«

»Er hat mir einen Treueeid geschworen. Und Ihr, erinnert Euch, gabt mir Euer Wort als Tochter von Theodosius dem Großen.« Kaum wahrnehmbare Belustigung schimmerte in seinen Augen.

»Ich … ich weiß nicht, was ich sagen soll.« Welche Glückseligkeit zu reiten, Tugas geistlosem Geschnatter zu entkommen, frei zu sein, wenn auch nur für eine Weile!

»Sagt nichts. Sie wird nächste Woche für Euch bereitstehen.«

Wenige Tage nach ihrem ersten Ausritt begegneten sie und Gainsrich auf einer Lichtung Athaulf und seinen Söhnen. Sie saßen auf dem Gras neben ihren Hunden und aßen ihre Mittagsmahlzeit. Über der ersterbenden Glut eines Feuers hingen drei halb gegessene gebratene Hasen. Weitere Hasen waren an ihre Satteltaschen gebunden.

Athaulf klopfte auf den Boden. »Teilt unser Mahl, Placidia. Wir waren auf der Jagd.«

Er legte eine Hand auf jedes Kind. »Dies ist mein Erstgeborener, Alarich. Er ist sieben. Und dies«, er zauste dem kleineren Jungen die Haare, »ist Theoderich. Er ist fast sechs. Komm schon«, er versetzte Theodoric einen sanften Schubs, »gib der Prinzessin etwas zu essen. Sie hat gewiss Hunger.«

Der Junge reichte ihr mit scheuem Lächeln ein großes Stück Brot und einen Streifen Fleisch. Der Hase schmeckte köstlich, mit frischen Kräutern gewürzt, die sie nicht kannte. Athaulf reichte ihr seinen Weinschlauch. »Nehmt etwas.« Der Wein war nicht mit Wasser versetzt und schmeckte nach Ziegenleder, aber es war zumindest Wein und nicht dieses unergründliche vergorene Gebräu, das die Goten normalerweise tranken.

Nachdem sie das übrige Fleisch verspeist und ihren Anteil an Brot und Käse gegessen hatten, knackte Athaulf für alle auf einem großen, flachen Stein frische Haselnüsse. Placidia lehnte den Kopf an einen Baum. Sie fühlte sich angenehm schläfrig. Vielleicht lag es am Wein. Er hatte nach einigen weiteren Schlucken nicht mehr so schlecht geschmeckt. Sie beobachtete durch halb geschlossene Augen, wie die Spätsonne schräg durch die Bäume schien, Athaulfs gesprenkeltes Profil über den Stein gebeugt, die beiden lockenköpfigen Jungen, Gainsrich, der aus einem Stück Holz ein Spielzeugpferd schnitzte. Irgendwo in den Baumwipfeln das beharrliche Klopfen eines Spechts. Tap, Tap, Tap ... Ein perfekter Moment der Gelassenheit, ganz aus der Zeit gefallen.

Auf dem Rückweg ritt Athaulf neben ihr. Sie schwiegen beide. Gainsrich folgte ihnen mit den Kindern. Die Jungen hielten hin und wieder an und übten mit den kleinen Weidebögen, die sie gefertigt und Placidia stolz gezeigt hatten. Athaulfs Freundlichkeit beschäftigte sie wie ein ungelöstes Rätsel. Mochte er sie wirklich, oder hatte er andere Motive? Sie fragte sich das nicht zum ersten Mal. Athaulf war weitaus feinsinniger als Alarich.

Als das Lager in Sicht kam, fragte Athaulf: »Würdet Ihr gerne wieder mit uns ausreiten? Ich nehme die Jungen mit zur Jagd, wann immer ich kann. Sonst sehe ich sie nicht häufig. Sie haben keine Mutter mehr. Meine Frau starb. Und Sigesarius erzieht sie sehr streng.« Er fügte hinzu: »Ihr müsst sehr einsam sein, wenn Ihr nur mit dem wortkargen Gainsrich als Gesellschaft reitet.«

Sie lächelte. »Ihr habt recht. Er spricht lieber mit Pferden als mit Menschen. Aber ich bin dennoch froh, dass ich ihn habe.«

»Ich weiß, Prinzessin. Darum erlaubte ich ihm zu bleiben.«

Sie sah ihn an. Er hatte sie erneut Prinzessin genannt, aber es kümmerte sie nicht. Vielleicht war auch Athaulf einsam, aus ganz anderen Gründen. Es gab Momente, in denen sie einen melancholischen Ausdruck in seinen Augen entdeckte, und sie hatte manchmal das Gefühl, dass er ihren Schmerz verstand. Dass er sie ebenso sehr mochte, wie sie ihn mochte. Dann wieder glaubte sie, dass er nur Mitleid mit ihr empfand. Oder, schlimmer noch, dass er sie zu seinen eigenen Zwecken manipulierte.

Sie ritten regelmäßig aus und stiegen häufig an einem Bach ab. Während die Pferde tranken oder grasten und die Jungen auf Bäume kletterten oder sich mit Gainsrich an Eichhörnchen heranschlichen, saßen Placidia und Athaulf im Gras und redeten.

Eines Tages stellte sie die Frage, die sie schon so oft bewegt hatte: »Seid Ihr freundlich zu mir, weil Ihr hofft, dass ich eines Tages meinen Bruder beeinflussen werde? Alarich und Ihr glaubt, Ihr könntet die afrikanischen Provinzen erobern und dann über eine Aufteilung des Kaiserreichs verhandeln. Das wird niemals funktionieren. Es gibt zu viele Römer in Afrika, zu viele gute Offiziere und loyale Soldaten. Das afrikanische Klima ist rau, das Gebiet trügerisch. Wir benutzen Hilfstruppen, wilde Bergstämme, deren Kampfmethoden Ihr noch nie begegnet seid ... Ihr werdet niedergemetzelt werden!«

Er warf den Kopf zurück und lachte. »Ich hatte recht. Ihr hättet einen besseren Kaiser abgegeben als Honorius. Über diese Frage denkt Ihr schon seit Nola nach, nicht wahr? Genauso, wie Ihr versucht habt, Gainsrich dazu zu bringen, eine Nachricht an diese römische Garnison zu schicken.«

Ihr Herz setzte einen Schlag lang aus. »Hat er es Euch erzählt?«

»Nein, das hat er nicht. Er würde Euch niemals verraten. Ich wusste, dass Ihr es versuchen würdet, und ich hoffte, er würde sich weigern. Ich ließ ihn beobachten. Er ist ein guter Mann. Er ist Euch treu ergeben, aber er weiß auch um die Unantastbarkeit eines Schwurs.« Er sah ihr in die Augen. »Ja, Ihr habt recht. Ich dachte und denke noch immer, Ihr könntet uns bei den Verhandlungen mit Honorius helfen. Wenn uns dieses Wagnis des Einmarschs in Afrika gelingt ... Denn auch darin habt Ihr recht. Der Ausgang all dessen ist absolut nicht sicher. Aber wir haben keine Wahl. Ein Größerer als wir wird entscheiden.« Athaulf lächelte. »Aber ich schätze Euch wirklich. Ich bewundere

Euren Geist. Ich rede gerne mit Euch. Lasst uns Afrika vergessen. Erzählt mir stattdessen erneut, wie es Augustus gelungen ist, Roms erster Kaiser zu werden, während er den Schein aufrechterhielt, Rom sei eine Republik. Ich verstehe noch immer nicht, wie er das geschafft hat.«

Sie erwähnte Afrika nie wieder. Obwohl sie bei jedem neuen Halt näher an Rhegium herankamen, war ein Gewicht von ihr genommen worden. Gott würde entscheiden. Die Verantwortung lag nun bei ihm. Sie würde inzwischen eine Freundschaft genießen, die ebenso kostbar wie dem Untergang geweiht war. Denn sie musste früher oder später enden, auf eine Art, die sie sich nicht einmal vorstellen mochte. Der Gedanke machte ihr das Herz schwer. Sie fühlte sich mehr zu diesem barbarischen Prinzen hingezogen als jemals zu einem ihrer Freunde oder ihrem Bruder. Sie hatte manchmal das Gefühl, als kenne sie Athaulf schon ihr ganzes Leben lang.

Wenn sie unter einem Baum oder an einem Bach saßen, wenn sie der römischen Geschichte überdrüssig waren, erzählte er ihr von seiner Kindheit an den Ufern des Danuvius. Sie hörte bezaubert zu, während seine Worte ihr eine völlig neue Welt eröffneten, eine Welt, die unvorstellbar weit von den Palästen und Basiliken, den Generälen und ränkeschmiedenden Höflingen, den gelehrten Geistlichen und oberflächlichen Freundinnen ihrer Vergangenheit entfernt war. Der Danuvius, ein Fluss, der breiter als der Bosporus und zehnmal so breit wie der Tiber war und heiter im Glanz der untergehenden Sonne lag. Vogelschwärme, die so groß waren, dass sie die Sonne verdeckten, Sonnenuntergänge von gespenstischer Schönheit, der Horizont in glühenden Regenbogenfarben, wenn Wasser und Himmel und Erde und Sonne miteinander verschmolzen. Er beschrieb ihr Kormorane, Reiher, Pelikane und wie er als Junge in einem Kahn dahintrieb, mit Pfeilen Wasservögel jagte und fischte und die Netzknüpfer und die zum Trocknen aufgehängten, ausgenommenen Fische beobachtete, die mit Netzen vor den Vögeln geschützt wurden. Wie er im Schilf Entennester suchte und an heißen, trägen Sommertagen im Schatten einer

Trauerweide Rohrflöten schnitzte. Das langsame Tempo des Flusses … Aber er sprach nie über seine tote Frau.

Er zeigte ihr, wie man die Bauten kleiner Waldtiere, die Spuren größerer Tiere und die Flugmuster von Vögeln erkannte. Athaulf brachte ihr bei, gute von schlechten Beeren, giftige von essbaren Pilzen, Heilkräuter von schädlichen Kräutern zu unterscheiden. Eines Tages bat er sie um ihre Stola. Kurz darauf reichte er ihr ein Bündel. »Tuga wird sie für Euch kochen. Es gibt nichts Köstlicheres als frisch gepflückte Pilze.« Sie waren Freunde. Und wie Freunde ergingen sie sich manchmal in gutmütigen Neckereien.

Das Pilzesuchen verfolgte sie voller Eifer. Bei einer Gelegenheit, als sie selbst einen ganzen Schal voll gesammelt hatte, sagte sie stolz: »Ich werde besser, oder?«

Athaulf hielt den Sack auf, während sie die Pilze hineinschüttete. Er schüttelte den Kopf. »Manchmal erstaunt Ihr mich, Placidia. Was würden Eure vornehmen Freunde in Rom sagen, wenn sie Euch so mit schmutzigen Händen sähen? Die Tochter von Theodosius dem Großen, die mit einem Stammesführer der Barbaren Pilze sammelt?«

Sie lächelte schelmisch. »Und was glaubt Ihr, was Eure Freunde über unsere Verbindung sagen?«

Er band den Sack zu. »Es sind weniger meine Freunde als vielmehr Gerlinda.« Er verzog das Gesicht. »Sie denkt, ich würde mich in Euch verlieben.«

Er provozierte sie, aber sie würde ihm nicht in die Falle gehen. »Wie albern! Als könnten Männer und Frauen keine Freunde sein! Da ist nichts der Liebe Ähnliches. Nur Dichter und Sklavenmädchen glauben an die Liebe!«

»Vielleicht. Aber Gerlinda ist unheilbar sentimental.« Er lächelte. »Ich werde Euch eines Tages vermissen, meine tapfere kleine Freundin. Kommt, der Himmel bewölkt sich. Wir kehren besser zurück.« Sie liefen, allein mit ihren Gedanken, schweigend los. Als sie die Lichtung erreichten, auf der sie ihre Pferde angebunden hatten, kam die Sonne hervor. Athaulf deutete in eine Richtung. »Seht, ein Regenbogen!«

»Wie wunderschön.«

»Meine Vorfahren«, sagte er, »nannten ihn die Leiter zum Himmel. Er wurde von Heimdall bewacht, dem Wächter der Götter. Dessen Gehör soll so gut gewesen sein, dass er die Wolle am Schaf wachsen hören konnte. Sie glaubten, dass ein Krieger, der in einer Schlacht starb, den Regenbogen hinauf nach Walhalla ging, jenen großen Palast mit einem Dach aus Kriegsschilden, über den Odin, der Gott des Krieges, waltete. Dort, in der Gesellschaft anderer gefallener Krieger, führte er ein Leben zügellosen Vergnügens.« Er lächelte. »Würdet Ihr mich ein wenig betrauern, wenn auch ich jene Leiter hinaufstiege, vielleicht nach Kämpfen in Sizilien? Oder würdet Ihr frohlocken, weil ein Feind Roms tot wäre?«

Sie empfand jähen Schmerz. »Ihr seid so abergläubisch wie ein Heide!«

»Nicht halb so abergläubisch wie Alarich. Er hat nie vergessen, wie Ihr ihn verfluchtet!«

»Da bin ich froh. Er hat es verdient.«

Er sah sie an. »Das größte Problem, das ihr Römer habt, ist euer Festhalten an eurer vergangenen Größe. Sie macht euch der Tatsache gegenüber blind, dass sich die Welt geändert hat, dass wir nicht mehr in der Zeit eures Augustus leben.«

»Vielleicht. Aber auch Rom hat sich verändert. Wir drängen letztendlich aus der Dunkelheit der Götzenverehrung. Einige Römer glauben, wie der Kaiser Julian es getan hat, noch immer, sie könnten die Vergangenheit zurückholen. Aber der Fluss des Lebens fließt Gottes Plan gemäß weiter. Man kann ihn nicht aufhalten.«

»Flüsse können umgeleitet werden.«

Sie lächelte. »Das dachte der ältere Symmachus auch, als er meinen Vater bat, den heidnischen Siegesaltar im Senat wieder aufzustellen. Sein Sohn, ein Freund aus Kindertagen, denkt anders. Christus wurde gesandt, um Rom ans Licht zu führen. Auch wenn der Preis, den wir für unsere Rettung zahlen müssen, unsere Größe ist.«

»Hört auf, wie ein schwülstiger alter Bischof zu reden! Das sagte ich Euch schon zuvor. Ihr seid zu jung und zu schön für solche Phrasen!« Er band den Sack mit den Pilzen an seinen Sattel.

Als er ihr die Zügel reichte, streiften seine Hände die ihren, und während sie im gesprenkelten Sonnenlicht unter einem grünen Blätterdach zurückritten, blieb sie in Gedanken bei seiner Berührung. Sie beobachtete, wie er sich einen Weg durch das hohe Gras bahnte. Ihr Blick ruhte auf seinen breiten Schultern und darauf, wie sich sein von der Sonne gebleichtes Haar in seinem gebräunten Nacken kräuselte. Sie empfand plötzlich Angst. Nicht vor ihm, sondern vor sich selbst.

In jener Nacht lag sie da und wartete auf den Schlaf, der nicht kommen wollte. Bilder von Athaulf verdrängten alle Müdigkeit. Seine wohlgeformten Lippen, die langen braunen Hände, die Art, wie er sie manchmal ansah … Sie presste mit erschrecktem Aufschrei die Hände aufs Gesicht. Sie musste dagegen ankämpfen. Mit jeder Faser würde sie die Sehnsucht bekämpfen, die dieser Mann in ihr erweckte. Sie erkannte das Zittern ihres Fleisches, obwohl sie es noch nie erfahren hatte. Die Tochter von Theodosius dem Großen begehrte einen Barbaren. Denn das war es: Begehren, das Begehren, vor dem die Kirche warnte, immer wieder. Sie würde ihren Gefühlen für Athaulf nicht die Würde eines edleren Begriffes verleihen.

Sie hörte, wie eine Stimme aus der Vergangenheit, die Worte ihrer Amme. Seit Placidia das heiratsfähige Alter erreicht hatte, wetterte Elpidia immer stärker gegen Honorius. Es war seine Schuld, sagte sie, dass ihr Liebling dazu verdammt war, als alte Jungfer zu sterben.

Solange Honorius kinderlos blieb, hätte jeder, der seine Schwester heiratete, nicht nur einen Anspruch auf den Thron, sondern auch einen Beweggrund dafür, seinen Schwager zu beseitigen. Honorius hatte es ihr einst erklärt. Placidia verstand das. Was für Elpidia, eine illyrische Bäuerin, wie abscheuliche Selbstsucht wirkte, erschien ihr vollkommen logisch. Eine Heirat hätte ihr ohnehin nicht zugesagt. Die verweichlichten Söhne römischer Patrizier interessierten sie ebenso wenig wie die umherstolzierenden Offiziere oder die korrupten Höflinge an Honorius' Hof. Ihr Bruder war zu beschäftigt, um sich allzu sehr in ihr Leben einzumischen. Solange sie ihm bei den seltenen Gelegenheiten, wenn sie ihn sah, beipflichtete, überließ er sie sich selbst. Bücher und Pferde hatten ihr als Gesellschaft genügt. Sie hatte keinerlei Sehnsucht nach einem Ehemann, der ihre Freiheit einschränkte, über ihren Körper verfügen durfte und sie den Schrecken des Gebärens aussetzte.

Es kam ihr gelegen, dass Honorius' Frauen ihm kein Kind schenken konnten. Wenn das Gerede über ihren Bruder der Wahrheit entsprach, dann gälte das auch für eine neue Frau. Aber jetzt war alles anders geworden …

Gerlinda schickte ihre Frauen fort, wann immer sie nach Placidia rief. Sie sprachen über alles Mögliche. Vielleicht war auch Gerlinda einsam, dachte Placidia. Vielleicht brauchte sie eine Freundin, in deren Gegenwart sie sich nicht wie eine Königin verhalten musste.

Eines Tages, als sie im Zelt der Königin Wolle kardätschten, fragte Gerlinda sie, ob sie gerne am folgenden Sonntag an einem Festmahl teilnehmen würde. »Nun, das würde ich gerne.« Placidia erkannte zu spät, dass sie einen Fehler begangen hatte. Alarich wäre dort sowie all die anderen Stammesführer. Jedermann würde sie anstarren und über ihre Anwesenheit tratschen.

Gerlinda lächelte. »Gut. Ihr müsst Euch schrecklich langweilen, armes Kind. Es wird ein fröhliches Ereignis werden. Akrobaten und Musikanten werden dabei sein und viel Bier und Essen.« Sie fügte hinzu: »Natürlich dürft Ihr nicht zu viel erwarten. Unsere Festmähler sind mit den Banketten in einem römischen Palast nicht vergleichbar …«

Placidia wollte gerade etwas Taktvolles sagen, als ein rothaariges Mädchen, die Tochter eines Stammesführers, den Kopf ins Zelt streckte. »Rasch, Herrin, bei Theodolinda haben die Wehen eingesetzt!« Gerlinda erhob sich und reichte Placidia ihren Korb. »Wartet auf mich. Ich sollte nicht lange fort sein. Es ist ihr neuntes Kind. Sigerichs Frau bekommt so leicht Kinder, wie eine Katze wirft, aber sie möchte immer noch, dass ich ihre Hand halte.«

Die Sonne war gerade im Untergehen begriffen, als Gerlinda zurückkehrte. Sie fand Placidia mit dem kleineren von Athaulfs Söhnen und dreien seiner Freunde würfelspielend vor dem Zelt.

Gerlinda gab vor, schockiert zu sein. »Wo hat eine römische Prinzessin einen solch undamenhaften Zeitvertreib erlernt?«

»In den kaiserlichen Stallungen.«

Gerlinda lachte. »Ihr werdet es eines Tages Euren eigenen Kindern beibringen, und sie werden Euch dafür vergöttern. Kinder lieben unkonventionelle Eltern.« Ihr Spiel vergessen, scharten sich die Kinder um die Königin. Das Kleinste, ein Mädchen von vier oder fünf Jahren, zog an ihrem Umhang. »Bitte, Gerlinda, können wir etwas Honig bekommen?« Die Übrigen riefen im Chor: »Bitte, gib uns etwas Honig! Bitte!«

Gerlinda dirigierte die Kinder ins Zelt. »Dann kommt, ihr kleinen Lauser.«

Sie hob den Deckel von einem kleinen Holzfass. »Nur nacheinander! Jeder darf zweimal naschen. Und ich möchte nicht, dass meine Tunika beschmutzt wird!« Die Kinder liefen herbei, alle Ermahnungen vergessen, und schmuddelige kleine Hände tauchten in die klebrige, bernsteinfarbene Süße ein. Honigverschmiert und vor Freude jauchzend, liefen sie hinaus.

Gerlinda setzte sich hin und griff nach ihrem Wollkorb. Sie seufzte. »Wie glücklich Frauen sind, die Kinder haben können. Ich habe gerade dabei geholfen, Theodolinda von einem wunderschönen Jungen zu entbinden. Es macht mich nach all den Jahren immer noch traurig … Gott gewährte mir keine Kinder. Stattdessen segnete er mich mit einem Ehemann, der mich trotz meiner Unfruchtbarkeit liebt. Als ich jünger war, lebte ich mit der Angst davor, dass er mich verstoßen würde. Alarich ist der letzte männliche Spross der Balti. Ich dachte, dass es vielleicht eine Lösung wäre, wenn ich für ihn eine Nebenfrau erwählte, die gerade ausreichend gefällig und nicht zu ehrgeizig wäre, aber er verweigerte es. Als seine Schwester Athaulf heiratete und ihm in kurzer Abfolge zwei Söhne schenkte, hörte er auf, sich zu sorgen.«

Tuga hatte Placidia erzählt, dass Alarich Gerlinda, die einem rivalisierenden Stamm angehörte, entgegen den Wünschen seines Vaters geheiratet hatte. »Die Balti sind der königliche Stamm?«

»Sie sind eine Familie uralter Abstammung, welche die Goten vor langer Zeit, als wir noch Heiden waren, aus den eisigen Gebieten des Nordens in die fruchtbaren Danuvius-Ebenen führte. Unsere Könige werden von der Versammlung gewählt, so dass es keine direkte Abstammungslinie gibt, wie die Perser sie haben, aber die rivalisierenden Stämme der Balti und der Amali haben schon lange Zeit die Könige für das Volk gestellt. Mein Vater war Stammesführer der Amali. Athaulfs Söhne sind nun die Erben der Balti. Alarich ist vernarrt in diese Jungen, genauso wie er in seine Schwester vernarrt war. Er hat Kinder schon immer geliebt.«

Placidia steckte Tugas Würfel wieder in ihren Beutel und zog das Lederband zu. Den Blick auf den Beutel gerichtet, fragte sie: »Wie war sie, die Schwester Eures Mannes?«

»Frigitil war ganz anders als Alarich. Schlank, feingliedrig, nicht schön, nur hübsch. Aber ebenso klug und willensstark wie er. Ihre zarten Knochen waren ihr Verderben. Sie starb bei der Geburt eines Säuglings, der zu groß für sie war. Als sie im Sterben lag, rief sie nach dem Arzt und forderte von ihm, sie aufzuschneiden wie Cäsars Mutter, um das Kind zu retten. Aber der Grieche weigerte sich und sagte, das sei ein heidnischer Brauch, der Christen verboten sei. Sie stritt mit ihm, bis ihre Kraft sie verließ. Ich habe oft gedacht, dass sie recht hatte. Auf diese Weise hätte wenigstens das Kind überlebt.«

»Und Athaulf?«

»Er hat nie wieder eine andere Frau auf die Art angesehen, wie er Frigitil stets ansah. Bis er Euch erblickte.«

Placidia schluckte. »Wie hat er Frauen angesehen?«

Gerlinda machte eine abwehrende Geste. »So wie sie es alle tun, um sie ins Bett zu bekommen. Das bedeutet einem Mann weniger, als wenn wir einen Schluck Wasser trinken ... Seht mich an, Kind.« Die Königin umfasste Placidias Kinn. »Ihr müsst Euer Herz zügeln. Es würde Euch beiden nur Kummer einbringen. Ihr werdet eines Tages zu Eurem Volk zurückkehren und uns vergessen.«

»Ich weiß.« Es war die Wahrheit, und doch schnürte sich Placidias Brust zu. Sie griff im Korb nach einer Handvoll Wolle und zog den Kamm mit mechanischen Bewegungen durch die Fasern.

Gerlinda sagte: »Ihr werdet eines Tages die glückliche Ehefrau eines römischen Adligen sein. Und wir werden in Afrika ein Zuhause haben. Das sagt mein Mann ...«

Placidia biss sich auf die Lippen. Ihr Ziel war kein Geheimnis mehr. Das gesamte Lager sprach von nichts anderem als der Einnahme Siziliens.

Die Unterhaltung begann am Tag des Festmahls bereits zur Mittagszeit. Junge Krieger kämpften zu Pferde, Ringkämpfer glänzten von Öl, halbnackte Akrobaten, Speerschleuderer und Messerjongleure buhlten um die Aufmerksamkeit der Menge. Auf den Ausgang jeden Kampfes wurden fieberhaft Wetten abgeschlossen. Kinder liefen umher, ließen Drachen fliegen oder stopften sich mit Honigkuchen voll. Gegen Abend wurde die Luft von dem Aroma gebratener Ochsen erfüllt, die auf Spießen gedreht wurden. Alleen von Metfässern säumten die Wiese. Als die Sonne unterging, wurden große Lagerfeuer angezündet.

Placidia spürte Verbitterung in sich aufwallen, während sie auf Alarichs Zelt zuging. Die diesjährige Jubiläumsfeier war zweifellos besonders großartig ausgefallen und zelebrierte nicht nur Alarichs Amtsantritt, sondern auch die Eroberung Roms. Und doch konnte sie nicht umhin, auch törichte Aufregung zu empfinden. Sie richtete am Eingang ihr Haar. Ihr Herz begann zu hämmern. Gäste unterhielten sich. Reihen von auf Böcken stehenden Tischen waren mit Laub geschmückt. Ihr Blick schweifte über die Menge. Aber der Mann, auf den ihr Blick fiel, war nicht Athaulf. Sie erkannte ihn sofort, obwohl sie ihn noch nie zuvor gesehen hatte. Der schlanke, dunkelhaarige, mit einer Toga bekleidete Römer, der neben Alarich stand, konnte nur Attalus sein.

Kurz darauf kam der am meisten verachtete Mann Roms auf sie zu. »Nobilissima!« Er verbeugte sich tief. »Ich war fort, sonst hätte ich Euch schon früher meinen Respekt gezollt.«

Placidia konnte sich sehr gut vorstellen, welche Art verräterischen Auftrag er erfüllt hatte. Sie sah ihn schweigend an und wartete darauf, dass Zorn in ihr aufstiege, eine Lawine von Schimpfworten, die sie ihm entgegenschleudern konnte. Stattdessen fragte sie sich absurderweise, wie er seine Toga, deren Waschen und Drapieren gut ausgebildete Sklaven erforderte, in diesem Wanderlager so makellos hielt.

Da er offenbar befürchtete, sie werde nicht mit ihm sprechen, sagte er: »Nobilissima, wir sind Römer, was auch immer uns trennt. Und wir sind beide Gefangene.«

Schließlich fand sie ihre Stimme wieder. »Ihr, ein Gefangener? Verräter scheint mir der passendere Ausdruck.«

Er ignorierte ihre Bemerkung. »Ich bin in gewisser Hinsicht ein Gefangener, ein Gefangener meiner eigenen Torheit. Aber lasst uns nicht streiten, bitte.« Seine dunklen Augen hielten ihren Blick fest. »Ich kann Euch vielleicht helfen, zumindest solange ich noch lebe. Alarich behält mich nur für den Fall, dass er mich noch einmal zum Marionettenkaiser erheben muss.« Er fügte hinzu: »Die Leute beobachten uns. Lasst mich Euch zu Tisch begleiten.«

Er führte sie zum Haupttisch, nicht weit von Alarich und Gerlinda entfernt, und setzte sich neben sie.

Placidia betrachtete sein Profil. Dies war also Priscus Attalus, der römische Senator, den Alarich als Kaiser eingesetzt hatte, als er Rom belagerte. Rom war entsetzt, dass einer der ihren so tief gesunken war. Als sich der Senat weigerte, seine Ernennung zu bestätigen, hatte Alarich ihn einfach entthront. Während der Belagerung kursierten in

Rom zahllose Attalus-Witze, der einzige Grund zur Heiterkeit in der düsteren Stadt. Und doch wirkte er eher wie ein Poet als wie ein Schurke. Er war Anfang dreißig, obwohl sein Haar an den Schläfen bereits ergraute, besaß ein gutaussehendes, schmales Gesicht mit empfindsamen, dunklen Augen sowie lange, rastlose Hände mit den Bewegungen derer, die Jungen bevorzugen. Zu ihrer Überraschung empfand sie ihn als ganz sympathisch.

Athaulf erhob sich. Er hob sein Trinkhorn an. »Auf Alarich, unseren König. Auf ein langes Leben und Glück!« Er wandte den Kopf. Sah er sie an? Sie konnte im trüben Licht nicht sicher sein. Placidia griff mit zitternder Hand nach ihrem metgefüllten Horn. Wer bin ich, dachte sie, während sie es wie alle anderen anhob, dass ich Attalus einen Verräter nenne?

Viel später, nachdem die Akrobaten und Ringkämpfer gegangen waren und die Fackeln mehrmals ausgewechselt worden waren, unterdrückte Placidia ein Gähnen. Wie lange würde sie hier sitzen müssen? Der überraschend gute Harfenist war durch den Lärm der Stimmen nicht mehr zu hören. Sie konnte Athaulf aufgrund des Andrangs der Leute nicht mehr sehen, nur Sigerichs hinreißende, rothaarige Tochter, die ihm über den Tisch hinweg zulächelte. Der Stammesführer zu Placidias Rechten, zuvorkommend und graubärtig, sprach nur stockend Latein, das sich im Verlauf des Abends zunehmend verschlechterte.

Was würden ihre Freunde sagen, wenn sie jetzt sehen könnten, wie sie mit Attalus und dem Barbar, der Rom geplündert hatte, am selben Tisch saß? Wie rasch sich ihr Stolz abgenutzt hatte. Mit welcher Eilfertigkeit sie Gerlindas Einladung zu Alarichs Festmahl sowie die Kleidung, den Schmuck und die Haarnadeln, welche die Königin ihr geschickt hatte, angenommen hatte. Sie war nicht einmal zurückgezuckt, als Alarich, der an den Tischen die Runde machte, eine schwere Hand auf ihre Schulter legte. »Wie geht es unserer Prinzessin? Amüsiert Ihr Euch?« Er grinste dem Stammesführer neben ihr zu. »Vallia, ich vertraue darauf, dass Ihr keine Eurer unzüchtigen Geschichten erzählt.« Der Stammesführer erwiderte würdevoll: »Die Prinzessin und ich sprechen über Pferdezucht.«

Von draußen erklang das Gebrüll betrunkener, schwelgender Krieger. Auch die Gäste an einem Tisch in der Nähe sangen. Was für eine perfekte Nacht zum Angriff dies für die Römer gewesen wäre! Sie hatte noch nie jemanden so wie die Goten trinken sehen. Sie leerten Horn auf Horn dieses aus vergorenem Honig gemachten Gebräus. Die Goten tranken, anders als die Römer, die zu jeder Mahlzeit – sogar zum Frühstück – mit Wasser versetzten Wein tranken, nur zu besonderen Gelegenheiten. Aber wenn sie tranken, so war ihr Durst ehrfurchtgebietend.

Obwohl Placidia nur wenig getrunken hatte, fühlte sich ihr Geist leicht an, so als schwebe er. Sie war gelangweilt und ärgerte sich über das schallende Gelächter von Sigerichs Tochter. Sie wandte sich Attalus zu, dessen frühere Versuche, sich zu unterhalten, sie ignoriert hatte, und sagte: »Ich würde Euch gerne etwas fragen.«

Er wandte sich jäh lächelnd um. »Alles, Nobilissima.«

»Sagt mir«, bat sie, »warum habt Ihr es getan? Habt Ihr wirklich geglaubt, es würde funktionieren?«

»Nicht hier, bitte!« Sein Blick zuckte zu dem Stammesführer neben ihr.

»Oh, er unterhält sich, und er ist betrunken. Das sind sie alle, und sie machen genug Lärm, um den gesamten Senat zu übertönen. Niemand wird uns hören. Was hat Euch dazu bewogen, es zu tun? Habt Ihr wirklich geglaubt, Ihr würdet als Kaiser akzeptiert?«

»Nobilissima … Manche Dinge bleiben besser ungesagt.«

»Aber ich möchte es wissen. Ich habe ein Recht, es zu erfahren.«

Er seufzte. »Sagen wir einfach, dass ich wie alle Römer wusste, wie unfähig Honorius ist. Er ist auch nicht in der Lage, einen Erben zu zeugen. Konstantius ist der einzige Grund, warum er noch Kaiser ist. Konstantius ist nicht Stilicho, aber er ist ein fähiger Heerführer und, was noch überraschender ist, Eurem Hause noch immer treu. Niemand weiß, wie lange seine Loyalität anhalten wird, aber ich vermute, nicht lange. Konstantius ist ein gewitzter Bauer, der seinen Vorgesetzten grollt. Viele der Senatoren Roms wollten ihn nicht auf dem Thron Eures Vaters. Ich war nicht der Einzige, der es für besser hielt, einen römischen Adligen, von Alarich und seinen Goten unterstützt, als Kaiser zu haben, als dass Konstantius den Thron usurpierte und das Kaiserreich an weitaus schlimmere Barbaren als die Goten verlor. Denn auch er hätte gegen einen Zusammenschluss von, zum Beispiel, Hunnen, Vandalen und Sueben nicht siegen können …«

Placidia sah ihn an. Ein furchtbarer Verdacht stieg in ihr auf. War es möglich? Wenn Attalus die Wahrheit sagte, hatte eine Splittergruppe des Senats während der Belagerung heimlich mit Alarich verhandelt. War Serena für deren Verbrechen verdammt worden? Hatte sie es irgendwie entdeckt und mit ihrem Leben für dieses Wissen bezahlt?

»Und merkt Euch meine Worte, Nobilissima: Alarich wird nicht verschwinden. Solange der Usurpator Konstantin Gallien kontrolliert und die Vandalen in Spanien Chaos und Verwüstung anrichten, ist sein Zeitplan perfekt.« Attalus beugte sich näher heran. »Alarich wird uns vernichten, wenn wir die Goten nicht ins Kaiserreich einbinden. Mich oder einen anderen Römer unter seinem Schutz in Purpur zu kleiden, hätte Rom retten können. Aber nun ist es wahrscheinlich zu spät. Die Plünderung Roms war kein einmaliges Desaster. Es war der Anfang vom Ende. Wenn nicht ein Wunder geschieht, wird das Westliche Kaiserreich bald nicht mehr bestehen.«

»Wie sehr Ihr es auch zu rechtfertigen versucht, war das, was Ihr getan habt, doch Verrat!« Noch während sie ihm die Worte entgegenschleuderte, wusste sie mit Übelkeit erregender Gewissheit, dass Attalus recht hatte. Nur ein Wunder konnte Rom noch retten.

»Unsere Geschichte ist mit Verrat gespickt.« Attalus hob die Hände. »Was ist Verrat? Wann ist er erhaben, und wann ist er niederträchtig? War Cäsars Ermordung Mord oder Patriotismus? Wie viele brillante Generäle haben nutzlose Kaiser gestürzt?« Er zuckte die Achseln. »Ich weiß. Häufig war es umgekehrt. Aber so ist das Schicksal …«

Ein dumpfes Geräusch war zu hören. Beide fuhren herum. Neben ihnen lag Vallia in einer dunklen Pfütze auf dem Tisch. Placidia sprang auf, um dem Erbrochenen zu entgehen. Der saure Geruch ließ sie würgen. Menschen scharten sich um den zusammengebrochenen Stammesführer. Vallia stöhnte betrunken.

Attalus nahm ihren Arm. »Lasst mich Euch hinausbegleiten.« Sie ließ sich von ihm zum Ausgang bringen. Tuga würde draußen auf sie warten. Aber als sie an die frische Luft traten, entdeckte sie, dass Tuga, die sich die Dauer des Festmahls ausgerechnet hatte, davongeschlichen war und wahrscheinlich ihren Geliebten getroffen hatte.

»Keine Sorge, Nobilissima, ich bringe Euch zu Eurem Wagen.«

Sie durchquerten das Lager, gingen an schlafenden Kindern und zechenden Männern und Frauen vorbei. Attalus, eine Hand schützend um ihren Ellenbogen gelegt, führte sie um dunkle Gestalten auf dem Boden herum. Placidia wandte den Blick ab. Einige waren ohnmächtig, aber viele hurten herum. Überall waren Hunde, welche knurrend die ihnen zugeworfenen Knochen verteidigten. Die Feuer erloschen und wurden zu Glut. Der Himmel war voller Sterne. Das erinnerte sie an damals, als Athaulf sie zu ihrem Wagen gebracht hatte. Nur, dass das Lager damals still gewesen war, eine rötliche Dämmerung heraufzog und sich ihre Gedanken von ihrer vereitelten Flucht Athaulf zugewandt hatten. Seit jener Nacht hatten ihre Gedanken überwiegend diesem Mann gegolten. Sie hatte sich, wie jedes Sklavenmädchen, in ein hübsches Gesicht vernarrt. Und selbst wenn es mehr als Vernarrtheit war, was würde das ändern? Es war hoffnungslos. Und nun schien es, neben der rauen Realität von Attalus' Worten und vor der sich abzeichnenden Einnahme Siziliens, sogar noch leichtsinniger und kindischer. Bald sollten sie vor den Mauern Rhegiums stehen, der letzten Bastion, die sie von der Meerenge von Messana und der Insel Sizilien trennte.

Rhegium, November 410

Die Garnison von Rhegium ergab sich kampflos, denn Alarich versprach, Gnade walten zu lassen. Die Truppen und Honoratioren durften zu Fuß mit dem abziehen, was sie tragen konnten. Die Bevölkerung blieb unbehelligt, solange sie die Schiffe klarmachten und mit Proviant versahen.

Alarich und Athaulf gelang das Undenkbare in weniger als vier Wochen. Sie requirierten zunächst alle Schiffe im Hafen und in den umliegenden Städten und warben dann mit einer Mischung aus Gewalt und Gold ortsansässige Seeleute an. Niemals zuvor hatte ein Heer der Barbaren das Meer als Angriffsweg genutzt. Kaiser auf Kaiser, einschließlich Honorius, hatte Dekrete erlassen, die jedem schlimmste Strafen androhten, der Barbaren den Schiffsbau oder die Navigation auf See beibrachte. Wenn die Feinde erst die Seefahrt beherrschten, wäre nichts mehr sicher. Nicht Ravenna mitten in seinem Sumpfgebiet, noch Konstantinopel, das vom Bosporus geschützt wurde, noch das ferne Afrika, wo so viele Zuflucht genommen hatten.

Schließlich war alles bereit. Nun war nur noch der richtige Wind erforderlich. Die Winde waren in der Stiefelspitze Italiens jedoch bekanntermaßen unzuverlässig. Placidia dachte an das Entsetzen, das Odysseus hier inmitten von Strudeln und Ungeheuern empfunden hatte, an Plinius' Beschreibung wilder Stürme, die in der Meerenge plötzlich aufkamen. Ein für die Jahreszeit ungewöhnlicher Wüstenwind wehte von Afrika heran. Die ortsansässigen Seeleute murmelten, dies sei ein schlechtes Omen. Placidia begann dafür zu beten, dass einer von Plinius' Stürmen Sizilien retten möge, indem er die Schiffe in die Scylla stürzen ließe oder sie in die Charybdis schleuderte.

Schließlich erhob sich am Morgen des dritten Tages ein kräftiger

Nordostwind. Sigesarius und seine Priester segneten im hellen Sonnenschein die langen Reihen der Männer am Strand. Die Krieger schnallten sich ihre Schwerter um. Alarich gab das Zeichen zum Aufbruch. Er und Athaulf wurden zur Leitgaleere hinausgerudert. Eine Flotille kleinerer Boote wurde zu Wasser gelassen. Die größeren Schiffe auf See hoben die Anker. Die Männer auf den Schiffen winkten; diejenigen am Strand jubelten; Kinder tanzten, Frauen hielten ihre Kleinen hoch, damit sie besser sehen konnten. Bald war der Horizont von Schiffen aller Arten erfüllt. Ausrangierte Liburnen der römischen Kriegsmarine, Frachtschiffe mit abgerundetem Rumpf, Dutzende von Fischerbooten, sogar eine Vergnügungsschiff mit einer vergoldeten Galionsfigur und purpurfarbenen Segeln. Die Eroberung Siziliens hatte begonnen.

Placidia erschauderte. Sizilien war wehrlos, seine Schiffe und sein Heer von Konstantius zurückgerufen, um den Usurpator Konstantin in Gallien zu bekämpfen. Vergeblich hatte sie gehofft, etwas würde sie aufhalten. Hatte sie auf ein Wunder gewartet? Vielleicht. Aber es war keines eingetreten. Wie konnte Alarich alle Hindernisse überwunden haben, einschließlich der Angst seiner Leute vor dem Meer? Blinder Zorn erfüllte sie, nicht so sehr auf die Goten, sondern auf Gott. Wie konnte er dies zulassen? War Rom für seine Sünden nicht genug bestraft worden? Placidia konnte die Leitgaleere noch immer sehen, Alarich und Athaulf aber nicht mehr ausmachen.

Der Strand war schwarz vor Menschen. Sie lachten mit frischer Hoffnung, die Kinder tollten in der Herbstsonne auf dem Sand herum und ließen Drachen im Wind fliegen. Wenn sie auf der anderen Seite einen Brückenkopf eingerichtet hatten, kehrten die Boote zurück und brachten auch sie nach Sizilien, eine an Getreide und fruchtbarer Erde reiche Insel.

Nur Gerlinda, die im Sand saß, schien von der Fröhlichkeit unberührt. Ihre Hände drückten die Fransen ihrer Stola. Sie deutete auf den Sand neben sich. »Placidia, setzt Euch zu mir. Ich werde noch ein wenig länger warten, es sei denn, der Wind frischt auf.« Das Gesicht der Königin wirkte abgespannt. Dunkle Schatten unter den Augen zeugten von einer schlaflosen Nacht. Auch Placidia hatte kaum geschlafen. Wie seltsam, dachte Placidia, dass sie, während sie die Goten bei der Eroberung Siziliens beobachtete, Mitgefühl für diese gotische Königin empfinden konnte, die um das Leben jener fürchtete, die sie liebte. Wie tückisch waren die schleichenden Bande der Zuneigung. Athaulf war als Letzter in das Boot gesprungen, das sie zu ihrer Galeere brachte. Placidia hatte nicht bleiben wollen, aber etwas Stärkeres als sie selbst hatte sie am Strand festgehalten. Vielleicht würde sie ihn nie wiedersehen. Sie hatte bis zum letzten Moment gehofft, er würde sich noch einmal umwenden, aber er hatte es nicht getan. Alarich und Athaulf gingen gewiss als Erste an Land, setzten sich als Erste der Gefahr aus, auch wenn die Verteidiger nur eine Bürgerwehr waren. Messana hatte, wie so viele andere Städte, deren Soldaten abgezogen worden waren, von Honorius die Erlaubnis erhalten, ihre Bürger zu bewaffnen.

Der aufgewirbelte Sand stach in ihre Gesichter. Gerlinda wickelte den Schal um ihren Kopf. Placicia sah einen alten Fischer mit einem Holzbein den Himmel betrachten. »Die Bora«, rief er und deutete hinter sie. Sie schaute auf. Eine schwarze Wolkenbank rollte über den Berg aufs Meer zu.

Der Sturm kam erstaunlich schnell heran, genau so, wie Plinius es beschrieben hatte. Innerhalb weniger Augenblicke verwandelte sich die Brise in einen ausgewachsenen Sturm. Der Himmel wurde dunkel. Donner dröhnte. Wolken brachen auf. Frauen versammelten ihre Kinder und liefen los. Männer bekreuzigten sich. Pferde wieherten. Die Schiffe schienen stillzustehen, in der Zeit eingefroren. Dann wendeten sie quälend langsam. Blitze zuckten. Regen stürzte als fast waagerechte Wand herab und nahm ihnen die Sicht. Wilde Euphorie ergriff Placidia. So mussten sich Männer mitten in der Schlacht fühlen, blutgetränkt, während sie auf weich nachgebendes Fleisch einschlugen und -stachen, Glieder abhackten, den Feind zurücktrieben und siegten.

Vallia, der mit dem zweiten Kontingent Krieger an Land geblieben war, wartete darauf, dass die Schiffe zurückkehrten, rief etwas, deutete nach oben. Er kletterte mit seinen Leuten auf einen Felsvorsprung. Placidia folgte ihnen. Und dann stand sie, des Windes und des Regens ungeachtet, die an ihr zerrten, da und starrte hinaus. Panik stieg in ihr auf. Sie beobachtete mit hämmerndem Herzen Athaulfs Galeere. Schäumende Wogen warfen das Schiff wie ein Holzspielzeug umher. In dessen Nähe wurde ein anderes Schiff an den Felsen zerschmettert. Männer stürzten aus den mit schwerer Schlagseite driftenden Schiffen. Einige klammerten sich im aufgewühlten Wasser an treibende Schiffsteile. Eine schmale Galeere ragte aus dem Wasser auf wie ein verwundetes Tier, wobei die Riemen schlenkerten, bevor sie spurlos versanken. Tränen vermischten sich auf Placidias Gesicht mit dem Regen. Es kümmerte sie nicht, ob Vallia und seine Männer ihre Qual sahen. Sie klammerte sich an den schwankenden Ast eines Feigenbaums, den Blick aufs Meer geheftet.

Die Galeere, auf der sich Alarich und Athaulf befanden, hatte ihren Mast verloren. Sie stampfte heftig im Wellengang und kenterte fast. Das Meer krachte über das Deck hinweg. Nur Gott konnte ihn jetzt noch retten. »Allmächtiger Vater, rette ihn«, betete sie, »ich flehe dich an, rette Athaulf. Bestrafe mich für meine Sünden, aber rette Athaulf, ich bitte dich!«

Als sie wieder aufblickte, war das Schiff noch da. Eine wuchtige Woge warf es hoch. Es schoss vorwärts, direkt auf die Felsen zu. Ob durch Können oder Gottes Gnade drehte es im letzten Moment bei und verschwand in der Gischt. Placidia lehnte sich schwach vor Erleichterung an den Baum. Sie schloss die Augen. Nach einer scheinbaren Ewigkeit berührte jemand ihren Arm. Vallias Gesicht war aschfahl. »Kommt, Prinzessin, wir müssen retten, wen wir retten können.« Er sah die Frage in ihren Augen. »Ich weiß es nicht. Vielleicht wurde ihr Schiff vom Kurs abgebracht. Sie sind in Gottes Hand.«

Derselbe Gott, dachte Placidia vor Kälte zitternd, den ich zuvor beschimpft habe. Als sie den Strand erreichten, gab es keine Schiffe mehr in der Meerenge. Sie konnten, so weit das Auge reichte, nur Wrackteile auf dem Wasser treiben sehen. Einige Krieger, die schwimmen konnten oder das Glück gehabt hatten, eine Planke ergreifen zu können, erreichten den Strand. Ein Mann gelangte in Sicherheit, indem er sich an den Schwanz eines Pferdes klammerte. Eine Liburne war in der Nähe des Strandes auf Grund gelaufen, was ihre Besatzung rettete. Aber es gab entsetzlich wenige Überlebende. Die meisten Goten konnten nicht schwimmen, aber selbst wenn sie es gekonnt hätten, waren die Strömungen gegen sie.

Jemand deutete zum Ufer. Ein Schwimmer, der den Kopf eines anderen über Wasser hielt, mühte sich, den Strand zu erreichen. Sein Kopf und der des anderen gingen zweimal unter und kamen wieder hoch. Als sie seichteres Wasser erreichten, wateten Männer in die Brandung und zogen sie heraus. Ein Ruf erklang und setzte sich den Strand entlang wie ein Lauffeuer fort: »Der König! Der König und Athaulf! Sie leben.«

Placidia sank auf die Knie. Sie barg das Gesicht in den Händen.

Noch Tage danach wurden aufgedunsene Körper, Holz und Wrackteile an die Strände rund um Rhegium gespült. Nur wenigen Schiffen gelang es, weiter unten an der Küste anzulanden, aber mehr als die Hälfte derjenigen, die aufgebrochen waren, starben in den Wellen.

Die Straße zog sich wie ein Leichentuch den Berg hinauf. Schnee fiel in immer dickeren Flocken. Er lag auf den Ketten der Sklaven, auf den Fellumhängen der Reiter und auf den Lederplanen der Wagen. Nur die Hunde schienen für die Kälte unempfindlich zu sein. Sie liefen dahin, bellten und rollten sich im Schnee, während Männer und Wagen ächzten und sich durch eine trostlose Landschaft schneebedeckter Felsblöcke ihren Weg zum Gipfel bahnten.

Athaulf schaute zu Alarich hinüber. Er ritt so voran, wie er es schon seit ihrem letzten Halt Stunde um ermüdende Stunde getan hatte: die breiten Schultern eingezogen, der löwenartige Kopf vor dem Wind gebeugt, die Lippen fest zusammengepresst. Manchmal hustete er und spie am Straßenrand aus. Alarich schleppte diese Erkältung bereits seit ihrem Rückzug aus Rhegium mit sich herum. Athaulf konnte sich nicht erinnern, dass Alarich jemals erkältet gewesen wäre. Der Husten wurde schlimmer, und doch weigerte er sich, in einem Wagen zu reisen. Er hörte weder auf Gerlinda noch auf Aristophanes, seinen griechischen Arzt, der ihm bei jedem Halt heiße Kräutertränke verabreichte. Sobald sie diese Berge verlassen hätten, aus der Kälte gelangt wären, wo sie für mehr als eine Nacht ein Lager errichten könnten, würde sich sogar Alarich mit seiner eisernen Konstitution ausruhen müssen.

Alarich war ebenso eigensinnig wie Placidia. Er machte häufig Scherze über Placidia und warnte Athaulf davor, dass aus der Freundschaft mit einer römischen Prinzessin nichts Gutes erwachsen könnte, doch Athaulf spürte, dass Alarich heimlich darauf stolz war. Dachte sein Bruder, er schliefe mit dem Mädchen? Dass er das Kaiserreich sozusagen von innen unterwerfe? Kein unmöglicher Gedanke für einen Mann, dessen Beziehung zu Rom stets ambivalent gewesen war. Alarich hatte dem Zauber Roms lange gehuldigt. Das ärgerte Athaulf stets, der in Alarichs Bewunderung eine Schwäche sah, die er nur schwer akzeptieren konnte. Aber das war, bevor er Placidia kennenlernte. Nun verstand er Alarichs Ambivalenz weitaus besser.

Er hatte seit dem Rückzug aus Rhegium kaum mit ihr gesprochen. Sie hatte ihn schon zuvor zu meiden begonnen. Die gemischten Gefühle, die Rhegium in ihr erweckte, waren offensichtlich. Er war der Feind. Und doch lag es an Placidia, dass er Rom zunehmend in einem anderen Licht betrachtete. Zunächst begeisterte er sich, wenn er ihr zuhörte, für ihre Augen und ihre Stimme. Dann faszinierte ihn allmählich nicht nur das Mädchen, sondern auch die Geschichte. Als Placidia ihm von der frühen Republik, von Marius, Cäsar, Augustus, der Weisheit des Marcus Aurelius oder der Vision des Konstantin erzählte, erkannte er mit der Zeit, dass es nicht nur ihre unbesiegbaren

Legionen waren, die das Kaiserreich geschaffen hatten, sondern auch Roms große Männer mit ihrem Gespür für schicksalhafte Größe und der Entschlossenheit, die Welt zu verbessern.

Je mehr er erfuhr, desto größer wurde sein Interesse: das römische Recht mit seiner Einsicht in die Natur des Menschen, die Toleranz gegenüber Verschiedenartigkeit und der römische Pragmatismus waren ebenso erstaunlich wie die Erfindungen ihrer Ingenieure, welche die Art, wie Menschen lebten, für immer veränderte. Aber am meisten beeindruckte ihn die Pax Romana: ein halbes Millenium des Friedens, vom Euphrat bis zu den Säulen des Herkules, von der Donau bis zu den Britischen Inseln.

Placidias Rom war ganz anders als das Rom, das er sein Leben lang gehasst hatte, ein Reich der Korruption, Verkommenheit und willkürlichen Grausamkeit, das, in verweichlichtem Wohlleben versunken, von dementen Tyrannen regiert wurde. Natürlich hatte es all dies gegeben. Aber stets hatte sich ein Anführer erhoben, um Roms Größe wiederzubeleben. Was, so fragte er sich, wäre das Schicksal der germanischen Stämme gewesen, wenn sie sich wie die Römer vereint hätten, anstatt gegeneinander Krieg zu führen?

Placidia. Athaulf seufzte. Wenn sie nur in einer anderen Welt lebten … Er hatte sich häufig ihre Reaktion vorgestellt, wenn sie entdeckte, dass er es war, der Alarich davon überzeugt hatte, das Auslöseangebot ihres Bruders abzuschlagen. Er hatte ihm versichert, dass sie nützlicher wäre, wenn sie sie bei sich behielten und sich mit ihr anfreundeten, weil sie früher oder später mit Honorius verhandeln müssten. Die Katastrophe von Rhegium hatte ihm recht gegeben. Es blieb nichts anderes als Verhandlungen, im richtigen Moment, wenn Honorius und seine Generäle sich anderen Angreifern ausgesetzt sahen. Aber dieses Argument würde ihm bei Placidia keinen Deut weiterhelfen. Wenn sie herausfand, dass er sie belogen hatte, dass er befohlen hatte, den Besuch der Gesandten geheim zu halten, würde sie ihn hassen. Es gab Momente, in denen er versucht war, es ihr zu erklären, in denen er beinahe glaubte, sie würde es vielleicht verstehen. Aber das konnte er natürlich nicht tun. Er war in eine Falle getappt, die er selbst gelegt hatte.

Placidia übte eine seltsame Faszination auf ihn aus. Er konnte sie nicht abschütteln, gleichgültig wie häufig er sich sagte, es sei nutzlos und sie sei, bei all ihrer Schönheit und Herzlichkeit und Intelligenz, noch immer eine anmaßende römische Prinzessin. Es umgab sie eine Unnahbarkeit, eine unsichtbare Barriere, die er ständig spürte, wenn er bei ihr war. Erst danach, wenn er allein war, ließ er seinen Phantasien über sie freien Lauf. Dann brauchte er ein Mädchen, irgendein namenloses Geschöpf, bei der er ihr Gesicht in Schweiß und Erlösung vergaß.

Aber da gab es noch eine andere Placidia, die ganz anders war als die stolze Prinzessin mit ihren melancholischen dunklen Augen. Sie hatte ihm nur einmal einen kurzen Blick auf dieses andere Selbst erlaubt. Sie hatte Theodorich, der krank war, Honigkuchen gebracht. Als sie sich zum Gehen wandte, bat der Junge sie zu bleiben. Sie setzte sich an sein Bett, hielt seine fiebrige kleine Hand und erzählte ihm eine Geschichte von einem magischen Goldfisch, der in von goldenen Mosaiken gesäumten Teichen schwamm und auf Flügeln aus Mondstrahlen über die Dächer flog, von schwalbengroßen, sprechenden Schmetterlingen in einem verzauberten Garten auf einem Hügel in Rom namens Palatin, daher das Wort Palast, weil er mehr Paläste aufwies als jeder andere Ort auf der Welt.

Das Kind schlief ein. Sie sprachen leise, während sie am Bett saßen, die Hand seines Sohnes in ihrer Hand. Obwohl sie oft von ihrem Vater sprach, erwähnte sie ihre Mutter niemals. An jenem Abend fragte er nach ihrer Mutter. Sie zögerte einen Moment. Dann sprach sie, langsam, zunächst widerwillig, bis die Vergangenheit sie jäh überwältigte, in einer Sturzflut von Worten hervorbrach. Sie erzählte ihm von ihren frühesten, verschwommenen Erinnerungen an Konstantinopel, an ihre Mutter, an den Tod ihres Vaters in Mediolanum, an ihre Zuneigung zu Stilicho und ihren Hass auf Serena, an Maria und Thermantia und deren Ehen mit Honorius. Daran, wie Honorius ihr verboten hatte, sich mit Stilichos Sohn Eucherius zu verloben. Tränen schossen ihr in die Augen, als sie ihm von Stilichos Ermordung erzählte, von der langen, entsetzlichen Belagerung Roms.

Damals hatte er sie in die Arme nehmen wollen, sie halten, von allem Schmerz abschirmen wollen. Stattdessen hatte er sich erhoben und in einer Truhe nach einem Leinentuch gesucht, das er ihr reichte, um ihre Augen zu trocknen.

Der Klang eines Horns riss ihn aus seinen Gedanken. Er hob eine Hand. Andere griffen die Aufforderung zum Anhalten auf und übermittelten sie die Reihen entlang nach hinten. Die Pferde, die den Klang erkannten, wurden von allein langsamer. Sie hatten den Gipfel des Passes erreicht und mussten hier ein Lager für die Nacht errichten. Die andere Seite war ihren Kundschaftern unbekannt. Dem römischen Itinerar gemäß führte die Straße zur Küste hinab. Auf der Landkarte war eine Brücke über einen Fluss namens Busentus verzeichnet. Der Fluss schien zu breit, um ihn zu durchwaten. Wenn die Römer die Brücke zerstört hätten, müssten sie die Wagen zerlegen. Zumindest wäre das Wetter in größerer Küstennähe milder.

Athaulf streckte die Schultern. Es war ein langer Tag gewesen. Er stieg gerade ab, als er ein Stöhnen hörte. Er fuhr herum: Alarich war vornüber gesunken, über den Hals seines Pferdes.

Sie zogen ihn von seinem Pferd und setzten ihn an einen Baum. Vallia warf seinen Umhang ab und legte ihn um den zitternden Alarich. Athaulf kniete sich neben ihn. Er befühlte Alarichs Wange. Sie glühte vor Fieber. Alarich zog an seinem Fellkragen. »Heiß. So heiß …«

Vallia sagte: »Er hat sein Pferd gezügelt, und dann sank er vornüber, einfach so.« Seine Hände ahmten die Bewegung nach. »Das ist seine Erkältung. Das und …« Er fing Athaulfs Blick auf und hielt inne.

Eine Behelfstrage wurde gebracht, aber Alarich weigerte sich, darauf Platz zu nehmen. Auf Athaulf und Vallia gestützt gelang es ihm, den nächstgelegenen Wagen zu erreichen. Sie hoben ihn hoch und legten ihn auf ein Bett aus Schaffellen.

Am Morgen begannen sie den Abstieg vom Plateau. Drückende Furcht hing über allen. Keine Stimmen, kein Lachen milderten das monotone Knarren der Wagen. Sechs Krieger trugen den fiebernden, in Felle gehüllten Alarich in einer Sänfte.

Mit gelbem Gras bewachsene, schneegesprenkelte Matten tauchten auf. Dann Bäume, Tannen, Kiefern und Eichen, bis sie weiter unten, in den Tälern, verlassene Bauernhöfe und Oliven- und Feigenhaine erreichten und in der Ferne das Meer sahen. In jener Nacht errichteten sie neben einem Fluss ein dauerhafteres Lager, nicht weit von der Stadt Cosentia entfernt. Die Nahrung war knapp. Häufig kamen die Stoßtrupps mit leeren Händen zurück. Die Männer jagten und schlugen Feuerholz. Die Frauen und Kinder sammelten Futter für die Tiere und alles Essbare, was sie finden konnten. Ihre Getreidereserven schwanden, aber zumindest waren sie der grimmigen Kälte der Berge entkommen. Hier waren wenigstens die Tage warm und sonnig.

Alarich erholte sich nach ein paar Tagen Ruhe so weit, dass er an seinem Bett eine Ratsversammlung abhielt. Am nächsten Morgen stieg sein Fieber erneut. Es ging ihm schlechter. Am folgenden Nachmittag lag er im Sterben.

Die langen Pelzumhänge der Stammesführer streiften den Boden, als sie für ein letztes Lebewohl neben Alarich knieten. Gerlinda saß neben ihm und hielt seine Hand. Alarich versuchte, den Kopf zu heben. Er sah die Stammesführer an. »Wir müssen überleben … bis die Römer uns brauchen. Das werden sie. Wir können nicht … zurück, nur vorwärts.« Er hielt inne und versuchte, seine Kräfte zu sammeln. »Wählt Athaulf. Er versteht die Römer. Er wird euch zum Erfolg führen.«

Sein Blick suchte Athaulf. »Leb wohl, mein Bruder. Du wirst einen weiseren König abgeben als ich … Schließe Frieden mit Honorius. Und hüte dich vor … Konstantius. Er ist …« Etwas verzerrte Alarichs Züge. Sein Atem rasselte. »Geht nun, meine Freunde. Ich möchte … mit meiner Frau … allein sein.«

Athaulf stürzte hinaus. Die Augen voller Tränen, lehnte er sich an einen Baum. Er wusste, was geschah, und doch konnte er es nicht glauben. Athaulf hatte Alarich verehrt, seit er ein kleiner Junge war, lange bevor Alarich Gerlinda heiratete, seine gesamte Kindheit und Jugend hindurch, während der Jahre des Krieges und des Friedens mit Rom, der Hoffnungen und gebrochenen Versprechen. Es bestand stets ein Einvernehmen darüber, dass Athaulfs Erstgeborener Alarich eines Tages auf den Thron folgen würde. Doch Alarich hatte sich klar geäußert. Er wollte, dass Athaulf nicht Regent, sondern König würde. Er hatte die Stammesführer angewiesen, ihn zu wählen. Aber was wollte er, Athaulf? Etwas in ihm scheute vor der Bürde zurück. Das Zeug zum Herrscher besaß er, wenn auch nicht Alarichs machtvolle Persönlichkeit. Da er anpassungsfähiger als Alarich, weniger stolz und weniger impulsiv war, fiele es ihm vielleicht leichter, mit den Römern zu verhandeln, besonders jetzt, nach dem Fall Roms. Aber was war mit seinem eigenen Volk? Würde er diese ungebärdigen Menschen so beherrschen können, wie Alarich es getan hatte?

Er musste allein sein, nachdenken. Er folgte dem Weg, bis er den Fluss erreichte. Die Trauerweiden warfen im Mondlicht geisterhafte Schatten. Er setzte sich hin, schlang die Arme um die Knie und blickte aufs wirbelnde Wasser. Der Fluss des Lebens, der seinem unabwendbaren Schicksal entgegenstürzte. Er sah Alarich, als feuriger junger Offizier der römischen Hilfstruppen in Konstantinopel; bei seiner Hochzeit mit einer strahlend jungen Gerlinda; viel später, wie er nach seiner Wahl zum König auf die Schilde erhoben wurde. Er erinnerte sich an ihn im Fackelschein auf den Stufen zum Parthenon, von den Athenern dafür gefeiert, dass er ihre Stadt verschont hatte. Er sah ihn im Siegestaumel und voller Scham über die Niederlage durch Stilicho; er stand in prunkvollen Hallen mit Mosaikböden neben Alarich, der mit Rom verhandelte ...

Alarich war das Symbol wachsender gotischer Macht. Ein brillanter Befehlshaber, den Kleinigkeiten langweilten, der sich auf das Ergebnis konzentrierte. Sie ergänzten einander perfekt. Athaulf war es zufrieden gewesen, der Stellvertreter des Befehlshabers zu sein, Getreide und Waffen, Pferde und ein Netzwerk von Spionen zu organisieren, Sendschreiben zu verfassen, Amtsträger zu bestechen, Rat zu erteilen. Sie planten gemeinsam Strategien. Sie kämpften in der Schlacht stets Seite an Seite, so dass der andere übernehmen konnte, wenn einer fiel. Dennoch hatte sich Athaulf nie ein Leben ohne ihn vorgestellt. Alarich schien stets unsterblich, ein Held. Nun lag er im Sterben, und Athaulf würde allein weitermachen müssen.

Würden die Stammesführer ihn einmütig wählen? Oder würde die alte Rivalität zwischen den Balti und den Amali wie so häufig zuvor nach dem Tod eines Königs wieder aufbrechen? Zuerst der Triumph Roms, dann die Rückschläge, welche die schwelenden Rivalitäten zwischen ihren Stämmen gemildert hatten. Drohende Gefahr veranlasste die Goten stets, sich zu vereinen, aber für wie lange? Alarich war der letzte Abkömmling des königlichen Zweiges der Balti. Er selbst und Gerlinda stammten von den Amali ab, aber das galt auch für Sigerich ... Aber zuerst musste die Beisetzung stattfinden. Als Athaulf an die Beerdigung dachte, zog sich ihm die Brust zusammen. Und doch musste es geschehen, rasch und unter höchster Geheimhaltung. Nichts würde die Römer mehr erfreuen als Alarichs Grabstätte zu schänden.

Athaulf zügelte sein Pferd. Dies war der richtige Ort. Der Fluss glänzte im schräg fallenden Sonnenschein grün und friedlich in einer Biegung. Sonnengesprenkelter Farn streckte die Wedel dem Licht entgegen, Birken und Weiden standen wie Wachen entlang den Ufern. Aber am besten war, dass eine Hochwasserrinne, die jetzt trocknen lag, parallel zum rechten Ufer verlief.

Aber war der Fluss tief genug? Athaulf stieg ab und watete ins eiskalte Wasser. Er prüfte den Grund mit seiner Lanze. Wenn der Winterregen ernsthaft einsetzte, würde der Busentus über Nacht zu einem reißenden Strom, den man unmöglich eindämmen konnte. Er blickte zu den Bergen hinauf. Wenn Gott den Regen nur noch einige Tage verzögern würde ...

Das Wetter hielt. Zwei milde Tage und kalte, von Fackeln beleuchtete Nächte lang häuften Sklaven Steine und Kies in den Busentus; in Staffeln reichten sie mit Steinen gefüllte Körbe weiter. Der Wall, von zusammengebundenen Baumstämmen verstärkt, wuchs allmählich in die Höhe und reichte immer weiter hinüber. Das Wasser begann zu steigen. Am dritten Tag überflutete es den Seitenkanal. Nachdem das Wasser umgelenkt wurde, begannen sie am tiefsten Punkt des Flussbettes zu graben. Sie säumten die große, rechteckige Grube mit Steinen. Als alles fertig war, wurde mitten in der Nacht Alarichs Leichnam auf den Schultern seiner Stammesführer zur Begräbnisstelle gebracht. Sie legten sein Schwert, den Schild und den Helm auf seinen Fuchsumhang. Berig, Alarichs geliebter Hengst, wurde getötet und in das Grab gelegt. Rund um Alarich wurden einige der erlesensten Schätze arrangiert. Elfenbeinstatuen, goldgeprägte Trinkhörner, ein mit Edelsteinen besetztes Pferdegeschirr. Als Letztes legten Athaulf und Sigesarius mit großer Ehrerbietung den siebenarmigen goldenen Leuchter aus Salomons Tempel, den Alarich dem Senat in Rom selbst weggenommen hatte, neben ihn. Dann wurde das Grab mit Steinen verschlossen.

Sigesarius stimmte im flackernden Fackelschein das Totengebet an. Die Stammesführer, außer den Priestern und Sklaven die einzigen Anwesenden, knieten sich hin. Athaulf gab den Befehl zum Kappen der Seile. Äxte zischten. Der Damm brach in einem Malstrom von schäumendem Wasser und wirbelnden Holzblöcken. Die Sklaven wurden erwürgt, von den Ketten befreit und ins schwarze Wasser geworfen. Athaulf beobachtete, wie sie den Fluss hinabverschwanden. Die Oberfläche des Flusses war wieder glatt. Alarichs letzte Ruhestätte würde geheim bleiben. Sein Volk, das morgen an der Beerdigung teilnahm, würde dem Grab ihres Königs nicht huldigen können. Athaulfs Herz verkrampfte sich. Es war nötig gewesen, und doch erfüllte ihn ungeheure Traurigkeit. Es war keine Spur von dem Mann geblieben, den er wie einen Bruder geliebt hatte. Alarichs Grabstätte würde für immer unberührt bleiben.

Der Rauch bratender Ochsen stieg zum Himmel auf, ein letztes Opfer für den toten König der Goten.

Nach den Leichenspielen, die von Kriegern zu Pferde ausgeführt wurden, erhob sich Athaulf von seinem Platz auf dem Podest. Placidia sah, wie er in den Wald entschwand. Als er nach einer Weile nicht zurückkehrte, begann sie sich Sorgen zu machen. Er hatte bei der Mahlzeit, die den Adligen und dem Klerus zuvor serviert worden war, weder gegessen noch getrunken. Seine spürbare Trauer berührte sie, aber was konnte sie sagen? Sie hatte seit Alarichs Tod kein persönliches Wort mehr mit ihm gewechselt.

Das Zechgelage um sie herum wurde immer wilder. Alarichs Leute drängten sich zu den Spießen, um Fleischstreifen abzuschneiden. Placidia beobachtete mit zunehmendem Unbehagen, wie sie ihre Trinkhörner schwenkten und um die Feuer herumtanzten. Die Frauen der Königin waren verschwunden, um sich um ihre untröstliche Herrin zu kümmern. Auch der Klerus war verschwunden, da sie aus Erfahrung wussten, wie zügellos es nach einer Beerdigung zuging. Placidia näherte sich langsam dem Waldrand. Niemand achtete auf sie. Heute, dachte sie verbittert, könnte ich in den Wald verschwinden, ohne dass mich bis morgen früh jemand vermissen würde. Um von Wölfen gefressen oder von einer Horde Geächteter geschändet zu werden.

Sie fand ihn, ein kleines Stück vom Lager entfernt am Ufer, die Arme um die Knie geschlungen, während er auf den Fluss blickte. Der Fluss, in dem Alarich bestattet war.

Als er ihre Schritte hörte, wandte er sich um und schaute hoch. Seine Augen wirkten stumpf vor Schmerz.

Sie setzte sich hilflos neben ihn. Wie konnten Worte einen solch brennenden Schmerz lindern? Wahrscheinlich war Ehrlichkeit das Beste.

»Ich habe ihn gehasst, das wisst Ihr«, sagte sie leise. »Aber es tut mir für Euch wirklich leid.«

»Ich verstehe, warum Ihr ihn gehasst habt, aber er war ein großartiger Mann, Placidia. Wenn Alarich überlebt hätte, wären wir Goten ein Volk geworden. Wir hätten eine Heimat bekommen. Wir hätten von Roms Fertigkeiten lernen können, und Rom hätte von unserer Stärke und Loyalität profitieren können. Ehre ist uns genauso wichtig, wie sie jenen Römern wichtig war, von denen Ihr mir erzählt habt. Auch wir sind genügsam und arbeiten hart. Unsere Moralvorstellungen sind nach heutigen römischen Maßstäben vorbildlich. Wir haben junges und kraftvolles, aber unerfahrenes Blut, während das Blut Roms vor Verfall und Weisheit der Jahrhunderte alt ist. Gemeinsam hätten wir Rom retten können. Alarichs Tod war das Schlimmste, was Rom passieren konnte.«

Das war die außergewöhnlichste Feststellung, die Placidia jemals gehört hatte. Wenn er nur wüsste, dass sie fast dieselben Gedanken gehegt hatte.

Er wandte sich ihr zu. »Ich weiß, was Ihr denkt, aber es hätte funktionieren können. Wir hätten uns einen ausreichend großen Landstrich gesichert, um unsere Bedürfnisse zu befriedigen, aber nicht zu groß, dass wir ihn nicht hätten verteidigen können. Dann hätten wir um Frieden nachgesucht. Im Gegenzug wären wir Verbündete Roms geworden, die es vor Feinden verteidigt hätten, sie vielleicht sogar vernichtet hätten. Die Pax Gotica hätte die Pax Romana abgelöst. Nur Alarich hätte das schaffen können. Die Furcht der Römer vor ihm und die Loyalität unseres Volkes für ihn hätten es möglich gemacht. Nun wird es für immer ein Traum bleiben.«

Placidia, die Athaulfs Gesicht im schwächer werdenden Licht betrachtete, war erstaunt. Sein Blick schien etwas anderes zu schauen, obwohl er sie ansah. Er betrauerte nicht nur einen Bruder und einen Freund, sondern auch das Sterben eines Traums.

Plötzlich erkannte sie mit Gewissheit, was sie schon lange halbwegs geahnt hatte.

Sie fragte leise: »Wessen Traum war es, Alarichs oder Eurer?«

Er wandte sich dem Fluss zu. Nach einiger Zeit sagte er, ohne sie anzusehen: »Ich hatte in meinem Leben nur zwei wahre Freunde.

Alarich war einer davon. Ihr seid der andere. Ist das nicht seltsam? Natürlich kenne ich Euch noch nicht so lange, wie ich ihn kannte, und doch lest Ihr meine Gedanken, als wären wir zusammen aufgewachsen. Ich liebe meine Schwester, mit allen ihren Fehlern, und meine Kinder, aber ich werde einsam sein, wenn Ihr zu Eurem Bruder zurückkehrt. Ich werde ein Mann ohne Freunde sein, der ein Volk ohne Land regiert.«

»Wollt Ihr damit sagen, dass ich frei sein werde?« Er hatte ihre Frage nicht beantwortet. Stattdessen hatte er eine andere, schwierigere aufgeworfen. Wollte sie frei sein? Was konnte sie anderes tun, als zu Honorius zurückkehren?

Er sah sie seltsam an. »Natürlich. Ich werde Euch freilassen, sobald ich zum König gewählt wurde. Ihr werdet vor den Iden des Dezembers in Ravenna sein.«

Sie sah ihn an. »Das würdet Ihr tun?«

Athaulf erhob sich. Er streckte eine Hand aus. »Kommt, wir sollten besser ins Lager zurückkehren. Es ist nicht schicklich«, er zog sie hoch, »dass wir so allein sind.«

Sie wölbte die Augenbrauen. »So habt Ihr nie zuvor gedacht.«

»Vielleicht doch. Vielleicht habe ich häufig daran gedacht, was ich mit Euch tun wollte, wenn wir allein waren, während Ihr mich so unbekümmert über die römische Geschichte belehrt habt. Ist Euch das jemals in den Sinn gekommen? Oder seht Ihr mich, weil ich Gote bin, absolut nicht als Mann an? Das Lager ist voll von Mädchen, die mir zu Diensten wären, und ich denke, Narr, der ich bin, nur an eine römische Prinzessin, die mich von oben herab betrachtet und mich einen Barbar nennt!« Seine Stimme klang matt und verbittert. »Gehen wir.«

»Wartet.« Sie umfasste seinen Arm. »Natürlich weiß ich es.« Ihre Stimme bebte. »Ich weiß es schon lange.«

Er zog sie an sich und küsste sie sanft. Mit einem Finger zog er die Konturen ihrer nassen Wange nach, bevor er sie erneut küsste. Sie reagierte wie in Trance auf ihn. Sie klammerte sich an ihn, versank in einem Wirbel von Empfindungen und Nähe, von halb gemurmelten und halb wahrgenommenen Worten, von fieberhaften, suchenden Händen und Lippen. Sie sanken gemeinsam zu Boden, und der Teppich aus Blättern fühlte sich unter ihnen kühl an und duftete.

Er richtete sich auf einen Ellenbogen auf, und seine Lippen streiften von ihren Brüsten zu ihrem Bauch, küssten, liebkosten, verweilten. Placidias Herz hämmerte. Ihr ganzes Sein schien sich in einem so mächtigen Begehren aufzulösen, dass sie atemlos zurückblieb. Sie umklammerte ihn, versuchte, ihn über sich zu ziehen. Er hielt ihre Hände fest. »Nein! Mein Liebling, wir dürfen das nicht. Nicht so«, keuchte er. »Du musst Jungfrau bleiben. Es gibt andere Möglichkeiten …«

»Mach mich zur Frau! Sie werden mich zwingen, einen Mann zu heiraten, den ich nicht will, und ich werde mich ihm mein restliches Leben lang fügen müssen, aber heute Nacht werde ich dir gehören.« Ihre Pupillen waren vergrößert, ihre Augen unnatürlich strahlend. »Liebe mich, Athaulf, liebe mich jetzt«, flüsterte sie. »Ich werde nicht weinen, das verspreche ich. Tu es einfach, tu es jetzt, ich bitte dich, bitte.«

Als sie das Gewicht seines Körpers spürte, erwachte in ihr ein nie gekanntes Triumphgefühl. Da weinte sie, nicht vor Schmerz, den sie kaum spürte, sondern vor Freude. Tränen des Glücks wallten in ihren Augen auf, als er in sie eindrang und alles andere auslöschte. Der ferne Klang der Feier, der strudelnde Fluss und der Wind in den Baumwipfeln bildeten einen Klangteppich, der ihre beiden Körper barg und umschloss. Er umhüllte ihre Zärtlichkeiten, die brennende Trauer, die beide aus unterschiedlichen Gründen empfanden, und ihre lange unterdrückten Leidenschaft füreinander, die sie nun endlich Wirklichkeit werden lassen konnten.

»O Gott«, sagte Athaulf danach, als er sich aufsetzte und mit einer Hand durch das Haar fuhr, »was habe ich getan?«

Placidia lächelte. »Du hast mich gerade sehr glücklich gemacht.« Sie blickte zu ihm hoch, betrachtete den Kontrast zwischen seiner gebräunten Haut, seinem flachsfarbenen Haar und seinen blauen Augen, und verspürte angesichts seiner männlichen Schönheit jähen Besitzerstolz.

Er runzelte die Stirn. »Ich habe eine römische Prinzessin entehrt!«

Placidia lachte leise. »Wenn mein eigener Bruder es nicht für nötig hielt, Krieg gegen dich zu führen, weil du mich gefangengenommen hast, dann halte ich es für höchst unwahrscheinlich, dass er es jetzt tun wird, weil du mich entehrt hast, wie du es so unelegant nennst. Außerdem werden wir es ihm nicht erzählen, oder?« Sie lächelte. »Wenn sich Unehre so anfühlt, dann zum Hades mit der Ehre.«

Sie führte ihre Hand über seine Schulter, folgte seiner Brust, den Rippen, zu seinem Oberschenkel hinab, spürte seine Haut, nahm seinen Körper auf, machte sich sein Gefühl zu eigen. Auf diesen Moment hatte sie ihr Leben lang gewartet. Sie schloss die Augen. O Gott, betete sie lautlos, gewähre mir nur eine kurze Zeit des Glücks, dann werde ich alle Bürden erdulden, die du mir auferlegen willst.

Athaulf und seine Stammesführer zogen in Cosentia in ein weitläufiges, patrizisches Herrenhaus neben dem Tempel des Jupiter. Der Besitzer, ein provinzieller Senator, war mit seinen Wertgegenständen, Sklaven und Pferden geflohen, hatte aber seine Möbel ebenso zurückgelassen wie riesige Lagerräume, in denen sich Amphoren mit Wein, Öl, getrockneten Feigen, Oliven, Garum und andere Köstlichkeiten stapelten, die Placidia fast vergessen hatte.

Sie entdeckte eines Tages, als sie durch das Herrenhaus wanderte, einen ganzen Bücherschrank voller Schriftrollen, der in einer ansonsten leeren Bibliothek zurückgelassen worden war. Sie nahm sie eine nach der anderen hervor und las die von jedem Zylinder herabbaumelnden Kennungen. Sie waren alle auf Griechisch: Plato, Herodot, Thukydides, Plutarch, Lucian, die Theaterstücke von Aischylos, Sophokles und Euripides. Da war ebenso Xenophons Buch des häuslichen Ratschlags wie seine Abhandlung über Pferde, De Re Equestri. Wie Athaulf es begeistern würde, wenn er es auf Latein lesen könnte. Der Senator war für einen Provinzler aufgeschlossen: Er besaß mehrere

Bücher von Frauen, darunter Sappho und die Astronomin und Mathematikerin Hypatia von Alexandria. Placidia nahm den Armvoll Schriftrollen hoch und überquerte beschwingten Schrittes den Hof. Endlich hatte sie wieder etwas zu lesen!

Placidias Schlafzimmer abseits des zweiten Hofes war verschwenderisch ausgestattet. Es musste das Schlafzimmer des Herrn gewesen sein: Die Decke war ein Sternenfirmament in Blau und Gold, und an den zinnoberroten Wänden tollten Nymphen auf einer blumenbewachsenen Waldlichtung mit einem ithyphallischen Satyr umher. Sie saß im Eingang, den Rücken zum Hof gewandt, so dass das Licht über ihre Schultern fiel. Aber es fiel ihr schwer, sich auf die Schriftrolle in ihren Händen zu konzentrieren.

Ihr Blick kehrte immer wieder zu dem Satyr zurück. Sein kräftiges Glied unterschied sich von dem phallischen Talisman gegen den bösen Blick, dem man in Rom überall begegnete, von Türklopfern bis zu Anhängern um Kinderhälse. Seine bernsteinfarbenen Augen und der aufgerichtete Phallus strömten eine urtümliche Kraft, eine reine Lust aus, die sie jäh mit Wärme durchströmte. Gleichzeitig fühlte sie sich schrecklich schuldig. Wie konnte nur ein Bild, das nichts mit dem Mann zu tun hatte, den sie liebte, solche Macht über sie besitzen? Sie bemühte sich, nicht an Athaulf zu denken. Wenn sie an ihn dächte, würde sie niemals die endlosen Stunden überstehen, bis sie wieder mit ihm zusammen sein konnte. Aber ihr Körper weigerte sich zu gehorchen. Er erinnerte sich an seine Küsse, den Geschmack seiner Haut, die Berührung seiner Hände.

Sie zwang ihre Aufmerksamkeit auf das Schriftstück zurück. »Wie man es vermeidet, von einem Pferdehändler betrogen zu werden …« Sie lächelte. Davon musste sie Athaulf heute Abend erzählen. Obwohl er wahrscheinlich ebenso viel oder mehr als Xenophon über die Listen betrügerischer Pferdehändler wusste, wäre er amüsiert. Und er brauchte ein wenig Zerstreuung. Sie spürte seine Sorgen, auch wenn er nie darüber sprach. Die Zukunft, die Wahl zum König, sogar seine Schwester.

Gerlinda hatte sich seit Alarichs Tod völlig zurückgezogen. Athaulf, seine Söhne und Placidia waren ihre einzigen Besucher. Sie weigerte sich, jemand anderen zu empfangen. Placidia besuchte Gerlinda jeden Morgen. Die Königin aß wenig und sagte noch weniger. Sie saß die meiste Zeit auf einem Stuhl und blickte ins Leere. Placidia saß still neben ihr und streichelte Gerlindas Hand. Nur die Jungen zauberten gelegentlich ein Lächeln auf das Gesicht ihrer Tante. Aber sie besuchten sie immer seltener. Die ganz Jungen, so erkannte Placidia, waren zu sehr von Leben erfüllt, um langwierige Trauer zu verstehen. Sie machte ihnen Angst.

Um sich die Zeit zu vertreiben, spazierte Placidia an den Nachmittagen, von Gainsrich oder Tuga begleitet, durch Cosentia, so wie sie – anscheinend in einem anderen Leben – durch die Straßen Roms gewandert war. Sie fühlte sich hier als Gefangene freier, als sie sich als die Schwester des Kaisers jemals in Rom gefühlt hatte. Sie brauchte ihr Gesicht nicht zu verschleiern, es war nicht von Bedeutung, ob sie erkannte wurde, und niemand würde ihr Schaden zufügen. Es gab auch keine Palasteunuchen, die ihre gezupften Augenbrauen wölbten und sie für ihr Verhalten tadelten.

Bei ihrer Ankunft war Cosentia, eine große Stadt an der Via Popilia, bis auf wenige räudige Hunde und verlassene alte Sklaven verwaist gewesen. Die Bürger hatten die Stadt in großer Eile verlassen. Zu Athaulfs Erleicherung waren die Getreidespeicher hier nicht wie in manch anderen Städten von der weiterziehenden Garnison geleert worden. Die Gebäude wirkten wie aufgebahrte Leichname, unbeschädigt, aber leblos. Und doch erwachte die Stadt in nur wenigen Tagen zu neuen Leben. Das Hippodrom mit den Marmorsitzen diente nun als Pferch für Vieh; der überdachte Markt wurde zu einem Lagerhaus für Beutegut. Als Placidia an den öffentlichen Bädern vorbeiging, bemerkte sie Frauen, die mit Bündeln den gewölbten Bogengang passierten. Es begann zu nieseln. »Komm«, sagte sie zu Tuga, »sehen wir uns an, was sie tun. Dies waren früher die öffentlichen Bäder.«

Sie traten durch den Eingang in die Palästra, einen offenen Übungshof, den auf drei Seiten gelbe und zinnoberrote dorische Säulen umgaben. Auf der vierten Seite befand sich ein riesiges, halb leeres Schwimmbecken. Zwischen den Säulen standen Statuen griechischer und römischer Philosophen. An den Wänden prangten farbenfrohe Landschaftsmalereien, die bewusst real gehalten waren.

Tuga keuchte. »Hier haben die Römer sich gewaschen? Es ist ein Palast!«

Placidia lächelte. »Cosentia ist eine kleine Provinzstadt. Wenn du dies großartig findest, solltest du die Bäder Konstantins oder die von Caracalla in Rom sehen. Da würde halb Cosentia hineinpassen.« Sie gingen an der Bibliothek, der Turnhalle und den Ruheräumen vorbei, bevor sie das Tepidarium erreichten. Placidia staunte: Die Bäder waren zu neuem Leben erwacht! Der Raum hallte von Frauenstimmen und Lachen wider. Jemand hatte entdeckt, wie man die Waschrinnen und Heizöfen bedienen musste. Was einst Cosentias gesellschaftlicher Mittelpunkt gewesen war, ein Ort, an dem man baden, unter Leute kommen, plaudern, Geschäfte führen, lesen und Sport treiben konnte, war zu einer öffentlichen Waschanstalt umfunktioniert worden.

Eines der Mädchen, eine Freundin von Tuga, das gerade ihre Wäsche auswrang, winkte Tuga zu, die hinging und sich neben sie hockte. Placidia setzte sich auf eine Steinbank. Sie beobachtete, wie die knienden Frauen ihre Kleidung auf die marmornen Stufen des Beckens schlugen. Sie lachten und schwatzten bei der Arbeit. Sie konnte durch die Bögen in der Hitze des angrenzenden Laconicums zum Trocknen aufgehängte Wäsche sehen. Placidia lehnte sich zurück, stützte den Kopf an die Wand und ließ den Blick die lange Halle entlangschweifen. Der Boden war ein buntes Meeresmosaik. Schwertfische schwammen, Delphine sprangen, und ein Triton mit Fischschwanz blies in seine Muschel. Sie spürte unter den Sohlen ihrer Sandalen die warme Luft unter dem Boden zirkulieren. Graues Licht drang von oben durch die kreisrunden Alabaster-Paneele und beleuchtete das Schwimmbecken und die darum herum knienden Frauen. Der Anblick hatte etwas Irreales, Traumähnliches.

Etwas daran berührte sie zutiefst. Es war nicht deren barbarische Unwissenheit, es war etwas anderes, etwas, was sie nicht recht benennen konnte. Der Kontrast zwischen der üppigen Ausgestaltung des Raums und dem nüchternen Nutzen, dem er nun diente, war absurd. Absurd, aber wie praktisch!

Die Bäder waren ein perfekter Ort zum Wäschewaschen und -trocknen. Wie oft hatte sie gesehen, wie diese Frauen ihre Wäschebündel zum gefrorenen Wasser eines Flusses trugen und beobachtet, wie sie ihre Wäsche mit kalten, geröteten Händen auf Sträuchern ausbreiteten und ängstlich zu jeder vorüberziehenden Wolke hinaufblickten. Was für ein Fortschritt, ein Waschhaus mit fließendem, heißem Wasser und einem Dach zu haben, das den Regen fernhielt! Auch die Armen Roms besaßen keine solche Einrichtungen. Könnte dies ein Bild einer idealen neuen Welt sein? In der eine neue Zivilisation von der alten Zivilisation lernte, ohne die vorangegangene zu zerstören?

Placidia stand an einem Wintermorgen im Forum von Consentia auf dem Sockel der Statue des Augustus. Sie presste das Gesicht an die flechtenüberzogene Steinsandale von Roms erstem Kaiser und sah zu, wie Athaulf zum König der Goten gewählt wurde. Gainsrich erklärte ihr die Einzelheiten.

Die Wahl war fast einstimmig erfolgt. Die Wenigen, die ihre Hand nicht erhoben hatten, waren Amali. Sigerich selbst, der Stammesführer der Amali, stimmte für Athaulf. Seines war das erste der Schilde, auf die der neue König erhoben wurde.

Als sie Athaulf an der Menge jubelnder Goten vorbeitrugen, berührte Placidia Gainsrichs Arm. »Selbst Sigerich hat für ihn gestimmt! Unsere Gebete wurden erhört!«

Gainsrich seufzte. »Dies, Prinzessin, ist nur der Anfang. Gott allein kennt das Ende. Und was Sigerich betrifft, so hat er vielleicht für ihn gestimmt, aber er ist immer noch ...«

»Ich weiß«, unterbrach sie ihn abrupt, »ich habe davon gehört. Es ist unwichtig. Alarich ist tot. Athaulf wird mit Honorius einen Vertrag aushandeln. Es wird Frieden herrschen!«

Gainsrich zögerte. »Vielleicht. Und Ihr, Prinzessin, was werdet Ihr tun?«

»Das geht Euch nichts an!« Sie wurde ärgerlich. Wie konnte er es wagen auszusprechen, was sie aus Angst nicht einmal denken mochte? Nur weil er sie als Kind auf den Schultern getragen hatte, gab ihm das nicht das Recht, mit ihr wie mit einer Gleichgestellten zu reden. Sie warf eine Ecke ihres Umhangs über die Schulter. »Gehen wir.«

Athaulf beschloss, den Rest des Winters in Cosentia zu verbringen. Für Placidia vergingen die Wochen in einem Glückszustand, der sie benommen machte. Wann immer sich Gedanken an die Zukunft einstellten, verdrängte sie sie. Sie wollte in der Gegenwart leben. Jeder Moment, den sie teilten, war unwiederbringlich und musste in ihrer Erinnerung gespeichert werden, ein Schatz, von dem sie später zehren würde.

Tuga bewachte nun, anstatt Placidia zu bewachen, ihre Momente der Ungestörtheit. Sie liebten einander, wann immer sie konnten. Einmal, an einem mondbeschienenen Abend, nachdem sie auf die Jagd gegangen waren, breitete Athaulf neben einem gurgelnden Bach Felle für sie aus, von wo aus sie die Sterne beobachtete, nackt unter einer Fuchsdecke, in seinen Armen geborgen. Ihr Körper, ihr ganzes Sein, war von ihrem Verlangen nach ihm erfüllt. Allein die Erinnerung an seine Berührung löste eine Woge neuerlichen Begehrens aus.

Die Villa des Senators hatte ein eigenes Badehaus. Athaulf und Placidia benutzten das Bad spät in der Nacht, wenn alles still war, während Tuga oder Gainsrich Wache standen. Anders als sie, die das dampfende Caldarium hasste, schwelgte Athaulf darin. Da keine Badbediensteten da waren, wuschen sie einander. Placidia ölte ihn ein und schabte ihn dann mit einem Strigil sauber. In den Nischen des Tepidariums standen von der Familie des Senators zurückgelassene Pflegemittel: Schwämme, Bimssteine, Aromaöle, Henna, Enthaarungswachs.

Das unbeheizte Frigidarium provozierte stets Athaulfs Protest. Nun stöhnte er, als er ins eiskalte Wasser tauchte. Kurz darauf schoss er wieder hoch und schüttelte sich wie ein nasser Hund. Placidia brach in Lachen aus. Er war mit zwei langen Schritten an den Stufen. »Brr. Es ist eiskalt. Willst du mich so umbringen?« Sie reichte ihm ein warmes Handtuch und küsste ihn auf die Nase. »Ich versuche nur, deine übermäßige Leidenschaft abzukühlen ...« Er stürzte auf sie zu und verfehlte sie. Sie jagten einander um die Säulen herum und lachten wie zwei unbeschwerte Kinder. Als er sie schließlich einfing, zog er sie an sich. »Ich zeige dir, was kaltes Wasser meiner Leidenschaft antut.«

Sie stand ganz still, mit hämmerndem Herzen, und Erwartung durchströmte sie. Das Handtuch, in das sie gehüllt war, fiel herab. Er zog sie zu Boden. Seine Lippen verließen ihr Gesicht und wanderten ihren Körper hinab. Eine anhaltende, köstliche Folter. Lust durchlief ihren ganzen Körper, und sie wusste, dass er seine Liebkosungen fortsetzen würde, bis sie zum Höhepunkt kam. Und doch bewegten sich ihre Hüften wie von allein. »Komm zu mir«, flüsterte sie. »Lass mich nicht warten ...«

Später spielte sie ihm auf einer alten Kithara vor, die sie in einer Ecke lehnend vorgefunden hatten, während er auf einer Massageliege lag, eine Hand den Boden streifend, in Gedanken verloren. Gedanken die er, wie sie wusste, nicht mit ihr zu teilen wagte. Melancholie überkam sie nun ebenso stark wie zuvor die Verzückung. Sie zupfte an den abgegriffenen Saiten und bemühte sich umsonst, ihre Gedanken daran zu hindern, in das düstere verbotene Land, die Zukunft, abzuwandern.

Seine Stimme holte sie ruckartig in die Gegenwart zurück. »Dein Neffe, der Kaiser des Ostens, wie alt ist er jetzt?«

Sie zwinkerte. Theodosius, Konstantinopel ... Eine andere Welt, ein anderes Leben. Sie dachte einen Moment nach. »Theodosius muss elf Jahre alt sein.«

»Bist du ihm je begegnet?«

»Nein. Mein Halbbruder Arcadius war viel älter als ich. Er hat stets in Konstantinopel gelebt. Als er nach dem Tod meines Vaters Kaiser des Ostens wurde, wurde ich von Serena und Stilicho mit nach Rom genommen.«

»Wer regiert anstelle dieses Kind-Kaisers?«

»Mehrere fähige Eunuchen, zusammen mit einer klugen älteren Schwester.«

»Warum Eunuchen? Sie sind abstoßend, wie fette alte Frauen.«

»Genau aus dem Grund. Sie werden nicht in Versuchung kommen, den Thron einzunehmen. Sie können keine Dynastie gründen. Sie ziehen die Fäden, wie Frauen, aus dem Verborgenen, flüstern dem Kaiser ins Ohr, während er eine Audienz abhält.«

»Mag Honorius diesen Neffen?«

»Er hat Arcadius, der sein älterer Bruder war, verehrt. Er war verzweifelt, als er starb. Er könnte Theodosius zum Erben des Westreiches machen, wenn er selbst kinderlos bleibt. Das Heer könnte natürlich jemand anderen erwählen. Zum Beispiel Konstantius. Aber der Herrscher des Ostreiches muss die Wahl nicht annehmen.«

Athaulf nickte. »Ich habe gehört, dass Honorius keine Kinder zeugen kann. Es heißt, seine beiden Frauen seien Jungfrauen geblieben ...«

Placidia dachte an das anzügliche Geschwätz über das kaiserliche Schlafzimmer, dachte an das verkniffene kleine Gesicht der armen Thermantia. Sie aß als Kind nie und blieb als Mädchen dünn und zerbrechlich. Wäre sie nicht geflohen, wäre sie wahrscheinlich immer noch in dem römischen Konvent, in den sie abgeschoben wurde, nachdem Honorius sie verstieß. Eine jungfräuliche Ehefrau, eine Waise ohne Schwestern und Brüder, das Todesurteil ihrer Mutter von ihrem besten Freund aus Kindertagen unterzeichnet. Placidia kamen die Tränen.

Athaulf streckte die Arme aus. »Komm her.« Er hielt sie fest. »Du hast in so jungem Alter so viel erlitten. Ich wünschte, ich könnte das alles ungeschehen machen, dich immer beschützen ...« Nach einem kurzen Schweigen fragte er: »Hast du diesen Eucherius, Stilichos Sohn, geliebt?«

»Nein. Wir waren nur Spielkameraden. Es war Serenas Idee, vielleicht sogar Stilichos, uns zu verheiraten. Es ergab Sinn. Die Dynastie wäre erhalten geblieben.«

Er küsste ihr Haar. »Ich habe über mein Volk, über dich, über das östliche Kaiserreich nachgedacht. Vielleicht liegt die Antwort dort, in einem Vertrag mit Konstantinopel. Wenn ...«

Ihr Herz setzte einen Schlag aus. Er konnte doch nicht daran denken, sich Honorius' zu entledigen? »Die Römer im Osten hassen die Arianer noch mehr als die Römer im Westen. Theodosius ist noch ein Junge, und niemand würde zulassen, dass er dir ein Herrschaftsgebiet gewährt, selbst wenn du ihn zum Kaiser des Westens machtest. Sie würden bei der ersten Gelegenheit jegliche Vereinbarung mit dir brechen ...«

»Ich wollte deinen Bruder nicht vergiften lassen. Ich dachte nur, dass Theodosius einen größeren Anspruch auf das Kaiserreich im Westen hat als sonst jemand. Aber das ist nicht mein Plan. Ich dachte ...«

Sie setzte sich jäh auf. »Ich habe auch nachgedacht. Es gibt nur eine Möglichkeit. Du musst mit Honorius ein Abkommen treffen. Nun, wo Alarich tot ist und Konstantius in Gallien unterwegs, ist der Zeitpunkt gekommen. Um deine guten Absichten zu beweisen, musst du mich wieder an Honorius überstellen.«

»Niemals!«

Sie legte ihm einen Finger auf die Lippen. »Schsch. Wir wussten beide, dass dies nicht von Dauer sein konnte. Du hast mir mehr Freude geschenkt, als ich je zu hoffen wagte. Dich und dein Volk in Sicherheit zu wissen, wird mir Kraft zum Weiterleben geben.«

»Nein. So werden wir dieses Problem nicht lösen.« Er streichelte ihre Hände. »Gib mir nur ein wenig Zeit. Ich brauche die Unterstützung jener, die noch an Alarichs alten Ideen hängen. Ich muss sie davon überzeugen, dass sich diese Ideen ändern müssen. Wirst du mir dabei helfen?«

»Sage mir, was ich tun soll.«

Aufmerksam hörte sie ihm zu, aber in ihrem Herzen wusste sie, dass nichts ihr Schicksal verändern könnte. Für sie gab es keine gemeinsame Zukunft.

Hohe Fackeln erhellten die farbenfrohen Fresken des Trikliniums. Athaulf bedeutete den Stammesführern, sich auf den Liegen niederzulassen. »Entspannt euch, meine Freunde. Heute Abend werden wir auf römische Art speisen. Es ist recht bequem, wie ihr sehen werdet.«

Attalus, der stets Taktvolle, stützte sich auf den linken Ellenbogen auf und zeigte, wie man es machte. Die Goten und ihre Ehefrauen ließen sich unbeholfen nieder, drei auf eine Liege. Sie wirkten entschieden unbehaglich. Nach einem oder zwei Bechern des exzellenten Falernerweins des Senators wurden sie jedoch heiterer. Sie bedienten sich an dem Lammfleisch, das vor Garum tropfte, nahmen Brotstücke aus edlem weißen Mehl und Kellen von süßem und saurem Gemüse. Sklaven liefen umher und füllten Wein nach. Andere boten zwischen den Portionen Becken und Handtücher dar. Placidia unterdrückte ein zufriedenes Lächeln. Sie hatte mit Attalus' Hilfe, der ihr seinen ausgezeichneten Koch ausgeborgt hatte, eine passable Nachahmung eines römischen Essgelages bewerkstelligt.

Athaulf hatte recht. Wie leicht Menschen der Verlockung des Luxus und schmeichelhafter Schöntuerei erlagen. Die Stammesführer waren geschmeichelt, sowohl von der üppigen Mahlzeit als auch von Athaulfs Aufmerksamkeiten. Er hatte sie gebeten, ihm bei der Vorbereitung dieses Banketts zu helfen, hatte ihr davon erzählt, dass er Gerlinda beteiligen wollte, weigerte sich aber, ihr zu sagen, was er als Nächstes vorhatte. »Ich erzähle es dir nachher«, sagte er nur.

Nun wandte sie sich Gerlinda zu und wollte gerade etwas sagen, als sie die Trauer in den Augen der Königin bemerkte. Gerlinda senkte den Blick. Sie trug keine Schminke, keine protzigen Juwelen, keine Wolken üppigen Dufts. Ihr Haar, dessen graue Wurzeln unberührt waren, war zu einem einfachen, von einem goldenen Band gehaltenen

Knoten zurückgenommen. Und doch erschien sie königlicher und beeindruckender als jemals in ihrer kostbarsten Pracht. Es war seit Alarichs Tod das erste Mal, dass sie in der Öffentlichkeit erschien.

Wie fühlte sie sich dabei, sich eine Liege mit der Prinzessin zu teilen, die einst ihre Magd gewesen war und nun ihren Bruder liebte? Gerlinda liebte Athaulf, aber sie hatte auch Alarich zutiefst geliebt, hatte es genossen, Königin zu sein ... Sie mochte Placidia offensichtlich, war immer freundlich zu ihr gewesen, und doch konnte es nicht leicht für sie sein.

Placidia legte eine Hand auf Gerlindas Arm. Sie sagte leise: »Ihr dürft Euch nicht abkapseln. Alarich hätte das nicht gewollt. Er hat Eure Meinung überaus geschätzt. Athaulf ebenso. Euch gebührt als einer Schwester und Königinwitwe Respekt. Ihr müsst wieder an den Konzilversammlungen teilnehmen. Ihr seid jetzt Athaulfs vertrauteste Beraterin.«

Die Königin griff nach einem Stück Brot. Sie bemühte sich zu lächeln. »Auf Euch hört Altaulf jetzt, aber Ihr habt recht. Alarich hätte gewollt, dass ich meinen Platz im Konzil beibehalte. Es ist nur so ... schwer. Das Leben bedeutete mir wenig. Wenn ich vielleicht Kinder gehabt hätte ...« Gerlinda zerkrümelte das Brot mit den Fingern. »Aber Ihr habt recht. Eine Stimme kann manchmal entscheidend sein, kann die Unentschiedenen beeinflussen.«

Erleichterung durchströmte Placidia. Gerlindas alter Scharfsinn war zurückgekehrt. Sie würde ihnen helfen. Darauf hatte Athaulf gehofft.

Nachdem die lange Mahlzeit zum Ende kam und die letzten Gäste hinausgewankt waren, führte Athaulf Placidia auf die Terrasse hinaus. Im mondbeschienenen Peristyl nahm er sie in die Arme. Sie spürte seine Anspannung, obwohl sein Gesicht im Schatten lag. Er zog sie an sich. »Heirate mich, Placidia.«

Sie war zu überwältigt, um zu sprechen. So musste es sich anfühlen, wenn man dem Tod gegenüberstand. Wenn man seine einzige Hoffnung auf Glück ablehnen musste. Es war schlimmer als zu sterben. Zumindest war im Tod alles vorbei. Aber sie hatte noch Jahre Leben vor sich, Jahre, die sie überstehen musste, Tag für Tag, ohne Liebe oder Glück. Sie drängte die aufkommenden Tränen zurück. Nach einer Ewigkeit, einem ganzen Leben, sagte sie zögernd, und jedes Wort wog so schwer, dass sie es kaum äußern konnte: »Du weißt, dass das unmöglich ist. Dein Volk würde es niemals akzeptieren, und meines auch nicht. Kein Mitglied der kaiserlichen Familie darf ohne die Zustimmung des Kaisers heiraten. Mein Bruder wird niemals …«

»Ich werde mein Volk mit Gerlindas Hilfe überzeugen.« Er umarmte sie fester. »Heirate mich, Placidia.«

»Du weißt, dass ich das nicht kann.«

»Ich möchte, dass du meine Königin, meine Ehefrau, die Mutter meiner Kinder wirst.« Seine Hand fand ihren Bauch. »Ich möchte sie in dir wachsen spüren, möchte sehen, wie du mit meinem Samen anschwillst …«

Seine Stimme stockte.

Ihr Körper reagierte auf seine Worte. Sie presste sich an ihn. »Liebe mich, Athaulf. Liebe mich so lange wie möglich. Wenn es vorbei ist, wird mir die Erinnerung an dich Kraft geben.«

Er nahm ihre Hände. »Ich möchte nicht, dass du meine Geliebte bist. Ich möchte, dass du meine Frau bist.«

Die Tränen liefen ihr über das Gesicht. »Ich werde zu Honorius zurückgehen und Rom gegenüber meine Pflicht erfüllen. Die Pflicht ist das Einzige, was mir noch bleibt. Und du, du heiratest Sigerichs Tochter. Dein Volk wird glücklich und vereint sein, und deine Kinder werden eine Mutter haben. Du wirst mich beizeiten vergessen …«

»Still.« Er wischte ihre die Tränen fort. »Ich will Sigerichs Tochter nicht. Ich habe Rotschöpfe noch nie gemocht. Ich werde einen Gesandten zu Honorius schicken und um seine Zustimmung bitten. Ich werde ihm im Gegenzug anbieten, Konstantin und die Invasoren Spaniens zu bekämpfen. Konstantius' Heer ist zu klein, um sie alle zu bekämpfen. Die Römer brauchen uns ebenso sehr, wie wir sie brauchen.«

Als er sich umwandte, fiel das Licht des Raumes auf sein Gesicht. Sie sah in seinen Augen denselben visionären Ausdruck wie in der Nacht von Alarichs Beerdigung. »Du, Geliebte, wirst die großartigste Königin sein, die die Goten je gehabt haben. Du wirst unsere erste Kaiserin sein.«

Sie erschauderte. Ein kalter Strom breitete sich in ihr aus. Sie begann zu zittern. Athaulfs Gesicht verschwamm, wurde zu einem wirbelnden Nebel. Der Nebel verdichtete sich, nahm Farbe, Gestalt, Klang an. Ihr gesamtes Leben, jeder Augenblick ihrer Zukunft, spulte sich wie eine Schriftrolle vor ihr ab, so klar, dass sie die Hand hätte ausstrecken und es berühren können. Sie betrachtete die sich vor ihr entfaltenden Szenen, ihre Bedeutung und ihren Zweck ... Bilder von Freude und Ruhm, Flammen und Leiden und unendliche Einsamkeit ... Und am Ende ein Engel mit weißen Flügeln auf den Stufen eines Altars, der seine Hand ausstreckte ...

Sie umklammerte die Brust, konnte nicht atmen. Ein Meer der Dunkelheit stürzte über sie herein.

Placidia erwachte auf einer Liege im Triklinium, von Menschen umgeben. Aristophanes, Tuga und Elfrieda, Athaulf. Sie setzte sich langsam auf, erwartete irgendwo Schmerzen. »Was ist passiert?« Sie konnte sich an nichts erinnern.

Athaulf beugte sich über sie. »Du bist ohnmächtig geworden.«

Tuga schob Placidia ein Kissen hinter den Rücken. »Was ist geschehen, Herrin? Seid Ihr verletzt?« Placidia schüttelte den Kopf. »Nein. Ich ... ich kann mich einfach an nichts erinnern. Ich weiß nicht, was ...«

Aristophanes wandte sich an Athaulf. »Was hat die Prinzessin gerade getan? Hat sie etwas erschreckt?«

»Ich denke«, sagte Athaulf zögernd, »sie hat etwas gesehen.«

Aristophanes räusperte sich. »Ich muss die Prinzessin untersuchen. Bitte verlasst uns.« Als Tuga keinerlei Anstalten machte zu gehen, deutete er mit dem Kopf zur Tür. »Du auch!«

Er fühlte Placidias Puls, legte eine Hand auf ihr Herz, befühlte ihre Stirn. Dann richtete er sich auf. Er betrachtete seine Hände. »Prinzessin, wann hattet Ihr zuletzt Eure Menses?«

Als Placidia die Bedeutung der Worte klarwurde, spürte sie sich erröten. Sie erwiderte so würdevoll wie möglich: »Ich habe sie gerade. Vielleicht liegt es daran. Ich fühle mich manchmal schwindelig, wenn ich starke Krämpfe habe. Danke, Aristophanes, es wird mir gutgehen.«

Sie legte sich zurück, nachdem der Arzt gegangen war. Angst schnürte ihr die Brust zu. Sie hatte gelogen. Sie hatte ihre Menses nicht. Wie unglaublich dumm sie war! Sie hatte an diese Möglichkeit nicht einmal gedacht. Natürlich empfingen Frauen, die außerhalb des Ehestandes mit Männer schliefen, ebenso wie Ehefrauen … An den Brunnen Roms wurden täglich ausgesetzte Säuglinge gefunden. Häufig noch in blutige Stofffetzen gehüllt, waren es die Neugeborenen von Huren, von Ehefrauen, deren Männer in der Provinz Dienst taten, sogar von jungen Mädchen aus vornehmen Familien. Die Kirche hatte jahrelang gepredigt, dass es eine Todsünde sei, ungewollte Kinder auszusetzen. Aber in dieser Sache schwanden heidnische Gepflogenheiten nur schwer. In der Zeit der Republik setzten sogar adlige Familien ihre Kinder aus, wenn es Töchter waren oder sie zu viele Söhne hatten, um das Erbe zu teilen.

Es schien ihr unwahrscheinlich, ein Kind zu erwarten, aber was, wenn doch? Wenn es bisher noch nicht geschehen war, konnte es jeden Moment so weit sein. Vielleicht war das ein weiterer Grund für Athaulfs Hast. Sie würde als das angesehen, was sie war: Theodosius' Tochter, die mit einem Barbar Unzucht trieb. Sie erschauderte. Und doch – wie konnte ein solch überwältigendes Gefühl, etwas, was nicht nur dem Körper, sondern auch der Seele solchen Aufschwung gab, als Sünde bezeichnet werden? War es eine Regung des Fleisches, nur tierische Lust? Sie kannte die Antwort. Die Kirchenväter, selbst Ambrosius und Augustinus, rangen in ihren Schriften mit diesem Problem. Heilige die animalischen Instinkte des Menschen, bezähme sie durch das Sakrament der Ehe, dulde sie nur um der Fortpflanzung willen .. Es war schlüssig, und doch ... wie sehr es die Dinge schmälerte, wie blind es den Menschen für das machte, was Liebe sein konnte: die Möglichkeit, sich ineinander zu verlieren und Seelenfreude durch physische Leidenschaft zu erleben.

Wie konnte das eine Sünde sein? Wo, o Gott, wollte sie rufen, kann darin Sünde liegen? In diesem Moment erkannte sie, dass sie niemals zurückkehren könnte, nach Rom, in ihr altes Leben. Was auch immer das Schicksal für sie bereithielt, sie würde sich ihm stellen, zusammen mit Athaulf und dessen Volk.

Es war eine milde Nacht. Der Mond schien durch das Fenster, das sie offen gelassen hatten, um sich an seinen Strahlen zu erfreuen. Ein leichter Wind erhob sich und ließ die Blätter draußen im Teich rascheln. Athaulf setzte sich auf und zog die Biberfelle über sie, bevor er sich wieder neben sie legte. Dann erklärte er ihr, wie er die Stammesführer für sich gewinnen wollte.

Placidia hörte zu, den Kopf an seiner Schulter. War dies Realität oder ein Traum? Sie hatte ihm nach ihrem Ohnmachtsanfall vor wenigen Tagen gesagt, dass sie ihn heiraten würde. Er hatte damals nichts erwidert, sondern sie nur sanft geküsst. Die Erinnerung an etwas Ungreifbares regte sich in ihr. Ein- oder zweimal blitzte in ihrem Geist ein verschwommenes Bild auf, so schnell, dass sie es nicht einfangen konnte. Es entzog sich ihr stets, wie ein Traum im Wachen. Was ihr in einer Nacht im Peristyl widerfahren war, wich im Verlauf der Zeit immer weiter zurück.

Als er geendet hatte, schwieg sie einen Moment, bevor sie fragte: »Werden sie dir zustimmen?«

»Ich denke schon. Mein Volk ist müde, Placidia. Wir sind das endlose Umherwandern leid.« Er seufzte. »Alarich hat uns auf dem Sterbebett ein Geschenk hinterlassen. Honorius' Hass auf Alarich war der größte Stolperstein zum Frieden. Nun ist Alarich tot, und Honorius kann freier entscheiden.«

Placidia erschauderte, als sie an ihren Bruder dachte. »Statt Honorius davon zu überzeugen, dein Angebot anzunehmen, könnte die Nachricht, dass wir heiraten wollen, bei ihm aber auch einen seiner Wutanfälle auslösen.«

»Bei Honorius vielleicht. Aber nicht bei Konstantius. Konstantius kümmert sich keinen Deut um die kaiserliche Familie und um dich. Er will nur das Reich zusammenhalten. Konstantius besitzt im kleinen Finger mehr gesunden Menschenverstand als dein Bruder im ganzen Körper. Honorius steht vollkommen unter seinem Einfluss. Wir müssen Konstantius beobachten.«

Sie hatte nie besonders auf Konstantius geachtet. Sie versuchte sich daran zu erinnern, wie er war. Ein stämmiger Offizier mit einer schroffen, rauen Art. »Ich kann mich kaum an ihn erinnern, Athaulf. Erst nach Stilichos Ermordung gewann Konstantius an Bedeutung. Ich sorge mich wegen Honorius. Er ist so unberechenbar ...« Sie presste sich an Athaulf. »Halt mich fest. In deinen Armen fühle ich mich sicher.«

Die Wärme seines Körpers beruhigte sie. Langsam begann sich ein vertrautes Begehren in ihr auszubreiten. Sie streichelte seine Brust.

»Placidia«, murmelte er. »Ich liebe dich so.« Seine Lippen nahmen sie in Besitz. Ihre Ängste, Rom, die Welt, die Zukunft – all das verschwand. Nichts zählte mehr außer dem Hier und Jetzt und dem Mann, dessen jede Faser ein Teil von ihr war.

Später, als sie ermattet und schläfrig beieinanderlagen, sagte sie: »Du weißt genau, wie du mich beglücken kannst. Hast du deine Frauen immer auf diese Art geliebt?«

Er lachte leise. »Bestimmt nicht. Das dauert zu lange.«

Sie knuffte ihn. »Ich bin eifersüchtig.«

»Ich weiß. Aber du betrachtest es zu kurzsichtig. Ich könnte dir das, was ich dir gebe, nicht geben, wäre mein früheres Leben nicht gewesen. Wusstest du, dass die Römer einen Mann, der eine Frau beglückt, als geringwertiger betrachten? Darum wendet ihr Frauen euch an Gladiatoren oder Sklaven. Kein römischer Patrizier würde sich dazu herablassen, seine Frau zu beglücken – es würde ihn erniedrigen, ihn in seinen Augen zu einem Sklaven herabsetzen. Sie sind, wie mir scheint, Sklaven ihrer Unsicherheit …«

»Woher weißt du das alles?«

»Man hört einiges … Erinnere dich, dass ich bei Alarich war, als er im römischen Heer diente. Auch römische Offiziere reden, wie Männer überall.«

Er log. Es war zweifellos eine hübsche Römerin, die entzückt darüber war, einen kraftvollen Geliebten gefunden zu haben, dessen Stolz nicht beeinträchtigt wurde, wenn er einer Frau Vergnügen bereitete … Sie seufzte. Spielte es eine Rolle? Er gehörte jetzt ihr. Er musste die Stammesführer für sich gewinnen. Selbst Honorius und Konstantius mussten erkennen, dass er recht hatte … Schlaf überkam sie.

Placidia saß während der Ratsversammlung neben Gerlinda. Athaulf hatte, entgegen Gerlindas Rat, darauf bestanden, dass Placidia anwesend wäre. Die Hände fest im Schoß verschränkt, um ihre Anspannung zu verbergen, hörte Placidia zu, während Athaulf seinen Plan umriss.

Die Reaktion der Stammesführer war vorhersehbar.

»Verbündete Roms! Ha!« Sigerich beugte sich vor. »Es überrascht mich, wie kurz Eure Erinnerung ist, mein König. Habt Ihr vergessen, wie oft wir Verbündete Roms waren, und wie oft sie uns verraten haben?«

Athaulf sah Sigerich mit eisigem Blick an. »Wir haben sie auch verraten.«

»Weil wir uns verteidigen mussten. Sie gewährten uns ein paar Privilegien, ein wenig Gold, Land oder Getreide, ließen uns ihre Dreckarbeit machen und brachen dann ihre restlichen Versprechen. Sie waren früher Meister in diesem Spiel. Sie werden es wieder tun.«

Vallia, der älteste der Stammesführer, nickte. »Sogar Alarich erkannte nach Stilichos Tod, dass wir Rom einnehmen mussten, um beweisen zu können, dass wir eine Macht sind, mit der man rechnen muss.«

Athaulf sagte: »Nicht alle Kaiser haben uns verraten. Der Vater der Prinzessin hat es niemals getan.«

Sigerich streich sich das widerspenstige, flammende Haar aus der Stirn. »Das mag sein. Aber dieser hat es, und wird es wieder tun.«

»Wer werden ihm dazu keine Chance lassen. Wenn der Kaiser uns erst unser Land gegeben hat, werden wir es verteidigen. Ich möchte Euch etwas zeigen.« Athaulf deutete auf einen Tisch, auf dem er ein Itinerar Italiens, Galliens und Spaniens ausgebreitet hatte.

Er deutete mit seinem Dolch auf die Karte. »Hier ist Ravenna. Das ist Gallien. Nachdem wir eine Vereinbarung mit Honorius getroffen haben, werden wir hier entlang ziehen.« Sein Dolch folgte den roten, Straßen repräsentierenden Linien. »Hier werden wir die Alpen überqueren, über diesen Pass, und in Gallien auf der anderen Seite mit den Römern zusammentreffen. Wir werden Konstantin gemeinsam besiegen. Danach werden wir nach Süden ziehen und Spanien von den Vandalen, Alanen und Sueben befreien. Als Belohnung werden wir ein Gebiet namens Narbonensis fordern, hier.« Sein Dolch durchstach die Karte. »Es ist sehr fruchtbar und durch die Berge und das Meer leicht zu verteidigen. Dort werden wir uns als Foederati niederlassen und die Tore Hispaniens vor Angreifern schützen.«

Vallia räusperte sich. »Und Ihr glaubt, Herr, Honorius wird dem zustimmen? Warum soll er das jetzt tun, wenn er es zuvor nicht getan hat?«

»Weil er uns jetzt braucht. Ich habe zuverlässige Informationen darüber, dass Konstantius in Gallien gegen Konstantin nur wenige Fortschritte erzielt. Er kann Konstantin und die Stämme, die Spanien angegriffen haben, nicht allein besiegen. Honorius' Hass auf Alarich war ein unüberbrückbares Hindernis für Verhandlungen. Nun, da Alarich, möge seine Erinnerung gesegnet sein, fort ist …«

Empörtes Murmeln erklang in der Versammlung. Ein junger Amali-Stammesführer rief: »Alarich hätte das niemals getan! Vergesst alle Verhandlungen mit den Römern! Nur Gewalt wird uns Land verschaffen!« Der junge Stammesführer packte Sigerichs Arm. »Sagt es ihm, Sigerich, erzählt ihm, dass wir alle so empfinden!«

Athaulf beugte sich über den Tisch. Er sagte sehr ruhig: »Mein Bruder war ein großer König. Und große Herrscher wissen, wie man sich an wechselnde Umstände anpasst. Er wollte seine Strategie nach Rhegium ändern. Nur der Tod hinderte ihn daran. Unsere einzige Hoffnung besteht darin, mit Rom zu verhandeln. Und Rom muss nun mit uns verhandeln.« Er hielt inne. »Gott bietet uns die Gelegenheit, eine Heimat zu erringen und gleichzeitig den Grundstein für einen dauerhaften Frieden mit Rom zu legen.«

Sie starrten ihn an. Nur Sigerich schien nicht überrascht zu sein. »Was macht Euch dieses Mal so sicher, Erfolg zu haben?«

»Weil es, meine Freunde, der richtige Zeitpunkt ist. Aber da ist noch etwas. Etwas, was meinem Angebot noch mehr Gewicht verleiht. Ich habe beschlossen, wieder zu heiraten. Die Schwester des Kaisers.«

Einen Moment herrschte benommenes Schweigen. Dann brach lautes Stimmengewirr aus. Athaulf hob eine Hand. Er gab Vallia, dem rangältesten Stammesführer, wie es der Brauch war ein Zeichen. »Sprecht, Vallia!«

»Herr, es ist unmöglich. Die Prinzessin ist eine Römerin, eine Gefangene.«

Athaulf ergriff Placidias Hand. »Die Prinzessin ist keine Gefangene mehr. Ich habe ihr die Freiheit geschenkt. Anstatt zu ihrem Volk zurückzukehren, hat sie sich dafür entschieden, mich zu heiraten und unsere Königin zu werden.« Athaulf lächelte. »Vielleicht könnte man sagen, dass ich Rom durch Heirat erobere.«

Sigerich betastete das goldene Band um seinen Hals. »Seid Ihr sicher, mein König, dass Rom nicht Euch erobert?«

Am Ende der Woche verließen sie Cosentia. Wenige Meilen außerhalb der Stadt wandten sie sich von der Via Popilia ab Richtung Osten, auf die Berge zu. Sie würden die Sila durchqueren, nach Tarentum hinabsteigen und von dort die adriatische Küste hinauf in Richtung Ravenna ziehen. Sie kamen dank des trockenen Frühlingswetters schnell voran. An guten Tagen, wenn keine Achse brach, schafften sie bis zu fünfzehn Meilen.

Sie erwachten eines Morgens an einem Hang, wo sie in der Nacht zuvor ihr Lager errichtet hatten. Unten glänzte im hellen Sonnenschein eine Fläche aus gehämmertem Gold: der Golf von Tarentum. Dahinter erstreckte sich das Ionische Meer bis nach Griechenland. Sie zogen die Adria hinauf und passierten die Küstenstädte dessen, was einst Magna Graecia gewesen war: Sybaris, Tarentum, Barium. Placidia hörte innerlich erneut die sanfte Stimme ihres Lehrers, Leandros von Rhodos, wie er diese unerschrockenen Griechen beschrieb, die hier schon lange, bevor Rom geboren wurde, Städte gegründet hatten.

Sie sah sich selbst als schlaksige Zehnjährige, die stillsaß und zuhörte, als der alte Mann von furchtlosen Seefahrern in kleinen Schiffen mit roten Segeln erzählte, die sich auf die unbekannten Meere wagten, um neues Land für sich zu finden. Was ihnen an Wohlstand fehlte, machten sie durch Mut, Wissbegierde und Unternehmungsgeist wett.

Es gab Momente, in denen Placidia das Gefühl hatte, dass sie selbst, wenn sie unter einer Frühlingssonne inmitten dieser barbarischen Heerschar ritt, Teil einer neuen, großen Unternehmung war, die dereinst besungen werden würde. Zu anderen Zeiten wurde sie von finsterer Mutlosigkeit erfüllt. Honorius würde ihrer Heirat niemals zustimmen.

Als sie die Adria sichteten, wusste Placidia, dass Aristophanes recht gehabt hatte. Sie trug Athaulfs Kind. Als sie es ihm sagte, war er überglücklich. Er spielte ihre Befürchtungen herunter. Seine einzige Sorge wurde das Tempo, mit dem sie Forum Livii erreichen konnten. Wenn sie erst einmal dort wären, nahe bei Ravenna, würde er einen Gesandten zu Honorius schicken.

Die Städte auf dem Lande, deren Getreidespeicher gefüllt, deren Scheunen voller Heu, deren Fischteiche gut bestückt, deren Vieh wohlgenährt waren, ernährten den Tross im Gegenzug für Athaulfs Schonung. Athaulf brach sein Wort, trotz des zunehmenden Widerstandes der Stammesführer, nicht ein einziges Mal. Die Krieger waren gelangweilt und ruhelos und gierten nach der Erregung des Kampfes und dem Beutegut, das ihr Lohn war.

Placidias Vorahnung wurde stärker, je näher sie Ravenna kamen. Es half nicht, dass sie stets gereizt und müde war und im rumpelnden Wagen, bei Mahlzeiten oder am Abend, wenn sie den Geschichten am Lagerfeuer lauschte, erschöpft einschlief. Sie weinte häufig ohne Grund. Sie war erst gestern in Tränen ausgebrochen, nachdem sie eine kostbare Duftphiole zerbrochen hatte. Tuga hatte einen Arm um sie gelegt. »Weint nicht, Herrin. Alle Frauen fühlen sich in der Anfangsphase seltsam. Es wird vorbeigehen. Ihr werdet Euch bald besser fühlen. Dann werdet Ihr es genießen, auf das Kind zu warten.«

Placidia betete dafür, dass Tuga recht hatte, dass ihre Stimmungen nicht mehr bedeuteten, als dass sich ihr Körper an den neuen Zustand anpasste, dass sie keine Vorahnung von Unheil waren.

Forum Livii, Sommer 411

»Wie lange will dein Bruder uns noch ignorieren?« Athaulf blickte durch die geöffnete Zeltklappe hinaus. Kein Stern stand am Nachthimmel. Der Hafen von Classis am Horizont wurde von seinem großen Leuchtturm erhellt. Sie waren nur noch einen halben Tagesritt von Ravenna entfernt.

Placidia senkte ihre Stickarbeit. Sie sagte mit einer Ruhe, die sie nicht empfand: »Wir müssen geduldig sein. Versetze dich in die Lage meines Bruders. Er überdenkt dein Angebot, berät sich …«

»Placidia, wir können nicht warten. Sigesarius muss uns heimlich verheiraten. Wenn Honorius zustimmt, werden wir eine zweite, offizielle Hochzeit abhalten. Wenn nicht, werden wir die erste offenbaren.«

»Sie würde niemals anerkannt. Ich darf ohne Honorius' Erlaubnis nicht heiraten.«

Er hielt in seinem Auf- und Abschreiten inne. »Das sind römische Regeln, die Rom aufgestellt hat, als es die Macht hatte, sie durchzusetzen. Ich brauche sein Einverständnis nicht. Nachdem er mich über eine Woche gedemütigt hat, möchte ich nach Ravenna marschieren und ihn von seinem Thron stoßen!«

»Hör zu. Ich kenne Honorius. Er konnte nie etwas schnell entscheiden. Vielleicht wartet er auf einen seiner Berater oder auf Konstantius. Sei geduldig, nur noch ein paar Tage.«

Als eine Woche später schließlich eine Antwort eintraf, mitten in einer Ratssitzung, kannte Placidia, die Athaulfs Gesicht beobachtete, die Antwort, bevor er zu Ende gelesen hatte. Wenn dies Honorius' Reaktion auf einen Friedensvorschlag war, dann konnte sie sich seine Antwort auf die Frage nach der Heirat gut vorstellen. Sie war weder überrascht noch traurig, nur unendlich müde.

Athaulfs Lippen waren weiß. »Hör dir diesen überheblichen Narr an: ›Die Speicher Ravennas sind übervoll mit Getreide. Die unbezwingbaren Festungsmauern sind von zahllosen wackeren Soldaten bemannt. Wenn Euer Volk gern langsam an Hunger sterben will, während es Ravennas Erhabenheit aus der Ferne betrachtet, so werden wir ihm nicht im Weg stehen.‹«

»Ich werde ihn am nächsten Wachturm aufknüpfen, wenn ich Ravenna eingenommen habe!« Athaulf wandte sich an Attalus. »Ich werde Euch auf seinen Thron setzen. Ich werde Rom einen Dienst erweisen. Honorius kümmert sein Volk keinen Deut. Er besitzt weder Ehre noch Mut. Er würde auch zulassen, dass wir Norditalien überrennen, solange er selbst sicher ist, wie ein Frosch in seinem Sumpf!«

Vallia sagte: »Ihr wisst, Herr, dass Ravenna uneinnehmbar ist.«

Sigerich verzog die Lippen »Durch Belagerung, ja«, sagte er bedächtig, »aber nicht von innen.«

Placidia erinnerte sich an die Plünderung Roms, die unerklärlicherweise geöffneten Tore. Zorn packte sie: »Euer König würde Ravenna niemals durch Verrat einnehmen! Mein Bruder ist Kaiser durch Gottes Gnade. Niemand hat das Recht, ihn zu entthronen!«

»Ich denke, Prinzessin«, sagte Sigerich mit eiskalter Stimme, »es ist an der Zeit, dass Ihr Euch ein für alle Mal entscheidet, ob ihr für uns oder gegen uns seid.«

Nun herrschte Schweigen. Athaulf blickte mit unergründlicher Miene von Sigerich zu ihr. Er sagte nichts.

Placidia verspürte jähen Schmerz. Athaulf würde sie also nicht verteidigen. Nun, sie konnte sich selbst verteidigen. Sie richtete sich auf. »Ich habe entschieden, wo ich stehe. Ich heirate Euren König. Aber Ihr müsst alle begreifen, dass Ihr Kaiser nicht wie Marionetten austauschen könnt. Und selbst wenn Ihr es tätet, würde mein Neffe in Konstantinopel es niemals akzeptieren.«

Vallia reckte das Kinn. »Da bin ich mir nicht so sicher, Prinzessin.

Theodosius weiß, dass sein Onkel nicht zum Kaiser geeignet ist. Es fiele uns vielleicht gar nicht schwer, Konstantinopel zu überzeugen ...«

Placidia erwiderte scharf: »Ihr auch, Vallia? Ich dachte, Ihr besäßet einen kühleren, weiseren Kopf. Das Ostheer käme wie ein Schwarm Heuschrecken auf uns nieder, wenn Ihr Ravenna einnehmen und meinen Bruder entthronen wolltet.«

»Prinzessin, Ihr wisst, dass Konstantinopel kein Heer entbehren kann. Sie brauchen jeden Soldaten, um ihre Ostgrenze vor den Hunnen zu schützen. Sigerich hat recht. Ihr müsst Euer Herz befragen. Wenn Ihr unsere Königin sein wollt, müsst Ihr entscheiden, auf wessen Seite Ihr steht.«

Placidia versagte sich eine scharfe Erwiderung. Vallias Worte waren bestimmt, aber freundlich ausgesprochen worden. Er hatte recht. Sie hatte ihre Wahl getroffen, aber sie hatte nicht erkannt, wie schwierig, vielleicht unmöglich es war, sowohl Athaulf als auch Rom gegenüber loyal zu sein, wie zerrissen sie sich manchmal fühlen würde.

Attalus hob eine Hand. »Bitte, bewahren wir Ruhe. Was Ihr braucht, ist ein Gesandter, dessen Argumente Honorius anhören wird, jemand, der kein Gote ist ...« Er lächelte. »Unter anderen Umständen wäre ich die perfekte Wahl gewesen, aber ...«

Athaulf nickte. »Ihr habt recht. Niemand von uns kann gehen. Wir brauchen einen bedeutenden Römer, der nicht den Makel der Freundschaft zu uns trägt, der jedoch um des Friedens willen bereit ist, als Vermittler aufzutreten.«

Vallia wölbte die Augenbrauen. »Wo werdet Ihr so jemanden finden?«

Athaulf wandte sich an Attalus. »Irgendwelche Ideen?«

»Vielleicht ein Geistlicher. Honorius ist auf seine eigene unlogische Art gläubig. Hat Forum Livii eine Bischof?«

Athaulf sagte: »Wahrscheinlich. Wenn er nicht davongelaufen ist.«

Placidia strich ihren Ärmel glatt. »Da ist jemand, dem Honorius gewiss zuhören würde. Paulinus von Nola.«

Athaulf blickte auf: »Du glaubst ...?«

»Er würde es vielleicht tun. Ich könnte ihn vielleicht überzeugen. Attalus, wie weit ist Nola von hier?«

Attalus rieb sich übers Kinn. »Ich würde sagen, ungefähr einen Wochenritt.«

Von neuer Begeisterung durchdrungen, wandte sich Placidia an Athaulf: »Gebt mir eine Eskorte. Ich werde in der Dämmerung aufbrechen.«

»Du wirst nirgendwo hingehen. Nicht …« Athaulf unterbrach sich.

»Dann muss Gainsrich gehen«, räumte sie ein. »Ich werde an Paulinus schreiben.«

Paulinus traf drei Wochen später in Begleitung von Gainsrich und einer Abordnung von Goten ein. Der Bischof entschuldigte sich mit vor Erschöpfung grauem Gesicht und ging zu Bett.

Am nächsten Tag erschien er in Placidias Zelt. Sie setzte zu einer Entschuldigung an, weil sie ihm eine solch beschwerliche Reise zugemutet hatte.

»Macht Euch keine Sorgen um mich, Nobilissima«, erwiderte Paulinus lächelnd. »Ich bin an Schmerzen und Qualen gewöhnt. In meinem Alter seid Ihr tot, wenn nichts Euch plagt. Sagt mir, welchen Dienst ich Euch vielleicht erweisen könnte.«

Sie spürte, wie ihr Mut wankte. Wie konnte sie diesem heiligmäßigen patrizischen Bischof, der für Christus Wohlstand und Macht entsagt hatte, ihre menschliche Schwäche, ihre Leidenschaft für einen Barbaren gestehen? Wäre es nicht besser, nur über Rom zu sprechen und jegliche Erwähnung ihrer Liebe zu Athaulf zu unterlassen? Aber wusste sie selbst, wo das eine endete und das andere anfing? Liebte sie Athaulf, weil sie glaubte, er könne Rom retten? Oder glaubte sie, er könnte Rom retten, um ihre Liebe zu rechtfertigen?

Sie wandte sich Paulinus zu. Unmöglich, ihn zu täuschen, zu belügen. Nur die Wahrheit würde helfen. Sie begann zögernd, voller Nervosität. Nach und nach fügten sich Monate des Nachdenkens, des

Zweifelns und der Hoffnung zu einem Strom von Worten, die so flüssig hervordrangen, dass sie selbst überrascht war. Sie erzählte ihm alles, von Anfang an. Ihre Gefühle, ihre Gedanken, ihre Vision der Zukunft.

Paulinus stellte hin und wieder eine Frage, oder er nickte. Schließlich erhob er sich, schwer auf seinen Stock gestützt. »Wir leben in Zeiten, die eine gewaltige Prüfung bedeuten. Vielleicht stimmt es, wie mein Freund Augustinus glaubt, dass dieser Umbruch notwendig ist, um das Heidentum zu vernichten, aber welche Verschwendung, welche Gräuel!« Er seufzte. »Nobilissima, Eure Aufrichtigkeit und Eure Entschlossenheit ehren Euch. Ich werde nach Ravenna ziehen, auch wenn ich nicht länger glaube, dass Rom gerettet werden kann. Möge der Herr gewähren, dass ich mich irre und Ihr recht habt.« Er zog auf ihrer Stirn das Kreuzzeichen.

Nachdem er den Raum mühsam verlassen hatte, blieb Placidia sitzen. Sie betrachtete in Gedanken verloren den Sonnenstrahl, der durch die geöffnete Zeltklappe auf den verblichenen Orientteppich fiel. In seinem Schein tanzten fröhlich Staubteilchen.

»… zum Wohle Roms.« Alles, was sie Paulinus erzählt hatte, entsprach der Wahrheit. Bedeutete das, dass sie ihr restliches Leben damit leben müsste? Würde Rom alle ihre Entscheidungen diktieren, alle ihre Gefühle beeinflussen? Und doch konnte sie nicht anders handeln. Gott hatte sie so gemacht, wie sie war. Sie müsste lernen, damit zu leben.

Alpis-Cottiae-Pass, Sommer 411

Konstantius erhob sich von dem mit Sendschreiben übersäten Schreibtisch. Auch Lucius Anicius, der Befehlshaber des Forts, stand auf. »Abendessen zur neunten Stunde, General? Wir haben einen neuen Koch. Er ist ausgezeichnet. Es war nicht leicht, ihn in diese Wildnis zu locken.«

Konstantius unterdrückte ein Lächeln. Selbst Garnisonskommandanten im Nirgendwo wetteiferten eitel um den besten Koch. »Was auch immer Euren üblichen Gewohnheiten entspricht, Lucius. Macht um meinetwillen kein Aufhebens.«

Aber natürlich werden sie das tun, dachte Konstantius, der beobachtete, wie sich der Kommandant verabschiedete. Er wäre heute Abend gezwungen, geistlose Konversation zu betreiben, das Essen zu loben und vorzugeben, Hinweise auf Lucius' Laufbahn zu ignorieren. Aber man musste freundlich sein. Das gesellschaftliche Leben des Kommandanten eines Forts und seiner Familie waren begrenzt. Es wurde nicht gerne gesehen, wenn er mit seinen Zenturionen Kontakt pflegte. Sein nächster Gleichgestellter war der Präfekt der Nachbargarnison. Seine gesellschaftlichen Kontakte bestanden darin, höher gestellte Militärangehörige oder zivile Reisende zu unterhalten. Das war einer der Gründe, warum Forts an Hauptstraßen als aussichtsreiche Posten angesehen wurden. Lucius war tüchtig und vielleicht sogar loyal. Er hatte seine Stellung schon mehrere Jahre inne. Vielleicht verdiente er eine Beförderung …

Konstantius nahm seinen Umhang von dem Haken neben der Tür. Der Wind war in dieser Höhenlage sogar mitten im Sommer kalt. »Ich gehe spazieren, Didius. Ich werde ein Bad brauchen, wenn ich zurückkomme.«

»Ja, General.« Didius legte die Sendschreiben in eine eisenbeschlagene Dokumententruhe.

Der Zenturio am Seitentor, ein stämmiger Kelte, ließ ihn passieren, ohne Überraschung zu zeigen. Vielleicht, so dachte Konstantius, bin ich nicht der einzige General, der eine Vorliebe für einsame Spaziergänge hat.

Außerhalb des mit Zinnen versehenen Steinforts mit seinen dreistöckigen Wachtürmen kauerte ein Dorf, das die Garnison und Reisende aller Art versorgte. Seit der Zeit, als Pompeius' Legionäre die Straße über den Pass bauten, hatte es sich kaum verändert. Es bestand aus Holzhäusern, verwanzten Gasthäusern, Hufschmieden und Stellmachern, Schustern, einem Pferdedoktor und einem Apotheker, einem Barbier ebenso wie Reihen von Ständen, die von eingelegten Siebenschläfern über Kleidung und Pelze bis hin zu Knochennadeln alles verkauften. Es gab ein Bordell, ein öffentliches Bad und ein Hospiz, dessen Diener im Schnee verirrte Reisende retteten.

Am höchsten Punkt des Passes stand der große Tempel des Jupiter, auch von Pompeius erbaut. Obwohl er keine Tür besaß und vernachlässigt wirkte, beherrschte er noch immer die Passhöhe zu Gallien. Ein Ziegenhirte saß auf den rissigen Stufen unterhalb des Säulengangs und schnitzte an einer Flöte. Seine Ziegen grasten in dem überwucherten Atrium. Zumindest hatten sie es noch nicht in eine Kirche verwandelt. Es erfüllte Konstantius mit Bitterkeit, wie die Tempel überall, seit Theodosius heidnische Opfergaben verboten hatte, aufgelassen oder in Kirchen umgebaut wurden. Pompeius' Tempel verfiel ohne den Schutz der mächtigen Götter, die Rom in seiner Blindheit zugunsten der dürftigen Worte eines galiläischen Zimmermanns aufgegeben hatte ebenso wie das Reich.

Er wandte sich von der Straße ab auf einen gutausgetretenen Pfad. So weit das Auge reichte, war außer Bergen und braunen, kargen Tälern nichts zu sehen. Schneebedeckte Gipfel ragten in der Ferne auf. In dieser Höhenlage wuchs sogar das Gras spärlich. Er gelangte zu einem Wasserfall. Der kleine Schrein des Pan, den er schon zuvor bemerkt hatte, war noch immer da. Jemand hatte als Opfergabe einen nun verwelkten Strauß Wildblumen dagelassen. Wahrscheinlich eine Frau, eine der Huren im Bordell, oder ein junger Ziegenhirte. Er setzte sich auf einen Stein. Eine Frau. Er hatte seit zwei Wochen keine Frau mehr gehabt. Es würde ihm einen Teil der Anspannung nehmen, ihm zu Schlaf verhelfen. Aber viele der Mädchen im Bordell waren krank; schon früher hatte er sich von einer von ihnen einen scheußlichen Ausschlag eingefangen. Er war die Haussklaven, Huren und verdorbenen Frauen reicher Senatoren leid. Was er brauchte, war eine Ehefrau.

Eine Ehefrau ... Der kaiserliche Bote, der heute Morgen Honorius' letzten Brief zustellte, hatte die Reise von Ravenna in der Rekordzeit von vier Tagen zurückgelegt. Und dieses eine Mal war Honorius' Hysterie gerechtfertigt. Honorius' voriger Brief hatte Konstantius' Schlaf bereits beeinträchtigt, aber dieser würde ihn ihm vollends rauben. Er wurde wohl alt. Nur alte Männer ließen es zu, dass die Sorgen des Lebens ihren Schlaf störten. Vierundvierzig. Als er jünger war, hatte er sogar in den Nächten vor ungewissen Schlachten wie ein Säugling geschlafen. Aber das war lange vorbei.

Er rieb sich die Stirn. Placidia und Athaulf. Das war kaum zu glauben. Wie, im Namen von Mithras, hatte Athaulf das Mädchen bezwungen? Als Honorius' Sendschreiben ihn vor einer Woche mit der Nachricht aus Arles zurückgerufen hatte, dass sich die Goten Forum Livii näherten, war er beinahe erleichtert gewesen. Es war ein günstiger Zeitpunkt. Die Belagerung von Arles war vorüber, Konstantin war besiegt, und er konnte nun einige Truppen aus Gallien abziehen. Er hatte angenommen, dass Athaulf das tun würde, was er schon die ganze Zeit von ihm erwartet hatte: jene Teile Mittelitaliens plündern, die Alarich im Vorübergehen verschont hatte. Die Garnisonen von Ravenna und anderer Städte waren schon seit Wochen durch eine Legion aus Afrika und drei Kohorten, die er von Honorius' Neffen in Konstantinopel gewinnen konnte, verstärkt worden.

Das Verhalten der Goten nagte bereits seit dem Angriff in Gallien an ihm. Seit sie den südlichen Apennin überquert hatten, war keine einzige Stadt an der Adria geplündert oder belagert worden. Nun ergab das alles Sinn. Es gehörte zu Athaulfs Plan, sich als Verteidiger Roms, als Verehrer der Prinzessin zu präsentieren. Es war, wie er zugeben musste, ein schlauer Plan, aber Athaulf würde niemals den Anschein aufrechterhalten können, dass Placidia dem zustimmte. Konstantius blickte zum Himmel. Die Sonne war hinter den Bergen verschwunden. Es war an der Zeit zurückzukehren, zu baden und sich fürs Abendessen umzuziehen. Sein Magen rebellierte beim Gedanken an Nahrung. Es war lächerlich. Entspanne dich, sagte er sich, nimm einen Becher Wein, wenn du ins Fort kommst. Er war sein ganzes Leben lang von ruhiger, sorgfältiger Planung beherrscht worden. Er würde nicht zulassen, dass seine Nerven ihn jetzt, so nahe an seinem Ziel, überwältigten.

Er erhob sich. Noch diese Woche musste er in Ravenna sein. Eine seiner Legionen würde im Gewaltmarsch folgen. Wenn er erst in Ravenna wäre, würde er dieser Sache auf den Grund gehen, Zeit schinden, dann das Mädchen nach Möglichkeit heimlich retten oder mit Gewalt, wenn es nötig wäre. Und sie selbst heiraten.

Konstantius, der in der großen, von Porphyrsäulen getragenen Audienzhalle von Ravennas Palast neben dem Thron stand, beobachtete Honorius' Reaktion. Der Kaiser beugte sich vor. »Sie *will* ihn heiraten? Das hat sie Euch selbst gesagt?«

Der Bischof nickte. »Ja, Augustus«, sagte er und faltete die großen, geäderten Hände über seinem Pallium.

»Glaubt Ihr das? Athaulf zwingt sie gewiss, das zu sagen. Sie kann unmöglich den Rest ihres Lebens bei den Goten leben wollen ...«

Konstantius, der den legendären Paulinus von Nola betrachtete, glaubte ein Aufflackern höchst unchristlichen Vergnügens in den tiefliegenden Augen des alten Mannes zu entdecken.

Paulinus sagte: »Die Prinzessin Galla Placidia sprach mit mir allein, offen und im Vertrauen.«

Also stimmte es. Konstantius spürte Zorn aufkommen. Er sah Honorius finster an. Ein Schatten, wie von Schmerz, zog durch Honorius' Augen. Konstantius erkannte die Quelle seines eigenen Zorns, aber worauf war Honorius eifersüchtig? Auf die Kinder, die seine Schwester bekommen mochte, diejenigen, die er nicht zeugen konnte, oder auf seine wunderschöne Schwester selbst?

Paulinus fuhr fort: »Sie bat mich, Euch zu sagen, dass die Goten zu Euren Verbündeten würden, wenn Ihr ihr erlaubtet, Athaulf zu heiraten. Wenn ich so kühn sein darf, es zu sagen, wird Eure Schwester als Königin der Goten die beste Freundin sein, die Rom jemals haben könnte. Macht sie Euch nicht zur Feindin. Sie wird den König mit oder ohne Euer Einverständnis heiraten. Die Prinzessin, Augustus, besitzt eine außergewöhnliche Charakterstärke.«

»Was genau«, fragte Konstantius zögernd, »will der Gote, außer Placidia?«

»Zusätzlich zum Segen des Kaisers für ihre Heirat ersuchen Athaulf und Placidia ...«

»Athaulf und Placidia?« Konstantius sog scharf den Atem ein.

»... dreihundert Wagenladungen Getreide, den offiziellen Status als Hilfstruppen im römischen Heer und einen Vertrag, der ihnen nach der Niederlage Konstantins und der barbarischen Angreifer Hispaniens einen Foedus in Gallien oder Spanien garantiert.«

Honorius lächelte. »Mein lieber Paulinus, Ihr habt es offensichtlich noch nicht gehört. Der Usurpator Konstantin ist keine Bedrohung mehr. Er wurde von Konstantius bei einem großartigen Feldzug gefangen genommen.« Er strahlte Konstantius an und fügte dann hinzu: »Jedoch ist in Obergermanien ein weiterer Usurpator aufgetaucht, ein reicher gallischer Römer namens Jovinus. Er hat sich mit der Unterstützung der Burgunder zum Kaiser erklärt. Usurpatoren sind wie Unkraut, sie tauchen zu jeder Jahreszeit auf und müssen ausgerottet werden. Und natürlich gibt es noch die Alanen, Vandalen und Sueben in Spanien ...« Honorius hielt inne. Er betrachtete den Smaragd an seiner rechten Hand. »Die Goten ... könnten nützlich sein. Aber wie soll ich nach dem, was sie getan haben, mit ihnen umgehen?«

Paulinus nickte. »Auch ich verabscheue die Verwüstung, welche die Goten angerichtet haben. Aber Athaulf ist anders als Alarich. Ich glaube, er liebt Eure Schwester wirklich. Und ich glaube, dass sein Wunsch nach Freundschaft mit Rom aufrichtig ist. Ich habe intensiv um göttlichen Beistand gebetet. Ich empfinde, so wie ich nun vor Euch stehe, eine neue Hoffnung, Hoffnung, die ich seit dem Fall Roms nicht mehr empfunden habe.«

»Tatsächlich?« Honorius' Augen weiteten sich.

»Ich erkenne hierin die Hand Gottes. Es wird nicht leicht sein, und es wird viele Hindernisse geben, aber ich glaube, dass diese Heirat mit Gottes Hilfe Roms Schicksal ändern könnte.«

Honorius starrte den alten Mann an wie eine Erscheinung. Selbst Konstantius hatte bei Paulinus' Worten einen Moment so etwas wie einen Schauder der Erregung verspürt.

»Ich glaube«, fuhr Paulinus fort, »dass Athaulf zu seinem Wort steht. Er ist auch ein fähiger Befehlshaber. Wenn Ihr Euch einigt, werden er und seine Leute tapfer für Rom kämpfen.«

Gut, dachte Konstantius. Lasst sie für uns kämpfen, weit von Italien entfernt. Solange ich die Hochzeit verzögern kann. Er bezweifelte das Wort des Bischofs nicht. Placidia hatte sich in ihren Gefängniswärter verliebt. Es hieß, der gotische König sei gutaussehend. Er war auch gefährlich schlau. Athaulf zielte darauf ab, über Nacht im Ehebett das zu bekommen, was Alarich ein Leben lang auf dem Schlachtfeld nicht erreicht hatte. Aber Athaulfs Ehrgeiz ging vielleicht viel weiter als Alarichs. Wenn er durch Heirat der Schwager des kinderlosen Kaisers wurde …

Unmöglich! Kein barbarischer Stammesführer konnte ein Hirngespinst solchen Ausmaßes erwägen. Sein Plan ging bestimmt nicht darüber hinaus, Placidia den Kopf zu verdrehen, Honorius zu Eingeständnissen zu zwingen und eine Heimat für die Goten zu erlangen. Und das törichte Mädchen war seinen Schmeicheleien erlegen. Außergewöhnliche Charakterstärke, ha! Sie war wie alle Frauen bereit, für den ersten hübschen Jungen, der des Weges kam, die Beine breit zu machen.

Er fühlte sich von Abscheu ergriffen, als er sich vorstellte, wie der Gote Placidia umschlang. Zumindest bestand dafür noch keine Gefahr. Oder doch? Athaulf würde es doch gewiss nicht wagen, nicht bevor er das Mädchen geheiratet hatte? Placidia war nach strengsten christlichen Prinzipien aufgezogen worden. Christentum. Vielleicht war das die Erklärung. Vielleicht war es gar keine Verliebtheit. Placidia hatte vielleicht beschlossen, sich für den Frieden zu opfern. Das war genau die Vorstellung von Märtyrertum, die im Gehirn eines Mädchens aufkeimen mochte, das mit den Lehren von Ambrosius und seinesgleichen aufgewachsen war. Vielleicht hatte Paulinus ihr diese Idee selbst eingeimpft, während seiner Zeit als Gefangener der Goten. Und nun erkannte er die Hand Gottes darin!

Christen. Alles Fanatiker. Bestenfalls anständige, fehlgeleitete Seelen wie Paulinus. Schlimmstenfalls aufrührerische Heuchler, die nach Macht gierten. Und dazwischen die gelehrten Pedanten, die ihren Gott wie so viele Haare in immer mehr Anteile aufspalten und einander wegen der wahren Natur eines jüdischen Zimmermanns ständig an die Kehle gehen. Und doch war auch er zu einem Lippenbekenntnis für diesen neuen Kult gezwungen gewesen. Weil das die einzige Möglichkeit war, als junger Offizier voranzukommen. Und weil nur in der Einheit des Kaiserreichs Hoffnung auf Rettung lag. In diesem Moment galt es in erster Linie, Placidia und Spanien zurückzugewinnen. Er würde den Goten jetzt weitgehende Versprechungen machen. Danach fand sich schon eine Möglichkeit, sie zu vernichten oder so zu schwächen, dass sie keine Bedrohung mehr darstellten. So hatte man es früher auch gehandhabt, mit den Goten und mit anderen Stämmen. Bei diesen Barbaren schwelten zwischen den Clans stets Rivalitäten. Er musste nur den alten Hass neu entfachen, sie sich gegenseitig zerfleischen und die Arbeit für ihn tun lassen.

Die Jungen liefen weit vor den Reitern ins Lager. »Die Römer! Die Römer sind hier!«

Placidia trat aus dem königlichen Zelt in die grelle Nachmittagssonne, wobei sie ihre Augen mit einer Hand vor dem blendenden Licht schützte. Gotische Krieger bildeten den gesamten Hang hinab zu beiden Seiten ein dichtes Spalier. Die gotische Kavallerie war hinter den Fußsoldaten in einer Formation fast so akkurat zusammengezogen wie die Römer. Athaulf überließ nichts dem Zufall.

Eine Abordnung der kaiserlichen Leibgarde erschien am Fuß des Hügels. Placidias Herz begann zu hämmern. Mit scharlachroten Federn geschmückt und in zinnoberroten Umhängen auf schwarzen Hengsten mit gestutzten Schweifen ritten sie mit der umwerfenden Arroganz der Prätorianer, als die sie sich noch immer betrachteten, durch das Spalier der Krieger. Als sie den Mann in ihrer Mitte erkannte, runzelte sie die Stirn.

Sie griff nach Athaulfs Hand. Er wölbte die Augenbrauen. »Wer ist es?«

»Candidianus. Präfekt von Rom. Eine widerliche Kröte. Einer der engsten Berater meines Bruders. Obwohl er einst selbst Arianer war, hasst er jetzt alle Arianer.«

Athaulf drückte ihre Hand. »Wenn er jemanden so Wichtigen geschickt hat, wird Honorius gesprächsbereit sein.«

Honorius' Antwort war typisch. In einem schwülstigen, langatmigen, von Candidianus vorgelesenen Brief machte Honorius wie üblich Ausflüchte. Unter gewissen Umständen. Es würde Zeit brauchen, der Senat müsse konsultiert werden, sein Neffe der Östliche Kaiser müsste seine Zustimmung geben. Sie würden Garantien, Geiseln brauchen …

Athaulf stand mit gekreuzten Armen da und hörte mit unbewegtem Gesicht zu. Nach einigen Momenten des Schweigens sagte er: »Die Sonne geht gerade unter, edler Candidianus. Ihr werdet heute Nacht gewiss nicht meine Gastfreundschaft in Anspruch nehmen, so dass ich mich kurz fasse. Sagt dem Kaiser, die einzige Entscheidung, die er treffen muss, ist die, ob er die Goten zum Freund oder zum Feind haben will. Wir werden Euch dabei helfen, den Usurpator Jovinus aus Gallien zu vertreiben. Wir werden Euch helfen, Spanien von den Vandalen und den Sueben zu befreien. Im Gegenzug wird der Kaiser seinen Segen dafür geben, dass die Prinzessin meine Frau wird. Er wird uns auch ein angemessenes eigenes Gebiet in Gallien oder Spanien gewähren, nachdem wir unser Versprechen erfüllt haben, und diese Gewährung soll vom Senat bestätigt werden. Des Weiteren werden wir vor unserem Aufbruch über die Alpen fünfzig Wagenladungen Weizen erhalten. Ich gebe ihm drei Tage. Bei Sonnenaufgang des vierten Tages marschiere ich gen Ravenna.«

Sigesarius betastete sein Kreuz. Sigerich spannte die Nackenmuskeln an. Vallia blickte geradeaus. Candidianus' fahles, bartloses Gesicht blieb unergründlich.

Placidia erhob sich. Sie hatte es im Geiste aus Angst vor diesem Moment tagelang geprobt. Einmal ausgesprochen, könnte sie ihre Worte nie mehr zurücknehmen. Dies war ihr Rubikon. Und doch fühlte sie sich vollkommen ruhig. »Sagt meinem Bruder«, erklärte sie und sah Candidianus direkt an, »dass ich König Athaulf mit oder ohne sein Einverständnis heiraten werde. Sagt ihm auch, dass ich ihm, wenn er die Freundschaft der Feindschaft vorzieht, mein Wort gebe, dass die Goten Rom niemals hintergehen werden.«

Candidianus erblasste unter seinem fahlen Teint. »Bei allem Respekt, Nobilissima, wie könnt Ihr solch ein Versprechen abgeben?«

Sie sah ihn mit vernichtendem Blick an. »Sagt dem Kaiser, dass ich ihm mein Wort als zukünftige Königin der Goten gebe.«

Candidianus neigte den Kopf. »Das werde ich, Nobilissima.«

Sie warteten drei Tage auf die Nachricht aus Ravenna. Bei Sonnenuntergang des dritten Tages ritt ein Offizier mit einer kleinen Eskorte ins Lager und brachte eine Nachricht von Honorius.

Athaulf senkte die Schriftrolle. »Wie du bereits sagtest, versucht er immer noch, Zeit zu schinden. Aber er macht Zugeständnisse. Hier, lies.«

Sie las, zwischen Hoffnung und Enttäuschung hin und her gerissen. Honorius stimmte einer Verlobung grundsätzlich zu, das Einverständnis des Senats vorausgesetzt, und der Senat war unglücklicherweise in der Sommerpause. Die Hochzeit würde jedoch erst stattfinden, wenn eine Liste von Städten in Ostgallien befreit wären. Das Getreide würde entlang ihres Weges über die Alpen in Raten geliefert.

Sie sah Athaulf an. »Honorius lockt uns fort wie Pferde, mit einer Handvoll Getreide. Die Geschichte über den Senat ist Unsinn. Es ist nur ein Vorwand, um Zeit zu gewinnen. Der Senat ist zwar in der Sommerpause, aber die Senatoren befinden sich dieses Jahr, wie schon im letzten, hinter den Mauern Ravennas und nicht in ihren Villen an der Bucht von Neapel. Im Übrigen braucht Honorius die Zustimmung des Senats nicht. Warum dann diese Verzögerungstaktik?«

»Es ist Konstantius. Er steckt dahinter. Der General deines Bruders ist schlau. Er macht mir Sorgen. Er könnte einen Überraschungsangriff versuchen, auf unserem Weg nach Norden oder auf der schmalen Straße die Alpen hinauf.«

»Er hat nicht genug Leute, Athaulf. Das sagtest du selbst. Wir sind zu viele ...« Sie schaute zu Athaulf, um zu sehen, ob er es bemerkt hatte, aber er war zu beschäftigt. Er sagte gerade: »... wenn nicht ein regelrechter Angriff, dann vielleicht ein Überfall, um dich zurückzuholen.«

»Warum sollten sie es jetzt versuchen, wenn sie es nicht schon zuvor getan haben? Mein Bruder und Konstantius brauchen dich, Athaulf. Konstantius kann Gallien nicht alleine retten.«

»Ich weiß. Ich will nur kein Risiko eingehen, dich zu verlieren. Du hast recht. Die Wahrscheinlichkeit eines Verrats ist gerade jetzt eher gering. Honorius wird später, in Gallien oder Spanien, nachdem ich meinen Teil des Handels eingehalten habe, versuchen, mir einen Dolchstoß zu versetzen.«

»Aber Honorius hat unserer Heirat in Gallien zugestimmt. Er hat prinzipiell sogar bestätigt, den Goten ein Gebiet zu gewähren. Er weiß, dass du nicht weniger akzeptieren wirst. Wie kann er sein Wort dann brechen?«

Er legte einen Arm um sie. »Schau nicht so finster drein. Die ersten fünfzig Wagenladungen sind noch vor Ende dieser Woche fällig. Dann werden wir auf dem Weg nach Norden sein. Danach feiern wir in Gallien, in einem großen Palast, eine prachtvolle Hochzeit. Ströme gallischen Weins werden unseren Bund preisen und die Freundschaft zwischen Goten und Römern festigen.« Er lächelte, über sein Phantasiebild belustigt. »Der Anfang eines neuen, goldenen Zeitalters, des Pax Gotica ...«

»Athaulf.«

»Ja?«

»Das Kind ...«

»Ich weiß. Ich habe darüber nachgedacht. Es gibt nur eine Lösung. Sigesarius muss uns morgen heimlich trauen, bevor Paulinus abreist. Mit Paulinus als Zeugen. Wir brauchen einen römischen Zeugen. Wenn alles Getreide geliefert wurde, in Gallien, werden wir die Heirat offenbaren.«

Sie biss sich auf die Lippen. Es war unmöglich, dass sie von einem arianischen Bischof getraut wurde. Aber wie sollte sie das Athaulf sagen? Athaulf, der alles riskierte, sein Königtum, vielleicht sogar sein Leben, um sie zu heiraten. Es gab unter den Stammesführern bereits Anzeichen der Unzufriedenheit, sogar innerhalb seines eigenen Stammes. Der Weizen würde sie eine Weile beschwichtigen, und der Kampf gegen die Vandalen könnte sie ablenken, aber wie lange?

»Sei nicht so besorgt. Wir werden siegen.« Er küsste sie auf die Stirn. »Du siehst müde aus. Schwangere brauchen Ruhe.«

Sie lehnte den Kopf an seine Brust. Vielleicht hatte er recht. Vielleicht war sie gerade wegen ihres Zustands ängstlich. Sie fühlte sich so müde, so niedergeschlagen. Sie wollte nur für immer Athaulfs Arme um sich spüren. Aber gab es ein »für immer«?

Sie wurden am darauffolgenden Abend vermählt, im Zelt des römischen Generals, das Alarich gehört hatte und nun Athaulf gehörte. Placidia und Athaulf standen vor einem kleinen Tisch, der zu einem

Behelfsaltar umgewandelt worden war. Zwei silberne Öllampen beleuchteten die vier Evangelien in den juwelengeschmückten Einbänden. Verstreute Rosenblätter zierten das weiße Tuch. Die Opfergaben in Form von Früchten und Weizen waren in Körbe auf dem Boden gelegt worden. Placidia trug anstatt eines goldgesäumten römischen Hochzeitsgewandes eine einfache karmesinrote Tunika. Eine dunkelblaue, perlenbestickte Seidenpalla, ein Geschenk von Athaulf, bedeckte ihr Haar. Tuga hatte für sie anstatt der traditionellen Myrte einen Kranz aus wilden Rosen geflochten, der in einem zugedeckten Korb ins Zelt gebracht wurde. Regen trommelte auf das Segeltuch und dämpfte Paulinus' Worte zur Trauung.

Nach einer unruhigen Nacht hatte Placidia die Lösung gefunden. Sie erklärte Athaulf, dass eine von einem arianischen Bischof durchgeführte Eheschließung ungültig wäre. Es stimmte. Ihr Vater hatte Arianismus zur Ketzerei erklärt und damit den heftigen Disput zwischen den Gefolgsleuten des Arius und den orthodoxen Christen, der fast ein Jahrhundert lang mehr oder weniger gewütet hatte, letztendlich beigelegt. Der Erlass ihres Vaters erreichte, was dem Konzil von Nicäa fünfzig Jahre zuvor nicht gelungen war: die Kirche zu vereinen und das Bekenntnis von Nicäa als Eckpfeiler der katholischen Christenheit zu errichten. Sie hatte Athaulf nicht gesagt, dass sie sich, trotz ihrer Hochachtung vor Sigesarius, obwohl sie die Ergebenheit seines Volkes bezeugt hatte, nicht dazu überwinden konnte, eine solche Heirat zu akzeptieren. Er stimmte zu ihrer Überraschung bereitwillig zu.

Noch erstaunlicher war, dass weder Sigesarius noch Vallia beunruhigt schienen. Sogar Sigerich, der nun neben Athaulf stand, das flammende Haar für diese Gelegenheit gekämmt und geflochten, schien sich der Situation zu fügen. Gerlinda war neben Tuga die einzige andere anwesende Frau. Es hatte Placidia an diesem Nachmittag zutiefst berührt, als Gerlinda mit einem kleinen Ebenholzkästchen in ihr Zelt kam. Es enthielt eine Halskette aus goldenen, perlen- und topasgeschmückten Tausendschönchen, die Placidia oft an Gerlinda bewundert hatte, ein exquisites Beispiel für die Begabung germanischer Goldschmiede. Als sie protestierte, küsste Gerlinda sie. »Streite nicht, Kind. Möge sie dir Glück bringen.«

Paulinus betete mit geschlossenen Augen und ausgebreiteten Armen. Placidia hatte das seltsame Gefühl, eigentlich nicht anwesend zu sein. Es war, als beobachtete sie die Szene aus der Ferne. Sie empfand nichts von der Aufgeregtheit, die sie bei den Hochzeiten ihrer Freundinnen erlebt hatte. Alle Elemente einer traditionellen Hochzeit fehlten: die angespannten Mütter, die ondulierten und schmuckbehangenen Freundinnen, hektische Sklavenmädchen, Girlanden und Unterhalter, Zimbeln und Kitharen und ein Meer von Gästen. Sogar der hell orangefarbene Schleier und die bunte Gesichtsfarbe fehlten.

Aber sie war nicht enttäuscht über die Heimlichkeit und Einfachheit der Zeremonie. Sie schaute zu Athaulf. Er bemerkte ihren Blick und erwiderte ihn. In diesem Moment spürte sie ihre gemeinsame Liebe wie etwas Lebendiges, etwas, was sie berühren konnte, und sie wusste jenseits allen Zweifels, dass sie Bestand haben würde. Dennoch stellte sich die Freude, die sie erwartet hatte, nicht ein. Anstatt des Hochgefühls spürte sie die schwere Last des Schicksals.

Als der Gottesdienst vorüber war, segneten Paulinus und Sigesarius sie. Als Attalus sie auf beide Wangen küsste und wie zur Ermutigung ihre Hand drückte, musste sie gegen Tränen ankämpfen. Er war, wie die Übrigen, zur Verschwiegenheit verpflichtet worden. Tuga und Gerlinda streuten anstatt Mandeln eine Handvoll Weizen über sie. Sigesarius verstaute die Bibel in den Körben. Der Rosenkranz wurde in Tugas Korb zurückgelegt.

Obwohl die Goten es nicht wussten, hatten sie eine neue Königin, eine römische Königin.

Eine Woche später, in den Iden des Juli, standen sie in der frühen Morgensonne und beobachteten, wie Paulinus auf seinen Maulesel stieg. Athaulf gab dem Bischof eine Eskorte aus zwölf seiner besten Männer mit, damit er sicher wieder in Nola eintraf. Paulinus umarmte Placidia. »Möge Gott mit Euch sein. Der Pfad, den er für Euch erwählt hat, ist kein einfacher, aber Ihr könnt viel Gutes tun. Schreibt mir. Handelt klug und haltet an Eurem Glauben fest, Nobilissima.«

Sie nickte mit einem Kloß in der Kehle. »Das werde ich, Vater.«

Athaulf umfasste Placidias Arm. »Ich danke Euch. Wir werden niemals vergessen, was Ihr für uns getan habt.«

Paulinus hob zum Segen zwei Finger. »Ich werde für Euch beten. Und für Rom.«

»Komm.« Athaulf nahm ihre Hand. »Auch wir müssen aufbrechen.« Das Lager war aufgelöst, die Ochsen waren eingeschirrt, die Wagen mit kostbarem römischem Weizen mit Lederplanen bedeckt. Die Stammesführer warteten auf Athaulf. Heute begann der lange Zug über die Alpen nach Gallien.

Placidia verhielt ihre Stute an einem Hügel an der Zubringerstraße, die zur Via Aemilia führte. Sie wandte sich um und blickte zurück. Sie stellte sich anstatt der roten Ziegeldächer und der Wachtürme von Forum Livii das Meer vor, sah die schnittigen Flotten-Liburnen und die Handelsschiffe mit den großen, runden Rümpfen, die in Classis vor Anker lagen. Und jenseits davon das ummauerte Ravenna, wie ein Edelstein am Meer gelegen, die Häuser und Paläste, Bäder und Basiliken ein Wunder säulengetragener Erker und vielfarbiger Ziergiebel, von den schilfbestandenen Sümpfen umgeben, welche die Stadt schützten. Schmerz und Sehnsucht durchströmten sie. Irgendwo dort in der Ferne waren die Überreste ihrer Vergangenheit. Ihre Freunde, ihre Amme Elpidia, ihr einziger überlebender Bruder.

Sie betastete die kleine Elfenbeinreliquie an einer Goldkette, die Honorius ihr geschickt hatte. Sie enthielt einen Splitter des Wahren Kreuzes, zusammen mit einem Brief, in seiner Handschrift geschrieben, in dem er sie mahnte, Athaulf unter keinen Umständen zu heiraten, bevor die Goten ihre Zusagen nicht erfüllt hatten. Honorius' überschwängliche Bekundungen der Zuneigung ließen sie kalt. Aber es hatte sie tief berührt, dass er einen Brief ihrer Freundin Padusia beigefügt hatte. Das war eine Seite an ihm, die sie fast vergessen hatte.

Als sie Kinder waren, hatte er sie oft beschützt und war lieb zu ihr gewesen.

Sie griff nach den Zügeln. Wenn sie sich hiervon berühren ließe, wäre sie nie frei, bliebe ewig an eine Vergangenheit gefesselt, die nicht mehr existierte. Erinnerungen hatten, genau wie Zuneigung, schleichende und beharrliche Tentakel. Sie blickte zu der endlosen Reihe der Männer und Tiere zurück, die sich meilenweit erstreckte, ein gesamtes Volk unterwegs. Ein Volk, dessen Mut, Stoizismus und Ehre sie häufig an die frühen Römer erinnerte. Sie waren nun ihr Volk.

Sie erblickte bei der Vorhut auf der Hügelkuppe Athaulfs Standarte. Sie trieb ihr Pferd an. Die Vergangenheit war die Zuflucht jener, die keine Zukunft hatten. Ihre Zukunft war Athaulf.

Sie zogen auf der Via Aemilia nach Norden, durch die Ebene des Padus auf Mediolanum zu. Placidia, die das Rumpeln eines Wagens verabscheute, überredete Athaulf, sie neben Sigesarius und Athaulfs Söhnen reiten zu lassen. Sie war in einem Meer von Goten die einzige Frau zu Pferde. Dennoch fühlte sie sich belebt, sogar fast beschwingt. Die Müdigkeit und Übelkeit der letzten Monate waren vergangen. Ihre neue Stute, ein Hochzeitsgeschenk von Athaulf, war ein prächtiger Fuchs mit weißen Fesseln. Sie war noch ein wenig fohlenhaft, aber ein Genuss zu reiten. Wenn sie sich nur nicht in solch monotoner Geschwindigkeit hätten fortbewegen müssen. Vielleicht begann deshalb nach wenigen Tagen Placidias Rücken zu schmerzen. Sie sagte es aus Angst vor Athaulfs Kritik niemandem. Sie versuchte, den Schmerz zu lindern, indem sie ihre Position veränderte, aber das Ziehen wurde immer schlimmer. Auf Gainsrichs beständige Frage hin, ob etwas nicht in Ordnung sei, schüttelte sie den Kopf.

Der kleine Theodorich lenkte sein Pony bei einer Brücke neben sie. »Placidia, dein Gesicht sieht komisch aus. Du bist ganz weiß geworden.« Aus dem sommersprossigen Gesicht seines Sohnes sahen sie Athaulfs blaue Augen verwirrt und besorgt an. Alarich, sein älterer, zurückhaltenderer Bruder, der auf seinem Pferd saß, genierte sich eindeutig für die Direktheit seines Bruders. Sie beugte sich vor und zauste dem Jungen das Haar. »Keine Sorge, ich bin nur ein wenig müde.«

Hätte das Kind, das sie trug, auch goldene Locken? Und vor allem, wäre es ein Junge? Tuga sprach von dem Baby besitzergreifend als »mein Prinz«. Sie selbst hatte bisher davor zurückgescheut, näher auf das Geschlecht des Kindes einzugehen.

Als sie am Abend vom Pferd glitt, brach sie auf dem Gras zusammen. Sie trugen sie zu ihrem Wagen und riefen Aristophanes. Der Arzt fand sie mit angezogenen Beinen auf der Seite liegend vor.

»Herrin, verliert Ihr Blut?«

Sie wandte sich ihm zu. »Blut? Aber ich bin nicht verletzt.«

Er fühlte ihren Puls. »Wie lange habt Ihr diesen Schmerz schon?«

»Zwei Tage. Zuerst war es nur ein leichter Schmerz. Er wurde allmählich schlimmer. Er kommt in Wellen …« Sie biss die Zähne zusammen.

»Ein scharfes Ziehen im unteren Rücken und Bauch?«

Sie nickte.

Er fuhr auf Griechisch fort: »Ihr müsst es mir sagen, wenn Ihr ein Kind erwartet, Prinzessin. Euer Leben könnte in Gefahr sein.«

Sie nickte und biss sich auf die Lippen.

»Wie weit seid Ihr?«

»Ungefähr drei Monde.«

»Ich muss Euch richtig untersuchen. Wenn Ihr ihr vertraut, kann Tuga bleiben und mir helfen.«

Sie biss die Zähne zusammen. »Tut, was Ihr tun müsst.«

»Entkleide deine Herrin, Tuga, aber vorsichtig!«

Als Tuga Placidias Lendentuch löste, keuchte sie. »Ihr seid voller Blut, Herrin!« Der Arzt schob Tuga beiseite. Angst durchfuhr Placidia, als sie spürte, wie seine Hände ihren Bauch berührten. Sie erschrak, als seine Finger sie innerlich untersuchten. Kein Mann außer Athaulf hatte sie jemals so berührt.

»Drei Monde stimmt ungefähr«, sagte er und richtete sich wieder auf. »Ihr seid in unmittelbarer Gefahr, eine Fehlgeburt zu erleiden.« Er sah sie lange an. »Prinzessin, verzeiht, aber ich muss Euch das fragen. Habt Ihr etwas eingenommen, um dies zu verursachen?«

Seine Worte trafen sie wie ein Schlag. »Natürlich nicht! Das wäre Mord!«

»Beruhigt Euch, Prinzessin, es ist meine Pflicht zu fragen. Viele Frauen nehmen Kräuter, um sich von ungewollten Kindern zu befreien. Sie sind in den falschen Händen sehr gefährlich. Wenn Ihr das Kind behalten wollt, ist jegliche Aufregung verboten.« Er legte die langen Finger aneinander. »Und manchmal, Prinzessin, ob Ihr es glaubt oder nicht, ist Mord Güte. Aber wir müssen handeln, Prinzessin. Weil sowohl Ihr als auch das Kind ernsthaft in Gefahr seid.«

»Gibt es etwas, was Ihr tun könnt?« Sie hörte das Beben in ihrer Stimme und spürte ihre Hände zittern.

»Es gibt zwei Möglichkeiten. Ihr werdet eine schwierige Entscheidung treffen müssen. Ich kann Euch etwas geben, um Wehen auszulösen. Oder ich kann versuchen, das Kind zu retten, indem ich völlige Ruhe verschreibe. Absolut keine Bewegung.«

»Nicht einmal in einem Wagen?«

»Das wäre das Schlimmste. Aber selbst wenn Ihr mehrere Wochen im Bett bliebet, bleibt die Gefahr, das Kind zu verlieren, aber unvollständig.«

Sie sah ihn verständnislos an. »Unvollständig?«

»Wenn ich die Geburt mit einem Kraut vorantreibe, wird alles in Eurem Leib ausgestoßen, wie bei einer normalen Geburt. Erleidet Ihr in einem späteren Stadium eine spontane Fehlgeburt, verbleiben Teile in Euch, die Euch töten könnten.«

Eine weitere Schmerzwelle setzte ein. »Ruft ... meinen Ehemann.«

Aristophanes wölbte die Augenbrauen. »Euren Ehemann?«

»Meinen Ehemann, den König.«

Athaulf hörte dem Arzt zu und erbleichte. »Geht kein Risiko ein. Rettet die Prinzessin. Gebt Ihr, was auch immer die Wehen vorantreiben wird. Sofort.«

»Nein!« Placidia wich zurück und schützte ihren Bauch mit den Händen. »Nein! Das ist eine Todsünde. Rettet das Kind …«

In den dunklen Augen des Arztes war Mitgefühl erkennbar. »Herrin, es ist nicht möglich. Wenn ich versuche, eine Fehlgeburt zu vermeiden, könntet Ihr und das Kind sterben.«

Athaulf legte ihr einen Arm um die Schultern. »Gott wird uns ein weiteres Kind gewähren.«

Der Grieche schaute von einem zum anderen. »Dies ist häufig der Weg, den die Natur einschlägt, um mit Schäden beim Ungeborenen umzugehen. Ich habe gesehen …«

»Vielleicht habt Ihr recht«, sagte Athaulf. »Ich hatte einst eine Stute, die bei einem einbeinigen Fohlen eine Fehlgeburt erlitt.«

Tränen brannten in ihren Augen. Wie konnte er. Sie wusste, dass er es erträglicher machen wollte, alltäglicher, aber wie konnte er von Fohlen sprechen, wenn ihr Herz brach und ihr Körper von tausend Dolchen gepeinigt wurde. Es sei denn …

Athaulf sah Aristophanes an. »Die Prinzessin und ich wurden, entgegen den Wünschen des Kaisers, heimlich vermählt. Wenn die Römer nun herausfänden …«

Der Grieche legte eine Hand an sein Herz und verbeugte sich. »Ihr habt mein Wort, Herr.«

Erst am nächsten Tag, als alles vorbei war, nachdem das Blut und die Tränen allmählich abebbten, verstand Placidia, die allein in dem schwach beleuchteten Zelt lag, die Panik in Athaulfs Stimme, wie auch ihren eigenen Zorn. Er hatte an die geliebte Frau gedacht, die er bei einer Geburt verloren hatte. Und sie war einer heimtückischen inneren Stimme erlegen, einer Stimme, die ihr zugeflüstert hatte, wie günstig es für Athaulf wäre, wenn sie das Kind verlöre. Ihre Schwangerschaft hätte ihn früher oder später gezwungen, ihre Heirat zu offenbaren.

Nun erkannte sie an seiner Qual und der Zärtlichkeit, mit der er sie überschüttete, wie sie ihm unrecht getan hatte. Schuldgefühle überkamen sie. Wie konnte sie sich auch nur einen Moment lang so etwas vorgestellt haben? Woher kamen diese düsteren Gedanken, die in ihrem Geist umherstreiften wie ruhelose Tiger? Doch gewiss nicht durch Honorius' lächerliche Warnungen? Er hatte in jedem Brief dieselbe Litanei wiederholt: Sei vorsichtig ... Athaulf benutzt dich für seine Zwecke ... Glaube ihm nicht, heirate ihn nicht ...

Sie wusste jenseits allen Zweifels, dass Athaulf sie liebte. Und doch konnte er sie nicht trösten. Wie Tuga gesagt hatte, konnte kein Mann jemals nachempfinden, wie es sich anfühlte, ein Kind unter dem Herzen zu tragen. Ihre Seele fühlte sich ebenso leer an wie ihr Leib.

Placidia sah durch einen Schleier aus Kummer, wie sich das Land vor ihnen entfaltete. Sie konnte ohne Tränke kaum schlafen, aß kaum und lebte auf dieselbe mechanische Art, wie sich ein Rad an der Achse dreht. An den Abenden setzte sich Tuga schweigend neben sie, schälte Nüsse oder zupfte Wolle. Manchmal bat Placidia sie, für sie zu singen. Tugas Vater war Hirte gewesen. Sie hatte als Kind, wenn sie ihm geholfen hatte, die alten Lieder gelernt, die von Generation zu Generation weitergegeben wurden, mit denen sich die Hirten die langen Stunden der Wache über ihre grasenden Schafe vertrieben.

Placidia wurde, wenn sie Tugas ausdrucksvoller Stimme lauschte, in die Vergangenheit zurückgetragen, in die Zeit, als die Goten noch ein eigenes Land besaßen. Durch diese Bilder von goldenen Roggenfeldern, von Ablammung und Schur, von bei Erntefesten tanzenden Mädchen, begann sie, die Seele der Goten zu verstehen, ihre Sehnsucht nach ihrem alten Land und die Tragödie ihrer Heimatlosigkeit. Diese Lieder waren wie die Geschichten, die sie so oft an den Lagerfeuern gehört hatte: uralte Irrfahrten, in den Nebeln der Erinnerung verloren, das große Eismeer, über das sie einst gekommen waren, ihre Könige und Helden und die Krieger in einem Paradies namens Walhalla.

Der Tross folgte Italiens längstem Fluss, dem Padus. In Placentia, in der Nähe von Mediolanum, fand eine weitere Getreidelieferung statt. Placidia fühlte sich beruhigt, als der Stadtpräfekt selbst einer langen Reihe mit Planen bedeckter Getreidewagen vorausritt.

An einem regnerischen Abend mehrere Wochen später lagerten sie wenige Meilen von Taurinorum entfernt. Als Tuga den Ledervorhang am nächsten Morgen zurückschlug, fiel strahlender Sonnenschein in das Zelt. »Herrin! Seht!«

Eine Kette schneebedeckter Berge überspannte den Horizont vor einem enzianblauen Himmel. Placidia hatte sie sich nie so majestätisch, so wunderschön vorgestellt. Sie schienen im klaren Licht des frühen Morgens unglaublich nah.

»Die Alpen, Tuga. Die höchsten Berge der Welt.«

Tugas Augen weiteten sich. »Sie sind gewaltig!«

Placidia nickte. »Ich hatte vergessen, wie wunderschön Gottes Schöpfung ist. Ich hatte vergessen, dass das Leben schön ist.«

Ein Lächeln überzog Tugas Gesicht. Sie legte Placidia einen Umhang um die Schultern. »Wir müssen uns bereitmachen. Ich wollte Euch nicht wecken. Ihr habt so gut geschlafen. Es ist sehr spät.«

Athaulf kam auf sie zu. Als er sie küsste, spürte sie zum ersten Mal seit Wochen wirklich die Wärme seiner Haut an ihrer Wange. Sie lehnte den Kopf an seine Brust. Kurz darauf sagte sie: »Athaulf, darf ich wieder reiten? Ich hasse diesen rumpelnden Wagen, und ich fühle mich so viel besser …«

»Natürlich, aber nur eine Weile. Du bist seit Wochen nicht mehr geritten. Aristophanes wird einen Anfall bekommen, und du wirst steif werden. Du darfst nicht übertreiben, nicht zu schnell.«

»Ich weiß. Ich werde vernünftig sein, das verspreche ich.«

An diesem Morgen verließen sie das Tal des Padus und wandten sich nach Norden, die Hauptstraße von Italien über die westlichen Alpen nach Gallien hinauf. Die Straße war für die schnellen Bewegungen von Truppen und Reitern gebaut worden. Es kamen nur gerade zwei Streitwagen aneinander vorbei.

Die Straße stieg allmählich in scharfen Biegungen zum Pass hinan. Die Basaltplatten waren abgenutzt und vom Verkehr der Jahrhunderte zerfurcht. Wie so viele Straßen, auf denen Placidia gereist war, war auch diese vom Verfall gekennzeichnet. Umgestürzte Meilensteine, durch Schnee und Eis aufgerissener Straßenbelag, Stützmauern, die Felswände hinabbröckelten, verlassene Gasthäuser am Wegesrand, Wachtürme ohne Dächer, deren geisterhafte Torwege von Unkraut bestanden waren ... all das kündete vom Schwinden Roms.

Sogar die kleinen Schreine für heidnische Geister, die einst üppig mit Blumen- oder Speiseopfern der Reisenden übersät waren, standen nun leer und verlassen da. Sie hätte normalerweise froh sein sollen, dass dieser heidnische Aberglaube aufgegeben wurde, aber die Verlorenheit der Schreine stimmte sie traurig. Bisher war nur ein Wachturm bemannt gewesen. Athaulf zeigte ihr im Vorüberziehen das Aufblitzen eines Spiegelsignals. Er lächelte. »Der Kommandant des Lagers am Pass weiß genau, wo wir sind.«

Obwohl es in dem Wald, der die Straße abschirmte, kühl war, fühlte sie sich erhitzt und benommen, als sich Wagen, Pferde und Menschen immer höher mühten. Die Schluchten unter ihnen wurden die meiste Zeit gnädigerweise von Bäumen verdeckt. Aber Placidia erblickte hin und wieder kurz so tiefe Täler, dass sie den Grund der Welt hätten darstellen können. Die Bäume wurden allmählich spärlicher. Eichen und Birken machten Kiefern und Tannen Platz, bis auch sie spärlicher und verkümmerter wurden und schließlich schwanden. Sie gelangten auf ein Plateau, eine steppenartige Landschaft mit braunem Gras und Felsen. Die schneebedeckten Gipfel schienen nun weiter entfernt als von der Ebene aus. Trittsichere Bergziegen sprangen von Klippe zu Klippe. Murmeltiere beobachteten sie wie neugierige Kinder, bevor sie in Erdbauten verschwanden. Ein See aus kristallklarem Türkis bedeckte den Boden eines weiten Tals.

Placidia wandte sich Athaulf zu. »So hätte ich mir die Alpen nie vorgestellt. Sie sind auf eine raue, jenseitige Art schön. Wo ist das Lager?«

Athaulf lächelte. »Dies ist nicht der Pass. Aber ich denke, wir sind nahe daran.«

Sie erreichten den Pass am Spätnachmittag des nächsten Tages. Das große Lager mit seinen steinernen Wachtürmen und dem doppelten Torhaus dominierte die Straße. Es bewachte den Zugang von Gallien nach Italien seit Jahrhunderten. Neben dem Lager, von einem Erdwall geschützt, breitete sich das zivile Dorf aus.

Athaulf verhielt sein Pferd. »Bleibt hier. Wir werden mit wenigen Männern weiterreiten, um den Kommandanten Lucius Anicius zu treffen. Er ist noch jung für eine solch wichtige Position. Einer von Konstantius' Leuten.«

Der Garnisonskommandant und seine Offiziere ritten ihnen mit verzierten Helmen und karmesinroten Umhängen entgegen. Der Kommandant salutierte.

»Herr, Nobilissima, ich bin Lucius Anicius. Ich hoffe, Ihr hattet keine zu schwierige Reise. Wir tun unser Bestes, um die Straße instand zu halten, aber«, er vollführte eine selbstkritische Geste, »wie Ihr gesehen habt.« Anicius fuhr fort: »Euer Getreide traf vor einer Woche ein.« Er deutete auf den kräftigen Zenturio neben ihm. »Nectardus wird sich um Euch kümmern. Er ist mein oberster Zenturio.«

»Ich danke Euch, Anicius.« Athaulf fand diesen jungen Römer sympathisch. »Wir brauchen Futter. Es gibt hier anscheinend nur wenig Gras.«

»Das ist leider eine der vielen Unannehmlichkeiten des Lebens in den Alpen. Die Welt ist in dieser Höhenlage nur für Bergziegen geeignet. Nectardus wird Euch besorgen, was Ihr braucht.«

Anicius reichte Placidia eine Ledertasche. »Diese, Nobilissima, haben auf Eure Ankunft gewartet.«

»Für mich?« Placidia lächelte ihm zu. »Welch hübsche Überraschung.«

Von Honorius, dachte Athaulf, im selben Tonfall wie seine vorherigen Briefe. Placidia hatte zweimal Briefe von ihrem Bruder bekommen, in denen er sie ermahnte, sich von »diesem ränkeschmiedenden Goten« fernzuhalten. Und dennoch bereitete es ihr Freude, Nachricht von ihrer Familie zu bekommen.

Placidia sprach nie darüber, aber es gab Zeiten, in denen er ihre Einsamkeit spürte, ihre stumme Sehnsucht nach der Welt, die sie zurückgelassen hatte. Er sagte aus einem Impuls heraus: »Anicius, die Prinzessin und ich würden uns geehrt fühlen, wenn Ihr und Eure Frau heute Abend mit uns speisen würdet.«

Anicius zeigte keinerlei Überraschung. »Die Ehre wird ganz auf unserer Seite sein. Aber Ihr habt eine lange Tagesreise hinter Euch. Warum speist Ihr nicht mit uns? Ich sollte das nicht sagen, aber wir haben einen ausgezeichneten Koch.«

Athaulf zögerte nicht. »Die Prinzessin und ich werden Eurem Koch gerne gerecht werden.« Vielleicht, dachte er ironisch, werden wir in ein paar Stunden beide Geiseln sein. Anicius verfügte über Getreide und Wasser und Steinmauern. Er hatte jedoch das Gefühl, dass der Kommandant vertrauenswürdig war. Sollte Placidias Idee Realität werden, mussten sie damit beginnen, sich die Römer zum Freund zu machen und ihr Vertrauen zu erringen. Und die einzige Möglichkeit, Vertrauen zu erringen, bestand darin, Vertrauen zu zeigen.

Placidia, die nie zuvor ein befestigtes Militärlager betreten hatte, wunderte sich, wie leer es zur neunten Stunde war und wie friedlich. Eine Wachablösung auf dem Weg zu den Schutzwällen salutierte, ohne anzuhalten. Ansonsten sahen sie nur Wächter. Die Straßen waren wie leergefegt, es war kein Schwein oder Huhn zu sehen, und in den Rinnen lief sauberes Wasser. Alle zwanzig Schritte brannte eine Fackel. Während sie die Hauptstraße hinaufritten, erklärte Athaulf ihr die Gebäude.

Es gab einen gewaltigen Getreidespeicher auf Steinsockeln, Offiziers- und Soldatenbaracken, Ställe, Lagerhäuser, Küchen, ein Bad, eine Turnhalle und eine Krankenstation. Das Hauptquartier und das Arsenal befanden sich in der Mitte des Lagers, an der Kreuzung der beiden Hauptstraßen. Sie verliefen, wie der Cardo und Decumanus in jeder Stadt, von Norden nach Süden und von Osten nach Westen.

Als sie am Hauptquartier vorüberkamen, deutete Nectardus auf den Schrein, der dort von Fackeln beleuchtetet stand. »Dies ist die Kapelle. Hier bewahren wir unsere Standarten. Sie werden Tag und Nacht bewacht. Der Schrein ist der ehrwürdigste Platz im Fort. Er wurde gerade neu angestrichen …«

Zwei behelmte Wächter, ernst und ausdruckslos, die vor der blutroten Wand wie Schatten wirkten, hielten ihre Speere auf Armeslänge von sich. Die Standarten der Kohorte standen zu beiden Seiten einer Statue des Honorius. Placidia betrachtete ihren Bruder durch das eiserne Gitter hindurch. Honorius wirkte in voller Kriegsausrüstung, den rechten Arm wie weiland Cäsar erhoben, weitaus eindrucksvoller als im realen Leben. Die Ähnlichkeit war für eine Skulptur dieser Art, die in Regierungsbetrieben in großen Mengen hergestellt wurden, um in alle Teile des Kaiserreichs versendet zu werden, erstaunlich gut gelungen.

Honorius' Abbild ließ sie einen Schmerz spüren, dessen Ursache sie nicht benennen konnte. Verbitterung? Schuld? Bedauern? Was auch immer es war – es war zu spät. Sie hatten Gallien schon fast erreicht, standen an der Schwelle zu einer neuen Zukunft. Sie richtete ihre Palla. »Geht voraus, Nectardus. Der Kommandant erwartet uns.«

Placidia beobachtete, wie der Wachs von dem silbernen Kandelaber auf die schwarze Marmortischplatte tropfte. Sie fühlte sich angenehm schwindelig. Vielleicht lag das am Wein, oder an den Briefen, die sie erhalten hatte, oder an der Gesellschaft. Sie sorgte sich keinen Moment darum, dass dies eine Falle sein könnte. Wie Athaulf gesagt hatte, würde Honorius sie nicht jetzt verraten. Honorius brauchte die Goten noch. Später, nachdem sie beim Sieg gegen Jovinus geholfen und die Invasoren aus Spanien vertrieben hätten, dann wäre es vielleicht denkbar … Aber bis dahin hätte Athaulf, mit Gottes Hilfe, seinen Stand in Gallien gefestigt.

Lucius Anicius' Triklinium war ebenso vornehm wie sein restliches

Heim. Die Liegen, die den niedrigen Marmortisch umstanden, waren mit Streifen gelber, edler Seide gepolstert. Die Sklaven waren aufmerksam und leise. Die Wandgemälde geschmackvoll. Das Essen hervorragend. Der Wein, ein klassischer Falernerwein, von einem würdevollen Mundschenk gekonnt mit genau der richtigen Menge Wasser vermischt. Hinter einer Säule ertönte der unaufdringliche Klang einer Kithara. Als Mitglied des gallo-römischen Zweiges der Anicier, einer der ältesten römischen Familien, konnte Anicius es weit bringen. Aber wie, so fragte sich Placidia, konnte ein Plebejer wie Konstantius Gefallen an diesem gutaussehenden jungen Patrizier finden?

Athaulf und Anicius waren tief in eine Unterhaltung über Pferde verstrickt – Anicius pries die Tugenden einer spanischen Stute, die er kürzlich erworben hatte. »... ein Fell wie Ebenholz, den Gang einer Königin. Eine Intelligenz, eine Empfindsamkeit, ganz außergewöhnlich! Sie reagiert auf die geringste Veränderung in meiner Stimme. Und die Augen ...« Anicius hielt dem Sklaven hinter ihm seinen Weinbecher hin.

Anicius' Frau, Protagia, lachte leise. Sie beugte sich zu Placidia hinüber. »Man könnte meinen, sie sprächen über ein Mädchen.« Die Frau des Kommandanten war eine lebhafte Gallo-Römerin mit natürlich blondem Haar, großen blauen Augen und beklagenswert vorstehenden Zähnen. Placidia gefiel die junge Frau. Wie schön wäre es, sich einer anderen Frau anzuvertrauen, jemand ihres Alters, mit ihrem Hintergrund. Aber konnte irgendjemand sie verstehen?

Protagia plauderte über das Essen. Dann senkte sie die Stimme. »General Konstantius hat Andeutungen darüber gemacht, dass Lucius für eine wichtige Beförderung vorgesehen sei. Wie Ihr vielleicht gehört habt, hat Lucius beim Sieg gegen Konstantin eine wichtige Rolle gespielt.«

Plötzlich schwiegen die Männer. Die beiden Frauen verfielen ebenfalls in Schweigen. Athaulf, der, anders als Anicius, nur wenig getrunken hatte, hob seinen Becher. »Was gibt es Neues von Jovinus? Wo steht er jetzt?«

»Er hat Obergermanien verlassen. Er ist auf dem Weg nach Lyon. Mit einer Streitmacht aus Alanen und Burgundern.«

Athaulf strich mit dem Finger über den Rand seines Bechers. »Alanen und Burgunder?«

»Leider. Gunther, der Stammesführer der Burgunder, und Gundahar, der König der Alanen, haben mit Jovinus einen Blutpakt geschlossen.«

»Einen Blutpakt?«, fragte Placidia.

Anicius nickte. »Ein germanischer Brauch, Nobilissima.«

Athaulf lehnte sich zurück. »Alle germanischen Völker haben ihn ausgeübt, als sie noch Heiden waren. Man sagte mir, auch die frühen Römer schätzten das Blut, um einen Schwur zu besiegeln. Schwüre an die Götter wurden häufig von einem Schnitt in der Handfläche einer Hand begleitet ...«

Placidia betrachtete Athaulfs Profil. Zärtlichkeit überkam sie. Die natürliche Freundlichkeit, mit der er die Rolle eines römischen Tischgastes einnahm, seine Fähigkeit, sich mit Menschen aller Arten zu unterhalten, beeindruckten sie immer wieder. Am meisten bewunderte sie vielleicht, was sie auch selbst gerne hätte, seine Ruhe, seine Kraft, seinen Optimismus. Auch er hatte gelitten, hatte als Kind seine Mutter verloren, seine Frau, sein Land, war dazu verdammt worden, auf der Suche nach neuen Wurzeln für sein Volk umherzuwandern, und doch quälte ihn die Vergangenheit nicht so, wie sie sie quälte. Sie musste sich zwingen, nur an die Zukunft zu denken, aber bei Athaulf geschah dies auf natürliche Weise. Die Nachricht über ein neuerliches Hindernis, über Jovinus' Pakt mit zwei großen Stämmen, ließ ihn unbeeindruckt.

Anicius sagte gerade: »Ich sollte es nicht zugeben, aber ich kann die Landbesitzer in Germanien verstehen. Wir haben die Kontrolle über Germanien verloren. Wir können ihnen nicht helfen. Wir müssen Spanien und Gallien retten. Es gibt in Germanien keine römischen Garnisonen mehr. Die wenigen Legionäre, die zurückgelassen wurden, haben sich Jovinus angeschlossen. Alle Städte wurden während der Invasion 406 geplündert. Die Eindringlinge überrannten Ober- und Niedergermanien drei Jahre lang, bevor sie auf ihrem Weg nach Spanien Gallien durchquerten. Für die dortigen Römer, die ihre Ländereien, ihre Lebensart nicht aufgeben können, ist Jovinus zumindest ein Römer, ein Mann von Rang und Namen. Sein Sohn, Sebastian, ist ein sehr fähiger Soldat. Unterschätzt ihn nicht, Herr. Er ist gefährlicher als der Vater.«

Anicius hielt inne. »Da der Kaiser Bürgern erlaubt hat, ihre Sklaven zu bewaffnen, frage ich mich oft, ob dies nicht weitaus gefährlicher ist, als wenn barbarische Foederati auf unserem Land siedelten. Meine erste Versetzung war bei der unglückseligen XX. Legion in Germanien. Wir hatten zwei Kohorten aus fränkischen und alemannischen Hilfstruppen. Unglaublich tapfer. Und loyal. Als Adjutant des Legats hatte ich häufig Kontakt mit den Stammesführern auf der anderen Seite des Flusses. Ich will Euch nicht schmeicheln, Herr, aber ich hätte viel lieber mit einem barbarischen Stammesführer als mit einem Sklavenführer zu tun. Die Bewaffnung der Sklaven wird früher oder später zu einem weiteren Spartakus-Aufstand führen. Oder die großen Magnaten werden versuchen, was noch schlimmer wäre, das Joch der Zentralgewalt abzuschütteln. Sie werden ihre kleinen Herrschaftsbereiche errichten, wo jedermann ein König ist und seinen Nachbarn ausplündert. Niemand wird Steuern bezahlen, Recht und Ordnung werden zusammenbrechen, und die Zivilisation wird untergehen.«

Placidia erschauderte bei diesen Worten, als hätte ein kalter Wind den Raum durchweht. Und wenn Anicius recht hatte?

Sie wandte den Blick von Anicius' geröteten Zügen zu den Wachstropfen auf dem schwarzen Marmor. Weiße Inseln in einem Meer aus Dunkelheit. Und plötzlich sah sie die Antwort, so deutlich, als würde ein Haruspex früherer Zeiten aus Eingeweiden weissagen. Anicius hatte gerade das Ende der Welt vorhergesagt. Er irrte sich. Das alte Rom war dem Untergang geweiht, nicht die Zivilisation. Das Ende des Kaiserreichs musste nicht das Ende der Welt bedeuten. Ein anderes Kaiserreich konnte sich aus seiner Asche erheben.

In dem Lager am Pass war es, bis auf den Wächter draußen, der mit den Füßen stampfte, um sich warm zu halten, still. Placidia zog den Umhang fester um ihre Schultern. Es war, trotz der Kohlenpfannen, kalt im Zelt. Sie steckte die Füße in das weiche Fell. Anicius' Mahl hatte spät geendet, und doch war ihr nicht nach Schlaf zumute. Grübelnd saß sie da und fühlte sich unendlich weit entfernt von allem, was ihr vertraut war.

Es war kalt im Zelt. Nur die Lampe neben ihr brannte noch. Die anderen waren erloschen. Sie sehnte sich nach Athaulf, nach dem Trost und der Beruhigung seiner Arme. Er hatte sie, seit sie das Kind verloren hatte, nicht mehr festgehalten. Sie sehnte sich zum ersten Mal seit Wochen danach, ihn zu berühren, seine Haut zu spüren, das Gewicht seines Körpers. Sie würde zu ihm gehen, unter die Decken schlüpfen, spüren, wie er erwachte, sich umwandte, sie umarmte ...

Sie rüttelte Tuga an der Schulter. »Tuga, wach auf.«

Das Mädchen war sofort wach. »Herrin ... was ist?«

»Schsch.« Placidia legte ihr einen Finger auf die Lippen. Sie ergriff Tugas Umhang. »Zieh das an. Bring mich zum Zelt des Königs.«

Athaulf setzte sich auf. Er zog den Biberpelz über seine nackte Brust hoch. Er wirkte besorgt. »Stimmt etwas nicht?«

»Nichts. Mir war kalt, und ich war einsam. Ich wollte dich überraschen, aber der törichte Wächter machte draußen mehr Lärm als eine Gänseschar auf dem Kapitol.« Sie ließ ihren Umhang fallen.

Er warf die Decke zurück. »Komm, meine Liebe.« Athaulf zog sie an sich. »Ich habe dich schrecklich vermisst. Es war so lang.«

»Ich auch, mein Liebster.«

Ihre Hände und Lippen fanden sich, begannen ihren vertrauten Tanz des Begehrens. Sie klammerte sich an ihn. »Lass nicht zu, dass uns etwas trennen wird.«

»Das werde ich nicht. Ich verspreche es.« Seine Lippen wanderten abwärts und kosteten ihre Haut, als wäre sie eine Frucht.

»Wir müssen vorsichtig sein«, flüsterte er, »wir können nicht … ich werde es tun müssen, im letzten Moment …«

»Ja«, flüsterte sie. »Ja.« Sie wusste nicht, und es kümmerte sie auch nicht, was er meinte. Sie schlang ihre Arme um ihn. Sie spürte mit geschlossenen Augen, wie er Schicht um Schicht die tiefsten Schlupfwinkel ihres Selbst, die Essenz ihres Seins durchdrang, bis ihre Körper durch eine wundersame Alchemie in einem Moment aufgehobener Zeit eins wurden.

Viel später, als sie gesättigt und schläfrig an Athaulfs schlafendem Körper lag, dachte sie, dass eine solche Verzückung ein Geschenk Gottes sei. Wie vielen Frauen war ein solches Privileg vergönnt? Sie erinnerte sich an Bemerkungen ihrer verheirateten Freundinnen, Anspielungen auf das Schlafzimmer, Dinge, die sie damals nicht verstanden hatte, Hinweise darauf, dass das, was zwischen Ehegatten vor sich ging, eine lästige Pflicht sei, etwas, was erduldet werden müsste, um einen Ehemann und Kinder zu haben. Keine ihrer Freundinnen würde sie verstehen. Niemand könnte begreifen, was sie in Athaulfs Armen empfand, welche Ekstase er ihr schenkte.

Sie brachen das Lager am folgenden Morgen ab. Placidia verspürte eine Welle des Stolzes, als sie die lange Reihe angeschirrter Wagen betrachtete, die Krieger zu Pferde, die enggeschlossenen Reihen der Fußsoldaten, deren Helme in der frühen Sonne glänzten. Athaulf schwang sich in den Sattel. Vallias Neffe Roderich ritt als sein Standartenträger. Die Stammesführer folgten.

Die Straße war hier noch steiler als bisher und in einem schlimmeren Zustand. Als sie ihren Abstieg an schwindelerregenden Abgründen schwarzen Granits vorbei begannen, wobei sich Männer und Ochsen bemühten, die Wagen auf dem rutschenden Geröll abzubremsen, stolperte Athaulfs Pferd und stürzte.

Obwohl sowohl er als auch das Pferd unverletzt blieben, streifte

Angst Placidias Herz wie der Flügelschlag einer Fledermaus. Sie versuchte, es als lächerlichen Aberglauben abzutun, doch eine heimtückische Stimme flüsterte ihr zu, dass dies ein schlechtes Omen, ein Anzeichen für Unheil sei.

Aber es befiel sie, trotz ihrer Vorahnung, kein Unheil. Sie erreichten drei Wochen später Gratianopolis, eine blühende Handelsstadt am Fuße der Alpen. Neben der mauerbewehrten römischen Stadt drängte sich ein Dorf aus reetgedeckten Lehmhütten und Holzscheunen. Der kräftige Kommandant der Garnison ritt über die Brücke heraus, um sie zu begrüßen. Er informierte Athaulf darüber, dass der Statthalter von Gallien und sein Heer einen Tagesritt entfernt am Rhodanus lagerten.

Athaulf nickte. »Und wo ist Jovinus?«

»Er nähert sich Lugdunum, Herr. Wir glauben nicht, dass er es riskieren wird, die Stadt anzugreifen. Sie ist gut befestigt. Er wird sich bemühen, nach Süden zu gelangen.«

»Und Dardanus?«

»Der Statthalter sichert die Hauptstraße unterhalb Lugdunums. Ich werde ihm melden, dass Ihr eingetroffen seid. Wann erwartet Ihr ihn zu treffen?«

»Morgen Abend.«

Der Kommandant runzelte die Stirn. »Wenn ich so kühn sein dürfte …« Er blickte die endlose Reihe der Wagen entlang, die noch immer den Berg hinabkamen.

Athaulf wusste, was er sagen würde. »Nur Reiter. Wir werden die Wagen folgen lassen.«

»Selbst dann ist es ein guter Tagesritt. Wenn Ihr etwas braucht …« Der Kommandant blickte unsicher zu Placidia. »Wenn die Herrin …«

Athaulf wandte sich im Sattel um und betrachtete prüfend die Wiese auf der anderen Seite. »Wir werden dort drüben unser Lager errichten, am Fluss. Das heißt, wenn das keine Schwierigkeiten macht.«

»Ich habe Befehl gegeben, dass heute niemand seine Tiere weidet.«

Der Kommandant griff nach seinen Zügeln. »Mit Eurer Erlaubnis, Herr, werde ich dem Statthalter Meldung erstatten.« Er salutierte stramm, offensichtlich erleichtert, die Begrüßung gemeistert zu haben.

Athaulf nickte zufrieden. »Ein guter Empfang. Zumindest werden wir kein weiteres Brigantium bekommen.« Placidia erinnerte sich an den Tumult in Brigantium, die erste Stadt, die sie in Gallien erreicht hatten. Ihre Ankunft hatte, trotz Vorwarnungen, Panik verursacht. Menschen und Vieh liefen in alle Richtungen, Mütter rissen mitten zwischen schnatternden Gänsen und bellenden Hunden ihre Kinder hoch, Männer packten ihr Werkzeug, Hirtenjungen ließen ihre Herden im Stich … Zum ersten Mal wurde Placidia bewusst, welches Entsetzen die Goten erweckten.

Am Abend schaute Athaulf zum Himmel empor. Sterne hingen wie Laternen am Firmament. Der Vollmond stieg gerade hinter den schneebedeckten Bergen auf, die Gratianopolis umringten.

»Ist es nicht erstaunlich«, er legte einen Arm um Placidia, »wie klar die Nacht in den Bergen ist?« Sie konnten von ihrem Standort aus die Wächter mit ihren konischen Helmen sehen, die auf der von Fackeln beleuchteten Brustwehr auf und ab schritten.

Sie schmiegte sich an ihn. »Das Schicksal hat durchaus Sinn für Humor. Gratianopolis wurde nach meinem Onkel Gratian benannt. Als er Kaiser wurde, kam er auf einer Reise nach Gallien daran vorbei. Entsetzt über den Zustand der Stadtmauern, ließ er sie auf seine persönlichen Kosten neu errichten, um die Bürger vor den Barbaren zu schützen. Aus Dankbarkeit benannten sie die Stadt nach ihm um.« Sie lachte leise. »Bitte sei nicht böse, aber es ist ein seltsamer Gedanke, dass seine Nichte die Barbaren jetzt zu ihren Toren geführt hat.«

Athaulf drückte ihre Schulter. Es lag keine Bosheit in ihren Worten, und doch empfand er einen Stich, wie schon so oft zuvor, wenn er mit ihrer Vergangenheit konfrontiert wurde. Wäre sie, könnte sie jemals wirklich ein Teil von ihm und seinem Volk sein? Selbst wenn dieses große Wagnis, an dem er sich beteiligte, erfolgreich wäre, selbst wenn sie sich in irgendeinem Winkel des Kaiserreichs niederließen, wäre diese Tochter und Enkelin römischer Kaiser jemals damit zufrieden, Königin eines Barbarenstammes zu sein? Würde sie sich nicht, trotz ihrer Liebe zu ihm, trotz ihrer bemerkenswerten Anpassungsfähigkeit, im Laufe der Jahre nach der Erhabenheit und Perfektion ihres alten Lebens sehnen, nach der Achtung eines Kaiserreichs anstelle der widerwilligen Anerkennung durch einen Stamm? Denn er erkannte allmählich, dass sein Volk sie vielleicht niemals vollständig akzeptieren würde. Sie tolerierten sie, einige mochten sie sogar, aber würden sie sie jemals auf die Art lieben, wie sie die Königinnen ihrer Vergangenheit geliebt hatten? Und was, o Gott, wäre Placidias Schicksal, wenn er unterlag? Gegen Jovinus, gegen die Römer, gegen sein eigenes Volk? Er vermied es, darüber nachzudenken. Und doch konnte er es nie ganz vergessen.

Athaulf und Placidia verließen das Lager früh am nächsten Morgen mit Sigerich und einer kleinen Eskorte. Die Wagen würden später folgen. Unmittelbar vor Sonnenuntergang erblickten sie den Rhodanus. Placidia zügelte ihr Pferd. »Nun, wenn das nicht der breiteste Fluss ist, den ich je gesehen habe!«

Die Szenerie strahlte im weichen Licht des Nachmittags eine heitere Schönheit aus: der Fluss, mit einem Anflug von Gold, floss durch ein grünendes Tal zwischen sanften Hügeln. Wenn man sich vorstellte, dass der Rhodanus im fernen Land der Helvetier inmitten schneebedeckter Berge entsprang und ganz Gallien durchquerte, um seine Reise im Mittelmeer zu beenden! Sie hatte nie zuvor darüber nachgedacht, aber der Rhodanus war, wie der Nil, mehr als nur ein Fluss. Er war das Lebensblut einer Zivilisation.

Neben dem Fluss lag, teilweise von Bäumen verborgen, ein großes römisches Lager, von Gräben und Palisaden umgeben. »Das«, sagte Athaulf und pfiff anerkennend, »ist ein gut verschanztes Lager. Dardanus geht keine Risiken ein.«

»Ich frage mich«, erwiderte Placidia, »vor wem er mehr Angst hat. Vor Jovinus oder vor dir.« Sie hatte bei allen römischen Beamten, denen sie bisher begegnet waren, trotz ihrer Höflichkeit eine unterschwellige Vorsicht gespürt.

»Schau.« Athaulf deutete auf die Straße.

Eine Abordnung römischer Kavalleristen galoppierte den Hügel hinauf. Als sie sich näherten, konnte sie einen großen Offizier auf einem prächtigen Braunen ausmachen.

»Das«, sagte Athaulf, »ist, wenn ich mich wegen seiner Standarte nicht irre, der Statthalter.«

Placidia griff nach ihrem Haar. Die Hälfte der Nadeln hatte sich wie immer gelöst. Wenn sie nur einen Spiegel hätte. Aber Tuga und ihr Gepäck waren weit zurück beim Tross.

Der Offizier auf dem Braunen verhielt sein Pferd vor ihnen. »Ich grüße Euch. Herr, Nobilissima. Ich bin Posthumus Dardanus. Willkommen in Gallien.« Er neigte vor Placidia den Kopf. »Ich hoffe, Nobilissima, dass Euch die Reise nicht zu sehr ermüdet hat. Es ist hart, die Alpen zu überqueren, selbst für einen alten Soldaten wie mich.«

Er hatte eine klangvolle Stimme. Grauhaarig und groß, mit einer beeindruckenden römischen Nase, hatte Dardanus einen Kopf wie ein früherer Senator sowie eine entsprechende Art. Er zeigte sich, anders als andere Offiziere, nicht überrascht darüber, die Schwester des Kaisers zu Pferde zu sehen wie ein Mann. Sie mochte ihn sofort.

»Ich danke Euch für Eure Sorge, Statthalter. Aber ich bin es gewohnt zu reiten. Ich habe viel von Euch gehört. Meine Bruder bezeichnet Euch als ›Die Säule Galliens‹.«

Dardanus lachte. »Ich fürchte, Nobilissima, die Säule könnte bröckeln. Wie dem auch sei, ehrt es mich zutiefst zu hören ... die kaiserliche Familie ... morgen Abend ... ein Bankett ... es tut mir leid ... keine anderen Damen ...« Placidia hörte nur Bruchstücke seiner Worte. Sie hörte nicht mehr zu. Sie betrachtete den kupferhaarigen Offizier hinter ihm. Es war nicht möglich. Es konnte nicht sein. »Bonifaz?«

Bonifaz' grüne Augen hielten ihre vor Freude strahlend fest. »Placidia!«

Da wollte sie vom Pferd springen, lachen und weinen und ihn umarmen und in einem ausgelassenen Tanz umherwirbeln. Stattdessen wandte sie sich an Dardanus und Athaulf. »Wir sind schon befreundet, seit wir Kinder waren.«

Dardanus blickte von ihr zu Bonifaz. »Was für eine freudige Überraschung. Bonifaz ist mein Stellvertreter.« Und er fügte mit ironischem Lächeln hinzu: »Ich wusste nicht, dass er solch glanzvolle Verbindungen hat.«

Während Placidia hinter den Römern den Hügel hinabritt, sah sie immer wieder zu Bonifaz hinüber. Ihr Vertrauter aus Kindertagen. Wie sehr, und doch auch wie wenig er sich in den sieben oder acht Jahren verändert hatte, seit sie ihn zuletzt gesehen hatte.

Später an diesem Abend, bei dem von Dardanus ausgerichteten Bankett, bevor sie ihre Plätze auf den Speisediwanen einnahmen, konnte sie mit Bonifaz nur wenige Worte wechseln. Er erzählte ihr, dass er, nachdem er mehrere Jahre unter Heraklian, dem Statthalter von Afrika, gedient hatte, seit dem letzten Winter Dardanus' Stellvertreter war. Aber sie wollte ihn so vieles fragen. Über das Wohlergehen seiner Schwester Priscilla und der übrigen Familie. Ob er verheiratet war? Hatte er Kinder?

Athaulf hatte sie zuvor über Bonifaz ausgefragt. Das hatte sie belustigt. Sie hätte nie gedacht, dass Athaulf eifersüchtig wäre. Als er wissen wollte, ob Bonifaz Männer bevorzuge, war sie in Gelächter ausgebrochen. Aber nun fragte sie sich, während sie ihn betrachtete, was sie wirklich über den Mann wusste, der Bonifaz geworden war. Er sah nicht gut aus. Sein Haar war zu rot und lockig. Er hatte zu viele Sommersprossen, und doch waren seine Züge anziehend, seine wohlgeformten Hände anmutig.

Athaulf war in eine Diskussion mit Dardanus über den Transport der Belagerungsgeräte vertieft. Die beiden Männer teilten sich einen Diwan. Zwischen Athaulf und dem Statthalter bestand anscheinend aufrichtige Sympathie. Placidia war von einem langen Tag erschöpft, aber auch zufrieden. Ihre Ankunft war vielversprechend verlaufen. Sie nahm einen Schluck Wein. Morgen würde sie eine Gelegenheit finden, mit Bonifaz zu sprechen. Ihr Blick fing den seinen über den Rand ihres Bechers hinweg auf. Sie las die alte Zuneigung darin und lächelte. Sie waren einen Moment lang wieder die glücklichen Spielkameraden von einst.

Ein schon lange vergessener Sommernachmittag stieg in ihrer Erinnerung auf. Sie sah sich selbst, eine schlaksige Elfjährige, die mit Bonifaz auf einer Terrasse über dem Meer bei Baiae Scripta spielte. Sie hatte innegehalten, die Elfenbeinscheibe, die sie gerade setzen wollte, in der Hand, um das Flaggschiff der mediterranen Flotte zu beobachten, eine große Liburne mit karmesinroten Segeln, die den Hafen von Misenum verließ. Als sie sich wieder umwandte, sah sie, dass seine Augen vor Tränen glänzten. So jung sie auch war, hatte sie doch begriffen, was sie sah: den Schmerz unerwiderter Liebe. Zur unerreichbaren Schwester des Kaisers.

Die tiefe Stimme des Statthalters riss sie jäh in die Gegenwart zurück. »Wenn der Herr zustimmt, ein Kriegsrat, morgen beim dritten Trompetenstoß?«

Placidia senkte den Blick. Morgen würde der wahre Kampf um ihre Zukunft und um die Zukunft Galliens beginnen.

Gotische Stammesführer und römische Offiziere drängten sich im Zelt des Statthalters um den Kartentisch. Placidia, die auf einem der eleganten Stühle des Gouveneurs saß, gähnte diskret. Sie hatte schlecht geschlafen, war von Albträumen heimgesucht worden, aber Athaulf hatte auf ihrer Anwesenheit bestanden.

Dardanus beugte sich über die Karte und deutete mit einem Elfenbeinstab hin. »Jovinus und seine Rebellentruppen befinden sich hier, östlich von Lugdunum. Er weiß, dass er dort nicht angreifen kann. Er hat nicht genug Leute, so dass er einen weiten Bogen um die Stadt machen und hier herabkommen wird«, der Stab folgte dem Fluss, »auf Valentia zu. Er wird Valentia einnehmen und dann nach Viena weiterziehen. Und dort«, Dardanus tippte auf die Karte, »werden wir ihn in einen Hinterhalt locken. Hier, auf der offenen Straße, hinter Valentia, bevor er die Sicherheit Vienas erreicht.«

»Seid Ihr sicher, dass Jovinus nicht weiß, dass ich hier bin?«, fragte Athaulf.

»Absolut. Meine Information stammt von einem ausgezeichneten Spion.«

Athaulf winkte Placidia heran. »Sieh dir diese Karte an.« Er wandte sich Dardanus zu. »Die Prinzessin hat großes Interesse an unserem Feldzug.«

Dardanus nickte kurz. Es missfiel ihm, wenn Frauen an Männerangelegenheiten teilnahmen. Seinen Groll über ihre Anwesenheit hatte er kaum verbergen können.

»Edle Herren, Prinzessin«, begann Dardanus, »ich schlage vor, wir lassen ihn Valentia erreichen. In dem Moment werden wir nach Süden ziehen und auf ihn warten. Das sollte nicht länger als eine Woche dauern. Wir haben gemeinsam genug Leute, um Jovinus zu vernichten.«

Athaulf sagte: »Einverstanden.« Placidia hörte die Erleichterung in seiner Stimme. Sie hatte zu lange zugesehen, wie Untätigkeit und Unsicherheit an ihm nagten. Auch sie spürte, wie ein Teil der Anspannung der letzten Monate von ihr wich. Was auch immer die Risiken waren, der Würfel war gefallen.

Was als normale Abendmahlzeit in Sigerichs Zelt begonnen hatte, wurde nun zu einem Gelage. Placidia, die neben Athaulf saß, beobachtete, wie alle um den langen Tisch ihre Trinkhörner ständig nachfüllten. Athaulf und Sigerich hielten sich am meisten zurück, aber später am Abend, auf dem Rückweg, würde sich sogar Athaulf auf Gainsrich stützen müssen. Sie wusste aus Erfahrung, dass die meisten der Männer, wenn sie so zu trinken begannen, nicht aufhören würden, bis sie hinausgetragen wurden.

Attalus zuckte ihr gegenüber mit verschwörerischer Miene die Achseln. Er ertrug wie immer stoisch, was er, unter ihnen, als »die unvermeidlichen Barbareien des Lebens mit Barbaren« bezeichnete. Wenn es keinen anständige Wein gab, trank Attalus, ganz der Genießer, der er war, Wasser.

Heute Abend erwuchs ihre Feier der Erleichterung. Erleichterung darüber, dass Dardanus sie wirklich als Verbündete akzeptiert hatte, Erleichterung darüber, dass sie endlich, nach so langer Zeit, wieder handeln könnten. Sie waren – und Placidia neigte dazu, das zu vergessen – ein Volk von Kriegern. Sie besaßen das Naturell und die Körper von Kriegern. Sie blickte den Tisch entlang: alle älteren Stammesführer waren da. Große, breitschultrige Männer mit wallendem Haar und goldenen Halsreifen: Sigerich, Vallia, sein gutaussehender Neffe Roderich, Theoderich, der einäugige Gundahar und Eurich sowie mehrere andere, deren Namen sie nicht kannte. Sogar ihre flachshaarigen Frauen waren groß und grobknochig. Neben Vallias Frau mit dem Doppelkinn saß Gerlinda mit einem leeren Ausdruck in ihren wunderschönen Augen.

Placidia empfand jäh Mitgefühl. Gerlindas Haar war nun fast weiß, und ihre Juwelen, die kunstvollen Frisuren und die auffallenden Seidenstoffe waren Vergangenheit. Sie verbrachte ihre Zeit damit, mit ihren Dienstmädchen zu spinnen oder die Kranken zu besuchen. Gelegentlich nahm sie an einem Ratstreffen teil, wenn Athaulf sie darum bat. Dann kehrten kurzzeitig die alte Kraft ihrer Persönlichkeit und ihr Scharfsinn zurück, bevor sie wieder in Niedergeschlagenheit versank. Es war, als wäre Gerlindas Geist mit Alarich gestorben. Würde mit ihr dasselbe geschehen, wenn Athaulf stürbe? Würde auch sie, wie Gerlinda, innerlich sterben? Angst streifte Placidias Herz. Sie legte eine Hand auf Athaulfs Oberschenkel. Er wandte sich um. Sein Blick hielt ihren fest. Er lächelte. Sie erwiderte sein Lächeln. Der düstere Moment schwand.

Vallia goss sich Bier nach. Er erhob sich. Es herrschte jäh Schweigen, als er sich Athaulf zuwandte. Er erhob sein Horn: »Auf die Freundschaft mit Rom! Auf das neue Land! Auf unseren König!«

Die Übrigen schlossen sich ihm an. Das Zelt hallte von Hochrufen wider. Athaulf vollführte eine beschwichtigende Geste. »Ich danke Euch. In wenigen Tagen werden Goten und Römer zum ersten Mal ...«

Ein Wächter näherte sich Athaulf. »Herr, draußen ist ein Mann, sein Name ist Menes, der sagt, es sei dringend.«

»Menes? Führt hin herein!«

Placidia sah Athaulf fragend an. »Einer meiner Spione. Ein ägyptischer Pferdehändler in Mediolanum.«

Der Ägypter, ein stattlicher Mann mit dunkler Hautfarbe in einem prachtvollen Umhang, wurde hereingeführt. Als er zu sprechen begann, stieg Sorge in Placidia auf. Was der Spion zu berichten hatte, drehte sich um Sarus, einen Stammesführer der Goten, der einst Alarich an Stilicho verraten und dann zu den Römern übergegangen war. Ihr Blick schweifte von dem Ägypter zu Athaulfs Gesicht. Er sah den Händler mit einem seltsamen Ausdruck an.

»Seid Ihr sicher, dass Sarus so nahe ist?«

»Absolut, Herr. Habe ich Euch jemals ungenau informiert?«

»Nein. Aber wie kann ich sicher sein, dass er sich mit Jovinus zusammenschließen will?«

»Das, Herr, kann ich Euch nicht sagen. Aber meine Quelle ist zuverlässig. Sarus hat sich mit General Marinus entzweit. Er will zu Jovinus.«

»Wie weit ist Sarus von hier entfernt?«

»Allenfalls zwei Tagesritte.«

»Er weiß natürlich, dass ich hier bin. Wie viele Männer hat er?«

»Knapp über hundert.«

Athaulf fuhr sich mit einer Hand durchs Haar. »Die Römer haben den Verräter nicht erwischt, sonst hätte Dardanus davon gewusst.« Athaulf schürzte die Lippen. »Ich werde ihn selbst erwischen müssen.«

Sigerich senkte seinen Löffel. »Ihr wollt ihm doch nicht folgen?«

»Denkt Ihr, ich würde diesen Dreckskerl davonkommen lassen?«

»Wenn sich Sarus und seine Handvoll Männer mit Jovinus zusammenschließen, wird es keinen Unterschied bedeuten. Aber wenn Euch

Jovinus durch die Lappen geht, weil Ihr irgendeinem elenden, flüchtigen Schurken hinterherjagt, wird das den Römern nicht gefallen.«

Bei Sigerichs harten Worten stieg Zorn in Placidia auf. Sie hatte nie verstanden, warum Athaulf ihn duldete. Wann immer sie seine Anmaßung erwähnte, verteidigte Athaulf ihn und sagte, dass er, wie die meisten fähigen Männer, ein wenig hochmütig sei. Sigerich war mehr als hochmütig, er war unerträglich. Und doch konnte sie nicht leugnen, dass er dieses Mal recht hatte.

Attalus lehnte sich zurück. »Ich stimme Sigerich zu. Dardanus wird nicht erfreut sein. Er kann Jovinus nicht allein gegenübertreten. Er hat nicht genug Leute. Wenn Ihr mich fragt ...«

»Ich frage Euch nicht«, fauchte Athaulf. »Es ist eine Frage der Ehre. Er hat uns verraten. Ich schwor, nicht eher zu ruhen, bis er tot ist. Ich lasse ihn seit Jahren beobachten. Dies ist die perfekte Gelegenheit, ihn zu töten. Ihr könnt das nicht verstehen. Ihr gehört nicht zu uns.«

Placidia strich die Fransen ihres Schals glatt. »Wie wirst du Dardanus das erklären? Du bringst ihn in eine sehr gefährliche Lage.«

»Ich werde längst mit Sarus' Kopf zurück sein, bevor Jovinus mit seinem schwerfälligen Kriegsgerät auch nur in die Nähe von Valentia gelangt. Und was Dardanus betrifft, so werde ich es ihm erklären.«

»Wie wirst du Sarus finden?«, fragte Placidia beharrlich. »Diese Berge sind unwegsam ...«

»Ich werde ihn finden. Und wenn ich ihn finde, werde ich ihn so in die Enge treiben, wie Vercingetorix beinahe euren Cäsar erwischte.« Athaulf hob sein Trinkhorn an. »Auf Sarus' letzten Atemzug. Und auf dich, Placidia. Du hast mich Cäsars Buch über Gallien lesen lassen.«

Attalus seufzte. »Mein Gott, der Schüler überflügelt den Lehrer!«

Anstatt sie zu verärgern, entlockte Attalus' scharfer Humor ihr ein Lächeln. Man sah ihm alles nach. Vielleicht weil er Menschen verstand, ohne sie zu beurteilen.

Athaulf wandte sich dem Wächter zu. »Lasst den alten Druiden in mein Zelt bringen.« Und zu Roderich sagte er: »Wir brechen in der

Dämmerung auf. Bereitet alles vor. Nehmt fünfzig sorgfältig ausgewählte Männer mit.

Dann blickte er zu Vallia und Sigerich. »Ihr beide werdet während meiner Abwesenheit gemeinsam das Kommando übernehmen. Ihr dürft Euch unter keinen Umständen auf einen Kampf einlassen, es sei denn, wir werden angegriffen.« Er schaute von einem zum anderen. »Ist das klar?« Beide, sofort ausgenüchtert, nickten.

»Gut.« Athaulf streifte den Tisch mit einem befehlsgewohnten Blick, um sich zu versichern, dass die Übrigen ihn auch gehört hatten. Er erhob sich. »Beendet Eure Mahlzeit. Ich werde die Karte studieren.«

Placidia schaute zur Zeltklappe, die sich hinter Athaulf schloss. Die volle Bedeutung seiner Worte traf sie. Sie war zornig. Wie konnte er? Was war, wenn Jovinus, von seinen Spionen alarmiert, sie in Athaulfs Abwesenheit angriff? Was wäre, wenn er starb? Was war mit Dardanus? Was war mit ihr? Sie erhob sich so beiläufig wie möglich vom Tisch.

Attalus, der sich gerade ein Stück Pastete in den Mund stecken wollte, sah sie mit einem Blick an, der besagte: Ihr werdet seine Meinung nicht ändern können. Er hatte wahrscheinlich recht. Aber sie musste es versuchen. Sie durfte nicht zulassen, dass er für eine unbedeutende Fehde alles riskierte.

Sie fand Athaulf am anderen Ende seines Zeltes. Er betrachtete mit einer Lampe in der Hand eine knittrige Landkarte. Neben ihm stand ein näselnder, weißbärtiger Gallier in mottenzerfressenen Pelzen. Athaulf nickte. »Ihr hattet recht, Dagda. Es gibt eine Verbindung zwischen zwei Pässen. Wie lange würde es dauern, wenn wir genügend Ersatzpferde mitnähmen?«

Der Gallier schüttelte den Kopf. »Dieser Pfad ist zu schmal und zu steinig für Pferde. Wir benutzen ihn, um unsere Ziegen auf die Sommerweiden zu bringen. Er ist nur für Ziegen geeignet, oder für Männer zu Fuß.«

Athaulf lächelte. »Und für Schmuggler. Wie schnell könnt Ihr mir fünfzig Maulesel besorgen?«

»Fünfzig Maulesel? Es gibt in allen Dörfern hier im Umkreis nicht so viele.« Die Augen des alten Mannes nahmen einen durchtriebenen Glanz an. »Es wird schwierig werden. Vielleicht die Bauern, im Tal. Sie werden nicht preiswert sein. Der Preis von Maultieren …«

»Ihr werdet gut bezahlt werden, in Gold. Aber ich brauche sie bis morgen.«

Der alte Mann trat zurück. »Unmöglich. Ich könnte vielleicht in einer Woche …«

»Ich habe keine Woche Zeit. Vergesst die Maulesel. Wir werden den Pferden die Augen verbinden, sie über die abschüssigsten Stellen hinwegführen. Wie ist das Gelände auf der anderen Seite, wo die Straße vom Poenina-Pass herabführt?«

Der Gallier trat ans Itinerar und zog eine Linie auf der Karte nach. »Wir ziehen hier entlang, Herr, an einem See vorbei, durch zwei kleine Täler und auf der anderen Seite hinauf. Dies ist der Weg, der vom Pass hinabführt. Die Straße verengt sich unmittelbar darunter. Es können nur ein Streitwagen oder zwei Pferde auf einmal passieren. Meine in den Hügeln verborgenen Männer werden beide Enden versperren. Wir werden hier oben sein«, der Gallier tippte auf eine Stelle auf der Karte, »und zusehen, wie Ihr Eure Feinde tötet.«

Athaulf verzog die Lippen. »Und wenn wir alle tot sind, werdet Ihr herabkommen und uns alles nehmen.«

Placidia erschauderte. Sie wich in Richtung Eingang zurück. Athaulf hatte sie nicht einmal bemerkt. Sie fühlte sich überflüssig. Und sehr allein.

Regen trommelte auf das Zelt. Wieder ein weiterer Tag monotoner Frühlingsregen. Eine Woche war vergangen, und Athaulf war noch immer nicht zurückgekehrt. Placidia nahm den Griffel wieder auf. Sie versuchte, sich auf den Brief zu konzentrieren, den sie Claudia schreiben wollte.

Aber sie konnte nur an Dardanus' überstürzten Rückzug denken, nachdem er Nachricht erhalten hatte, dass Jovinus näherrückte. Sie sah die langen Reihen der Römer vor sich, wie sie das Lager abbrachen und gen Süden zogen ... Bonifaz' Gesicht, wie er sie flehentlich bat, zu ihrer eigenen Sicherheit mit ihnen zu kommen.

Sie sah, wie sich ihr Lager in einen schlammigen Morast verwandelte, die Gesichter der Krieger unter ihren tropfenden Helmen grimmig verzogen, während sie sich auf eine Belagerung vorbereiteten, von der sie wussten, dass sie ihr nicht standhalten könnten, wenn sie tatsächlich stattfände. Sie erinnerte sich an die Angst in den Augen der Frauen, an das Weinen der Kinder. Und sie hörte im Hinterkopf Sigerichs Worte, die sie aufgeschnappt hatte, als sie auf dem Weg zur Kapelle an einem Zelt vorbeigekommen war: »Wenn Jovinus jetzt angreift, werden wir nicht dagegenhalten können. Unsere einzige Hoffnung ist, dass er unmittelbar nach Valentia zieht. Athaulf ist nicht fähig, König zu sein. Seht Euch den Schlamassel an, in den er uns gebracht hat ... Er war immer stolz, aber dieses römische Weibsbild lässt ihn glauben, er sei Cäsar. Nun, ich habe Neuigkeiten für sie. Er ist nicht Cäsar. Er ist nur ein Träumer voller verrückter Ideen ...«

Sie legte den Griffel hin. Sigerich hatte recht behalten. Jovinus zog, anstatt zu versuchen, Dardanus und seinem Heer eine Falle zu stellen, nach Valentia. Konnte Sigerich auch in Bezug auf Athaulfs Charakter, auf seine Fähigkeit, ein Volk zu führen, recht haben?

Sie barg das Gesicht in den Händen. »O Gott, hilf mir. Hilf mir, damit ich nicht das Vertrauen in meinen Ehemann verliere. Und vor allem, o Gott, gewähre ihm Sicherheit, ich flehe dich an. Beschütze ihn vor Unheil. Beschütze ihn vor Sigerichs Neid. Gib mir die ...«

»Herrin!« Tuga eilte ins Zelt. »Herrin!«

Placidia blickte auf. »Was, um Himmels ...?«

»Sie sind zurück! Der Kundschafter sagt, sie sind keine Meile mehr entfernt ...«

Das gesamte Lager lief vor den königlichen Zelten zusammen. Die Stammesführer, Sigesarius, die beiden Prinzen, sogar Gerlinda. Sie standen im grauen Nieselregen und beobachteten, wie Athaulf seinen Männern voraus ins Lager ritt. Placidia hielt ihre Kapuze mit einer Hand fest. Die andere lag auf Theodorichs Schulter.

Der Junge sah zu ihr hoch: »Vater sieht müde aus.«

Sie bemühte sich, fröhlich zu klingen. »Das ist normal. Krieg ist harte Arbeit.«

Sein Sohn hatte recht. Erschöpfung hatte Furchen in Athaulfs Gesicht gezeichnet. Sein Umhang troff vor Regen, aber die Schultern waren straff, und er saß aufrecht wie immer. Hinter seinem Hengst zogen zwei Maultiere die geschundenen Überreste eines Menschen her. Zwischen den berittenen Goten folgten ein Dutzend angekettete Gefangene, die mit blutigen Füßen hinter ihrem toten Stammesführer her stolperten.

Zorn erfüllte Placidia. Sie wandte sich Gerlinda zu: »Er hat für diesen elenden Haufen unsere Zukunft riskiert?«

Gerlindas Blick wurde hart. »Ihr Römer habt auch Ehrgefühl. Dies ist unsere Art.«

Athaulf stieg innerhalb der königlichen Palisade ab. Er umarmte Gerlinda und seine Söhne und küsste Placidia auf die Wangen.

Sigerich fragte, nachdem er Athaulf begrüßt hatte, ob er Sarus eine angemessene Bestattung gewähren könne. Athaulf sah ihn an. »Warum? Ihr habt ihn doch immer verachtet.«

»Ich bin der Erste, der Verrat missbilligt, aber er war der Verwandte meiner Mutter. Das schulde ich ihr.«

Seltsam, dass sie Sigerich nie als einen Menschen mit Gefühlen betrachtet hatte. Sollte sie Athaulf erzählen, was sie gehört hatte? Oder war es besser, Stillschweigen zu bewahren?

Athaulf stieg erschöpft ab. »Macht mit dem Hund, was Ihr wollt. Er hat den Preis für seinen Verrat bezahlt.« Er winkte sie zu seinem Zelt. »Ich brauche Schlaf. Erzählt mit die Neuigkeiten, während ich mich auskleide.«

Athaulf saß auf seinem Feldbett. Seine Sklave zog ihm die Stiefel aus. »Also sind die Römer davongelaufen. Wo ist Jovinus?«

»Dardanus ist nicht davongelaufen.« In Vallias Stimme war ein Hauch Verärgerung erkennbar. »Er war zu einem eiligen Rückzug gezwungen. Er hatte nicht genug Leute, um Jovinus im Kampf zu stellen.«

»Und?«

»Der Präfekt von Valentia gab die Stadt gegen Dardanus' Befehl preis. Jovinus verbirgt sich nun hinter den Mauern Valentias.«

Athaulf löste seine Armschienen und reichte sie seinem Sklaven. »Jovinus hat den Stadtpräfekt offensichtlich bestochen.«

Sigerich sagte erzürnt: »Jovinus hat für mindestens drei Monate Getreide. Valentia kontrolliert die Straße nach Süden. Wir sind diejenigen, die bald kein Getreide mehr haben werden. Unser Volk wird verhungern, weil Ihr ...«

»Das reicht!«, unterbrach Athaulfs Stimme ihn. Er schaute zu Vallia. »Ich werde Jovinus in einem Käfig sperren und Dardanus präsentieren.«

Theodorich wandte ein: »Und wie, wenn ich fragen darf, wollen wir das bewerkstelligen?«

Athaulf schürzte die Lippen. »Auf die römische Art. Dardanus hat, wie ich sah, seine Belagerungsgeräte zurückgelassen.«

Vallia schüttelte den Kopf. »Jovinus' Bruder Sebastian hat Germanien verlassen Er könnte jeden Moment eintreffen. Er hat fast fünfhundert Mann und über eintausend Pferde. Wenn wir ...«

Athaulf hob eine Hand. »Ich brauche Schlaf. Beruft für die sechste Wache einen Rat ein.« Damit sank er nieder und zog die Decken über sich.

In dieser Nacht warf sich Placidia mit schmerzendem Kopf auf ihrem Lager herum, ohne schlafen zu können. Sie hatte schon die ganze letzte Woche schlecht geschlafen, war aus Albträumen erwacht, und ihre Sorge um Athaulfs Sicherheit überschattete alles andere. Nun wich die Erleichterung darüber, dass er zurück war, dem Zorn.

Er hatte Dardanus in einem entscheidenden Moment im Stich gelassen, um einer persönlichen Fehde nachzugehen, und hatte alles gefährdet. Ihre Zukunft, die Zukunft seines Volkes, sogar die Zukunft Galliens. Kein fähiger römischer General hätte jemals solch einen Fehler begangen. Athaulf, von dem sie geglaubt hatte, dass er anders sei, der von dieser Unberechenbarkeit, diesem Widerstand gegen Disziplin, der unter Barbaren so verbreitet war, frei schien, dieser Athaulf war nicht anders als jeder andere Barbar. Es lag ihm im Blut.

Sie setzte sich auf und presste die Hände gegen ihre pochenden Schläfen. Wie konnte sie sich jemals erträumt haben, er könnte das erste Königreich der Barbaren innerhalb des Kaiserreichs gründen? Sie musste von Sinnen gewesen sein.

Die Hälfte der Städte in Gallien wäre bald in den Händen von Jovinus' Rebellentruppen. Die größte Stadt, Lugdunum, war vom Flussverkehr abgeschnitten, der Handel unterbrochen, und die Nahrungsvorräte schwanden. Dardanus hatte sich mit seinen zwei Legionen zurückgezogen. Er hatte in seiner Eile sogar die Belagerungsgeräte in ihrem Lager zurückgelassen. Aber niemand wusste, wie man diese Geräte bediente. Athaulf hatte keine Chance gegen ein organisiertes römisches Heer hinter den Brustwehren einer wohlversorgten Stadt, außer durch eine lange und vielleicht verhängnisvolle Belagerung.

Ihre Kopfschmerzen wurden unerträglich. Übelkeit kam in ihr auf. Sie schaute zu Tuga, die in der entfernten Ecke des Zeltes schlief. Tugas Gesicht wirkte im Schein der Öllampe so ruhig, so friedlich. Sie zögerte. Aristophanes' Tränke linderten ihre Kopfschmerzen nicht immer, aber selbst eine kalte Kompresse würde ein wenig helfen.

»Tuga«, rief sie. »Tuga, wach auf!«

Tuga erwachte sofort, die Augen weit geöffnet. »Was ist los?«

»Nur schreckliche Kopfschmerzen. Bring mit ein nasses Tuch, und dann rufe Aristophanes.«

Aristophanes schüttelte die Phiole. »Dies wird Euch zu Schlaf verhelfen, Domina. Es ist stärker als das, was ich Euch letztes Mal gab.«

Placidia schluckte die bittere braune Mixtur. Der Arzt zog sich einen Stuhl heran und setzte sich hin. Er betrachtete die Wasseruhr. »Ich werde eine Weile warten. Wenn Ihr keine Erleichterung verspürt, werde ich Euch eine zweite Dosis verabreichen.«

Sie sank in das Kissen zurück und richtete das nasse Tuch auf ihrer Stirn. »Warum bekomme ich diese furchtbaren Kopfschmerzen?«

Aristophanes zuckte die Achseln. »Frauen neigen besonders dazu. In Griechenland nennen wir sie Hemikranie. Einige Frauen bekommen sie unmittelbar vor ihrer Monatsblutung, andere aus Sorge. Der Kaiser Augustus erlitt eine Attacke, wann immer er zornig war ... In Persien nennen wir sie ›den Schmerz der Seele, der im Kopf pocht‹. Als ich in Gondeshapur studierte ...«

»Die große medizinische Hochschule in Persien?«

»Ja, Domina. Woher wisst Ihr?«

Sie sah ihn an. »Dann seid Ihr kein Grieche?«

Der Arzt schüttelte den Kopf. »Nein, Domina, ich bin kein Grieche. Ich bin Perser. Mein wahrer Name ist Ardashir.«

Neugier trieb sie trotz des Schmerzes zu der Frage: »Euer Griechisch ist ausgezeichnet. Wie wurdet Ihr Alarichs Arzt?« Sie hatte aufgrund seiner großen, altersgebeugten Gestalt und seiner vornehmen Art stets angenommen, er sei weit über fünfzig. Als sie ihn nun betrachtete, erkannte sie, dass er wahrscheinlich noch keine vierzig war.

»Es ist eine lange Geschichte, Domina.«

»Ich würde sie gerne hören. Ihr müsst sie mir erzählen, wenn mein Kopf nicht pocht.«

»Das werde ich. Aber nun schließt Eure Augen. Versucht, an etwas Angenehmes zu denken. An etwas Schönes. An ein Feld voller Frühlingsblumen, ein ...« Sie konnte sich nicht entspannen, obwohl seine Stimme tröstlich, fast hypnotisch war.

»Aristophanes, ich ...« Tränen schossen ihr in die Augen. »Ich fühle mich so schrecklich. Es ist nicht nur der Schmerz, es ist ... alles.«

»Ihr habt Schmerzen, und Ihr seid verstört, Domina. Ihr habt zu viel erlitten, in zu kurzer Zeit. Aber Ihr werdet genesen. Gott lächelt denjenigen zu, die stark und mutig sind. Ihr seid beides.«

Er maß in einem kleinen gläsernen Messbecher ein wenig mehr des Trankes ab. »Hier, Domina, nehmt das. Ich werde hierbleiben, bis Ihr eingeschlafen seid. Und habt Vertrauen – Gott ist groß.«

Weisheit und Wärme lagen in den dunklen Augen des Arztes. Das Hämmern in ihrem Kopf ließ nach. Ihre Glieder fühlten sich allmählich angenehm schwer an. Morgen würde Athaulf sie in seine Arme nehmen. Gemeinsam würden sie obsiegen.

Sie träumte in dieser Nacht, dass sie Athaulfs Stimme ihr etwas zuflüstern hörte. Nur ein Murmeln. Es gelang ihr mühsam, die Augen zu öffnen. Das graue Licht der Dämmerung drang durch Spalte im Zelt. Tugas Bett war leer, und neben sich spürte sie Athaulfs Körper. Sie wandte sich ihm verschlafen zu. Er legte die Arme um sie.

»Mein Liebes«, flüsterte er und bedeckte ihr Gesicht mit Küssen. »Ich habe dich so vermisst ...«

Sie spürte, wie sich seine Hände in diesem köstlichen Niemandsland zwischen Traum und Realität, in dem ihr Geist durch Aristophanes' Trank noch halbwegs benommen war, über ihren Körper bewegten. »Ich habe dich auch vermisst ...«

Nachdem er gegangen war, verfiel sie in einen tiefen, erholsamen Schlaf. Sie erwachte viel später vom Klingen von Glocken. Handglocken, wie man sie bei einer Messe benutzt? Aber es war nicht Sonntag. Oder doch? Hatte sie ihn verpasst? Wie spät war es? Sie warf, augenblicklich wach, die Decken ab.

»Tuga!«

Tuga beugte sich über sie. »Geht es Euch besser?«

Placidia runzelte die Stirn. »Ich habe Glocken gehört. Heute ist doch nicht Sonntag, oder?«

»Nein, Herrin. Es geht um die Gefangenen. Sarus' Leute.«

»Die Gefangenen? Was ist mit ihnen?«

»Ich bin mir nicht sicher. Es findet eine große Versammlung statt, mit den Bischöfen und Priestern am Fluss. Alle sind dort.«

Placidia schwang die Beine über die Bettkante. »Bring mir einen Kamm, meinen Spiegel und einen Umhang!«

Placidia eilte mit Tuga und Gainsrich durch das fast verwaiste Lager und einen schmalen, von Bäumen gesäumten Pfad zum Fluss hinab. Als sie näher kamen, hörten sie ein leises, beständiges Murmeln.

Placidia berührte Tugas Arm. »Schsch …«, flüsterte sie und zog sie hinter die Zweige einer Weide. Sie erblickten eine Szene von gespenstischer Schönheit: Unter einem intensiv blauen Himmel, die Rücken dem glänzenden Fluss zugewandt, knieten Sarus' Krieger vor Athaulf. Sie beteten mit ausgestreckten Armen und zum Himmel gerichtetem Blick. Neben einem mit weißen Tüchern bedeckten Altar standen Sigesarius und zwei Akolythen mit dem großen, juwelenbesetzten Evangelium. Auf der anderen Seite der Lichtung befand sich ein Meer von Gesichtern, das gesamte Lager.

Placidia wandte sich Gainsrich zu. »Er wird sie töten, einfach so?« Gainsrich schüttelte den Kopf.

Sarus' Männer traten vor. Sie schnallten einer nach dem anderen ihre Schwerter ab und legte sie Athaulf zu Füßen. Dann schworen sie, mit einer Hand auf dem Evangelium, einen Treueeid, woraufhin Athaulf jedem Mann den Friedenskuss gab und ihm sein Schwert zurückgab.

Tuga wischte sich mit dem Saum ihres Umhangs die Augen. Auch Placidia wurde von Gefühlen überwältigt. Dies war wahre christliche Barmherzigkeit. Und doch war es falsch. Vollkommen.

Sie wandte sich Gainsrich zu. »Das ist verrückt. Er hätte sie töten sollen. Sie werden sich gegen ihn wenden.«

Gainsrich schüttelte den Kopf. »Nein, Prinzessin. Diese Leute sind Goten. Es ist ein alter germanischer Brauch, einen Treueschwur von seinen Feinden zu akzeptieren. In diesen neuen Zeiten häufig vergessen, ist er, der sich daran erinnert, ein großer König.«

»Was wird er mit ihnen tun?«

»Sie in seinen Dienst nehmen.«

»Er ist verrückt!«

»Prinzessin«, schalt er sie sanft, »für uns ist ein Treueschwur heilig. In alten Zeiten schworen wir vor den Göttern. Nun schwören wir auf das Evangelium, aber das ändert nichts an der Heiligkeit des Schwurs. Göttliche Strafe wird jeden treffen, der einen solchen Schwur bricht. Er wird von allen Stämmen als Ausgestoßener angesehen, sogar von seinem eigenen.«

»Und wenn sie ihn verraten, so wie ihr Herr es getan hat? Auch Sarus war ein Gote.«

»Und hat ihn sein Schicksal nicht ereilt?«

»Ja. Aber …« Sie erschauderte. Ihre Kehle war wie zugeschnürt. Lichtpunkte tanzten vor ihren Augen, verschmolzen zu einem Bild. Das Bild verdeckte den Fluss, die Sonne, die Menschen auf der Lichtung wie ein schwarzer Schleier.

»Prinzessin, was ist mit Euch?« Sie hörte Gainsrichs Stimme aus weiter Ferne, wie aus einer anderen Welt. Placidia schüttelte den Kopf. Das Bild verschwamm, verblasste, verschwand. Sie fühlte sich benommen. Und doch war alles wie zuvor. Die Sonne schien noch immer, und unten am Fluss zelebrierte Sigesarius nun die Messe. Sie lehnte sich an den Baum.

Ihre Beine fühlten sich schwach an, wie nach einer langen Krankheit. »Gehen wir zurück. Mir ist schwindelig. Vielleicht sollte ich mich hinlegen.«

»Hier«, Tuga bot ihr ihren Arm, »stützt Euch auf mich.«

Was, so fragte sich Placidia, während sie zurückgingen, bedeutet dies? War es eine reale Vision, eine Warnung von Gott? Oder eine Halluzination? Die Nachwirkung von Aristophanes' Trank? Seine Mixtur war weitaus stärker gewesen als üblich … Sie hatte erst einmal zuvor eine ähnliche Erfahrung gemacht, in Cosentia. Damals war sie ohnmächtig geworden. Als sie wieder zu sich kam, hatte sie sich nicht erinnern könnten, was sie gesehen hatte. Aber das Bild von heute war in ihren Geist eingebrannt. Ein Bild des Todes.

Viena, Mai 413 n. Chr.

Placidia blickte von der weinbedeckten Laube am Rande des Gartens auf den Rhodanus hinab. Der Fluss war hier weitaus breiter, als sie es sich vorgestellt hatte, durch die Schneeschmelze angeschwollen. Weiter nördlich, in Richtung Lugdunum, hatte sie ihn durch dunkle Schluchten strömen sehen, von hoch aufragenden Bergen beschränkt. Hier verlief er als friedlicher Strom durch niedrige Hügel und Felsnasen. Gestern, in der Sonne, war er grün, fast blau gewesen. Heute, unter einem Himmel voller Sommerwolken, zeigte er die Farbe nassen Tons auf einer Töpferscheibe. Seit Athaulf nach Arelate aufgebrochen war, saß sie nachmittags hier, las manchmal, beobachtete aber meist den Fluss und die Stadt am anderen Ufer, wobei ihre Gedanken wie das Wasser kreisten.

Dank der massiven Mauern Vienas waren die Kämpfe der letzten Jahre an der Stadt vorübergegangen. Sie konnte zwischen zwei Wachtürmen das Theater sehen, wo ein Schauspiel aufgeführt wurde. Die Brise trug hin und wieder den Applaus der Menge über den Fluss. Ein Pfad führte von dem Felsvorsprung, auf dem die Villa stand, zum Bootsanleger. In besseren Zeiten, als der Statthalter hier residierte, hatten seine Tischgäste ihre Boote dort vertäut.

Das letzte Jahr war wie im Flug vergangen. Das Glück war ihnen, seit sie in Gallien eingetroffen waren, gewogen, trotz der Geschichte mit Sarus. Athaulf hatte Valentia entgegen allen Erwartungen nach kurzer Belagerung eingenommen. Jovinus und sein Bruder wurden lebend gefangengenommen. Sie und die Anführer der Revolte wurden nach Nemausus gebracht, wo sie von Dardanus verurteilt und hingerichtet wurden. Ihre gepökelten Köpfe wurden zu Honorius geschickt.

Der gallo-romanische Adel und die örtliche Geistlichkeit änderten rasch ihre Haltung. Wo sie Athaulf zuvor als nur einen weiteren bedeutungslosen Eindringling ansahen, beugten sie nun den Kopf vor dem König der Goten. Die Ehefrauen hoher Offiziere wetteiferten in ihrem Bemühen, sie aufzusuchen. Aurelius, Vienas Bischof, hatte für die Niederlage des Usurpators Jovinus eine Dankesmesse abgehalten. Weder Athaulf noch Dardanus hatten daran teilgenommen. Beide waren fort. Bonifaz repräsentierte den Statthalter und Vallia die Goten.

Placidia, die im Frauenbereich saß, hatte ein seltsames Gefühl der Losgelöstheit, während sie Aurelius' langatmiger Predigt lauschte. Ihre Blick wanderte von Bonifaz' Profil zu den Wänden, die grob verputzt waren, um die darunter befindlichen heidnischen Mosaike zu verbergen. Diese Kirche war bis vor kurzem der Tempel von Livia und Augustus gewesen. War es wirklich nötig, die prächtigen Gebäude des heidnischen Rom zu verschandeln, nur um die Götzenverehrung auszulöschen? Die Väter der Kirche dachten so. Menschen waren schwach. Sie würden in ihre alten Irrtümer verfallen, es sei denn, sie würden mit einem sichtbaren Beweis für Christus' Sieg konfrontiert. Und doch, was für ein prächtiger Tempel musste dies gewesen sein, mit seinen hochaufragenden Marmorsäulen und den kunstvoll gemeißelten korinthischen Kapitellen.

Nach dem Gottesdienst geleitete Bonifaz sie vom Säulengang die Treppe hinunter zu ihrer Sänfte. Er legte eine Hand auf ihren Arm. »Dardanus hat mich zum Präfekt von Massilia ernannt.«

»Das ist eine große Ehre.« Sie lächelte. »Ich freue mich für dich.«

»Ich reise morgen ab. Ich … ich weiß nicht, wann ich dich wiedersehen werde.« Er zögerte und sagte dann rasch: »Placidia, heirate ihn nicht. Zögere es so lange wie möglich hinaus. Es muss eine Möglichkeit geben. Die Bestätigung des Senats …«

Sie lachte. »Aber ich liebe Athaulf. Ich will ihn heiraten. Das scheint niemand zu verstehen. Ihr denkt alle, ich wolle mich auf dem Altar Roms opfern.« Sie war einen Moment versucht, ihm die Wahrheit zu sagen. Dass sie bereits Athaulfs Frau war. Es wäre eine Erleichterung, die Bürde ihres Geheimnisses zu teilen. Aber eine innere Stimme warnte sie, es nicht zu tun.

»Du liebst ihn nicht! Du glaubst es nur! Er benutzt dich für seine eigenen Ziele.« Er nahm ihre Hände. »Kannst du nicht erkennen …«

»Bonifaz, bitte. Alle beobachten uns.« Sie hatte recht damit gehabt, sich ihm nicht anzuvertrauen. Sie entzog ihm sanft ihre Hände. »Ich werde dich vermissen. Schreibe mir.«

Sie stieg in ihre Sänfte und dachte, dass sie ihn *wirklich* vermissen würde. Der Junge, den sie gerngehabt hatte, war zu einem Mann geworden, den sie mochte und bewunderte. Sie hatte ihn während des letzten Jahres gesehen, wann immer sie Dardanus begegnete. Einmal hatten sie sogar Scripta gespielt, wie sie es als Kinder getan hatten. Er war noch immer der beste Spieler. Er ließ sie noch immer gewinnen. Nun wäre Attalus erneut ihr einziger Freund.

Während die Sänfte sie aus dem Forum brachte, wandte sie sich um und sah, wie Bonifaz noch immer grüßend dastand. Das war vor fast zwei Monaten gewesen. Bonifaz hatte seitdem nicht geschrieben. Eine Bewegung auf dem Fluss riss sie aus ihrer Tagträumerei. Ein kleines Boot mit einem Ruderer und einem einzigen Passagier hielt auf den Bootsanleger zu. Einer der Wächter fing das vom Bootsführer geworfene Seil auf. Als der Passagier auf den Bootsanleger stieg, erkannte Placidia ihn. Ihr sank der Mut. Es war der alte Druide.

Sie wusste, sobald er zur Terrasse gebracht wurde, dass er der Überbringer schlechter Nachrichten war. Sie entließ den Wächter.

»Ja, alter Mann, welche Neuigkeiten bringt Ihr?«

»Domina, wo ist der König? Es ist eine Angelegenheit von äußerster Wichtigkeit.«

»Er sollte auf dem Rückweg sein. Er ist nach Arelate gereist, um den Vertrag zu unterzeichnen.«

»Nimmt er die Straße oder den Fluss?«

Sie zögerte einen Moment und hätte ihm beinahe die Wahrheit gesagt. »Ich bin mir nicht sicher.«

»Domina, die Römer haben Euch verraten. Der Kaiser hat einen

Vertrag mit den Burgundern unterzeichnet. Sie wurden zu Foederaten gemacht.«

Placidia starrte den alten Mann an. »Das ist unmöglich.«

»Auf General Konstantius' Befehl reiste Lucius Anicius heimlich an den Rhenus. Er traf in Moguntiacum den König der Burgunder. Die Burgunder bekamen das Euch versprochene Getreide. Es wird kein weiteres geben. Der Statthalter von Afrika hat eine Revolte angezettelt. Die Getreideflotte dieses Jahres wurde gestoppt.«

»Wie lautet der Name des Statthalters von Afrika?«

»Hetalian ... oder so ähnlich. Ich erinnere mich nicht.«

Placidia schluckte. Diese Information war also wahr. »Heraklian?«

»Ich glaube. Aber Domina ...«, die Stimme des alten Mannes klang beharrlich, »Ihr müsst mir die Wahrheit sagen. Die Römer planen, den König zu töten. Wenn ich ihn nicht rechtzeitig warnen kann ...«

Übelkeit überkam Placidia. Sollte sie ihm glauben? War dies eine Falle? »Auf wessen Befehle hin? Auf Dardanus' oder die meines Bruders?«

»Ich weiß es nicht, Domina.«

Bei Tagesanbruch des Tages, an dem der Vertrag unterzeichnet werden sollte, galoppierte ein Bote den Hügel zu Athaulfs Lager oberhalb Nemausus' hinauf. Er nahm eine Schriftrolle aus seiner Satteltasche und reichte sie dem Wächter. »Für den König. Es ist dringend.«

Athaulf las Dardanus' Nachricht in seinem Zelt. Sein Blick schweifte zur letzten Zeile: »... es hat aus Gründen, die ich noch erklären werde, eine Verzögerung gegeben. Wir müssen uns unter vier Augen treffen. Ich schlage die neunte Morgenstunde vor, in meinem Palast.«

Sein Magen rebellierte. Entweder hatte Honorius das Edikt zur Landübertragung an die Goten nicht unterzeichnet. Oder er hatte die Bedingungen geändert. Aber der Kaiser hatte den Bedingungen bereits zugestimmt. Die Verkündigung des Edikts war eine rechtliche Formsache. Man hatte sich in Arelate auf die Landesgrenzen geeinigt. Heute sollten die Besitzurkunden vom Statthalter und den Landbesitzern gemeinsam unterzeichnet werden. Der gallische Senat sollte den Vertrag in einer Plenarsitzung ratifizieren. Die Bischöfe und örtlichen Magistrate würden die Umsetzung des Vertrages in ihren Diözesen garantieren. Dardanus hatte ihn jedoch immer wieder davor gewarnt, dass noch im letzten Moment gefeilscht werden könnte.

Athaulf trat aus seinem Zelt. Die Sonne ging gerade auf, Morgennebel hing in der Luft. Seine Leute löschten die letzten Wachfeuer. Er konnte in der Ferne die dunstumhüllten Mauern Nemausus' ausmachen. Der Bote, der das Schreiben brachte, hatte die Stadt noch in der Dunkelheit verlassen. Dardanus musste während der Nacht eine äußerst wichtige Nachricht erhalten haben.

Er vertraute Statthalter Dardanus so weit wie möglich. Er hatte während der letzten Monate die Gelegenheit gehabt, ihn zu beobachten. Dennoch wären er und seine Leute innerhalb der Mauern hilflos, wenn Dardanus ihm eine Falle stellte.

Vallias Neffe trat aus dem Zelt seines Onkels. Athaulfs Herz krampfte sich zusammen, als er auf ihn zukam, mit einem bestickten blauen Umhang und dem langen germanischen Schwert ausgestattet, das nun nur noch zeremoniellen Zwecken diente. Roderich erinnerte verblüffend an den jungen Alarich. Er besaß dieselbe überragende Präsenz, dasselbe wellige Haar, sah aber besser aus als Alarich. Er besaß auch dieselbe ungewöhnliche Kombination aus grimmiger Unerschrockenheit und Intelligenz.

Athaulf erwiderte seinen Gruß und sagte dann: »Ich fürchte, du wirst deinen Hofstaat heute nicht brauchen. Es hat eine Änderung gegeben.«

Roderich wölbte die Augenbrauen. »Wie das, Herr?«

»Ich erhielt gerade eine Nachricht von Dardanus. Es hat eine Verzögerung gegeben. Dein Onkel und ich werden allein nach Nemausus reiten, um uns mit Dardanus zu treffen. Wir nehmen nur eine kleine Eskorte mit.«

Vallias Neffe sah ihn an. »Aber … ich dachte, heute …«

»Das dachte ich auch.« Athaulf lächelte verzerrt. »Das Leben, Roderich, ist ein Würfelspiel … Ich überlasse dir das Kommando. Wenn wir bis Sonnenuntergang nicht zurück sind, brich das Lager sofort ab und kehre zum Hauptlager zurück. Teile die Männer in drei Abteilungen, falls die Römer euch aufzuhalten versuchen.« Athaulf fuhr sich mit einer Hand über die Stirn. »Und, Roderich, die Prinzessin … Sage ihr …« Er schüttelte den Kopf. Einige Dinge konnte man nicht ausdrücken. »Versichere dich, dass sie zu den Römern zurückgelangt. Beschütze sie … vor unserem Volk.«

»Ich werde Euch nicht enttäuschen, mein König.«

Athaulf legte eine Hand auf die Schulter des jungen Mannes. »Ich weiß. Geh mit Gott und hole deinen Onkel. Wir müssen aufbrechen. – Oh, Roderich …«

»Ja?«

»Keine deiner Heldentaten.« Impulsivität war Roderichs größter, vielleicht sein einziger Fehler. »Du wirst meinen Befehlen gehorchen, ohne zu versuchen, Nemausus im Alleingang zu stürmen.«

»Ja, Herr. Aber Ihr werdet zurückkehren. Dardanus wird Euch nicht verraten.«

»Das hoffe ich.«

Athaulf spürte, wie ihm das Blut in die Schläfen schoss. Er sah Dardanus über den Schreibtisch des Statthalters hinweg finster an. »Was glaubt dieser schwule Bock, den Ihr Kaiser nennt, wie lange ich noch warten werde? Ich …«

»Herr.« Dardanus atmete tief durch. »Wie ich bereits sagte, der Aufstand des Statthalters von Afrika ist eine sehr ernste Sache. Heraklian hat genügend Männer und Schiffe, um in Italien einzumarschieren. Die Versorgung mit Getreide durch Afrika ist die Lebensader des Kaiserreichs. Der Kaiser …«

»Zum Hades mit Eurem Kaiser! Mein Volk und ich …« Athaulf hielt inne. Er spürte Kälte in seiner Magengrube. Ein furchtbarer Verdacht kam ihm in den Sinn. Er fragte mit verengten Augen: »Das Getreide … habt Ihr mein Getreide?«

Dardanus hielt seinem Blick stand. »Nein, Herr. Was auch immer an Getreide übrig ist, muss fürs Heer verwendet werden.«

Athaulf widerstand dem Drang, mit der Faust auf den intarsiengeschmückten Ebenholzschreibtisch des Statthalters zu schlagen. Er würde Dardanus nicht die Befriedigung gewähren, dass er sich wie ein Barbar benahm. Stattdessen sagt er eiskalt: »Und was soll ich meinen Leuten zu essen geben?«

»Herr, ich bin mir Eurer misslichen Lage bewusst. Ganz Gallien ist in derselben Situation. Meine Leute werden diesen Winter verhungern, wenn wir keine Hilfe bekommen.«

»Wie die meinen.«

»Unsere Reserven sind fast aufgebraucht. Ihr müsst Geduld haben.« Dardanus blickte auf seine Hände. »Wir haben um Hilfe von Konstantinopel gebeten. Ich habe Nachricht erhalten …«

Athaulf explodierte. »Ihr glaubt doch selbst nicht, dass sich Konstantinopel auch nur von einem Getreidekorn trennen wird!«

»Ich sagte nicht Getreide. Wir haben um Männer und Schiffe gebeten. Ihr wisst ebenso gut wie ich, dass wer auch immer Afrika kontrolliert, auch die Getreideversorgung kontrolliert. Ravenna muss sofort gegen Heraklian vorgehen.«

»Hätte man uns erlaubt, uns in Aquitanien niederzulassen«, sagte Athaulf, »dann wäre unsere Winterernte bereits gepflanzt. Wir hätten etwas, um zu leben. Wir wären vielleicht sogar in der Lage gewesen, Euch zu helfen. Stattdessen werden wir alle verhungern!« Er erhob sich. »Diese Diskussion ist nutzlos. Ich brauche vor den Kalenden des Juli mindestens fünfzig Wagen Getreide.«

»Unmöglich.« Dardanus erhob sich ebenfalls.

»Ist es das? Eine Anzahl von Städten in Gallien besitzen noch volle Speicher. Sucht es, wo Ihr könnt.«

»Seid vernünftig.«

Athaulf verspürte den Drang, Dardanus die Faust ins Gesicht zu schlagen. Er gelang ihm mühsam, sich zu kontrollieren. »Wird das Getreide nicht zu diesem Zeitpunkt geliefert, dann nehmen wir es uns gewaltsam. Ihr habt die Wahl.«

»Seht, ich verstehe Eure Enttäuschung. Ihr habt Euren Teil des Handels eingehalten.«

Athaulf verschränkte die Arme.

»Ravenna«, fuhr der Statthalter fort, »erkennt das an. Der Kaiser hat seine Dankbarkeit geäußert. Jovinus' Kopf wurde im Forum zur Schau gestellt. Euer Anteil an seiner Niederlage wurde in jeder Provinz verkündet.«

»Die Dankbarkeit des Kaisers wird meine Leute nicht ernähren!«

»Dieser neue Aufstand ist ein Umstand, der nicht unserer Kontrolle unterliegt, was ...«

»Das ist Euer Problem. Darum kümmert Ihr Euch. Ich muss meine Leute verpflegen.«

Dardanus hob eine Hand. »Bitte, ich flehe Euch an. Habt Geduld. Ich sagte Euch, dass ich mein Möglichstes tun werde, um Euch zu helfen.« Er zog einen Stuhl hervor. »Wollt Ihr Euch nicht setzen und einen Becher Wein mit mir trinken? Ich würde gerne etwas erklären.«

»Also gut.« Athaulf schürzte die Lippen und setzte sich hin. Er sah nicht, was das ändern könnte, aber wenn Dardanus reden wollte, würde er zuhören.

Dardanus hinkte zu einem Büfett hinüber, zog sein verletztes Bein nach. Er kehrte mit einem Krug und zwei Bechern zurück. Er goss den Wein ein und reichte Athaulf einen Becher.

»Ich bin ein Römer der alten Art. Ich habe der Familie des Theodosius mein ganzes Leben lang gedient, aber vieles, was Honorius tut, billige ich nicht. Aber der Kaiser hat in diesem Falle keine Wahl. Heraklian ist die größte Bedrohung, der wir seit dem Usurpator Konstantin gegenüberstehen. Wir müssen in Afrika einmarschieren. Es ist nicht als Beleidigung gemeint, Herr, aber in Afrika stehen wir keinem barbarischen Heer gegenüber, sondern einem römischen General mit zwei vollen Legionen und einem Teil unserer Flotte. Also müssen wir Heraklian vernichtend schlagen und Afrika zurückerobern. Wenn es uns gelingt, werden wir alle davon profitieren. Euer Volk wird sich endlich niederlassen können. Und wir …«

Der Statthalter ließ den Wein in seinem Becher kreisen, einen versonnenen Ausdruck auf dem Gesicht. Kurz darauf sagte er: »Wenn wir zusammen, Römer und Goten, Gallien halten können, verhindern können, dass die Vandalen und andere Stämme von Hispanien zurückkehren, dann können wir Rom retten. Das Kaiserreich wird zu seiner ursprünglichen Größe zurückkehren.«

Athaulf behielt eine ausdruckslose Miene bei. Dies war keine List, um ihn zu beschwichtigen. Der Statthalter war aufrichtig. Dardanus hatte eine Vision, wie Placidia. Die Frage war, wie viel persönlichen Ehrgeiz diese Vision enthielt. Athaulf lehnte sich auf seinem Stuhl zurück. Er nahm einen Schluck Wein. »Warum hat der Statthalter von Afrika revoltiert? Er muss wissen, dass er keine Chance hat, Kaiser zu werden, nicht nach dem, was mit den beiden letzten Usurpatoren geschehen ist.«

»Ich sollte Euch das nicht sagen, aber es wird Euch helfen zu verstehen. Heraklians Beweggrund ist Angst. Sie macht ihn verzweifelt. General Konstantius hat insgeheim geschworen, ihn zu vernichten. Kostantius hat jahrelang darauf hingearbeitet, Heraklian zu isolieren. Heraklian fühlt sich in die Enge getrieben und schlägt nun los, bevor Ravenna ihn mit Gewalt absetzt.«

»Und unser Anliegen wird damit völlig unwichtig.«

Dardanus hob seinen Becher an. »Wie ich bereits sagte, werde ich alles mir Mögliche tun, um Euch zu helfen. Es wird leider nicht viel sein, aber ich werde mein Bestes tun. Es wird überwiegend Gerste und Hirse sein. Ich werde Euch nächste Woche wissen lasse, wie viel.«

»Ich danke Euch.«

Dardanus' tiefliegende Augen hielten seine fest. »Habe ich bis dahin Euer Wort, dass Ihr uns nicht hintergehen werdet?«

Athaulf nickte. Er streckte die Hand über den Tisch aus. »Ihr habt mein Wort.«

Dardanus ergriff seine Hand. »Ich verspreche auch, Euch nicht zu betrügen.«

Nachdem Dardanus Athaulf zur Tür begleitet hatte, stand er einen Moment da und beobachtete, wie er den gewölbten Gang hinabschritt. Er spürte das Gewicht auf jenen breiten Schultern, trotz des entschlossenen Gangs des Goten. Er empfand einen Moment so etwas wie Mitgefühl.

Der Statthalter kehrte an seinen Schreibtisch zurück. Er zog unter einem Stapel Dokumente einen Brief hervor. Er betrachtete ihn einen Moment, bevor er ihn an die Öllampe hielt. Er ließ den brennenden Papyrus auf das Messingtablett fallen. Er empfand tiefste Erleichterung, während er zusah, wie es von der Flamme verzehrt wurde. Der Befehl war nicht eindeutig gewesen. Er konnte seine Entscheidung rechtfertigen. Niemand außer Bonifaz wusste davon. Er hatte seine Ehre und seine Loyalität bewahrt.

Dardanus stand mit Bonifaz auf dem Ostturm und beobachtete, wie Athaulf aus dem Lugdunum-Tor hinausritt. Der König und seine Eskorte waren jetzt nur noch ein dunkler Fleck auf der Via Domitia.

Die Wächter schritten auf den Stadtmauern einher. Unten im Amphitheater zogen sie für die Nachmittagsvorstellung gerade die Plane zurück. Ein normales Bild, bis auf die leere Straße. Die Hauptstraße zwischen Nemausus und Lugdunum war bis auf einen Ochsenkarren und einen einsamen Reiter verwaist. Zu dieser Stunde würden normalerweise vor allen Toren Schlangen stehen. Mit Waren beladene Karren, Hirten, die ihre Schweine zum Markt trieben, mit Amphoren gefüllte Wagen, Streitwagen und Sänften, Reiter und Fußgänger, Soldaten und Zivilisten, Boten, Reisende, Sklaven, Römer und Barbaren jeglicher Herkunft, die Geschäftigkeit einer großen, wohlhabenden Stadt. Nun hatten die Menschen Angst zu reisen, der Handel war sehr stark zurückgegangen, Regierungsgeschäfte auf ein Minimum eingeschränkt worden. Dardanus verschränkte die Arme.

Bonifaz sah ihn von der Seite an. »Warum habt Ihr ihn gehen lassen?«

»Aus einer Vielzahl von Gründen. Ehre. Respekt. Nützlichkeit.«

»Eine seltsame Kombination von Beweggründen, wenn ich es wagen darf, das zu sagen, Statthalter.«

Dardanus schüttelte den Kopf. »Nicht so unüblich, wie Ihr denkt, mein Freund. Erstens ist es ein abscheuliches Verbrechen, einen Gast zu ermorden. Aber auch, weil er außergewöhnlich ist, dieser Gote. Er ist intelligenter und vorausschauender als die meisten Barbaren, und er bewundert Rom, in der Gestalt von Galla Placidia.«

»Er liebt sie nicht! Sie liebt ihn. Athaulf benutzt das arme Mädchen nur. Eine großartige List, um den Kaiser dazu zu zwingen, ihn und seine Horde zu akzeptieren. Ihr habt recht: Er ist so listig wie eine Schlange und ebenso gefährlich. Kein anderer Barbar besäße die Dreistigkeit, solch einen Plan auszudenken.«

Die Heftigkeit in Bonifaz' Stimme überraschte Dardanus. »Da bin ich anderer Meinung. Ich habe gesehen, wie er sie ansieht. Und die Prinzessin ist kein armes Mädchen. Ich habe mich mehrmals mit ihr unterhalten. Ich kannte ihren Vater. Sie ist ihm überaus ähnlich.«

Bonifaz verzog die Lippen. »Ich denke noch immer, wir hätten ihn töten sollen. Er ist der einzige Gote, der uns standhalten kann. Wenn Athaulf tot ist, werden wir die Prinzessin retten und die Goten vielleicht als Hilfstruppen verwenden, sie in leicht kontrollierbare Gruppen aufspalten. Die gotische Bedrohung wird schwinden. Ein barbarischer Stamm weniger. Aber ich, Statthalter, bin sicher, dass Athaulf noch größere Ambitionen hat, als nur die Schwester des Kaisers zu heiraten.« Bonifaz zuckte die Achseln. »Vielleicht werden seine eigenen Leute ihn töten. Es würde mich nicht überraschen. Unsere Spione haben von Gerüchten über Unzufriedenheit bei den Goten berichtet ...«

»Wer auch immer sein Amt übernehmen würde, wäre weitaus schlimmer. Wir brauchen die Goten, ob es uns gefällt oder nicht, und Athaulf und Placidia, um sie in Schach zu halten.«

Athaulf und seine Männer ritten auf der Straße nach Osten. Der Hufschlag der Pferde und das Klirren der Geschirre waren die meiste Zeit die einzigen Geräusche. Athaulfs Gedanken gingen Stunde um Stunde die Ereignisse in Nemausus und deren Bedeutung durch. Dann hielt er plötzlich, als sie eine Biegung umrundeten, den Atem an. Das Aquädukt über den Vardo.

Das Aquädukt überspannte den Fluss in der Nachmittagssonne wie eine gewaltige Luftspiegelung: drei wuchtige Reihen goldener Bögen, perfekt proportioniert, in den Wassern des Vardo gespiegelt. Bonifaz hatte ihm erzählt, es sei das wunderschönste Aquädukt der Welt. Er hatte damals geglaubt, die Beschreibung sei lächerlich und dünkelhaft. Es war immerhin nur ein Zweckgebäude. Aber nun, als er dort hinaufblickte, erfüllte ihn Bewunderung. Das Aquädukt erschien sowohl majestätisch als auch anmutig und war mehr als nur ein vortreffliches Meisterwerk der Baukunst. In der Zeit des Kaisers Augustus erbaut, verkörperte es Roms fortdauernde Genialität, seine Fähigkeit, die Zeitalter zu überdauern.

Er wandte sich zu Vallia um. »Ist es nicht großartig? Wenn man bedenkt, dass der einzige Zweck dieses Gebildes ist, Wasser nach Nemausus zu tragen …«

Vallia nickte. »Stabil, wie alles, was sie bauen.«

»Betrachten wir es uns näher.«

Sie ritten zur Brücke heran. Sechs wuchtige Säulen ruhten im Flussbett und trugen drei Bogenreihen. Das Aquädukt selbst verlief darüber. Der Fluss, der von einer Brise gekräuselt wurde, floss unter den Bögen hindurch, an kleinen Sandinseln und felsigen Ufern vorbei auf die fernen, nebelverhangenen Hügel zu. Eine Schar Enten flog von einer Sandbank auf. Sie flogen in perfekter Pfeilformation in die untergehende Sonne hinein. Es war etwas an der Klarheit dieses Augenblicks, was Athaulf an seine Kindheit erinnerte. Er verspürte ein unerklärliches Gefühl des Friedens, ein neuerliches Vertrauen in die Zukunft, in den Traum eines möglichen Zusammenschlusses mit Rom, gleichgültig wie hart und schwierig er zu erlangen wäre. »Was für eine Leistung!«

Vallia kratzte sich den Bart. »Es ist nur eine Wasserrinne, wenn auch eine gewaltige …«

»Ich weiß. Es gibt kunstvollere römische Gebilde. Der Circus Maximus, das Kolosseum … Aber das sind Monumente imperialer Macht. Dies ist eine lebenserhaltende Maßnahme. Wasser, Vallia, ist einer der Grundpfeiler der Zivilisation. Dies …« Er hielt inne. Selbst Vallia missfiel zu viel Bewunderung für Rom. Und doch *war* es bewundernswert.

Dies war nur die Brücke. Das Aquädukt selbst schlängelte sich über Gott weiß wie viele Meilen über diese Hügel. Er wusste inzwischen, dass es in jeder Provinz einen Regierungsposten gab, der sich ausschließlich mit dem Erhalt und der Bewachung der Wasservorräte befasste. Zumindest war dem früher so gewesen. Wenn diese Aufgabe nicht bald wiederaufgenommen wurde, würden Menschen auch dieses Wunder niederreißen. Sie würden die Steine dazu benutzen, Häuser und Ställe zu bauen. Frauen würden erneut mühselig Wasser aus den Flüssen herbeitragen. Es gäbe keine öffentlichen Brunnen, Gärten oder Bäder mehr. All dies wäre vergessen.

Vallia sagte: »Sie ersinnen vieles, was das Leben verbessert. Das leugne ich nicht. Aber kann man so leben, wenn man kein Römer ist?« Er blickte zum Himmel. »Wir sollten besser weiterziehen, Herr. Die Sonne geht bereits unter.«

Athaulf legte eine Hand auf Vallias Arm. Er lächelte. »Ihr habt recht. Die Männer müssen unruhig werden und sich fragen, warum ich mich hier aufhalte und einen Haufen römischer Steine anstarre.« Vallia war der loyalste seiner Stammesführer, derjenige, der die Römer am wenigsten ablehnte. Er war älter, nicht so scharfsinnig und tatkräftig wie Sigerich, aber er besaß die seltene Fähigkeit, beide Seiten einer Angelegenheit zu betrachten. Eine wichtige Tugend, wenn man sich mit seinen Feinden anfreunden wollte.

Als sie wieder unterwegs waren, kehrten Athaulfs Gedanken zu seinem Treffen mit Dardanus zurück. Er war jetzt seltsamerweise hoffnungsfroher als zu dem Zeitpunkt, als er Nemausus verließ. Wie Dardanus sagte, hatte Heraklian keine Chance. Afrika und die Getreideflotte wären bei der nächsten Segelsaison wieder in Regierungshänden. Dies könnte sogar ihrem Vorteil dienen. Die Gallo-Römer brauchen sie jetzt mehr denn je. Solange Konstantius und sein Heer Heraklian bekämpften, war Gallien wehrlos. Wenn es ihnen gelang, genug Getreide für den Winter anzuhäufen …

Placidia würde es verstehen. Sie würde trotz ihrer Enttäuschung die Chance erkennen, das Vertrauen der Gallo-Römer zu erringen. Ihr Scharfsinn und ihr logisches Denken waren bemerkenswert. Dies wäre sogar bei einem Mann bemerkenswert. Bei einer Frau, noch dazu bei einer Frau in ihrem jungen Alter, war es erstaunlich. Und doch konnte sie auch die weiblichste aller Frauen sein. Er lächelte, als er an sie dachte. Wie sie sich auf die Zehenspitzen erhob und die Augen schloss, wenn sie geküsst werden wollte. Sie wusste es noch nicht, denn sie war zu jung, aber er dachte häufig, dass er die außergewöhnlichste Frau ihres Zeitalters für sich gewonnen hatte. Was für eine Königin sie sein würde, wenn Gott ihnen nur Zeit gewährte.

Die Menschen Galliens, seine Magnaten, sogar Männer wie Dardanus, waren für den Frieden bereit. Dessen war er sich sicher. Aber war sein eigenes Volk bereit? Es wären Getreide, Land und Zeit nötig, um jene zu überzeugen, die noch zweifelten. Gallien war mit Ressourcen gesegnet. Wasser floss noch immer in seinen Aquädukten, seine Erde war, wenn auch vernachlässigt, üppig und kultivierbar, in seinem Land und den Flüssen wimmelte es von Fischen und Federvieh. Seine Leute würden einfach eine Weile lernen müssen, weniger Brot und mehr Fisch, Enten und Gänse zu essen.

Sie erreichten die Holzbrücke in Elatium unmittelbar vor der Dämmerung. Das Zollhäuschen war verwaist, wie inzwischen auf den meisten Brücken und Straßen, und nur ein alter Karren, in dem ein Bauer sein Heu gelagert hatte, stand darin.

Sie ritten nacheinander mit klappernden Hufen auf die Brücke, als das Geräusch von Rädern Athaulf herumfahren ließ. Er ergriff sein Schild. Diese Bastarde! Der Karren war hinter sie gezogen worden. Flamme leckten bereits an den Strohballen. Am gegenüberliegenden Ufer schwärmten Römer auf die Brücke zu. Sie waren ihnen drückend überlegen. Um mindestens eine Hundertschaft. Hauptsächlich Hilfstruppen, dem Aussehen nach Burgunder.

Seine Leute zogen ihre Schwerter, zum Angriff bereit. Athaulf hob eine Hand. »Wartet! Lasst sie Stellung beziehen!«

Jetzt hatte Konstantius also doch seine Falle zuschnappen lassen. Es überraschte ihn nicht. Aber angesichts Dardanus' Verrat empfand er brennenden Zorn. »Vertraue nie einem Römer.« Wie recht Alarich gehabt hatte. Und er, Narr, der er war, hatte dem Statthalter vertraut.

Roderich führte sein Pferd auf ihn zu. »Herr«, rief er, »ein Angriff wird hier nichts nützen! Lasst sie mich zersprengen! Mein Hengst ist ein kräftiger Springer. Ich kann es schaffen! Dann haben wir die Chance ...«

»Nein! Ich verbiete es!« Roderich war verrückt. Sie mussten sich ihren Weg von dieser engen Brücke freikämpfen. Sie hatten im freien Gelände eine bessere Chance. Zumindest würden sie als Kämpfer sterben und sich nicht wie Frauen abschlachten lassen. Ein vertrautes Zischen erklang. Athaulf hob sein Schild an. Ein Hagel von Wurfspeeren traf die Brücke. Menschen und Pferde schrien. Sein Standartenträger stürzte von der Brücke. Roderich schrie neben ihm: »Macht Platz! Macht Platz!«

Athaulf sah, zwischen Entsetzen und Bewunderung hin- und hergerissen, wie Roderich sein Pferd zum Galopp antrieb. Er ritt, über den Hals des Pferdes gebeugt, unmittelbar auf die Römer zu. Vierzig, dreißig, zwanzig Schritte trennten sie noch. Dann gewannen Pferd und

Reiter Boden. Roderichs blauer Umhang öffnete sich wie ein Segel. Er krachte mit einem wilden Aufschrei gegen die römischen Schilde. Die Phalanx stob auseinander.

Athaulf hob sein Schwert. »Jetzt!«

Sie ritten mit Donnergetöse in die Lücke hinein und stachen auf die Legionäre ein. Athaulf sah aus den Augenwinkeln jemanden unter der Brücke, wohin Roderichs Angriff ihn geschleudert hatte, hervorklettern. Der Mann stürzte mit seinem Schwert auf Athaulfs Pferd zu. Der Hengst, dessen Reflexe Alexanders Pferd Ehre gemacht hätten, trat aus, so dass der Soldat im Fluss landete. Der Klang von Stahl auf Stahl erfüllte die Luft. Die meisten seiner Männer waren abgeworfen worden und kämpften zu Fuß. Auf der anderen Seite des Handgemenges erblickte Athaulf den Zenturio, der sie anführte. Ein Blick auf seinen mit Auszeichnungen bestückten Brustharnisch sagte ihm, dass dies ein erfahrener Veteran war, der seine Männer anspornte. Wenn er ihn töten könnte, würden die Übrigen kopflos fliehen.

Athaulf war schon halbwegs hinübergelangt, als er Vallia erblickte, der sein Schwert mit der grimmigen Energie eines jungen Mannes schwang und den Römern Schimpfworte und Beleidigungen entgegenschrie, während er unter ihnen Chaos und Verwüstung anrichtete. Ein Legionär stürzte von der Seite auf ihn zu. Er packte Vallias Zügel und zog den Kopf des Pferdes herab. Noch eine Sekunde, und Vallia würde zu Boden stürzen. Athaulf preschte vor. Als er sein Schwert zwischen den Schulterblättern des Mannes versenkte, schleuderte ihn ein schwerer Schlag gegen den Arm beinahe zu Boden. Er verlor taumelnd den Griff um sein Schwert, aber es gelang ihm, sich auf dem Pferderücken zu halten.

Der Zenturio am Kopf der Brücke rief: »Auf den König! Packt den König!«

Die Römer stürmten vorwärts. Er wäre jeden Moment eingekreist. Athaulf gab seinem Pferd die Sporen. Der Hengst legte die Ohren flach an. Athaulf ritt immer schneller auf den Zenturio zu. Als der

Mann sein Schild hochriss, erkannte er ihn. Athaulf krachte gegen ihn, so dass er rückwärts unter sein Schild fiel. Das Schwert fiel dem Mann aus der Hand. Der Schild zersplitterte unter den Pferdehufen.

Athaulfs Blick suchte den römischen Standartenträger. Als er den Signifer erblickte, riss er die Streitaxt von seinem Sattel. Seine letzte Waffe. Er zielte und schleuderte die Streitaxt auf den Standartenträger, den Stellvertreter des Zenturio. Die Streitaxt traf ihn seitlich, unter dem Nackenschutz. Blut spritzte aus dem Hals. Der Mann fiel vornüber. Die hohe Standarte, die der Stolz und der Sammelpunkt jedes Zenturie war, fiel ihm aus der Hand.

Erst als alles vorüber war und die Dämmerung herabsank, erkannte Athaulf, wie schwer verletzt sein linker Arm war. Der heftige Schmerz, den er zuvor kaum empfunden hatte, machte ihn nun benommen.

Die Entschlossenheit der Legionäre hatte sich rasch verflüchtigt, nachdem ihre Anführer gefallen waren. Einigen wenigen Überlebenden gelang es, ins Gebüsch zu entkommen. Die meisten wurden zusammengetrieben, und auf Athaulfs Befehl hin wurden ihnen die Kehlen durchgeschnitten. Sie selbst hatten nur ein Dutzend Männer verloren, gegen fast einhundert Römer. Ein Cäsar würdiger Sieg, dachte Athaulf verbittert. Wäre dies nur ein Schlachtfeld gewesen anstatt übler Verrat …

Er lief ein wenig schwankend zu der Stelle, wo Vallia neben seinem bewusstlosen Neffen kniete. Er hielt Roderichs blutigen Kopf in beiden Händen. Es waren drei Männer nötig gewesen, um sein totes Pferd von ihm herunterzuwälzen. Der Stammesführer hob den Kopf. Tränen standen in seinen Augen.

Athaulf legte eine Hand auf Vallias Schulter. »Vielleicht wird er leben. Ich habe für ihn eine Sänfte vorbereitet.« Er streckte eine Hand aus. »Wir müssen aufbrechen.«

Sie luden ihre Toten und Verletzten auf die römischen Pferde, die sie mit Maulkörben hinter den Bäumen fanden. Als sie davonritten, drehte sich Athaulf im Sattel um. Der Boden unter der Brücke war im

Mondlicht von den dunklen, geisterhaften Gestalten toter Männer übersät. Dies, so dachte er, während Zorn in seinem Inneren wütete, war erst der Anfang. Gallien würde bald in Flammen aufgehen, ohne Pardon. Die Zeit für den Frieden war vorüber.

Burdigala, Gallien, 413

Sie verhielten ihre Pferde auf dem Kamm eines Hügels. Sie konnten in der Ferne die quadratischen Wachtürme Burdigalas sehen. Die Stadt lag auf einer flachen Ebene, die an die Mündung grenzte, wo der Garumna in den Atlantik floss.

Athaulf beschattete mit der Hand seine Augen. Er pfiff durch die Zähne. »Diese Mauern sind *tatsächlich* so hoch, wie Ihr gesagt habt.« Er wandte sich dem Druiden zu. »Wir werden mehr als zwei Belagerungsmaschinen brauchen, Dagda, um sie zu durchbrechen. Besteht eine Chance, die Stadt von innen einzunehmen?«

Placidia betrachtete Athaulfs Profil, die gebräunte Haut, die Adlernase, das helle Haar, das er jetzt kurz trug wie ein Römer. Sie empfand einen irrationalen Stolz, ein Gefühl der Bewunderung für diesen Mann, den sie liebte und der Rom, gegen alle Widerstände, mit einfachsten Mitteln seinem Willen beugte. Die Zweifel und Unsicherheiten der Vergangenheit lagen hinter ihr. Denn er hatte bewiesen, dass sie unrecht hatte. Wie Perlen auf einer Schnur waren die Städte des unteren Gallien Athaulf zugefallen: Nemausus, Tolosa, sogar die unbezwingbare Festung von Carcasum. Dardanus und seine wenigen verbliebenen Truppen zogen sich nach Arelate zurück. Bonifaz verstärkte eilig die Mauern Massilias.

Athaulf hatte als erste Stadt Arausio eingenommen. Die Stadt wurde geplündert und in Brand gesteckt. Trotz Placidias Bitten hatte er den Befehl, alle Bewohner, Männer, Frauen und Kinder, zu töten, nicht zurückgenommen. Blut lief durch die Straßen von Arausio, als die Goten von Haus zu Haus gingen und jene hinauszerrten, die darinnen kauerten, und sie mit ihren Schwertern durchbohrten.

Am nächsten Morgen stand Athaulf da und betrachtete von seinem

Lager auf dem Hügel aus die noch immer schwelende Stadt. Placidia kam hinter ihm heran. Ihre Augen waren vor Tränen geschwollen. »Das, Athaulf«, sagte sie und deutete auf eine geschwärzte Ruine, »war einst das größte Theater in Gallien. Angefüllt mit Männern, Frauen und Kindern. Denk an die Toten, an jene, die niemals wieder über den Scherz eines Darstellers lachen oder durch eine Tragödie zu Tränen gerührt werden ...«

»Sie haben für den Verrat ihrer Herrscher bezahlt. Ich hatte keine Wahl. Ich musste ein Exempel statuieren. Wenn man regieren will, muss man mitleidlos sein. Es erfordert Mut, Placidia.« Er wandte sich jäh ab, betrat sein Zelt und gab den barschen Befehl, ihn nicht zu stören.

Placidia sah ihm nach. Ihr Zorn verebbte allmählich. Er hatte recht. Sie hatte gerade eine harte Lektion lernen müssen. An jenem Nachmittag, nach der offiziellen Aufteilung der Beute, hatte er zu seinen Männern gesprochen. Zukünftig waren Vergewaltigung, Raub und Plünderung bei Todesstrafe verboten. Er setzte trotz wütender Proteste seinen Befehl durch, indem er ihren Hunger nach Gold aus seiner Schatzkammer stillte.

Wie Athaulf es vorhergesehen hatte, verbreitete sich die Nachricht von Arausios Schicksal wie ein Lauffeuer. Athaulf hatte in weniger als zwei Monaten mit dem Schwert mehr erobert, als Honorius ihm nicht durch einen Vertrag gegeben hatte: den größten Teil Aquitaniens außer der Hauptstadt Burdigala, die nun vor ihnen lag.

Athaulf nickte. »Reiten wir zurück. Ich habe gesehen, was ich sehen musste. Ich werde morgen einen Rat abhalten und den Handlungskurs bestimmen.« Er wandte sich Dagda zu. »Wo sind Eure Berichte?«

Dagda antwortete: »Morgen, Herr, spätestens. Mein System versagt nie ...«

»Das hoffe ich.« Athaulf nahm die Zügel auf. »Wir sollten vor Sonnenuntergang zurückgelangen.« Er sah Placidia lächelnd an. »Attalus wird sich dem Essen widmen, nun, wo er Ausonius' Weinkeller entdeckt hat ...«

Sie wandten ihre Pferde um und ritten zu ihrem Stützpunkt in Lucaniacum zurück. Attalus hatte Athaulf vorgeschlagen, in den Landsitz des Ausonius zu ziehen, und hatte lächelnd hinzugefügt: »Placidia wird es dort gefallen. Die Gallo-Römer sind schrecklich stolz auf ihren einheimischen Poeten. Sie vergleichen ihn mit Vergil, obwohl ich ihn stets ein wenig banal fand. Es ist mit Abstand die beste Unterkunft hier in der Gegend.«

Zuerst hatte sich Placidia wie ein Eindringling gefühlt. In Ausonius' Heim zu wohnen, war anders als bei den vielen anderen Villen, die sie bewohnt hatten. Nach einem oder zwei Tagen überwogen die Ruhe der Umgebung und die Nähe, die sie gegenüber ihrem Lieblingsdichter empfand, jedoch ihre Bedenken. Antonius, der alte Verwalter, der den Landsitz leitete, war hilfreich und charmant. Er erzählte ihr in der Art der Älteren weitschweifige Geschichten über seinen letzten Herrn, dessen Andenken er treu ergeben war. Wenn der Verwalter irgendwelchen Groll gegen ihr Eindringen hegte, so zeigte er es nicht.

An diesem Abend speisten sie auf Ausonius' weinüberwachsener Terrasse und tranken einen der besten Weine des verstorbenen Poeten. Ringsum hatte man den friedlichen Ausblick auf hügelige Weinberge. Im Tal hing Abendnebel über dem Fluss. Im Garten unter ihnen standen hohe Zypressen wie Wächter da, die sich vor dem verblassenden Himmel abzeichneten. Irgendwoher war der kühle Klang von Brunnenwasser zu hören.

Attalus erhob sein Glas. »Trinkt ihn langsam, meine Freunde. Er ist dreiundzwanzig Jahre alt, auf dem Gut gewachsen. Eine Amphore davon ist so viel wert wie ein Rennpferd! Ausonius' Nichte, eine alte Jungfer, die in Arelate lebt, rührt die Weinsammlung ihres Onkels offensichtlich nie an. Der Keller ist erstaunlich! Viele der Etiketten auf den Amphoren sind in Ausonius' eigener Handschrift geschrieben. Der Verwalter half Ausonius gewöhnlich mit Aufzeichnungen über den Keller.« Er trank einen Schluck. »Nektar«, rief er aus und verdrehte dramatisch die Augen, »für die Götter geeignet.« Er lächelte Placidia zu. »Ich bitte um Verzeihung, ich meinte Gott.«

Placidia schüttelte gespielt verzweifelt den Kopf. Der liebe Attalus, sarkastisch und verweichlicht, ein Verräter und ein Päderast, und doch so herzensgut. Warum, so fragte sie sich, tolerierte man einen Zug an einem Menschen, den man bei einem anderen Menschen unerträglich fände? Eines der vielen Mysterien der menschlichen Natur. Obwohl es Grund genug gab, Attalus zu verachten, hatte sie ihn von Anfang an gemocht. Was würde aus ihm werden? Was würde aus ihnen allen werden?

Sie sah sich um. Die Absurdität ihrer kleinen Versammlung traf sie wie schon so oft zuvor. Gerlinda, Alarichs lebhafte, kluge Frau, so voller Leben, als Placidia ihr zum ersten Mal begegnete. Nun war sie ergraut und hatte traurige Augen. Sie nahm selten an Mahlzeiten teil, und dann nur, weil sie sie darum baten. Attalus, ein römischer Senator, der zum Verräter wurde, dazu verdammt, ewig mit den Goten umherzuziehen. Athaulf, der die Wesensart seiner Leute entgegen ihrem Willen zu verändern versuchte. Und sie selbst, eine römische Prinzessin, zwischen zwei Welten hin und her gerissen.

Ihr Blick ging zu Sigesarius, der tief eingesunken in einem gepolsterten Rohrsessel saß, sein langer Bart auf der Brust. Der alte Bischof, runzelig und mit geröteten Wangen, öffnete die Augen und lächelte ihr zu. Er war wohl der Einzige unter ihnen, der keine Angst vor der Zukunft hatte. Sein Glaube würde ihn bei allen verbleibenden Prüfungen des Lebens unterstützen, bis er den Himmel erreichte.

Warum hatte Gottes Plan ihre Leben zusammengeführt und ausgerechnet hierhergebracht, in Ausonius' Villa? Decimus Ausonius, Konsul, Staatsmann, Freund und Tutor der Kaiser. Vor allem Poet des Landlebens. Ausonius' Worte hatten sie, wenn sie als Kind seine Gedichte las, das Leben an den grünenden Ufern der fernen Mosel sehen lassen, friedlich in der Sommersonne, oder die Weinberge von Burdigala zur Erntezeit, voller Trauben purpurfarbener Früchte. Ihr Großvater Valeninian berief ihn als Tutor nach Rom. Jedoch suchte Ausonius, der bald von öffentlichen Ehren desillusioniert war, hier vor der Hauptstadt Zuflucht, in der ländlichen Schönheit dieses Landsitzes, in Worten, Wein und Erinnerungen. Würde auch sie eines Tages Frieden und Beständigkeit finden?

Nach dem Essen erhob Gerlinda sich als Erste. Attalus half Sigesarius aus seinem Sessel. Placidia trat zum Geländer hinüber und schaute aufs Tal hinab. Ein gelber Mond hing tief über dem Fluss. Die Nacht war warm und still. Irgendwo schrie eine Eule. Der Garten unten war dunkel, die Fackeln fast heruntergebrannt. Athaulf kam hinter ihr heran und legte den Arm um sie. Sie schmiegte sich in seine Umarmung. Wenn sie nur für immer so bleiben könnten.

»Weißt du, was ich gerne täte, wenn du nicht zu müde bist?«, sagte Athaulf. »Mir diesen sagenhaften Keller ansehen, von dem Attalus uns erzählt hat. Sonst bekomme ich nie eine Chance dazu. Ein Amphore Wein, die so viel wert ist wie ein vollblütiges Pferd! Ich kann es mir nicht vorstellen. Aber andererseits bin ich ein Barbar, der mit dünnem Bier aufgewachsen ist.« Er küsste ihr Haar. »Rufen wir Antonius, damit er uns hinabführt, bevor er zu Bett geht.«

Athaulf und Placidia folgten dem alten Verwalter über den Hof. Ein Sklave mit einer Laterne ging voraus. Der Keller befand sich am Ende eines langen Säulengangs mit Lagerräumen, Wein- und Olivenpressen. Die uralte Tür war mit Eisenbändern verstärkt. Der Verwalter wählte einen langen Schlüssel von seiner Kette und steckte ihn in das rostige Schloss. Placidia erschauderte. Die Nacht war kühl geworden. Sie schmiegte sich näher an Athaulf, während sie darauf warteten, dass der Verwalter mit dem komplizierten Schloss fertig würde. Schließlich schwang die Tür auf. Der Verwalter trat respektvoll beiseite.

Athaulf nahm ihm die Fackel ab. »Ich nehme sie. Ihr könnt hier warten.« Ausgetretene Stufen führten in einen hohen, gewölbten Raum, dessen Boden aus festgetretener Erde bestand. Die Luft war kühl und von einem seltsamen Geruch durchdrungen. Athaulf hob die Fackel an. Sie konnten in dem Lichtkreis sehen, dass sich der Keller weit in den Berg erstreckte. An den Wänden waren noch immer Spuren der roten Farbe erkennbar, mit der sie einst bemalt worden waren. Eiserne Wandhalterungen, die halb verbrannte Fackeln enthielten, waren in die Wände eingelassen. Athaulf zündete mit seiner Fackel einige davon an.

Als sich das Licht ausbreitete, sahen sie eine Szene gespenstischer Schönheit: Hunderte von Amphoren standen aufgereiht, ein Heer geisterhafter Schatten, die sich aus der Vergangenheit erhoben hatten. Sie schienen im Fackellicht vor und zurück zu schwanken, von Leben erfüllt.

Placidia nahm Athaulfs Hand. Sie schnupperte. »Was für ein seltsamer Geruch. Es ist merkwürdig … Man würde in einem Keller Modergeruch erwarten, aber dies … Es erinnert mich an einen Gewürzmarkt.« Aber natürlich! Der seltsame Geruch war nicht Ton oder Wein, es war der Geruch der Gewürze und Kräuter, die den verschiedenen Weinsorten hinzugefügt wurden. Sie wandte sich um. Dort, hinter ihr, auf einer Reihe von Regalen, stand eine Ansammlung kleiner Gefäße.

Sie entstöpselte eines und roch daran. »Salbei.« Sie verschloss das Gefäß wieder und versuchte das nächste. Honig, dunkel und dickflüssig, nach Rosmarin duftend … Sie tauchte den Finger hinein. »Hmm … Köstlich …«

Athaulf beugte sich gerade über eine Amphore, wischte den Staub vom Etikett und versuchte, die Aufschrift zu lesen. Er schaute auf. »Steck das nicht in den Mund! Es …«

»Versuch das! Es ist köstlich!« Ihre Augen tanzten vor Schalk. Sie stellte sich auf Zehenspitzen und bot ihm ihre Lippen dar, die vom Honig klebten.

Ihr Mund war warm und süß. Er zog sie näher an sich. Sie klammerten sich bei einem langen Kuss aneinander, in der Nähe des anderen verloren. Er spürte durch die Seide ihrer Tunika, wie sich ihre Brüste an seine Brust pressten. Hitze durchströmte seine Lenden. Seine Hände glitten abwärts, unter ihre Tunika, fanden die weiche, nachgiebige Feuchtigkeit. Sie blieben umschlungen, wie einer der tanzenden Schatten, ihre Herzen hämmernd. Placidia stöhnte unter seiner Berührung leicht. Leises Stöhnen, das ihn stets entflammte.

Sie zog sich zurück. »Warte, mein Liebster ...« Sie streifte sich das Hemd von den Schultern. Sie kniete sich vor ihn hin und griff unter seine Tunika. Mit zärtlicher Sorgfalt rieb sie ihn mit Honig ein. Der Anblick und die Berührung ließen seine Knie schwach werden. Er hielt sich an der Wand fest. »Wenn du so weitermachst ...« Seine Stimme zitterte. Er wartete auf ihre nächste Bewegung.

»Hmm ... dieser Honig ist wirklich köstlich.« Sie schaute mit fröhlichem Blick zu ihm hoch.

»Herr ... ist alles in Ordnung?« Die Stimme des Verwalters hallte von der Treppe herab. Sie beide erstarrten. Athaulf, der mit dem Rücken zur Tür stand, versuchte, Placidia vor möglichen Blicken zu schützen. Er rief über die Schulter: »Alles ist gut, Antonius. Ihr könnt gehen. Wir finden alleine zurück. Schließt die Tür.«

Als sich die Tür quietschend schloss, brachen sie beide in leises Gelächter aus. Athaulf blickte an sich herab. Er lächelte. »Ich fürchte, meine Männlichkeit hat einen Schock erlitten.«

»Es wird nicht lange dauern, bis sie sich erholt hat. Nur noch ein wenig mehr Honig ...«

Er hob sie hoch, küsste ihr Haar, ihr Gesicht, ihren Hals. Er beugte sich herab, um beide Brüste zu küssen, saugte an den Brustwarzen, kostete den Hunger aus, mit dem sie sich an ihn presste, die Ungeduld ihrer Hände, ihr Flüstern. Sie sank gegen ihn. »Ich kann dies nicht länger ertragen.«

Er blickte sich nach etwas um, was er auf dem Boden ausbreiten könnte, aber sie schüttelte den Kopf und legte sich stattdessen über eine Amphore. Ihr schlanker Körper glänzte im Fackellicht wie Marmor auf dem uralten Ton, und ihr dunkles Haar floss um ihre Schultern. Sie wölbte den Rücken, bot sich ihm mit der Hingabe einer heidnischen Göttin dar.

Der Anblick entfachte in ihm wildes Begehren. Das Verlangen zu besitzen verdrängte alles andere. Und doch spürte er auch eine überwältigende Zärtlichkeit, ein Zugehörigkeitsgefühl. Placidia stöhnte, die Bewegung ihrer Körper beschleunigte sich, sie nahmen einander bei den Händen, Wogen der Lust überschwemmten sie, bis sie schließlich atemlos vornübersanken.

Nach einem Moment des Atemholens breitete Athaulf ihre Tuniken auf dem Boden aus. Sie lagen beieinander und spürten, wie sich ihr Herzschlag wieder beruhigte. Er hielt sie fest, von einem großen inneren Frieden erfüllt. Dies war die Frau, auf die er sein ganzes Leben lang gewartet hatte. Placidia küsste seine Schulter. Sie gähnte. »Ich könnte die ganze Nacht hier schlafen.«

»Du wärst am Morgen erfroren. Wir müssen zurück.«

Sie lachte leise. »Du hast recht. Stell dir vor, was die Leute sagen würden, wenn bekannt würde, dass der zukünftige König der Goten in einem Weinkeller empfangen wurde?«

»O Gott!« Von Erregung und dem Wein des Abends hingerissen, hatte er alle Vorsicht vergessen.

Sie sagte sanft: »Ich habe deine Zurückhaltung immer schwer ertragen. Nun ist es nicht mehr wichtig. Wir brauchen einen Erben, um unser Volk zu vereinen. Und Honorius auch. Wir werden ihm einen Erben schenken, gegen seinen Willen. Nachdem du Burdigala zu unserer Hauptstadt gemacht hast.«

Athaulf schwieg. Er staunte wie schon so oft zuvor, über den verblüffenden Gleichklang ihrer Gedanken.

Placidia rieb sich die Arme. »Lass uns derweil hinausgehen. Hier drinnen ist es kalt.«

Eine Woche später marschierte Athaulf auf Burdigala zu. Das Heer war in drei Abteilungen eingeteilt. Sie waren kampfbereit, obwohl ein Einsatz der römischen Garnison unwahrscheinlich war. Athaulf schickte wie immer einen Boten in die Stadt, der im Austausch für die Kapitulation milde Bedingungen anbot.

Athaulf und seine Leutnants beobachteten von einem Hügel aus, wie der Bote in einer Wolke roten Staubs zurückgaloppierte. Placidia betrachtete Athaulfs Gesicht. Sein angespanntes Kinn gab ihr die Antwort. Er konnte den Ausgang an der Art erkennen, wie Roderich ritt. Roderich war seit dem Hinterhalt an der Brücke und seiner fast wundersamen Genesung einer von Athaulfs Schützlingen geworden. Sie hatte Vallias Neffen schon immer gemocht. Und doch wäre jemand Älteres, Erfahreneres vielleicht eine bessere Wahl gewesen, um mit einem römischen Stadtpräfekt zu verhandeln. Roderich verhielt sein Pferd jäh vor Athaulf. »Herr, sie haben sich geweigert.«

»Ihr habt mit dem Präfekt gesprochen, meine Bedingungen übermittelt?«

»Ja, Herr. Er sagt, eher wird er Euch im Hades begegnen.«

»Es überrascht mich nicht.« Athaulf wandte sich Placidia zu. »Wir werden uns auf eine lange Belagerung einstellen müssen. Ihre Speicher und Zisternen sind gut bestückt.«

Roderich wandte sein Pferd. Placidia hielt ihn auf. »Roderich, dieser Präfekt, wie lautet sein Name?«

»Symmachus, Herrin, Flavius Symmachus.«

Placidia sah Athaulf an. »Ein unbedeutender Zweig der Symmachier, eine der ältesten Patrizierfamilien Roms. Ich kenne ihn und seine Schwestern schon seit meiner Kindheit. Ich kannte ihn, als er nur der Berater seines berühmten Onkels war.«

Athaulf runzelte die Stirn. »Du glaubst nicht, dass das …«

»Vielleicht nicht, aber es ist einen Versuch wert.« Sie nahm ihren Siegelring ab. »Nehmt das, Roderich. Kehrt nach Burdigala zurück. Reicht dies dem Statthalter. Sagt ihm, Galla Placidia gewähre ihm ihr Wort, dass weder die Stadt noch ihre Bewohner Schaden erleiden werden, wenn er sich jetzt ergibt. Wenn er es nicht tut, wird es kein Pardon geben. Sie werden dasselbe Schicksal wie Arausio erleiden.«

Roderich, der den Ring festhielt, sah Athaulf an. Placidias Herz begann zu hämmern. Sie konnte die Anspannung in der Luft spüren. Der Drang zu handeln hatte sie so rasch überwältigt, dass sie keine Zeit hatte, über ihre impulsive Idee nachzudenken. Ihr Mund war trocken.

Athaulf zögerte einen Moment. Dann nickte er. »Tut, was die Prinzessin sagt. Wir werden hier warten.«

Ein Murmeln – sie konnte nicht erkennen, ob es Anerkennung oder Widerspruch war – stieg hinter ihnen auf. Roderich neigte mit ungerührter Miene den Kopf. Er galoppierte den Hügel wieder hinab und auf Burdigala zu. Das weiße Friedensbanner flatterte an seiner Lanze.

Die Goten marschierten unter einem bleiernen Himmel durch die leeren Straßen Burdigalas, und ihre mit Nägeln versehenen Sandalen klangen auf den Pflastersteinen. Die berittenen Stammesführer und ihre Leutnants folgten. Ihnen voraus ritten Athaulf und Placidia.

Während sie durch die düsteren Straßen ritten, die von Mauern und Türmen überschattet waren, dachte Placidia, wie sehr sich Burdigala von der von Ausonius beschriebenen Stadt unterschied. Ihre breiten Prachtstraßen und weiträumigen Foren waren mit Befestigungen verbarrikadiert. Das Leben in der Stadt war, wie überall, geschwunden, während der Adel, von kleinen Privatarmeen beschützt, inzwischen hauptsächlich auf seinen bewehrten Landgütern lebte und seine Bürgerpflichten vernachlässigte.

Placidias Herz krampfte sich zusammen. Wäre dies eines Tages das Schicksal Roms, Mediolanums, Athens, Antiochias, Alexandrias? War die Stadt, dieser Schmelztiegel der Zivilisation, zum Untergang verdammt? Würden Recht und Ordnung, Lernen und Kunst alle mit ihr dahingehen? Als sie das Forum betraten, fasste sie wieder ein wenig Mut. Obwohl es menschenleer war, war es noch immer ein Forum, und noch dazu ein großartig proportioniertes Forum.

Das Rathaus war eine Basilika im alten Stil, mit geriffelten Säulen und korinthischen Kapitellen. Flavius Symmachus, in der kurzen purpurfarbenen Toga seines Amtes, erwartete sie auf den Stufen, von seinen Liktoren und Beamten umgeben, der Bischof von Burdigala zu seiner Rechten. Er richtete seinen düsteren, undurchdringlichen Blick auf Athaulf. Er sagte mit steinerner Miene: »Ich überlasse Burdigala Eurer Gnade.«

»Edler Symmachus.« Athaulf hob die Stimme an, damit sie auch diejenigen hinter dem Präfekt hören konnten. »Ich komme nicht als Eroberer, sondern um das zu beanspruchen, was mir gehört. Ich wünsche, dass Ihr und Eure Beamten im Amt bleibt. Mein Volk wird sich, wie es mit dem Kaiser vereinbart wurde, auf einem Drittel Eures Landes niederlassen. Es ist mein Wunsch, dass wir in Frieden zusammenleben.«

Symmachus hielt Athaulfs Blick stand. »Ich bezweifle Eure Absicht nicht. Wie dem auch sei, wir Römer sind es gewohnt, dem Gesetz zu gehorchen. Euer Volk, wenn Ihr mir meine Offenheit vergeben mögt …«

Athaulf hob eine Hand. »Ich werde auch offen sprechen. Wir sind nicht wie andere Barbaren …« Placidia zuckte zusammen, und doch konnte sie nicht umhin, seinen Mut zu bewundern. »… wir sind Christen. Wir verstehen Eure Art. Viele von uns haben in den Heeren Roms gedient. Dies wird Euer Land *und* unser Land sein.« Athaulf hielt inne. »Ich habe mein Wort gehalten. Euer Kaiser hat seines gebrochen.«

Schweigen entstand. Füße scharrten. Der Bischof drehte seinen Siegelring. Mehrere Beamte husteten.

Athaulf fuhr fort: »Es werden Recht und Ordnung herrschen. Die Besitzaufteilung wird durch Räte aus römischen Magistraten und gotischen Ältesten festgesetzt. Jedermann, der dagegen verstößt, sei er Gote oder Römer, wird bestraft. Römer nach römischem Gesetz, Goten nach unserem Gesetz. Ich gebe Euch mein Wort, dass es so sein wird.« Er hielt einen Moment inne, bevor er hinzufügte: »Ich werde bald eine neue Königin haben, eine römische Königin.«

Der Statthalter wandte sich Placidia zu. Sie lächelte ihn strahlend an. »Ich heirate den König. Ich tue dies ohne die Zustimmung meines Bruders.« Nun würde jedermann wissen, dass Honorius nicht länger zählte, dass der Bruch vollzogen war. Dass sie zwischen der Treuezugehörigkeit zu einem bedrängten Kaiser weit weg in Ravenna oder der gotischen Macht vor ihnen wählen mussten. Sie fügte hinzu, um ihre

Worte abzumildern: »Es war eine mutige Tat, Eure Stadt zu retten, Symmachus. Meine Hochachtung.«

Athaulf nickte Sigerich zu. Die Männer schwärmten aus und besetzten alle Schlüsselpositionen in der Stadt. Als sich die Nachricht über Athaulfs Rede verbreitete, kamen die Bürger, die sich in ihren Häusern und den Kirchen verbarrikadiert hatten, allmählich hervor. Zweifellos zum Teil, weil sie neuen Mut gefasst hatten, aber auch, um die Schwester des Kaisers zu begaffen, wie sie wie ein Mann auf dem Pferderücken ritt und offen ihre Verbindung mit dem König der Goten zur Schau stellte. Als sie die Stadt halbwegs durchquert hatten, begann es zu regnen. Athaulf und Placidia ritten in einem Wolkenbruch zu dem Stadtpalast, den Symmachus für sie vorbereitet hatte.

Der Stadtpalast stand an einer Ecke der Decumanus, Burdigalas Hauptstraße. Ein altes patrizisches Gebäude, das von seinem gegenwärtigen Besitzer aufwendig renoviert worden war. Placidia, die im gold- und stuckverzierten Badezimmer auf einer Massageliege lag, fragte sich, wie sie es schon oft andernorts getan hatte, wie das Leben hier gewesen sein mochte. Hatten diese Wände vor Glück widergehallt, oder waren sie von Leiden geprägt worden?

Die Hände des Mädchens kneteten ihre Muskeln und arbeiteten sich ihren Rücken hinab. »Ein wenig höher, Iris. Nach links. Ja, da.« Das Massageöl duftete angenehm nach Rosmarin. Aristophanes hatte das Mädchen für sie ausfindig gemacht. Sie war mehr als eine Badsklavin. Sie war eine talentierte Zofe, die mit allen Arten weiblicher Zierde vertraut war. Der gute Aristophanes. Er war unabdingbar geworden, fungierte nun, zusätzlich zu seinen medizinischen Pflichten, auch als eine Art Oberhofmeister. Auf ihre Bitte hin fand er für Athaulf einen illyrischen Schriftführer, dessen Gotisch und Latein Honorius' Kanzlei stolz gemacht hätten, zwei Schreiber sowie einen Epheser als Koch, um den sie sogar Attalus beneidete. Die Sklaven des königlichen Haushalts hatten die Fremden erstaunlich anständig aufgenommen, bis auf

Tuga. Sie fauchte Iris an, wann immer sie dachte, Placidia sei außer Hörweite. Placidia spürte, wie sich ihr Körper entspannte. Sie schloss die Augen. Regen trommelte auf das Dach. Ein stetiger Klang und ebenso einlullend wie die Bewegungen von Iris' Händen.

Als Tuga am nächsten Morgen die Fensterläden öffnete, fiel Sonnenlicht in den Raum. Placidia setzte sich im Bett auf und streckte sich schwelgerisch. Sie tappte barfuß auf den nassen Balkon. Die Luft war kristallklar, der Himmel tiefblau. Sie konnte über die rotgedeckten Dächer hinweg das Glitzern von Wasser und die Masten von Schiffen sehen. Die gestern noch düsteren, verwaisten Straßen waren in der Sonne kaum wiederzuerkennen. Sie wimmelten von Bewegung, Farbe, Klang. Sie verspürte einen unwiderstehlichen Drang, die Stadt zu erkunden, ihre Gassen abzulaufen, Teil der Menschenmenge zu sein, die dort unten herumlief.

»Tuga«, rief sie über die Schulter. »Bereite mein Bad vor. Wir gehen spazieren. Allein.«

»Ich denke nicht, dass du das tun solltest.« Athaulf stand im Eingang, für das morgendliche Treffen mit dem Statthalter und den Magistraten gekleidet. Er sah mit dem neuen Umhang aus dunkelblauer, goldgesäumter Wolle und der edelsteinbesetzten Spange, die sie ausgesucht hatte, prächtig aus. Sie lächelte: das Bild eines römischen Kaisers, bis auf das helle Haar und die Tatsache, dass er über jedermann in der Gallischen Versammlung aufragen würde.

Athaulf schüttelte den Kopf. »Ich denke wirklich nicht, dass du auf die Straßen gehen solltest.«

Sie legte ihre Arme um seine Taille. »Ich liebe es, mich unter die Menschen zu mischen, sie zu beobachten, ihnen zuzuhören. Ich könnte vielleicht sogar etwas Nützliches erfahren.«

»Das tun andere für mich. Ich sehe nicht …«

»Oh, Athaulf«, schmeichelte sie. »Ich werde vor Langeweile sterben. Ich darf nicht reiten, dieses Haus besitzt keine Bibliothek, meine Bücherkiste befindet sich in Ausonius' Villa. Nicht einmal Attalus ist hier … Das Wetter ist wundervoll. Lass mich gehen. Ich werde Tugas schlichte Kleidung tragen. Niemand wird mich erkennen.«

Er küsste sie auf die Stirn. »Nur wenn du zwei meiner Leute mitnimmst. Ich kann Gainsrich nicht entbehren. Er überwacht die Übernahme des Getreidespeichers. Diese Stadt ist noch nicht angemessen gesichert. Es …«

»Alles wird gut sein. Weise deine Leute einfach an, mir diskret zu folgen. Ich will nicht, dass sie wie übereifrige Jagdhunde an meinen Fersen kleben.«

Er hob ergeben die Hände. »Du bist unmöglich. Aber vermutlich solltest du deine Freiheit genießen, solange du es noch kannst.«

»Und was, mein Herr und Meister, bedeutet das?«

»Dass ich beschlossen habe, die Hochzeit hier in Burdigala abzuhalten. Ich verkünde sie heute Morgen den Senatoren. Das wird helfen, die Gallo-Römer zu beschwichtigen und die Anti-Römer in meinem Volk auszusöhnen.«

Sie biss sich auf die Lippen. Der gestrige Optimismus hatte sie verlassen. »Es ist ein schrecklicher Bruch mit der Tradition. Ohne die Zustimmung meines Bruders zu heiraten …«

»Ich weiß, aber es muss geschehen, je eher, desto besser.« Er sah sie mit großer Zärtlichkeit an. »Geh spazieren, wenn es sein muss. Aber sei vorsichtig. Und versuche nicht, meinen Leuten zu entwischen.«

Als Placidia und Tuga das Haus verließen, stand die Sonne fast im Zenit. Die Wächter vor dem Tor beachteten die beiden Frauen in Umhängen kaum. Zwei Mitglieder von Athaulfs Leibwache folgten ihnen unauffällig.

Die Stadt war wieder zum Leben erwacht. Die Hauptstraße war so bevölkert wie jede Straße Roms. Das war ein gutes Zeichen. Dass sich die Nachricht von Athaulfs Gnade von Stadt zu Stadt verbreitete, wäre hilfreich, um seinen Einfluss auf Gallien zu festigen. Fuhrleute und Sänftenträger schrien, um an Passanten vorbeizugelangen. Frauen versammelten sich an Brunnen, füllten ihre Krüge und schwatzten. Die Läden im Parterre der hohen Holzhäuser waren alle geöffnet. Es gab

Garküchen, Blumenverkäufer, Tavernen und Stoffhändler, Barbiere und Schlachter ... Die Gerüche von Dung und Staub, Schweiß, Rauch und Bratfisch erfüllten die Luft. Hier und da erhob sich dicht neben den bescheidenen Behausungen die traditionelle Stadtresidenz eines reichen Mannes, in ockergelben, zinnoberroten oder türkisen Farbschattierungen bemalt. Sie passierten das Haus eines Schiffseigners, an dessen Säulenvorbau eine stolze Flotte Handelsschiffe segelte, das Haus eines Schmuckhändlers, über dessen Tür sich farbenfrohe Edelsteine aus Schmuckkästchen ergossen. Gemalte Phalli wehrten den bösen Blick von herrschaftlichen Häusern und Hütten gleichermaßen ab. Und doch heiterten der Lärm und die Geschäftigkeit, die Placidia normalerweise als belebend empfunden hätte, sie heute kaum auf. Ihre Gedanken drehten sich immer wieder um Athaulfs Entscheidung, die Hochzeit anzukündigen. Obwohl sie seine Gründe verstand, war ihr das Herz schwer.

Tuga blieb stehen und schnupperte. Aus einer Bäckerei wehte der Duft von frischem Brot heran. »Mmm. Das riecht köstlich. Warum kaufen wir nicht ein wenig Brot?« Placidia musste lächeln. Tugas Leidenschaft fürs Essen belustigte sie stets. Sie nahm eine Münze aus dem Geldbörse an ihrer Taille. »Hier, kauf dir einen Laib ihres besten Brotes.«

Tuga nahm den Laib von dem Bäckerjungen entgegen. »Oh, es ist noch warm!« Sie riss eifrig ein Stück ab, biss hinein und verzog dann das Gesicht.

Placidia betrachtete das Brot. Seltsam. Es bestand überwiegend aus Roggen. Wenn Burdigalas Speicher gefüllt waren, warum enthielt ihr bestes Brot dann so viel Roggen? Vielleicht hatten ihnen der Bäcker, der in ihnen Fremde erkannte, ein billigeres Brot untergeschoben? Sie folgten der Menge weiterhin in Richtung Hafen. An der Ecke der Cardo und der Decumanus, wo sich die beiden Hauptstraßen kreuzten, passierten sie einen weiteren Blumenstand. Hinter der Theke flocht eine alte Frau Myrtenkränze für eine Hochzeit. Placidia blieb einen Moment stehen und beobachtete, wie ihre knotigen Finger die glänzenden, grünen Blätter bogen. Sie verspürte einen Kloß in ihrer Kehle. Der Lärm um sie herum dröhnte allmählich in ihren Ohren. Die Sonne stach ihr in die Augen. Sie musste einen ruhigen, dunklen Ort finden. Einen Ort, an dem sie allein sein konnte. Einen Ort zum Nachdenken. Einen Ort zum Beten.

Sie berührte Tugas Arm. »Ich würde gerne die Ikone des heiligen Lukas sehen. Fragen wir nach dem Weg.«

Die Kirche war dunkel und zu dieser Stunde verwaist. Trübes Licht fiel durch die Alabasterpaneele. Der einfache Altar war aus demselben goldfarbenen Stein gehauen wie die öffentlichen Gebäude der Stadt. Darauf stand eine Silberschale mit schwimmenden Öldochten. Darüber hing an zwei Ketten ein Holzpaneel. Placidia hielt den Atem an. Es war das wunderschönste Bild, das sie je gesehen hatte: die Jungfrau, in einem weinfarbenen, goldgesäumten Umhang, die zärtlich ihren Sohn hielt. Sie blickte mit dunklen, mitfühlenden Augen auf die Welt. Ihre rechte Hand deutete auf ihr Kind als den Weg zur Erlösung. Die Farben, die der heilige Lukas benutzt hatte, leuchteten, obwohl in vier Jahrhunderten nachgedunkelt, noch immer erstaunlich.

Die Ikone wurde als eines von mehreren von dem Apostel gemalten Porträts der Jungfrau verehrt. Augustinus hatte Zweifel an ihrer Authentizität angemeldet, aber er wetterte häufig gegen die Verehrung von Bildern als heidnische Angewohnheit. Claudias Onkel Hieronymus, ebenso gelehrt wie Augustinus, aber von sanfterer Gesinnung, hatte viel Zeit damit verbracht, den Ursprüngen von Lukas' Gemälden im Heiligen Land nachzuspüren. Er erklärte jenseits allen Zweifels, dass sie von der Hand des Apostels gemalt seien.

Sie setzte sich auf eine Bank vor dem Altar. Der Lärm der Straße war nur noch ein fernes Murmeln, ein weitentferntes Echo einer anderen Welt. Ihre Gedanken klärten sich allmählich. Sollte sie einen letzten Versuch unternehmen und Honorius schreiben? Es wäre vergebens. Athaulf hatte recht. Selbst wenn eine vage Chance bestünde, dass ihr Bruder in einer seiner sentimentalen Stimmungen einlenkte, würde Konstantius es niemals zulassen. Aber wäre eine Heirat ohne die Zustimmung ihres Bruders in den Augen des Volkes nicht verflucht? In den Augen Gottes? Selbst wenn Gott verstand, würde Konstantius nicht verstehen. Sein Ziel war es, die Goten zu vernichten. Er würde früher oder später, wenn er Heraklians Aufstand niedergeschlagen hatte, die Alpen überqueren. War es möglich, Frieden mit ihm zu schließen, oder war es besser, eigenständig zu bleiben und Konstantius sowie allem, wofür er stand, ihr Bruder, Rom selbst, mit Waffengewalt entgegenzutreten? Auf welcher Seite stand Gott? Auf wessen Seite würde er sie stehen sehen wollen? Könnte sie, mit Gottes Hilfe, die Goten und Römer dazu bringen, die Katastrophe, auf die sie sich unausweichlich zu bewegten, abzuwenden?

Sie hob den Blick zur Jungfrau. »O Maria, leite mich! Wie kann ich Römerin und Gotin sein, ohne mich preiszugeben? Wo liegt meine Pflicht?«

Die Stille um sie herum verdichtete sich. Die Realität verschmolz mit den Schatten. Sie spürte, dass sie sich an der Schwelle zu einer anderen Welt befand. Durch halbgeschlossene Lider erblickte sie einen Strom strahlenden Lichts. Sie begann zu zittern. Ihr Mund wurde trocken.

»Placidia …«

»Fürchte dich nicht. Bleib standhaft und folge deinem Weg.«

Sie schluckte. »Aber *welchem* Weg? Was … muss ich tun?«

»Dein Weg wird lang und beschwerlich, aber du wirst obsiegen.«

Woher kam die Stimme? Aus ihr selbst? Aus dem Bild? Bildete sie sich Dinge ein? Konnte es sein?

Alle Unruhe wich von ihr. Sie hörte auf zu zittern. Sie spürte ihre Seelenqual, die Härte der Bank, den kalten Stein unter ihren Füßen nicht mehr. Ein innerer Friede erfüllte sie, eine Heiterkeit, wie sie sie noch nie zuvor gekannt hatte.

Sie glaubte einen Moment zu sehen, wie sich die Lippen der Jungfrau bewegten. Das Licht verblasste langsam, wie in einem Traum.

»Ich danke dir«, flüsterte sie. »Ich danke dir, o Maria.« Dann umfing sie Dunkelheit.

Sie erwachte auf einem kalten Boden. Jemand hatte ein gefaltetes Kleidungsstück unter ihren Kopf gelegt. Kirchengewänder hingen an Haken an der Wand. Neben ihr saß auf einem Stuhl ein junger Mann. Er trug eine Tonsur wie ein Sklave, ein neues Symbol der Demut, das von vielen Priestern gezeigt wurde. Er reichte ihr einen Becher Wasser. »Hier, trinkt das.«

»Ich danke Euch.« Sie fühlte sich benommen, aber erfrischt, als wäre sie aus einem langen, erholsamen Schlaf erwacht. »Was ist geschehen?«

»Mein Diakon fand Euch auf dem Boden vor. Wir trugen Euch hierher.«

Als sie die Kirche verließ, zögerte sie einen Moment, während sie die schwere Bronzetür aufhielt. Draußen hatte sich nichts verändert. Die Sonne schien noch immer. Menschen bevölkerten die Straße. Dieselben abgerissenen Bettler drängten sich unter dem Kirchenportal zusammen und streckten ihre Almosenschalen aus. Tuga saß auf den Stufen des Baptisteriums, aß ein Stück Brot und betrachtete die Menge. Die beiden Wächter hockten auf dem gegenüberliegenden Gehweg und würfelten. Sie sprangen auf, als sie Placidia sahen.

Placidia berührte Tugas Schulter. »Wir gehen zurück.« Sie musste Athaulf sehen. Sie schritt forsch aus, von neuer Zuversicht erfüllt. Sie kaufte der alten Frau beim Blumenstand, die noch immer Girlanden für eine Hochzeit wand, einen großen Strauß spätblühender Rosen ab.

Sobald sie das Atrium betrat, sank ihr der Mut. Der Eingang war voller Krieger, die zum Gefolge mehrerer bedeutender Stammesführer gehörten. Roderich, normalerweise ein Ausbund an Höflichkeit, eilte ohne Gruß an ihr vorbei und deutete als Antwort auf ihre Frage nur mit dem Kopf auf die Empfangshalle. Dort sagte ihr ein Blick auf

Athaulf, der von aufgebrachten Stammesführern umgeben war, dass sie sich zurückziehen sollte. Dies war kein Ort für eine Frau.

Sie setzte sich in die Laube im Garten und beobachtete, wie der Schatten auf der Sonnenuhr ermüdend langsam voranschritt. Als er zu ihr kam, ging schon fast die Sonne unter. Er wirkte abgespannt. Er setzte sich neben sie und nahm ihre Hände. »Es gibt keinen Weizen.«

»Keinen Weizen? Aber das ist unmöglich. Deine Kundschafter …«

»Der Getreidespeicher war mit Sandsäcken gefüllt. Symmachus hat es mir heute Morgen selbst gesagt, bevor meine Leute es entdecken konnten.«

Sie erinnerte sich an Tugas Brot. »Kein Weizen? Die Geschäfte schienen wohl bestückt, die Menschen unbesorgt …«

»Ich weiß. Die Nachricht hat sich noch nicht verbreitet. Symmachus erhielt von Dardanus den Befehl, seinen Weizen nach Massilia zu verschiffen. Er tat dies heimlich, um eine Belagerung zu verhindern, aber auch, um einen Aufruhr zu vermeiden. Es sind praktisch keine Reserven übrig. Ich wollte die Hälfte des Getreides nach Tolosa und Carcasum schicken. Sie sind verzweifelt.«

Sie schluckte. »Was hast du mit Symmachus gemacht?«

»Er ist im Gefängnis. Mit den Magistraten.«

Athaulf fuhr sich mit einer Hand durchs Haar. »Es ist reine Ironie, oder? Ich habe erreicht, was Alarich nie gelang. Ich habe den Römern den größten Teil Galliens entrungen, und doch kann ich meine Leute nicht den Winter hindurch ernähren.«

Athaulf hatte recht. Bald kam der Herbst. Ihr fehlten die Worte. Seine Verzweiflung war greifbar, aber was konnte sie sagen?

Athaulf blickte in die Ferne. »Ich habe manchmal das Gefühl, wir Goten seien von Gott verflucht. Wir sind so viele Jahre umhergewandert. Wir haben das Kaiserreich von einem Ende zum anderen durchquert und dabei für oder gegen Rom gekämpft. Verträge wurden abgeschlossen und gebrochen. Wann immer sich unser Schicksal zu wenden scheint, schwindet die Hoffnung wieder wie eine Trugbild.« Er barg das Gesicht in den Händen. »O Placidia, was soll ich tun?«

Sie erhob sich und legte die Arme um ihn. Sie barg seinen Kopf und streichelte sein Haar. Die untergehende Sonne beleuchtete die Statuen rund um den Teich, die beschnittene Hecke, die Grotte mit ihrem Wasserfall. Sie sagte leise: »Wir können jetzt nicht aufgeben.«

Athaulf schaute auf. Seine Augen wirkten trübe. »Ich bin müde. Kampfmüde. Des Umherwanderns müde, der Versprechen, des Kampfes gegen meine eigenen Stammesführer. Ich wollte nie König sein, weißt du ...«

»Du musst Massilia einnehmen. Wir werden die gallischen Führer gemeinsam davon überzeugen, dass ihre Zukunft bei uns liegt. Unsere Herrschaft ist weitaus besser als die wankende Regierung meines Bruders. Du hast dich als gerechter und kraftvoller Anführer erwiesen. Ich bin Römerin.« Sie strich ihm eine Haarsträhne aus der Stirn. »Die Römer werden dich bald ebenfalls als eine Art Römer ansehen.«

Athaulf erhob sich. »Du hast recht. Verzweiflung steht einem Mann nicht. Aber Zweifel, Geliebte, ist auch eine Form von Stärke.« Er nahm ihre Hand. »Ich werde einen Weg finden, Massilia einzunehmen.«

Als sie Hand in Hand den Kieselsteinweg hinaufgingen, verspürte sie ein bittersüßes Verlustgefühl. Sie hatte etwas gewonnen, aber sie hatte auch etwas verloren. Sie hatte in gewisser Weise, seit sie ein Kind war, gespürt, dass sie anders war als andere Mädchen. Sie war sich stets ihrer Stärke bewusst gewesen. Ihre Amme Elpidia nannte sie ein Maultier und schimpfte, dass sie nie einen Ehemann fände, wenn sie sich nicht bessern würde. Placidia wollte nie einen Ehemann. Der Gedanke daran, sich wie viele ihrer Freundinnen in eine einfältige Ehefrau zu verwandeln, war ihr stets zuwider gewesen. Athaulf hatte ihre Meinung geändert. Athaulf hatte sie verändert. Hatte in ihr zum ersten Mal die Sehnsucht erweckt, sich jemandem hinzugeben. Hatte bewirkt, dass sie ihn idealisierte, ihm mit leidenschaftlicher Hingabe folgte.

Placidia straffte die Schultern. Sie würde nie wieder jemandem folgen. Sie liebte und bewunderte Athaulf. Er war der weitsichtigste, talentierteste Barbar, der Rom jemals herausgefordert hatte. Athaulf würde siegen. Dessen war sie sich sicher. Weil er außergewöhnlich war, aber auch weil *sie* ihm zur Seite stand. Denn sie war, wie sie erkannte, die Stärkere von ihnen beiden. Sie würde fortan nur noch sich selbst folgen.

Athaulf rief in seinem Arbeitszimmer nach seinem Schriftführer, nach Vallia, nach Roderich. Während sein Leibdiener die zeremonielle Kleidung forträumte, die er bei dem Treffen mit dem Statthalter getragen hatte, notierte sein neuer Schreiber auf zwei verschiedenen Wachstafeln hastig Befehle.

»Und schickt nach Attalus.«

Placidia runzelte die Stirn. »Attalus?«

»Ja. Er hat in Massilia gelebt.«

Attalus brauchte fünf Tage, um von Tolosa nach Burdigala zu gelangen. Er traf während des Essens ein. Athaulf befahl ihm, trotz der Protestes seines Dieners, dass sein Herr staubig und erschöpft sei und ein Bad und frische Kleidung brauchte, auf die Terrasse zu kommen. Athaulf erklärte die Situation mit wenigen Worten. »Wollt Ihr mir nun erzählen, was Ihr über Massilia wisst?«

Attalus strich mit einem Finger über den Rand seines Weinbechers. »Die Massilianer sind berühmt für ihre Entschlossenheit. Cäsar brauchte mit seinen Kriegsgeräten und der Blockade durch die Kriegsflotte im Hafen sechs Monate, um Massilia einzunehmen. Letztendlich wurde der grimmige Widerstand der Massilianer nur durch Hunger und Krankheit bezwungen. Bonifaz ist, obwohl er jung ist, altmodisch. Und ebenso entschlossen wie die Massilianer.«

Placidia blickte von ihrer Stickerei auf. »Ich weiß nicht, ob ich ihn so beschreiben würde. Es ist, trotz seines Konservatismus, etwas

Wechselhaftes, Unvorhersehbares an ihm. Das war schon immer so, selbst als er ein Junge war. Ich kannte ihn damals gut.«

Athaulf lächelte ihr zu. »Ich weiß. Und nach dem, was du in Burdigala erreicht hast ...«

Attalus schüttelte den Kopf. »Es wird bei Bonifaz nicht funktionieren. Symmachus ist, wie sein berühmter Vater, ein Realist. Bonifaz ist das nicht. Er ist ein Idealist.«

Athaulf sagte: »Ich habe nur gescherzt. Ich habe einen anderen Plan.«

Attaulus wölbte eine Augenbraue. »Den Ihr mir natürlich nicht mitteilen werdet?«

»Genau, mein Freund. Nur für den Fall, dass die Römer Euch gefangennehmen und foltern ...«

Placidia sagte nachdenklich: »Massilia ist noch immer sehr griechisch. Es war einst die westlichste Stadt von Magna Graecia. Zuerst von den Phöniziern, dann von den Griechen besiedelt, blieb Massilia bis zu Cäsars Zeiten eine freie Handelsstadt. Im Kampf zwischen Pompeji und Cäsar verschätzten sich die gewitzten Massilianer und schlugen sich auf die Seite Pompejis. Das war das Ende ihrer Freiheit.«

Attalus lächelte. »Eure Frau, Athaulf, ist ein wandelndes Geschichtsbuch.«

»Schsch!« Placidia legte einen Finger auf die Lippen.

»Oh, komm schon, Placidia!« Attalus verzog das Gesicht. »Es ist an diesem Punkt gewiss nicht mehr wichtig. Du hättest vor langer Zeit meinen Rat befolgen und deine Heirat verkünden sollen. Es würde dir bei den Gallo-Römern helfen, dir Sympathien einbringen. Deine Hoffnung, dich mit deinem Bruder zu verständigen, ist Zeitverschwendung. Er wird deiner Heirat niemals zustimmen. Du hast in Gallien weitaus bessere Chancen, treue Anhänger zu erringen. Ich wäre nicht einmal überrascht, wenn der ehrenwerte Dardanus überzeugt werden könnte, dich zu unterstützen. Das sagte ich dir früher schon, aber ihr wollt beide nicht zuhören.«

»Aber das haben wir«, warf Placidia ein. »Wir werden die Hochzeit sobald wie möglich abhalten. Dennoch müssen wir zuerst unser Volk ernähren. Wir …«

»Unser Volk!« Um Attalus' Lippen breitete sich ein ironisches Lächeln aus. »O Jupiter! Ist dies, so frage ich mich, das Ende oder der Anfang der Welt?« Attalus glitt von der Terrassenmauer. »Ich verschwende meinen Atem. Rufe deinen übelriechenden Druiden. Aber Verrat wird dir nicht einbringen, was du begehrst. Nicht auf lange Sicht.«

Placidia verengte die Augen. »Ausgerechnet du wagst es, uns über Verrat zu belehren?«

Athaulf winkte ab. »Geht zu Bett, Attalus. Ich verzeihe Euch, weil Ihr müde seid.«

Massilia, August 413

Die Nachmittagshitze war unerträglich. Schon seit Tagen blies ein heißer Wüstenwind aus Afrika heran, bedrückte die Gemüter und bedeckte alles mit einer feinen Sandschicht. Die Fensterläden in den engen Straßen waren gegen den Angriff von Sonne und Wind fest geschlossen. Die Märkte lagen verwaist, und kaum ein lebendes Wesen war im Forum zu sehen. In dem amphorenförmigen Hafen dümpelten schnittige Liburnen und Frachtschiffe mit gerundeten Rümpfen vor Anker, während die Matrosen unter flatternden Planen dösten.

Hinter den Ziegelsteinmauern des römischen Militärlagers war die Hitze ein wenig erträglicher. Bonifaz blickte von der Holzkohleskizze in seiner Hand auf: »Die Nordseite ist gleichermaßen von Gräben durchzogen?«

Sein Stellvertreter nickte. »Schlimmer. Sie hatten zwei Tage und Nächte Zeit dazu. Sie haben hier überall Gräben gezogen, Spieße hineingetrieben und sie mit Laubwerk bedeckt.« Fabius legte seinen staubigen Reitumhang ab und hängte ihn auf einen Haken.

Bonifaz verzog das Gesicht. »Vergesst den Bastard. Er benutzt römische Methoden. Also kein Geistesblitz. Ihr sagt, er hat über dreihundert Bogenschützen?«

»Ja. Aber nur einen Belagerungsturm und zwei alte Katapulte. Die Goten haben wenig Erfahrung damit. Ihre Stärke sind die berittenen Bogenschützen.«

»Sie nützen bei einem Angriff nicht viel. Athaulf ist vor allem auf unser Getreide erpicht. Darum hat er sich so weit aus seinem Stützpunkt hervorgewagt. Er wird wahrscheinlich nicht einmal einen Angriff versuchen, sondern verhandeln wollen. Er ist ein weitaus kühlerer Kopf, als es Alarich war.«

»Das macht ihn noch gefährlicher. Das und die Prinzessin. Sie hat offensichtlich eine Bedeutung. Habt Ihr gehört, wie sie Symmachus dazu brachte, Burdigala zu übergeben?«

»Geschichten werden beim Erzählen immer eindrucksvoller, Fabius.«

»Es heißt, sie sei sehr schön.«

»Das ist sie«, sagte Bonifaz mit seltsam ruhiger Stimme. »Sie erinnert an die Kaiserin Livia. Sie hat dieselbe gebogene Nase und die hochmütige Art. Ich hätte jedoch nie gedacht, dass Placidia heißblütig genug wäre, um sich einen Geliebten zu nehmen, noch dazu einen Goten. Wunderschöne dunkle Augen … sehr ausdrucksvoll.«

Fabius wölbte die Augenbrauen. »Ihr seid ihr begegnet?«

»O ja. Wir haben als Kinder zusammen gespielt. Meine Schwester Priscilla ist eine ihrer besten Freundinnen. Meine Mutter stand Placidias Tante Tertia nahe. Der Kaiser Theodosius schenkte Tertia die Villa der Kaiserin Livia in Rom.«

Bonifaz erinnerte sich an die vielen Büsten Livias in der Villa. Placidia hatte ihre Ähnlichkeit mit Augustus' Kaiserin sehr geschätzt. Schon als sie zwölf oder dreizehn war, nahm sie Livias Haartracht zum Vorbild. Ein strenger, republikanischer Knoten im Nacken. Priscilla pflegte sie damit aufzuziehen, wie altmodisch sie sei. Placidia lachte dann nur und steckte ihre Nase in eine der Schriftrollen aus der Bibliothek ihrer Tante. »Für ein Mädchen«, fügte er hinzu, »war sie recht belesen. Aber sie konnte auch sehr charmant sein.«

Fabius grinste. »Sagt bloß.« Der Präfekt, so dachte er, erinnerte sich in Bezug auf die Schwester des Kaisers an sehr viele Details. Vielleicht war der Präfekt doch ein normaler Mann.

Bonifaz sah ihn kühl an. »Es ist nicht, was Ihr denkt, mein Freund. Und ich versichere Euch, dass sie mich nicht dazu verlocken wird, Massilia zu übergeben.« Er trommelte mit den Fingern auf den Tisch. »Vergesst die Prinzessin. Wir haben eine Belagerung vor uns, obwohl es nicht so schlimm ist, wie es sein könnte. Dank Euch sind unsere Speicher gefüllt. Unser Getreide sollte wochenlang reichen. Athaulf weiß das.«

Fabius kratzte sich am Hals. »Vielleicht hofft er, durch die Verbreitung von Furcht zu gewinnen. Nach Arausio ergaben sich ihm viele Städte. Wie Symmachus in Burdigala. Furcht ist eine wirksame Waffe. Sie hat sogar in Rom funktioniert …«

»Rom, Fabius, fiel durch Verrat, nicht durch Panik!«

»Stimmt. Das macht mir hier auch Sorgen. Ich habe getan, was ich kann. Meine Informanten bleiben auf dem Laufenden, aber es gibt in Massilia viele germanische Sklaven.«

»Es gibt nur vier Tore, Fabius. Wir haben sie alle doppelt geschützt. Sie werden eine Menge Verräter brauchen, um die zusätzlichen Wachen zu überwältigen.«

»Oder Gold, Herr. Davon hat Athaulf seit Rom reichlich …«

»Selbst die Goten können kein Gold essen. Und auch ihre Pferde nicht. Athaulf kann nicht lange aus dem Land leben. Wenn ihm das Getreide ausgeht, wird er sich nach Aquitanien zurückziehen. Unsere Reserven werden viel länger reichen als seine. Und die Massilianer sind gute Fischer. Sie könnten praktisch von Fisch leben. Nicht«, er erschauderte, »dass ich das wollte. General Konstantius' Befehle sind eindeutig: Ich soll Massilia um jeden Preis halten. Und das werde ich tun, sogar wenn ich Athaulf selbst erdrosseln muss.«

Fabius grinste. »Ich glaube nicht, dass er Euch eine Chance gewährt, ihm so nahe zu kommen.«

»Leider. Obwohl es heißt, er sei stets bei der Vorhut. Vielleicht sollte ich es mit einem Wurfspeer versuchen …«

Das Können des Präfekten mit dem Wurfspeer war legendär. Er war ein seltsamer Mann, dieser Präfekt, dachte Fabius, ein Mann voller Widersprüche. Ein herausragender Athlet und ausgezeichneter Soldat, dessen hitziges Gemüt ebenso plötzlich aufwallte wie seine exzessive, fast weibische Leidenschaft. Obwohl er ein Christ war, las er anscheinend nur heidnische Philosophen. Er liebte gutes Essen und trank manchmal zu viel, widerstand jedoch, selbst wenn er getrunken hatte, den hübschen Offiziersgattinnen, die sich ihm an den Hals warfen. Fabius hatte zunächst angenommen, er bevorzuge Jungen, aber er schien auch ihnen gegenüber immun zu sein. Gemäß seiner Ordonnanz bewahrte er ein Bündel Frauenbriefe unter seinem Kissen auf. Leider war das Lesevermögen der Ordonnanz auf Befehle beschränkt und reichte nicht zum Entziffern der Schönschrift einer Dame.

»Jemand«, sagte Fabius, »hätte den Bastard schon vor langer Zeit töten sollen. Das ist die einzige Möglichkeit, um die Goten aufzuhalten.«

»Man hat es versucht.« Bonifaz spielte mit einem eisernen Briefbeschwerer. »Die Goten haben niemanden sonst mit Athaulfs Fähigkeiten. Wenn er stürbe, würden die Goten auseinanderfallen.« Bonifaz erhob sich. »Gehen wir zu den Befestigungsmauern. Es ist gut, wenn die Männer sehen, dass wir zu dieser Stunde nicht wie alle anderen dösen.«

Sie erklommen die Treppe zur Plattform am Nordturm. Der Wächter salutierte. Bonifaz warf sich seinen scharlachroten Umhang über die Schultern, den er selbst bei heißestem Wetter trug. Er wischte sich über die Stirn. »Es ist heiß!«

Der Wächter seufzte. »Ja, Herr, das ist es.«

»Ich weiß, wie sich dieser Helm anfühlt. Ich habe selbst so einen getragen, als ich in Ägypten bei der X. Fretensis diente. Aber bei dem, was da über die Hügel schwärmen kann, muss man die Backöfen ertragen, ob Hitze oder nicht.«

Der Mann grinste, erfreut darüber, dass sein Kommandant den Spitznamen für diese neumodischen Helme kannte.

Bonifaz hob eine Hand, um seine Augen zu beschatten. Er betrachtete die Kalksteinhügel hinter der Stadt. Sie gleißten in der Hitze. Bald würden sie vor gotischen Lanzen gleißen.

Fabius sah ihn an. »Denkt Ihr, sie werden von dort kommen?«

»Zweifellos. Es käme einem Selbstmord gleich, die Küstenstraße zu nehmen. Die Frage ist nur, wann. Ich vermute, morgen in der Dämmerung. Er hat keinen Grund zu warten.«

Der Angriff auf Massilia begann unmittelbar nach der Dämmerung. Die römischen Katapulte verzeichneten mehrere Treffer auf die gotische Infanterie, aber sie verfehlten die Belagerungsmaschine, die die Goten voranschoben. Der Turm kam schrittweise näher. Von dem Gerät geschützt, rückten die Goten außer Pfeilschussreichweite vor. Den gotischen berittenen Bogenschützen gelang es nach mehreren Versuchen, einen der Wachtürme Massilias in Brand zu setzen.

Athaulf nickte auf seinem Pferd. Das Feuer würde, wie das Belagerungsgerät, seinen Zweck erfüllen. Die Römer wären abgelenkt und zögen Leute von ihren Positionen ab, um das Feuer zu löschen. Es war an der Zeit zu handeln. Die Pferde schlugen ruhelos mit dem Schweif, ebenso ruhelos wie ihre Reiter. Nach mehr als einem Jahr der Eroberung Galliens empfanden seine Männer es noch immer als nervenaufreibend, eine Stadt dieser Größe anzugreifen. Mauern wie diese erfüllten sie mit Scheu. Sie waren tapfere Männer, mutig bis zur Tollkühnheit, die bei heftigen Angriffen und Kämpfen von Mann zu Mann hervorragend kämpften, denen aber die Geduld für die Kriegsführung durch eine Belagerung fehlte. Sie waren auch aufrichtig. Verrat lag ihnen nicht. Die Stammesführer waren diesem Plan mit Skepsis begegnet.

Der Wachturm brannte weiterhin, trotz einer so präzisen römischen Eimerkette, dass sie nicht von Menschen, sondern von Maschinen ausgeführt schien. Athaulf konnte die Flammen über die Querbalken züngeln sehen. Bald würde das Dach einstürzen. Und es war immer noch kein Zeichen zu sehen. Athaulf beugte sich zu Roderich, wollte ihm gerade etwas sagen, als er den Korb voller Katapultsteine von der Brüstung stürzen sah. Er packte Roderichs Arm. »Dort. Das Zeichen! Sie haben es geschafft!« Athaulf griff nach seinen Zügeln, jeden Muskel angespannt. Er blickte zum Tor und wartete. Dies schien eine Ewigkeit zu dauern, denn nichts geschah. Dann stürzte, wie durch Magie bewirkt, das halbe Westtor in sich zusammen und krachte in einer Staubwolke auf den Boden.

Athaulf hob eine Hand. »Jetzt!« Er trieb seinen Hengst vorwärts. Nun spürte er dieses erregende Gefühl der Macht, des dem Schicksal

Trotzens, das ein Mann nur in der Schlacht empfinden konnte. Als er und seine Krieger vorwärtsstürmten, erblickte er auf den Befestigungen ein scharlachrotes Aufleuchten. Ein Offizier in einem roten Umhang stieß einen der Verteidiger beiseite. Der Offizier schrie und deutete auf das Tor. Dann ergriff der Offizier mit einer so schnellen Bewegung, dass sie nur verschwommen zu sehen war, einen Wurfspeer und zielte. Obwohl die Entfernung viel zu weit war, warf sich Athaulf instinktiv zur Seite. In dem Moment, bevor der Speer seine Schulter durchbohrte, erkannte er den Mann. Es war Bonifaz. Athaulf stürzte zu Boden, und Dunkelheit überkam ihn.

Athaulf öffnete die Augen. Der Himmel über ihm war blau. Unter sich spürte er die harte, trockene Erde. Er hörte von irgendwoher – weit entfernt – den Schlachtlärm. Allmählich kristallisierten sich das Zusammenschlagen von Schwertern, das Schreien und Stöhnen von Männern, das Wiehern erschreckter Pferde, das Schwirren und Dröhnen von Katapulten, ein auf splitterndes Holz treffender Rammbock heraus … Seine Nase nahm den Gestank des Krieges wahr: Staub, Rauch, Blut, Kot und den alles beherrschenden, kränklich-süßen Geruch des Todes. Hörner bliesen zum Rückzug. Warum Rückzug? Er versuchte, sich zu bewegen, aber es gelang ihm nicht. Seine linke Schulter brannte höllisch. Das Brennen erfüllte seine Brust, nahm ihn in einen Schraubstock, presste ihm die Luft aus den Lungen, fester und immer fester. Alles begann zu verschwimmen. Der Schmerz, der Lärm, der Himmel. Erneut senkte sich Dunkelheit auf ihn.

Nach einer scheinbaren Ewigkeit, einer gesamten Lebensspanne, öffnete er die Augen wieder. Nun herrschte Stille. Und Licht. Der Himmel war noch immer da, eine ruhige, tröstliche blaue Weite. Der Himmel hatte die Farbe eines Flusses, den er einst, vor langer Zeit, gekannt hatte … Er war wieder ein Kind, an den Ufern der Donau. Die untergehende Sonne vergoldete das Wasser. Am Horizont glitt eine schwarze Barke mit einem einzelnen Bootsmann über den Sonnenball … Wer hatte ihm von einem Bootsmann erzählt, der tote Seelen über einen Fluss beförderte? Jemand. Wer? Es war unwichtig. Nichts war wichtig außer der Stille, dem Sonnenuntergang und dem Piepen der Entenküken in ihren reetgeschützten Nestern. Die Stille war so allumfassend, dass er den Flügelschlag ihrer zurückkehrenden Eltern und das Rascheln des Windes in den Weiden am Ufer hören konnte.

»Athaulf!« Die sanfte Stimme seiner Mutter, die ihn rief. »Athaulf!« Ein Gefühl unendlichen Friedens erfüllte ihn.

Vallia schirmte seine Augen vor dem blendenden Licht ab. Er sah Athaulf von dem Hügel aus stürzen, hörte die Römer freudig brüllen. Die gotischen Reiter führten ihren Angriff noch kurzzeitig fort, bevor sie jäh innehielten. Dann wandten sie sich wie ein Mann um. Sie bildeten nun einen schützenden Kreis um Athaulf. Vallia empfand eiskalte Furcht. Athaulf musste ernsthaft verletzt sein. Er könnte sogar tot sein. Die Römer hatten ihre Katapulte gestoppt. Sie standen immer noch zusammengedrängt auf den Brustwehren. Dies würde nicht vorhalten. Es war bekannt, dass barbarische Heere in Panik gerieten, wenn ihr Anführer fiel. Bonifaz, der seinen Vorteil spürte, würde wahrscheinlich einen Ausfall versuchen.

Vallia schwang sich in den Sattel und schrie: »Schnell! Zum König! Die erste Linie, folgt mir. Theoderich, Ihr habt das Kommando. Wartet meine Befehle ab. Versichert Euch, dass unsere Reserven gedeckt bleiben.« Damit galoppierte er den Hügel hinab.

Als er neben Athaulf abstieg, bestätigte ein Blick seine schlimmsten Befürchtungen. Athaulf lag ausgestreckt auf dem Rücken, von dem Speer, der ihn zu Fall gebracht hatte, am Boden festgenagelt. Er war bewusstlos und blutete stark. Roderich, der neben ihm kniete, versuchte den Speer herauszuziehen. »Nicht!«, schrie Vallia. »Er würde noch mehr Blut verlieren.«

»Ich weiß«, Roderich schaute auf, »aber wir müssen ihn rasch befreien.«

»Die Römer«, sagte Vallia und betrachtete prüfend die Mauern,

»versuchen, das Tor aufzurichten. Sie könnten auch einen Ausfall versuchen.« Es waren nun weniger Männer auf den Brustwehren. Römische Soldaten sammelten sich hinter dem halbgeöffneten Tor. Es würde nicht lange dauern, bis die Kavallerie auftauchte. Sie mussten um jeden Preis aufgehalten werden, zumindest bis Athaulf in Sicherheit war.

Vallia blickte von Athaulfs reglosem Körper zu den Mauern zurück. Er musste eine Entscheidung treffen. Der Ausgang der Schlacht, ihre gesamte Zukunft, ruhte auf seinen Schultern. Was hätte Athaulf getan? Wie viele Reiter umstanden ihn? Zweihundert, dreihundert? Ausreichend, um die Römer eine Weile in Schach zu halten, aber nicht genug, um den Angriff wiederaufzunehmen, nun, da der Überraschungseffekt verwirkt war. Wäre er nur an Athaulfs Seite gewesen. Er hätte es niemals zugelassen, dass sie ihren Angriff stoppten. Dann wären sie jetzt schon innerhalb der Mauern. Zu spät.

Oder nicht? Der Rückzug war genau das, was die Römer erwarteten. Bonifaz hatte nicht genug Männer für eine offene Feldschlacht. Er baute darauf, aus ihrer Verwirrung Vorteil zu ziehen. Es könnte immer noch möglich sein, ihn in die Falle zu locken. Die Hauptmacht der Goten blieb hinter dem Felsvorsprung auf dem Hügel verborgen. Sie hätten sich den Übrigen nach dem Fall des Tores anschließen sollen. Wenn sie nun Widerstand leisteten, könnten sie die Römer dezimieren, sogar die Stadt einnehmen.

Sie hoben Athaulfs Körper auf eine Behelfstrage aus einem zwischen zwei Lanzen befestigten Umhang. Der Speer, der abgebrochen war, ragte noch immer aus seiner Schulter.

»Roderich! Schickt zehn Eurer besten Männer, um Athaulf in Sicherheit zu bringen. Ihr übernehmt das Kommando über unsere zweite Linie. Ich werde die Römer so lange wie möglich drinnen halten. Dann werden wir einen Rückzug vortäuschen. Sorgt dafür, dass sich Eure Leute so verhalten, als wären sie in Panik. Brecht Eure Linien auf, gerade so weit, dass es überzeugend wirkt, aber seid bereit, kehrtzumachen. Inzwischen soll Theoderich unsere Reserven versammeln und sich zum Angriff bereit machen. Der richtige Zeitpunkt ist wesentlich.

In dem Moment, in dem ich das Signal gebe, den Rückzug aufzuheben, greifen wir an. Wenn wir Bonifaz und seine Kavallerie dazu verlocken können, uns zu verfolgen, haben wir eine gute Chance, sie auf freiem Feld zu besiegen. Bis dahin ...«

Vallia hielt inne. Die erste Truppe römischer Kavallerie erschien hinter dem Tor. Weitere folgten. Bonifaz hatte beschlossen, einen Ausfall zu versuchen. Vallia schwang sich in den Sattel. »Vorwärts, aber bleibt außer Reichweite ihrer Bogenschützen!« Der Befehl wurde entlang den Linien weitergegeben. Die gotischen Reiter gruppierten sich neu. Sie rückten langsam, ihre Pferde gemessenen Schrittes, die Schilde erhoben, auf das durchbrochene Tor vor. Sie blieben unmittelbar außer Reichweite der Katapulte stehen. Nur aufgerissene, trockene, mit Steinen und Pfeilen übersäte Erde befand sich zwischen ihnen. Neben dem Tor auf der gepflasterten Straße lag ein umgestürzter Karren, dessen Ladung Zwiebeln in der Sonne verrottete.

Vallia war nahe genug, um den Zenturio der Frontlinie ausmachen zu können. Ein typischer Veteran, klein, aber kräftig. Die Kavallerie hatte sich wie immer dahinter aufgereiht. Die Zenturionen waren es, die den Angriff der Legionäre führten, von der Kavallerie unterstützt.

Goten und Römer starrten einander unter der brennenden Sonne einen langen Moment an. Vallia spürte, wie ihm der Schweiß zwischen den Schulterblättern herablief. Wie lange könnten sie dies aufrecht halten, den Angriffsmoment hinauszögern? Er nickte seinem Standartenträger zu. Die Goten brachen in wildes Kriegsgeheul aus. Sie schleuderten den Römern zwischen rasselnden Lanzen und klingenden Schilden Beleidigungen entgegen, die Salve auf Salve Schmähungen erwiderten. Vallia schluckte. Sein Mund war so trocken wie Sand.

Er beugte sich vor, um nach seinem Wasserschlauch zu greifen, als der führende Zenturio das Zeichen gab. Die Infanteriekohorte stürmte voran und schleuderte Wurfspeere auf die Goten. Vallia schwenkte sein Schwert. »Angriff!« Die Goten griffen an, versuchten die Legionäre niederzureiten, bevor sie Schildformation einnehmen konnten, aber die Römer gruppierten sich augenblicklich neu. Die ersten Ränge rückten zusammen und bildeten eine Mauer aus Schilden, während die hinteren Ränge die Goten mit einem Hagel Wurfgeschossen überfluteten.

Die gotischen Pferde stiegen. Männer und Pferde krachten zu Boden. Die Römer, angeführt von ihren Zenturionen, sprangen mit gezogenen Schwertern in die Bresche. Rund um Vallia herum wurden Männer abgeworfen. Sie kämpften nun zu Fuß. Viele waren zusammengebrochen. Einige versuchten, sich Pfeile aus Armen oder Brust zu ziehen, andere sanken im Todeskampf nieder.

Die Römer gewannen rasch die Oberhand. Vallia hatte die römische Kavallerie beobachtet. Sie war bisher hinter der Infanterie geblieben und hatte zwei angriffsbereite Flügel gebildet. Wie viel länger würde Bonifaz warten? Sie konnten keinen weiteren Moment hierbleiben, sonst würden sie massakriert. Athaulf wäre inzwischen in Sicherheit. Vallia gab das Zeichen. Innerhalb weniger Momente bliesen die Hörner zum Rückzug. Die Goten wandten sich wie ein Mann um und galoppierten den Hügel wieder hinauf.

Bonifaz' Kavallerie, die den Sieg spürte, verfolgte sie scharf, ließ ihre Infanterie weit zurück. Vallia, der sich tief über den Hals seines Hengstes beugte, blickte über die Schulter zurück. Die Römer holten schnell auf. Sie hatten sie fast erreicht, als Roderich und seine Reiter über den Hügelgrat drangen und den Abhang hinabdonnerten. So wie sie sich vor dem blauen Himmel abzeichneten, wirkten sie wie eine Horde Rachegötter aus der Walhalla, die Lanzen in der Sonne glänzend, das lange Haar wie Banner hinter ihnen herflatternd, während sie gellend uralte Kriegsrufe ausstießen.

Sie galoppierten von links in eine Lücke zwischen der römischen Kavallerie und Infanterie hinein und schwärmten dann in zwei Gruppen aus: Die eine griff die Kavallerie von hinten an, während sich die andere den Fußsoldaten zuwandte, die keine Zeit gehabt hatten, sich neu zu formieren. Vallia und seine Leute machten plötzlich kehrt, um sich ihren Verfolgern zu stellen, und griffen die Kavallerie von vorne an. Vallias Herz hämmerte euphorisch: Er hatte Bonifaz mit einer perfekten Zangenbewegung ausmanövriert.

Das Schicksal der Schlacht hatte sich innerhalb weniger Momente gewandelt. Die Römer, die überrascht wurden, sahen sich von allen Seiten bestürmt. Die Zenturionen schrien und bemühten sich, ihre Leute wieder neu zu ordnen, während viele der römischen Reiter zu Fuß weiterkämpften.

Vallia ritt hin und her, wand sich durch die Kampflinie und wieder zurück, wehrte auf allen Seiten Angriffe ab. Eine Lanze streifte seinen Arm. Ein junger gotischer Stammesführer stürzte neben ihm von einem Wurfspeer durchbohrt zu Boden. Ein römischer Zenturio sank auf die Knie, und Blut schoss aus seinem kopflosen Torso. Der Klang von Metall auf Metall, die Schreie sterbender Männer und Pferde und die Hitze waren fast unerträglich. Der Staub klebte an den Augenlidern und stach in seine Lungen, presste den Atem aus ihm. An manchen Stellen war der Boden so glitschig von Blut, dass sein Pferd beinahe den Halt verlor.

Bonifaz steckte mitten im Kampfgetümmel und schwang sein blutiges Schwert nach links und rechts, während er seine Angreifer abwehrte und seinen Männern Ermutigungen zurief. Vallia hatte ihn in eine Ecke manövriert. Er war praktisch eingekreist und nur ein kleiner Rest Offiziere zu seinem Schutz übrig.

Vallia stürmte vorwärts, schnitt sich seinen Weg durch die drängenden Körper. Er war fast hinter ihm, als es Bonifaz gelang, den Ring seiner Angreifer zu durchbrechen. Über seinen grauen Hengst gebeugt, der karmesinrote Umhang gebauscht, galoppierte er, gefolgt von dreien seiner Offiziere, auf die Stadt zu. Vallia warf ihm in nutzlosem Zorn die Streitaxt hinterher. Die Streitaxt vollführte zischend einen hohen Bogen durch die Luft, bevor sie in einem Büschel Gras versank.

Vallias Reiter, die versucht hatten, Bonifaz zu folgen, zügelten ihre Pferde. Die Schlacht war vorüber. Bonifaz und diejenigen seiner Männer, denen es gelungen war, sich zu retten, verschwanden durch den Bogen des Stadttors. Das hastig reparierte Tor schloss sich hinter ihnen.

Vallia blickte über das Schlachtfeld hinweg, das schimmernd weiß in der Mittagshitze lag. Er verspürte ein Gefühl der Zufriedenheit. Und gleichzeitig eine seltsame Einsamkeit. Von seinen jubelnden Kriegern umgeben, die freudig schrien, während sie sich unter den toten und sterbenden Römern bewegten, ihnen alles Wertvolle abnahmen, ihre Rüstung, ihre Umhänge, ihre Stiefel, fühlte er sich einsamer als jemals zuvor in seinem Leben.

Sein Körper schmerzte. Er war nicht mehr jung. Sein Haar und Bart waren fast grau. Er hatte nie Macht begehrt. Er war immer damit zufrieden gewesen, der getreue Stellvertreter zu sein, zuerst von Alarich, dann von Athaulf. Heute hatte das Schicksal seines Volkes zum ersten Mal auf seinen Schultern geruht.

Athaulf stöhnte auf dem Feldbett. Er war noch immer bewusstlos. Placidia blickte zu Aristophanes. »Wird er leben?« Der Arzt schüttelte den Kopf. »Ich weiß es nicht, Prinzessin. Die Wunde ist stark eingerissen, wahrscheinlich eher vom Herausziehen des Wurfspeers als von der ursprünglichen Verletzung.«

Er sah sie die Stirn runzeln. »Werft demjenigen, der ihn gerettet hat, dies nicht vor. Man sagte mir, der Wurfspeer habe ihn auf den Boden genagelt. Es muss ein gewaltiger Wurf gewesen sein. Ich habe einen Umschlag aus Kamille, Honig und Spinnweben aufgelegt. Das sollte die Blutung stoppen. Wenn die Lunge nicht beeinträchtigt ist und die Wunde nicht schwärt, wird er leben. Ansonsten …« Er spreizte die Hände. »Er ist in Gottes Händen. Betet zu Eurem Gott, Prinzessin, und ich werde zu meinem Gott beten.«

Sie nickte und drängte die Tränen zurück.

Aristophanes hielt auf dem Weg hinaus noch einmal inne, eine Hand auf dem Zeltvorhang. »Und Prinzessin – bleibt bei ihm, wenn er auch bewusstlos ist. Sprecht zu ihm. Das stärkt die Seele. Der König braucht alle verfügbare Kraft.«

Placidia sank neben dem Bett auf die Knie. Sie barg das Gesicht in den Händen. »O Gott, ich bitte dich, rette Athaulf. Ich brauche ihn. Sein Volk braucht ihn. Sogar Rom braucht ihn.« Sie betrachtete Athaulf. Er schien nun friedlicher zu schlafen. Sie umfasste mit beiden Händen die Bettdecke. Gott *musste* sie erhören. Er *musste* sie erhören.

Athaulfs Leben hing fünf Tage und Nächte in der Schwebe. Von einem wütenden Fieber ergriffen, schlug er so heftig um sich, dass Aristophanes, aus Angst, dass er sich die Wunde aufreißen würde, zwei Männern befahl, sich neben ihn zu setzen. Sie sollten ihn festhalten, wann immer er sich zu regen und zu stöhnen begann, bis er wieder in einen schweißgetränkten Schlaf fiel. Dann, am sechsten Tag, ließ das Fieber nach.

Am folgenden Morgen konnte er sich aufsetzen, auf Kissen gestützt, und eine Schale Brühe trinken. Er schickte, trotz Aristophanes' Protest, nach Vallia. Sie sprachen, allein, bis Athaulfs Kraft versiegte. Danach schlief er den ganzen Nachmittag fest. Als er bei Sonnenuntergang erwachte, war seine Stirn kühl. Aristophanes nahm den Umschlag ab und inspizierte die Wunde. Er sah Placidia an. »Gott«, sagte er und griff nach einem frischen Verband, »hat unsere Gebete erhört.«

»Wie lange dauert es«, fragte Athaulf, »bis ich wieder reiten kann?«

»Wenn Ihr Euch ausruht, Herr, zwei Wochen. Aber die völlige Genesung wird einen Monat, vielleicht auch länger dauern.«

Placidia setzte sich aufs Bett, nachdem Aristophanes und sein Gehilfe gegangen waren. Athaulf sah blass und abgezehrt aus, aber seine Augen waren klar. Sie nahm seine Hand und lächelte. »Ich hatte solche Angst. Es gab Momente während der letzten Tage, in denen ich fast den Glauben an Gott verlor.«

»Verliere deinen Glauben niemals. Er ist deine größte Stärke.« Er seufzte. »Mein Glaube ist nicht so stark wie deiner, und doch war Gott mir gnädig. Er hat mich zum König gemacht. Er hat mir dich geschenkt. Er hat mein Leben gerettet. Weißt du, als ich auf dem Schlachtfeld lag, dachte ich, ich sei tot. Ich hatte eine wundersame Vision des Friedens, der Stille, vollkommener Klarheit. Und ich fühlte mich Gott sehr nahe ...«

Ihre Augen füllten sich mit Tränen. »Mein Geliebter. Ich liebe dich so. Ich ... ich hätte nicht ... ich habe so sehr um deine Genesung gebetet. Und Gott hat mich erhört, obwohl ich ihn in meiner Verzweiflung manchmal beschimpft habe.«

Athaulf lächelte. »Meine tapfere kleine Prinzessin. Weißt du, dass du mein Leben verändert hast? Dass ich mich vom ersten Moment an, als ich dich traf, zu verändern und das Leben und die Welt auf andere Weise zu betrachten begann? Ich weiß, dass viele Leute aus meinem Volk darüber murren, wie du mich romanisierst.« Er schüttelte den Kopf. »So ist es überhaupt nicht. Unter meinem heftigen Hass auf Rom schwelte schon immer ein Gefühl dafür, wie rückständig wir waren, wie viel wir lernen mussten, wenn wir mehr als nur irgendein Barbarenstamm sein wollten. Aber ich konnte es nicht ertragen. Du gabst mir den Mut, das zu tun, mich meiner eigenen Ambivalenz zu stellen.«

Sie streichelte seine Hand. »Was hast du beschlossen zu tun?« Dies war die Frage, die jedermann durch den Kopf ging. Vallia war zuversichtlich, dass Bonifaz erst angreifen würde, wenn er von Dardanus Verstärkung bekommen hatte. Vallia hatte das Lager noch stärker befestigt. Er hatte auch die wichtigsten Stammesführer zu einer Ratsversammlung geladen.

»Wir werden nach Westen ziehen, das Mittelmeer entlang. Nemausus und Narbo sind gut mit Vorräten bestückt.«

»Dardanus angreifen?«

»Das Gebiet, das wir kontrollieren, ist zu groß, um es lange halten zu können. Früher oder später wird Honorius, wenn Heraklian geschlagen ist, weitere Truppen schicken. Also sollten wir Dardanus besser jetzt bekämpfen.« Er lockerte seine verletzte Schulter. »Allein das Vergnügen, mein Schwert in diesen Bastard zu treiben, ist es wert. Wir brauchen ein Gebiet, das groß genug ist, um uns zu ernähren, das zu verteidigen ist und Zugang zum Meer hat. Wenn wir uns erst an der Küste niedergelassen haben, werden wir uns aus Aquitanien zurückziehen.«

Die Ratsversammlung am nächsten Morgen unterschied sich von allen, an denen Placidia jemals teilgenommen hatte. Sie wurde auf Athaulfs Befehl hin auf traditionelle Art abgehalten, im Freien, wie es einer alle Stämme betreffenden wichtigen Entscheidung gebührte. Man hatte Athaulfs Stuhl unter einer alten Korkeiche platziert. Sigesarius und seine Priester segneten den Ort feierlich mit in Weihwasser getauchten Zweigen.

Athaulf schritt durch die enggeschlossenen Reihen seiner Krieger. Er trug den mit Färberwaid gefärbten blauen Umhang, das eiserne Schwert und den mit Edelsteinen besetzten Halsreif, welche die Insignien des Königs waren. Nichts verriet die immense Anstrengung, die er unternahm. Placidia wusste, dass ihn, obwohl Aristophanes seine Brust und Schulter fest verbunden hatte, jede Bewegung stark schmerzen musste. Er nahm seinen Platz ein. Die Stammesführer in Zeremonienkleidung standen. Nur die ehrwürdigsten Ältesten durften auf Stühlen sitzen. Nachdem Athaulf seine Entscheidung verkündet hatte, nach Narbonensis zu ziehen, traten die Stammesführer, nach dem Alter geordnet, vor. Die meisten stimmten mit Athaulf überein. Einige wenige stellten Fragen. Theoderich schlug vor, die Hälfte des Volkes sollte in Aquitanien bleiben, während die andere Hälfte zum Mittelmeer zog.

Sigerich kam als Nächster: »Herr, ich bin nicht einverstanden. Wir müssen zuerst Massilia einnehmen. Es wäre möglich, dass wir unterwegs nicht genug Nahrung finden. Ich bin überzeugt davon, dass wir Massilia einnehmen können; die Garnison ist dezimiert. Jetzt ist der Moment, unseren Vorteil auszunutzen.«

»Wenn es möglich gewesen wäre, hätte ich es getan«, sagte Vallia kalt. »Es stimmt, dass Bonifaz eine ansehnliche Zahl Männer verloren hat. Aber er hat noch immer große Getreidereserven. Massilia kann nur durch eine lange Belagerung erobert werden. Wir haben unsere Gelegenheit vertan ...«

»Ihr habt sie vertan!«

Vallia sah Sigerich finster an. »Wie könnt Ihr es wagen! Ihr ...«

Athaulf hob eine Hand. »Vallia und seine Männer haben wie Helden gekämpft. Er hat recht. Wie können eine Belagerung nicht riskieren.«

Sigerich fuhr fort: »Bonifaz sitzt in der Falle. Wenn wir weitere Männer aus Aquitanien heranziehen, könnten wir einen Ring um Massilia bilden. Wir werden Bonifaz so sehr unter Druck setzen, dass er sich ergibt.«

Athaulf schüttelte den Kopf. »Er wird sich nicht ergeben. Eher stürzt er sich selbst in sein Schwert. Er ist ein Römer der alten Art.«

»Nein, das ist er nicht! Er ist ein elender Feigling. Habt Ihr vergessen, dass er Euch zweimal zu töten versucht hat, auf die übelste Art?«

»Zweimal?«

»Zuerst der Hinterhalt auf der Brücke, und jetzt …«

»Der Hinterhalt wurde von Dardanus befohlen!«

»Ihr irrt Euch.« Sigerich hielt Athaulfs Blick Stand. »Bonifaz hat ihn befohlen, ohne Dardanus' Wissen.«

Placidia spürte, wie sich ihr Magen verkrampfte. Sie begriff sofort, dass es stimmte. Wie hätten sie jemals an Dardanus' Verrat glauben können? Er war ein Ehrenmann, ein aufrichtiger Christ. Und doch, so abscheulich Bonifaz' falsches Spiel auch war, so war es doch die metallische Kälte in Sigerichs Augen, die sie erzittern ließ. Es herrschte absolute Stille. Niemand sprach, niemand regte sich. Dann sagte Athaulf mit eisiger Ruhe: »Wenn das so ist, warum wurde ich dann nicht informiert?«

Sigerichs Miene blieb unbeteiligt. »Ich hatte angenommen, dass Ihr es wüsstet. Ihr nahmt Gefangene …« Er zuckte die Achseln. »Ich erfuhr es von einem verletzten Zenturio, den meine Patrouillen am Fluss gefangennahmen. Der Kaiser befahl Dardanus, Euch zu töten. Dardanus weigerte sich, so dass Bonifaz beschloss, auf eigene Faust zu handeln, wohl wissend, dass Dardanus nicht zurückschlagen könnte. Die Römer haben uns verraten, wie ich es schon immer prophezeit habe. Was jetzt zählt, ist das Getreide Massilias. Wir müssen Massilia einnehmen.«

Athaulf schüttelte den Kopf. »Das können wir nicht riskieren. Die Stadt im Handstreich einzunehmen, war eine Sache. Wenn wir eine

Belagerung versuchen, wird Dardanus Zeit haben, Bonifaz zu Hilfe zu kommen.«

Sigerich runzelte die Stirn. »Ihr habt es noch nicht gehört?«

Athaulf beugte sich vor. »Was gehört?«

»Die Vandalen wollen über die Pyrenäen einfallen, die Städte des südlichen Gallien plündern. Dardanus kann keinen einzigen Soldaten entbehren. So wie es ist, ist er zahlenmäßig hoffnungslos unterlegen. Sollen die Vandalen Dardanus vernichten. Nachdem wir Massilia eingenommen haben, werden wir sie ins Meer treiben. Ohne ihre alanischen und suebischen Verbündeten werden sie leichte Beute sein. Gallien wird uns gehören.«

Placidia musste ihm zustimmen. Sie konnte erkennen, dass auch Athaulf es erwog. Er legte die Fingerspitzen aneinander. »Wie zuverlässig ist Eure Information über die Vandalen?«

»Sie stammt direkt aus König Gunderichs Zelt.«

Viele Gesichter zeigten Zustimmung. Mehrere Stammesführer sprachen zugunsten von Sigerichs Plan. Athaulfs Miene blieb unbewegt. Er gewann Zeit und versuchte, sich schlüssig zu werden. Er fragte die Stammesführer nach Pferden, Vorräten, Leuten. Er stellte Sigerich mehrere weitere Fragen, über den gefangengenommenen Zenturio, seine Folterung, Dardanus.

Placidia erinnerte sich an Athaulfs Beschreibung seines letzten Treffens mit dem Statthalter. Sie konnte fast Dardanus' tiefe Stimme hören: »Ich billige Honorius nicht. Römer und Goten, zusammen … Ich schwöre, Euch nicht zu hintergehen.« Sie erkannte, was sie tun musste.

Sie schaute zu Athaulf. Sie konnte an der Anspannung seines Kiefers erkennen, dass er seine Entscheidung getroffen hatte und sie nun verkünden würde. Sie musste ihn aufhalten. Jetzt. Es wäre keine Zeit, unter vier Augen zu sprechen. Eine öffentliche Entscheidung dieses Ausmaßes zurückzunehmen, würde eine schreckliche Blamage bedeuten. Sie verließ den Kreis der Frauen. »Edler Athaulf, ehrwürdige Älteste, geehrte Stammesführer. Darf ich sprechen?«

Alle Köpfe wurden gewandt. Athaulf blickte scharf auf. Für einen schrecklichen Moment fürchtete sie, er könnte es ihr verweigern. Dann neigte er den Kopf. »Wir schätzen Euer Wissen über die römische Art. Sprecht.«

Sie sagte auf Gotisch: »Ich spreche, aber nicht als Römerin, sondern als Eure zukünftige Königin. Ich habe Euch als mein Volk erwählt und meines verlassen. Wie Ruth sage ich zu Euch: ›Wo Ihr hingeht, werde ich hingehen. Euer Land wird mein Land sein, Euer Schicksal mein Schicksal.‹« Anerkennendes Murmeln erklang. Viele nickten.

Sie fuhr fort: »Ich stimme dem König zu. Massilia ist nicht unser wichtigstes Ziel. Unsere Zukunft liegt in Süd-Gallien. Es ist üppig und fruchtbar. Warum sollen wir die Vandalen diese Reichtümer vernichten lassen, die uns gehören könnten? Schnelligkeit ist wesentlich. Wir müssen vor den Vandalen dorthin gelangen. Wir müssen mit den Gallo-Römern, mit Dardanus Frieden schließen. Wir sollten ...«

Lautstarker Widerspruch erklang. Placidia spürte, wie sie erbleichte. Sie hatte verloren. Sie hatte Athaulf beschämt und sich selbst lächerlich gemacht. Sie wollte zurücktreten, als Athaulf die Stimme erhob: »Ruhe! Lasst die Prinzessin zu Ende sprechen!«

Der Aufruhr verebbte. Sie wartete, bis das letzte Murmeln erstarb. Dann fuhr sie mit fester Stimme fort: »Dardanus hat uns, wie wir gerade erfahren haben, nicht hintergangen. Als wir ursprünglich hierherkamen, empfingen uns die Bürger Galliens mit viel Wohlwollen. Sie waren von Roms mangelnder Aufmerksamkeit enttäuscht. Sie brauchen uns. Und wir brauchen sie. Ein Land verbrannter Felder und toter Städte ist nicht das, wofür wir so weit gezogen sind und so viel erlitten haben.«

Zustimmendes Murmeln erklang. Ihr Blick schweifte über die Versammlung. Nun schauten alle auf sie. Sie spreizte die Hände, wie sie es die Sprecher im Senat hatte tun sehen. Dann sagte sie mit aller ihr verfügbaren Zuversicht und Kraft und Überzeugung: »Wir sollten uns mit Dardanus' Streitkräften zusammenschließen. Wir sollten nicht mehr umherziehen. Wir brauchen ein Land, in dem wir unser Getreide züchten, unsere Tiere weiden und unsere Kinder und Enkel gedeihen sehen können! Ziehen wir nach Süden. Dort werden wir den Grundstein für ein neues gotisches Königreich legen!«

Erneut herrschte Stille. Placidias Herz hämmerte so fest, dass sie fast nicht atmen konnte. Gerade als sie das Gefühl hatte, dass ihre Brust bersten würde, trat Gerlinda neben sie. Die Königin nahm Placidias Hand. Sie hob sie in die Höhe und rief: »Die Prinzessin hat recht! Wir sind schon zu lange umhergewandert! Lassen wir uns vom König nach Süden führen!«

Brüllender Applaus erklang. Krieger schlugen mit ihren Schwertern gegen die Schilde. Sie intonierten gemeinsam: »Lang lebe Gerlinda! Lang lebe Athaulf! Lang lebe Placidia!« Auch die Frauen schlossen sich dem Chor an. Die erhobenen Stimmen klangen über die Lichtung hinweg und stiegen über die Wipfel. Sie hallten wie eine Beschwörungsformel immer wieder durch den Wald.

Athaulf erhob sich recht mühsam. Er wartete darauf, dass der Lärm verebben würde. »Diese Ratsversammlung ist geschlossen. Ich werde morgen meine Entscheidung mitteilen.« Er hob seine Hand. »Geh mit Gott, mein Volk.«

Placidia beugte den Kopf, um ihre Freude zu verbergen. Der Triumph rann durch ihre Adern. Athaulfs Volk hatte ihr zum ersten Mal zugejubelt. Auch sie würde eines Tages eine Mutter ihrer Nation werden. Sie würde Athaulf helfen, den Abgrund zwischen seinem Volk und Rom zu überbrücken, ihnen helfen, ein eigenes Land zu finden. Das war ihre Aufgabe. Sie hatte es nicht verstanden, hatte sich als eine geliebte Königin gesehen, die sich um ihr Volk kümmerte wie Gerlinda. Aber das wäre nicht ihre Rolle. Ihre wäre eine andere Art der Mutterschaft, mit einem geistigen Ursprung: zu vermitteln, zu erschaffen, zu bewahren. Dardanus würde ihr Friedensangebot annehmen. Später würden sie sich mit Honorius befassen. Bis Honorius Afrika zurückgewann, wäre ihre Position sicher.

Im Geiste begann sie Athaulfs Brief an Dardanus zu formulieren. Morgen würde ein Bote ihn nach Arelate bringen.

Narbo, Mittelmeer, Gallien, Spätsommer 413

Die Villa lag in der Landschaft, die Gallien einst zur reichsten Provinz des Kaiserreichs gemacht hatte: silbrige Olivenhaine und zartgrüne Reben erstreckten sich, so weit das Auge reichte. Rundum gab es Stallungen, Mühlen, Lagerräume und Sklavenquartiere. Gewaltige Salzwassertanks wimmelten von Meeresfischen. Wären nicht die mächtigen Mauern gewesen, auf denen bewaffnete Bucellarii patrouillierten, hätte man glauben können, sich in der Blütezeit Roms zu befinden.

Der Besitzer der Villa, Ingenius, ein Senator und einer der reichsten Männer Galliens, zeigte Placidia in seinem ägyptischen Hof gerade eine Granitstatue. »Thot, der ägyptische Gott der Schriftgelehrten.« Er lächelte. »Ich hielt es für passend, ihn vor meiner Bibliothek zu platzieren. Ich besitze zahlreiche ägyptische Handschriften, aber der Stolz meiner Sammlung ist ein Originaltraktat von Ptolemäus. Cäsar brachte es von Alexandria zurück. Es war eine der wenigen Schriftrollen, die er retten konnte, nachdem seine Leute die große Bibliothek versehentlich in Brand steckten. Sie ist schon seit Generationen in unserer Familie.« Er führte sie in der Bibliothek herum. »Bitte fühlt Euch frei, sie zu benutzen, Nobilissima. Ich brauche nun leider einen Sklaven, der mir vorliest.« Er deutet auf seine Augen. »Mein Sehvermögen.«

Sie traten von der Bibliothek auf den Haupthof. »Wie wunderschön!«, rief Placidia aus. Auf drei Seiten von einem Wandelgang umschlossen, öffnete sich der Hof zu Gärten, die terrassenförmig zum fernen Meer hin abfielen und von Wein- und Olivenfeldern umgeben waren. Es war eine zauberhafte Szene, die nicht von dem gekünstelten Zähmen der Natur zeugte, wie es in römischen Gärten so oft praktiziert wurde, sondern wirkte sanft überzeugend, wo die Hand des

Menschen und diejenige Gottes sich ergänzt hatten. Um die Illusion der Einheit mit der Natur noch weiter zu fördern, waren die Mauern der Terrasse als Fortsetzung der Landschaft bemalt worden: dieselben Palmen, Myrten und Feigen, weinbedeckte Lauben und Brunnen, die den auf den Fresken blühenden Garten zierten.

»Dies«, so fuhr ihr Gastgeber fort, »ist der Ort, den ich Euch für Eure Hochzeit vorschlagen möchte.« Placidia lächelte ihm dankbar zu. Ingenius hatte seine prunkvolle Villa für ihre Hochzeit angeboten, weil ihre Größe und Abgeschiedenheit von der Stadt die ideale Örtlichkeit war. Sowohl der Stadtpräfekt als auch Athaulf sorgten sich wegen möglicher Aufstände, wenn die Hochzeit in Narbo selbst stattfände. Das gemeine Volk fürchtete die Goten noch immer und akzeptierte die neue Ordnung weitaus widerwilliger als die herrschende Klassen. Placidia war, um den Schein zu wahren, heute Morgen auf Ingenius' Einladung hin in die Villa gezogen, während Athaulf im Lager der Goten außerhalb der Stadt blieb.

»Wenn wir das Podest hier errichten«, sagte Ingenius, »sollte der freie Platz darunter …« Er hielt inne, durch das Herannahen seines Schriftführers unterbrochen. Der Mann, der gebeugt und schon älter war, reichte ihm eine Wachstafel. Ingenius las die Zeilen. »Sagt ihm, er soll warten. Ich komme gleich.« Er wandte sich Placidia zu und spreizte entschuldigend die Hände. »Nobilissima, wenn Ihr mich entschuldigen wollt. Dringende Geschäfte. Es wird nicht lange dauern. Bitte nehmt Platz.« Er warf die Falten seiner Toga über seine Schulter. »Oder seht Euch meine Schriftrollen an, wenn Ihr wollt. Mein Bibliothekar sollte jetzt dort sein.«

»Lasst Euch Zeit, Senator. Ich werde mich hierhersetzen und die Aussicht genießen.«

Sie setzte sich unter den Wandelgang und war froh über die Ruhe. Die letzten Monate waren voller schwerwiegender Ereignisse gewesen. Dardanus hatte Athaulfs Angebot angenommen. Die beiden Männer hatten sich auf einem freien Feld auf halbem Wege zwischen Arelate und Athaulfs Lager getroffen. Sie hatten den Nachmittag damit verbracht, in einem Zelt allein miteinander zu sprechen. Danach hatten sie zusammen gespeist, ohne dass jemand anderer anwesend war. Sie trennten sich erneut mit einem Handschlag. An jenem Abend, als beide mit ihrer jeweiligen Eskorte zurückritten, hatte sich die römische Welt verändert.

Der Statthalter von Gallien und dessen führende Bürger schlossen, entgegen dem Willen des Kaisers, Frieden mit den Goten und akzeptierten deren Schutz. Im Gegenzug erhielt Athaulf ihre Getreidereserven, das Recht, sich auf einem Drittel allen kultivierbaren Landes niederzulassen, sowie die Anerkennung seiner höchsten Autorität. Der Vertrag war mit der Hilfe von Patroclus, dem Bischof von Arelate, ausgearbeitet worden und wurde von einer Versammlung der führenden Bürger anerkannt. Die Vandalen, die Spanien in Richtung Gallien verlassen hatten, strömten wieder über die Pyrenäen zurück, sobald sie von diesem Bund erfuhren. Bonifaz weigerte sich wie erwartet, den Vertrag anzuerkennen. Er erklärte seine Loyalität gegenüber Honorius und behielt die Kontrolle über Massilia und sein schwindendes Getreide.

Placidia lehnte den Kopf an die Mauer. Die nächsten wenigen Wochen könnten über das Schicksal von Westrom und vielleicht sogar über ihr eigenes entscheiden. Konstantius und sein General Marinus bereiteten das, was von ihrem Heer geblieben war, auf die Konfrontation mit Heraklian vor. Heraklians afrikanische Flotte wurde jeden Moment in Italien erwartet. Konstantius war gezwungen gewesen, seine Streitkräfte zu teilen, da er unsicher war, ob Heraklian in Ostia oder in Classis landen würde, so dass die kaiserliche Position noch weiter geschwächt wurde.

Wäre Heraklion siegreich, dann könnte der Westen in eine Vielzahl Stadtstaaten oder unbedeutende Königreiche zerschnitten werden, wie es bei Griechenland und dem Orient der Fall war, bevor Rom sie eroberte. Dies wäre eine perfekte Gelegenheit für Athaulf, ein gotisches Königreich aufzubauen. Und was würde mit Honorius geschehen? Er könnte getötet werden oder nach Konstantinopel fliehen.

Placidia kümmerte es kaum. Und doch hatten sie einander als Kinder einst sehr gemocht. Seltsam, wie sich das menschliche Herz von dem distanzieren konnte, was es einst bewegt hatte.

Andererseits würde Konstantius, wenn Heraklian besiegt wäre, was weitaus wahrscheinlicher war, seine Aufmerksamkeit wieder auf Gallien richten können. Ein siegreicher General seines Kalibers mit einem Heer und vielleicht sogar einer wiederhergestellten Flotte war nichts, worüber sie nachdenken wollte. Und doch war es wahrscheinlich. Wie Athaulf sagte, mussten sie ihren Zugriff auf Gallien so schnell wie möglich festigen. Befestigungen, Getreide, Männer, Waffen waren wesentlich, aber der Zugriff auf die Herzen und Gedanken der Menschen war ebenso wichtig. Dies …

Ingenius' Rückkehr unterbrach ihre Gedanken. »Nobilissima! Verzeiht mir, dass ich Euch habe warten lassen. Fahren wir mit den Hochzeitsarrangements fort.«

»Ja, natürlich.« Sie erhob sich. Die Hochzeit. Sie hatte sie fast vergessen. Sie böte eine ausgezeichnete Gelegenheit zur Versöhnung mit den Gallo-Römern.

Während Ingenius ein charmanter, scharfsinniger alter Patrizier war, kam seine Frau Paula, zwanzig Jahre jünger als ihr Mann, dunkeläugig und temperamentvoll, Placidia wie eine Brise frischen Windes vor. Sie war warmherzig, gebildet und genauso froh wie Placidia, mit einer Frau fast in ihrem Alter zusammen zu sein. Sie entdeckten, dass sie in Rom gemeinsame Freunde hatten. Placidia hörte von ihr, dass eine ihrer Freundinnen, Antonia, einen reichen Senator geheiratet hatte und nun mit ihrer Familie in Karthago lebte.

»Arme Antonia!«, rief Placidia aus. »Sie muss das Leben in Afrika hassen. Sie hat Rom so geliebt.«

Paula biss in ein Stück Wassermelone. »Oh, ich weiß nicht. Die meisten ihrer Freundinnen sind auch in Karthago. Keiner will gern nach Rom, falls die Barbaren doch zurückkommen. Ich hoffe, es macht dir nichts aus, wenn ich frage, aber wie barbarisch sind sie wirklich?«

Placidia zuckte die Achseln. Sie hatte diese Frage erwartet. »Weißt du«, sagte sie, »diese Frage stelle ich mir selbst oft.«

Paula runzelte die Stirn. »Was meinst du?«

»Was bedeutet ›barbarisch‹ wirklich?« Placidia glättete ihr Schultertuch. »Es bedeutet, fremd zu sein, anders. Natürlich sind sie anders. Ihre Kultur ist weitaus weniger fortgeschritten als unsere. Wir treten kultivierter auf, aber was ist mit unseren Herzen? Die Goten schätzen Qualitäten, die den durchschnittlichen Römer von heute zum Lachen brächten: Loyalität, Anstand, Genügsamkeit. Schwüre sind ihnen heilig. Sie würden ihre ungewollten Kinder niemals aussetzen, wie wir es tun. Sie behandeln ihre Frauen mit Respekt. Sie sind dem christlichen Ideal weitaus näher als die meisten Römer.«

Paula nickte langsam. »So habe ich es noch nie betrachtet. Wir sehen sie als Sklaven an, als unwissende Wilde, die uns bestenfalls gehorchen und schlimmstenfalls unserer Leben bedrohen.« Sie fügte nachdenklich hinzu: »Wir vergessen, wie ähnlich sie uns sind, dass sie auch Menschen sind.« Sie legte eine Hand auf Placidias Arm. »Jetzt können wir aber nicht philosophieren. Ich habe für dich Stoffe zum Aussuchen bestellt. Wenn du bei der Hochzeit gut aussehen willst, dann müssen sich die Näherinnen an die Arbeit machen.« Sie klatschte in die Hände, um ihre Bediensteten zu rufen.

Am Morgen der Hochzeit führte Paula Placidia zu einem hohen Bronzespiegel. »Was meinst du?«

Placidia betrachtete ihr Spiegelbild, ohne sich zu erkennen. »Mutter Erde! Das kann nicht ich sein!« Sie hob den orangefarbenen Schleier an, der ihr Gesicht bedeckte, und begann zu lachen. »Brrr, ich sehe wie eine Hure aus!« Ein Myrtenkranz saß auf ihrem Kopf. Große, mit Kajal umrandete Augen blickten sie unter geschwärzten Brauen an. Ihre Lippen waren hellorangefarben. Mit Goldpuder gemischter Muschelstaub bedeckte ihre Wangen. Eine lange, elfenbeinfarbene Tunika und eine passende Stola mit Goldfransen komplettierten ihre Aufmachung. Orangefarbene Sandalen lugten unter ihrem goldbestickten Saum hervor.

Placidia betastete einen Ohrring aus Gold mit Granat. »Das Einzige, was mir wirklich gefällt, sind die Ohrringe, die du mir geschenkt hast.« Sie küsste Paula. »Deine Dienerin hat ihre Aufgabe wunderbar vollbracht. Es ist nur so, dass ich immer schon fand, Bräute sähen wie Huren aus. Man bringt uns unser ganzes Leben lang bei, Damen zu sein, und an unserem Hochzeitstag werden wir so herausgeputzt!«

Paula schaute zur Wasseruhr. »Mittag ist schon vorbei. Wir sind spät dran. Alle warten. Stellt euch auf, Mädchen.« Sie umfasste Placidias Schultern. »So, die Braut in die Mitte.«

Paula lächelte Placidia beruhigend zu. »Wir fühlen uns alle so. Du warst den ganzen Morgen zu ruhig.« Das Gefolge der Frauen setzte sich in Bewegung.

Der große Hof der Villa war wie umgewandelt. Girlanden aus herbstlichen Früchten und spätblühenden Rosen waren zwischen den Säulen gespannt worden. Die Säulen selbst waren mit Palmwedeln verkleidet worden. Auf einem Podest standen zwei purpurfarben gepolsterte kurulische Stühle. Der Brunnen in der Mitte war zugedeckt worden. Darauf stand unter dem freien Himmel ein Altar mit der Reliquie von Narbos Schutzheiligem. Athaulf stand, in dem mit Fransen besetzten Brustharnisch und dem kurzen Umhang eines römischen Generals, zwischen Sigesarius und dem Bischof von Narbo.

Die römischen Würdenträger, allen voran Dardanus in einer purpurfarben gesäumten Toga, waren rechts vom Altar aufgereiht. Links standen die Goten, groß und langhaarig, in Lederhosen und mit goldenen Halsreifen. Die Damen, römische wie gotische, standen zusammen. In der ersten Reihe wartete neben Paula und der fülligen Frau von Narbos Präfekt Gerlinda. Sie hatte zum ersten Mal die schlichte Tunika abgelegt, die sie seit Alarichs Tod getragen hatte. Wie in einem Abglanz ihrer früheren Pracht trug sie eine plissierte Seidenstola aus ultramarinblauer, golddurchwirkter Seide. Ein juwelenbesetztes Diadem, Armbänder und lange Perlenohrringe vervollständigten ihre Aufmachung.

Gerlinda war an diesem Morgen zu ihr gekommen. »Königin zu sein, wird nicht leicht sein. Du wirst Stärke und Weisheit brauchen.« Sie hatte Placidia geküsst. »Gott segne dich, Kind.« Placidia hatte ihren Kopf tief gerührt an die Schulter der alten Königin sinken lassen. Seltsam, wie die Frau, die sie einst gehasst hatte, fast wie eine Mutter für sie geworden war. Und ihre schon lange verstorbene Mutter – was hätte sie über diese zweite Hochzeit gedacht? Würde sie sie auch segnen, wo auch immer sie war? Placidia hatte irgendwie das Gefühl, dass sie es verstehen würde.

Sie unterdrückte ein Lächeln. Attalus kam nun auf sie zu, mit ausgestreckten Armen, strahlend in einer silberbestickten Toga. Mit elegant gewelltem, pomadisiertem und parfümiertem Haar geleitete er sie die Treppe hinab, wo er sie mit einer überschwänglichen Geste Athaulf übergab.

Ingenius verlas den Ehevertrag. Da keiner ihrer männlichen Verwandten anwesend war, unterzeichnete er in ihrem Namen. Auf Formalitäten bedacht, hatte er sogar purpurfarbene Tinte besorgt. Placidia sah zu, wie Athaulf unterzeichnete. Sigesarius und der Bischof von Narbo bezeugten das Dokument. Dann sprenkelten der katholische und der arianische Bischof gemeinsam Weihwasser über Athaulfs und Placidias gebeugte Köpfe. Athaulf führte sie unter dem Jubel der Goten und der Römer zum Podest hinauf. Er erhob ihre vereinten Hände und wandte sich der Versammlung zu:

»Geehrte Gäste, Römer, Goten. Die Tochter von Theodosius dem Großen wurde heute Königin der Goten. Ihr wart Zeugen des Beginns eines neuen Zeitalters. Gemeinsam werden wir Roms Größe wiederaufbauen. Gemeinsam sind wir unbesiegbar. Gemeinsam werden wir die heidnischen Stämme vernichten, die uns bedrohen.« Die Versammlung applaudierte. Athaulf wartete, bis der Lärm verklang, bevor er fortfuhr: »Wir haben einander in der Vergangenheit bekämpft. Auch ich wünschte einst, Rom möge vernichtet werden. Ich wollte, dass Rom gotisch würde und unsere Könige das würden, was Cäsar war. Aber ich habe seitdem begriffen, dass wir Rom brauchen, so wie

Rom uns braucht. Es wird nicht immer leicht sein, die Vergangenheit hinter uns zu lassen, aber wir müssen es tun. Wir werden unser Ziel erreichen!«

Placidia schaute zu Athaulf. Er sprach so fließend, so sicher wie jeder römische Redner. Er ließ den Blick langsam über die Zuhörer schweifen, bevor er fortfuhr: »Denn wenn wir scheitern, werden die heidnischen Horden uns und die gesamte Christenheit ins Meer fegen.«

Er erhob die rechte Hand. »Ich, Athaulf, König der Goten, gelobe hiermit, als Verbündeter und Beschützer Roms zu handeln. Möge sich die Nachwelt an mich als den Restaurator Roms und nicht als dessen Zerstörer erinnern.«

Auf allen Seiten brach Applaus aus. Flöten und Lyras erklangen. Attalus leitete die Epithalamia, die traditionellen römischen Hochzeitsgesänge, an. Als der Klang der letzten Lyra verebbt war, erhob sich Athaulf erneut. »Und seht nun meine Hochzeitsgeschenke für meine neue Königin!«

Zimbeln erklangen. Die Doppeltüren schwangen auf. Eine lange Reihe hübscher junger Sklaven in farbenfrohen Seidentuniken erschien. Sie trugen auf ausgestreckten Armen Tabletts mit hoch aufgehäuften Schätzen. Erstauntes Murmeln durchlief den Raum. Placidia bemühte sich, ihr Entsetzen nicht zu zeigen. Auch wenn einige der Römer vielleicht nicht wussten, dass es nach germanischem Brauch der Ehemann war, nicht die Frau, der die Mitgift mitbrachte, könnte sie diese Zurschaustellung römischen Reichtums aus Plünderungen erschrecken. Und sein eigenes Volk könnte solch extravagante Großzügigkeit gegenüber einer römischen Ehefrau sehr wohl verübeln.

Die Sklaven schritten durch den Säulengang. Einer nach dem anderen knieten sie sich vor Placidia hin und legten die Gaben zu ihren Füßen. Sie zwang sich zu einem Lächeln und winkte jeden Sklaven weiter, um Platz für den Nächsten zu machen. Warum tat Athaulf dies, wenn es doch so wichtig war, das Wohlwollen der Römer zu erringen und diejenigen Goten, wie beispielsweise Sigerich, zu beschwichtigen, die gegen die Aussöhnung mit Dardanus waren?

Athaulf war stolz und impulsiv, aber er war auch ein vollendeter Taktiker. Während Gefäße mit Gold und Silber, Berge von Goldmünzen, ein Regenbogen aus Smaragden, Rubinen und Saphiren, Kaskaden von Seide, edelsteinbesetzte Reliquien, Silberkandelaber, Perlenschnüre, Türkis und Bernstein vor ihren Augen paradierten, begann sie den Grund allmählich zu begreifen. Athaulf verstand die Staatskunst weitaus besser als sie. Sie begriff, dass die Gallo-Römer, selbst wenn es sie an vergangene Verheerungen erinnerte, unwillkürlich die großartige Symbolik dieser Geste erkennen mussten. Sie wären ebenso berührt wie sie selbst. Denn inzwischen rührten sie seine Geschenke zutiefst.

Am meisten berührte sie ein schwarzes Kästchen. Sie erkannte es sofort. Die Ketten des heiligen Paulus! Wie oft hatte sie in Rom vor diesem schlichten eisernen Kästchen gebetet, in der noch unvollendeten Basilika, die ihr Vater begonnen hatte. Sie hörte im Geiste das Hämmern der Steinmetze, das leise, aber beständige Flüstern ihres Geistlichen: »Nobilissima, Ihr müsst aufbrechen … die Sonne geht bereits unter. Die Stadttore werden bald geschlossen.« Sie hatte sich widerwillig vom Grabmal ihres Lieblingsheiligen losgerissen, dessen Beiname selbst eine Beschwörung des Triumphes über das Ungemach war: Der Eroberer in Ketten. Wie passend. Tränen stiegen ihr in die Augen. Sie wandte sich Athaulf zu.

»Sie gehören dir«, sagte er lächelnd. »Tu damit, was du willst.«

»Ich danke dir«, flüsterte sie und schluckte, »ich danke Euch, mein König.« Athaulf hatte ihr Rom wiedergegeben.

Als sich die goldenen Tage des Herbstes in regengepeitschtes Wintergrau verwandelten, sank Placidias Stimmung. Bisher war auf die Nachricht ihrer Hochzeit keine Reaktion von Honorius erfolgt. Es gab Gerüchte, dass Heraklian Rom eingenommen hätte. Andere besagten, er sei bei einer Schlacht in Ostia von Konstantius besiegt worden. Einige behaupteten, Honorius sei nach Konstantinopel geflohen. Niemand kannte die Wahrheit, nicht einmal Dardanus. Neuigkeiten verbreiteten sich im Winter weitaus langsamer. Es war ein gefährliches Unterfangen, die schneebedeckten Alpen zu überqueren, obwohl kaiserliche Boten die von den Römern gehaltenen Städte erreichten.

Athaulf hatte beschlossen, den Winter in Narbo zu verbringen. Tolosa und Carcasum waren stark befestigt worden. Jegliches Heer, das die gotischen Städte in Aquitanien angreifen wollte, musste an einer dieser Festungen vorbei. Nicht, dass es in Gallien solch ein Heer gegeben hätte. Selbst wenn Konstantius Heraklian besiegt hätte, selbst wenn er genug Männer hätte ausheben können, selbst wenn er es gewagt hätte, Italien ungeschützt zurückzulassen, musste er auf den Frühling warten, es sei denn, er wollte die Hälfte seiner Leute verlieren.

Athaulf arbeitete in Narbo von Sonnenaufgang bis Sonnenuntergang. Er traf sich mit Landbesitzern und Beamten, Bauern und Händlern, Bischöfen und Ingenieuren. Die örtliche Bevölkerung begann nach einigem anfänglichen Widerstand, durch das gute Benehmen der Goten beruhigt, allmählich zu kooperieren. Die Mauern Narbos wurden verstärkt, Brücken repariert, auf requiriertem Land Wintergetreide gesät, Schiffe kalfatert. Obwohl die Getreidevorräte, die überwiegend aus Gerste und Hirse bestanden, schwanden, stellte ein wirksames Verteilungssystem sicher, dass genug da wäre, um der Bevölkerung, sowohl Goten als auch Römern, über den Winter zu helfen. Der Hafen, der zu verlanden begonnen hatte, war mit der Hilfe eines örtlichen Schiffsmagnaten, ein Freund von Ingenius, ausgebaggert worden, so dass im Frühjahr der Seehandel wiederaufgenommen werden konnte, der die Grundlage von Narbos Wohlstand war. Und damit würden hoffentlich Getreidelieferungen von afrikanischen Händlern kommen, die mehr an gotischem Gold als an Roms lahmen Drohungen interessiert waren.

Um sich die Zeit der langen Tage bis zum Abend zu vertreiben, wenn sie mit Athaulf zusammen sein konnte, las Placidia Schriftrollen aus Ingenius' Bibliothek, plauderte mit Paula oder wanderte als Bäuerin gekleidet durch die Straßen, mit Gainsrich als einziger Begleitung. Athaulf betrachtete diese ihre Angewohnheit mit Sorge, und doch musste sie manchmal der erdrückenden Atmosphäre der Villa entkommen.

Eines Nachmittags, als sie in eine schmale Seitenstraße einbog, trat sie zu einer Menschenmenge vor einem bescheidenen, doppelstöckigen Haus. Der von einer Schlange umwundene Stab über dem Eingang verkündete, dass es das Haus eines Arztes war. Einige Leute, überwiegend Ältere, saßen auf dem Bürgersteig. Andere lehnten an der mit Graffiti bekritzelten Mauer. Viele stützten sich auf Stöcke. Sie alle warteten darauf, von einem ergrauten Türhüter eingelassen zu werden. Es war eine kunterbunte Menschenmenge, einige in Lumpen, andere gutgekleidet.

Placidia fragte eine alte Frau nach dem Grund solcher Beliebtheit. Es war, wie die Frau erwiderte, das Haus eines berühmten Heilers. Er konnte den Älteren, die blind wurden, ihr Sehvermögen wiedergeben.

Placidia hatte noch nie von so etwas gehört. »Heilt er viele?«, fragte sie.

»O ja«, antwortete die Frau und deutete mit dem Kinn auf die Menge. »Die meisten von ihnen werden wieder sehen können. Die Menschen kommen aus ganz Gallien hierher. Sie müssen manchmal tagelang warten. Er ist auch ein heiliger Mann. Er berechnet nur den Reichen etwas. Die Armen behandelt er umsonst.«

Placidia bedeutete Gainsrich zu warten und trat näher zum Eingang. Zwei Frauen und ein Jugendlicher halfen einem alten Mann mit verbundenen Augen auf die Straße. Placidia schlüpfte zwischen ihnen an dem Türsteher vorbei. Im ersten Vorhof warteten weitere Menschen.

Im zweiten Hof, unter der strahlenden Sonne, betrieb der Arzt seine Praxis. Der Patient, stattlich und grauhaarig, im gestreiften Umhang und den ockerfarbenen Stiefeln der örtlichen Landbesitzer, saß auf einer Art Stuhl mit einer geneigten Rückenlehne. Sein Gesicht war zum Himmel erhoben. Ein hochaufragender Nubier in einem Lederschurz hielt seinen Kopf, während ein anderer Sklave das Lid seines rechten Auges spreizte. Ein junger Mann und eine Frau, die einander sehr ähnelten, vielleicht die Kinder des Patienten, saßen auf einer nahegelegenen Bank. Placidia setzte sich neben sie.

Der Arzt, ein drahtiger kleiner Mann mit einem grauen Kinnbart, beugte sich über seinen Patienten. Er strich äußerst konzentriert mit einer Art Bronzenadel über den Augapfel. Placidia erschauderte, aber sie konnte nicht aufhören zuzusehen: Er schien mit geschickten, präzisen Bewegungen einen Teil des Auges zum unteren Lid hin zu schaben. Kurz darauf richtete er sich auf und nickte. Er legte einen weiteren, viel größeren nadelähnlichen Gegenstand auf das Auge und begann daran zu saugen, so wie Kinder an Strohhalmen saugen. Jedes Mal spie er Rückstände in eine von einem Helfer gehaltene Schale.

Nachdem die Operation beendet war, nahm er eine Prise bernsteinfarbenes Puder aus einer kleinen Glasschale und streute es aufs Auge, bevor er ein Polster aus gefaltetem Leinen darauflegte. Dann wickelte ein Assistent einen Verband um den Kopf, um das Polster festzuhalten. Der Patient hatte während der gesamten Prozedur nicht aufgeschrien oder sonstige Anzeichen von Schmerz gezeigt. Nun erhob sich der Mann, bis auf den Verband scheinbar unverändert. Er entnahm der Geldbörse an seinem Gürtel eine Goldmünze für den Arzt. Als sich der Sohn und die Tochter erhoben, um ihren Vater zu begleiten, sagte Placidia zu dem Mädchen: »Es ist unglaublich! Er hatte anscheinend keine Schmerzen!«

Der Arzt, der sich nun die Hände wusch, hörte sie. Er wandte sich um und schätzte sie mit einem Blick seiner intelligenten braunen Augen ab. Er verbeugte sich, trotz ihrer schlichten Tunika. »Domina, die gallische Kunst der Augenheilung ist uralt. Dieses Puder, dessen Rezept von Meister zu Schüler weitergegeben wurde, nimmt den Schmerz für Stunden.« Er nahm das Handtuch von seinem Sklaven entgegen und trocknete sich die Hände ab. »Wie Ihr saht, hat mein Patient nicht gelitten, als ich die Wolke fortnahm, die seine Sicht trübte. Wenn er seinen Verband morgen früh abnimmt, wird seine Sicht wiederhergestellt sein.«

Sie lief in Gedanken versunken zur Villa zurück. Es musste wundervoll sein, ein Heiler zu sein, jenen zu helfen, die litten, nützlich zu sein. In letzter Zeit hatte ein Gefühl der Unzulänglichkeit an ihr zu nagen begonnen. Sie entdeckte, dass die Tatsache, Königin zu sein, wenig an ihrem Leben änderte. Sie hatte angenommen, dass sich Athaulfs Volk ihr gegenüber öffnen würde, wenn sie erst mit ihm verheiratet wäre, sie als eine der ihren annehmen würde. Als sie erkannte, dass dies nicht geschah, sagte sie sich, die Dinge würden sich ändern, es brauche Zeit, und doch konnte sie die nagende Enttäuschung nicht überwinden. Nicht, dass jemand sie brüskiert hätte. Alle, vom höchsten Stammesführer bis zum einfachsten Sklaven, behandelten sie wie immer: mit gutgelaunter Toleranz, sogar Freundlichkeit, aber niemals Zuneigung. Als sie Athaulf dies eines Abends spät sagte, als sie in seinen Armen lag, stützte er sich auf einen Ellenbogen auf. »Mein Herz«, sagte er und sah sie an, »die Liebe des Volkes ist kein Vorrecht. Du musst sie dir verdienen.«

Seine Worte trafen sie zutiefst. Er hatte recht. Sie hatte geglaubt, die Zuneigung seines Volkes stünde ihr zu. Es gab vieles, was sie an gotischer Lebensart bewunderte, aber sie hatte sich niemals die Mühe gemacht, es zu zeigen. Sie hatte, im Gegenteil, alles getan, um Athaulf und seinen Haushalt zu romanisieren, die Stammesführer und Notabeln zu beeinflussen. Sie hatte bei jedem Ratstreffen, bei jeder Festlichkeit, bei jedem Gottesdienst, wann immer sie konnte, römische Umgangsformen, römisches Essen, Kleidung, Musik eingeführt. Zunächst, um die Gallo-Römer zu beschwichtigen, aber auch, weil sie die römische Art für überlegen hielt. Dabei hatte sie die Goten und ihre Bräuche vernachlässigt.

Sie bewunderte an Athaulf, unter vielen Dingen, seine Aufrichtigkeit und seinen Gerechtigkeitssinn. Er zögerte, trotz seiner Liebe zu ihr, niemals, sie darauf hinzuweisen, wenn sie einen gravierenden Fehler begangen hatte. Sie hatte ihn angesehen und gesagt: »Du hast recht. Ich habe mich geirrt. Ich werde versuchen, es besser zu machen.«

Als sie nun zur Villa zurückging, wandten sich ihre Gedanken noch einmal dem Heiler zu. Und Gerlinda. Und Aristophanes. Es gab unter den Goten viele ältere Leute. Wahrscheinlich litten viele unter dieser Krankheit. Vielleicht konnte einer von Aristophanes' Gehilfen von diesem Augenarzt ausgebildet werden? Sie würde mit Gerlinda darüber sprechen.

Am Morgen ließ sie unmittelbar nach Sonnenaufgang ihre Sänfte kommen. Sie hielt auf dem Weg nach draußen im zweiten Atrium an der geöffneten Tür des Schulzimmers inne. Athaulfs Söhne lernten bereits eifrig, von ihrem neuen Lehrer überwacht. Ihre Köpfe, deren identisches helles Haar sich fast berührten, waren über einen großen Folianten gebeugt. Sie kopierten mühsam eine Passage auf Latein. Beide hoben ihre Köpfe und lächelten. Sie erwiderte das Lächeln und winkte. Sie wurde von Sehnsucht ergriffen. Wie lange würde es dauern, bis Gott ihr einen Sohn gewährte?

Gerlinda wohnte in dem sich ausbreitenden Lager auf der anderen Seite der Stadt außerhalb der Mauern, dort, wo die meisten Goten noch immer kampierten.

»Ich hoffe, es macht Euch nichts aus«, hatte sie gesagt, als Placidia und Athaulf Einspruch erhoben, »aber ich ziehe es vor, hier zu bleiben. Es tröstet unser Volk. Sie sind es leid, in Lagern zu leben. Einst hatten auch sie Dörfer und Felder und reetgedeckte Häuser. Jede Frau, gleichgültig wie arm sie war, besaß einige Hennen.« Gerlindas Worten hatte keine Schärfe innegewohnt. Es war eine einfache Feststellung, und doch hatte Placidia einen Kloß in ihrer Kehle verspürt.

Als Placidia das Zelt betrat, sprang Gerlindas kleiner schwarzer Hund auf und begrüßte sie. Die König saß auf einem Stuhl mit hoher Rückenlehne, die Füße auf einem Schemel, mit der schmucklos weißen Palla einer römischen Matrone bekleidet. Sie bestickte gerade einen Leinengürtel. Ihre Frauen saßen auf Kissen, kardätschten oder spannen. Gerlinda schaute auf. »Placidia!« Ihre Augen leuchteten auf. Sie hatten sich nicht verändert, waren noch immer groß und klar. »Ich bin froh, dass du hier bist.« Sie entließ ihre Frauen und klopfte auf das Kissen neben ihr. »Komm, setz dich.«

Placidia beugte sich herab, um sie zu küssen, und setzte sich hin. Gerlinda betrachtete sie eingehend. »Geht es dir gut? Du bist schön wie immer. Wie geht es Athaulf? Und den Jungen?«

»Alles ist gut. Aber wir vermissen dich.« Pladicia faltete die Hände im Schoß. Bevor sie das Thema des Augenarztes aufbrachte, musste sie etwas fragen. Kurz darauf sagte sie: »Gerlinda, ich …« Etwas in ihr zuckte zurück, obwohl sie wusste, dass Gerlinda sie niemals verspotten würde. Wie schwer es war, seinen Stolz zu überwinden! Sie atmete tief durch. »Gerlinda, ich habe deine Hingabe an dein Volk stets bewundert. Aber ich habe dich auch beneidet. Ich wollte, dass sie mich so lieben, wie sie dich lieben. Aber so sehr ich es auch versuchte, fühle ich mich immer noch wie eine Fremde. Was mache ich falsch? Ist es, weil ich Römerin bin?«

Gerlinda blickte auf ihre Hände hinab. Nach einer Weile sagte sie nachdenklich: »Weißt du, Rom war nicht immer unser Feind. Als wir von den Hunnen aus unserem Heimatland vertrieben wurden, bot dein Vater uns innerhalb des Kaiserreichs Schutz an. Wir kämpften zur damaligen Zeit an eurer Seite. Goten und Römer lebten friedlich zusammen. Nach dem Tod deines Vaters geschahen viele Dinge. Aber unser Volk erinnert sich immer noch daran, wie Rom uns einst Zuflucht gewährte. Nein«, Gerlinda schüttelte den Kopf, »es ist nicht, weil du Römerin *bist*. Es ist, weil du dich wie eine Römerin *verhältst*. In Rom ist der Kaiser eine unnahbare Gestalt, wie ein Gott verehrt, aber nicht wie ein Mensch geliebt. Vielleicht ist das in einem Reich dieser Größe notwendig. Aber wir sind ein kleines Land, mit engen Verbindungen zwischen unseren Königen und unserem Volk.«

Sie beugte sich vor und legte eine Hand auf Placidias Arm. »Versteh mich nicht falsch, Kind. Unser Volk mag dich. Sie bewundern dich, weil du unsere Sprache sprichst, wegen deiner Schönheit und Freundlichkeit, aber vielleicht …« Gerlinda runzelte die Stirn und suchte nach den richtigen Worten. »Vielleicht bist du zu … vielleicht zu distanziert. Sie erwarten, dass du, wie ich, an ihren Hochzeiten teilnimmst, oder im Kindbett hilfst, oder zu Beerdigungen gehst.«

Placidia seufzte. »Ich weiß, Gerlinda. Ich weiß auch, dass du es tust, weil es dir wirklich am Herzen liegt, nicht nur weil es von dir erwartet wird.«

»Es war nicht immer so. Als ich Alarich damals heiratete, war ich schrecklich eitel und leichtfertig. Ich war nicht ernsthaft wie du. Das Volk kümmerte mich überhaupt nicht. Mir war nur Alarich wichtig. Ich wollte ihn beeindrucken. Ich hatte schreckliche Angst, seine Zuneigung zu verlieren, Angst, dass er sich wie all die anderen Stammesführer Konkubinen nehmen würde. Erst später, als ich erkannte, dass ich unfruchtbar war, begann ich mich wirklich zu kümmern. Unser Volk wurde zu den Kindern, die ich nie haben konnte. Und doch hat er, trotz meiner Unfruchtbarkeit, nie aufgehört, mich zu lieben.« Gerlindas Augen umwölkten sich. »Es gibt nichts Schrecklicheres, als derjenige zu sein, der zurückgelassen wird. Wenn ich über die leeren Jahre nachdenke, die mir bleiben, wenn ich mich daran erinnere, wie er immer meine Wange streichelte …« Gerlinda betupfte sich mit ihrem Schultertuch die Augen. »Verzeih mir, Placidia. Ich weißt, es ist Gottes Wille, aber manchmal ist es schwer, sich zu fügen, selbst Gott gegenüber. Weißt du«, fügte sie leise hinzu, »ich habe ihn so geliebt. Alarich war mein ganzes Leben.«

Placidia nickte mit einem Kloß in der Kehle. Bitte, o Gott, dachte sie, lass mich nicht Gerlindas Schicksal erleiden.

Placidia fiel erst auf dem Rückweg auf, dass sie vergessen hatte, Gerlinda von dem Heiler zu erzählen.

Abendnebel hing über der Tiber-Ebene. In Ostia wurden die ersten Lichter angezündet. In der Ferne war vor dem dunkler werdenden Himmel Roms Umriss erkennbar. Die Sonne ging hinter Konstantius' Zelt unter und warf lange Schatten auf das zertretene Gras.

Konstantius griff über den Tisch, warf ihn dabei auf dem unebenen Boden beinahe um und goss sich einen weiteren Becher Wein ein. Er verzog das Gesicht. Kein Galeerensklave sollte so etwas trinken müssen, ganz zu schweigen von einem siegreichen General. Aber ob er nun sauer war oder nicht, er hätte den gewünschten Effekt. Nach einem oder zwei weiteren Bechern würde das leere Gefühl in ihm weichen.

Seine Männer waren, anders als er, frohen Mutes. Er beobachtete sie fast neidisch. Sie hämmerten mit gutmütigen Hänseleien Zeltpfähle in den Boden, tränkten Packmaultiere und Pferde, putzten Waffen und zündeten die ersten Kochfeuer an. Die Zelte seiner Offiziere waren in ordentlichen Reihen im gestreckten Winkel zu seinem Zelt aufgestellt worden, gefolgt von den Zelten der Zenturios und, zuletzt, den Segeltuchunterkünften der Männer. Außerhalb jedes Zeltes hing die Rüstung des Bewohners.

Er fühlte sich unerklärlich missmutig. Er hatte heute erneut Honorius' Thron gerettet. Er hatte das Reich erneut vor einem waghalsigen Abenteurer bewahrt. Honorius würde ihn gewiss großzügig belohnen. Er sollte, wie seine Männer, frohlocken. Sie würden sich bald vor den Zahlmeistern aufreihen und ihre Belohnung abholen. Dieses Mal würde er sie, dank der in Heraklians Flaggschiff gefundenen Geldtruhen, in Münzen anstatt in Öl oder Wein bezahlen können. Heute Abend würden diejenigen, die nicht im Dienst waren, in den Tavernen und Bordellen Ostias bis zur Vergessenheit zechen.

Er starrte übellaunig über den Fluss. Der Tiber, der im Sommer so träge floss, rauschte zu dieser Jahreszeit, vom Herbstregen in Etrurien angeschwollen, dahin. Nur noch wenige Trümmer schwammen darin. Einige vertäute Frachtkähne schwelten noch immer am Eingang des Hafenkanals. Ansonsten war kaum ein Zeugnis der heutigen Kämpfe erkennbar. Von den fast zweihundert Getreideschiffen, mit denen Heraklian Karthago verlassen hatte, lag mehr als die Hälfte sicher vertäut. Sie würden morgen beim ersten Tageslicht entladen. Heraklians Schiff, die Isis, war in den Hafen geschleppt worden. Sie würde, obwohl vom Feuer beschädigt, nach einer Reparatur wieder das werden, was sie zuvor gewesen war: das Flaggschiff der adriatischen Flotte, die größte und schnellste Kriegsgaleere, welche die geschrumpfte römische Kriegsflotte noch besaß.

Es war ein brillantes Wagnis von Heraklian gewesen, die Getreideschiffe von Karthago hierherzubringen: die Flottille der Frachtschiffe, die in der Bucht von Ostia vor Anker lag, war der Beweis dafür, dass er das Volk ernähren konnte, zu dessen Rettung er geeilt war, bevor »Honorius euch verhungern lässt«, wie seine Botschafter sagten. Wenn er verlor, würde er das Getreide ohnehin verlieren. Wenn er siegte, würde das Getreide zu seinem überzeugendsten Argument, um die Zustimmung der Leute zu erlangen, ein Argument, das alle Menschen verstanden: das Versprechen eines vollen Magens.

Heraklian hatte den Moment für seinen Aufstand sorgfältig gewählt: Frühling und der Beginn der Schiffssaison. Mit einem einzigen Streich machte er sich zum Herrn von Afrika, des größten Teils der Flotte und des Getreides. Von da aus war es nur noch ein Schritt dahin, sich von seinen Truppen zum Kaiser erklären zu lassen.

Es war klar gewesen, dass Heraklian früher oder später in Italien einmarschieren würde. Konstantius, der den Sommer über hektisch arbeitete, hatte das fast Unmögliche erreicht: Er hatte in weniger als drei Monaten ein Heer aus drei gut ausgebildeten und ausgerüsteten Legionen versammelt. Um das zu tun, war er gezwungen gewesen, Männer aus jeder verbliebenen Garnison in Illyrien, Gallien und Italien abzuziehen und nur ein knappes Minimum zu belassen. Er erinnerte sich seiner fähigsten Offiziere: Bonifaz aus Massilia, Marinus aus Dalmatien, Lucius Anicius von den Alpenpässen. Anicius traf, durch den Schnee aufgehalten, mit sechs Kohorten im letzten Moment ein.

Die erste Information lautete, dass Heraklian in Classis anlanden wollte, um Ravenna einzunehmen. Als sich dies als Finte erwies und offensichtlich wurde, dass Heraklians wahres Ziel Rom war, drängte Konstantius sein Heer in Gewaltmärschen nach Rom.

Konstantius verschränkte die Arme. Seltsam, wie wenig ihn Heraklians Untergang freute. Er hatte seit sechs Jahren, seit jenem Augusttag, an dem Stilicho getötet wurde, die Rache gegen ihn geplant. Konstantius seufzte. Nun war seine Schuld an Stilicho abgegolten. Stilicho war es gewesen, der ihn als jungen Offizier in einer obskuren Grenzlegion erblickte, der ihn zum jüngsten Legaten im Heer machte und der ihn, kurz vor seinem Tod, in den Stab des Kaisers erhob. Stilicho wurde nicht nur sein Mentor, sondern auch sein Ideal.

Er hatte immer gewusst, dass er nie ein zweiter Stilicho würde. Er wusste es noch immer, selbst jetzt, wo er dasselbe höchste Amt innehatte. Ihm fehlte dessen Statur, seine Brillanz, seine persönliche Ausstrahlung, die Fähigkeit zu überzeugen, Begeisterung hervorzurufen, andere an sich glauben zu machen. Allerdings fehlte ihm auch der Eigendünkel, der Stilicho so viele Feinde eingebracht hatte. Er war beharrlich und akribisch. Seine Männer bewunderten ihn nicht, sie respektierten ihn. Und doch könnte die Belohnung, von der Stilicho geträumt, die er aber nie erreicht hatte, eines Tages ihm gehören.

Konstantius schaute auf. Didius kam zwischen den Zeltreihen heran. Er salutierte und reichte ihm einen Stapel Wachstafeln. »Dominus, die Liste der Gefangenen, nach der Ihr fragtet. Und eine weitere Nachricht aus Rom. Dieses Mal dringend.«

Konstantius deutete mit dem Kopf aufs Zelt. »Das sind sie alle. Leg sie hinein. Ich werde mich morgen früh darum kümmern.«

»Anicius fragt, was mit den Getreideschiff-Führern geschehen soll.«

»Er soll sie gehen lassen. Die Soldaten werden wie üblich neu einberufen. Ich bringe nur die Offiziere vors Kriegsgericht.«

»Gut, Dominus.« Didius verweilte, mit unbehaglichem Gefühl,

wollte etwas sagen und wagte es nicht recht. Er war eine bemerkenswerte Erscheinung: Zwei Köpfe größer als die meisten Männer, besaß er die Statur eines Athleten, mit langen, muskulösen Gliedern und geschmeidigen Bewegungen. Eine hässliche, weiße Narbe verlief über seinen geschorenen Kopf. Während sich viele über Konstantius' seltsam aussehende Ordonnanz wunderten, wusste kaum jemand etwas über den Ursprung ihrer Beziehung.

Sie waren beide ungefähr im selben Alter und kamen beide aus Naissus in Illyrien, dem Geburtsort Konstantins des Großen. Während Konstantius die Schweinefarm seines Vaters mit sechzehn verlassen hatte, um sich zum Heer zu melden, wo er rasch die Ränge bis zu Stilichos Stabschef durchlief, endete Didius' Jugend mit Bagatelldelikten im Gefängnis. Seine körperliche Stärke rettete ihn vor den Galeeren. Der Besitzer der örtlichen Gladiatorenschule erkaufte ihm gegen fünf Jahre Dienst seine Freiheit.

Er überlebte nicht nur, anders als die meisten Gladiatoren, sondern wurde ein gefeierter Retiarius, der für seine Wendigkeit mit Netz und Trident berühmt war. Seine Auftritte, die Wochen zuvor auf großen Tafeln verkündet wurden, zogen Rekordmenschenmengen an. Ein Schwertstreich gegen seinen Kopf beendete seine Karriere nach vier ruhmreichen Jahren abrupt. Er wurde als tot auf dem blutigen Sand der Arena zurückgelassen. Konstantius' jüngere Schwester Helvia, die Didius liebte, pflegte ihn über lange Monate wieder gesund. Letztendlich, als sie erkannte, dass er ihr gegenüber niemals mehr als Dankbarkeit empfände, schickte sie ihn zu ihrem Bruder. Konstantius mochte diesen narbigen Riesen, der ihn mehr als einen Kopf überragte, sofort. Konstantius übersah seine leicht schleppende Sprechweise, die eine Folge seines Unfalls war, und stellte ihn als seine Ordonnanz ein. Das war vor fast zwanzig Jahren gewesen. Es war eine Wahl, die er nie bereut hatte.

Als er nun zu ihm hochblickte, sagte er ermutigend: »Ja, Didius?«

»Dominus, was … wird jetzt geschehen? Ich meine, mit Heraklian …«

»Er ist am Ende. Er hat nur ein Schiff. Der Admiral wird ihn entweder auf See oder in Karthago gefangennehmen. Seine Anhänger werden ihr Mäntelchen nach dem Wind hängen, bevor er auch nur den Anker setzen kann. Wir werden seinen wie auch Jovinus' und Sebastians Kopf in den Provinzen zeigen.«

Didius verzog die Lippen. »Mir scheint«, sagte er auf seine langsame Art, »dass derzeit furchtbar viele gepökelte Köpfe gezeigt werden. Scheint sie nicht sehr zu entmutigen. Ich meine, es kommen immer neue ...«

»Du hast recht. Das ist die Welt, in der wir leben. Wir können nur weiterkämpfen. Ein Mann muss sein Bestes geben. Mehr verlangt Gott nicht von uns. Alles Weitere ...« Er warf die Hände auf. »Sag Anicius, dass ich ein wenig später zum Essen komme. Er wird nervös, wenn man ihn nicht vorwarnt. Sein raffinierter Koch wird heute Abend etwas Besonderes zubereiten ...«

Didius grinste. »Ja, Dominus.«

»Und reich mir diese Nachricht aus Rom. Ich lese sie besser gleich.«

Konstantius betrachtete das Siegel. Es war von Candidianus, Honorius' oberstem Minister. Anders als seiner eigenen Nachricht mit einem auf einen Sieg hindeutenden Lorbeer, die er gerade nach Ravenna gesandt hatte, war dieser Botschaft eine Feder angefügt, das Symbol der Dringlichkeit. Er überflog die Zeilen. Er las sie erneut, dieses Mal langsamer, und ließ die volle Wirkung der Worte in sein Bewusstsein dringen. Dann legte er das Papyrus sehr vorsichtig auf den Tisch. »Didius!«, brüllte er.

Didius, der den Hang schon halb hinuntergelangt war, wandte sich um.

»Ja, Dominus?«

»Ich reise in der Dämmerung nach Ravenna. Eine kleine Eskorte wird genügen. Rufe Anicius und Bonifaz. Sofort!«

»Ja, Dominus.«

»Didius, sieh mich nicht so an, als wären mir Hörner gewachsen!«

»Ja, Dominus. Nein … Dominus, ich meine, es ist nur so, dass … Ihr seid … Ihr seid … bleich geworden …«

Konstantius seufzte. »Geh, Didius.«

Als Konstantius Ravenna eine Woche später erreichte, gärte es in der Stadt. Honorius hatte, von irrationaler Panik erfasst, dem Präfekt befohlen, die Tore zu schließen. Das Volk, das durch die Nachricht, die Schwester des Kaisers habe den König der Goten geheiratet, bereits bestürzt war, hatte begonnen, die wildesten Gerüchte zu glauben: Die Goten wollten Ravenna angreifen; Honorius war nach Konstantinopel geflohen oder von seiner Wache getötet worden; die Brunnen waren von Athaulfs Spionen vergiftet worden. Menschenmengen wogten durch die Straßen, forderten das Blut aller Barbaren in der Stadt. Sie füllten den Palasthof, wollten den Kaiser sehen. Als sie den Weg für Konstantius und seine Männer freimachten, verspürte er im Nacken ein Kribbeln. Eine falsche Bewegung, und diese Menschenmenge würde bedrohlich werden.

Er fand Honorius betend in der Palastkapelle vor, von Ministern mit fahlen Gesichtern umgeben. Als der Kaiser hinter sich gemurmelte Grüße hörte, wandte er sich um. »Konstantius! Warum habt Ihr so lange gebraucht?« Honorius wischte sich die Stirn. »Ich bin mir nicht mehr sicher, wen ich mehr fürchten sollte: die Goten oder meine eigenen Leute. Dieser Pöbel …«

»Augustus, beruhigt Euch. Die Leute wollen Euch nichts Böses. Sie haben irgendein absurdes Gerücht über die Goten gehört. Sie müssen nur beruhigt werden. Sie lieben Euch.« Dies sollte Honorius trösten. Er lechzte nach der Zuneigung seines Volkes, auch wenn er es verachtete.

»Aber die Goten könnten unterwegs sein«, quengelte Honorius gereizt. »Die Pässe sind ungeschützt. Es gibt zwischen hier und Mediolanum kaum eine Garnison. Candidianus sagt …«

»Augustus!« Konstantius spürte, wie seine Geduld schwand. Er war hungrig und müde. Das Letzte, was er brauchte, war ein jammernder Honorius. »Einen Angriff, das versichere ich Euch, hat Athaulf gerade jetzt nicht im Sinn. Sein Ehrgeiz ist es, anerkannt zu werden ...«

»Dieser Brief! Könnt Ihr es glauben? Er bezeichnet mich als ›Bruder‹!« Honorius' Gesicht war puterrot geworden. »Und er zwingt die arme Placidia, als ›Königin der Goten‹ zu unterzeichnen! Ich will gar nicht daran denken, wozu er sie noch zwingt. Ich werde diesen Abschaum mit meinen eigenen Händen erwürgen!«

Konstantius nickte. »Ich habe eine Abschrift des Briefes gelesen. Ich werde ihn für Euch erwürgen, Augustus. Aber zuerst muss ich mich um diesen Pöbel draußen kümmern. Dann werden wir uns Gedanken um Athaulf machen.«

Konstantius brauchte einen Tag und eine Nacht, um die Situation unter Kontrolle zu bekommen. Er befahl der Kavallerie, die Menge zu zerstreuen und dann die Nacht hindurch in den Straßen zu patrouillieren. Am Morgen wurden die Tore wieder geöffnet, Frauen kehrten zurück, um aus den Straßenbrunnen Wasser zu holen, und Karren mit Landprodukten rumpelten wie zuvor zu den Märkten. Er sorgte dafür, dass Honorius, in vollem kaiserlichem Ornat, im Forum zu den Bürgern sprach. Honorius versicherte ihnen, dass keine Gefahr eines gotischen Einmarschs bestand. Er erklärte auf Konstantius' Rat hin, nachdem er den Sieg über Heraklian verkündet hatte, dass er zur Feier zwei Wochen lang freie Gladiatorenspiele abhalten würde. Die Stimmung der Menge schwenkte augenblicklich von Angst zu Euphorie. Sie jubelten ihrem Kaiser zu und gingen dann lammfromm nach Hause. Konstantius stieß einen erleichterten Seufzer aus. Er wandte sich seinem Quartier zu und schlief sechzehn Stunden lang. Morgen wäre es an der Zeit, ein weiteres, viel komplizierteres Problem anzusprechen: Placidia und Athaulf.

Am nächsten Morgen, als er und Bonifaz im Audienzsaal auf und ab schritten und darauf warteten, dass Honorius sein Gespräch mit dem

Bischof von Taurinorum beendete, fragte er sich, zum x-ten Mal: Wie hatte Athaulf es wagen können? Er musste wissen, dass es keine Hoffnung auf Versöhnung gab.

Wie viel länger würden sie noch warten müssen? Konstantius hustete, zweimal nacheinander. Candidianus, der oberste Minister, warf ihm einen tadelnden Blick zu. Honorius neigte jedoch den Kopf in ihre Richtung. Er wandte sich, zweifellos erleichtert, wieder dem Bischof zu. »Ich werde mich Eures Anliegens erinnern, Vater. Ihr kennt mein Wohlwollen gegenüber den Wüstenmönchen. Ihr werdet meine Entscheidung hören. Geht mit Gott.«

Der Bischof ließ sich mit Hilfe zweier seiner Dekane auf den Boden herab. Konstantius sah mit Freuden, dass Honorius trotz seiner zunehmenden Frömmigkeit noch immer Wert darauf legte, dass der Klerus wie alle anderen vor ihm niederkniete.

Nachdem der Bischof und sein Gefolge gegangen waren, halfen zwei Eunuchen Honorius vom Thron herab. Während sie ihn von seinem schweren, mit Edelsteinen besetzten Übergewand, dem Zepter und dem Diadem befreiten, flüsterte Candidianus dem Kaiser etwas ins Ohr.

Der Anblick von Honorius' Minister erfüllte Konstantius mit Abscheu. Candidianus war noch dicker geworden. Bald würden nicht einmal mehr acht Träger seine Sänfte tragen können. Der Eunuch neigte, wie die meisten seiner Art, zu Fettsucht, Gier und Laster. Candidianus war jedoch auch sehr intelligent.

Wie konnte Honorius ihm vertrauen? Honorius hatte, trotz seiner Schwächen, Augenblicke der Einsicht und besaß noch eine gewisse Würde. Wie weit hatte Candidianus den Herrscher in der Hand? Konstantius wusste, wie alle am Hofe, von Honorius' Unfähigkeit, seine Ehen zu vollziehen, seine Lustknaben zu befriedigen, sein Trinken und die Stimmungsschwankungen in den Griff zu bekommen, aber war da noch mehr, etwas noch Beschämenderes?

Zwischen Gut und Böse, Schwäche und Unentschlossenheit hin und her gerissen, war Honorius für jemanden, der so abgefeimt war wie Candidianus, eine leichte Beute. Es gab schon lange Gerüchte über Orgien, berauschende Tränke, nächtliche Ausflüge in verkommene Stadtviertel und Bordelle voller Jungen. Es wurde hinter vorgehaltener Hand geflüstert, Candidianus stecke dahinter. Und doch hatte keiner von Konstantius' Informanten Beweise dafür finden können. Sicher war nur Candidianus' zunehmender Einfluss auf Honorius.

Honorius bedeutete ihnen, ihm zu folgen. Candidianus lief auf dem Weg hinaus anwidernd nahe hinter dem Kaiser, stellte ihre Vertrautheit zur Schau. Konstantius verspürte ein ungutes Gefühl im Magen. Er folgte, Bonifaz neben ihm, die Helme in der Armbeuge gehalten.

Es dauerte wie immer einen Moment, bis Konstantius' Augen sich an das Halbdunkel in Honorius' privatem Empfangsraum gewöhnt hatten. Er beobachtete amüsiert, wie Bonifaz die bizarre Szenerie in sich aufnahm. Die Wände waren mit Fresken ithyphallischer Satyrn bedeckt, die mit langhaarigen weißen Ziegen Possen trieben. Eine große, elfenbeinfarbene Liegestatt mit purpur- und goldfarbenen Kissen beherrschte den Raum. Darum standen im Halbkreis kleinere Versionen derselben Liegestatt. Ein langer, mit Obst und Blumen geschmückter Porphyrtisch stand in der Mitte des Raumes. An jeder Ecke des Tisches plätscherte ein grüner Marmorbrunnen. Sie konnten bei besonderen Gelegenheiten als Weinquellen dienen. Seite an Seite mit dieser altrömischen Dekadenz gedieh Honorius' zunehmende christliche Hingabe. Honorius verbrachte jetzt Stunden im Gebet. Die Höllenfeuer wurden zu einer Besessenheit.

In einer Nische, in der früher eine Statue Theodosius des Großen gestanden hatte, befand sich nun ein kleiner Altar. Darauf war in einem Reliquienbehälter aus Kristall, Gold und Edelsteinen Honorius' stolzester Besitz ausgestellt: eine Hand von Johannes dem Täufer, das heilige Fleisch grausig in seiner vertrockneten Starre. Dieses heiligste christliche Relikt hier auszustellen, war mehr als makaber. Es grenzte an Geistesgestörtheit. Ein süßlicher Geruch erfüllte den Raum. Die Mischung aus Weihrauch, welkenden Blumen und etwas Undefinierbarem erinnerte Konstantius stets an Leichen.

Honorius ließ sich auf der Liegestatt nieder. »Ah, welche Erleichterung!« Er nahm seine Ringe ab und reichte sie einem Sklaven. Als er seine Füße ausstreckte, damit ein hübscher, junger Nubier ihm die Sandalen auszog, bemerkte Konstantius seine aufgetriebenen Knöchel. Honorius hatte nie viel Ausdauer besessen. Er hasste es, während langer Zeremonien sitzen oder stehen zu müssen, aber er war mit kaum dreißig nicht alt genug, um an geschwollenen Füßen zu leiden.

Ein Sklave reichte jedem einen Becher mit Wasser vermischten Wein. Honorius nahm einen großen Schluck und beugte sich dann vor: »Ich möchte, dass Ihr wisst, mein lieber Konstantius, dass ich dankbar bin. Mit Eurem Sieg über Heraklian habt Ihr Afrika, die wichtigste unserer Provinzen, gerettet. In Anerkennung dessen ernenne ich Euch für das nächste Jahr zum Konsul.«

Konstantius spürte, wie ihm das Blut in den Kopf schoss. Er hasste sich dafür, aber eine kindliche Freude erfüllte ihn. Konsul! Das war die höchste Ehre, die der Kaiser erweisen konnte.

Auf Honorius' Gesicht breitete sich ein einnehmendes Lächeln aus. »Außerdem werdet Ihr alle Ländereien und Besitztümer Heraklians erhalten.«

Konstantius fühlte sich benommen, als hätte er zu viel unversetzten Wein getrunken. Heraklian war einer der reichsten Männer Roms gewesen ... Er erhob sich. »Augustus, ich ...«

Honorius hob eine Hand. Er wandte sich Bonifaz zu. »Ich habe von Eurer heroischen Verteidigung Massilias und Eurer Tapferkeit in Ostia gehört. Ich habe beschlossen, Euch zum Tribun Mauretaniens zu ernennen. Ihr werdet dort den Frieden aufrechterhalten und jene lästigen Wüstenstämme kontrollieren. Ihr werdet unmittelbar dem neuen Statthalter von Afrika berichten.«

Konstantius und Bonifaz knieten unter dem unergründlichen Blick Candidianus', der auf seinem Stuhl sitzen blieb, die Hände über seinem vorstehenden Bauch gefaltet, vor Honorius. Konstantius sah den Kaiser an. »Augustus, dies ist eine große Ehre. Ich werde Euch niemals enttäuschen.«

Ein Schatten zog über Honorius' Augen. Er streckte die Hand aus und nahm Konstantius' Hand. »Ich weiß, Konstantius, ich weiß. Anders als so viele andere.«

Konstantius verspürte jähes Mitgefühl für den Kaiser. Es war nicht Honorius' Schuld, dass er die Größe seines Vaters nicht geerbt hatte. Er ertappte sich nicht zum ersten Mal dabei, dass er gegenüber diesem so schwachen jungen Mann eine Art Beschützerinstinkt empfand. Vielleicht, so dachte er, brauche ich einen Sohn. Einen Sohn, den ich beschützen kann, der meinen Namen weiterführt, meinen Reichtum erbt.

Neben ihm hatte der üblicherweise selbstbeherrschte Bonifaz einen Teil seiner patrizischen Haltung verloren. Er stotterte: »Augustus, ich … ich verdiene nicht … ich bin zu jung … meine Erfahrung …« Als er Honorius Saum küssen wollte, bedeutete der Kaiser ihnen aufzustehen. »Genug! Ich weiß, dass Ihr dankbar seid. Setzt Euch. Wir haben andere Themen zu besprechen.« Er wartete, bis sie saßen, und fragte dann: »Was sollen wir mit Athaulf tun?«

Konstantius beugte sich vor. »Es ist an der Zeit, die Goten zu vernichten. Meine Männer sind kampfbereit. Wir haben genügend Vorräte. Wenn ich rasch handele, können wir die Alpen überqueren, bevor der Winter hereinbricht. Die Flotte kann in einer Woche noch immer von Karthago nach Narbo übersetzen. Ich werde Athaulf zu Lande und zu Wasser in die Falle locken.« Er hielt die Hände so, als lägen sie um jemandes Hals. »Ihr, Augustus, braucht nur in vagem Tonfall auf seinen Brief zu antworten. Das wird mir Zeit verschaffen.«

Honorius schüttelte den Kopf. »Nein, Konstantius. Ich kann nicht. Es wäre unehrenhaft.«

Konstantius spürte Respekt aufkommen. »Also gut. Wir sollten einfach nicht …«

»Und wie«, unterbrach Candidianus hohe Stimme ihn, »wollt Ihr die Prinzessin davor bewahren, von Athaulf als ein Schild benutzt zu werden?«

»Die Prinzessin«, erwiderte Bonifaz energisch, »braucht nicht vor

Athaulf geschützt zu werden! Sie muss vor sich selbst gerettet werden!«

Konstantius warf ihm einen überraschten Blick zu. Bonifaz hatte seine Haltung absolut wiedererlangt.

»Wir wissen«, fuhr Bonifaz fort, »dass die Prinzessin in Athaulf verliebt ist. Aber nur wenige von uns erkennen, dass er sie liebt. Ich habe sie in Gallien zusammen beobachtet. Ich glaube, sie würde lieber an Athaulfs Seite sterben, als ihn jemals zu verlassen.«

Also stimmte es, dachte Konstantius verärgert. Bonifaz sorgt sich wirklich um das Mädchen. Er schürzte die Lippen und erwiderte: »Um die Prinzessin zu retten, muss Athaulf getötet werden. Er hat viele in seinem eigenen Volk durch diese Heirat gegen sich aufgebracht. Sein Hofieren des gallo-römischen Adels, seine unechten römischen Gepflogenheiten … Er spaziert angeblich sogar in der Kleidung eines römischen Generals umher. Wir werden von innen Unzufriedenheit schüren, während wir von außen angreifen.«

Candidianus strich sich über sein bartloses Kinn. »Meine Quellen sagen mir«, erwiderte er gemächlich, um ›meine Quellen‹ ins Bewusstsein dringen zu lassen, »dass ein gewisser Sigerich, ein mächtiger Stammesführer und einer von Athaulfs besten Befehlshabern, häufig mit dem König in Streit gerät. Er ist anti-römisch eingestellt, überheblich und ehrgeizig. Vielleicht ist kein kostspieliger Krieg nötig. Es sollte nicht viel erfordern, um Sigerichs Groll in Auflehnung zu verwandeln – oder in den Dolch eines Meuchelmörders.«

»Das haben wir schon versucht«, erwiderte Konstantius und vermied es, seine Verärgerung durchklingen zu lassen. »Es hat nicht funktioniert. Athaulf loszuwerden, löst das Problem nicht. Die Goten müssen erobert und dann befriedet werden. Wir werden sie uns zunutze machen, nachdem wir einen Vasallenkönig eingesetzt haben.«

»Genau meine Meinung«, sagte Candidianus blasiert.

Honorius wischte sich über die Stirn. »Die alte römische Art. Einen Barbaren gegen einen anderen ausspielen. Das hat Cäsar bereits gemacht.« Er seufzte. »Ich bin das alles leid.«

Konstantius erwiderte: »Es hat zuvor funktioniert, und es wird wieder funktionieren. Aber List allein wird die Goten nicht beugen. Sie sind nach Hannibal der gefährlichste Gegner, dem Rom jemals auf seinem Boden gegenüberstand. Sie werden nur durch Waffengewalt einzuschüchtern sein.« Er legte die Hände auf die Knie und beugte sich vor. »Gebt den Befehl, Augustus, und ich werde Euch Athaulfs Kopf bringen.«

Honorius hielt einem Sklaven seinen leeren Becher hin. »Fülle ihn, aber gib weniger Wasser hinzu.« Das war seine Formulierung, wenn er unverdünnten Wein wollte. Er nahm einen großen Schluck, nachdem ihm der Junge den Wein gereicht hatte. Dann sank er in die Kissen zurück. »Tut es, Konstantius, aber schickt mir nicht seinen Kopf. Köpfe sagen mir nicht zu.« Er betrachtete einen Moment seinen Becher und fügte dann hinzu: »Und bringt mir Placidia unversehrt zurück, ja?«

Konstantius nickte. »Das werde ich, Augustus.«

Auf seinem Weg hinaus, die gewundenen Gänge entlang, fühlte er sich von neuerlichem Optimismus erfüllt. In Ostia hatte er sich, nach der Nachricht über die Hochzeit, entmutigt gefühlt. Nun war all seine Energie zurückgekehrt. Wenn die Goten erst bezwungen wären, stünde ihm eine strahlende Zukunft bevor. Wenn Placidia wieder in die Zivilisation zurückgekehrt und bei ihrem Volk wäre, würde sie Athaulf bald vergessen. Nach einer angemessenen Zeitspanne würde er selbst sie heiraten. Er hatte das Mädchen schon immer gemocht – wenn er ihr erst einmal beigebracht hätte, nicht hochmütig auf ihn hinabzublicken, würde sie ihn vielleicht sogar lieben lernen. Welch ein Triumph – Magister militum, Konsul und der Schwager des Königs!

Inzwischen musste er unbedingt seine Feinde bei Hofe, besonders Candidianus, sorgfältiger überwachen lassen.

Narbo, Winter 414

Das von einer Kerze beleuchtete Gesicht der Jungfrau leuchtete in den Schatten der kleinen Kapelle.

Placidia hob ihren Blick zu der Jungfrau. »Ich danke dir, o Maria, für dieses kostbare Geschenk. Beschütze dieses Kind vor allem Übel. Lass es in meinem Leib wachsen und gedeihen, wie unser Herr in deinem Leib gedieh.«

Ihr Hand suchte unter dem Umhang ihren Bauch. Sie spürte eine Rundung, eine leichte Wölbung. Mein Sohn, dachte sie, unser Sohn. Wie sehr ich mich nach dir gesehnt habe! Sie nahm den Strauß aus Stechapfelzweigen, den sie mitgebracht hatte, und legte ihn auf den Altar.

Ihr Herz war von Freude erfüllt. Seit Aristophanes heute Morgen bestätigt hatte, was sie schon seit Wochen vermutete, wollte sie vor Glück singen und tanzen. Sie musste ihre Freude mit jemandem teilen, aber sie konnte es niemandem vor Athaulf erzählen. Und er wäre vielleicht erst in Tagen zurück. Placidia schaute zu der Alabasterscheibe. Das Licht draußen schwand. Sie sollte besser zurückkehren, aber sie wollte nicht gehen. Die Kapelle, die sie in diesem alten Gartenpavillon errichtet hatte, war zu ihrer Zuflucht geworden, ein Ort des Friedens, den sie aufsuchte, wann immer sie konnte. Hier war niemand außer der Jungfrau.

Placidia legte ihre Wange gegen eine der Säulen neben dem Altar. Sie war glatt und tröstlich, wie ein Freund. Traurig dachte sie an ihren Bruder. Es hatte keinen Sinn, Honorius erneut zu schreiben. Nicht jetzt. Vielleicht später, nach der Geburt des Kindes. Ihr Neffe Theodosius, der Kaiser Ostroms, hatte zumindest einen offiziellen Brief zurückgeschrieben, in dem er sich aus rechtlichen Gründen weigerte, die Ehe anzuerkennen, und die sofortige Rückkehr »unserer geliebten Tante, die Ihr weiterhin gefangen haltet« forderte. Dies entsprach vollkommen Konstantinopels Haltung.

Honorius' Schweigen nagte jedoch an ihr wie ein ungelöstes Rätsel. Nach Athaulfs offizieller Verkündung der Ehe, in der er eine neue Allianz mit Honorius vorschlug, hatte sie einen persönlichen Brief an ihren Bruder geschickt, in dem sie ihn, um ihret- und um des Reiches willen drängte, Athaulfs Angebot anzunehmen. Beides blieb unbeantwortet. Es sah Honorius nicht ähnlich. Seine normale Reaktion wäre es, eine zornige Ablehnung zu diktieren, vielleicht, nach einigem Nachdenken, von einer weniger strikten Haltung gefolgt. Wie Athaulf gesagt hatte, war dies Konstantius' Werk, eine Taktik, um Zeit zu gewinnen.

Zeit wofür?

Honorius' General stand auf dem Gipfel seiner Macht. Konstantius hatte in weniger als drei Jahren drei mächtige Anwärter auf Honorius' Thron besiegt. Würde er nicht versuchen, selbst nach dem Diadem zu greifen? Es hieß, er sei loyal, aber gab es so etwas wie Loyalität noch? Und wenn er keinen Verrat im Sinn hatte, dann mussten sich seine Gedanken nun Gallien und den Goten zuwenden. Würde er es wagen, Italien unbeschützt zurückzulassen? Könnte er sein Heer so weit auseinanderziehen? Würde Honorius das zulassen?

Als sie aus der Kapelle trat, traf sie ein Windstoß. Sie zog ihren Umhang fester um sich. Die Dämmerung war mit frostiger Schnelligkeit herabgesunken. Die kahlen Bäume hoben sich vor einem bleiernen Himmel dunkel ab. Herabgefallene Blätter wirbelten über den Weg. Hinter den Fensterläden der Villa schimmerten die ersten Lichter. In den Wachttürmen waren die Feuer angezündet worden. Sie beschleunigte ihren Schritt, von irrationaler Angst erfasst. Es war absurd. Angst im Dunkeln war ihr fremd. Die Villa war vollkommen sicher. Tuga hatte recht: Frauen, die Kinder erwarteten, wurden selbst zu Kindern. Nun, sie wollte sich diese Schwäche nicht gestatten.

Als sie die Villa fast erreicht hatte, öffnete sich die Terrassentür.

Gainsrichs hochaufragende Gestalt kam mit einer Lampe in der Hand auf sie zu.

»Domina …«

Etwas, eine Angespanntheit in seiner Stimme, ließ sie die Stirn runzeln. »Was ist los?«

»Der König ist zurück. Er hat nach Euch geschickt. Er befindet sich in seinem Arbeitszimmer.«

Erleichterung durchflutete sie. Sie lächelte. »Ihr habt mir einen Moment Angst gemacht! Ich dachte, etwas stimmte nicht.« Während sie den Gang hinabeilte, stellte sie sich Athaulfs Miene vor, wenn sie ihm die Neuigkeit erzählte, die Freude in seinen Augen, die Wärme seiner Arme.

Der Vorhof vor Athaulfs Arbeitszimmer war bis auf einen behäbigen jungen Wächter leer. Athaulf war im Arbeitszimmer allein, über einen Stapel Depeschen gebeugt. Als er aufschaute, wich alle Freude aus ihr. Es stimmte *definitiv* etwas nicht. Ein Aufstand? Dardanus? Konstantius?

Er nahm ihre Hände. »Mein Liebes …«

Sie schluckte. »Was ist los?«

»Konstantius hat die Alpen überquert, mit einem großen Heer.«

Sie hatte das Gefühl, als wäre ihr ein Dolch in den Leib gestoßen worden. »Jetzt? Im Winter? Wie?«

»In Gewaltmärschen. Er hat seine Belagerungsgeräte auf Schlitten gestellt.«

Placidia stöhnte. »Wie Hannibal – nur dass Hannibal Elefanten hatte … Wie groß ist sein Heer?«

»Weitaus größer, als ich für möglich gehalten hätte. Drei Legionen und ein Regiment burgundische Kavallerie. Er hat sie aufgeteilt. Eine Abteilung unter dem Kommando von Lucius Anicius zieht nach Osten, auf Burdigala zu, während Konstantius nach Arelate zieht.«

»Ein Umklammerungsmanöver?«

»Ja. Konstantius will uns in Aquitanien von der Provinz Narbonensis abschneiden. Wenn er erst Tolosa und Burdigala erobert hat, wird er Narbo angreifen. Ich habe den sofortigen Rückzug aus Aquitanien, entlang der Pyrenäen, befohlen. Der Weg ist länger, aber sie sind vor Konstantius sicher.«

Es war stets eine Gefahr gewesen, sie hatten darüber gesprochen, und doch fühlte sie sich nun, wo es geschehen war, wie benommen. »Wie lange kann Dardanus Arelate gegen ihn halten?«

»Nicht lange. Dardanus hat nicht genug Truppen oder Vorräte. Er sagt, er wird so lange ausharren wie möglich, aber es könnte sein, dass er kapituliert. Ich glaube nicht, dass er mich verraten wird, aber ich vermute schon lange, dass er sich mit seiner Entscheidung, sich auf unsere Seite zu stellen, unwohl fühlt. Er ist immerhin Römer *und* ein gottesfürchtiger Christ. Er hatte zu dem Zeitpunkt keine andere Wahl. Die Regierung deines Bruders hatte Gallien im Stich gelassen, war selbst in tödlicher Gefahr. Aber jetzt …«

»Wie lange kann Konstantius von seinen Vorräten leben, wenn er Narbo belagert?«

»Länger als wir, wenn er unseren Hafen blockiert.«

Ihre Kehle verengte sich. »Blockiert?«

Athaulf nickte. »Konstantius hat nicht nur drei Legionen in Rekordzeit versammelt, sondern hat auch einen Teil seiner neuen Flotte nach Massilia verlegt. Unser Getreide und die Futtermittel, die uns bequem über den Winter gebracht hätten, werden nur ein paar Wochen reichen, wenn alle unsere Leute hier sind. Selbst wenn die balearischen Händler noch Weizen übrig haben, werden sie das offene Meer nicht vor dem Frühjahr überqueren, gleichgültig wie viel Gold ich ihnen biete. Konstantius' Schiffe können hingegen mühelos die Küste entlangsegeln, sogar im Winter. Wir haben nur zwei Wahlmöglichkeiten: uns Konstantius im Kampf zu stellen, bevor er Narbo belagern kann, oder fliehen. Wenn wir Narbo verlassen …«

»Verlassen?« Sie sah hin an. Das konnte nicht sein. Nicht schon wieder. »Willst du damit sagen, es ist hoffnungslos?«

»Nein, aber es ist ernst. Wenn wir fliehen, müssen wir schnell fliehen«

»Wohin würden wir gehen?«

»Nach Hispanien. Die Pyrenäenpässe sind leicht zu verteidigen. Wir können Konstantius daran hindern, uns zu folgen, oder ihn uns folgen lassen und ihn angreifen, wenn er sich nähert.«

»Was ist mit den Vandalen?«

»Sie werden nach Süden davonlaufen, nach Baetica. Ihr König Gunderich war schon immer ein Feigling. Selbst wenn sie nicht davonlaufen, werden sie weitaus leichter zu besiegen sein als Konstantius.« Er lächelte kläglich. »Die Vandalen sind *wahre* Barbaren und weitaus undisziplinierter als meine eigenen Krieger. Sie sind die Art Barbaren, mit denen römische Mütter ihre Kinder ängstigen.«

»Könnten wir Konstantius besiegen?«

»Das hängt von dem Gelände ab. Davon, wie gut seine Kavallerie ist. Davon, ob die Disziplin, die ich meinen Männern eingeübt habe, Bestand hat.« Er zuckte die Achseln. »Letztendlich hängt es vermutlich davon ab, auf wessen Seite Gott steht.« Er rieb sich die Augen. »Ich habe seit zwei Tagen nicht mehr geschlafen. Bevor die Stammesführer eintreffen, muss ich eine Stunde schlafen. Ich habe für heute Abend einen Rat einberufen.«

Sie nahm seinen Arm. »Du musst diese nassen Stiefel ausziehen. Und etwas essen, bevor du schläfst.«

Als sie nach der Glocke griff, bemerkte sie, dass ihre Hand zitterte. Würde es niemals aufhören? Sie hatten die Alpen überquert, ganz Gallien. Jedes Mal, wenn sie einen Zufluchtsort gefunden zu haben glaubten, kam es zu einem neuen Rückschlag: Gallien, Aquitanien, Narbonensis … Und jetzt Hispanien. Würden sie jemals, wie die Israeliten, das Gelobte Land erreichen?

Vallia traf an diesem Abend als Erster ein. »Mein König, Ihr habt mich um Rat gefragt.« Vallia schwieg einen Moment und blickte auf seine großen Hände. Auch er wirkte erschöpft. Sein Haar und Bart, einst blond, waren nun ergraut. »Ich wünschte, es wäre anders, aber ich stimme mit Euch überein. Wir können nicht bleiben. Es wäre viel zu gefährlich, Konstantius jetzt im Kampf gegenüberzutreten. Wir sind zahlenmäßig weit unterlegen.«

Mitternacht war bereits vorüber, als alle Stammesführer im Empfangsraum der Villa versammelt waren. Athaulf, der am Kopf eines langen Tisches mit zwei ausgebreiteten Landkarten stand, erklärte ihre Position. Die Stammesführer hörten mit ernsten Mienen schweigend zu, bis auf ein gelegentliches Husten, bis Athaulf sagte: »Es gibt nur eine Lösung: Wir müssen nach Hispanien ziehen. Dardanus hat den größten Teil der Garnison in Barcino zurückgezogen. Der Rest ...«

»Weglaufen?«, rief Sigerich verächtlich, »Wie Feiglinge, schon wieder? Wir sind genug davongelaufen. Wir werden uns Konstantius stellen. Entweder wir siegen, oder wir werden bei dem Versuch untergehen. Dann sterben wir zumindest wie Männer!«

Athaulfs Miene verdüsterte sich. »Narren begehen Selbstmord. Männer leben, um an einem neuen Tag zu kämpfen. Ich sagte Euch bereits, dass wir zahlenmäßig weit unterlegen sind.« Er schlug mit beiden Händen auf den Tisch. »Wir brechen übermorgen auf, in der Dämmerung!«

»Ihr«, zischte Sigerich, »Ihr führt unser Volk in die Vernichtung! Ich werde keinen Anteil daran haben!« Er warf sein Schwert auf den Tisch und stolzierte hinaus.

Entsetztes Murmeln durchlief die Versammlung. Placidia spürte, wie Kälte sie durchdrang. Roderich deutete mit dem Kopf zur Tür. Athaulf schüttelte den Kopf. »Lasst ihn. Er wird zur Vernunft kommen.«

Letztendlich stimmten alle Stammesführer außer dem einäugigen Gundahar mit Athaulf überein. Daraufhin wurde darüber diskutiert, wie dies alles zu organisieren sei und wo man sich mit denjenigen, die aus Aquitanien kamen, zusammenschließen sollte. Schließlich wurde vereinbart, sich in Perpiniarum am Fuße der östlichen Pyrenäen zu treffen. Die Dämmerung brach bereits herein, als die Stammesführer einzeln und zu zweit gingen und auf ihre Pferde im Hof stiegen. Irgendwo krähte ein Hahn. Placidias Augen brannten von den qualmenden Lampen. Sie saß zusammengesunken auf einer Bank, den Kopf an die Wand gelehnt, und fühlte sich ausgelaugt. Sie sagte sich, dass sie übermüdet sei. Diese Müdigkeit ließ alles schlimmer wirken. Dieses Verzagen war für die Schwachen. Und doch konnte sie sich des Gefühls nicht erwehren, dem Untergang geweiht zu sein, zu immerwährendem, hoffnungslosem Umherwandern verurteilt.

Athaulf und Vallia gingen als Letzte. Vallia zog Athaulf im Eingang zurück. »Athaulf«, er senkte die Stimme, »hütet Euch vor Sigerich.«

Athaulf zuckte die Achseln. »Er ist ein Hitzkopf. Er wird wieder zu sich kommen. Das war schon früher so. Er wird morgen auf Knien ankommen und mich um Verzeihung bitten.«

»Ich denke, Ihr hättet ihn in Ketten legen lassen sollen. Unterschätzt ihn nicht. Einige unserer Leute, sogar Stammesführer, hören auf ihn. Er …«

»Ich weiß.« Athaulf nickte. »Ich habe die Berichte gehört. Das ist alles nur Getöse.« Er legte eine Hand auf die Schulter des alten Kriegers. »Aber ich danke Euch, Vallia, für Eure Sorge. Ich denke, nun sollten wir eine oder zwei Stunden schlafen.«

Tuga, die draußen auf dem Boden geschlafen hatte, legte Placidia den Umhang um die Schultern. Sie betrachtete Placidias abgespanntes Gesicht und runzelte die Stirn. »Eine Frau in Eurem Zustand sollte nicht die ganze Nacht aufbleiben.« Tuga nahm sie fest am Ellenbogen. »Ihr müsst zu Bett gehen, Herrin.«

Auf dem Weg zu ihrem Quartier dachte Placidia traurig daran, dass sie Athaulf die Neuigkeit nicht erzählt hatte. Dieses Kind, das sie trug, dieses Kind, nach dem sie sich so gesehnt hatte – wie würde seine Zukunft aussehen? Gab es eine Zukunft?

Barcino, Frühjahr 415

Placidia ließ die Schriftrolle sinken. Das Lesen in der schwankenden Sänfte verursachte ihr Kopfschmerzen. Die Straße nach Barcino verlief steil abwärts, wie auch der Aufstieg von Narbo verlaufen war. Obwohl man die Pyrenäen nicht mit den Alpen vergleichen konnte, waren sie doch beeindruckend. Um sie herum kämpfte sich der Meilen lange Zug der Wagen und Reiter in einer Staubwolke voran, wie sie es schon Stunde auf erschöpfende Stunde taten. Diese Straße war seit dem Einmarsch der Vandalen nicht instand gehalten worden. Langsam ließ die Kälte nach. Sie musste sich erneut dem Meer nähern. Die Flecken Schnee waren verschwunden. Tannen machten Schirmkiefern Platz. Die erste Möwe drehte am Himmel ihre Kreise.

Sie reckte ihren schmerzenden Rücken. Sie fror, trotz ihres Fuchsumhangs mit Kapuze und der Pelzdecke, die ihr bis zum Kinn reichte.

Die letzten drei Monate waren erschöpfend gewesen. Während der ersten beiden Monate war ihr jeden Morgen übel. Dann, als die Übelkeit gerade abklang und sie die lange Reise von Narbo antraten, begann ihr unterer Rücken zu schmerzen. Sie war, aus Angst vor einer weiteren Fehlgeburt, gezwungen gewesen, in einer Sänfte im Schneckentempo zu reisen, von Wind und Regen gepeitscht, mit den Frauen und Kindern und Wagen, während Athaulf und der Hauptteil des Heers voranzog. Sie hatte die Goten noch nie so rastlos und mürrisch erlebt. Sogar die Frauen hörten auf zu schwatzen. Wenn sie durch das Lager schritt, mieden viele ihren Blick. Sie hatte sich manchmal nicht wie ihre Königin, sondern fast wie ihr Feind gefühlt.

In Narbo entschuldigte sich Sigerich, wie Athaulf erwartet hatte, am folgenden Tag für seinen Ausbruch. Athaulf verzieh ihm erneut. Als Placidia Athaulf fragte, ob das klug sei, zuckte er die Achseln. »Sigerich ist ein herausragender Krieger und ein talentierter Organisator. Er beflügelt seine Männer in der Schlacht. Ich kann es mir nicht leisten, ihn und seine Männer jetzt zu verlieren.«

»Was meinst du damit, sie zu verlieren?«

»So etwas geschieht. Ein Stammesführer entzweit sich mit seinem König. Er und sein Gefolge verlassen ihren Stamm und schließen sich einem anderen an. Sigerich könnte zu den Burgundern oder den Alanen gehen.«

Kein Wunder, dachte Placidia, dass barbarische Herrscher darum rangen, Disziplin aufzuzwingen. In Rom würde der Anführer einer aufrührerischen Legion enthauptet und seine Leute dezimiert: einer von zehn würde getötet. Aber es hatte keinen Sinn, ihm das zu sagen. Stattdessen versuchte sie zu scherzen: »Einer Sache können wir uns zumindest sicher sein: Sigerich hasst alles Römische, mich eingeschlossen. Er wird sich nicht Konstantius anschließen.«

»Er hasst dich nicht, mein Liebes. Es schmerzt ihn nur immer noch, dass ich nicht seine rothaarige Tochter geheiratet habe. Und ja, er ist leicht anti-römisch eingestellt. Aber …«

Sie küsste ihn auf die Wange. »Du kannst so taktvoll sein, mein Geliebter. Du hättest einen wundervollen Höfling abgegeben.« Er lächelte. Statt einer Antwort nahm er sie in die Arme und küsste sie. Plötzlich waren die Welt und all ihr Weh vergessen. Seine Hände glitten ihren Rücken hinab, umspannten ihre Taille, pressten sie an ihn. Sie spürte, wie ihr Körper köstlich auf sein Drängen reagierte. Sie klammerten sich mit demselben Hunger aneinander, mit derselben verzweifelten Leidenschaft, die sie empfanden, seit sie ein Paar geworden waren.

Später, als sie an Athaulfs Seite lag, ihr Kopf wie immer auf seiner rechten Schulter, sein Arm noch um sie gelegt, und sie seinem Atem lauschte, hatte sie einen großen Frieden empfunden. Sie liebte diesen Mann mehr als das Leben selbst. Sie würde sein Schicksal und das seines Volkes teilen und für das seltene und kostbare Geschenk der Liebe dankbar sein, das Gott ihnen gewährt hatte.

Als sie nun in dieser kalten Sänfte auf Barcino zuschwankte, stellte sie sich Athaulfs Gesicht vor, das Lächeln in seinen Augen. Bald, spätestens in einem oder zwei Tagen, würde sie seine Arme um sich spüren. Und heute Abend könnte sie vielleicht in einem richtigen Bett schlafen, nicht in einem Ochsenwagen. Die Vorhut hatte von einer in Betrieb befindlichen offiziellen Poststation vor ihnen berichtet. Privatgasthäuser waren überall schon lange aufgegeben worden. Die Gastwirte und Köche, Bademeister und Barbiere, Schmiede und Stellmacher, Pferdedoktoren und Stallmeister, die das Reisen für Privatleute im ganzen Reich erträglich gemacht hatten, waren fort.

An der Poststation trug der diensthabende Mansionarius, ein alter, von der Gicht gebeugter Beamter, noch immer stolz den geflügelten Pfeil des kaiserlichen Postdienstes. Er verbeugte sich und strahlte sie zahnlos an. »Hier entlang, Nobilissima.«

Er führte sie zur besten Zimmerflucht, die für hohe Beamte reserviert war. »Ich leite diese Station schon seit vierzig Jahren. Erst zweimal hat ein Kaiser die Nacht hier verbracht. Der eine war Euer Großvater, der Kaiser Valentinian. Der andere war Euer Vater. Es war im dritten Jahr seiner Regentschaft. Ich erinnere mich daran, weil mein erster Sohn am Tag davor geboren wurde. Der Kaiser traf unangekündigt hier ein, mit nur einer kleinen Eskorte. Mein Personal geriet in Panik, aber letztendlich verlief alles gut. Es gelang mir sogar, ein anständiges Pferd für ihn zu finden. Und jetzt Ihr … Verzeiht, Nobilissima. Ich schweife ab. Hier sind wir.«

Placidia sah sich um. Gelbe Wände mit einem karmesinroten Fries. Der Verputz war an einigen Stellen abgebröckelt, aber der Raum war sauber und das Leinen frisch und gebügelt. Der alte Mann hatte sein Personal offensichtlich im Griff.

»Benötigt die Domina noch etwas? Wir haben nicht viel, was Delikatessen angeht, aber meine Enkelin ist eine gute Köchin. Die meisten unserer Sklaven sind uns davongelaufen, so dass sie sich nun um die Küche kümmert, zusammen mit einem alten Freigelassenen.«

»Wir haben Essen mitgebracht, aber ich würde die Kochkunst Eurer Tochter gerne ausprobieren. Sagt mir, wie weit ist es nach Barcino?«

»Wenn Ihr in der Dämmerung aufbrecht, solltet Ihr vor Sonnenuntergang dort sein. Es liegt weit den Hügel hinab.«

Sie legte sich aufs Bett. Welche Freude! Ein richtiges Bett, und noch dazu ein sauberes. Die Laken dufteten nach Sonnenschein und Rosmarin. Tuga und ihre Mädchen machten sich im Vorraum zu schaffen und unterhielten sich leise, während sie Kisten und Taschen auspackten. Placidia schloss die Augen. Morgen wäre sie in Barcino.

Die Lage der Stadt war ausgezeichnet: Auf einem Hügel zwischen hohen Bergen auf einer Seite und dem blauen Meer auf der anderen Seite, beherrschte Barcino die Küstenebene. Seine großen Doppelmauern mit ihren achtundsiebzig Türmen, von der Spätnachmittagssonne vergoldet, erhoben sich stolz vor dem Horizont und verkündeten jedermann, der sie sah, seine Unbesiegbarkeit.

»Sie ist großartig!« Placidia wandte sich an Aristophanes, der neben ihr stand. Auch er betrachtete die sich vor ihnen ausbreitende Stadt. »Ja, meine Königin. Und leicht zu verteidigen.«

Attalus sagte: »Die Mauern von Barcino haben seit Augustus' Zeiten jeder Invasion standgehalten. Sogar die Vandalen sind daran vorübergezogen. Sie sind stattdessen nach Tarraco, der Provinzhauptstadt, hinabgezogen, die sie bis auf die Grundmauern niedergebrannt haben.«

Als Placidia Barcinos Festungsmauern betrachtete, schien es ihr fast unglaublich, dass der römische Statthalter die Stadt Athaulf übergeben hatte. Und doch hatte er es getan, genau wie Athaulf vermutete, im Gegenzug für sicheres Geleit für ihn und seine kleine Garnison. Die Stadt war, so weit das Auge reichte, von Feldern und Obstplantagen, Weingärten und Bauernhöfen umgeben. Sie waren unversehrt, die Reben an ihre Gitter gebunden, die Felder in geraden Furchen gepflügt, und Reihen von Olivenbäumen hoben sich von der fruchtbaren, dunkelroten Erde ab. Ein Aquädukt, das ebenfalls unversehrt schien, verlief von den Hügeln am Fuß der Berge zur Stadt.

Placidias Stimmung hob sich zum ersten Mal seit Wochen wieder. Hatten sie dieses Mal möglicherweise eine Heimat gefunden, eine dauerhafte?

»Ich hoffe, dass dies keine Falle ist.« Gnaeus Calvus richtete seine Toga, die ihm von der Schulter gerutscht war.

Sextus Quintilius, ein Senator und der reichste Mann in Barcino, dem zwei Silberminen in Baetica gehörten, schüttelte den Kopf. »Sie haben die Provinz bereits eingenommen. Warum sollen sie sich die Mühe machen, uns hier eine Falle zu stellen, wenn sie uns genauso gut auf unserem Grund und Boden hätten vernichten können?«

»Ich weiß. Aber es verursacht mir dennoch ein ungutes Gefühl.« Gnaeus schüttelte sich. »Sie haben alle führenden Bürger, die Magistrate, den Bischof, tatsächlich alle wichtigen Leute in Barcino, die nicht geflohen sind, in dieser Halle versammelt. Wir sind unbewaffnet.« Er blickte über den Empfangssaal des Statthalterspalastes hinweg zur anderen Seite des Säulengangs, wo die gotischen Stammesführer in ihren langen blauen Umhängen aufgereiht standen. »Ein paar dieser kräftigen Barbaren könnten uns innerhalb von Minuten vernichten. Sie tragen vermutlich Breitschwerter unter diesen Umhängen versteckt. Es würde vielleicht eine ziemliche Schweinerei, aber es würde ihnen jegliche Gegenwehr ersparen.«

Der weißhaarige Magistrat neben ihm lächelte verzerrt. »Ihr Poeten habt eine solch starke Phantasie.« Er schmeichelte ihm. Gnaeus war kein Poet, nur ein Dilettant, aber er war ein liebenswerter, kultivierter Spross einer sehr alten Familie und ein großzügiger Gastgeber, an dessen legendären Gesellschaften jedermann unbedingt teilnehmen wollte. Der Magistrat fuhr fort: »Leider sind wir nicht in der Position, uns gegen sie aufzulehnen. Tot sind wir nur Aas, aber als Lebende sind wir nützlich. Wir können verhindern, dass der Unmut des Volkes aufbricht. Und nach dem, was ich gehört habe, weiß Athaulf auch, dass er keine Provinz allein führen kann.«

»Schsch.« Der Magistrat hob eine Hand. Ein Murmeln ging durch die Empfangshalle.

Aber anstatt des Königs, den sie erwartet hatten, erschien der graubärtige Bischof der Goten, in einer mit Edelsteinen verzierten Dalmatik, und sein in Weiß gekleideter Klerus, welche die Apsis nacheinander betraten. Sie reihten sich zu beiden Seiten der zwei elfenbeinernen Stühle auf dem Podest auf.

Dann kam eine Ehrengarde von zwölf mit Hornhelmen und bronzenen Kürassen versehenen Goten beeindruckender Größe, die ihre Schwerter hoch erhoben trugen, wie Bilder einer mythischen Kreatur, halb Dämon und halb Mensch. Der König und Galla Placidia betraten den Raum. Beide trugen bodenlange Umhänge aus Silberfuchs. Der König wirkte noch beeindruckender, als die Gerüchte bereits besagt hatten: ein hochgewachsener, junger Mann mit großartiger Haltung, das helle Haar kurz wie das eines Römers, seine glattrasierten Züge gut geschnitten, mit geschmeidigen Bewegungen. Aber was die Römer am meisten erstaunte, war Placidia.

Quintilius rief aus: »Beim Jupiter! Seht sie euch an!«

Sie war fast so groß wie ihr Mann und auffallend schön. Ihr dunkles Haar war auf die römische Art gebunden, aber sie trug einen breiten barbarischen Halsreif. Eine große, rotgoldene Fibula in der Gestalt eines Adlers hielt ihren prächtigen Fuchsumhang.

Der König hob eine Hand. In ausgezeichnetem Latein sagte er: »Ich grüße euch, edle Bürger von Barcino! Ich wiederhole, was ich schon im Forum gesagt habe: Wir sind als Freunde gekommen, nicht als Feinde. Ich habe nur genommen, was uns rechtmäßig zusteht. Der Kaiser hat uns eine Provinz versprochen. Er hat sein Wort nicht gehalten, aber wir haben unser Wort gehalten. Wir werden uns hier niederlassen, und mit euch in Frieden leben.« Er hielt inne und fixierte sie mit blauen, jäh kalt gewordenen Augen: »Das heißt, mit all jenen von euch, die für uns und nicht gegen uns sind.«

Dann fuhr er in sanfterem Tonfall fort: »Ihr seid Römer, ich bin ein Gote. Placidia, meine Königin, ist eine Gotin *und* eine Römerin.« Er nahm ihre Hand. »Sie verkörpert meine Vision von der Zukunft für Goten und Römer. Dies ist der Grund, warum ich sie, obwohl sie eine Frau ist, gebeten habe, heute zu euch zu sprechen.« Erstauntes Murmeln durchlief die Halle. Eine Frau? Das hatte man noch nie gehört.

Als Placidia vortrat, verspürte sie einen Moment der Panik. Dann, wie ein Segen, regte sich das Kind in ihr. Sie wurde ruhig. Nicht ich, dachte sie, sondern du, mein Sohn, verkörperst die Zukunft. Nicht nur die Zukunft Hispaniens, sondern die Zukunft Roms. Sie reckte das Kinn und begann in gemessenem Tonfall zu sprechen:

»Bürger von Barcino, Leute von Tarraconensis, Menschen von Hispanien! Ich spreche weder als Gotin noch als Römerin, sondern als Spanierin zu euch. Wie ihr wisst, war mein Vater Spanier. Das Blut Spaniens fließt in meinen Adern. Ich kenne eure Geschichte, ich verstehe eure Ängste. Ihr wart fast sechshundert Jahre lang Römer. Ihr werdet weiterhin Römer sein. Aber Rom muss sich ändern. Rom muss sich anpassen, um zu überleben. Es kann nicht als überfordertes Reich überdauern. Rom muss innerhalb seiner alten Hoheitsgebiete neue Königreiche akzeptieren. Diese Provinz, ganz Hispanien, kann ein solches Königreich werden. Es ist eure Wahl, edle Bürger von Barcino.«

»Wir werden euch nicht von eurem Land vertreiben. Wir werden die Erde auf altbewährte Weise mit euch teilen: eine Hälfte für unser Volk und eine Hälfte für eures. Die Steuern werden die gleichen bleiben. Es wird Recht und Ordnung herrschen. Eigentum wird geschützt, eure Bräuche werden respektiert. Ein jeder, der gegen diese Gesetze verstößt, wird schwer bestraft. Römer werden nach römischem Recht und Goten nach gotischem Recht verurteilt. Sowohl der katholische als auch der arianische Ritus werden erlaubt sein.

Die Goten sind ein kraftvolles und hart arbeitendes Volk. Wir werden dieses Land und alle seine Bewohner vor Angriffen beschützen.

Wir werden zu seinem Reichtum beitragen. Wir werden gemeinsam eine neue Zukunft errichten, die genauso großartig wird wie die Vergangenheit! Eine Zukunft des Friedens und des Wohlstandes!«

Die Römer brachen in donnernden Applaus aus. Die Goten fielen ein, wenn auch mit weitaus weniger Enthusiasmus. Wie Vallia Athaulf bereits gewarnt hatte, waren sie verärgert, dass er Placidia das Wort erteilt hatte. Sollten sie. Die Römer mussten gewonnen werden. Während sie darauf wartete, dass der Applaus verebbte, ließ sie den Blick über die Versammlung schweifen. Es war ihre Idee gewesen. Sie hatte besser funktioniert als erhofft. Ihren vorbereiteten Schlusssatz hatte sie instinktiv verworfen. Stattdessen straffte sie die Schultern und rief: »Ich, Galla Placidia, Tochter von Theodosius dem Großen und Königin der Goten, gebe euch mein Wort, dass wir euch die Treue halten werden, wenn ihr uns die Treue haltet!«

Erneut brach Applaus aus. Placidia fühlte sich schwach vor Erleichterung und erschöpft. Sie trat zurück und setzte sich hin. Athaulf nahm seinen Platz auf dem Ebenholzstuhl neben ihr ein. Er lächelte: »Du warst großartig!«

»Deine Stammesführer«, flüsterte sie, »denken das nicht.«

»Das werden sie aber, sobald sie ihre neuen Felder bestellen.«

Sextus Quintilius trat vor. Mit einer langen, blumigen Ansprache im sonoren Tonfall des geübten Redners dankte er ihnen im Namen seiner Mitbürger für ihre Großzügigkeit und ihren guten Willen. Die Anführer von Barcino, so sagte er, würden ihr Bestes tun, um den König und die Königin auf jede mögliche Art zu unterstützen.

Nach der Audienz, während sie im Palasthof auf ihre Sänften warteten, sagte Gnaeus: »Es könnte viel schlimmer sein. Sie nehmen nur die Hälfte unseres Landes. Die Burgunder nahmen in Germanien zwei Drittel oder mehr. Im Vergleich zu den Vandalen ...« Er wischte sich über die Stirn. »Die Goten sind deutlich zivilisierter, sie haben eine römische Königin, und dieser Athaulf könnte fast einer von uns sein.«

Der Magistrat runzelte die Stirn. »Wenn Ihr mich fragt, ist er in gewisser Weise ein Träumer. Aber ja, er ist zivilisierter, als ich gedacht hatte.«

Quintilius schüttelte den Kopf. »Ich glaube, er ist ein Mann mit Visionen. Ich war beeindruckt. Und was Galla Placidia betrifft – was für eine Frau! Ich denke, sie hat die Rede selbst entworfen, oder zumindest großenteils.«

Gnaeus stimmte zu: »Sie erinnert mich an die großen Frauen der Republik. Es heißt, Livia habe Augustus beherrscht. Wenn Placidia diesen Goten beherrscht, wer weiß, was sie *gemeinsam* vollbringen könnten …«

Quintilius stieg in seine Sänfte. »Das wird erst die Zukunft zeigen. Geht mit Gott, meine Freunde.«

Es war ein perfekter Frühlingstag. Vögel flatterten um blühende Bäume herum und zwitscherten während ihres Nestbaus. Überall sprossen in einer Überfülle neuen Lebens zarte junge Blätter. Obwohl erst April war, war es so warm wie im Sommer.

Ein Podest stand mitten auf dem Feld errichtet, von einer alten Eiche beschattet. Dort hatten die gotischen und römischen Würdenträger die Segnung der Saat beobachtet. Nun waren die Körbe mit Korn, die weißgedeckten Tische, die goldschimmernden Patenen und das Weihwasser entfernt worden, und Sigesarius und seine Priester hatten den Tänzern Platz gemacht. Frauen, die Kränze aus Pfirsichblüten im ungebundenen Haar trugen, wirbelten zu den fröhlichen Klängen der Flöten und Tröten im Kreis. Von der anderen Seite des Feldes drang der appetitanregende Duft gebratener Ochsen heran. Der ernste Teil der Zeremonie war vorüber, die Zuschauer, die das Feld umstanden, reichten unter viel Geschrei Bierkrüge herum. Immer mehr Frauen und Kinder schlossen sich den Tänzern an.

Placidia beugte sich zu Sextus Quintilius hinüber. »Ein hübscher Brauch, nicht wahr?« Inzwischen schätzte sie Quintilius sehr. Er war hinter seinem verschrobenen, etwas abweisenden Auftreten ein Mann von ungewöhnlicher Einsicht. Als führender Bürger hatte er viel dazu beigetragen, die Beziehungen zwischen der örtlichen Bevölkerung und den Goten zu festigen.

Quintilius nickte. »Es ist seltsam. Es erinnert mich an unsere römischen Cerealia. Selbst die Frauen, ganz in Weiß ... Dabei ist es eindeutig ein gotischer Brauch. Euer Bischof erzählte mir, dass sie ihn seit undenklichen Zeiten praktizieren. Ursprünglich, so sagte er, war es die Anrufung eines Regengottes.« Er schüttelte den Kopf. »Ein heidnischer Brauch, wie die Cerealia. Vielleicht sind die Menschen, wie Ihr neulich sagtet, Nobilissima, einander nicht so unähnlich, wie wir immer denken.«

Quintilius hatte wahrscheinlich recht. Die Kirche fügte viele heidnische Bräuche, da sie sie nicht abschaffen konnte, in ihre eigenen Riten mit ein. Und Regen war natürlich wichtig. »Regnet es hier zuverlässig?«, fragte sie.

Quintilius zuckte die Achseln. »Überwiegend ja. So können wir zwei Ernten pro Jahr einbringen. Wir hatten auch schon Dürren, aber sie sind selten. Weiter im Süden, in Baetica, sind sie eine häufige Plage.«

Placidia richtete die Falten ihrer türkisfarbenen Palla über ihrem gewölbten Bauch. Wenn ich es nur gewusst hätte, hätte ich auch Weiß getragen, dachte sie und betrachtete die weißgekleideten Frauen. Aber sie hatte dieses Fest noch nie zuvor erlebt. Es war das erste Mal seit Jahren, dass die Goten einen Brauch feiern konnten, der einst fester Bestandteil ihres Lebens gewesen war. Nun war alles bereit. Die Saat, die Pflüge und sogar die Ochsen waren gesegnet worden. Morgen würde das Aussäen beginnen.

Placidia überkam ein Gefühl von innerem Frieden und Vertrauen in die Zukunft. Die Teilung des Landes hatte fast ohne Zwischenfälle stattgefunden. Die Landbesitzer hatten es dem römischen Landvermesser und seinen Leuten gestattet, ihre Aufgabe zu vollenden. Vonseiten der gotischen Stammesführer kamen keine Beschwerden über angebliche Betrügereien bei der Landverteilung. Es hatte, als die Siedler eintrafen, um ihre zugewiesenen Felder in Besitz zu nehmen, kaum Gewalt gegeben. Gelegentliche Streitereien waren von Athaulf schnell entschlossen geregelt worden.

Als sie ihn nun auf der anderen Seite des Podests ansah, verspürte sie eine Woge des Stolzes, der Zuneigung. Wie gut er aussah. Wie stark er war, und doch auch wie zärtlich. Er beugte lächelnd den Kopf und hörte seinem jüngeren Sohn aufmerksam zu. Theoderich zeigte ihm gerade etwas, deutete aufgeregt hin. Athaulf nickte und nahm die Hand seines Sohnes. Athaulf und sie hatten nie über seine Söhne gesprochen. Welcher der drei würde den Thron ihres Vaters erben? Das hatte Placidia bisher seltsamerweise nie beschäftigt. Im Moment war sie zufrieden damit, Gott entscheiden zu lassen.

Zu ihrer Zufriedenheit trug noch bei, dass Honorius seine Haltung allmählich endlich änderte. Er hatte ihr einen beinahe liebevollen Brief geschrieben, in dem er sie »kleine Schwester« nannte. Er gratulierte ihr mit seinem üblichen Mangel an Logik zu ihrer Schwangerschaft, wünschte ihr sogar, dass es ein Sohn würde, weigerte sich jedoch weiterhin kategorisch, ihre Ehe mit »diesem wilden Barbaren« anzuerkennen, »der unter der Würde unserer vornehmen Herkunft ist«. Wenn sie nur zu ihm zurückkehren würde, wäre alles vergessen. Er wünschte sich nichts mehr, als sie und ihr Kind in seine Arme zu schließen. »Dein Sohn wird mit aller Ehre behandelt werden, die einem kaiserlichen Prinzen gebühren. Ihr werdet beide bei mir im Palast residieren ...« Armer Honorius.

Sie fragte sich, was Konstantius, der durch seine Spione bestimmt eine Abschrift des Briefes erhalten hatte, sich dabei dachte. Konstantius befand sich noch immer in Arelate und festigte seinen Einfluss auf das südliche Gallien. Seine Anwesenheit dort war ein Grund zur Sorge. Aber solange Honorius versöhnlicher Stimmung blieb, war es unwahrscheinlich, dass er sie angreifen würde. Konstantius konnte aus den neubefestigten Städten in Gallien auf keinen Fall genügend Männer abziehen. Barcino und das Hinterland der gebirgigen Provinz waren fast völlig unzugänglich. Das übrige Spanien war von den Vandalen besetzt. Athaulf plante, die Vandalen weiter südwärts zu treiben, wenn sich sein Volk erst hier niedergelassen hatte, und so das gotische Gebiet zu vergrößern. Er hatte kürzlich geheime Verhandlungen mit den Alanern eröffnet, denn diese Bundesgenossen der Vandalen fühlten sich allmählich vom Vandalenkönig und seinen gierigen Stammesführern ausgenutzt.

Die Tänzer verbeugten sich vor dem Podest. Sie präsentierten in ihren fließenden weißen Tuniken und Blumenkränzen ein zauberhaftes Bild. Placidia winkte Theodolinda, Vallias hübscher Tochter, zu. Das Mädchen winkte zurück. »Kommt! Tanzt mit uns!« Die kleinen Mädchen neben ihr riefen im Chor: »Ja, kommt! Tanzt mit uns!«

Placidia schüttelte lachend den Kopf. »Ich kann nicht! Ich weiß nicht wie.«

»Wir werden es Euch lehren«, riefen die Kinder. »Kommt!« Mehrere der kleinen Mädchen erklommen die Stufen. »Bitte, Placidia!«, baten sie und zogen an ihrer Hand. Und warum sollte sie auch nicht? Weil die Römer empört wären? Sie war die Königin der Goten, keine römische Herrscherin. Es würde Athaulf glücklich machen. Es würde sie glücklich machen. Welche bessere Art gäbe es, die Freude in ihrem Herzen, die Freude seines Volkes zu teilen? Sie erhob sich. »Ist gut«, sagte sie lachend. »Ich komme. Aber nicht zu schnell!«

Die Menge jubelte, als die Mädchen einen Kranz auf Placidias Haar drückten. Vallias Tochter nahm eine ihrer Hände. Ein kleines Mädchen namens Zinna, deren Vater im Palast arbeitete, nahm ihre andere Hand. Sie drehten sich im Kreise, lachten und quietschten vor Freude, schlossen sich größeren Kreisen an, tanzten mit ihnen, durch sie hindurch, trennten sich und vereinigten sich in endloser, wiederholender Bewegung wieder. Kreise innerhalb von Kreisen, so ewig wie die Bewegung der Sterne am Himmel.

Das Volk jubelte ihr weiterhin zu. Sie klatschten in die Hände, stampften mit den Füßen, feuerten sie mit Rufen an. Placidias Herz schlug schneller vor Überraschung und Entzücken. Sie schloss die Augen. Sie spürte die Sonne auf ihrem Gesicht, den Wind in ihrem fliegenden Haar, warme Hände, die ihre umfassten. Sie war nicht mehr allein. Zum ersten Mal gehörte sie dazu. O Gott, dachte sie, lass es nicht enden.

Aber als Placidia mehrere Wochen später im letzten Stadium der Wehen lag, welche die ganze Nacht gedauert hatten, war der Regen immer noch nicht gekommen. Die Erde war so ausgetrocknet wie nun ihre Lippen. »Wasser«, keuchte sie. Tuga hielt ihr den Kopf hoch und half ihr zu trinken. Der Schmerz war schrecklicher als alles, was sie sich jemals vorgestellt hätte. In der kurzen Ruhephase zwischen zwei Wehen, als sie nach Atem rang, fragte sie sich, wie Frauen dies nicht ein Mal, sondern viele Male überlebten. Sie biss die Zähne zusammen, um nicht zu schreien, während sie sich seitlich an ihren Stuhl klammerte. In den schlimmsten Momenten legte Gerlinda ihre Arme um sie und hielt sie auf dem Geburtsstuhl fest. Der Schmerz kehrte mit unaufhörlicher Regelmäßigkeit zurück, riss sie entzwei, zerrte an ihrem Fleisch, ihren Eingeweiden, unmittelbar an ihrer Seele. Sie hoffte jedes Mal, dass es das letzte Mal wäre. Und jedes Mal zeigten ihr die Gesichter ihrer Helferinnen, dass sie noch weit vom Ziel entfernt war. Ihr einziger Gedanke war, dem Schmerz zu entkommen. Sie hatte keine Kraft mehr, um an das Kind zu denken. Einmal erinnerte sie sich kurz daran, dass ihre Mutter bei der Geburt eines totgeborenen Bruders gestorben war, aber bevor sie an diesem Gedanken festhalten konnte, rissen erneut die Messer von tausend Schlachtern an ihr und nahmen ihr alles außer dem animalischen Wunsch zu pressen.

Schließlich rief eine der Hebammen: »Der Kopf ist draußen! Presst, Domina, presst! Gleich ist es vorbei.« Sie spürte, wie sie explodierte. Das Kind glitt in einem großen Aufbäumen heraus. Ihr Bauch fiel mit einem lauten, saugenden Geräusch in sich zusammen wie der geplatzte Schweinsblasenball eines Kindes. Sie lehnte sich zurück und schloss die Augen.

Es schien ihr wie eine Ewigkeit, und doch konnten es nur wenige

Momente gewesen sein, als sie den Schrei eines Säuglings hörte. Sie öffnete die Augen. Tuga wickelte das Kind in lange Streifen weißes Leinen. Sie strahlte. »Ein Sohn, Domina. Ein gesunder, wunderschöner Junge! Er sieht genau wie sein Vater aus.« Tuga reichte ihr den kleinsten Menschen, den sie je gesehen hatte.

Es stimmte. Sein Haar war so golden wie Athaulfs Haar. »Er ist so klein. Geht es … geht es ihm gut?«

Tuga lachte. »Er ist so stark wie ein Ochse.« Placidia drückte das Kind an sich. Es fühlte sich leicht wie eine Feder an. Goldener Flaum, dunkle Wimpern, zarte, elfenbeinfarbene Haut. Sie erinnerte sich daran, dass sie gehört hatte, alle Säuglinge wären rot und runzelig. Dass es Tage dauerte, bis sich das besserte. Welch ein Unsinn! Altweibergeschichten. Sie blickte lächelnd zu ihrem Sohn hinab. Der Schmerz und das Leiden waren vergessen. Sie strich, von Liebe überwältigt, mit einem Finger über die samtige Wange. »Du bist wundervoll. Der schönste Säugling auf der Welt. Wenn dich nur dein Großvater hätte sehen können.« Tränen traten ihr in die Augen. Tränen des Glücks, Tränen des Stolzes, Tränen der Sehnsucht nach einer Vergangenheit, die unwiederbringlich verloren war. Sie beschloss in diesem Moment, ihn, ungeachtet aller Widerstände, nach ihrem Vater zu benennen. Das würde den Goten nicht gefallen. Sie musste Athaulf mit dem Argument überzeugen, dass es Honorius gefallen würde. Sie würde einen Weg finden. »Wir werden dich nach deinem Großvater benennen«, flüsterte sie. »Theodosius … Mein kleiner Theodosius … Du wirst eines Tages ein ebenso großer Kaiser werden wie er.«

»Schsch, Domina.« Tuga sah sich rasch danach um, ob die anderen es gehört hatten. Sie vollführte das Zeichen gegen den bösen Blick. »Macht die Dämonen oder die Stammesführer nicht eifersüchtig.«

Placidia war, nicht zum ersten Mal, von Tugas schneller Auffassungsgabe und Treue beeindruckt. Sie lachte. »Die Dämonen sind tot, Hirngespinste heidnischer Vorstellung. Und was die Stammesführer betrifft, so werde ich mich darum kümmern.« Energie und Optimismus durchströmten sie. Morgen würde sie Honorius schreiben und ihm mitteilen, dass er einen starken, wunderschönen Neffen namens Theodosius hatte.

Eine der Hebammen kam mit einer weiteren Schüssel heißen Wassers herein. »Die Amme ist hier. Es ist an der Zeit, ihn an die Brust zu legen. Er muss zu saugen beginnen. Manchmal brauchen sie Ermutigung. Viele sind zu träge zum Saugen.«

Die Amme. Gerlinda hatte sie ausgewählt. Eine gesunde, junge Sklavin mit vollen Brüsten, deren einer Zwilling gestorben war. Zu dem Zeitpunkt hatte Placidia sie für eine ausgezeichnete Wahl gehalten. Nun stieg das Bild des toten Kindes des Mädchens vor ihr auf. Sie erschauderte. »Ich habe meine Meinung geändert. Ich werde ihn selbst stillen.«

Die Frauen starrten sie an. Gerlinda sagte: »Aber niemand stillt seine Kinder. Sogar wir Goten nicht. Du wirst deine Brüste ruinieren, und du wirst jahrelang nicht schlafen können.«

»Meine Brüste kümmern mich nicht.«

Gerlinda lächelte. »Aber Athaulf vielleicht.«

»Dann findet eine andere Amme. Eine, deren Kind nicht gestorben ist.« Als sie den enttäuschten Ausdruck des Mädchens sah, fügte sie hinzu: »Sucht dieser eine andere Aufgabe im Kinderzimmer.«

Placidia blickte wieder zu ihrem Sohn hinab. Er schlief fest. Sie nahm ihn unendlich sorgsam hoch und reichte ihn Gerlinda. »Magst du ihn zu seinem Vater bringen?«

Placidia glaubte einen Moment, Tränen in den Augen der alten Königin zu entdecken. Dann sagte Gerlinda feierlich: »Es ist mir eine Ehre.« Und so wurde der Enkel von Theodosius dem Großen in den Armen von Alarichs Witwe zu seinem barbarischen Vater gebracht und ihm zu Füßen gelegt, damit er ihn in der jahrhundertealten Tradition Roms aufnehmen und anerkennen konnte.

Es herrschte noch immer bedrückende Hitze auf der Terrasse, obwohl die Sonne bereits über dem golden schimmernden Meer unterging. Sie liebte zu dieser Zeit die Sicht auf den Hafen und das Meer. Sie kam stets am späten Nachmittag nach Theodosius' Mittagsschlaf ins Kinderzimmer hinauf und brachte ihn auf die Terrasse hinaus. Es ließ sie alles vergessen, die Dürre, die Verzweiflung der Menschen und die Anspannung am Hof. Theodosius im Arm zu halten, seine Fortschritte zu beobachten, mit ihm zu spielen, war zu ihrer größten Freude geworden. Sie lächelte, während sie ihn auf und nieder schaukelte: »Hopp, hopp, hopp, Pferdchen lauf Galopp, über Stock und über Steine …«

Mit vier Monaten war er ein kräftiges Baby mit rosigen Wangen. Er hatte begonnen, Brei von einem Löffel zu essen, und schlief nachts durch, was laut der Kindermädchen erstaunlich war. Sie kitzelte ihn unter dem Kinn, und er belohnte sie mit einem Lächeln. »Du bist der niedlichste kleine Pfirsich auf der Welt, nicht wahr? Und der Klügste. Eines Tages, wenn du groß bist …« Sie wedelte eine weitere Fliege von ihm fort. Sie hatte noch nie so viele Fliegen gesehen. Sie waren diesen Sommer überall. Schwarz, groß, böse glänzend, unaufhörlich in ihrem Summen.

»Ein Pfirsich?« Athaulf betrat die Terrasse.

»Er ist so rund und rosig wie ein Pfirsich«, sie knabberte an einem kleinen Finger, »und so köstlich.«

Athaulf setzte sich neben sie. Er küsste ihre Wange. »Es ist erstaunlich. Die Gedanken der Frauen kippen einfach um, wenn sie Babys haben. Sogar die Klügsten verlieren den Verstand.« Sie schaute auf, um heftig etwas zu erwidern, als sie sah, wie abgespannt sein Gesicht war.

»Hilara, bring ihn zurück ins Kinderzimmer.« Sie reichte das Kind seiner Amme.

Nachdem das Mädchen gegangen war, wandte sie sich an Athaulf. »Was ist los? Du siehst …«

»Ich habe gerade eine Ratssitzung beendet. Die Kundschafter sind aus dem Norden zurückgekommen. Sogar in den Hügeln trocknen die

Flüsse aus. Wenn es nicht bald regnet, werden wir eine ernste Wasserknappheit bekommen.«

»Kannst du nichts tun?«

»Wir haben begonnen, Brunnen zu graben. Es ist ein mühsames Geschäft. Die Ortsansässigen sagen, es gäbe nicht genug Grundwasser, aber sie haben sich immer auf das Aquädukt verlassen. Mein alter Druide behauptet, Wasser erspüren zu können. Er ist mit einem gegabelten Weidenzweig umhergegangen und hat uns gezeigt, wo wir graben sollten.« Athaulf verzog die Lippen. »Ich muss die Ergebnisse erst sehen.«

»Athaulf, hör nicht auf diesen Druiden.« Sie legte ein Hand auf seinen Arm. »Er ist ein heidnischer Schwindler. Wir müssen um Regen beten. In allen Kirchen, auf allen Feldern. Setze dein Vertrauen lieber in Gott als in einen üblen alten Zauberer.«

»Öffentliche Gebete könnten Panik erzeugen. Die Menschen sind so schon unruhig genug. Ebenso die Stammesführer. Sigerich war heute wieder unerträglich. Er räsonierte, wir sollten nach Süden ziehen, zum Fluss Iberus, solange die Tiere noch gesund sind. Er sagt, wir hätten schon vor langer Zeit nach Süden ziehen sollen. Er hat sogar Alarichs alten Traum, Afrika einzunehmen, wiederbelebt.«

»Lass uns beten. Gott wird uns hören. Hast du Vertrauen in ihn?«

»Ich weiß es nicht.« Athaulf seufzte. »Vielleicht hat Gott uns verlassen. Viele unserer Leute sind krank. Es ist ein rätselhaftes Fieber, das niemand zuvor erlebt hat. Sogar die Pferde …« Er sah sie an. »Wusstest du, dass Darius letzte Nacht gestorben ist?«

»Darius?« Placicia spürte einen Kloß in der Kehle. Der Hengst, ein Geschenk von Dardanus, war einer von Athaulfs Lieblingen gewesen. Ein großartiger Hengst, sanft und intelligent. Sie erhob sich. »Athaulf, ich rufe den Bischof und Quintilius. Du sprichst mit Sigerich. Wir müssen öffentliche Gebete abhalten. Sofort.«

Im Forum und in allen Kirchen Barcinos wurde um Regen gebetet. Placidia sank während der Messe in der Basilika auf die Knie und flehte den Allmächtigen an, die ausgetrocknete Erde zu retten. Aber der Himmel blieb Tag um Tag von einem leuchtenden, wolkenlosen Blau. Die Sonne brannte weiterhin auf die rissigen Felder und verdorrten Obstgärten. Das ausgetrocknete und nutzlose Aquädukt ragte wie ein riesiges Skelett über der Landschaft auf. Die neugegrabenen Brunnen brachten eine gewisse Erleichterung, aber nicht genug zur Bewässerung. Römer und Goten erkrankten weiterhin gleichermaßen, wie auch ihr Viehbestand. Nur die Fliegen gediehen.

Placidia litt unter schrecklichen, immer wiederkehrenden Albträumen. Aristophanes' Tränke halfen nicht. Sie sollten ihr Schlaf bringen, aber gegen die Albträume waren sie machtlos. Tatsächlich schienen sie sie zu verschlimmern. Häufig wachte sie mitten in der Nacht, von einer irrationalen Angst getrieben, auf und sah nach Theodosius.

Das Kinderzimmer lag im Halbdunkel. Eine Öllampe mit nur einem Docht warf sanfte Schatten auf die Wand. Hilara hob ihren zerzausten Kopf von der Bettstelle. Placidia wölbte die Augenbrauen. Das Kindermädchen schüttelte den Kopf. Der Säugling hatte nicht geweint. Hilara drehte sich um und zog sich das Laken über den Kopf. Sie war an Placidias nächtliche Besuche gewöhnt.

Die traditionellen Girlanden aus Rosmarin und Lorbeer hingen seit Theodosius' Geburt über der Wiege und gaben einen schwachen, angenehmen Duft ab. Placidia blickte auf ihren Sohn hinab. Er schlief friedlich, die kleinen Finger halb geschlossen, die dunklen Lider die rosigen Wangen beschattend. Eine Woge schier unerträglicher Zärtlichkeit durchströmte sie. Sie wollte ihn hochnehmen, an sich drücken, seine Wärme spüren, seinen Duft, eine Mischung aus Milch und Sanftheit und Liebe, einatmen. Stattdessen beugte sie sich herab und richtete den kleinen silbernen Phallus um seinen Hals, den Attalus ihm geschenkt hatte. Sie hatte zunächst Einspruch gegen diesen heidnischen Talisman erhoben. Aber als Tuga lachte und sagte, er könne nicht schaden, sondern nur nützen, hatte sie nachgegeben, denn sie erinnerte sich daran, wie Elpidia ihr als Kind stets einen solchen Talisman heimlich an der Untertunika befestigte. Der böse Blick, pflegte Elpidia zu sagen und widersetzte sich damit Serenas Verbot heidnischen Aberglaubens, war nun gefährlicher denn je. Da die alten Götter fortgejagt wurden, hatten sie sich in Dämonen verwandelt. Und der Neid der Menschen sei so gefährlich wie eh und je. Als Placidia an die Worte ihrer Amme dachte, erschauderte sie. Sie zog die Palla fester um ihre Schultern. Lautlos betete sie: »O Maria, Mutter Gottes, beschütze mein Kind.«

Sie goss für die Nacht ein wenig mehr Öl in die Lampe. Dann schlich sie mit einem letzten Blick auf die Wiege auf Zehenspitzen aus dem Raum. Als sie ihr Schlafzimmer erreichte, stützte sich Athaulf auf einen Ellenbogen auf. »Wie geht es unserem Prinzen?«

»Er schläft wie ein Engel.«

Sie legte den Kopf auf seine Schulter. »Halt mich fest«, bat sie. »O Athaulf, ich habe solche Angst. Ich weiß nicht, warum …« Tränen überströmten ihre Wangen.

»Schsch. Alles wird gut.« Er streichelte sie sanft. »Der Sommer ist fast vorüber. Wir werden Wintergetreide pflanzen. Schlaf, mein Liebes, schlaf.«

Vielleicht hatte er recht. Von der Wärme seiner Arme beruhigt, fiel sie in einen tiefen, traumlosen Schlaf.

Sie befand sich am nächsten Morgen gerade auf halbem Weg zum Kinderzimmer, als sie Theodosius bereits weinen hören konnte. Sie eilte den Gang hinab. Hilara schritt mit dem Säugling auf den Armen auf und ab und versuchte, ihn zu beruhigen. Ein Blick auf sein kleines, gerötetes Gesicht ließ Placidias Herz sinken. Sie berührte ihn. Er war glühend heiß. Sie streckte die Arme aus. »Gib ihn mir. Hol Aristophanes, schnell!«

Zwei Tage und zwei Nächte lang hing Theodosius' Leben am seidenen Faden. Placidia wich nicht von seiner Seite. Sie beobachtete mit hilflosem Schmerz, wie ihr Sohn um sein Leben kämpfte. Als sie zu erschöpft war, um noch sitzen zu können, sank sie auf ein Feldbett neben seiner Wiege und zuckte bei jedem seiner Laute zusammen. Aristophanes kühlte seine Stirn in Wein und Wasser. Der Arzt versuchte, Milch in den Mund des Säuglings zu träufeln, aber er erbrach sie nur.

Theodosius wurde ihr einziges Augenmerk, sein Überleben ihr einziger Gedanke. Wenn sie ihn nicht wiegte und sein Weinen zu lindern versuchte, betete sie vor dem Behelfsaltar, den sie im Kinderzimmer eingerichtet hatte, zur Jungfrau des heiligen Lukas. Sie merkte im trüben Licht des Raumes, dessen Fensterläden geschlossen waren, um die Hitze abzuhalten, nur vage, dass Menschen kamen und gingen: Gerlinda, Attalus, Sigesarius, der Bischof von Barcino und andere, die nur schattenhafte Gestalten waren. Nur einmal, als Athaulfs Sohn Alarich kam, sein zerzaustes Haar ebenso golden wie das des Kindes in der Wiege, fuhr sie auf. »Nein!«, rief sie. »Bitte komm nicht näher! Das Fieber könnte dich auch treffen.« Der Junge zog sich zurück, wirkte verletzt und verwirrt. Sogar Athaulfs Versuche, sie zu trösten, hatten wenig Erfolg. Er kam mehrmals am Tag, blickte schweigend auf sein Kind hinab, umarmte sie und ging wieder.

Zur Mittagszeit des zweiten Tages hörte Theodosius auf zu weinen. Placidia streckte die Hand aus und berührte ihn. Er fühlte sich kühler an. Hoffnung wallte in ihr auf. Dann begannen seine Glieder plötzlich zu zucken. Der kleine erschöpfte Körper verkrampfte sich, die winzigen Hände ballten sich zu Fäusten. Sie hob den Blick zu Aristophanes. »Er stirbt, nicht wahr?«

Aristophanes' dunkle Augen umwölkten sich. Er nickte. »Ich fürchte ja, Domina.«

Eine große Ruhe überkam sie. Sie nahm Theodosius mit unendlicher Sorgfalt aus der Wiege. Er war so leicht wie eine Feder, so leicht wie am Tag seiner Geburt. Sie würde ihn nicht allein sterben lassen. Bis zum Todesmoment wollte sie ihn festhalten und ihn in ihre Liebe einhüllen. Lange Zeit saß sie so da und barg das sterbende Kind in ihren Armen. Es schien wie eine Ewigkeit, wie ein ganzes Leben. Sie spürte, wie er noch einmal erschauderte und dann stilllag. Sie blickte auf ihren

Sohn hinab. Sein kleines Gesicht wirkte ruhig und heiter. Er war zu Gott zurückgekehrt.

Placidia kniete die Nacht über in der Kapelle an der Bahre. Bei Sonnenaufgang trug sie ihren Sohn selbst über die Straße zur Basilika.

»… requiem aeternam dona eis Domine …« Die Worte der Totenmesse hallten durch das Kirchenschiff, stiegen zur Kuppel auf, lauter und leiser, und erstarben schließlich. Eine Glocke ertönte.

Der Bischof streckte die Hände aus. Placidia hielt ihren Sohn fester.

»Bitte, meine Königin.«

Vallia, der bei den Stammesführern stand, sagte sanft: »Der Prinz muss zur Ruhe gebettet werden.«

Athaulf berührte ihren Arm. »Es muss geschehen.«

»Ich … ich kann nicht …« Sie blickte auf das schwarze Loch, auf den Hügel frisch ausgehobener Erde auf den Steinfliesen neben dem Altar.

Athaulf streckte die Hände nach dem Säugling aus. »Gib ihn mir.«

»Ich werde es tun.« Sie presste ihren Sohn ein letztes Mal an sich. Dann legte sie ihn in den Sarg und richtete die Falten der weichen Wolle um ihn. Ihre Finger strichen über die kleine, kalte Wange. Sie trat zurück, wobei das Grab vor Tränen verschwamm. Sie schlossen den Sargdeckel. Nicht viel größer als ein großes Schmuckkästchen, hatte der silberne Reliquiar einst einen Schienbeinknochen des heiligen Fabian enthalten. Sie hatte den Sarg ausgesucht, sie hatte ihn mit ihrer Palla ausgekleidet und darum gebeten, dass ihr Sohn in einem nicht gekennzeichneten Grab vor dem Altar bestattet würde. Der Sarg hatte zu den Schätzen Roms gehört. Es war eines der Hochzeitsgeschenke von Athaulf gewesen.

Athaulf, der am Rande des Grabes kniete, senkte den Sarg in die Erde. Er beugte einen Moment den Kopf und trat dann neben sie. Sigesarius schritt dreimal um den Sarg herum und schwang das Weihrauchgefäß. Nachdem er ihn mit Weihwasser besprenkelt hatte, nahm der Chor den Grabgesang auf. Athaulf ergriff ihre Hand.

»Sie wissen, dass sie das Grab nicht kennzeichnen sollen?«, flüsterte sie.

»Ja. Aber warum …«

»Später.«

Sigesarius reichte ihr eine Silberschale. Sie nahm eine Handvoll Erde und warf sie ins Grab. Die weißgekleideten Diakone begannen, die Erde wieder auf den Sarg zu schaufeln. Sie wandte den Kopf ab. Dabei gewahrte sie Sigerichs Blick. Sie erkannte ihn selbst in der Benommenheit ihres Schmerzes als das, was er war: Triumph. Sie erschauderte. »Bring mich fort, Athaulf.«

Placidia zog sich in Theodosius' Räume zurück. Sie wollte niemanden außer Athaulf sehen. Sie wanderte im Kinderzimmer umher, berührte die Wiege ihres Sohnes, hielt sein Spielzeug fest oder saß einfach am Fenster und schaute blicklos aufs Meer. Ihr Kaplan und Sigesarius versuchten vergebens, mit ihr zu beten. Sie nahm tagelang nur Wasser zu sich. Als Tuga sie dazu bringen wollte, etwas Haferschleim zu essen, konnte sie nicht schlucken. Letztendlich war es Gerlinda, die sie wieder in die Realität zurückzwang. Die alte Königin nahm ihre Hand und sagte sehr ernst: »Ich verstehe deine Trauer, vielleicht besser als jeder andere. Aber du bist eine Königin, nicht die Frau eines Schusters. Du bist deinem Ehemann und deinem Volk, verpflichtet.«

Langsam sah Placidia auf. Gerlindas Worte durchdrangen die Betäubung, in die sie sich geflüchtet hatte. »Ich werde es versuchen, Gerlinda. Ich weiß nicht wie, aber ich werde es versuchen.« Sie kehrte in ihre eigenen Räume zurück und begann zu essen, konnte die Gesellschaft anderer aber noch immer nicht ertragen. Weder die Nachricht, dass das Wintergetreide gepflanzt worden war, noch ein überraschender, gefühlvoller Brief von Honorius heiterten sie auf. Sie reichte Athaulf den Brief zurück. »Nimm ihn. Er bringt mich zum Weinen.«

»Du musst antworten.« Sie hörte seine Verzweiflung, wusste, wie wichtig die Angelegenheit war, aber sie konnte die Kraft nicht aufbringen. »Lass deinen Schreiber antworten. Ich werde unterzeichnen.«

Athaulf umarmte sie. »Ruh dich jetzt aus. Und denk daran, dass ich dich liebe. Dass ich dich brauche. Ich warte darauf, dass du von dort zurückkommst, wo auch immer du bist.«

Zum ersten Mal erkannte sie, dass sie seinen Schmerz noch verstärkte. Schuldgefühle überkamen sie. In ihrer selbstsüchtigen Trauer hatte sie vergessen, dass auch er litt. Dass auch er einen Sohn verloren hatte. Und doch führte er weiterhin ein Volk an, bekämpfte weiterhin die Vandalen, regelte endlose Streitigkeiten zwischen Goten und Römern, bestach die afrikanischen Getreidehändler und hielt seine Stammesführer in Schach. Seine neueste Regel, die lautete, dass die Söhne aller Stammesführer Latein lernen müssten, hatte beinahe einen Aufstand ausgelöst. Wie allein er sich fühlen musste. Sie presste seine Hand an ihre Wange: »Ich liebe dich auch. Ich werde zurückkommen, das verspreche ich. Gib mir nur noch ein wenig mehr Zeit.«

Aber so sehr sie sich auch bemühte, kehrten die düstere Stimmung zurück. Am Tag der ersten Regenfälle saß sie blicklos am geöffneten Fenster. Der Regen fiel in grauen Wasserwänden herab. Der Regen, der der Erde neues Leben verliehe. Das Leben, so sagte man ihr, musste weitergehen. Das war Gottes Wille. Jemand starb und jemand wurde geboren. Auch das war Gottes Wille. Bald sprösse auf der Erde wieder neues Leben. Gras wuchs dann, Blätter entfalteten sich. Vögel bauten neue Nester. Tiere paarten sich. Sie wusste, dass es so war, so sein musste, aber der Gedanke an die Überfülle des Lebens war unerträglich. Sie barg das Gesicht in den Händen.

Als am Ende des Monats die Nachricht eintraf, dass der König der Alaner einem Bündnis zugestimmt hatte, überredete Athaulf Placidia, an dem feierlichen Festessen teilzunehmen. Das Bündnis mit den Alanern war der erste Schritt von Athaulfs sorgsam betriebenen Plan, die Vandalen aus Spanien zu vertreiben. Der König der Alaner, ein Bundesgenosse der Vandalen, hatte Athaulfs Angeboten lange widerstanden. Kürzlich war jedoch ein Stammesältester der Alanen von einem Vandalen-Stammesführer getötet worden. Die daraus entstehende Blutfehde, die zwei mächtige Clans betraf, hatte die Alaner nun dazu bewegt, sich mit Athaulf zu verbünden.

Athaulf erhob sich. Er hob sein Trinkhorn an und deutete mit einem Arm durch den Raum. »Auf das Bündnis!« Sie tranken große Schlucke. Alle waren in Hochstimmung. Sogar Sigerich lächelte. Die Stammesführer gaben sich entspannt. Es waren keine Römer anwesend. Dies war keine römische Mahlzeit, obwohl die Gäste auf Liegen im Triklinium des Palastes lehnten. Sklaven trugen Teller mit Fleisch auf, das auf gotische Art gebraten war. Es gab keinen Wein, nur Met.

Als der Harfenist und der Flötist in einer Ecke eine neue Melodie spielten, berührte Athaulf Placidias Schulter. »Ich werde nachsehen, ob das Fohlen es warm hat. Heute Nacht wird es kalt. Ich hoffe, es ist der letzte Frühjahrsfrost. Es wird nicht lange dauern.« Als sie die dunklen Augen hob, verspürte er eine Woge der Liebe, des Verlangens und des Stolzes aufkommen. Obwohl ihre Wangen vom wenigen Essen hohl und ihre Augen von zu vielen schlaflosen Nächten umschattet waren, war sie noch immer die schönste Frau, die er je gesehen hatte. Und die majestätischste Frau, auch ohne die glänzenden Juwelen in ihrem ebenholzfarbenen Haar und die drapierte, weinrote Tunika, die sie heute Abend trug.

Sie lächelte. »Du und deine Pferde. Dubius weiß, wie man sich um ein Fohlen kümmert.« Sie hatte einige Zeit gebraucht, um zu akzeptieren, dass Athaulf seine besten Pferde einem Verwandten des Verräters Sarus anvertraute, obwohl sich Dubius als ausgezeichneter Stallmeister mit wahrem Verständnis und wahrer Liebe für die Pferde erwiesen hatte, der anscheinend keinen Groll gegen Athaulf hegte. Wie Gunderich nie müde wurde, ihr zu erzählen, waren die Goten anders.

»Brutus' Sohn ist kein gewöhnliches Fohlen. Vielleicht erweist er sich als noch besser als sein Erzeuger. Letzte Nacht hat er trotz der Kälte kein zusätzliches Stroh eingestreut. Das Fohlen wurde erst vor zwei Tagen geboren. Sie sind empfindlich bei ...« Er hielt inne. Wie ungeschickt von ihm! Eine Geburt, auch die eines Pferdes, war nicht das richtige Thema für sie. Aber das war es natürlich, was sie brauchte. Ein weiteres Kind. Es ging ihr allmählicher besser. Heute Abend speiste sie zum ersten Mal in der Öffentlichkeit. Sigesarius hatte recht. Die Zeit heilte fast alle Wunden. Vielleicht würden sie bald ... Er erhob sich von seiner Liege.

Athaulf pfiff leise, während er den Hof zu den Ställen überquerte. Er fühlte sich heiterer als seit langer Zeit. Die Nacht war klar. Ein wächserner Mond ohne Hof schwebte am sternenübersäten Himmel. Der morgige Tag würde, trotz der starken Kälte, schön werden. Der Stall lag im Dunkeln, mit dem angenehmen, vertrauten Geruch nach frischem Stroh, Leder und Pferden. Er hängte seine Laterne neben die Tür. Pferdeköpfe wandten sich ihm im trüben Licht zu, und ihr Atem dampfte in der Luft. Das zwei Tage alte Fohlen und seine Mutter lagen Seite an Seite in einer eigenen Box. Er war erleichtert zu sehen, dass jemand eine dicke Schicht Stroh um das Fohlen gebreitet hatte. Obwohl der Stallmeister Pferde wirklich mochte, war er in letzter Zeit ein wenig nachlässig geworden. Athaulf beugte sich hinunter. Er streichelte den seidigen, weißen Fleck auf der Stirn des Fohlens, während die Stute zusah. »Du wirst eine Schönheit werden, wie dein Vater. Wenn du ...«

Das Messer zischte durch die Luft und sank in Athaulfs Rücken. Der König der Goten schwankte, fuhr herum. »Dubius?«, keuchte er ungläubig, bevor ihn die Streitaxt zwischen den Augen traf. Er sank seitwärts gegen eine Säule. Mit abwehrend ausgestreckten Händen stürzte Athaulf zu Boden.

Dubius' massive Schultern versperrten den Eingang des Festsaals. Placidia sah, wie Sigerich aufblickte, sah den Blick, den sie wechselten. Sie legte die halbgeschälte Esskastanie langsam wieder auf den Teller. Eisige Angst stieg aus ihrer Magengrube auf. Noch bevor Sigerich und die Männer, die ihn umgaben, aufsprangen und nach den Dolchen an ihren Gürteln griffen, wusste sie, dass Athaulf tot war. Sie wollte schreien, konnte es aber nicht. Männer mit gezogenen Dolchen erschienen aus den Schatten und umringten die übrigen Speisenden.

Einer packte sie am Haar. Sein Dolch berührte ihre Kehle. »Soll ich das römische Weibsstück töten, Herr?«

Sigerich schüttelte den Kopf. »Noch nicht. Was ist mit den Übrigen? Haben deine Leute den Bischof erwischt? Und vergesst Athaulfs Brut nicht.«

Die beiden Jungen ... Placidia schrie auf: »Nein, nicht die Kinder! Bitte, nicht die Kinder!«

Sie schoben sie in ihr Schlafgemach. Mit gefesselten Händen und Füßen lag sie im Dunkeln auf dem Boden des fensterlosen Raumes. Als sich ihre Tränen irgendwann am frühen Morgen erschöpft hatten, blieb nur eine ungeheure Leere. Sie war erstaunt, dass sie nichts fühlte. Keinen Schmerz, keine Angst, nicht einmal Zorn. Nichts. Das Nichts des Todes. Ihr Kind war tot. Athaulf war tot.

Tot. Tot. Tot.

Ihre Gedanken wiederholten das Wort wie eine Litanei, immer und immer wieder. Sie musste eingeschlafen sein, denn das Krähen eines Hahns weckte sie. Sie fühlte sich taub. Und sie fror. Der Teppich unter ihrer Wange war rau und muffig. Einen Moment dachte sie, das alles müsse ein Albtraum gewesen sein. Dann erinnerte sie sich.

Sie hielten sie zwei Nächte und einen Tag lang ohne Nahrung oder Wasser eingesperrt. Sie döste oder saß an der Wand zusammengesunken oder zusammengerollt auf dem Boden. Ihre Gedanken ließen unaufhörlich Bilder kreisen, die sie nie gesehen hatte. Der dunkle, gepflasterte Weg ... die von Laternen beleuchteten Ställe ... Athaulfs Schreie ... Wie hatten sie ihn angegriffen? Wie oft hatten sie zugestochen? Die unter der Tür sichtbare Bewegung der Sonne sagte ihr, ob es Morgen oder Abend war. Manchmal hörte sie Nagelschuhe klappern, die lauten Stimmen von Männern. Dazwischen das monotone Auf- und Abschreiten einer Wache, das Plätschern eines Brunnens.

Wasser. Ihre Lippen waren aufgesprungen, ihre Kehle so trocken, dass sie schmerzte. Sie konnte kaum schlucken. Es gelang ihr, zum Tisch zu kriechen und das Wasser aus einer Schale mit verwelktem Salbei zu trinken. Am Morgen des zweiten Tages brachte ein Wächter einen Krug mit Wasser und einen Teller mit Brot. Er löste wortlos die Fesseln an Knöcheln und Handgelenken und ging. Als sie in das frische, duftende Brot biss, füllte sich ihr Mund mit Speichel. Sie schlang die drei dicken Scheiben zitternd hinunter und würgte fast am letzten Stück. Dann schluchzte sie. Wie konnte sie nur? War sie nicht besser als ein Tier? Vor Kälte zitternd zog sie die Decke von ihrem Bett und schlang sie um sich. Ihre Zähne klapperten. Sie vergrub sich in dem Bettzeug und schlief ein.

Als sie erwachte, drang kein Lichtstrahl unter der Tür hindurch. Es musste Nacht sein. Alles war still. Sie trat zur Tür und versuchte, den Türgriff zu bewegen. Trotz aller Erschöpfung hämmerte sie an die Tür. »Lasst mich raus! Lasst mich raus!«

Die Tür öffnete sich. Derselbe Wächter. An der Wand hinter ihm brannte eine Fackel.

»Was wollt Ihr?«

»Ich friere! Ich will ein Licht und mein Nachtgeschirr und einen Umhang!« Er betrachtete sie einen Moment und schlug die Tür dann zu. Sie hörte ihn davongehen und sank auf einen Stuhl. Von Hoffnungslosigkeit überwältigt, barg sie das Gesicht in den Händen. Kurz darauf drehte sich zu ihrem Erstaunen der Schlüssel im Schloss. Ein weiterer Soldat, ein Mann, den sie kannte, trat ein und brachte ihr eine Lampe, ein irdenes Nachtgeschirr und einen Offiziersumhang. Als er sich zum Gehen wandte, ergriff sie seinen Ärmel. »Bitte, um Gottes willen, was geht hier vor? Was haben sie mit mir vor?« Placidia glaubte, seine Augen mitleidig aufflackern zu sehen. Aber er schüttelte nur den Kopf und verließ den Raum.

Sie saß im trüben Licht des einzelnen Dochtes in den Umhang gekauert da und starrte auf den Deckenbalken. Er war mit einem Stuhl leicht erreichbar. Der uralte römische Glaube, dass Selbstmord ein edler und mutiger Akt war, lag ihr tief im Blut. Zorn wallte in ihr auf, der alte Zorn auf Gott. Wie konnte ein liebender Gott einem einzelnen Leben solche Leiden aufbürden?

Sie kroch zum Bett zurück und fiel in einen erschöpften Schlaf. Ein Schlaf voller glücklicher Träume, Träume von Athaulf. Als sie erwachte, fühlte sie sich erfrischt und beinahe zufrieden. Sie hatte seine Stimme gehört, ihn lebend gesehen. Es war wie ein Geschenk des Lebens. Das erste Licht der Dämmerung erschien unter der Tür. Hähne krähten. Stiefel hallten auf dem Marmorboden. Die Nachtwache wurde abgelöst. Männerlachen. Sie schlich zur Tür und lauschte. Würfel klapperten in einem Becher, wurden auf den Boden geworfen. Sie begannen ein Spiel. Ein Mann sagte: »Steck das weg. Es wird uns in Schwierigkeiten bringen. Lasst uns in den Hof gehen. Die Akklamation ist für drei Uhr geplant. Alle Gefangenen sollen im Gefolge des Königs marschieren. Sie werden anschießend im römischen Militärlager hingerichtet.«

Eine andere Stimme fragte: »Auch die Königin?«

»Allerdings! Gerade die Königin. Er will den Römern zeigen, dass wir keine Angst vor ihnen haben. Alle werden hingerichtet, nur der alte Bischof nicht.« Der Mann senkte die Stimme. »Nicht einmal er würde es wagen, einen Bischof zu hängen …«

»Und Vallia, haben sie ihn erwischt?«

»Noch nicht. Aber den kriegen sie schon. Er ist zu alt, um weit zu kommen.«

Placidia hockte sich auf die Fersen. Sie war nicht überrascht, nur erleichtert. Bald wäre es vorüber. Sie blickte zu dem Deckenbalken. Im Geiste hörte sie Athaulfs Stimme, der ihr die Geschichte einer Schlacht erzählte, welche die Goten gegen die Römer verloren hatten. Das Schlachtfeld war mit toten Kriegern übersät, die ihrer Rüstung beraubt waren und an deren Augen sich bereits Raben gütlich taten, während sich die siegreichen Römer im Blutrausch nun dem Tross und der umfangreichen Beute der Frauen und Kinder zuwandten, um sie zu schänden und in die Sklaverei zu verkaufen. Als sie sich jedoch näherten, wich alle Mordlust von ihnen. Diese abgehärteten Veteranen der Schlachten und Massaker erstarrten in Ehrfurcht. Vom ältesten Weib bis zum kleinsten Säugling waren alle tot. Die Frauen hatten sich mit Seilen an ihren Wagen aufgehängt, nachdem sie zuerst ihre Kinder stranguliert hatten. Nur die Hunde waren geblieben, die wütend bellten.

Sie musste nur ihre Palla an den Balken binden. Sie würde Athaulf und ihrem Sohn folgen. Und das Beste daran war, dass Sigerich seines Triumphes beraubt würde. Frieden. Ewigen Frieden. Sie seufzte. Nur Gott konnte Leben schenken und es nehmen. Er hatte sie aus einem bestimmten Grund hierhergeführt. Wenn dieser Grund darin bestand, barfuß im Triumphzug eines Königsmörders zu gehen und danach hingerichtet zu werden, bei der Herausforderung Roms durch einen Wahnsinnigen, so sollte es so sein. Sigerich war wahnsinnig, musste wahnsinnig sein, dass er Honorius auf diese Weise provozierte. Ihr Tod würde den Zorn Roms auf ihn herabbeschwören. Rom würde ihn auslöschen und so Athaulf rächen. Würden die Goten mit Sigerich untergehen? Wahrscheinlich nicht. Ihre Anführer würden ihr Mäntelchen noch einmal nach dem Wind hängen, ihre Unschuld an Athaulfs Tod beteuern und Rom ihre Dienste anbieten. Und Konstantius würde, nachdem er furchtbar Rache geübt hatte, pragmatisch wie immer einen Barbarenstamm gegen den anderen ausspielen.

Sie erhob sich, goss Wasser in die Alabasterschüssel und wusch sich Gesicht und Hände. Sie kämmte ihr Haar und steckte es sorgfältig hoch. Sie schlang eine saubere Palla aus purpurfarbener Seide über ihre zerknitterte Tunika. Dann öffnete sie ihren Schmuckkasten. All ihr Schmuck war absurderweise immer noch vorhanden. Placidia betrachtete eine Kette aus Perlen und Türkisen. Sie hielt sie in Händen, spürte die glatte, kühle Leichtigkeit der Türkise, die unregelmäßigen, schweren Perlen aus dem Roten Meer. Diese Halskette hatte sie an dem Tag getragen, als Rom fiel, die Halskette, die Gerlinda ihr in Cosentia zurückgegeben hatte. Sie ließ sie über ihren Kopf gleiten und legte sich, vollkommen ruhig, aufs Bett.

Als sie sie schließlich holten, wankte sie einen Moment. Wie sie vorausgesehen hatte, zwang man sie, barfuß zu laufen. Panik ergriff sie, als sie ihre Handgelenke an Sigerichs Triumphwagen fesselten. O Gott, flehte sie, verlass mich nicht, lass nicht zu, dass ich meine Schwäche zeige. Gib mir Kraft. Lass mich wie die Tochter meines Vaters sterben. Als sich der Zug in Bewegung setzte, zwang sie sich, an die besiegten Königinnen der Vergangenheit zu denken, und klammerte sich an die leuchtenden Bilder ihrer Tapferkeit. Zenobia, wie sie in Aurelians Triumph einherschritt, Boadicea, die Gift nahm, Kleopatra, die nach der Natter griff …

Wie von einem Schleier umgeben schritt sie hinter Sigerichs Triumphwagen durch das Forum, mit blutenden, schmerzenden Füßen und wunden Handgelenken, den Kopf stolz erhoben. Die übrigen Gefangenen folgten hinter ihr, der engste Kern des Stammes der Amali, Athaulfs treueste Anhänger, seine engsten Freunde, aneinandergebunden wie Vieh, um danach ebenfalls hingerichtet zu werden. Goten und Hispano-Römer säumten die Straßen und blickten dumpf auf den Zug. Auch sie schienen ängstlich und unsicher zu sein. Hinter den Gefangenen ritten in zeremoniellen Umhängen Sigerichs Krieger und die Stammesführer der Goten. Jenseits des Stadttors verbreiterte sich die von Gräbern gesäumte Straße. Wie weit noch? Der Triumphwagen fuhr nun schneller. Placidia beschleunigte ihren Schritt und spürte, wie die Kraft sie verließ. Nicht fallen, sagte sie sich ständig. Sie durfte nicht fallen. Sie stolperte einmal, richtete sich wieder auf, fiel erneut. Dieses Mal wurde sie, da sie sich nicht erheben konnte, das letzte Stück durch den Dreck gezogen.

Der Zug kam schließlich am Innenhof des römischen Militärlagers zum Halt. Der Wind wehte stärker. Jemand zog sie hoch. Sie beobachtete durch den umherwirbelnden Staub, wie Sigerich auf das hölzerne Podium stieg, von dem aus Offiziere normalerweise zu ihren Truppen sprachen. Er hob die Hand und sprach, geisterhafte Worte, die sie nicht hören konnte. Seine Anhänger versammelten sich um ihn. Ein Wald von Armen erhob sich. Die Stammesführer umringten ihn.

Niemand wagte es zu widersprechen. Seine Krieger schlugen ihre Schwerter gegen die Schilde. »Lang lebe König Sigerich! Lang lebe König Sigerich!« Sie hoben Sigerich unter lauten Jubelrufen hoch und trugen ihn auf einer Plattform aus Schilden zurück.

Sie hatten Sigerichs Triumphwagen fast erreicht, als ein Schrei die Luft durchschnitt. Die Schilde brachen ein. Sigerich verschwand außer Sicht. Pferde stiegen, wieherten und schlugen erschreckt aus, konnten aber aufgrund der drängenden Körper nicht lospreschen. Was noch Augenblicke zuvor ein Triumphzug gewesen war, verwandelte sich in eine brodelnde Schlacht. Schilde, Streitäxte und Schwerter klangen zusammen, Menschen schrien, Körper stürzten. Ein gefesselter Gefangener neben Placidia schwankte und fiel, von einem fliegenden Dolch getroffen. Sie reckte den Hals, um herauszufinden, wer wer war, wer die Oberhand gewann. Sie erblickte hier und da flüchtig ein vertrautes Gesicht, aber waren sie für oder gegen Sigerich?

Als alles vorbei war, schien es nur ein Moment gewesen zu sein, unwirklich und aus der Zeit herausgelöst. Die Toten lagen in verdrehten, blutigen Haufen da. Männer zerrissen ihre Tuniken und verbanden ihre eigenen Wunden oder die ihrer Kameraden, während andere hinkende Gestalten stützten. Ein schreiender Krieger auf dem Boden wurde durch einen Schwertstreich getötet, wobei sie nicht erkennen konnte, ob es aus Mitleid oder aus Hass geschah. Krieger, von denen sie einige als Athaulfs Männer erkannte, schnitten den Gefangenen die Fesseln durch.

Alles war auf einmal still. Dann teilte sich die Menge langsam, um einem Mann in einer blutbefleckten Tunika Platz zu machen. Vallia! Über seine Wange verlief eine Wunde. Er stieg auf Sigerichs Triumphwagen und wandte sich der Menge zu:

»Goten! Bürger von Barcino! Der Verräter Sigerich ist tot! König Athaulf wurde gerächt! Der Rat wird innerhalb von drei Tagen einen neuen König wählen. Bis dahin liegt die Macht in den Händen der Ältesten. Kehrt in eure Häuser zurück, gute Leute, und seid besonnen. Wir haben mit Gottes Hilfe die Ordnung wiederhergestellt. Ich bitte euch im Namen Gottes, den Frieden zu bewahren.«

Vallia wandte sich um. Sein Blick fand Placidia. Er kam mit ausgestreckten Händen auf sie zu. »Meine Königin, lasst mich Euch helfen.«

Sie stieg mit seiner Hilfe auf den Wagen. Vallia schlang seinen Umhang um ihre zerrissene Tunika. Er griff nach den Zügeln. Langsam fuhr der Wagen los, auf allen Seiten von der jubelnden Menge umringt. Menschen drängten sich im Forum an jedem Säulengang, auf den Treppen und um die Sockel der Statuen.

Placidia klammerte sich an den Wagen. Sie wurde sich zum ersten Mal des brennenden Schmerzes in ihren Armen, Handgelenken und Schultern bewusst. Sie fühlte sich benommen, Übelkeit stieg in ihr auf. Alles begann sich zu drehen. Schließlich hielt der Wagen außerhalb des Palastes an. Vallia half ihr hinab. Er stützte sie die Treppe hinauf und ins Atrium. Er wandte sich an einen Wächter: »Ruf die Frauen der Königin, schnell!«

Placidia stand da und sah sich um. Der von Säulengängen gesäumte Hof war unverändert und so ruhig wie immer. Die Nachmittagssonne vergoldete den Teich mit den Seerosen. Aus dem Krug auf der Schulter des bronzenen Fauns in dessen Mitte sprudelte wie immer Wasser. Die Porphyrsäulen, die farbenfrohen Girlanden aus Früchten und Blumen auf dem Bodenmosaik – nichts hatte sich verändert. Es war nicht real. Es musste ein Scherz sein, jemand spielte ihr einen bösen Streich … Sie fing an zu lachen, ein schrilles, hohes Lachen, das in ihrem Kopf schmerzte. Hitze überfiel sie. Die Säulen schwankten wie Schilf, tanzten, drehten sich um ihre Achse. Auch die Wände tanzten nun, vor und zurück, immer schneller. Als sie die Hände ausstreckte, um sich abzustützen, stürzte sie in Dunkelheit.

Sie erwachte kurze Momente schweißgebadet. Manchmal war sie sich bewusst, dass sich jemand über sie beugte, dass jemand ihr mit einem Schwamm das Gesicht abwischte. Dann verschwamm wieder alles. Als sie schließlich aus ihrem Fieber erwachte, saß Tuga neben ihr und zupfte Wolle. Tuga trat ans Bett und half ihr, sich aufzusetzen. Placidia blickte an sich hinab. Ihre Arme waren bis zu den Handgelenken verbunden. Ihr ganzer Körper schmerzte. Langsam klärten sich ihre Gedanken. Die Erinnerung durchströmte sie. Sie wusste die Antwort, aber sie fragte dennoch: »Dann war alles wahr?«

Tuga nickte. »Ja.«

»Wo ist der König? Hat man ihn begraben?«

»Man weiß nicht, wo sein Leichnam ist. Er ist verschwunden.«

»Und die Prinzen ...« Sie konnte sich nicht überwinden, das Wort auszusprechen, »sind sie ...?«

»Leider, Herrin. Man hat sie erdrosselt und dann in einen Brunnen geworfen.«

Placidia stöhnte auf. Dann fragte sie: »Und Vallia?«

»Er ist jetzt der König. Man hat ihn gestern gewählt. Er war zweimal hier. Ich soll ihn wissen lassen, wenn Ihr wach seid.«

Placidia fuhr sich mit einer Hand durchs Haar. »Bring mir einen Spiegel. Und schicke nach Vallia.«

Während Tuga ihr zerzaustes Haar kämmte, traf Aristophanes ein, um Placidias Verbände zu wechseln. Nachdem er die fleckigen Verbände abgenommen hatte, tunkte er einen Tupfer in eine Schale mit brauner Flüssigkeit. »Das wird brennen, Domina. Es ist Acetum. Aber es muss sein.« Sie zuckte vor Schmerz zusammen, als er die Abschürfungen an ihren Armen und Beinen und die Wunden um ihre Handgelenke abtupfte.

»Es tut mir leid, Domina, aber nichts stoppt Vereiterungen besser als Essig. Schon Galen hat ihn verwendet. Wein brennt weniger, aber er ist nicht so wirksam.« Nachdem er eine Salbe aus Öl und Kräutern aufgetragen und ihre Wunden mit sauberen Leinenstreifen neu verbunden hatte, bereitete er ihr einen Becher warme Milch mit Bilsenkraut zu. »Dies wird Euch den Schmerz nehmen. Und es wird Euch auch Schlaf schenken.«

»Ich danke Euch.«

Placidia schlief den Tag über unruhig und wartete auf Vallia. Als er schließlich kam, waren die Lampen bereits gelöscht worden. Er wirkte erschöpft. Er setzte sich neben sie und nahm ihre Hand. »Meine Königin«, begann er, »ich habe Athaulfs Beisetzung für morgen früh veranlasst. Wir können nicht warten. Fühlt Ihr Euch stark genug, um daran teilzunehmen?«

Ihre Augen weiteten sich: »Dann habt Ihr seinen Leichnam gefunden?«

»Er wurde von getreuen Männern rasch entfernt. Sie konnten ihn in der allgemeinen Verwirrung im Keller verbergen.«

»Ich muss ihn sehen. Jetzt. Würdet Ihr jemanden holen, der mich hinbringt?«

Er wölbte die Augenbrauen. »Jetzt?«

»Bitte.«

»Er ist schon mehrere Tage tot. Es ist kein erfreulicher ... Morgen, bei der Beerdigung ...«

»Es kümmert mich nicht, wie er aussieht.«

»Wenn Ihr darauf besteht. Ich werde Euch selbst hinbringen.«

Er zögerte einen Moment und sagte dann: »Ich wurde zum König gewählt.«

»Das habe ich gehört. Und ich bin froh darum.«

»Da ist noch etwas. Es wurde beschlossen, Barcino zu verlassen. Sigerich hatte versprochen, unser Volk nach Afrika zu führen. Er hat die Menschen und die Stammesführer davon überzeugt, dass es zu gefährlich ist, hier zu bleiben. Dass wir zwischen den Vandalen und Konstantius' Heer eingezwängt sind. Dass wir früher oder später vernichtet werden, wenn wir hierbleiben. Das entspricht im Kern ja der Wahrheit.«

Sie setzte sich auf. »Es mag im Kern der Wahrheit entsprechen. Aber der Weg nach Afrika ist unmöglich! Habt Ihr das Debakel in Sizilien vergessen?«

»Das lag an dem Sturm! Und es war schlecht vorbereitet. Aber ich stimme Euch zu, es ist ein Risiko.«

»Es ist kein Risiko, es ist Irrsinn!«, rief Placidia. »Afrika ist die Kornkammer Roms. Konstantius wird diese Gebiete nie aufgeben. Er hat Heraklian vernichtet, er wird auch Euch vernichten. Ihr müsst verhandeln, Euch mit Konstantius verständigen.« Sie sank erschöpft auf ihr Lager zurück. »Verzeiht, Vallia. Ich wollte nicht ...«

»Ich kann mich nicht gegen alle Stammesführer stellen. Sonst droht ein weiterer Aufstand. Und römische Schiffe patroullieren bereits vor der Küste.«

»So schnell? Hatte Konstantius vielleicht doch etwas zu tun mit ...«

Vallia zuckte die Achseln. »Es ist möglich. Oder er zieht Vorteil aus unserer Schwäche, indem er Stärke demonstriert. Wir haben viele Leute verloren. Sigerichs engste Gefolgsleute sind geflohen. Einige haben sich den Vandalen angeschlossen.«

Verzweiflung durchströmte sie. Sie war zu benommen, um etwas anderes als resigniert zu sein. Vielleicht war es Gottes Wille. Vielleicht war dies das Schicksal, das er für Athaulfs Volk ausersehen hatte. Sie sagte erschöpft: »Bringt mich zu Athaulf.«

Vallia ging mit einer Laterne die grobgehauenen Stufen hinab. Der Keller unter den Palastställen war kalt, dunkel und roch nach Mäusekot. Es war auch noch ein anderer Geruch erkennbar. Eine längst verloren geglaubte Erinnerung regte sich in Placidia. Eine süßliche Note: der Geruch des Todes. Konstantinopel. Die Beerdigung ihres Vaters.

Athaulfs Leichnam lag auf einem Tisch, mit einer zu kurzen, grauen Pferdedecke bedeckt. Der Kopf war verborgen, aber die Füße ragten heraus. Athaulfs Füße. Sie hätte sie unter Tausenden erkannt. Lange, schmale, wunderschöne Füße mit perfekt proportionierten Zehen. Sie waren, anders als bei den meisten Menschen, weder schwielig noch verkrümmt. Ein einzelner Docht trieb in einer irdenen Öllampe auf einem Sims und warf geisterhaftes Licht auf die Bahre. Jemand hatte einen kleinen Kranz aus Olivenblättern ans Ende des Tisches gelegt.

Sie wandte sich zu Vallia um und sagte mit erstickter Stimme: »Lasst mich bitte allein.«

Vallia nickte. Er reichte ihr die Lampe. »Ich werde draußen warten.«

Sie hielt die Laterne hoch und näherte sich der Bahre. Sie stellte die Lampe auf den Tisch und zog die Decke zurück. Ein Schaudern durchlief sie. Die linke Seite von Athaulfs Gesicht war eine blutige Masse gebrochener Knochen und zerfetzter Haut. Sein Schädel war von der Schläfe bis zur Wange gespalten worden. Niemand hatte die Zeit gehabt, ihn zu waschen. Getrocknetes, verspritztes Blut bedeckte sein Gesicht, sein Haar, seine blaue Tunika.

Sie wandte sich erschüttert ab, ertastete sich ihren Weg zur Treppe und setzte sich hin. Zitternd lehnte sie sich gegen die Wand und schloss die Augen. Der Aufruhr in ihr klang allmählich ab. Ein tiefes Schweigen, eine heilige Stille breitete sich aus. Sie schaute zu Athaulf. Er wirkte, als schliefe er, in einem Nimbus aus Licht. Sie waren allein miteinander.

Es wäre das letzte Mal in diesem Leben. Aber das Leben war nur eine Station auf dem Weg zum Himmel. Athaulf war nicht tot. Seine Seele wäre ihr immer nahe. Eines Tages wären sie wieder zusammen. Eine große Ruhe überkam sie. Und damit neue Kraft. Sie wusste, dass ihr Leben niemals wieder dasselbe sein konnte. Sie war keine Königin mehr. Sie hatte keinen Ehemann. Keine Kinder. Die Zukunft war bestenfalls unsicher, und doch hatte sie das größte Geschenk erhalten, das Gott geben konnte: die Liebe. Anstatt über ihren Verlust zu verbittern, würde sie dankbar dafür sein, solche Freude kennengelernt zu haben.

Sie erhob sich mühsam, stützte sich an der Wand ab. Vallia wartete draußen auf sie. Sie musste gehen.

Sie beugte sich vor. »Lebe wohl, mein Liebster«, flüsterte sie und streichelte sein blutbeschmiertes, wächsernes Gesicht, das stumpfe, goldene Haar. Sie lehnte ihr Gesicht an Athaulfs Wange, weinte lautlos, spürte, wie die Tränen in ihn einsanken. Als sie sich wieder aufrichtete, sah sie, dass es Bluttränen waren, ihre Tränen und sein Blut, die über sein Gesicht, über die Decke, auf den Boden liefen ... Blut und Tränen. Die Essenz des Lebens – und des Todes.

Aufs Neue waren die Goten unterwegs. Aufs Neue das vertraute Rumpeln der Wagen, die Soldaten und Pferde, der erstickende Staub, der peitschende Regen und der kalte Wind.

Die Straße ins Nichts, dachte Placidia, während sie die Landstraße betrachtete, auf der sie seit der Dämmerung unterwegs waren. Die Via Augusta führte gen Süden durch Hispania, am Mittelmeer entlang. Sie endete an den Säulen des Herkules, wo das Mittelmeer in den Ozean überging. Nach Tarraco war das Land noch unwirtlicher geworden. Die Städte und Dörfer, die sie passierten, zeigten nur noch einen Schatten ihrer früheren Pracht – zuerst die Vandalen, dann die Dürre, die schlimmste seit Menschengedenken. Die Getreidespeicher waren leer, die Villen und großen Anwesen verwaist. Die Erde war ausgedörrt, aufgebrochen und grau, von der Farbe gebleichter Knochen. Würde es dieses Frühjahr regnen?

Placidias Gedanken waren während der ersten Wochen, nachdem sie Barcino verlassen hatten, wie von einem Nebel umgeben. Manchmal bemerkte sie vage die kommenden und gehenden Händler, die eintreffenden Wagenladungen mit Vorräten. Die Versorgung wurde schwierig. Einmal bemerkte sie eine Gruppe Vandalenreiter, unter einer Waffenstillstandsflagge. Als sie Vallia nach den Vandalen fragte, gab er zu, zu unverschämten Preisen Getreide von ihnen zu kaufen.

Nachts fand sie kaum Ruhe. Wenn sie vor Erschöpfung einschlief, wachte sie ein oder zwei Stunden später schreiend wieder auf. Tuga nahm sie dann in die Arme. »Schsch, Herrin. Es ist gut. Es ist nur ein Albtraum.« Tuga wiegte sie vor und zurück, strich ihr das schweißnasse Haar aus der Stirn, murmelte ihr zu, wie man es bei einem Säugling täte. Um ihrer Qual entgegenzuwirken, begann sie Athaulf gegen Morgen zu schreiben. Die Briefe wurden ihr einziger Trost. Sie wartete den ganzen Tag auf den Moment der Stille, wenn sie bei ihm sein konnte, zu ihm sprechen konnte. Sie bewahrte den anwachsenden Stapel Briefe in einem Elfenbeinkästchen und trug den Schlüssel an einer Kette um den Hals.

An diesem Abend wartete Placidia wie üblich darauf, dass Tuga einschliefe. Sie griff nach dem Kästchen, das vorgeblich ihre juwelenverzierte Bibel enthielt, und holte ihr Schreibmaterial hervor. Das Zelt lag im Halbdunkel. Hinter der Segeltuchabdeckung erklang Tugas leises Schnarchen. Neben Placidias Feldbett warf eine dreiarmige Fackel schwaches Licht auf den Papyrus. Sie tauchte den Griffel in die Tinte:

»Mein geliebter Athaulf!

Vom Palast zum Ochsenwagen zum Zelt. Gott wird es nicht müde, mich im Kreis laufen zu lassen. Ich frage mich oft, welche Lektion er mich lehren will?

Aristophanes hat mir heute gesagt, ich würde genesen. Ich werde bald wieder reiten können. Er beurteilt die äußerliche Heilung. Aber was ist mit meiner Seele? Heilt sie? Ich weine nicht mehr. Meine Handgelenke sind verheilt. Sie werden für immer vernarbt bleiben, aber was macht das schon? Lesen ist unmöglich, reden eine Pflicht, die mir durch die Aufmerksamkeit der Menschen um mich herum auferlegt wird. Nachts werfe ich mich umher und warte vergeblich auf Schlaf.

Aristophanes gibt mir Tränke zum Schlafen, Tränke zur Ermunterung, Tränke zum Appetitanregen. Ich nehme seine Tränke, weil es weniger anstrengend ist zu gehorchen, als zu diskutieren. Ich esse, um Tuga zu beruhigen. Ich denke an Menschen, die Hunger leiden, und fühle mich schuldig. Vallia musste die Getreiderationen erneut reduzieren. Die Augen der Kinder sind groß, ihre Bäuche aufgedunsen. Sie kommen nun zu mir, bitten um Honig, wie sie stets zu Gerlinda kamen.

Vallia besucht mich häufig. Er erbittet meinen Rat. Gestern kam er wieder. Nachdem er mich nach meiner Gesundheit befragte, setzte er sich hin, betrachtete seine Hände und schwieg lange Zeit. Ich erkannte, wie sehr er in kurzer Zeit gealtert ist. Er ist ein guter und tapferer Mann, und auch nicht unfähig, aber unser Umherziehen fordert von ihm ebensolchen Tribut wie von allen anderen. Der Traum von Afrika wird allmählich von der Realität zerfressen. Während wir vorwärtsgehen, ziehen sich die Vandalen zurück, beobachten uns stets aus der Ferne, nehmen unser Gold für

Getreide, das sie uns zu ungeheuerlichen Preisen verkaufen. Konstantius befindet sich noch immer in Arelate, sein Heer eine ständig präsente Bedrohung, während seine Galeeren an der Küste patrouillieren, um sicherzustellen, dass wir keinen Proviant von See her erhalten. Diese Situation kann nicht ewig dauern. Ich sagte Vallia erneut, dass er Verhandlungen mit Honorius beginnen müsse, aber er weigert sich. Konstantius, sagt er, muss den ersten Schritt machen.

Meine Gedanken verschwimmen durch den Mohnsirup, aber ich will nicht aufhören zu schreiben. O mein Geliebter, wenn du nur hier wärst. Wie sehr ich mich nach dir sehne! Der Schmerz in meinem Herzen würde schon allein genügen, jedem Atheisten die Existenz der Seele zu beweisen. Ein ›Nichts‹ könnte nicht solche Hoffnungslosigkeit empfinden, solche Sehnsucht. Der alte Ignatius in Narbo ist Atheist. Er hat mir das einmal ganz offen erzählt. Ich war erstaunt darüber, dass ein so intelligenter Mensch so einfältig sein kann. Er kann nicht, so sagte er, an etwas glauben, was unsichtbar ist. Schmuck in einem Schmuckkasten kann man auch nicht sehen, und dennoch ist er da!

Aber mache dir keine Sorgen um mich, Athaulf, wo auch immer du bist. Ich werde irgendwie lernen weiterzuleben. Was wirklich zählt, ist das Heil deiner Seele. Sigesarius und ich beten jeden Tag für dich. Gute Nacht, Licht meines Lebens.

Deine dich ewig liebende Frau,
Placidia

Sie legte den Brief in das Kästchen auf die übrigen, blies die Lichter aus und lehte sich getröstet zurück. Niemand, nicht einmal ihr Beichtvater, wusste von den Briefen. Sie wagte es niemandem zu erzählen. Alle würden sie für verrückt halten, aber sie *wusste,* dass ihre Worte Athaulf erreichten. Wenn sie schrieb, spürte sie Athaulfs Gegenwart, spürte, wie er sich ihr mit jedem Strich ihres Griffels näherte, während die Tinte auf die Seiten floss, zu Leben, Liebe, Zärtlichkeit wurde. Sie wusste, dass es ihn ebenso tröstete wie sie. Sie wusste auch, dass sie eines Tages damit aufhören müsste, dass sie ihn nicht zu sehr an sich binden durfte, an sein irdisches Leben. Seine Seele musste sich auf ihrer Reise zum Himmel weiterentwickeln. Die Verbindung zwischen ihnen würde sich irgendwann einmal lockern. Aber sie würde niemals schwinden. Athaulf wäre für immer ein Teil von ihr, von ihrem Leben.

Aber was hielt ihr Leben, ihre Zukunft, noch bereit? Manchmal war sie es zufrieden, das Schicksal von Athaulfs Volk zu teilen. Die Goten hatten keine Königin. Vallia war Witwer. Er würde wohl kaum noch einmal heiraten. Sie könnte vielleicht eine neue Gerlinda werden. Solange Vallia König blieb oder die Goten nicht von einem anderen Stamm besiegt wurden, wäre sie sicher. Sie wurde mit Respekt behandelt. Die Menschen erwiesen ihr mehr Zuneigung als jemals zuvor. Vielleicht hatte sie sich ihre Zuneigung letztendlich verdient. Sie könnte ihnen vielleicht helfen, Vallia helfen. Sie könnte ein Verbindungsglied zwischen den Römern und den Goten werden. Andererseits, wenn sie zurückginge …

Zu Honorius zurückzukehren, bedeutete, ihr Leben mit Athaulf für immer hinter sich zu lassen. Zurückzugehen hieße in gewisser Weise auch, die Niederlage einzugestehen. Oder? Konnte sie die Niederlage nicht in einen Sieg verwandeln? Konnte sie in Ravenna nicht mehr für Athaulfs Volk tun als hier? Was würde Athaulf von ihr erwarten? Wenn sie Honorius schriebe und ihn bäte, sie zu retten, könnte es ihr dann nicht gelingen, das Getreide von ihm zu bekommen, das die Goten so verzweifelt brauchten? Wäre sie erst in Ravenna, dann könnte sie ihn bestimmt davon überzeugen, ihnen ein Gebiet zuzugestehen. Sicher, sie würde sich mit Konstantius auseinandersetzen müssen. Aber Konstantius war immerhin nur Honorius' Heerführer. Sie war seine Schwester. Wenn sie Geduld hätte und klug handelte, könnte sie Erfolg haben. Dies würde Kraft erfordern, die sie noch nicht besaß. Aber es würde ihrem Leben einen Sinn geben. Jedes Leben brauchte einen Sinn. Nur Gott könnte ihr die Seelenstärke geben, den ihren zu erfüllen.

Sie schloss die Augen. Morgen wollte sie weiter darüber nachdenken.

Placidia schritt in Vallias Zelt auf und ab und schlang die Arme um sich, während sie diktierte: »Vallia, König der Goten, grüßt Honorius, Kaiser des Westens.«

Vallia schüttelte den Kopf. »Zu römisch. Nicht einmal mit Julius' Hilfe«, er deutete auf Athaulfs früheren Schreiber, der ihre Worte notierte, »würde ich jemals so klingen.«

»Na und? Er wird beeindruckt sein. Wenn Ihr mit Römern zu tun habt, müsst Ihr sie beeindrucken.«

Sie diktierte weiter: »So sehr es mich auch schmerzt, kann ich Eurem Ersuchen nicht stattgeben. Wie Ihr wisst, wünscht Eure Schwester, Königin Placidia, nichts sehnlicher, als in ihr Geburtsland zurückzukehren. Aber sie kann dies erst tun, wenn Ihr den Bedingungen zustimmt, die sie in ihrem Brief dargelegt hat.« Sie hielt inne, um dem Schreiber die Chance zu geben aufzuholen. Er beherrschte die Kurzschrift nur mühsam, aber zumindest war sein Latein passabel. Als er nickte, fuhr sie fort: »Eure Schwester hat geschworen, das Volk ihres verstorbenen Mannes erst zu verlassen, wenn ihm Gerechtigkeit widerfahren ist, entsprechend dem ursprünglichen Vertrag zwischen unserem König Athaulf und Rom.«

Sie schaute zu Vallia. »Was meint Ihr?«

»Besser als der erste Entwurf. Es ist etwas weniger offensichtlich, wie unverhohlen ich unsere Königin verkaufe. Ob er das aber glauben wird ...«

Placidia sah ihn lange an. »Nicht *Ihr* verkauft mich, Vallia. Ich verkaufe mich selbst. Und was den Schwur betrifft, so werde ich ihn leisten, bevor dieser Brief auf die Reise geht.«

Sie wandte sich an den Schreiber. »Ihr werdet uns achthunderttausend Maß Getreide gewähren und den Status von Foederati innerhalb Baeticas. Weiterhin ...«

Vallia unterbrach sie. »Dem wird er niemals zustimmen.«

»Ich weiß. Letztendlich werden wir das Thema Land fallenlassen und uns mit dem Getreide begnügen. Ich habe an noch etwas gedacht. Wir sollten einen Freundschaftsvertrag fordern.«

Vallia höhnte. »Einen Vertrag? Wir wissen, wie Euer Bruder Verträge einhält, oder?«

»Wenn der Kaiser oder einer seiner Heerführer einen öffentlichen Freundschaftsschwur leistet, kann er nicht ohne ernste Provokation gebrochen werden. Es ist ein Schwur vor Gott. Dieser Brauch geht auf die Republik zurück. Diese Art Schwur ist den Römern ebenso heilig wie den Goten. Mit einem solchen Schwur würdet Ihr Konstantius nicht mehr fürchten müssen. Ihr könntet Euch auf die Vandalen konzentrieren. Und auf eine neue Heimat.« Sie legte eine Hand auf seine Schulter. »Wenn ich erst in Ravenna bin, werde ich alles mir Mögliche tun, um das zu erreichen.«

Vallia schaute auf. »Möge Gott Euch erhören, Placidia.«

»Gott *wird* mich erhören. Er muss es tun.«

Arelate, Frühjahr 416

Konstantius runzelte die Stirn und las den Brief erneut. »Placidia erklärt, dass sie die Goten verlassen will, aber sie wird das erst tun, wenn wir das Getreide und den Vertrag garantieren. Hier, lest selbst.« Er reichte den Brief über den Tisch hinweg Lucius Anicius.

Lucius pfiff. »Achthunderttausend Maß Getreide! Das ist viel Getreide.«

»Glaubt Ihr, das kommt wirklich von ihr?«

Lucius zuckte die Achseln. »Wenn der Kaiser sie zurückhaben will – ist es dann wichtig?«

»Nein, vermutlich nicht. Man könnte sie gezwungen haben, dies zu schreiben, aber irgendwie glaube ich das nicht. Es ist zu gut formuliert. So weit ich weiß, ist dort niemand in der Lage, derart gewandtes Latein zu schreiben.«

»Sie hat Athaulf geliebt. Es ist durchaus möglich, dass sie seinem Volk gegenüber noch immer eine gewisse Loyalität empfindet.«

»Vermutlich.« Konstantius blickte über die rotgedeckten Dächer hinweg, zum großen Zirkus in der Ferne, jenseits der Mauern. Der Rhodanus lag wie ein silbernes Band in der Frühlingssonne. Der Hafen barst fast vor Geschäftigkeit. Es musste Mittag sein. Die Brücke wurde hochgezogen, um die wartenden Schiffe passieren zu lassen. Auf der säulenbestandenen Dachterrasse war es angenehm. Jemand, der Blumen liebte, vielleicht Dardanus' Frau, hatte in großen, bauchigen Kübeln entlang der Balustrade Rosen gepflanzt. Armer Dardanus. Auch wenn Honorius ihm vergeben hatte, nachdem der Papst selbst sich für ihn verwendet hatte, würde das Stigma des Verrats für immer an ihm und seiner Frau haften bleiben. Und doch hatte er nur das Beste für seine Provinz getan, unter verzweifelten Umständen.

Die Rosen erinnerten Konstantius an seine Mutter, Ada. Auch sie hatte Blumen geliebt, Rosen besonders. Sie hatte in einem kleinen Blumenbeet neben dem Haus stets Kräuter und Blumen gezüchtet. Wie oft hatte er sie ihren Hirtenjungen ausschimpfen hören, wenn er wieder einmal zugelassen hatte, dass die Ziegen ihre Veilchen und ihr Tausendschön fraßen. Sie war gestorben, als er ein junger Zenturio war. Sie war, wie Placidia, dunkelhaarig gewesen, mit braunen Augen und kleinen, geschickten Händen, die von der harten Arbeit einer Bauersfrau Schwielen aufwiesen. Anders als Placidia konnte sie kaum lesen oder schreiben, aber ihre energische Art war durch ein warmes Herz gemildert worden. Zu was, so fragte er sich, war Honorius' Schwester geworden? War es wichtig?

Er reichte Lucius seinen Becher. »Gebt mir etwas Wein.« Sie aßen eine einfache Mahlzeit, saßen an einem Tisch wie Soldaten, ohne dass jemand anderer außer der Ordonnanz, Didius, anwesend gewesen wäre. Konstantius aß normalerweise mit seinen Offizieren, die unten in der Messe auf Liegen ruhten. Aber nachdem er Placidias Brief erhalten hatte, konnte er ihre ausgelassene Fröhlichkeit nicht ertragen. Lucius unterbrach ihn niemals. Er äußerte seine Meinung nur, wenn er gefragt wurde. Obwohl er ein Spross einer der ältesten Familien Roms war und ein eifriger Genießer, gab er sich nie von oben herab. Lucius konnte Krug nach um Krug des besten Falernerweins mit ihm teilen oder während eines Feldzugs mit brackigem Wasser vorliebnehmen. Lucius war als Heerführer zuverlässig, scharfsinnig und ehrgeizig, ohne gierig zu sein.

»Ich danke Euch.« Konstantius nahm einen Schluck. Heute Morgen, beim ersten Lesen des Briefes, hatte ihn, wie damals, als er von Athaulfs Tod erfuhr, eine ungewohnte Erregung ergriffen. Er betrachtete einen Moment nachdenklich den Becher in seiner Hand und wandte sich dann Lucius zu. »Ich denke, dieses Mal haben wir sie. Ich werde Euplusius schicken, um mit Vallia zu verhandeln. Letztendlich werden wir uns wahrscheinlich auf die Hälfte des Getreides einigen. Mit ein wenig Glück könnte die Prinzessin vor Ende des Sommers wieder in Ravenna sein. Dann sollen die Goten für uns die Vandalen bekämpfen. Das könnte sie auf Jahre hinaus beschäftigen. Gallien, wenn auch noch nicht Hispanien, wird sicher sein.«

»Der Kaiser«, sagte Lucius ein wenig steif, »wird erfreut sein.«

Konstantius lächelte. »Ich auch.«

Während der nächsten Monate kamen und gingen Boten und Abgesandte zwischen den gotischen Lagern an der Küste Spaniens, Konstantius' Hauptquartier in Arelate und dem kaiserlichen Hof in Ravenna. Honorius zögerte unentschlossen. Konstantius begann damit, einhunderttausend Modii Getreide anzubieten. Er feilschte und drohte abwechselnd. Placidia blieb standhaft. Sie brachte Vallia trotz der sich verschärfenden Situation dazu, nicht nachzugeben. Als die Goten zum Ende des Sommers Gades am Atlantik erreichten, wurde schließlich eine Vereinbarung getroffen. Die Getreidemenge wurde auf fünfhunderttausend Maß festgesetzt. Konstantius selbst würde den Schwur der Freundschaft leisten und Placidia nach Ravenna zurückgeleiten.

In dem langen Turmzimmer der römischen Burg von Gades herrschte Stille. Placidia war allein. Sie betrachtete schweren Herzens die Kisten und Körbe entlang den Wänden. Das Packen war beendet, alles war bereit. Die letzten Abschiedsworte waren gesprochen, die Abschiedsgeschenke ausgetauscht. Tuga hatte ihre Kleidung und ihren Schmuck auf dem Bett ausgelegt. Sie und die Übrigen kämen bald zurück, um sie anzukleiden.

Sie wandte sich zum Fenster und blickte auf die Stadt hinab. Von den Phöniziern gegründet, von den Karthagern regiert, von Rom erobert, war Gades bereits uralt, als Herodot seine Historien schrieb. Vom Meer und von Landwällen geschützt, fiel sie den Vandalen durch Verrat zu. Da sie sie beim Herannahen der Goten aufgaben, hatte Gades mehr Glück gehabt als viele andere Städte Hispaniens.

Die Bucht von Gades leuchtete in der Morgensonne ebenso blau wie der indigofarbene Himmel. Links, neben dem Forum, erhob sich das Theater, dessen verblasstes rotes Sonnensegel aufgerollt war. Im Hafen unter ihr lag die lange Reihe von Getreideschiffen, deren wertvolle Ladung nun gelöscht war, noch immer neben den rotgedeckten Speichern. Draußen in der Bucht ankerten die drei Kriegsgaleeren der adriatischen Flotte, welche die Schiffe begleitet hatten, eine stumme Mahnung an Roms Macht.

Gestern, als sie die Ankunft der Schiffe beobachtete, die Aufregung der Menschen, das Entladen des Getreides, hatte sie ein triumphales, fast euphorisches Gefühl erfüllt. Während Vallia und seine Honoratioren an den Formalien zur Begrüßung teilnahmen, war sie hiergeblieben, hatte das Packen überwacht, letzte Vereinbarungen getroffen und Roderich Anweisungen erteilt, wie er mit Konstantius bezüglich der Wache umgehen sollte, die sie als Begleitung erwählt hatte. Sie hatte sie mit Vallias Einverständnis selbst aus Athaulfs Männern ausgewählt. Sie hatte ihnen erklärt, dass sie nicht verpflichtet seien anzunehmen, dass sie weder ihre Sicherheit garantieren konnte noch den Zeitpunkt, wann sie, wenn überhaupt, zurückkehren könnten. Kein Einziger lehnte ab. Und noch überraschender war, dass sich Vallias Neffe Roderich freiwillig gemeldet hatte, um sie zu befehligen.

Konstantius hatte entgegen ihrer Erwartung keine Einwände erhoben. Vielleicht war er so erfreut über die Trophäe, die er seinem Herrn zu Füßen legen konnte? Oder über die dreihunderttausend Maß Getreide, die er gespart hatte? Sie konnte von ihrem Standplatz aus deutlich Konstantius' prächtige Trireme sehen, die am Hauptdock vertäut war. Sie war mit ihrem vergoldeten Bug und den Segeln aus tyrrhenischem Purpur eines Kaisers würdig. Oder eines Heerführers mit stolzen Ambitionen ... Wie, so fragte sie sich, war er wirklich, dieser Bauernsoldat, der zu den höchsten Ehren des Reiches aufgestiegen war? Athaulf hatte stets mit Respekt über ihn gesprochen. Sie erinnerte sich an den Heerführer vage als einen dunklen und stämmigen Mann mit deutlichen illyrischen Akzent. Der Gedanke an seine Reaktion auf die

Nachricht, dass sie ihre gotische Wache mitnehmen würde, hatte sie belustigt.

Aber als sie nun das Schiff betrachtete, mit dem sie in wenigen Stunden diesen Ort für immer verließe, nahm ihr die Verzweiflung fast den Atem. Sechs Jahre ihres Lebens, sechs Jahre, die ihr einziges wahres Leben ausmachten, das einzige Leben, das sie ersehnte und ihr lebenswert erschien, würden im Kielwasser dieses Schiffes entschwinden. Ein Gefühl tiefster Verlorenheit erfüllte sie. Tränen brannten in ihren Augen.

Sie wandte sich abrupt vom Fenster ab und atmete tief durch. Sie durfte sich nicht davon überwältigen lassen, nicht jetzt. Konstantius war der Schlüssel zu ihrem neuen Leben: Wenn sie erfolgreich sein sollte, wenn sie Einfluss auf ihren Bruder gewinnen wollte, musste sie zunächst Konstantius beeindrucken. Sie würde ihm so gebenübertreten, wie sie es geplant hatte: nicht als trauernde Witwe, die dankbar war, ausgelöst zu werden, sondern als eine majestätische Königin, die stolz auf ihre Vergangenheit war.

Konstantius blickte in den Himmel hinauf. Es war fast Mittag. Wie viel länger würden sie noch brauchen? Der Hafen war schwarz vor Menschen. Sie warteten schon seit Stunden. Schließlich verkündete das Getöse der Menge ihr Herannahen.

Konstantius hielt den Atem an. Großer Jupiter! Es konnte nicht sein! Durch das große bogenförmige Hafentor von Gades ritt auf einem schwarzen Hengst, Seite an Seite mit dem König der Goten, eine Amazone von wilder Pracht heran. Sie trug Reithosen mit karmesinroten Stiefeln. Ein Silberfuchsumhang fiel von ihren Schultern über den Rumpf ihres Pferdes. Um den Hals trug sie einen breiten gotischen Reif. Massive, mit Edelsteinen besetzte Armreife schmückten beide Handgelenke. Eine germanische Krone mit langen, schwingenden Gehängen saß auf ihrem offenen dunklen Haar. Sie konnte hervorragend reiten. Und sie zeigte sich triumphal als die strahlende Königin der Goten.

Er hatte ein durch Leiden gefügig gemachtes Mädchen erwartet, das dankbar wäre, gerettet zu werden. Aber nun sah er vor sich eine Frau, die ebenso gebieterisch wie scharfsinnig war. Dies war ein Fanal, eine Demonstration der Unabhängigkeit. Schlagartig begriff er, warum sie darauf bestanden hatte, ihr gotisches Gefolge mitzunehmen. Narr, der er war, hatte er angenommen, es handle sich um die Sentimentalität einer Witwe.

Hinter ihr ritt eine Abordnung von Goten mit Halsreifen und Helmen. Ihre Umhänge waren indigoblau wie derjenige, den der Befehlshaber der Barbaren gestern trug, als er kam, um den Transport seiner Männer und Pferde zu arrangieren. Als der diensthabende Zenturio ihnen das dritte Schiff im Konvoi zuwies, wandte sich der gutaussehende junge Riese an Konstantius. Er hatte mit kalten blauen Augen auf ihn hinab geblickt. »Die Pferde, General, können dorthin gehen, wo es Euch passt. Aber wir bleiben bei unserer Königin!«

Konstantius ritt voran und verhielt sein Pferd dann. Placidia tat es ihm gleich. Er verbeugte sich vor König Vallia und lächelte ihr dann zu. »Ich grüße Euch, Nobilissima. Euer Bruder, der Kaiser, wird erfreut sein, Euch bei solch guter Gesundheit zu sehen.« Sie war als junge Prinzessin anziehend gewesen. Als Königin der Goten hatte sie sich zu einer Frau von blendender Schönheit entwickelt. Das einzige Zeichen ihres Alters waren zwei Falten entlang ihrer leicht hakenförmigen Nase sowie ein schwermütiger Ausdruck in ihren dunklen Augen, der in seltsamem Widerspruch zu ihrer majestätischen Haltung stand. Diese Augen fixierten ihn einen Moment, bevor sie, ohne sein Lächeln zu erwidern, sagte: »Ich grüße Euch, Flavius Konstantius. Gehen wir zum Schiff.«

Sie ritten gemeinsam durch die dichte Menge blonder Goten, die den Kai säumten. Konstantius bemühte sich um Zuvorkommenheit und zwang sich, den Blick von ihr abzuwenden. Als er ihr vom Pferd half, bemerkte er erschreckt, dass sie ebenso groß war wie er. Er verabschiedete sich vom König und trat zurück, während Vallia sie umarmte und küsste und dann darauf wartete, dass Placidia und ihr Gefolge an Bord des Schiffes gingen. Etwas Kaltes breitete sich in ihm aus, während er die Krieger mit ihren langen germanischen Schwertern die Laufplanke hinaufgehen sah.

Placidia wandte sich an der Reling um. Laute Rufe stiegen aus der Menge auf. »Placidia! Placidia! Placidia!«, riefen sie und wedelten mit belaubten Zweigen. Sie zögerte einen Moment. Dann hob sie einen Arm und winkte. Ein Wald von Armen winkte zurück. Ein letztes Lebewohl für die römische Prinzessin, die einst ihre Königin gewesen war.

Konstantius, der zu ihr blickte, sah Tränen ihre Wangen hinablaufen. Einen Moment überkam ihn ein eigenartiges Gefühl, fast eine Vorahnung. Vielleicht wäre es für Rom und für ihn selbst besser gewesen, sie dort zu belassen, wo sie war. Er zuckte die Achseln. Welch ein Unsinn. Placidia war die Rolle der barbarischen Königin zu Kopf gestiegen. Sollte sie sich ruhig an ihren Phantasien festklammern. Wenn sie erst wieder in ihrer eigenen Welt lebte, weit von den Schmeicheleien dieser Barbaren entfernt, käme sie bald zur Vernunft. Dann würde ihr Gefolge entlassen und heimgeschickt. Und sie würde nach einer angemessenen Zeitspanne das werden, wofür sie schon immer bestimmt war: eine gehorsame römische Ehefrau.

Placidia beobachtete durch den Mittagsdunst, wie der große Leuchtturm von Classis in Sicht kam. Sie hatte ihn noch nie vom Meer aus gesehen. Classis, der Hafen Ravennas, von Augustus mehrere Meilen außerhalb der Stadt erbaut, war einer der größten Häfen am Mittelmeer. Eine lange Marinetrireme lief von Osten her in den Hafen ein. Mehrere weitere tanzten an ihren Ankern. Als Basis der Adriatischen Flotte zeigte Classis eine weitaus militärischere Atmosphäre als Ostia.

Sie empfand beim Anblick römischen Landes nichts, keine Freude, keine Erleichterung, keine Hoffnung. Nur Leere. So fühlte sie sich schon, seit sie Gades verlassen hatten. Eine seltsame Losgelöstheit hatte von ihr Besitz ergriffen. Sie beobachtete sich selbst und andere, wie es ein Fremder täte: aus einiger Entfernung. Sie konnte wieder lesen, leichte Texte, die nicht viel Konzentration erforderten, wie Äsops Fabeln. Attalus hatte bei seinem hastigen Aufbruch den größten Teil seiner Habe zurückgelassen, einschließlich seiner Bücher und seines Kochs. Seine Ausgabe von Äsop im ursprünglichen Griechisch war ein Liebhaberstück. Armer Attalus. Es war unwahrscheinlich, dass sie ihn jemals wiedersähe, selbst wenn er überlebte. Konstantius hatte unter anderem Attalus' Kopf gefordert. Vallia löste das Problem, indem er antwortete, Attalus sei geflohen. Er übergab Attalus zwei Geldbörsen mit Gold und schickte ihn am folgenden Morgen los.

Attalus hatte ihr vor seinem Aufbruch einen letzten Rat erteilt: »Hütet Euch vor Konstantius. Jeder Mann, der Euch heiratet, ist nur einen Schritt vom Thron Eures Bruders entfernt. Es sei denn natürlich, Ihr könntet den Gedanken ertragen, ihn ... Vielleicht wäre das keine so schlechte Sache. Es könnte sogar ...« Er schüttelte den Kopf und lächelte. »Vergesst, was ich gesagt habe. Ich lasse mich hinreißen. Mögen die Götter Euch ihren Segen gewähren, Placidia. Zumindest Ihr werdet bald in die Zivilisation zurückkehren.«

Mit diesen Worten schwang er sich in den Sattel. Er und seine beiden Sklaven galoppierten den Hang hinab. Am Fuß des Hanges wandte er sich um und winkte, bevor er hinter einem Korkeichenhain verschwand. Placidia hatte einen Kloß in der Kehle. Bei dem Gedanken, dass der verweichlichte Senator, den sie einst verachtet hatte, ein lieber Freund geworden war. Da ging er hin, ein Verbannter, auf dessen Kopf bald eine Belohnung ausgesetzt würde, so unbekümmert, als ritte er zu einer Feier auf dem Lande. Er wollte sich zu den Vandalen durchschlagen in der Hoffnung, dass ihr König vielleicht Verwendung für ihn hätte. Es war ebenso gut möglich, dass die Vandalen ihn gegen ein Lösegeld den Römern auslieferten.

Sie hatte einen großen Teil der Seereise mit Spinnarbeiten verbracht. Die stetige Drehung der Spindel hielt ihre Hände beschäftigt und ihre Gedanken in Schach. Das Spinnen wurde zu einer Zuflucht, wenn sie die Menschen um sich herum nicht mehr ertragen konnte, wenn Tugas Plappern oder Konstantius' ehrerbietige Aufmerksamkeiten unerträglich wurden.

Nun kam er auf sie zu. »Ich habe Euch gesucht, Nobilissima. Wir werden bald anlegen.« Er richtete seinen Umhang. Kurz darauf sagte er: »Ihr müsst froh sein, nach Hause zu kommen.«

»Ja. Natürlich.« Nach Hause. Sie wandte sich um und sah ihn an, betrachtete sein raues Veteranengesicht, das Gesicht eines Mannes, der keinerlei Zweifel hegte, wohin er gehörte. Er war klein und muskulös, mit ergrauendem Haar, einem kantigen Gesicht mit niedriger, gefurchter Stirn und einer breiten Nase, die aussah, als sei sie gebrochen und von einem unfähigen Feldscher gerichtet worden. Man hätte ihn fälschlicherweise für einen Zenturio mittleren Alters halten können, nur dass seine dunklen Augen so scharf wie die eines Falken waren.

»Der Kaiser wird erfreut sein, Euch zurückzuhaben.«

»Wirklich?« Jäh flammte Zorn in ihr auf. »Er, der nie einen Finger gerührt hat, während ich eine Gefangene war, er, den es nicht kümmerte, ob ich lebte oder tot war, und nun ist er erfreut, mich zurückzuhaben?«

Konstantius runzelte die Stirn. »Das ist nicht fair. Der Kaiser sorgt sich sehr um Euch. Unsere Situation war zur Zeit Eurer Gefangennahme verzweifelt. Der Usurpator Konstantin war unsere oberste Priorität. Hätten wir Gallien verloren, hätten wir alles verloren.« Er sah sie lange an. »Ihr wart, wie die Ereignisse zeigten, nicht in unmittelbarer Gefahr. Heute ist Italien von Eindringlingen befreit, die Usurpatoren sind tot, die Goten mehr oder weniger befriedet. Das Reich ist nun gefestigter als es seit dem Tod Eures Vaters je war. Und Ihr«, er umfasste mit einer Handbewegung den Hafen, »seid hier, in Ravenna.« Sein hartes Gesicht wurde auf einmal lebendig. In seinen dunklen, fast schwarzen Augen brannte ein Feuer, dessen sie ihn nicht für fähig gehalten hatte. »Versteht Ihr, Nobilissima? Versteht Ihr, was das bedeutet?«

Sie sah ihn an. Attalus hatte recht gehabt. Konstantius betrachtete sich selbst als den Retter Roms. Vielleicht war er es. Aber er sah sich auch als Roms nächster Kaiser. Und er bildete sich ein, dass sie das Mittel zu diesem Zweck wäre. »Ich verstehe, Flavius Konstantius«, sagte sie und blickte in die Ferne. »Vollkommen.«

Die Straße von Classis nach Ravenna hatte sich nicht verändert. Placidia beobachtete aus ihrer Sänfte, wie sich die ruhige adriatische Landschaft entfaltete: flache, smaragdgrüne Felder, die von Reihern bevölkert waren, rotgedeckte Bauernhöfe, fettes braunes Vieh auf einer Seite, Reet, Sand und Möwen auf der anderen. Die schwarzen Bodenplatten, die in regelmäßigen Abständen platzierten Meilensteine, die perfekt instand gehaltenen Brücken. Alles war so, wie es immer gewesen war. Als sie näher kamen, erhoben sich die Mauern und Türme Ravennas, in den Wasserläufen des Deltas gespiegelt.

Sie verspürte ein Ziehen im Herzen, eine Rückkehr zu den Reisen ihrer Kindheit. Im Geiste wurde das Klipp-Klapp der Pferde ihrer Eskorte einen Moment zum Trab von Stilichos Wache. Der stämmige Umriss von Konstantius, der krumm auf seinem schwarzen Hengst saß, verwandelte sich in die gebieterische Gestalt Stilichos, der sein Pferd mit müheloser Eleganz beherrschte. Stilicho war, wie Athaulf, ein hervorragender Reiter gewesen. Sie hatte nie darüber nachgedacht, aber sie hatten mehr gemeinsam gehabt als nur ihre Liebe zu Pferden. Auch Stilicho war in gewisser Weise ein Schwärmer und von ausgleichendem Wesen gewesen. Auch er hatte versucht, zwei Welten zu verbinden, und auch er war eines gewaltsamen Todes gestorben.

Letztendlich war Ravenna Stilichos Untergang gewesen. Wäre es auch der ihre? Eine unerklärliche Angst streifte sie plötzlich. Sie konnte die Wachen auf den Laufgängen sehen, das Schimmern ihrer Helme in der Sonne. Würde sie wieder zur Gefangenen, dieses Mal zu einer Roms? Sie dachte an Roderich und ihre Goten, die weit hinter dem Tross ritten. Obwohl sie gegenüber jeglicher wahren Bedrohung hilflos wären, beruhigte sie ihre Anwesenheit. Es war lächerlich, aber sie konnte dennoch nicht umhin, sich wie ein Vogel zu fühlen, der bald gefangen würde. Nachdem sie die Stadt betreten hatten, zerstreute sich ihre Vorahnung langsam. Sobald die Leute sie erkannten, eilten sie heran und jubelten. In den Straßen bildeten sich Menschenmengen, die ihr Vorankommen behinderten. Sie drängten sich auf Treppen und Kolonnaden. Das Forum war beinahe unpassierbar. Sie jubelten und winkten, als wäre sie Honorius selbst. Von Gefühlen überwältigt, winkte sie zurück. Das Jubeln nahm zu. Konstantius wandte sich um und lächelte ihr zu. Er sagte etwas, was sie nicht hören konnte, aber sie erwiderte sein Lächeln.

Sie kamen im Palasthof zum Halt. Kaiserliche Wachen in scharlachroten Umhängen flankierten die Treppe. Konstantius half ihr beim Absteigen und trat dann zurück. Trompeten erklangen. Die Höflinge wichen für Honorius zurück. Nichts hatte sich verändert, und doch schien alles anders. Die Bronzetüren, die purpur- und goldfarbene Toga ihres Bruders, der Schmuck der Höflinge verschmolzen im Gleißen der untergehenden Sonne zu einer schimmernden, wogenden Vision. War es real? Ein Traum? Oder ein Albtraum? Ihre Hand wanderte zu ihrem Hals. Anstatt der beruhigenden Berührung von Athaulfs Halsreif spürte sie Perlen und Türkise. Sie straffte die Schultern. Sie brauchte keine Gefühle, sondern Kraft, wenn sie die Zukunft erobern wollte. Mit erhobenem Kopf stieg sie die Treppe hinauf, und ihr langer Umhang aus aquamarinfarbener Seide schleifte hinter ihr über den Boden.

Honorius umarmte sie. »Kleine Schwester! Welche Freude! Gepriesen sei Gott!« Er küsste sie auf beide Wangen und führte sie dann in die Halle. Drinnen begrüßte sie eine informelle, eindeutig hastig versammelte Menschenmenge. Viele trugen noch ihre Straßenkleidung. So viele vertraute Gesichter. Senatoren, Höflinge, Freunde. Sie verbeugten sich, lächelten, drückten ihr die Hände. Honorius zog sie in einen Eingang. »Komm, ich habe eine Überraschung für dich.«

Eine grauhaarige Frau saß ein wenig verloren in einer großen Halle mit Marmorfußboden auf einer Bank, die Hände im Schoß. Placidia eilte zu ihr. »Elpidia!« Sie umarmten einander unter Lachen und Tränen. Die alte Amme wischte sich die Augen. »Dem Herrn sei Dank!« Sie sah Placidia blinzelnd an. »Ihr scheint größer. Seid Ihr gewachsen, Kleines?« Placidia schüttelte lachend den Kopf. »Nein. Aber ich bin so froh, dich zu sehen!«

»Nun, vielleicht bin ich geschrumpft. Alte Leute tun das. Und ich bin jetzt alt.« Elpidia griff nach Placidias Hand. Sie seufzte. »Jetzt, wo ich Euch wiedergesehen habe, kann ich endlich in Frieden sterben.«

»Unsinn! Du wirst nicht sterben. Du bist gekommen, um dich um mich zu kümmern.« Placidia zwinkerte Honorius zu. Es war ein Spiel, das sie viele Male gespielt hatten. Solange Placidia sich erinnern konnte, war Elpidia im Sterben begriffen. Aus Freude, aus Verdruss oder einer Vielzahl realer oder eingebildeter Leiden, aber meist bei dem Versuch, von ihren widerspenstigen Schützlingen Gehorsam zu fordern.

Honorius nickte. »Dem stimme ich zu. Meine Schwester braucht Aufsicht. Sie gerät in alle möglichen Schwierigkeiten.«

Ein glückliches, zahnlückiges Lächeln breitete sich auf Elpidias rundem Gesicht aus. Ihre Runzeln glätteten sich wie durch Magie, ihre wässrigen Augen zwinkerten. »Wenn Augustus befiehlt, muss ich gehorchen.«

»So ist es.« Er nahm Placidias Hand. »Komm, nehmen wir eine Erfrischung zu uns. Ich habe für heute Abend dir zu Ehren ein Bankett arrangiert.«

Placidia umarmte Elpidia zum Abschied. Sie lächelte ihrem Bruder auf dem Weg hinaus zu. »Ich danke dir, Honorius. Das war sehr aufmerksam von dir.«

In seinen Räumen nahm Honorius erneut ihre Hände. Er trat zurück. »Du bist so wunderschön wie immer, aber so dünn! Wir müssen dich verwöhnen!« Er wandte sich an Konstantius. »Wir werden sie wieder aufpäppeln, nicht wahr?«

Sie spürte einen Kloß in der Kehle. Sie schaute zu Honorius. Er sah nicht gut aus. Er hatte zugenommen. Tränensäcke saßen unter seinen Augen. Aber was er an Aussehen eingebüßt hatte, hatte er an Ausstrahlung gewonnen. Es war jetzt etwas Liebenswertes, fast Väterliches an ihm. Plötzlich lösten sich, wie ein brechender Damm, all die unvergossenen Tränen der letzten Wochen bei ihr. »Na, na, nicht weinen, kleine Schwester«, murmelte er und tätschelte sie. Er streichelte ihr Haar. »Du bist zurück. Wir sind wieder zusammen. Es wird genauso sein wie zu unserer Kinderzeit.« Da verspürte sie einen Funken Hoffnung. Sie war Honorius wichtig. Er schien verändert, ausgeglichener. Vielleicht könnte es wirklich wieder so sein wie in ihrer Kinderzeit, vor Stilichos Ermordung, vor Rom, vor Athaulf. Honorius sagte gerade: »Ich habe den Südflügel für dich herrichten lassen, wir werden unsere Mahlzeiten zusammen einnehmen und an der Messe teilnehmen. Du wirst meine neue Kaiserin sein.«

Das Bild der armen Thermantia stieg in ihren Gedanken auf. Als Stilichos Tochter von Honorius verstoßen, war sie kürzlich in dem Konvent in Rom gestorben, in den sie abgeschoben worden war. Placidia befreite sich sanft. Natürlich könnte es nicht sein. Nichts wäre jemals dasselbe. Sie trocknete ihre Augen und sagte so würdevoll wie möglich: »Honorius, ich bin froh, hier zu sein, und ich bin dankbar für deine Aufmerksamkeit. Ich werde als deine Kaiserin agieren, wenn du es wünschst, aber du musst begreifen, dass ich nicht mehr deine kleine Schwester bin. Ich bin die verwitwete Königin der Goten. Als solche werde ich in einem eigenen Palast leben. Ich beabsichtige, ein Hospital für Blinde zu gründen. Ich habe in Gallien ein Heilmittel entdeckt …«

Honorius sah sie an: »Königin der Goten? Dein eigener Palast?« Seine Stimme wurde schrill und laut. »Hast du den Verstand verloren?«

Sie wollte gerade eine scharfe Erwiderung anbringen, als Konstantius vortrat. »Augustus, Eure Schwester ist erschöpft. Sie braucht vor dem Bankett heute Abend Ruhe. Ihr könnt hierüber reden, wenn sie sich erholt hat. Gestattet mir, sie jetzt zu ihren Räumen zu begleiten.«

Honorius nickte und wirkte jäh ermüdet. »Natürlich. Die Reise muss sie erschöpft haben.«

Konstantius nahm ihren Arm. »Kommt, Nobilissima. Ich bringe Euch zu Euren Bediensteten.« Er führte sie die Bogengänge entlang, seine Hand fest um ihren Ellenbogen. Sie betrachtete ihn von der Seite. Sie hätte ihn nicht für fähig gehalten, Honorius so geschickt zu manipulieren. Warum hatte er es getan? Weil er sie mochte, oder weil sie ein Mittel zum Zweck war? Wie auch immer, versuchte er ihr zu Gefallen zu sein. Er könnte beim Umgang mit Honorius nützlich sein. Und doch würde auch sie wie einer dieser umherziehenden Puppenspieler an den Straßenecken Roms die Kunst des Fädenziehens lernen müssen, wenn sie nicht von Konstantius umgarnt werden wollte.

Nachdem Placidia zu ihren Frauen gegangen war, machte Konstantius an der Kanzlei Halt, um sich um einige dringliche Angelegenheiten zu kümmern, und kehrte dann in Honorius' Räume zurück. Er fand Honorius, wie üblich zu dieser Tageszeit, auf der Terrasse vor, wo er seine Vögel fütterte, sein Kaplan neben ihm. Der Kaiser wies den Kaplan gerade scharf zurecht und wandte sich dann Konstantius zu. »Was ist los mit ihr? Sie will allein leben? Ist sie verrückt geworden?«

»Augustus«, sagte Konstantius in seinem besänftigendsten Tonfall. »Es ist recht natürlich, wenn eine Witwe zurückgezogen leben möchte.«

»Nicht wenn sie in Placidias Alter ist!«

»Die Prinzessin hat mehr als nur die Witwenschaft erlitten. Sie hat ihr Kind verloren, ihren Ehemann und wurde bei einem Triumphzug fast getötet. Zeigen wir ihr gegenüber im Moment Geduld.«

»Ihr habt vermutlich recht, Konstantius«, Honorius zuckte die Achseln, »aber eine unverheiratetes, hilfloses Mädchen kann nicht einfach allein leben.«

Konstantius unterdrückte ein Lächeln. Placidia betrachtete sich gewiss nicht als »hilfloses Mädchen«. »Wie Ihr sagt, ist sie jung. Sie wird sich nur allzu bald langweilen. Und dann wird sie an den Hof zurückkehren.«

Honorius warf eine Handvoll Körner in einen silbernen Käfig. »Vielleicht«, sagte er nachdenklich, »sollten wie einen Ehemann für sie suchen.«

Konstantius sprach bewusst ohne jede Regung. »Ist das nicht ein wenig verfrüht, Augustus?«

»Sie war schon immer eigensinnig und ein wenig rebellisch. Ihr Leben als Königin der Goten hat das verstärkt. Wird sie nicht von einem Mann kontrolliert, so kann man nicht wissen, was sie als Nächstes tun könnte.«

Es war der perfekte Augenblick, dachte Konstantius. Es würde vielleicht nie einen Besseren geben. »Der Ehemann«, sagte er, »müsste sorgfältig ausgewählt werden.«

»Das ist wahr, Konstantius. Andererseits habe ich keine Erben. Placidia würde mir die Erben schenken, die ich brauche, um die Erbfolge zu sichern. Wenn ich darüber nachdenke«, Honorius streichelte über den Kopf eines Goldzeisigs, »warum heiratet *Ihr* sie nicht?«

Konstantius spürte, wie ihm das Blut in den Kopf schoss. Es konnte nicht sein. Honorius musste ihn prüfen wollen. Es gab nur eine Möglichkeit, mit dieser Sache umzugehen, und das war Offenheit. Er lächelte. »Ich, Augustus? Ich wäre die schlechteste mögliche Wahl. Ich könnte das Heer als der Ehemann Eurer Schwester dazu bringen, mich zum Kaiser zu ernennen.«

Honorius wandte sich um. Er betrachtete ihn einen Moment genau. »Wisst Ihr«, sagte er, »irgendwie glaube ich nicht, dass Ihr es tun würdet. Usurpatoren neigen dazu, riskant zu leben. Ihr glaubt an Ordnung und Dauerhaftigkeit. An das Gesetz. Vielleicht sogar an Treue.«

Konstantius sah ihn an. Er war erstaunt. Honorius konnte ihn mit diesen Momenten der Erkenntnis immer noch überraschen. Er verspürte nicht zum ersten Mal so etwas wie Zuneigung für diesen schwachen jungen Mann, der ein Viertel der Welt regierte.

»Augustus«, begann er, »mir fehlen die Worte. Ich fühle mich ungemein geehrt, aber es ist wirklich verfrüht. Eure Schwester ist nicht bereit. Und ich …«, er hob hilflos die Hände und suchte nach Worten. »Ich war nie verheiratet. Sie will mich vielleicht nicht. Ich bin nur ein einfacher Soldat. Ich sehe nicht gut aus. Ich bin vielleicht ein guter Heerführer, aber weder kultiviert noch wortgewandt.« So hatte er es nicht geplant. Die Worte stürzten einfach aus ihm hervor. Seltsamerweise waren es, so wahr sie auch waren und so taktisch falsch, die richtigen Worte gewesen. Das war die Wahrheit häufig. Konstantius fühlte sich nicht blamiert, sondern erleichtert.

Honorius legte eine Hand auf seine Schulter. »Ihr, Konstantius, seid ein besserer Mann als all diese wohlerzogenen Höflinge, von denen ich umgeben bin. Und was Placidia betrifft, so könnte sie es weitaus schlechter treffen. Wie dem auch sei, sie wird in dieser Angelegenheit nichts zu sagen haben.«

Das abendliche Bankett zu ihren Ehren war ein großer Erfolg gewesen. Es zog sich bis in die frühen Morgenstunden hin. Als Placidia schließlich ins Bett sank, kroch das erste Licht der Dämmerung bereits unter der Tür hindurch. Honorius war ausgezeichneter Stimmung gewesen, so charmant und leutselig, wie er es sein konnte, wenn er wollte.

Sie schloss die Augen. Der große Bankettsaal war wie ein ägyptischer Tempel dekoriert worden, mit Teichen voller Lotusblumen und Statuen des Horus. Myrrheduft hing in der Luft. Es gab Teppiche aus karmesinroten Blütenblättern und Pyramiden aus exotischen Früchten. In Marmorspringbrunnen floss der rubinrote Wein von Chios. Nubische Sklaven in Leopardenfellen servierten im Licht einer Unzahl von Fackeln Delikatessen, deren Existenz sie fast vergessen hatte: Flamingozungen in Gelee, Räucheraal, mit Mandelcreme gefüllte Drosseln, Bilche in Falernerwein, die mit reifen Feigen, Honig und Nusskuchen gemästeten Lebern weißer Gänse, die auf der Zunge zergingen.

Ein Meer von Gesichtern. Die alten Familien, viele ihrer Freunde, namhafte Senatoren, bewährte Höflinge waren eingeladen worden. Aber es gab auch viele neue Gesichter: neue Heerführer, Beamte und kirchliche Würdenträger. Konstantius stellte sie einem seiner neuen Heerführer vor: Castinus, ein stämmiger Skythe mit wilden schwarzen Augenbrauen, der sich im Feldzug gegen Heraklian hervorgetan hatte. Er war ihr auf Anhieb unsympathisch. Wesentlich sympathischer war ihr der große und elegante Ioannes, der neue kaiserliche Justitiar. Als sie ihn fragte, ob er Grieche sei, erklärte er ihr seinen Akzent. »Nein, Nobilissima. Ich bin Römer, aber durch einen Zufall wuchs ich in Athen auf, wo mein Vater der Abgesandte Eures Bruders war. Ich bin, abhängig von meiner Stimmung, entweder Grieche oder Römer.« Er fügte mit wehmütigem Lächeln hinzu: »Und manchmal glaube ich beides zu sein.«

Sie erwiderte sein Lächeln. »Ich weiß genau, was Ihr meint.« Auch er schien, trotz seines gebildeten Auftretens, einer von Konstantius' Männern zu sein. Candidianus war es, wie sie erleichtert bemerkt hatte, nicht. So mächtig wie je und dicker denn je, hatte der erste Minister ihres Bruders sie mit salbungsvoller Ehrerbietung begrüßt. Sie hatte in Konstantius' Augen Abneigung aufflackern sehen, als Candidianus sich abwandte.

Wenn sie diesen unergründlichen Strom des Ehrgeizes, der um Honorius' Thron wogte, bewältigen wollte, würde sie Anleitung brauchen. Jemanden, dem sie vertrauen konnte. Jemanden wie Padusia. Sie hatte kaum Zeit gehabt, ihre Freundin aus Kindertagen zu umarmen und einige wenige geflüsterte Worte zu wechseln, als Padusia ihr auch schon ihren Ehemann vorstellte. »Oh!«, rief Placidia aus. »Ihr seid genau so, wie Eure Frau Euch in ihren Briefen beschrieben hat, nur stattlicher.« Felix war Anfang dreißig, groß und schmalschultrig, wurde verfrüht kahl und besaß lebhafte Augen und anmutige Hände. Er hatte es als ehrgeiziger kleinstädtischer Senator mit Hilfe von Padusias Beziehungen geschafft, sowohl Konstantius als auch Honorius nahezukommen.

Er verbeugte sich. »Ihr schmeichelt mir, Nobilissima.«

Padusia wandte sich an Placidia. »Seine Freunde vergleichen ihn mit dem Wein von seinen Ländereien an den Hängen des Vesuvs: leicht und fruchtig, angenehm am Gaumen, aber mit einer Tiefe und einer Prägung, die man zunächst nicht erwartet. Wenn er nicht jedermann mit seiner Belesenheit beeindruckt, verbringt er endlose Stunden im Senat und debattiert über Politik.« Obwohl es leicht und mit einem Lächeln dahin gesagt wurde, schwang bei der Beschreibung ein enttäuschter Unterton mit. Placidia sorgte sich jäh um ihre Freundin. Konnte es sein, dass Padusia, die ihren Mann zu lieben schien, nach nur vier Jahren Ehe unglücklich war?

Padusia schien einen Großteil ihrer Lebhaftigkeit verloren zu haben, obwohl sie überglücklich gewesen war, Placidia wiederzusehen. Sie war kleiner als Placidia und trotz einer Tendenz zur Rundlichkeit hübsch, wies aber noch immer die weiße, fast durchscheinende Haut und das lockige kastanienbraune Haar auf, um die sie von allen ihren Freundinnen beneidet wurde. Sie besaß einen schnellen Verstand. Padusia war, wie sie selbst, in frühem Alter verwaist. Ihre Mutter starb bei einer Geburt. Ihr Vater, der in Germanien Provinzgoverneur gewesen war, starb während der heldenhaften Verteidigung Treverorums, als die germanischen Stämme den zugefrorenen Rhenus überschritten. Ihre beiden Brüder dienten an der Rhenusgrenze. Ein Bruder wurde gefangengenommen und verschwand. Der andere Bruder konnte, obwohl er geblendet wurde, entkommen und nach Rom zurückkehren, wo er ein Mönch mit dem Ruf wurde, Wunder wirken zu können. Einer von Padusias Onkeln war Bischof von Ravenna, der andere Onkel Präfekt von Rom.

Als die Zeit kam, sich zum Essen niederzulassen, ehrte Honorius Placidia, indem er sie auf die kaiserliche Liegestatt bat. Konstantius, auf der Liege zu ihrer Linken, wirkte weniger steif als auf ihrer Reise vom Gades hierher. Nach einigen Bechern Wein konnte er sogar lustig sein. Er erzählte ihr die Geschichte, wie er auf Heraklians Flaggschiff Karthagos Schatz entdeckt hatte. »Wir wussten nicht einmal, dass Heraklian ihn gestohlen hatte. Ihr habt Didius gesehen, meine Ordonnanz, den Großen mit der Narbe? Er war in seiner Jugend ein berühmter Gladiator. Die Leute nannten ihn ›Schwergewicht‹. Er war auf

Heraklians erobertem Schiff, als er auf einige Sklaven traf, die sich abmühten, Getreidesäcke aus einem der Lagerräume zu entladen. Sie konnten sie, trotz der Peitsche des Aufsehers, kaum zu der Rampe zerren. Didius beobachtet sie einen Moment, drängt sie dann beiseite und packt einen der Säcke. Er versucht ihn hochzuheben. Runzelt die Stirn. Flucht. Versucht es erneut. Dann schlitzt er ihn mit seinem Dolch auf. Getreide rieselt heraus, gefolgt von einer Lawine Silberbarren. Seitdem bezeichnen ihn die Soldaten mit dem Spitznamen ›Körnergewicht‹. Das ärgert ihn schrecklich.«

Konstantius lächelte erfreut, als sie in Lachen ausbrach. Er hatte zuvor für sie Partei ergriffen. Heute Abend hatte er sie fast wie ein Freund behandelt. Vielleicht hatte sich Attalus geirrt. Vielleicht wollte Konstantius keine Ehefrau, sondern einen Verbündeten? So lächerlich es schien, dass dieser großartige Heerführer sie als Verbündete haben wollte, ergab es Sinn, wenn man das Temperament ihres Bruders bedachte. Ein Bündnis mit Konstantius könnte sehr nützlich sein. Sie nahm eine weiteres Stück Honigkuchen und dachte darüber nach. Als sie den Blick von ihrem Teller anhob, erhaschte sie Konstantius' Blick. Um ihre Überraschung zu verbergen, steckte sie sich den Kuchen in den Mund. Diesen Blick hatte sie schon früher in den Augen der Männer gesehen. Konstantius könnte dennoch nützlich sein, aber es würde die Dinge erheblich erschweren.

Das Thema ihres zukünftigen Wohnsitzes wurde nicht wieder angeschnitten. Und doch kehrten ihre Gedanken immer wieder zu dieser Frage zurück, während sie zuhörte, lächelte, nickte und Gesichter, Stimmungen und Informationen verarbeitete. Schließlich fiel ihr die Antwort ein.

Sie hatte eine verschwommene Erinnerung an Besitztümer in Italien und Afrika, aber vor allem an einen alten Palast in Ravenna, welcher der Familie ihrer Mutter gehört hatte. Außer Elpidia waren noch eine Anzahl anderer Mitglieder des Haushalts in Rom nach Ravenna entkommen, einschließlich Leontius, ihrem Verwalter. Ihn würde sie morgen zuerst zu sich rufen.

Placidia erwachte am Morgen voller Energie. Es hatte während der Nacht geregnet. Die gestrige Septemberhitze war einem klaren Tag mit blauem Himmel gewichen, einem ersten Hauch von Herbst in der frischen Luft.

Tuga, die sich von ihrer Seekrankheit erholt hatte, legte mit grimmiger Miene Placidias Kleidung zurecht. Gestern hatte Tuga, von einem aufgeblasenen schwarzen Kammerherrn und seinen Palastsklaven zu Placidias Räumen geführt, sich zu ihrer vollen Größe aufgerichtet und die Schar Mädchen betrachtet, die gekommen waren, um Placidia anzukleiden. Mit den Händen auf den Hüften bellte sie in gebrochenem Latein: »Ich ziehe Königin allein an! Hier«, sie drückte ihnen einen Stapel Wäsche in die Hände, »wascht das!« Als sie wie von einer Löwentatze verscheuchte Mäuse davonhuschten, brach Placidia in Lachen aus. »Gut gebrüllt, Tuga.«

Als sie nun Tuga mit ihren blonden Zöpfen betrachtete, empfand sie erneut Bewunderung für ihren Mut. Tuga hatte keinen Moment gezögert, ihr zu folgen. »Mein Platz ist an der Seite meiner Herrin«, hatte sie schlicht erklärt. Es klopfte an der Tür, und ein Wächter streckte den Kopf herein. »Leontius ist hier, Nobilissima.« Leontius, der Verwalter ihrer Geschäftsangelegenheiten, war vor langer Zeit von Stilicho ernannt worden.

Eine Stunde später saß sie da und betrachtete die Zahlen auf einem Stück Papyrus. Hinter den ordentlichen Zahlenreihen steckten ausgedehnte Ländereien: in Italien, in Sizilien, in Karthago. Es waren Maße für den jährlichen Verkauf von Weizen, Öl und Wein aufgeführt, von gekauften und verkauften Sklaven. Sie fand Zahlen über Pachterträge, über einen Anteil an einer spanischen Silbermine, über ein Schifffahrtsunternehmen in Ephesus. Über einen Bauernhof in der Nähe von Baiae, der Drosseln und Flamingos züchtete. Placidia entdeckte, dass sie Güter in Hippo und Karthago besaß. Sechsstöckige Wohnhäuser in Rom, in Alexandria, in Syrakus. Die Villa ihrer Tante am Palatin in Rom. Die Stadtresidenz ihrer Mutter in Konstantinopel. Einen Palast in Ravenna.

Es gab auch Ausgaben, enorme Ausgaben. Zehntausende von Solidi. Futter. Nahrung für Sklaven, Gehälter für Aufseher, Transportkosten. Die Anschaffung von Ochsen. Versunkene Schiffe. Nicht mehr eintreibbare Schulden ... Aber der Saldo war dennoch beeindruckend. Sie brauchte keinen Abakus, um zu erkennen, wie reich sie war. Selbst wenn sie berücksichtigte, was Leontius vielleicht veruntreut hatte, war sie reich, sehr reich. Sie legte das Blatt mit ausdruckslosem Gesicht hin.

Der Grieche, der ihre Reaktion falsch interpretierte, sagte hastig: »Ihr müsst verstehen, Nobilissima. Die Zeiten sind hart. Mindestens die Hälfte Eurer italienischen Besitztümer wurden von den Goten geplündert. Sklaven liefen davon, Vieh ging verloren. Die Ernten ... Nächstes Jahr ...«

Sie unterbrach ihn mit erhobener Hand. »Ich verstehe.« Sie sah ihn streng an. »Im Osten waren keine Barbaren. Und zwei Drittel meines Besitzes liegt im Osten.«

Der Grieche erbleichte. »Nobilissima, ich versichere Euch ...«

Sie unterbrach ihn erneut. »Stellt sicher, dass sich die Gewinne im nächsten Jahr verdoppeln. Was nun diesen Palast hier in Ravenna betrifft – steht er leer? Kann ich dort einziehen?«

»Ein reicher Schiffsbesitzer und seine Familie leben dort. Es wird ihm nicht gefallen, aber ich kann ihn mit kaiserlichem Befehl bis zum Ende nächster Woche veranlassen auszuziehen.«

Sie nickte. »Tut das.«

Nun musste sie nur noch Honorius überzeugen. Wenn sie erst in ihrem eigenen Palast lebte, könnte sie beginnen, ihr Leben neu aufzubauen.

Mit dem Herbst kam der dichte Nebel, der Ravenna häufig wochenlang umhüllte. Placidia, die aus dem Fenster in das Grau blickte, sehnte sich nicht zum ersten Mal nach dem sonnigen Winterhimmel in Rom. Alles war grau. Die Luft, der Himmel, sogar die schmalen Boote, welche die Kanäle in dieser auf das Wasser gebauten Stadt befuhren. Wie konnte außer Fröschen irgendjemand an solch einem Ort glücklich sein?

Aber was war andererseits Glück? War sie unglücklich? Hätte sie jemand gefragt, hätte sie keine klare Antwort geben können. Sie war nicht glücklich, dessen war sie sich sicher, aber war sie wirklich unglücklich? Der heftige Schmerz der Vergangenheit war einer dumpfen, resignierten Leere gewichen. Ihr Kaplan sagte ihr, so heile das Herz, dass die Zeit alles richtete. Aber was konnte ein ältlicher Priester, obwohl er ein freundlicher und gebildeter Geistlicher war, der ihr von Padusias Onkel empfohlen wurde, schon über das Walten ihres Herzens wissen?

Sie suchte in Geschäftigkeit Zuflucht. Der Umzug in ihren Palast, die Renovierung des Gebäudes, unzählige gesellschaftliche Ereignisse, Pläne für das Hospital erforderten während des Tages all ihre Energie. Nur bei Nacht, in der Stille ihres Arbeitszimmers, wenn sie ihr Ebenholzkästchen aufschloss und ihre Schreibutensilien herausnahm, wandten sich ihre Gedanken nach innen. In langen Briefen, die er niemals lesen würde, teilte sie ihr Leben mit Athaulf.

Honorius hatte dem Umzug in ihren Palast zu ihrer Überraschung kaum Widerstand entgegengesetzt. Er hatte ihr sogar Möbel und antike Bronzeskulpturen aus dem kaiserlichen Palast angeboten. Außerdem hatte er die Schirmherrschaft für das geplante Hospital für Blinde übernommen. Sie hatte dies zunächst seinen Stimmungsschwankungen zugerechnet. Erst als er sie während einer Plenarsitzung des Senats darüber informierte, dass sie Konstantius heiraten sollte, begriff sie schlagartig ihre Lage. Von ihrem Bruder und seinem Heerführer vor dem gesamten Senat in die Enge gedrängt, hatte sie verzweifelt nach einem Ausweg Ausschau gehalten. Sie hatte einige vage erinnerte Schriftstücke der Kirchenväter zitiert, welche die Wiederverheiratung von Witwen missbilligten. Zu ihrer Überraschung unterstützten sie mehrere Senatoren, einschließlich des Sprechers des Hauses, die zweifellos einen noch mächtigeren Konstantius fürchteten. Um Zeit zu gewinnen und Honorius zu beschwichtigen, hatte sie versprochen, den Bischof von Ravenna um geistlichen Rat zu fragen. Das war vor einer Woche gewesen.

Ein Klopfen weckte sie aus ihren Grübeleien. Sie wandte sich vom Fenster ab. »Ja?«

Gainsrich sagte: »Die Herrin Padusia möchte Euch aufsuchen.«

»Führt sie herauf. Und lasst Erfrischungen bringen.«

»Warum willst du ihn nicht heiraten?«

Placidia sah Padusia überrascht an. Es gab doch so viele Gründe. Offensichtliche und weniger offensichtliche.

Sie nannte den einfachsten Grund. »Ich liebe ihn nicht.«

»Das ist lächerlich!«, rief Padusia energisch aus. »Keine Frau liebt ihren Ehemann. Und selbst wenn du ihn liebtest – wie lange würde es anhalten? Hast du jemals darüber nachgedacht, wie dein Leben sein wird, wenn du unverheiratet bleibst? Es wird dir nur die Religion bleiben. Du wirst wie Paula enden, eine halbe Nonne, die Visionen hat!«

Placidia sagte: »Das finde ich nicht so schrecklich.«

Padusia beugte sich zu ihr. »Schau, ich verstehe, wie du dich fühlst. Das tue ich wirklich. Aber es ist verrückt. Du bist wunderschön, du bist klug, du bist die Schwester des Kaisers …« Sie hielt stirnrunzelnd inne. »Ist er dir so zuwider?«

Placidia schüttelte den Kopf. »Nein, eigentlich nicht. Er ist nur … ich sagte es dir bereits. Die Wahrheit ist, dass ich nicht wieder heiraten will. Ich habe Athaulf geliebt. Und er hat mich geliebt. Danach …«

Padusia nahm ihre Hand. »Placidia, schau. Das Leben ist kurz. Ich bin nur fünf Jahre älter als du, und ich habe bereits mehr Falten, als ich zählen mag. Als wir uns damals verlobten, war Felix ziemlich vernarrt in mich. Wir mögen einander immer noch, aber seit der Geburt unseres letzten Sohnes kommt er kaum noch in mein Bett. Liebe ist nicht wichtig. Die Zukunft ist wichtig.« Sie senkte ihre Stimme. »Dein Bruder ist – nun, er ist unberechenbar. Konstantius ist vielleicht ein Emporkömmling, aber er ist kein schlechter Mensch. Seine Soldaten bewundern ihn. Er hat das Heer hinter sich. Du wirst vor Honorius sicher sein. Eines Tages wird ein Sohn von dir das Reich regieren. Denk an deinen Vater. Glaubst du nicht, dass er das für dich gewollt hätte?«

Durch Placidias Schweigen ermutigt, fuhr Padusia fort: »Und da ist noch etwas. Wenn du ihn nicht heiratest, wird er jemand anderen heiraten. Er ist einer jener Junggesellen, die den Sprung im letzten Moment, unmittelbar bevor ihnen die Zähne ausfallen, wagen. Wollte er jemals nach der Krone greifen – ich sage nicht, dass er das tun würde, ich sage nur, dass er es tun könnte –, könnte deine Position extrem gefährdet sein. Das ist natürlich der Grund dafür, warum Honorius will, dass du ihn heiratest. Er versucht sich Konstantius' Loyalität zu sichern, indem er ihn an seine Familie bindet, genauso wie dein Vater es mit Stilicho gemacht hat.«

Placidia blickte auf die Spitze ihrer Sandale. »Oh, ich weiß, was er tut. Oder was Konstantius ihn glauben macht, was er täte. Ich frage mich«, sagte sie, »wessen Idee es ursprünglich war. Attalus hat mich vor Konstantius gewarnt. Damals dachte ich, er bilde sich Dinge ein.«

»Es ist gleichgültig, wessen Idee es war. Wenn du ihn heiratest, wirst du vor beiden sicher sein. *Und* du wärst die mächtigste Frau im Reich.«

Padusias gutgemeinte Beharrlichkeit nagte allmählich an Placidias Nerven. »Lass uns von etwas anderem reden, ja? Ich bin das Thema leid. Ich musste meinem Bruder gestern Abend eine Stunde lang zuhören, wie er Konstantius' Tugenden pries. Erzähl mir von Claudia. Ist sie noch in Karthago? Hat sie einen Ehemann gefunden? Hat Hieronymus seinen Kommentar endlich beendet? Ich habe seit über einem Jahr keinen Brief mehr von ihr bekommen.«

Sie sprachen während der nächsten Stunde über alte Freunde, über den Senat, die verschiedenen Strömungen und Unterströmungen politischen Lebens, über die Flüchtlinge, die aus Afrika und dem Osten zurückkamen, darüber, wie Claudia sich in Karthago unsterblich in

Bonifaz verliebt hatte, der stattdessen seine langjährige Verlobte heiratete. Placidia empfand bei dem Gedanken an Bonifaz leichte Traurigkeit. Er hatte ihr in Gallien ein- oder zweimal geschrieben, vor Massilia. Seitdem hatte sie nur durch andere von ihm gehört. Aber sie hatte ihm seine Aktionen in Gallien nie vorgeworfen. Krieg war Krieg.

Nachdem Padusia gegangen war, saß Placidia gedankenverloren da. Sie blickte auf die Narben an ihren Handgelenken. So ungern sie es auch zugab, hatte Padusias Rat sie nicht unberührt gelassen. Placidia erhob sich und rief nach ihrem Umhang. Sie musste ihre Gedanken sammeln. Sie wollte auch nachsehen, wie die Arbeiter heute vorangekommen waren.

Der gewölbte Durchgang unter den Küchen, von Fackeln in verrosteten Wandhalterungen trübe beleuchtet, war feucht und kalt. Von der Kapelle am anderen Ende erklangen die Stimmen der Arbeiter und Hammergeräusche. Placidia hatte zu ihrer Freude entdeckt, dass die Villa, wie viele Heime reicher Christen, eine Hauskirche besaß, einen geheimen unterirdischen Raum, in dem die Besitzer während der Jahrhunderte der Verfolgung Mitchristen zu einer einfachen Mahlzeit und der Abendmahlsfeier empfingen. Als das Christentum nach Konstantin erst rechtmäßig wurde und dann in Mode kam, gab man diese häuslichen Andachtsstätten zugunsten der neuen oberirdischen Kirchen auf.

Placidia ließ die Kapelle wiederherstellen. Ein Großteil des Verputzes war herabgefallen und hatte grobe Ziegel enthüllt. Doch es gab auch einige Originalfresken: ein hübsches, verblasstes Bild des Jordan-Flusses, mehrere Darstellungen von Fischen, dem Geheimsymbol der frühen Christen. Die Decke wurde von Steinsäulen gestützt. Öllichter flackerten auf dem Gerüst und auf einem mit Werkzeugen übersäten, auf Böcken stehenden Tisch. Der Baumeister und der Mosaizist diskutierten gerade über den frischen Stuck an der Wand hinter dem Altar. Dort hatte sie ein blaues Mosaik mit zwei weißen Tauben, die aus einer goldenen Schale trinken, in Auftrag gegeben, von den heiligen Peter und Paulus flankiert. Der Mosaizist verbeugte sich. »Nobilissima. Ich fange morgen mit den Vorzeichnungen an. Der Verputz trocknet langsamer, als ich dachte.« Er spreizte die Hände. »Die Feuchtigkeit …«

»Ich verstehe, Eugenius. Stellt nur sicher, dass es bis zu den Nonen des Dezembers fertig ist. Geht jetzt. Ich möchte allein sein.« Eugenius war ein Freigelassener aus Tarentum, ein talentierter Mosaikkünstler, der ihr von Ioannes, dem kaiserlichen Justitiar, empfohlen wurde, als sie die neuen Mosaiken in seinem Speisesaal bewunderte.

Eugenius neigte den Kopf. »Ich komme später zurück, um die Lampen zu löschen.« Sie packten rasch ihre Werkzeuge ein und gingen.

Placidia liebte diese kleine, friedliche Zuflucht. Es war ein heiliges Juwel, dem sie ihre Zuneigung widmen konnte. Die Kapelle roch nach feuchtem Putz, nach neuem Holz, nach Sägespänen, nach Pech und nach feinem, weißem Marmorstaub. Der Geruch des Bauens, der Erneuerung, des Glaubens. Alle neuen Gebäude rochen so. Salomos Tempel musste so gerochen haben. Der Geruch des Vertrauens in die Zukunft, in sich selbst, in Gott. Denn ohne Vertrauen konnte es keine Zukunft und kein Gebäude geben.

Sie setzte sich auf einen Hocker. Die Wände dieser Kapelle waren von den Geistern jener durchdrungen, die hier unter Lebensgefahr gebetet hatten. Sie stellte sich die Generationen von Männern und Frauen vor, die sich in diesem Raum, wie in so vielen anderen, versammelt hatten. Die Vergangenheit begann zu ihr zu sprechen. Sie bat sie, ihre Geschichte zu erzählen, sie vor dem Vergessen zu erretten, ihr Überleben sicherzustellen. In bunten Bildern, welche die Einfältigen und Ungebildeten lesen konnten. Überall im Land gab es eingestürzte Kirchen, geplündert und in Brand gesteckt, deren christliche Bilderzyklen zerstört dalagen.

Padusias Stimme hallte in ihren Gedanken wider: »Du wärst die mächtigste Frau im Reich.« Wenn sie Konstantius heiratete, könnte sie nicht nur die zerfallenden Kirchen wiederherstellen. Sie könnte hinter den Kulissen das weströmische Reich wieder so neuaufbauen, wie sie diese Kapelle wiederherstellte. Ein starkes Heer, vom fähigen

Schwager des Kaisers geführt. Eine kompetente, von Schmarotzern befreite Regierung, von sorgfältig ausgewählten Leuten geführt. Ein dauerhaftes Bündnis mit den Goten, auf gegenseitigem Nutzen und Respekt gegründet, das Rom auf Jahrzehnte, vielleicht sogar Jahrhunderte hinaus Schutz gewähren könnte.

Konstantius hatte, trotz seiner zur Schau gestellten Sicherheit, in gewissem Sinne Scheu vor ihr. Und er begehrte sie. Sie würde ihn beeinflussen können. Gemeinsam könnten sie Honorius kontrollieren. Ihr Bruder, durch seine Ausschweifungen ausgelaugt, wurde immer phlegmatischer. Er wäre vielleicht erleichtert, die Sorge um die Regierung Konstantius zu überlassen, solange er sich weiterhin damit amüsieren konnte, Singvögel zu sammeln, Wettrennen zu organisieren oder sich mit einem kostspieligen und lächerlichen Triumphzug zu belohnen, wie derjenige, der für den nächsten Monat in Rom geplant war, oder sich einfach im Glanz dessen zu sonnen, Cäsar zu sein.

Der Preis, den sie dafür bezahlen müsste, wäre ihre Freiheit. Das war das von ihr verlangte Opfer. Ihr Weg war schon vor langer Zeit vorgezeichnet worden, in Burdigala, durch die Worte der Madonna des heiligen Lukas. Es war ihr verheißen, sie würde zur Mutter einer Nation. Sie hatte es damals so verstanden, dass sie zur Mutter der Goten würde. Nun wurde ihr die wahre Bedeutung dieser Worte klar. Sie beugte den Kopf und nahm ihr Schicksal an. Sie würde die Mutter Roms werden.

Rom, Frühjahr 417

Obwohl es die ganze Nacht geregnet hatte, stieg am Morgen von Honorius' Triumphzug die Sonne über dem nebelverhangenen Tiber auf. Kurz vor der dritten Stunde hallte der Palast der Cäsaren auf dem Palatin von Trompeten wider. Unter dem Säulengang des Nordflügels reichte Honorius Placidia seinen Arm. Er lächelte: »Komm, kleine Schwester.«

Sie erwiderte das Lächeln. Honorius war, wie der Junge, der er einst gewesen war, vor Freude errötet. Sie waren einen Moment wieder Kinder. Sie sah ihn vor ihrem geistigen Auge gefährlich in den Zweigen eines Feigenbaums balancieren, während er versuchte, eine besonders üppige Frucht für sie zu erreichen. Nur, dass die purpurne, mit Goldsternen verzierte Toga, das Elfenbeinzepter und der goldene Lorbeerkranz auf seinem Haupt nicht die Schmuckstücke ihrer kindlichen Spiele, sondern die Insignien eines Heroen, eines Triumphators waren.

Vielleicht war sie wegen dieser Feier zu hart, zu kritisch gewesen. Sie hatte sie als eine Parodie der Vergangenheit angesehen. Aber aus Honorius' Sicht, aus der Sicht des römischen Volkes, war es ein Triumph: Die Usurpatoren waren alle besiegt worden, die Goten waren befriedet, sie war zurückgekehrt, und der arme Attalus lag in Ketten. Das Reich hatte überlebt. Obwohl Honorius nichts davon selbst bewirkt hatte, kam ihm das ehrwürdige Amt zu, das alles zusammenhielt: Ohne den Kaiser konnte es keine Einheit geben. Sie nahm seinen Arm. Nur noch wir, dachte sie, während sie die Treppe hinabgingen, sind von unserem Vater übriggeblieben. Theodosius' zwei verbliebene Kinder, die Erben seines Traumes.

Placidia stieg in ihre offene Sänfte. Honorius kletterte auf eine vergoldete Quadriga, die von vier weißen Rossen gezogen wurde. Mit aufgerichtetem Rücken, einen Lorbeerzweig in einer und das Elfenbeinzepter in der anderen Hand, wirkte er beinahe beeindruckend. Konstantius, im vergoldetem Brustpanzer und karmesinrotem Umhang, wartete auf seinem schwarzen Hengst. Die Prozession setzte sich auf ein Zeichen hin in Bewegung.

Zwölf Liktoren schritten dem Kaiser voran, ihre zeremoniellen Liktorenbündel für diese Gelegenheit von Lorbeerkränzen geschmückt. Sie stellte sich vor, wie die Liktoren in alter Zeit mit rotgebundenen Birkenruten den Weg für den Kaiser freigemacht hatten.

Die Magistrate und Senatoren in ihren purpurn gesäumten Togen folgten zu Fuß. Der kränkliche Bischof von Rom, Innozenz, der zu schwach war, um laufen zu können, wurde, von seinem Klerus umgeben, in einer Sänfte getragen. Verschwunden waren die zu opfernden weißen Ochsen aus früheren Zeiten, der Sklave im Triumphwagen des Siegers, die geflüsterten Ermahnungen an die Sterblichkeit in das Ohr des siegreichen Heerführers, die derben Lieder der Soldaten, die ihren Befehlshaber an diesem Tag verspotten durften, um den bösen Blick abzuwenden. Das Heer war nun anders. Jetzt trugen sie das heilige Labarum, die Standarte von Konstantin dem Großen, mit dem griechischen Chi-Ro, dem Monogramm Christi, dem Symbol des christlichen Rom.

Sklaven in Pantherfellen trugen die traditionell bemalten Tafeln: besiegte Barbaren, die zu Füßen siegreicher Römer knieten, bebilderte Karten zurückeroberter Gebiete: Gallien, Aquitanien, Narbonensis, Tarraconensis und Baetica, ebenso wie grausige Bilder der Vergeltung: die einbalsamierten Köpfe von Heraklian, Sebastian und Konstantin, auf lebensgroße Strohpuppen aufgesetzt. Schließlich kam, in einem fahrbaren Käfig, Attalus in Ketten. Placidia wandte den Blick ab. Wie sie vermutet hatte, war er von den Vandalen verraten und den Römern gegen ein Lösegeld übergeben worden. Sie hatte Honorius vergeblich angefleht, ihn nicht in Ketten zu legen, hatte aber wenigstens sein Leben retten können. Anstatt nach dem Triumph im Mamertin-Gefängnis stranguliert zu werden, würde ihm lediglich die linke Hand abgehackt. Danach würde er auf die Insel Lipari ins Exil geschickt. Als er von seiner Begnadigung erfahren hatte, gelang es ihm, ihr aus dem Gefängnis eine zerknitterte Notiz zukommen zu lassen. Er schien frohen Mutes und so leichtfertig wie je: »Ich bin Euch dankbar, meine liebe Freundin, für diesen Aufschub, auch wenn ich auf Lipari wahrscheinlich vor Langeweile sterben werde. Ich freue mich auf unsere Unterhaltungen in der nächsten Welt. Mögen alle Götter, Christen und Heiden, Euch segnen, liebe Placidia!«

Der Zug wand sich seinen Weg den Palatin hinab, an Gärten mit Zypressen vorbei, unter denen ein Teppich aus Frühlingsblumen wuchs. Sie betraten das Forum durch den Konstantinsbogen und zogen zum Klang von Flöten und Zimbeln langsam die Via Sacra entlang. Die letzten Nebelfetzen hatten sich gehoben. Sonnenschein badete Rom. Die größte Stadt auf Erden lag in all ihrer Pracht vor Placidia. Die Denkmäler waren trotz der Geldknappheit restauriert worden. Man hatte die geschwärzten Ruinen des Forums neu aufgebaut. Das Dach des Senats war ersetzt worden. Die Säulengänge und Statuen erstrahlten in ihren ursprünglichen Farben, bernsteingelb, lapislazuliblau, safran und zinnoberrot. Sie wirkten ein wenig zu leuchtend, vielleicht zu neu, aber dennoch hatte Honorius Rom seine Würde zurückgegeben.

Die Menschenmenge, freudig erregt durch die Aussicht auf kostenlosen Wein und Fleisch bei den späteren Straßengelagen, drängte vorwärts. Sie jubelten, riefen in Sprechchören Honorius' und Konstantius' Namen sowie ihren Namen und winkten. Placidia winkte zurück. Es waren dieselben Leute, die ihr während der schrecklichen Belagerung Roms zugejubelt hatten, die ihr durch die Straßen gefolgt waren, denen sie geholfen hatte, in Schutzräumen für die Verhungernden Beistand zu leisten. Als sie das Forum das letzte Mal durchquert hatte, war dies nicht in einer mit Seidenkissen ausgeschlagenen, aus Ebenholz gebauten Sänfte gewesen, sondern als Gefangene der Goten auf den rauen Planken eines Ochsenwagens, den beißenden Geruch nach Rauch in der Nase, von Zerstörung und Vernichtung umgeben. Aber wie viel

Glück war ihr aus der Demütigung und dem Leiden erwachsen, wie viel Liebe.

Ein starkes Sehnsuchtsgefühl überkam sie. Durch den Lärm und den Staub und die rufende Menge sah sie Athaulfs Gesicht, die Wölbung seiner Lippen, spürte seinen Kopf an ihrer Brust, seine Arme um sich, als wolle er nie wieder loslassen. Sie spürte das federleichte Gewicht ihres Sohnes in ihren Armen, hielt ihn, wollte ihn nicht loslassen, denn wenn man erst loslässt, ist alles verloren. Sie sah, wie der kleine Silbersarg in die kalte, schwarze Erde gesenkt wurde, in ein weit entfernt liegendes Grab. Sie erinnerte sich an endlose Reihen berittener Krieger und Ochsenwagen, an heroische Lieder um die Lagerfeuer an Sommerabenden, an girlandengeschmückte Frauen und Kinder, die in der Frühlingssonne tanzten, an die Tränen in Gerlindas blauen Augen an jenem letzten Morgen in Gades, an Athaulfs Leute, die sich im Hafen für ein schweigendes Lebewohl drängten. Wo, o Gott, so fragte sich Placidia, gehöre ich hin? Wie kann ich Konstantius heiraten? Woher werde ich die Kraft nehmen, es zu ertragen?

Die Wagen wanden sich ihren Weg das Kapitol hinauf. Sie betrachtete den aufrechten Rücken ihres Bruders. Armer Honorius. Er bemühte sich, sein Bestes zu tun. Es war nicht Honorius' Fehler, dass er schwach war, dass er sich auf andere verlassen musste. Zumindest besaß er so viel Verstand, einen Mann auszuwählen, der seine Ziele teilte, der an Rom glaubte. Was auch immer Konstantius' Defizite sein mochten, Rom war ihm am wichtigsten, dessen war sie sich sicher.

Die Menschenmenge drängte sich inzwischen so dicht, dass sie wie eine gesichtslose, schwarze Masse wirkte, die »Io triumphe, Io triumphe!« skandierte, den uralten Gesang, mit dem den großartigsten Römern wie Pompeius, Titus und Hadrian während ihrer Triumphe zugejubelt wurde. Sie erschauderte jäh. Eine schreckliche Vorahnung packte sie. Es war, als wäre die Sonne von schwarzen Wolken, ewiger Dunkelheit ausgelöscht. Denn auf einmal erkannte sie mit absoluter Sicherheit, dass nie wieder ein römischer Kaiser im Triumph zum

Kapitol hinaufreiten würde. Sie schloss die Augen und versuchte, die Vision zu vertreiben.

Ihre Sänfte hielt an. Vor ihr erhob sich der uralte Tempel des Jupiter, der nun eine Kirche war. Seine hochaufragenden Säulen aus düsterem, schwarzem Granit waren mit bunten Blumengirlanden geschmückt und die Stufen mit Mandelblüten bedeckt. Es war ein Bild der Schönheit und der Hoffnung. Placidia seufzte. Sie durfte nicht die Zuversicht verlieren. Vielleicht mussten auch Nationen, ganze Zivilisationen Qual und Aufruhr durchleben, um wiedergeboren zu werden? Es gab immerhin Hoffnung. Heute würde der Triumph mit einer Messe enden, die der Nachfolger des Apostels Petrus zelebrierte, anstatt im blutigen Opfer von geschlachteten Ochsen zu gipfeln. Das Licht Christi würde letztendlich obsiegen. Es war nur ein weitaus längerer und düsterer Weg, als sich irgendjemand vorgestellt hatte.

Konstantius stieg ab. Er streckte die Hand aus, um ihr zu helfen. »Ihr seid heute sehr schön, Nobilissima«, murmelte er, während er sich Honorius zuführte. »Ich erwarte die Nonen des März mit Ungeduld.«

Sie schluckte. Zu den Nonen des März sollte sie in Ravenna seine Ehefrau werden. Auch das erforderte Zuversicht.

Zum dritten Mal in ihrem Leben wurde ein Brautschleier in Placidias Haar befestigt. Der Schleier war aus feinster, orangefarbener Seide, so auffällig, wie die Tradition es verlangte, der Kranz aus schneeweißer Myrte. Sie trug eine Halskette aus Perlen und Amethysten, die einst Augustus' Ehefrau Livia gehört hatte. Honorius hatte sich als großzügig erwiesen. Er hatte ihr allen Schmuck der Kaiserin Maria geschenkt. Die Pracht und der Schmuck, die Spiele und Straßenbankette würden Rom in seiner Glanzzeit würdig sein. Die Festivitäten sollten drei Tage dauern. Die Menschenmengen wären erfreut, die Vettern in Konstantinopel beeindruckt.

Das Unterzeichnen des Ehevertrages und der Segen, den der Bischof von Ravenna leitete, dauerten nicht lange. Das Bankett in der großen Halle des kaiserlichen Palastes, zu dem sechshundert Gäste geladen worden waren, dauerte jedoch fast den ganzen Tag lang. Am Abend verließen Tuga und ihre Mädchen die Gemächer, Placidia blieb allein in ihrem Schlafzimmer und wartete auf Konstantius. Der Raum sah aus wie immer, bis auf die Rosenblätter auf dem Boden. Das bunte Fresko, das elegante Häuser, blühende Gärten und mit Girlanden geschmückte Eingänge zeigte, hatte sich nicht verändert, das Bett war dasselbe, das bronzene Dreibein war dasselbe, und doch schien alles anders. Als unmittelbar vor der Hochzeit, während eines Privatessens mit Honorius, die Sprache darauf kam, wie sie zukünftig ihr Lebens gestalten sollte, schlug Placidia vor, in ihrem Palast wohnen zu bleiben. Honorius hatte sie stirnrunzelnd angesehen, aber Konstantius hatte zu ihrer Überraschung zugestimmt. »Mein Haus ist für eine Prinzessin nicht geeignet. Es ist ein weitläufiger, alter Palast, den ein ehemaliger Zenturio, dessen Vorstellungen von Bequemlichkeit einer Armeekaserne entsprechen, wie einen Paradeplatz führt. Das einzig Gute ist mein Koch: Anicius' Frau hat ihn für mich gefunden.«

Placidia stieß einen erleichterten Seufzer aus. Sie lächelte. »Dann musst du deinen Koch mitbringen.« Sie hatte nicht die Absicht, irgendwo anders als in ihrem eigenen Palast zu leben. Er und seine Bediensteten, fuhr sie fort, hätten es in dem neuen Flügel, der bereits renoviert wurde, erheblich bequemer. »Es ist auch praktischer. Es gibt dort weitere Stallungen.« Sie erwähnte nicht, dass dieser Flügel auch so weit wie möglich von ihren eigenen Räumen entfernt lag. Konstantius hatte mit einem ironischen Schimmer in den Augen ihre Hand an seine Lippen gehoben. »Was auch immer du sagst, meine Prinzessin. Ich bin ein einfacher Mann, den man leicht zufriedenstellen kann.«

Nun, als sie, nur mit einer dünnen Leinentunika bekleidet, frierend und verletzlich dastand und Konstantius auf sich zukommen sah, überkam sie die ganze Tragweite ihrer neuen Situation. Für den Rest ihres Lebens müsste sie nicht nur ihr Heim, sondern auch ihren Körper mit diesem stämmigen Soldaten teilen. Sie schluckte und bemühte sich, nicht die Haltung zu verlieren.

Konstantius umfasste ihr Kinn. Er lächelte. »Schau nicht so niedergeschlagen drein, Placidia. Unter meinem Brustharnisch bin ich gar nicht so schlimm. Wir wissen beide, warum wir einander geheiratet haben, aber du könntest versuchen, mich ein wenig zu mögen. Es würde das Zusammensein erfreulicher gestalten, meinst du nicht?«

Seine Züge wirkten im Halbdunkel weicher, seine Stirn weniger gefurcht. Sein Lächeln war nicht unangenehm, seine Zähne waren weiß. Vielleicht würde dies nicht ganz so schwer, wie sie gedacht hatte. »Ich hege absolut keine Abneigung gegen dich. Es gibt vieles an dir, was ich respektiere. Wir könnten Freunde sein, oder?«

Sie wäre bereit, ihn zu dulden, ihn sogar bis zu einem gewissen Grad zu ertragen, aber sie würde sich nicht dazu herablassen, etwas vorzutäuschen.

»Freunde?« Er strich mit einem Finger über ihre Wange. »Vermutlich. Und beizeiten, wer weiß ...«

Als er sie an sich zog, erstarrte sie. Er sagte sich, er müsse sanft, geduldig sein. Und doch erfasste ihn unerträgliches Verlangen, als er die warmen Konturen ihres Körpers spürte. Diesen Moment hatte er sich schon jahrelang vorgestellt. Er musste sie besitzen, jetzt. Sie war schließlich keine schüchterne Jungfrau. Sie war jetzt seine Ehefrau, mit der er tun konnte, was er wollte. Er drängte sie aufs Bett. Auf dem Rücken ausgestreckt, ihre Tunika verrutscht, ihre langen, wohlgeformten Beine über die Bettkante baumelnd, war sie nicht mehr Honorius' stolze Schwester, sondern eine erregend schöne Frau, die darauf wartete, genommen zu werden. Sie bot keinen Widerstand.

Kurz darauf öffnete er, vor Wonne schaudernd, die Augen. Sie sah ihn mit derselben Gleichgültigkeit an, die er in ihrem reglosen Körper spürte. Er rollte sich schweißgebadet, mit noch hämmerndem Herzen, von ihr herunter. Was für ein Narr er war!

»Es tut mir leid. Du hast mich so erregt. Ich konnte nicht anders.«

Er legte einen Arm um sie. »Ich bin normalerweise gut darin, Frauen zu erfreuen, oder zumindest wurde mir das gesagt. Es ist nur, dass …« Verdammt, noch ein Fehler. Besser nicht reden. Er küsste ihr Haar. Er konnte ihr Gesicht nicht sehen. Er erhob sich und goss Wein für sie beide ein. Sie nahm den Becher und trank schweigend.

Kurz darauf begann er erneut, leckte an ihrem Ohr. Er hoffte, dass er es schaffen würde. Zweimal nacheinander war recht selten geworden. Um sich zu erregen, griff er nach ihren Brüsten unter dem dünnen Hemd, umwölbte sie, spürte ihre schwere Rundung. Er fuhr über die Brustwarzen. Sie verhärteten sich, wie auch er, wie er zu seiner Erleichterung feststellte. Vielleicht hatte sie doch Empfindungen, vielleicht war sie einfach zu schüchtern, um sie zu zeigen. Sie war, immerhin, eine Prinzessin, keine Hure oder die schamlose Ehefrau eines Offiziers. »Komm, meine Schöne.« Er strich mit einer Hand über ihre Flanken, über ihre geschlossenen Beine, legte sie auf das weiche, gelockte Dreieck. Sie gehorchte dem Druck seiner Hand.

Dieses Mal tauchte er so langsam und sorgfältig in sie ein wie möglich. Er versuchte alles, was andere Frauen stöhnen und erzittern ließ. Als er sich zum zweiten Mal von ihr herunterrollte, biss er die Zähne zusammen. So war es also, mit einer Marmorstatue zu schlafen. Er wandte sich um. Seit der Morgendämmerung war er auf den Beinen gewesen. Nun musste er vor allem schlafen.

Placidia lag lange Zeit sehr still, aus Angst, sich zu bewegen, ihn aufzuwecken, aus Angst vor einem weiteren Ansturm. Schließlich, durch sein gleichmäßiges Atmen beruhigt, glitt sie aus dem Bett und schlich auf Zehenspitzen in den angrenzenden Waschraum. Sie verriegelte die Tür und griff nach dem Spiegel.

Eine Fremde mit leeren Augen und zerzaustem Haar sah sie aus dem polierten Silber an. Sie barg das Gesicht in den Händen. Athaulf, mein Geliebter, wie konnte ich das tun? Wie konnte ich nur? Sie sah Athaulfs prachtvollen Körper, spürte seine Arme, erinnerte sich an die Leidenschaft, die seine Berührung in ihr entfacht hatte. Die Erinnerung brannte in ihrer Seele. Ein schreckliches Gefühl der Verzweiflung überflutete sie. Sie würde es niemals wieder spüren. Sie war dazu verdammt, sich einem Mann hinzugeben, der so liebte, wie er einen Heeresfeldzug führte: grob, effizient, von derber Sprache begleitet. Nicht dass es etwas geändert hätte, wenn er sich als zärtlicher Liebhaber erwiesen hätte. Es wäre vielleicht leichter zu ertragen gewesen, vielleicht auch nicht. Ihr Körper, die Frau, die sie einst gewesen war, existierte nicht mehr. Nur noch eine leere Hülle. Vielleicht war es besser so. Ein phantasievollerer Mann hätte eine Reaktion erwartet, zur Schau gestellte Leidenschaft. Konstantius wäre mit einem unbewegten Gefäß zufrieden.

Sie hatte sich dafür entschieden, ihn zu heiraten. Sie würde es mit ihm aushalten müssen, zumindest bis sie den Sohn hatte, den sie brauchte, den Erben für den Thron ihres Vaters. Danach würde sie dafür sorgen, dass er sie nie wieder berührte. Jetzt durfte sie nicht darüber nachdenken. Jetzt musste sie sich waschen, um sich nicht mehr so befleckt zu fühlen. Sie ließ ihr Hemd zu Boden gleiten und schob es mit dem Fuß in eine Ecke. In einem großen Alabasterbecken schwammen karmesinrote Rosenblätter wie Tropfen von Opferblut. Sie nahm das kühle Nass mit ihren Händen auf, spritzte es sich ins Gesicht, spürte es zwischen ihren Brüsten hinabrinnen, die Beine hinab, in den Abfluss, fort, weit fort. Sie goß mit einem großen Krug mehr Wasser über sich, immer wieder, bis das Becken leer war. In einem frischen Leinenhemd, einen Wollumhang um die Schultern und einen Schal über ihrem nassen Haar, zog sie den Riegel langsam zurück. Konstantius lag schnarchend auf dem Rücken ausgebreitet. Sie erschauderte. Keine noch so große Menge an Wasser oder Saipo könnte die Erinnerung an seine Berührung fortwaschen. Sie schlüpfte barfuß an ihm vorbei ins angrenzende Arbeitszimmer.

Der Raum lag im Dunkeln. Niemand hatte es für nötig befunden, hier in ihrer Hochzeitsnacht die Lampen anzuzünden. Sie tastete nach dem Feuerstein, der stets auf dem Regal hinter der Tür lag, konnte ihn aber nicht finden. Sie öffnete die Türen zum Atrium. Ein fast vollständig gerundeter Mond stand am klaren Himmel. Der Hof lag verwaist, die Fackeln fast heruntergebrannt. Um das achteckige Marmorbecken standen vier Zypressen, dunkle Wachposten im geisterhaften Mondlicht. Endlich fand sie den Feuerstein und zündete die Lampe an.

Sie öffnete den ägyptischen Elfenbeinkasten, zu dem nur sie den Schlüssel hatte. Von jetzt an würde sie das Schloss jedes Mal mit einem Wachssiegel versehen, um sicherzugehen, dass niemand sich daran zu schaffen machte. Irgendein neugieriger Eunuch, der auf eine Belohnung hoffte. Sie wusste, dass sie die Briefe nicht aufbewahren sollte, dass sie jeden einzelnen Brief, nachdem sie ihn geschrieben hatte, verbrennen sollte. Die geschriebenen Worte würden ihn dennoch erreichen, wie Gebete. Und doch brachte sie es nicht fertig, sich davon zu trennen, von ihrer einzigen Verbindung zur Vergangenheit.

Sie öffnete das Schreibkästchen und legte Papyrus, Griffel und Tinte bereit. Aber die Worte wollten nicht kommen. Es war, als hätte sich eine Tür geschlossen, eine Tür, für die sie den Schlüssel verloren hatte. Wie konnte sie das erklären? Aber er musste es verstehen. Erst dann könnte er ihr vergeben, erst dann könnte sie sich selbst vergeben. An dem Tag, an dem sie beschlossen hatte, Konstantius zu heiraten, hatte sie Athaulf einen langen Brief geschrieben. Sie hatte das sichere Empfinden verspürt, dass er verstand, dass es nötig war. Sie war mit sich im Reinen gewesen, als sie den Brief beendet hatte. Sie hatte danach sogar schlafen können. Aber dennoch war es ihr irgendwie gelungen zu ignorieren, dass ihr Plan ihren Körper miteinbezog. Sie schob die Papyrusblätter beiseite. Sie würde morgen schreiben. Jetzt musste sie nachdenken.

Placidia stützte das Kinn auf die Hände. Sie blickte in die Nacht hinaus. Die Wächter draußen absolvierten ihre Runden, aber in diesem kleinen Innenhof herrschte Stille. Sie musste Geduld entwickeln, und Durchhaltevermögen. Konstantius war das Mittel dazu, ihre Ziele zu erreichen. Im Gegenzug würde sie ihm das geben, was er am meisten wollte: Sie würde ihn zum Kaiser machen.

Irgendwo schrie eine Eule. Immer wieder. Der Ruf der Weisheit. Besser, sie kehrte in ihr Schlafgemach zurück. Es wäre töricht, ihn in seiner Hochzeitsnacht zu verärgern.

Ravenna, Herbst 418

Bonifaz breitete seinen Umhang auf dem Seidenkissen aus. Fabius, sein Adjutant, betrachtete den vergoldeten Bug und das mit goldenen Fransen versehene Sonnensegel und lächelte. »Nett von der Prinzessin, ihr Boot zu schicken. Das nenne ich stilvoll reisen.« Bonifaz nickte knapp. Er war nicht in der Stimmung zu reden. Bei der Aussicht darauf, Placidia wiederzusehen, fühlte er sich angespannt.

Er lehnte sich zurück und lauschte den Ruderschlägen. Ravenna mit seinen vom Wasser umgebenen Plätzen und Marmorpalästen, den arkadengesäumten Märkten und grünenden Gärten zog vor seinen Augen vorbei. Obwohl dem römischen Afrika eine gewisse Magie innewohnte, war Italien noch immer die Heimat seiner Vorfahren, das Herz der Zivilisation. In Afrika gab es Palmen und Sand und ein grelles weißes Licht, das sich in die Seelen der Menschen brannte. Dort änderten sich die Jahreszeiten kaum. Hier war der Himmel sanft blau, die Luft war kühl und feucht, ein Hauch von Herbst darin, und die ersten Blätter verfärbten sich.

Der Kanal, auf dem es von Booten aller Arten wimmelte, wand sich in großem Bogen durch die Stadt, am Forum und der Basilika vorbei. Eine Abordnung von Wachen des kaiserlichen Haushalts marschierte den Decumanus entlang. Er konnte nicht erkennen, ob sie die Standarte des Kaisers trugen. Eskortierten sie Honorius? In Afrika ging das Gerücht, der Kaiser würde immer wunderlicher, aber bei der Audienz in der letzten Woche schien Honorius aufmerksam und leutselig. Bonifaz hatte nicht gewagt, Konstantius danach zu fragen. Gerüchte, auch unzuverlässige Gerüchte, enthielten oft ein Körnchen Wahrheit. Inwieweit, so fragte er sich, entsprachen die Gerüchte über Placidia der Wahrheit? Bonifaz hatte gestern Abend, während eines ausgezeichneten Abendessens in Lucius Anicius' Stadtvilla, versucht, Phantasie und Realität zu ergründen. Es war eine kleine Familienzusammenkunft: Lucius und seine Frau Protagia, Bonifaz, seine Schwester Priscilla und ihr Mann Gaius, Lucius' Bruder.

Lucius hatte die Hände aneinandergelegt. »Tatsache ist, Bonifaz, dass Placidia innerhalb von nicht einmal zwei Jahren zu einer Macht geworden ist, mit der man rechnen muss. Ihr Ehemann und ihr Bruder sind ihr wärmstens zugetan. Sie sitzt kaiserlichen Ratsversammlungen bei. Ausländische Botschafter suchen sie auf. Eine Haufen von Klerikern und angebliche Heilige besuchen häufig ihren Palast. Sie ist bei Sitzungen des Senats anwesend. Kürzlich nahm sie sogar an einer Synode der Bischöfe teil. Es ist ihr, gegen alle Widerstände, einschließlich dem des Kaisers von Ostrom, gelungen, einen Kandidaten ihrer Wahl zum Bischof von Rom aufstellen zu lassen. Man stelle sich das vor: das bedeutendste Bischofsamt der Christenheit! Selbst das Heer ist nicht vor ihr sicher: Felix, dem besten Freund ihres Ehemannes, wurde kürzlich die Befehlsgewalt über eine Legion erteilt. Das hat durchaus für Aufruhr gesorgt.«

Bonifaz hatte sich eine weitere mit Mandeln gefüllte Dattel genommen. »Ich habe davon gehört. Es ist absurd. Er ist Politiker, kein Soldat.«

»Oh, er ist klug. Er wird lernen. Und er ist kein übler Mann. Es gibt Schlimmere. Dennoch übertreibt unsere Placidia ein wenig.«

Lucius' Frau beugte sich vor. »Sie kann wirklich nichts falsch machen. Als sie diesen Sommer, nach einem Jahr Ehe, eine Tochter anstatt des erhofften Sohnes gebar, zeigte sich niemand außer Placidia enttäuscht. Sie musste das Kind nur Honoria nennen, und schon war der Kaiser überglücklich. Er überhäufte das Kind mit Titeln und sagte lächelnd, dass seine Schwester im nächsten Jahr einen Sohn gebären würde. Und was Konstantius betrifft – könnt Ihr Euch vorstellen, dass er mit seiner kleinen Tochter im Arm im Kinderzimmer auf und ab schreitet und sie so kost, wie der Kaiser seine Vögel kost?«

Lucius grinste abfällig. »Das stimmt. Ich habe ihn selbst gesehen.«

Die Vorstellung des großen Heerführers mit einem Säugling auf der Schulter erschien Bonifaz eher liebenswert, aber er behielt den Gedanken für sich. »Was ist mit ihren Feinden?«

»Oh, sie hat viele Feinde«, warf Gaius Anicius ein. »Sie tuscheln, dass sie sich in Staatsangelegenheiten einmischt, den Senat manipuliert und gewaltige Summen für Kirchen und Gebäude ausgibt, die sich die Staatskasse nicht leisten kann, aber der schlimmste Vorwurf gegen sie lautet, sie vertrete nicht die Interessen Roms, sondern die der Goten. Das stimmt zwar nicht. Aber sie gießt Öl auf dieses Feuer, indem sie sich weigert, sich von ihrem Gefolge gotischer Krieger zu trennen. Nicht einmal Konstantius kann sie dazu überreden, sie zurückzuschicken. Sie trägt barbarischen Schmuck, spaziert im Winter mit einem bodenlangen Pelzumhang umher und korrespondiert regelmäßig mit dem König der Goten. Ihre Erklärung lautet, sie sei eine Mittlerin, um den Frieden mit den Goten zu erhalten, die unsere unverzichtbaren Verbündeten seien.«

Bonifaz sagte: »Mir scheint, dass ihr größter Frevel darin besteht, dass sie eine Frau ist.«

»Nun, sie mischt sich in Angelegenheiten ein, die eine Frau nichts angehen«, sagte Lucius' Frau scharf. »Es darf sie nicht überraschen, dass die Leute murren. Meine Zofe erzählt mir, ein neues Gerücht mache auf den Märkten die Runde.« Protagia senkte die Stimme. »Es heißt, sie habe einen Geliebten.«

»Das reicht, Protagia!« Lucius warf ihr einen vernichtenden Blick zu. »Ich will in meinem Speisesaal kein Marktgeschwätz hören.«

Sie warf ihre blonden Locken zurück. »Es tut mir leid, Liebling. Ich wollte nicht …« Sie kicherte. »Das wird von jeder hübschen Frau behauptet, vielleicht sogar von mir.«

Der Augenblick der Anspannung wurde von einem harmlosen Scherz Priscillas zerstreut. Danach sprachen sie über andere Angelegenheiten.

Als Bonifaz nun beobachtete, wie die Bootsführer das Boot unter eine niedrige Brücke lenkten, dachte er, dass er die eine Frage, die jedermann auf der Seele brannte, nicht gestellt hatte. Konstantius hatte, indem er Placidia heiratete, den Gipfel der Macht erklommen. Dieses Jahr trug er gemeinsam mit dem Kaiser die Konsulswürde. Wäre er damit zufrieden, eines Tages einen Sohn von ihm auf dem Thron zu sehen, oder würde er versuchen, den Thron selbst einzunehmen? Und würde Placidia einen solchen Schritt gegen ihren Bruder dulden? Schwer zu sagen. Das Mädchen, das Bonifaz gekannt hatte, das Mädchen, das er einst geliebt hatte, hätte damit nichts zu tun haben wollen. Aber Leiden bewirkte seltsame Dinge bei den Menschen. Entweder vernichtete es sie gänzlich, oder es machte sie besser; manchmal auch auch schlimmer. Honorius hatte immerhin den Mord an Stilicho befohlen, den Placidia wie einen Vater geliebt hatte. Auch Rache war menschlich.

Er hatte Placidia seit über fünf Jahren nicht mehr gesehen. Wie sehr, so fragte er sich, hatte sie sich verändert? Sie hatte ihm vor über einem Jahr einen Brief geschrieben und ihm zu seiner Ernennung als Präfekt von Karthago gratuliert. Sie hatte Massilia nicht erwähnt. Hatte sie vergeben, dass er Athaulf beinahe getötet hatte? Nun, er würde es bald herausfinden. Der Bootsführer warf dem Wächter auf den Stufen eines eindrucksvollen Palastes ein Seil zu. Fabius sprang als Erster hinaus, wobei er das in Seide gewickelte Geschenk für Placidia sorgfältig festhielt.

Placidias Vorraum erinnerte an den eines Provinzgouverneurs. Die darin befindliche Menschenmenge drängte sich in der großen, von Marmorsäulen gestützten Eingangshalle. Die Armen, die Kranken, diejenigen, die Gerechtigkeit oder Hilfe suchten, Senatoren, Nonnen und Kleriker, Händler und Handwerker warteten alle darauf, ihre Angelegenheit vorbringen zu dürfen. Zwei Schreiber saßen an einem Tisch und notierten Namen und Gesuche auf Wachstafeln. Den meisten wurde gesagt, sie sollten an einem anderen Tag wiederkommen. Einigen wenigen bessergekleideten Personen wurde beschieden, auf Holzbänken entlang einer Wand zu warten.

Ein schnaufender alter Kämmerer führte Bonifaz durch den Vorraum, an einem Sekretariat vorbei und eine lange Galerie entlang. Am Ende standen neben einer roten Tür zwei hochaufragende gotische Wächter in blauen Umhängen und mit silbernen Halsreifen. Kein Wunder, dass die Leute tuschelten, wenn sogar ihre Privaträume von ihnen bewacht wurden.

Der Kämmerer verbeugte sich. »Die Nobilissima erwartet Euch.«

Placidia empfing ihn allein in einer sonnendurchfluteten Bibliothek, die in ein Garten-Atrium führte. Ein Schreibtisch war mit Schriftrollen bedeckt. Auf dem Boden lag etwas ausgebreitet, was wie der Plan einer Kirche aussah und von vier Ziegelsteinen festgehalten wurde. Eine Wasseruhr schlug in einer Ecke.

Bonifaz machte Anstalten niederzuknien. »Nicht«, unterbrach sie ihn und streckte ihm die Hände entgegen. Er ergriff sie. Sie sahen einander an und lächelten. Die Jahre schwanden. Nichts hatte sich geändert. Sie waren wieder die Freunde, die sie früher gewesen waren. Er reichte ihr sein Geschenk. Erfreut betrachtete sie das tragbare Elfenbein- und Malachit-Scripta-Brett und führte ihn dann zu einer gepolsterten Bank. Sie lächelte. »Ich verspreche dir, eines Tages lasse ich mich wieder von dir im Scripta besiegen, aber jetzt möchte ich alles über dich hören!«

»Wo soll ich anfangen, Placidia.« Er spreizte die Hände. »So vieles ist uns beiden widerfahren, seit ... seit ich dich das letzte Mal traf.« Er sah sie an. In dem Nachmittagslicht, das durch die Alabasterpaneele drang, wirkte sie noch schöner, als er sie in Erinnerung hatte. Ihr dunkles Haar war zu einem losen Knoten geschlungen und umrahmte ein Gesicht, das weicher und ein wenig voller geworden war. Auch die großen, dunklen Augen waren weicher geworden und hatten ein wenig ihrer Unnahbarkeit verloren. War es Reife oder die Mutterschaft, oder vielleicht sogar Glück? Jedermann wusste, dass Konstantius sie anbetete. Hatte sie vielleicht inzwischen gelernt, auch ihn zu lieben?

»Fang am Anfang an«, schlug sie vor.

Er begann zu erzählen. Er sprach von Afrika. Von den widerspenstigen Wüstenstämmen, von gemeinsamen Freunden in Karthago, von seiner Freundschaft zu Augustinus, dem Bischof von Hippo. »Weißt du, es ist seltsam«, sagte er, »obwohl ich Christ bin, war ich nie gläubig. Meine Mutter war, wie du dich vielleicht erinnerst, eine ergebene Christin, aber mein Vater blieb unter einer dünnen Schicht des Christentums stets ein Heide.«

Placidia betrachtete die auf das Bodenmosaik fallenden Sonnenstrahlen. Sie nickte. »Wie Konstantius.«

Bonifaz runzelte die Stirn. »Konstantius?«

»Nun, sagen wir, er ist Christ aus Bequemlichkeit.« Sie zuckte die Achseln. »Das ist unwichtig. Erzähl weiter.« Bitterkeit und Desinteresse schwangen in ihrer Stimme mit.

Also war sie nicht glücklich. Er fuhr fort: »Ich habe mich mit Plato stets wohler gefühlt als mit Paulus. Ich kann nichts glauben, was ich nicht verstehe. Und doch habe ich angefangen zu verstehen, seit ich Augustinus kennenlernte. Augustinus besitzt die Gabe, das Unerklärliche zu erklären. Er kann Gott erklären. Er ist außergewöhnlich. Viel mehr als ein Bischof – er ist fast ein Heiliger, ohne jemals frömmlerisch zu sein. Er führt in seinem bischöflichen Palast ein asketisches Leben, und doch ist er ein geistreicher Gesprächspartner und ein sehr angenehmer Tischgast, obwohl er kein Fleisch isst und keinen Wein trinkt.«

»Erzähle mir von deiner Frau. Wie ist sie?«

»Sie ist dunkelhaarig und zierlich, wie eine kleine Bronzestatuette. Sie hat Rasse, ist intelligent und besitzt ein wundervolles, warmes Herz.« Er betrachtete seine Hände und fügte leise, fast zu sich selbst, hinzu: »Ich habe nie gewusst, dass man jemanden so lieben kann.«

»Das freut mich so sehr für dich. Du musst sie nächstes Mal mitbringen.«

Er schaute auf. Sie hatte Tränen in den Augen. »Was …?«

»O Bonifaz.«

Es lag solche Qual in ihrer Stimme, dass sich sein Herz verkrampfte. Er ergriff ihre Hände und saß dann unbeholfen da, weil er nicht wusste, was er tun sollte. Er spürte die schreckliche Leere, die angesammelte Traurigkeit in ihr. Wenn er ihr nur helfen könnte. Da erkannte er, dass er sie immer noch liebte. Sie war für ihn stets unerreichbar gewesen. Der Schmerz, den das bei ihm einst ausgelöst hatte, war vergangen. Geblieben war nur das stille Wissen, dass er sie liebte, dass er sie irgendwie immer lieben würde.

Sie sagte nach einem langen Moment: »Es tut mir leid, verzeih mir. Es ist nur so, dass ... Ich kann mit niemandem reden. Niemandem vertrauen.«

»Hast du versucht ...«, er zögerte, »mit Gott zu sprechen?«

»Das tue ich. Und es hilft. Aber nichts kann einen Freund ersetzen.«

»Ich werde immer dein Freund sein, Placidia.«

»Und ich werde deine Freundschaft immer zu schätzen wissen.« Sie strich nachdenklich über die Fransen ihres Schultertuchs. »Ich brauche Freunde wie dich. Integre Menschen. Staatsbedienstete, die mir ebenso treu sein werden wie ich ihnen. Ich war im letzten Jahr ...« Eine Bewegung an der Tür ließ sie innehalten.

Ein würdevoller älterer Dienstbote, seinem langen Haar nach zu urteilen ein Freigelassener, trat mit einem Tablett mit Wein und Früchten ein. Er goss die rubinrote Flüssigkeit in zwei durchscheinende Glasbecher. Placidia reichte Bonifaz einen Becher und nahm den anderen. Sie lächelte dem Diener zu: »Ich danke dir, Helvius.«

Sie wandte sich an Bonifaz. »Früher war er blind. Er wurde als Erster in meinem Hospital operiert. Ich habe jetzt drei gallische Augenärzte, die diese Operation ausführen. Es ist eine uralte gallische Kunst, die ich dort entdeckte. Sie stellt das Sehvermögen selbst bei jenen wieder her, die vollkommen blind sind. Wir berechnen den Armen nichts, nur den Reichen. Das Hospital trägt sich selbst. Mein Bruder hat das Gebäude gestiftet, und ich finanziere den Rest. Ich wollte hiesige Ärzte ausbilden, aber sie waren dafür nicht aufnahmebereit, nur missgünstig. Sie setzten ein Gerücht in Umlauf, dass meine Ärzte in Wahrheit Druiden wären, die Schwarze Künste praktizierten.«

Sie schüttelte den Kopf. »Es macht mich wütend, wie sogar gebildete Leute alles Neue ablehnen! Mein nächstes Projekt«, sie deutete auf den Plan auf dem Boden, »ist ein Hospital für mittellose Frauen. Es wird wie ein griechisches Asklepieion sein, nur wird die Jungfrau über die Kranken wachen, anstelle der heiligen Schlangen, die sich auf den Böden der Schlafsäle winden. Auch hier musste ich Ärzte aus so fernen Ländern wie Ägypten und Persien verpflichten. Die meisten hiesigen Ärzte, sogar Christen, schrecken davor zurück, sich die Hände an den Armen schmutzig zu machen. Wir vergessen, dass die Armen auch Menschen sind, dass auch sie Gottes Kinder sind. Die Kranken und die Blinden kauern sich wie Tiere unter die Arkaden unserer großen Gebäude, während wir, die wir in seidenverhüllten Sänften an ihnen vorüberziehen, den Blick abwenden. Sogar einige Bischöfe sagen mir, dass das Leiden der Armen Gottes Wille sei. Dem kann ich nicht zustimmen. Es lässt sich ändern. Mit genug Mühe und Entschlossenheit kann man alles ändern. Sogar, Bonifaz«, sie hielt inne, »den Niedergang eines Reiches.«

Bonifaz sah sie erstaunt an. Verschwunden war die majestätische Prinzessin, die trauernde Geliebte, die unglückliche Ehefrau. Ihre Stimme klang lebhaft, ihre dunklen Augen glänzten vor Überzeugung. Vor ihm saß eine Frau mit der Kraft und dem Mut und dem Talent eines Mannes. Nicht die Schwester eines Kaisers, sondern selbst eine Kaiserin. Aber war das vorstellbar? Konnte eine Frau das Amt bekleiden? Vielleicht war das Zeitalter Christi das Zeitalter der Frau. Man denke nur an Frauen wie Melania die Jüngere, Egeria, Makrina und Placidias Nichte Pulcheria in Konstantinopel. Sie waren alle starke, fähige Frauen, bewundert und respektiert, durch ihre Bindung ans Christentum von traditioneller Unterwürfigkeit befreit. Von solchen Frauen hatte man seit der Zeit der Republik nicht mehr gehört. Vielleicht war sogar die zunehmende Verehrung der Jungfrau eine Manifestation dieser Entwicklung. Aber das funktionierte nur, wenn man erkannte, dass die Frauen durch Frömmigkeit von ihrer instinkthaften Natur geläutert waren. Man bezeichnete sie, etwa Makrina, mitunter als Männer »ehrenhalber«. Nun, wenn Placidia Kaiserin werden sollte, dann müsste sie allerdings ihre mächtige, verlockende Anziehungskraft unterdrücken. Das Bild in den Augen der Männer, wenn sie sie ansahen, ihre Augen, die Wölbung ihrer Lippen, die Biegung ihrer Taille – das Bild, das sogar er in ihr sah.

»Wie«, fragte er, »können wir den Niedergang Roms aufhalten? Wo können wir die Heere erheben, die wir brauchen, um uns gegen gewaltige Wellen von Barbaren zu schützen? Die Zeichen des Verfalls sind doch überall zu sehen: in weit entfernten Provinzen, in verlassenen Grenzfestungen, in geplünderten Städten und in den Herzen demoralisierter Menschen.« Er seufzte. »Manchmal frage ich mich, wie viele von uns noch immer willens sind zu kämpfen, um Rom zu retten?« Er dachte an die Gleichgültigkeit so vieler Christen, die glaubten, Rom verdiene sein Schicksal. Es war zerfallen, und es würde noch weiter zerfallen, wie als Strafe für seine Sünden. Die Menschheit sollte schließlich nicht in dieser Welt, sondern erst in der nächsten gerettet werden.

Placidia fuhr empört auf. »Jeder Römer will Rom retten! Die Barbaren selbst werden unsere Schilde werden. Und ich meine nicht diese hoffnungslose alte Taktik, einen Stamm gegen einen anderen auszuspielen, barbarische Hilfstruppen anzuwerben, die sich bei der ersten Gelegenheit gegen uns wenden. Ich meine, wir sollten die besten, die edelsten Barbaren ins Reich integrieren, sie zu einem Teil von uns machen, sie zu Römern machen.« Sie beugte sich vor. »Die Goten, Bonifaz, sind ein solches Volk. Wenn wir uns auf die Goten verlassen sollen, wenn wir wollen, dass sie in Gallien den Frieden erhalten und die Vandalen in Spanien kontrollieren, müssen wir sie für immer an Rom binden. Landvergabe ist ein solches Band.« Sie legte eine Hand auf seinen Arm. »Ich werde dir jetzt etwas sagen, was bisher nur wenige wissen: Es ist mir nach über einem Jahr endlich gelungen, Honorius dazu zu überreden, den Goten Aquitanien zu gewähren.«

Bonifaz stellte langsam seinen Becher ab. Dies musste das bestgehütete Geheimnis Ravennas sein. »Das ist, wenn man die Haltung deines Bruders den Goten gegenüber bedenkt, beeindruckend. Und Konstantius?«

»Er hat sich dem ein Jahr lang wie eine Horde Maulesel widersetzt, mit jedem unlogischen Argument, das die logischsten aller Menschen hervorbringen können, wenn ihr Verstand von Gefühlen umnebelt ist. Aber letztendlich musste er die Tatsachen akzeptieren. Das letzte Hindernis sind nun die Aquitanier im Senat und die Konservativen im Heer.«

»Ich bewundere deinen Weitblick, Placidia, aber kann ein Stamm herumziehender Barbaren wirklich ein beständiger Teil des Reiches werden?«

»Ja.« Sie lächelte. »Ich weiß es. Ich war ihre Königin. Die Goten wurden aus Verzweiflung zu Nomaden. Bis sie von den Hunnen vertrieben wurden, besaßen sie ein Königreich am Schwarzen Meer. Und ich versichere dir, lieber Freund, dass ich nicht von Rührseligkeit verblendet bin, sondern von der Einsicht in die Notwendigkeit geleitet werde. Ohne die Goten sind wir verloren. Sie müssen ein Teil von uns werden, genauso wie die Gallier es geworden sind. Erinnere dich, bevor die Gallier Gallo-Römer wurden, waren sie auch Barbaren. Auch sie bedrohten Rom einst. Hätte Honorius sein Wort gegenüber Alarich gehalten, dann wäre Rom niemals geplündert worden. Wir hätten, gemeinsam mit den Goten, alle Stämme vernichtet, die den Rhein überquerten. Es gäbe heute keine Bedrohung durch die Vandalen, keine marodierenden Alaner, keine widerspenstigen Franken.«

Sie fuhr nachdenklich fort: »Natürlich wird sich Rom verändern. Wir werden beizeiten weitere, weniger zivilisierte Stämme akzeptieren müssen. So wie wir uns andere einverleibt haben, werden auch wir zum Teil vereinnahmt werden. Aber unsere Gesetze, unsere Werte, unsere Zivilisation werden überleben. Was uns zusammenhält, ist das Christentum. Die Kirche Christi ist die Arche, in der Rom die Stürme der Zukunft überleben wird. Zeitalter der Dunkelheit, Zeitalter …« Placidia hielt inne. Sie war totenbleich geworden. Ihre Augen starrten auf etwas weit Entferntes, etwas, was nur sie sehen konnte.

»Placidia! Was ist mit dir?« Sie wirkte, als würde sie gleich ohnmächtig. Er wollte einen Arm um sie legen. Stattdessen streckte er sein Glas aus. »Trink etwas Wein. Ich denke, du solltest dich ausruhen.«

Sie nahm einen Schluck und fuhr sich dann mit der Hand über die glänzende Stirn. »Es tut mir leid, Bonifaz. Es geht mir schon besser. Es ist … nur Müdigkeit. Ich bin seit der Dämmerung auf den Beinen, um am Hospital zu arbeiten. Es gibt so viel zu tun.« Sie schob sich eine Haarsträhne hinter das Ohr. »Du musst uns besuchen und mit uns essen, bevor du zurückfährst. Ich werde Nachricht schicken. Sehe ich dich morgen bei der Audienz?«

»Natürlich. Es ist eine Pflichtveranstaltung.« Er erhob sich. »Ich bin gespannt zu sehen, wie der neue Berater des Präfekten ist. Es heißt, er gäbe einen besseren Präfekten Roms ab als Symmachus. Wie heißt er noch?«

Sie hatte sich ebenfalls erhoben. Sie war wieder sie selbst. »Oh – Aetius.« Sie verzog das Gesicht. »Ich bin ihm nie begegnet. Es heißt, er sei ein wenig – glatt. Obwohl Konstantius, der Menschen meist richtig beurteilt, ihn für sehr fähig hält.«

Sie verabschiedeten sich mit einer Umarmung. Er hielt sie auf Armeslänge von sich. »Wirst du dich ausruhen, wenn ich gegangen bin? Versprochen?«

Sie lächelte. »Mach dir keine Sorgen um mich. Es wird mir gutgehen.«

Als sich die Tür hinter ihm schloss, fühlte er sein Herz schwer werden. Trotz Placidias eisernem Willen war eine Verletzlichkeit an ihr, etwas Undefinierbares, das er nicht in Worte fassen konnte, eine Art Schwäche, die noch immer ihr Verderben bedeuten konnte. Was für Schreckensbilder, fragte sich Bonifaz, während er die Stufen hinunterging, hatte Placidia gesehen oder sich eingebildet, dass sie dadurch in kalten Schweiß ausbrach? Eine Vision von Rom, das von einem Goten regiert wurde? Denn ihre »besten, edelsten Barbaren« waren, selbst nach ihren Maßstäben, noch immer Barbaren. Trotzdem musste er anerkennen, dass sie recht hatte. Es gab keine andere Möglichkeit.

»Haltet still, Domina! Ihr zuckt wie ein Karnickel!«

Placidia verzog das Gesicht, beugte aber gehorsam den Kopf, während Iris die heiße Brennschere an ihrem Nackenhaar ansetzte. Das Mädchen war unmöglich, wie die meisten Gallier. Sie hätte sie auspeitschen lassen sollen. Oder, noch besser, verkaufen. Aber wo sollte sie ein anderes Mädchen mit ähnlichem Talent finden? Ihre Frisuren waren wundervoll. Ebenso ihre Wachsbehandlung, wie auch das Rouge, der Kajal und andere Kosmetika, die sie selbst mahlte und mischte. Abgesehen von ihrer Unverfrorenheit, war Iris' einziger anderer Fehler, dass sie schrecklich langsam war. Sie sah hübsch aus, mit rot gefärbtem Haar und einer Schmollmiene. Männer fanden sie unwiderstehlich. Didius war ihre neueste Eroberung.

Jemand kam die Privattreppe herauf, die ihre Räume mit Konstantius' Räumen verband. Placidia erkannte seine schweren, regelmäßigen Schritte. Es war ein Klang, den sie spät abends fürchtete, wenn er, vom Wein angetrunken, zu ihr kam. Konstantius wurde nie betrunken, gleichgültig wie viel er trank, aber nach genügend Wein verwandelte er, der sie ansonsten stets mit Respekt behandelte, sich in einen groben Satyr. Das war, wie sie zugeben musste, sein einziger größerer Fehler. Sie hatte zu ihrer Überraschung entdeckt, dass er ein umsichtiger Ehemann war. Er ließ sie nicht nur überwiegend tun, was sie wollte, sondern schätzte auch ihre Meinung bei verschiedensten Angelegenheiten.

Konstantius registrierte das halbwegs gelockte Haar und die Überfülle an Kleidung auf den Liegestätten. »Immer noch beim Haaremachen?« Er trug bereits volle höfische Uniform. Den scharlachroten Umhang eines Heerführers, vergoldete Sandalen und das Zeremonienschwert in einer juwelenbesetzten Scheide. Er hatte nie gut ausgesehen, gleichgültig wie prächtig er gekleidet war. Er war zu klein und stämmig, aber er strahlte Autorität aus. Er sah sich um. »Wo ist meine Prinzessin?«

Placidia tippte sich auf die Brust. »Hier.« Es war stets ein Spiel zwischen ihnen. Seitdem ein erfreuter Honorius dem Kind, von dem jedermann sagte, es sähe genau wie er aus, den Titel Nobilissima verliehen hatte, der zweithöchste Titel im Reich nach dem Cäsars, vollständig mit Miniaturausgaben der purpurfarbenen Tunika, Umhang und Gürtel, welche die Insignien dieses Titels waren, nannte Konstantius seine Tochter, öffentlich wie auch privat, seine »Prinzessin«. Placidia gab vor, entrüstet zu sein, aber in Wahrheit amüsierte sie seine lächerliche Liebe zu einem kleinen, rotgesichtigen Säugling ebenso wie alle anderen. »Deine andere Prinzessin«, sagte sie, »war vorhin hier. Sie ist wieder im Kinderzimmer.«

Konstantius küsste Placidia auf seine übliche, plebejische Art auf die Wange. Er zauste eine ihrer Locken. »Wir werden zu spät kommen. Ich möchte die Gesandten nicht verärgern. Beeile dich. Inzwischen gehe ich zu Honoria. Ich habe sie zwei Tage lang nicht gesehen. Schade, dass sie nicht mehr hier ist.«

Tuga brachte den Säugling jeden Morgen, nachdem Honoria gefüttert und gebadet worden war, in ihre Räume. Pladicia hielt sie pflichtbewusst, sah sie an, lächelte zu diesem Kind hinab, das sie neun lange Monate in sich getragen hatte. So sehr sie sich auch bemühte, empfand sie nichts. Das Baby begann häufig zu weinen. Vielleicht weil es sich nach den vertrauteren Armen Tugas oder der Amme sehnte, aber wahrscheinlicher, weil es die Leere im Herzen seiner Mutter spürte.

Konstantius war bereits zur Tür gelangt. »Ich werde unten auf dich warten. Beeile dich, ja?« Er lächelte, um seinen Befehlston zu lindern. »Bitte?«

»Das werde ich.«

Zu Iris sagte sie: »Beeile dich! Der Heerführer wird erzürnt sein, wenn ich zu spät komme!« Es war in dem Moment sehr wichtig, weder ihren Ehemann noch ihren Bruder zu verärgern. Iris arbeitete dieses eine Mal zügig. Sie hielt das Calamistrum gerade lange genug über die Kohlenpfanne, dass es die Haare kräuseln, aber nicht verbrennen würde, sie wand jede Strähne mit einer Hand geschickt darum, während sie mit der anderen Hand die Nadel bereithielt, um die Locke festzustecken. Als sie fertig war, hob Placidia den Spiegel an. Iris hatte sich selbst übertroffen. Eine Überfülle an Locken, unsichtbar festgesteckt, elegant, aber doch mit einigen losen Ringellocken, die ihr ein weiches, feminines Aussehen verliehen.

Als sie den Säulengang erreichte, leuchteten Konstantius' Augen vor Bewunderung auf. Eine berittene Abordnung seiner illyrischen Wache wartete im vom Regen verschleierten Hof, um sie zum Palast zu geleiten. Vier Sklaven traten mit einem Baldachin vor, um sie vor dem Regen zu schützen, während sie in die Sänfte stiegen. In der Sänfte nahm Konstantius ihre Hand. »Du weißt, dass ich ein glücklicher Mann bin?« Sie spürte einen Kloß in der Kehle. Wann auch immer er sie auf diese Weise ansah, fühlte sie sich jäh unbehaglich, fast schuldig. Was konnte sie antworten? Der Regen trommelte auf das Dach. Am besten ignorierte sie Konstantius einfach. »Ich hoffe«, sagte sie und widerstand dem Drang, ihm ihre Hand zu entziehen, »dass dieses Wetter nicht den ganzen Tag so bleibt. Honorius hat versprochen zu kommen und sich die Mosaike im Hospital anzusehen. Sie sind fast fertig. Ich möchte, dass er Eugenius die Aufgabe überträgt, den Senatsboden in Rom zu restaurieren. Er ist der begabteste Künstler, den wir haben.«

Konstantius zuckte die Achseln. »Es könnte den ganzen Morgen weiterregnen. Diese plötzliche Freundlichkeit deines Neffen in Konstantinopel erklärt sich nicht nur aus dem Problem mit Illyrien, auch wenn das gewiss ein Thema ist. Nein, der wirkliche Grund sind die Hunnen. Die machen ihnen Sorgen. Aetius hat mich heute Morgen kurz informiert. Ich war erneut beeindruckt davon, welch einen scharfen Verstand dieser junge Mann besitzt. Und er weiß mehr über diese verdammten Hunnen als sonst jemand.«

»Warum überträgst du ihm keinen bedeutsameren Posten, wenn er so brillant ist?«

Konstantius runzelte die Stirn. »Ich weiß nicht. Da ist etwas an ihm … Ich würde gerne noch ein wenig warten, bevor ich ihm eine Position einräume, wo ich ihn nicht mehr im Auge behalten kann.«

»Woher kommt er?«

»Seine Familie stammt aus Moesien. Der Vater war ein angesehener Heerführer, unter dem ich einst kurzzeitig diente. Aetius wurde den Hunnen einige Jahre als Geisel überlassen. Seit seiner Rückkehr hat er sich im Dienste des Präfekten von Rom bewährt und in rascher Abfolge mehrere Beförderungen verdient. Er hat die Polizei der Stadt und die Feuerbrigade umorganisiert, deren Bestechlichkeit reduziert und die Leistungsfähigkeit gesteigert.«

Die Audienz für die Abgesandten von Konstantinopel wurde, zu Placidias Erleichterung, nicht im Großen Audienzsaal abgehalten, in dem es immer kalt war, sondern im Kabinettszimmer, das klein genug war, damit die Fußbodenheizung funktionierte. Es war ein außerordentliches Privileg, hier empfangen zu werden.

Alle Mitglieder des Kabinetts waren anwesend: Candidianus, Castinus, Felix, Lucius Anicius und Ioannes. Zusätzlich waren da Bonifaz, der ihr verschwörerisch zublinzelte, und ein großer Mann in der Uniform des Stadtpräfekten. Das musste Aetius sein. Als er den Kopf wandte, sah sie seine Augen. Sie hatten die Farbe trüben Wassers. Es waren die ausdruckslosesten Augen, die sie je gesehen hatte. Sein Blick hielt ihren einen Augenblick fest, bevor er, wie alle anderen, grüßend den Kopf neigte. Honorius saß auf einem niedrigen Podest, die Füße auf einem Schemel. Er trug anstatt der mit Edelsteinen verzierten Dalmatik, Krone und Zepter für eine formelle Audienz eine goldbestickte purpurfarbene Tunika und ein schmales Golddiadem. Er sah nicht wohl aus. Sein Gesicht war aufgedunsen, seine Knöchel geschwollen, und seine Hände zitterten leicht. Aristophanes vermutete, dass Honorius an Wassersucht litt, aber Honorius weigerte sich, trotz ihrer wiederholten Bemühungen, sich von jemand anderem als seinem eigenen Arzt untersuchen zu lassen. Der Hofarzt, ein aalglatter Alexandrier, den Placidia zutiefst verabscheute, einer von Candidianus' Günstlingen, blieb dabei, dass der Kaiser nur aufgrund zu viel üppigem Essen kränkelte. Er hatte ihm eine Kost aus bitteren Kräutern und ohne Fleisch verschrieben. Konstantius fasste das Problem auf andere Art zusammen: »Zu viel Wein, Analverkehr und Schuldgefühle.«

Die Gesandten, die vom Magister Officiorum begleitet wurden, traten schließlich ein. Hier brauchten sie, anders als im Großen Audienzsaal, nicht mehrmals in festgelegten Abständen auf die Knie zu sinken, sondern nur einmal, vor dem Kaiser. Nachdem sie die Grüße des Kaisers von Ostrom übermittelt hatten, übergaben sie die traditionellen Geschenke. Sie waren aufwendiger als üblich. Livrierte Eunuchen trugen Ballen seltener Teppiche, Silberkäfige mit exotischen Vögeln, eine juwelenverzierte, goldgetriebene mechanische Nachtigall, die den Schnabel öffnen und schließen konnte, sowie weitere Wunder herein. Theodosius und seine Schwester Pulcheria wollten ihren Onkel eindeutig erfreuen.

Diese Geste war eine willkommene Veränderung zu ihrer bisherigen Haltung, mit der sie auf Placidias Heirat mit Konstantius reagiert hatten. Zuerst hatten sie sich rundweg geweigert, die Ehe anzuerkennen, mit der Begründung, dass für die Heirat aller Mitglieder der kaiserlichen Familie die Zustimmung beider Herrscher nötig wäre. Das war ein juristischer Winkelzug, um Theodosius' Anspruch auf das Westreich im Falle von Honorius' Tod aufrechtzuerhalten. Während es genau genommen zutraf, dass ein von einem Kaiser herausgegebener Erlass vom anderen Kaiser bestätigt werden sollte, waren dies lediglich Formalitäten, die ihre Bedeutung schon lange verloren hatten. Honorius hatte einen Wutanfall bekommen. Er hatte seinem Neffen einen zornigen Brief geschrieben, in dem er harsche Sanktionen aufgezählt hatte, bis hin zu der Drohung, alle Häfen Westroms für jegliche Schiffe Ostroms zu schließen. Konstantius, der sich der Notwendigkeit der Einigkeit zwischen Ost und West stets bewusst war, war es gelungen, den Brief abzumildern. Seit damals waren die Beziehungen zu Konstantinopel ein wenig aufgetaut.

Nach Übergabe der Geschenke wurden von den Gesandten lange Reden gehalten, Candidianus und Castinus antworteten, und eine Diskussion über die illyrischen Grenzen folgte. Placidia unterdrückte ein Gähnen. Sie hatte das alles schon zuvor gehört. Ardaburius, der Leiter der Gesandtschaft, war ein gutaussehender Mann mit dunklem Bart Ende vierzig mit einem falkenartigen Profil. Er war nicht nur Theodosius' bester Heerführer, sondern auch ein perfekter Diplomat. Es ging auch, wahrscheinlich fälschlicherweise, das Gerücht, er sei der Geliebte der heiligmäßigen Pulcheria.

Nun verbeugte er sich vor Honorius. »Augustus, unter allen gewichtigen Themen, die unsere jeweiligen Regierungen beschäftigen, sind die Hunnen das schwerwiegendste. Sie haben kürzlich den Vertrag gebrochen, den Euer Vater, der große Theodosius, geschlossen hatte. Sie sind eine schlimmere Gefahr als all die Barbaren, die das Reich bisher bedroht haben. Genau in diesem Moment greifen die Hunnen unsere Grenzen an, stecken unsere Dörfer in Brand und verkaufen unser Volk in die Sklaverei. Wir haben die Nachricht erhalten, dass ihr neuer König eine große Anzahl Truppen zusammenführt. Wenn sich Osten und Westen nicht vereinen, um sie zu vernichten, dann werden die Hunnen uns alle überrennen.«

Honorius beugte sich, plötzlich aufmerksam, vor. »Sind sie Christen?« Placidia stöhnte innerlich. Die Hunnen hatten den Waffenstillstand gebrochen, und er sorgte sich über ihre religiöse Bekehrung? Eines von Honorius' Hirngespinsten war es, als der erste Kaiser in die Geschichte einzugehen, der einen barbarischen Stamm christianisierte. Wann auch immer Barbaren erwähnt wurden, stieg seine Hoffnung, nur um wieder zerschlagen zu werden, entweder weil der fragliche Stamm bereits zum Christentum bekehrt war oder weil alle Versuche in diese Richtung fehlgeschlagen waren.

»Nein, Augustus. Sie sind nicht einmal Heiden. Sie sind die gottlosesten Wilden, die jemals die Oberfläche der Erde bevölkerten. Sie trinken aus ausgehöhlten Schädeln das Blut ihrer Opfer. Sie töten ihre Alten und essen sie.«

»Das stimmt nicht.« Alle Köpfe wandten sich Aetius zu. Es bedeutete einen Verstoß gegen das Protokoll, wenn jemand, der kein Mitglied des Rates war, ohne Aufforderung sprach. Man hatte noch nie davon gehört, dass einem kaiserlichen Gesandten widersprochen wurde. Candidianus griff ihn sofort an: »Flavius Aetius, Ihr vergesst Euch! Ihr sprecht mit einem kaiserlichen Gesandten!«

Konstantius, der wenig vom Protokoll hielt, verschränkte die Arme. »Fahrt fort!«

»Bitte«, Aetius neigte zu Ardaburius den Kopf mit einer Geste, der jegliche Demut fehlte, »verzeiht, Herr.«

Ardaburius grollte: »Ich, junger Mann, weiß mehr über die Hunnen, als Ihr jemals erfahren werdet. Wir bekämpfen sie seit Jahrzehnten, wir habe ihnen Achtung bezeugt und unzählige nutzlose Verhandlungen ertragen, Gott gewähre uns Geduld! Sie sind wild und unzähmbar. Und abgesehen von allem anderen, stinken sie unerträglich.«

»Ich gebe zu, dass viele stinken.« Aetius' Stimme klang auf frostige Art höflich. »Das kommt daher, dass sie, wenn einer ihrer nahen Verwandten stirbt, ihre Kleidung erst ablegen, wenn sie zerfällt. Sie töten und essen ihre Alten nicht, noch trinken sie das Blut ihrer Gegner. Bei allem gebotenen Respekt, ich kenne die Hunnen besser als jeder andere hier. Ich war fünf lange Jahr ihre Geisel. Ich spreche fließend ihre Sprache, und der älteste Sohn ihres Königs ist mein Freund. Ich stimme jedoch mit Euch darin überein, dass sie eine ernsthafte Bedrohung darstellen. Ich habe auf Heerführer Konstantius' Geheiß hin eine Karte gezeichnet, die auf den Informationen basiert, die ich von meinen eigenen Spionen im Hunnenheer erhalten habe: Sie zeigt ihre Truppenstärke und -standorte.« Er wandte sich zu seinem Stabsoffizier um, der ihm eine lange Schriftrolle reichte. Er fragte, Honorius zugeneigt: »Darf ich dies auf dem Tisch ausbreiten, Augustus?«

Honorius nickte. Jedermann drängte sich um die Karte. Aetius erklärte die Symbole und Nummern auf der Karte. Dann lieferte er mit wenigen Worten eine anschauliche Beschreibung der Hunnen, ihres neuen Königs, seiner Persönlichkeit und seiner weitreichenden territorialen Ambitionen. Aetius schloss: »Die Hunnen träumen heute nicht nur von schnellen Raubzügen und der üblichen Beute. Sie träumen von einem Imperium.«

Einen Moment herrschte Schweigen, und dann nickte Konstantius. »Die Anzahl der Männer, die sie bewaffnet haben, ist *tatsächlich* besorgniserregend.«

Ardaburius fügte eindeutig beeindruckt hinzu: »Sie sind alle vollendete berittene Bogenschützen ... Und sie sind Zauberer mit dem Lariat, einem Seil, das sie benutzen, um ihre Gegner vom Pferd zu ziehen ...«

Aetius richtete sich auf. »Ich hege keine persönliche Feindseligkeit gegenüber den Hunnen. Sie haben mich stets gut behandelt, aber auch ich glaube, dass sie ausgelöscht werden müssen. Wenn nicht, werden sie die römische Welt überrollen.«

Placidia sah Aetius an. Seine Darstellung war hervorragend gewesen. Aber nicht das faszinierte sie. Sie wusste nicht recht, was es war: die Haltung, die Breite der Schultern, die Größe. Er erinnerte sie an Athaulf, obwohl er ein sehr eigenes Gesicht hatte: gutaussehend, anmaßend, beunruhigend. Sie erkannte klar, was seine magnetische Anziehung ausmachte, aber dennoch konnte sie den Blick nicht abwenden. Sie betrachtete seine Hände: lang, schlank, gebräunt. Ein Zittern durchlief sie. War es Begehren oder Ablehnung, oder beides?

Während der nächsten Stunde erörterten sie den Einsatz gegen die Hunnen und die Unterstützung, die Honorius leisten würde. Ardaburius forderte drei Legionen – zwei berittene und eine Legion von Fußsoldaten. Konstantius, der sich nicht festlegen wollte, wich aus. Schließlich verschob er das Treffen auf den nächsten Tag.

Placidia fragte auf dem Rückweg in der Sänfte: »Sind die Hunnen wirklich eine solche Gefahr?«

Konstantius seufzte. »Ich bin mir nicht sicher. Sie waren bereits zu Zeiten deines Vaters an der östlichen Grenze ein Problem. Ich weiß nicht, ob Aetius' Einschätzung vollkommen richtig ist. Er neigt jedoch nicht zu Übertreibungen. Konstantinopel ist verständlicherweise besorgt. Selbst wenn der oberste Minister deines Neffen etwas von einem alten Weib hat. Aber wenn wir damals die frühen Warnungen über die Goten beherzigt hätten, wenn wir sie vor Adrianopel vernichtet hätten, wäre alles anders verlaufen. Vor allem müssten wir ihnen jetzt kein Gebiet überlassen.«

Sie konnte sich die Bemerkung nicht versagen: »Du kannst nicht leugnen, Konstantius, dass in Spanien und im südlichen Gallien nun dank der Goten Frieden herrscht. Die Vandalen sind unter Kontrolle. Und sie werden beizeiten …«

»Ja, meine Liebe«, unterbrach er sie schroff, »aber zu welchem Preis!« Dann fragte er, um das Thema zu wechseln: »Was hältst du von Aetius?«

Sie betrachtete ihre Hände. »Ich denke, dass du nach dem, was ich gesehen habe, recht hast. Er ist schlau, fähig und anmaßend.«

»Ich habe nur wenige gute Offiziere. Ich dachte daran, ihn in meinen Stab aufzunehmen. Mit den beiden Legionen, die ich Theodosius wohl zur Verfügung stellen muss, könnte ich ihn nach Osten schicken. Ich werde Anicius die Verantwortung übertragen, mit Felix als seinem stellvertretenden kommandierenden Offizier. Aetius könnte als ihr Berater fungieren, mit den Hunnen verhandeln, wenn der richtige Zeitpunkt gekommen ist. Er spricht ihre Sprache, versteht ihre Bräuche …«

»Tu das nicht. Lass ihn eine Weile in Rom bleiben. Beobachte ihn.«

»Bitten wir ihn heute Abend zum Bankett. Es ist stets interessant, wenn man einen neuen Mann in höfischer Umgebung beobachten kann.«

»Auf keinen Fall!« Sie erkannte zu spät, dass sie ungewöhnlich heftig gesprochen hatte.

Konstantius runzelte die Stirn. »Was hat er getan? Er war doch nicht grob zu dir?«

»Nun ja, beinahe«, log sie. »Er könnte leicht jemanden gegen sich aufbringen. Bevor ich ihn bei einem Bankett sehen möchte, muss er höfische Manieren lernen.« Sie wandte sich um und blickte durch den Spalt im Vorhang. Der Regen von vorhin war zu dichtem, umherwirbelndem Nebel geworden, der so düster war wie ihre Stimmung. Sollte Aetius nach Rom zurückgehen und dort bleiben. Sie hatte ihn nicht einmal gemocht, und doch hatte er in ihr Gefühle wachgerufen, die sie nicht wahrhaben wollte, fast vergessene Gefühle, Gefühle, für die in ihrem Leben kein Platz war, für die in ihrem Leben niemals wieder Platz wäre.

Ungeheure Traurigkeit und ein Gefühl des Bedauerns erfüllten sie, während sie die Düsternis draußen betrachtete. Düstere Straßen, düsterer Himmel, düstere Brücken über düsterem Wasser. Auch sie war innerlich voller Düsternis. Ihr Herz und ihr Körper gehörten ihr nicht mehr. An dem Tag, an dem sie Konstantius heiratete, hatte sie alles der Pflicht geweiht.

Sie zwang sich, an andere Dinge zu denken: an das neue Hospital, an die Restaurierung der Basilika von Ravenna, an Honorius' baldige Reise durch Italien, die nach Rom und damit zur Ratifizierung des gotischen Vertrages im Senat führen würde, jenes Vertrages, auf den sie so lange hingearbeitet hatte, des Vertrages, den sie mit Gottes Hilfe durchsetzen wollte.

Rom hatte sich seit Honorius' Triumphzug vor zwei Jahren nicht verändert. Die uralten Gebäude und Kolonnaden erstrahlten weiter in ihren lebhaften neuen Farben, die ausgebesserten Straßenbeläge waren intakt, das Forum sprühte vor Leben. Aber heute säumten keine freudigen Menschenmengen die Straßen, keine bunten Girlanden zierten die Monumente, keine Musikanten führten die Prozession wie am Tag des Triumphes an.

Die berittene kaiserliche Garde bahnte sich unter einem grauen Himmel einen Weg, während die Menschen zurückwichen und ihr Vorüberziehen beobachteten. Heute war kein Festtag, und die Anwesenheit der kaiserlichen Familie löste nur wenig Interesse aus. Die Bewohner der alten Hauptstadt waren nun schon lange Zeit an das Kommen und Gehen der Kaiser gewohnt, die sie verlassen hatten, zuerst nach Mediolanum und dann, um hinter den Sümpfen Ravennas Zuflucht zu suchen. Nur eine große Feier oder ein prächtiges Schauspiel hätten die Gleichgültigkeit der Leute durchbrochen, aber Rom hatte keine Siege, keinen Ruhm mehr, worin man schwelgen konnte. Sogar Konstantius, den das Volk liebte, begrüßte nur wenig Jubel, als er dem Zug voranritt.

Rom könnte noch immer ewig währen, dachte Placidia traurig, aber es war nicht mehr der Mittelpunkt eines großen Reiches. Die Stadt war bestenfalls ein Symbol des Christentums, die Grabstätte der Apostel, ein Ort der Pilgerschaft und der Verehrung Gottes.

Für die Einwohner Roms war es ein Tag wie jeder andere. Die kaiserliche Familie, die den Senat besuchte, war wie die kostspielige Wiederherstellung öffentlicher Monumente, nur ein weiteres Schauspiel, um die Illusion aufrechtzuerhalten, Rom habe sich nicht verändert und die großen Institutionen der Republik und des Reiches besäßen noch Wichtigkeit.

Aber für Placidia war heute kein Tag wie jeder andere. Wie viel Zeit und Mühe, wie viele Verhandlungen waren nötig gewesen, um ihr Versprechen Athaulfs Volk gegenüber zu erfüllen. Wen unter diesen Plebejern, die ihren täglichen Geschäften nachgingen, kümmerte das Schicksal der Goten oder die Zukunft einer fernen Provinz? Nur wenige hatten eine Ahnung davon, was heute im Senat erörtert werden sollte. Das war auch gut so. Seit der Plünderung Roms waren kaum acht Jahre vergangen. Die Erinnerung war noch frisch, der Hass auf die Goten noch unvermindert. Wenn der Erlass im Forum verkündet würde, befände sich die kaiserliche Familie wieder sicher auf dem Palatin.

Dennoch sehnte sich etwas in Placidia danach, aus ihrer vergoldeten Sänfte zu steigen, in die Menge einzutauchen und die Straßen einer Stadt zu durchschreiten, die sie stets geliebt und deren Volk stets sie geliebt hatte. Sie fragte sich, ob sie auch hier, wie in Ravenna, begonnen hatten, sie als »Placidia die Gotin« zu beschimpfen. Sie griff nach ihrem Halsreif. Die Berührung des schweren, gehämmerten Goldes beruhigte sie. Athaulf hatte ihn ihr zuerst um den Hals gelegt, zärtlich, als Geschenk, in einem anderen Leben, in Barcino. Sie wusste, dass sie ihn nicht öffentlich tragen sollte, und doch hatte sie ihn heute Morgen als einen Talisman umgelegt.

An der Ecke des Argiletum schrak sie zusammen. Marcus Tullius' Buchladen! Sie hatte ihn zuletzt als geschwärzte Ruine mit eingestürztem Dach gesehen, von dem Ochsenkarren aus, in dem sie Rom verlassen hatte. Die gesamte Arkade war neu aufgebaut worden, obwohl die Fassade nun ockerfarben war, nicht mehr rot. Sie erhaschte durch den Eingang einen Blick auf einen mit Schriftrollen beladenen Tisch. Morgen würde sie jemanden herschicken, um herauszufinden, ob der Buchhändler überlebt hatte, ob ihm der Laden immer noch gehörte. Auf dem Senatsplatz hatte sich vor den Gerichtshöfen in der Basilica Julia eine große Menschenmenge versammelt. Beschimpfungen flogen hin und her, geballte Fäuste erhoben sich, und zweifellos wurde irgendwo verfaulter Fisch geworfen. Es musste eine wichtige Verhandlung im Gange sein. Die Gerichtshöfe boten dem Volk Unterhaltung, das, durch bezahlte Beifallklatscher beeinflusst, Partei ergriff und auf die Richter einwirkte.

Der kaiserliche Zug hielt vor dem Senat an. Die Curia, von Alarich geplündert, war vollkommen wiederhergestellt worden. Die frisch vergoldeten Bronzetüren standen weit geöffnet. In der Vorhalle unter der Marmorarkade erwarteten sie die Senatoren in purpurn gesäumten Togen, vom Sprecher des Hauses angeführt. Placidia stieg aus der Sänfte und beobachtete belustigt die kriecherische Ehrerbietung, mit der sie Honorius begrüßten. Die Zeiten der allumfassenden Macht des Senats, als die größten Heerführer und Konsuln, sogar Cäsar selbst, herbeizitiert wurden, um sich vor der Versammlung der ältesten Familien Roms zu rechtfertigen, waren längst vergangen. Die Kaiser hatten dem Senat während der Jahrhunderte die Autorität genommen.

Übrig blieb eine Versammlung, die lediglich dem Willen des Kaisers den Stempel der Rechtmäßigkeit verlieh.

Konstantius nahm, wie am Tag von Honorius' Triumph, ihren Arm. Nur war es heute Zorn, nicht Leidenschaft, den sie in seinen Augen erkannte, während er sie die Treppe hinaufführte. »Wie schade«, zischte er, »dass deine Goten dir heute nicht zujubeln können.« Sie lächelte und neigte zum Gruß wohlbekannter Senatoren den Kopf, während sie und Konstantius Honorius in den Senat folgten. Als sie die Schwelle überschritt, verspürte sie eine Woge des Hochgefühls. Nur eine Handvoll Frauen hatten den römischen Senat jemals betreten. Sie erwiderte leise: »Ich gewähre ihnen nur, was du nicht halten kannst, mein Liebster.« Es war nicht fair, aber sie konnte nicht widerstehen. Er hatte sie bei diesem Thema aus Eifersucht so lange bekämpft, dass sie nicht umhinkonnte, angesichts ihres Sieges wilde Freude zu empfinden.

Während das Äußere des Senatsgebäudes wie ein einfaches Gutshaus mit unverglasten Fenstern gestaltet war, wirkte das Innere prachtvoll, perfekt proportioniert, mit hoher Decke. Die Wände waren mit mehrfarbigem Marmor verkleidet, der Boden symbolisch mit Steinen aus Roms größten Eroberungen eingelegt: ägyptische Porphyrplatten, griechischer Serpentin und verschiedene Marmorarten: Gelb aus Numidien, Ocker aus Spanien, Grau aus Phrygien. Zu beiden Seiten stiegen in drei Reihen die Senatorensitze auf. Auf einem Podest am entgegengesetzten Ende, jenseits der Rednerbühne, stand der leere Sockel der Siegesstatue. Seit über fünfzig Jahren ein Objekt wilder Diskussionen zwischen Christen und Heiden, war die goldene Statue von mehreren Kaisern beseitigt und wieder ersetzt worden, bis ihr Vater sie schließlich entfernen ließ. Es wäre, anstatt den Sockel leer zu belassen, weitaus wirkungsvoller gewesen, ein christliches Symbol darauf zu platzieren, als Beweis für die Herrschaft des neuen Glaubens über die alten Götter. Eine Statue von Petrus oder Paulus, oder sogar noch besser – von der heiligen Maria?

Honorius nahm seinen Platz auf dem Thron aus Gold und Elfenbein ein. Placidia und Konstantius saßen zu seiner Linken und seiner Rechten. Die Senatoren schlurften auf ihre zugewiesenen Plätze. Als alle saßen, schlossen die Wachen die Türen und tauchten den Senat damit in Halbdunkel.

Honorius' wunderschöne Stimme, kräftig und tief, so anders als seine schwankende Art, hallte durch den uralten Saal:

»Erlauchte Senatoren Roms, ich grüße Euch! Das Ziel der Euch heute vorgelegten Verfügung ist es, die Angelegenheit mit den Goten ein für alle Mal zu regeln. Meine Schwester, die Nobilissimia Placidia, und ihr Ehemann, der Konsul Konstantius, sind mit dieser Frage besser vertraut als jeder andere, mit dieser Frage, die schon so lange unsere Aufmerksamkeit beansprucht. Falls dieses erlauchte Haus weiterhin über das Thema unterrichtet werden möchte, wird der Konsul alle Fragen beantworten, die Ihr vielleicht habt. Möge Gott Eure Entscheidung lenken.«

Der alternde Sprecher des Senats, Quintus Nicomachus, erhob sich. Er öffnete die Schriftrolle in seinen Händen und hob sie an das Licht, das durch eines der Fenster über ihm fiel.

»Wir haben uns heute hier unter der Führung unseres Kaisers versammelt, um darüber zu entscheiden, ob Rom den Goten die Provinz Aquitanien als Foedus gewähren soll, eine Angelegenheit, die dieses erlauchte Haus schon früher erörtert hat. Die Goten haben durch ihre Freundschaft und die Unterstützung unserer Legionen seit Jahren für die Revolte unter ihrem König Alarich gesühnt. Sie haben unter König Vallia in Spanien gegen die Alanen und die Vandalen gekämpft, im Interesse Roms. Als Belohnung soll ihnen das Recht zuteil werden, sich dauerhaft in Aquitania Secunda niederzulassen. Sie werden weder dem römischen Recht noch der römischen Besteuerung unterliegen, sollen aber die Bräuche und Gesetze respektieren, welche die dort lebenden römischen Bürger pflegen. Die Goten stimmen zu, Aquitanien und sein Volk gegen jegliche Aggression von außen zu verteidigen und Rom mit einem festgelegten Anteil an bewaffneten Truppen auszurüsten, wenn sie dazu aufgefordert werden.«

Tumult entstand im Saal. Viele, hauptsächlich ältere Senatoren weigerten sich noch immer, die Realität von Roms schwindender Macht zu akzeptieren. Sie wollten nicht anerkennen, dass das Reich schrumpfte, und klammerten sich eigensinnig an ihre alten Gewissheiten. Andere, realistischere Senatoren, die Placidia unterstützt hatten, sahen längst ein, dass nur ein Kompromiss retten konnte, was vom Reich übrig war.

Eine Stimme rief von einer der Rückbänke:

»Heerführer Konstantius! Ihr, Sieger unzähliger Feldzüge. Ihr, der das Reich jahrelang gegen Barbaren und Usurpatoren verteidigt habt, wie könnt Ihr, ohne auch nur Euer Schwert zu ziehen, eine der ältesten, reichsten Provinzen Roms preisgeben? Wäre ich nicht von Eurer Redlichkeit überzeugt, würde ich Verrat vermuten.«

»Ja, Verrat!«, rief eine weitere Stimme. »Eure Ehefrau, die Schwester des Kaisers, geht von einer gotischen Wache begleitet umher, wie die Königin der Goten herausgeputzt, die sie einst war! Ich sage, das ist Verrat!«

Konstantius sprang mit zornesbleicher Miene auf. Sein grimmiger Blick schweifte durch den Raum, bevor er auf dem ersten Sprecher haften blieb. Es herrschte Schweigen.

»Ihr, Lucius Asinus«, donnerte Konstantius, »wo wart Ihr, als ich im Schnee und Eis Germaniens die Vandalen und Burgunder bekämpfte? Habt Ihr von schimmeligem Soldatenzwieback gelebt wie meine Offiziere und ich, oder habt Ihr in Eurer Villa auf Capri erlesenen Falernerwein genossen? Und Ihr, Sextus Caius, ist Euer Sohn in Galliens untergegangener Legion umgekommen, oder habt Ihr ihm eine bequeme Stelle im kaiserlichen Haushalt verschafft?« Er ließ seinen Arm über die Versammlung schweifen. »Wo wart Ihr alle, als Rom Männer brauchte, um seine Grenzen zu verteidigen?« Er sah sie finster an. »*Ich* war da. Und König Vallia und seine Leute ebenfalls. Es ist kein Verrat, wenn wir das vergossene Blut unserer Verbündeten honorieren. Es ist Verrat, unsere Versprechen *nicht* zu halten!« Er machte eine Pause und fuhr dann fort: »Was die abfälligen Bemerkungen über meine Ehefrau angeht, so sind sie unter der Würde dieses erlauchten

Hauses.« Konstantius setzte sich mit einem letzten vernichtenden Blick wieder hin.

Placidia erhob sich, vor Wut zitternd. Sie schaute zu Honorius. »Augustus, darf ich sprechen?« Er sah sie erstaunt an und nickte dann, da er nicht wusste, was er sonst tun sollte.

Lautes, schockiertes Murren durchlief den Senat. Eine Frau wagte es, zu ihnen zu sprechen?

Sie hob ruhegebietend eine Hand. Sie gehorchten verblüfft. Stille senkte sich über den Raum.

»Senatoren von Rom!«, begann sie. »Ja, ich war Königin der Goten! Aber bevor ich ihre Königin wurde, war ich ihre Gefangene! Ich zog als Geisel mit ihnen umher. Ich erlernte ihre Sprache, erlebte ihre Art. Ich lernte, ihren Mut und ihre Rechtschaffenheit zu respektieren, aber ich blieb stets Römerin, die Tochter, Enkelin und Nichte der Kaiser Roms. Ich habe in meiner Loyalität zu Rom nie geschwankt.« Sie atmete ein, bevor sie fortfuhr. »Meine größte Sorge gilt dem Wohlergehen Roms. Die Goten sind der mächtigste aller barbarischen Stämme. Sie sind Christen. Wenn wir unsere Versprechen halten, werden auch sie ihre Versprechen wahr machen. Aber wenn wir uns nicht in einem dauerhaften Bündnis mit ihnen zusammenschließen, in einem Bündnis des Reiches, werden sie sich vor Enttäuschung und Verzweiflung gegen uns wenden!« Ihr Blick schweifte über die Sitzreihen. »Ich stelle nur fest, was Ihr alle bereits wisst: dass wir Rom retten, wenn wir die Goten zu unseren dauerhaften Verbündeten machen.«

Eine überwältigende Mehrheit von Senatoren sprang auf und klatschte Beifall. Ihr Applaus hallte durch den Saal und ließ die Andersdenkenden verstummen. Placidia schloss die Augen. Ich danke dir, o Gott. Und ich danke dir, Konstantius. Er hatte mit seinem großartigen Zornesausbruch das letzte Hindernis auf ihrem Weg beseitigt.

Athaulf hatte ihr einst die Schätze Roms zurückgegeben. Heute hatte sie seinem Volk Gerechtigkeit widerfahren lassen.

Sie schickte nach Roderich, sobald sie wieder im Palast war. Iris löste noch immer die Edelsteine aus Placidias Haar, als er eintrat. Placidia schickte Iris und ihre Mädchen hinaus: »Lasst uns allein.«

Roderich stand vor ihrem Stuhl, ein wenig unbeholfen, eine Hand an seinem Schwertheft. Sie spürte die Anspannung in jedem seiner Gesichtsmuskeln, aber seine blauen Augen strahlten Ruhe aus.

»Es ist vollbracht«, sagte sie. »Der Senat hat den Erlass unterzeichnet.«

Er sah sie an und blinzelte Tränen fort. Dann sank er auf ein Knie, griff nach ihrem Saum und hob ihn an die Lippen. Leise sagte er auf Gotisch: »Ich danke Euch, meine Königin.«

Es war, als erklänge eine Stimme aus dem Grab. Placidia schluckte. Auch sie spürte Tränen aufkommen. Es gelang ihr mühsam, sich zu beherrschen. Sie wandte den Blick ab und sagte: »Es wird im Forum gerade offiziell verkündet. Felix und Castinus brechen morgen nach Spanien auf. Wenn Ihr mit ihnen gehen wollt – Gainsrich kann Euren Platz einnehmen. Ich bin mir sicher, dass Euer Onkel erfreut wäre. Es sollen Feierlichkeiten abgehalten werden. Ihr könntet Eure Familie sehen, Eure Freunde …« Sie hielt inne, als sie sich bewusst wurde, dass sie eigentlich von ihrer eigenen Sehnsucht sprach.

»Mein Platz«, erwiderte Roderich schlicht und sah sie an, »ist hier.«

Sie betrachtete ihn. Wie war es möglich, dass sie nie bemerkt hatte, wie wohlgeformt seine Züge waren, wie herzlich seine Augen blickten, wie empfindsam sein Mund wirkte und wie kantig sein Kinn? Sie wusste, abgesehen von der Tatsache, dass seine Mutter Vallias Schwester gewesen war, nur wenig über ihn. Er war früh Waise geworden und war in Vallias Haushalt aufgenommen worden, wo er eine bessere Ausbildung erhielt als die meisten jungen gotischen Adligen, da er sogar Latein gelernt hatte. Hatte er Geschwister? Sie wusste, dass er nicht verheiratet war. Wahrscheinlich hatte er, wie seine Männer, eine einheimische Geliebte. Sie würde seine Motive niemals in Frage stellen. Seine Loyalität stand außer Zweifel. Konstantius' Verdacht, Vallia hätte ihn als Spion gesandt, um sich bei ihr einzuschmeicheln, waren absurd. Man konnte so viele Spitzel anheuern. Und sie würde sich von einem Hauptmann ihrer Wache nicht beeinflussen lassen, auch wenn er der Neffe des Königs war.

»Wie Ihr wünscht. Ihr könnt nun gehen. Und vergesst nicht, mich wissen zu lassen, wann meine Stute fohlt. Ich möchte das Fohlen sehen. Wenn es auch nur annähernd wie sein Vater ist, wird es gewiss eine Schönheit.«

Er stand auf und verbeugte sich. »Ich werde Euch sofort benachrichtigen. Ich war heute Morgen dort und sah nach der Stute. Sie trägt tief. Der Lage des Fohlens nach zu urteilen, könnte es heute oder morgen so weit sein.«

Sie musste lächeln. Männer, die Pferde liebten, sprachen häufig wie Hebammen. Sie beobachtete, wie er zur Tür ging. Sein Gang war noch etwas, was sie nie bemerkt hatte: lange Schritte, leichtfüßig, aber würdevoll, mit gerade aufgerichtetem Rücken, die breiten Schultern gestrafft, der goldene Kopf hocherhoben. Ein majestätischer Gang.

Placidia lehnte sich in ihrem Sessel zurück, nachdem Roderich gegangen war. Ihr heutiger Sieg hatte sie ausgelaugt, ihr aber auch heiteren Frieden beschert. Er würde, so hoffte sie, den Grundstein für Roms Zukunft legen und für die Zukunft von Athaulfs Volk. Sie hatte in gewisser Weise, unbewusst, die Strategie ihres Vaters fortgeführt. Bonifaz war es, der sie kürzlich in einem Brief darauf aufmerksam gemacht hatte. Natürlich gäbe es Rückschläge, Schwierigkeiten mit den Goten, mit den Römern, in Aquitanien und hier, mit anderen Barbaren. Vallia war bei schlechter Gesundheit. Es gab mehrere Anwärter auf seinen Thron, von denen ihr einige nicht gefielen. Aber das Volk der Goten selbst war ihre beste Erfolgsgarantie: Da sie erhalten hatten, was sie nach so viel Umherwandern und Mühen ersehnten, würden sie mit aller Macht daran festhalten.

Es dämmerte bereits. Bald kämen die Sklaven, um die Lampen anzuzünden. Es war ein hübscher Raum im alten flavischen Flügel des kaiserlichen Palastes, mit Fresken in Schwarz und Türkis, mit ovalen Alabasterfenstern. Sie hatte diesen Palast schon immer geliebt. Es war ein gewaltiges Gebäude, weitläufig, über die Jahrhunderte verwandelt und vergrößert. Niemand wusste sicher, wie viele Räume er hatte. Ganze Zimmerfluchten waren geschlossen worden, seit die Hauptstadt verlegt wurde. Sie hatten als Kinder stets in diesen verwaisten Räumen gespielt, die geisterhaft, voller Spinnweben und verboten waren. Oder in den üppigen Gärten voller Statuen, verborgener Grotten und sprudelnder Springbrunnen.

Der Palast lag trotz seiner Größe im Herzen Roms, auf dem ältesten der sieben Hügel. Man konnte von seinen Terrassen aus auf einer Seite in den Circus Maximus hinunterblicken oder auf der anderen Seite die geschäftige Menge im Forum beobachten. Kleinere Paläste und Villen, von denen viele nun verlassen waren, scharten sich darum, einige dicht neben den Läden an der Via Sacra. Wie merkwürdig war der Gedanke, dass Alarich sie vor acht langen Jahren in diesem Palast gefangengenommen hatte, und dass sie sich heute Morgen von hier aus aufgemacht hatte, um sein Volk vom Schicksal der Heimatlosigkeit zu erlösen.

Ihr Blick blieb an ihrem Schreibkasten haften. Wenn sie ihn jetzt nur öffnen, mit dem Griffel in der Hand einen Moment ruhig an einem Tisch sitzen und ihre Gedanken mit Athaulf teilen könnte. Sie würde schreiben, zunächst nur zögerlich, bis die Worte von selbst kamen, wie bei einer Unterhaltung. Über den heutigen Tag, über den Senat, über Rom … Sie blickte zur Klepsydra. Sie würde bis heute Abend warten müssen. Jeden Moment würde man das Kind bringen. Konstantius hatte Befehl erteilt, dass seine Tochter jeden Nachmittag zur gleichen Zeit in ihre Räume gebracht würde. Als Mann mit festen Gewohnheiten versäumte er es selten, dann auch zu erscheinen.

Wann bekäme sie den Sohn, den sie brauchte? Natürlich waren seit Honorias Geburt erst drei Monate verstrichen. Diese Geburt war gnädigerweise rasch vonstattengegangen, weitaus leichter als ihre erste. Die nächste Geburt würde, so hatte Aristophanes ihr versichert, noch leichter werden. Wenn man nur Söhne haben könnte, ohne seinen Körper deren Vätern ausliefern zu müssen …

Sie hörte in der Säulenhalle Schritte, den Gruß der Wache, Tugas Stimme. Die Stimmen von Honorias persönlichen Wachen, zwei der in Karmesinrot gekleideten Illyrer Konstantius', die draußen ihre Posten bezogen hatten. Die Frauen traten ein. Sie wurden von Elpidia angeführt, die Honoria in einem mit purpurfarbenen Fransen versehenen Tuch feierlich hereintrug, gefolgt von Tuga und der Amme, einer drallen Bäuerin mit rosigen Wangen aus Neapolis, die respektvoll Abstand hielten.

Placidia nahm Elpidia das Kind ab. Honoria blickte mit großen, runden Augen zu ihr hinauf, die kleinen Finger öffneten und schlossen sich und umklammerten das Tuch. Zum ersten Mal hatte sie nicht sofort zu weinen begonnen, als Placidia sie hielt. Sie ähnelte Honorius wirklich. Sie hatte sein sandfarbenes Haar und das längliche Gesicht. Schuldgefühle stiegen in Placidia auf. Sie hatte sich den ganzen Tag nicht um den Säugling gekümmert. Sie sah Tuga an. »Geht es ihr besser?«

»Ein wenig. Ihr Stuhlgang hat sich gefestigt. Sie hat viel weniger geweint.«

Elpidia sagte: »Tuga hat die Nacht bei ihr verbracht.« Als sie Placidias Miene sah, fügte sie rasch hinzu: »Ihr braucht Euch nicht zu sorgen. Säuglinge bekommen ständig solche Beschwerden. Wir haben ihr einen Kamillentrank gegeben. Tuga hat inzwischen gelernt, alle meine alten Heilmittel herzustellen.«

Placidia legte eine Hand auf Elpidias Arm. »Was würde ich nur ohne dich tun, Elpidia?« Die Jahre hatten von Elpidia ihren Tribut gefordert. Ihr Haar war weiß, ihre Hände verkrümmt, ihr Gedächtnis unzuverlässig. Obwohl sie die eigentliche Betreuerin Honorias war, verbrachte Tuga Stunden damit, mit dem Kind auf und ab zu schreiten, wenn es weinte, Tuga, die sicherstellte, dass die Amme sich täglich badete, Tuga, die die Sklaven überwachte, welche die Räume des Kindes reinigten. Aber Elpidia war es, die in einem ihrem Status angemessenen Stuhl mit hoher Rückenlehne saß und Tuga dabei anwies, wie eine kaiserliche Prinzessin richtig gebadet, gewickelt, getragen, angesprochen und vergöttert wurde. Zu aller Überraschung hatte sich ein merkwürdiger Bund zwischen ihnen entwickelt. Vielleicht weil Tuga, die seit zwei Jahren mit einem von Roderichs Wächtern verheiratet war, noch keine Kinder hatte. Und Elpidias einziges Kind war Placidia gewesen, die sie mit der entschlossenen Hingabe einer Mutter geliebt hatte.

Die Liebe einer Mutter, was war das? Placidia blickte zu ihrer Tochter hinab. Das Kind, das noch immer ruhig und zufrieden war, erwiderte ihren Blick. Warum liebte eine Mutter ein Kind und ein anderes nicht? Sie presste ihr Baby an sich und schloss die Augen. »O Gott«, betete sie lautlos, »verzeih mir. Hilf mir, dieses unschuldige kleine Mädchen so zu lieben, wie du uns liebst. Denn ohne Liebe sind wir nichts.«

Einen Monat später kehrten sie nach Ravenna zurück. Sie zogen bei trübem Wetter nordwärts entlang der Via Flaminia, durch eine von Wind und Regen gepeitschte Landschaft, über schneebedeckte Berge und schwankende Brücken nur langsam und mühevoll voran. Honorius erkältete sich furchtbar. Sie mussten eine Woche in Ariminium haltmachen, bevor es ihm wieder gut genug ging, um weiterziehen zu können. Placidia fürchtete um Honorias Leben. Sie erteilte Befehl, die erhitzten Ziegelsteine in der Wiege des Säuglings jede Stunde zu wechseln. Selbst fühlte sie sich schrecklich: Mit bohrenden Kopfschmerzen, zitternd und ständiger Übelkeit konnte sie kaum essen. Honoria gedieh jedoch. Sie gluckste und lächelte in ihren Pelzen.

Als sie Ravenna eine Woche nach den Iden des Januar schließlich erreichten, brach Placidia zusammen. Vom ständigen Erbrechen geschwächt, konnte sie kaum ohne Hilfe stehen. Padusia warf einen Blick auf sie und rief aus: »Heilige Mutter Gottes! Du siehst wie ein Geist aus! Was ist mit dir passiert? Entweder bist du krank oder du bist schwanger!«

»Schwanger … glaube ich. Aber erzähle es niemandem. Ich muss zuerst sicher sein.«

Padusia umarmte sie. »Bist du sicher, dass dein persischer Arzt etwas taugt? Sollte dich nicht der Arzt des Kaisers untersuchen?«

Placidia schüttelte sich. »Dieser elende alte Intrigant? Ich kann ihn nicht ausstehen! Er könnte mich vergiften! Er ist Candidianus' Kreatur. Konstantius hat kürzlich entdeckt …« Sie blieb mit einem Finger auf den Lippen stehen.

Padusia nickte. Auch sie wusste, dass alle, die sich an Honorius' Hof aufhielten, gefährlich lebten.

Der Januar und Februar waren in diesem Jahr ausgesprochen kalt und nass. Sie brachten dichten Nebel, einen dunklen, undurchdringlichen Himmel und klirrend kalte Feuchtigkeit, die keine noch so starke Wärmequelle zerstreuen konnte. Die Mauern selbst schienen einen Geruch von Schimmel und Verfall auszustrahlen. Honorius zog sich in den kaiserlichen Palast zurück, wo er abwechselnd die ganze Nacht in der Kapelle wachte und betete oder sich trunkenen Ausschweifungen hingab. Konstantius war mit Castinus unterwegs. Obwohl Placidia inzwischen wusste, dass sie schwanger war, empfand sie keine Freude. Voller Übelkeit und niedergeschlagen schleppte sie sich zur Messe in ihre Kapelle und nahm nur an den wichtigsten Angelegenheiten teil. Schließlich schwand die Übelkeit Anfang März, und das Wetter besserte sich. Wie auch Placidias Stimmung.

Sie trat auf die Terrasse hinaus und staunte: Die Luft war warm und sanft wie eine Liebkosung, die Kanäle schimmerten in der Frühlingssonne, und die roten Dachziegel glänzten, als wären sie gerade abgewaschen worden. Auch die Straßen hatten ihre winterliche Trostlosigkeit verloren. Die Menschenmenge bewegte sich anders, drängte, lachte und johlte, erfüllt von neuer Lebenskraft. Sie beobachtete, wie eine Schar heimkehrender Schwalben über das Forum flog, und verspürte jäh ein Sehnen nach weiten, offenen Räumen, nach Bäumen und Wiesen und Pferden. Sie wollte zu den Stallungen der Pferdezucht hinausreiten. Als sie das letzte Mal dort gewesen war, hatte man den neuen Flügel für die Zuchtstuten erst halb fertiggestellt.

Als Placidia und ihre Eskorte auf der von Bäumen gesäumten Straße von der Pferdezucht zurückritten, stand die Sonne bereits tief. Sie war erfreut über die Fortschritte an den Stallungen. Die neuen Gebäude waren fertiggestellt. Mehrere der kürzlich erworbenen Stuten waren bereits trächtig. Honorius, den Pferde nicht interessierten, hatte es zugelassen, dass diese berühmte kaiserliche Pferdezucht verfiel. Im letzten Jahr hatte sie Gainsrich die Verantwortung dafür übertragen. Teilweise, weil er ein erfahrener Pferdezüchter war, und teilweise, weil er als Stilichos ehemaliger Oberstallmeister in ihrem Haushalt zu sichtbar war.

Placidia zog ihren Umhang fester um sich. Sie war froh, dass sie einen Pelzumhang gewählt hatte. Die Luft wurde zunehmend frostig, obwohl der Tag warm und sonnig gewesen war. Roderich ritt neben ihr. Die Wachen folgten in kurzem Galopp. Es war zu dieser Stunde wenig Verkehr auf der Straße. Abgesehen vom Klirren der Zaumzeuge herrschte Stille. Eine Herde Gänse zog auf ihrem Weg nordwärts zu ihren Sommernistplätzen am Horizont vorbei. »Schaut!« Placidia deutete hin. »Sind sie nicht wunderschön?«

»Das sind sie«, erwiderte Roderich, »und sie fliegen in einer durchgehenden Reihe, von links nach rechts. Ein ausgezeichnetes Omen.«

Ihre Augen weiteten sich.

Er lächelte. »Ihr seid überrascht? Meine Mutter beobachtete stets den Flug der Vögel.«

»Eure Mutter?«

»Ja. Sie war Römerin, die Tochter des Befehlshabers einer Festung an der Donaugrenze. Sie glaubte an die alten Götter. Sie verliebte sich in meinen Vater, der Anführer eines gotischen Kavallerieregiments im Dienste Roms, und heiratete ihn heimlich. Ihr Vater schwor einen Eid, sie beide zu töten. Zehn Jahre später tat er genau das.«

»Das tut mir leid. Es muss schrecklich für Euch gewesen sein.«

»Das war vor langer Zeit. Vallia war sehr gut zu mir.«

Placidia nickte. Schmerz hallte trotz der Sachlichkeit der Worte in seiner Stimme wider. Um das Thema zu wechseln, fragte sie: »Habt Ihr am Danuvius gelebt?«

»Ja, als Kind, aber im Delta. Für einen Jungen war es ein wundervoller Ort. Das Delta ist eine riesige, reetbestandene, magische eigene Welt. Dort wimmelt es vor Fischen und Vögeln und Pflanzen jeglicher Art. Es gibt wilde Pferde auf den umliegenden Ebenen. Die Luft ist so klar, dass man fast die Sterne berühren kann, wenn die Wölfe nachts den Mond anheulen.«

Sie erinnerte sich, wie in einem Traum, an eine andere Stimme, vor langer Zeit, an einem anderen Ort, die fast dasselbe Bild heraufbeschwor. Sie ergriff ihre Zügel fester. Sie schaute auf: Die Gänse waren verschwunden. Auch die Schwalben waren heute Morgen nach rechts gezogen. Es war ein gutes Omen. Sie dachte an das neue Leben in ihr. Und sie empfand zum ersten Mal so etwas wie Freude. Es würde ein Sohn, dessen war sie sich nun sicher.

Ravennas Nordtor war durch die Nachzügler blockiert, die mit ihren Wagen hineingelangen wollten, bevor die Tore geschlossen wurden. Der junge Wächter im Torturm stieß seinen Kameraden an. »Schau, die Prinzessin kehrt zurück.«

Der ältere Mann spähte auf die Straße. Er schüttelte den Kopf. »Was aus der Welt nur wird! Prinzessinnen, die wie Männer reiten, von Goten begleitet!«

Der jüngere Wächter beobachtete die Kavalkade. Ein Dutzend hochaufragende Reiter in blauen Umhängen, auf schwarzen Hengsten mit karmesinrotem Sattelzeug, langem, flachsfarbenem, fliegendem Haar, die Lanzen emporgereckt. Die Prinzessin ritt in ihrer Mitte auf einer Schimmelstute. Ein langer, silberfarbener Pelzumhang fiel von ihren Schultern über den Rumpf des Pferdes. Sie zügelte das Tier, beugte sich seitwärts und teilte dem Hauptmann ihrer Wache etwas mit.

Der junge Wächter sagte sehnsüchtig: »Du kannst nicht leugnen, dass sie wunderschön ist.«

»Wunderschöne Frauen bedeuten nur Ärger. Denk daran, Junge.«

Der junge Mann griff nach der Trompete auf der Mauer. »Soll ich?«

Der Veteran hörte auf, in seinen Zähnen zu bohren. »Ja. Räum das Tor, bevor die hohe Herrin einen Anfall bekommt.«

Placidia und ihre Eskorte warteten, während Karren und Reiter, Fußgänger und Ziegen unter vielen Flüchen, Drängen und Klagen beiseitegingen. In der Stadt, am Eingang zur Marktstraße, tauchte ein weiteres Hindernis auf. Ein wohlhabender Kaufmann, seiner Kleidung nach zu urteilen ein Spanier, stritt mit einem Steuereintreiber, der den schwerbeladenen Maultierzug des Kaufmanns inspizierte. »Steuern!«, schrie er und drohte dem Beamten mit der Faust, während die Menge gaffte. »Seit ich zuletzt hier war, haben sie sich verdoppelt. Und was bekommen wir für unser hartverdientes Geld? Die Straßen sind nicht sicher, die Brücken zerfallen, und ihr Leute verlangt jedes Jahr mehr Steuern!«

Placidias Standartenträger richtete sich im Sattel auf. »Aus dem Weg! Aus dem Weg!« Die Menschen, die von beiden Seiten von Marktständen behindert wurden, traten so gut wie möglich beiseite. Placidia und ihre Eskorte bahnten sich Seite an Seite ihren Weg durch die langen Reihen der Stände, auf denen sich Gemüse, Amphoren mit Garum, getrockneter Fisch, Wein, Salz und Öl stapelten. Als sie halbwegs hindurch gelangt waren, prallte eines der Pferde in die Auslage eines Weinverkäufers. Der wackelige Stand brach zusammen, Amphoren krachten zu Boden. Das erschreckte Pferd stieg. Menschen schrien und bemühten sich, den großen Hufen des Pferdes zu entgehen, während der Reiter versuchte, das Pferd wieder unter Kontrolle zu bekommen. Ein kleines Mädchen von zwei oder drei Jahren, das von seiner Mutter getrennt wurde, weinte zwischen dem verschütteten Wein und den Scherben. Plötzlich lief es los. Es wurde von einem Huf getroffen und über die Pflastersteine geschleudert. Die Mutter schrie auf und stürzte zu ihrem Kind, das am Kopf blutete. Sie wiegte sich vor und zurück, das Kind in ihren Armen, und stieß einen Klageschrei aus.

Einen Moment herrschte Schweigen, nur von dem schrecklichen Wehklagen der Frau durchbrochen. Dann deutete ein Mann in der Menge in eine bestimmte Richtung. »Er war es! Der Gote mit der Standarte! Packt ihn!« Andere nahmen den Ruf auf. Die Menge brüllte: »Ja, packt ihn! Packt die Goten! Tötet sie! Tötet sie!« Jemand rief: »Die Prinzessin, es ist ihre Schuld. Sie hat sie hergebracht!« Die Menge drängte mit drohendem Grollen heran. Einige der Männer ergriffen angezündete Fackeln aus dem Säulengang. Einer der Stände geriet in Brand. Andere wurden umgeworfen. Die Goten, die einen Schutzring um Placidia bildeten, zogen ihre Schwerter. Placidias Herz hämmerte. Sie spürte eiskalte Angst in ihrer Magengrube. Eine falsche Bewegung, und es entstünde ein Blutbad.

»Wir müssen sie niederreiten!«, sagte Roderich. »Jetzt!«

»Nein! Ein Todesopfer genügt. Ich werde zu ihnen sprechen. Ich werde …«

»Sie werden nicht zuhören! Sie werden Euch töten!«

Ein Stein flog zischend vorbei und verfehlte sie nur knapp. Sie musste zu ihnen sprechen, zeigen, dass sie keine Angst hatte. Sie nahm ihre Zügel fester.

Er packte ihren Arm. »Meine Königin, tut es nicht!«

»Lasst mich vorbei!«

Er sah sie finster an. Einen Moment dachte sie, dass er sich ihr widersetzen würde. Dann bellte er einen Befehl und lenkte sein Pferd jäh zur Seite. Seine Krieger machten den Weg frei. Placidia ritt voran, ließ ihr Pferd langsam, aber stetig vorwärtsschreiten. Als sie nahe genug war, um die Gesichter der Menge zu erkennen, zügelte sie ihr Pferd. Sie saß unbeweglich wie eine Statue auf ihrem Pferd, eine Frau allein, die sich der herannahenden Menge stellte.

Roderich beobachtete sie, jeder Muskel angespannt, die Hand am Schwert und zum Angriff bereit. Er empfand Hilflosigkeit und Zorn. Was sie tat, war verrückt. Eine Meute konnte nicht durch den Willen allein unterworfen werden. Nicht einmal von einer römischen Prinzessin. Gleichgültig wie tapfer sie war. Zu seinem äußersten Erstaunen wurde die herandrängende Menge langsamer, blieb stehen und verfiel in Schweigen. Die Leute blickten zu ihr hoch und regten sich unbehaglich. Sie wartete, bis der letzte Laut verklungen war, bevor sie sie ansprach:

»Menschen von Ravenna! Ich verstehe euren Kummer! Aber ich habe gesehen, was geschah. Es war ein Unfall. Auch ich bin Mutter. Mein Herz ist bei der Familie des Kindes. Ich werde für ihre Seele beten. Nun geht alle nach Hause und bittet Gott um Vergebung, denn nur mit Liebe, nicht mit Hass, werden wir den Tod besiegen!«

Sie trieb ihr Pferd voran. Zwanzig, zehn, fünf Schritte trennten sie nur noch von der Mauer aus Menschen. O Gott, dachte Roderich, hilf ihr. Lass sie nicht wanken. Erleichterung durchströmte ihn, als die Menschen eine Gasse bildeten. Dennoch standen ihm die Haare auf den Armen zu Berge, als er und seine Männer im Gänsemarsch durch die Gasse schweigender Gesichter hinter ihr her ritten. Am Ende des Marktplatzes trabten sie an. Als sie den Johannisplatz überquerten, kam eine Abordnung der Stadtwache im Galopp auf sie zu. Der junge befehlshabende Offizier verhielt sein Pferd scharf. Er salutierte. »Die Nobilissima ist unverletzt?« Die Erleichterung auf seinem Gesicht war offensichtlich.

Roderich fragte verärgert: »Warum habt Ihr so lange gebraucht?«

»Wir ... mussten ... die Pferde satteln«, stammelte der Offizier. »Es gab nicht genug ...«

Roderich unterbrach ihn. »Da Ihr nun schon hier seid, kümmert Euch um das, was von dieser Meute übrig ist. Diejenigen, die nicht davongelaufen sind, werden inzwischen die Läden plündern. Oder jeden unschuldigen Goten angreifen, den sie finden können. Der Heerführer wird sehr erzürnt sein, wenn während seiner Abwesenheit ein regelrechter Aufruhr stattfindet.«

Als sie den Palast erreichten, salutierten die Wachen wie üblich, da sie noch nicht wussten, was geschehen war. Roderich half ihr auf dem rückwärtigen Hof vom Pferd herab. Sie war sehr blass. Und schön. »Ihr wart großartig, meine Königin. Kein König hätte mutiger sein können.«

»Das, Roderich, ist das Problem«, erwiderte sie matt. »Ich bin nur eine Frau.« Es war das erste Mal, dass sie sich ihm jemals anvertraut hatte. In ihrer Stimme hörte er all die Last der Mühen auf ihrem Weg, und die Traurigkeit, die Einsamkeit, die er schon lange in ihr gespürt hatte. Im Laufe der Jahre, in denen er sie durch Triumph und Tragödie hindurch beobachtet hatte, war seine Bewunderung für sie zu wortloser Zuneigung geworden. Ihre Verlassenheit erschien ihm manchmal wie ein Widerhall seiner eigenen Einsamkeit, seiner eigenen Isolation. Er war von Adel, der Sohn eines Prinzen, aber er konnte wegen seiner römischen Mutter niemals Stammesführer werden. Als sein Onkel, zu seinem eigenen Nutzen, vorschlug, dass er Placidia begleiten sollte, hatte er nicht gezögert. Wenn er ihr nur helfen könnte. Aber er konnte ihr nur Loyalität schenken.

»Bitte wartet auf Eure Dienerinnen. Sie werden jeden Augenblick hier sein.«

Sie schüttelte den Kopf. »Es geht mir gut. Ich bin nur – ein wenig müde. Es war ein langer Tag.« Er stand da und sah ihr nach, wie ihr Umhang die Marmorstufen streifte. Unter dem Säulengang wandte sie sich noch einmal um. Sie sah ihn an, wollte wohl etwas sagen. Stattdessen winkte sie zum Abschied und ging hinein.

Als Konstantius zwei Tage später zurückkehrte, nachdem er die ganze Nacht hindurch geritten war, fand er Placidia bei ausgezeichneter Gesundheit an ihrem Frisiertisch vor, während sie sich bereitmachte, um an einem Streitwagenrennen teilzunehmen. Sie empfing ihn kühl und machte dann eine Bemerkung über seine schlammbespritzten Stiefel. Seine Sorge verwandelte sich in Zorn. Abrupt forderte er von ihr, ihre gotische Wache zu entlassen und sie zu Vallia zurückzuschicken. Als sie sich weigerte, wurde er bleich. »Was meinst du damit, du willst nicht? Du wirst sie entlassen, sofort!«

Sie sah ihn von ihrem Platz aus an und hielt seinem Blick stand. »Ich werde nichts dergleichen tun. Du wirst jedoch sicherstellen, dass die Anführer dieses Aufruhrs ergriffen und bestraft werden. Diese Menschenmenge wurde manipuliert. Wenn du einen Aufstand durchgehen lässt, wirst du zehn weitere bekommen.«

»Begreifst du nicht, dass du Widerspruch schürst, indem du mit deinen Goten herumstolzierst? Dass du damit den Hass der Leute erst provozierst? Und es ist Wasser auf die Mühlen derjenigen, die den Frieden untergraben wollen, den du aufzubauen versuchst!« Er wischte sich die Stirn. Wie konnte eine Frau so eigensinnig sein?

»Meine Wachen haben nichts falsch gemacht. Der Tod des Kindes war ein Unfall. Dieser Pöbel hat mich beinahe getötet!«

Konstantius atmete tief ein. Er musste ruhig bleiben. Sie war immerhin schwanger. Und sie hatte eine entsetzliche Erfahrung gemacht. »Placidia, du weißt, wie leid mir das tut, was dir widerfahren ist, aber du weißt auch sehr genau, was ich meine.«

»Ja. Und ich weiß auch, dass ihr beide, sowohl du als auch das Volk, lernen müsst, euren Hass auf die Goten unter Kontrolle zu bringen und aufzuhören, sie als Sündenbock zu missbrauchen. Meine Wächter sind ein Symbol der Toleranz.« Sie erhob sich und glättete ihre Tunika. »Ich werde sie nicht fortschicken.«

»O doch, das wirst du!« Er schlug mit der Faust auf ihre Frisierkommode. »Und wenn ich Honorius dazu bringen muss, es dir zu befehlen.«

»Wenn du das tust«, sagte sie bedächtig und betonte jede Silbe, »werde ich mich von dir scheiden lassen.«

Er sah sie an. Das Blut pochte in seinen Schläfen. »Du wirst was tun?«

»Mich von dir scheiden lassen.«

»Das würdest du nicht wagen!«

»Meinst du wirklich?«

Er hätte sie beinahe geschlagen. Stattdessen machte er auf dem Absatz kehrt und verließ den Raum. Auf halbem Weg den Gang hinab, außer Hörweite der Wächter, hielt er inne. Das Blut pochte noch immer in seinem Kopf. Er atmete in kurzen, keuchenden Zügen. Er stand ganz still und bemühte sich, so tief und gleichmäßig wie möglich zu atmen. Kurz darauf fühlte er sich besser. Er durfte sich nicht so aufregen. Wenn er Kaiser werden wollte, musste er Geduld üben.

Nachdem sie gedroht hatte, sich von ihm scheiden zu lassen, fand in Placidias Beziehung zu Konstantius eine wahrnehmbare Veränderung statt. Sie teilte ihm am Tag darauf mit, dass er um des Kindes willen nicht mehr ihr Bett aufsuchen durfte. Aber das, was den Abgrund zwischen ihnen noch hätte vertiefen sollen, brachte sie einander irgendwie näher.

Während ihre Schwangerschaft fortschritt, fühlte sie sich zunehmend erschöpft. Ihre Füße schwollen an. Ihr Rücken schmerzte. An Sonntagen nahm sie mit ihrem Bruder im kaiserlichen Palast an der Messe teil. An Festtagen war sie mit dem gesamten Hof, dem Klerus und dem diensthabenden Heer bei der großen Prozession dabei, die ihren Weg vom Palast zur Kathedrale nahm, ein glanzvoller Anlass für wehende Banner und klingende Fanfaren, bei der Honorius sich in vollem kaiserlichen Ornat zeigte. Ansonsten ging sie immer weniger aus. Morgens arbeitete sie mit ihren Schreibern. Nachmittags ruhte sie häufig auf einer Liegestatt in ihren Räumen, empfing Freunde, las oder spielte mit Padusia Scripta. Später am Tag brachte Tuga Honoria. Der magere Säugling hatte sich zu einem pummeligen Kleinkind mit rosigen Wangen und seelenvollen dunklen Augen entwickelt. Mit neun Monaten hatte sie bereits zwei Zähne. Sie hatte sich so verändert, wie Säuglinge das eben tun. Nun ähnelte sie Honorius nicht mehr so sehr, sondern kam eher auf ihren Vater. Allmählich begann ein Bund, den Placidia niemals zuvor empfunden hatte, Wurzeln zu schlagen und zu wachsen. Das Kind lächelte sie an, und sie erwiderte das Lächeln fast mit Zärtlichkeit.

Konstantius gewöhnte sich an, nach ihrer Gesundheit zu fragen. Zunächst ärgerte sie dies. Aber irgendwann bekamen seine Besuche etwas Selbstverständliches. Wenn er einen oder zwei Tage nicht kam, fragte sie nach ihm. Sie saßen beisammen, tranken einen Becher Wein und redeten. Als er bemerkte, dass Honorius ihr kleine Geschenke schickte, ihr Lieblingsgebäck mit Mandeln, einen Singvogel in einem silbernen Käfig oder einen Ballen Seide aus Tyrus, begann auch er ihr Geschenke zu bringen. Einmal kam er mit Didius, der einen Weidenkorb trug. »Ich dachte, er könnte Euch Gesellschaft leisten. Didius fand ihn zusammengerollt unter meinem Schreibtisch. Er sagt, es ist ein Männchen. Ein ausgezeichnetes Omen.«

Darinnen war ein Geschenk, das sie mit Freude erfüllte: ein flauschiges weißes Kätzchen. Als sie es hochhielt, bemerkte sie, dass es ein blaues und ein braunes Auge hatte. »Wie Alexander der Große!«, rief sie aus.

Konstantius schüttelte in gespielter Verzweiflung den Kopf. »Dann nenne ihn Alexander. Später, wenn du wieder du selbst bist, werden die Kinder mit ihm spielen.« Sie unterdrückte ein Lächeln. Konstantius gefiel seine Rolle als Paterfamilias wirklich.

Sie merkte zu ihrer Überraschung, dass sie ihn inzwischen regelmäßig nach seiner Meinung zu diversen Themen fragte. Eines Tages traf Konstantius ein, als sie gerade den Entwurf ihres Briefes an den Bischof von Karthago las. Nachdem sie einander begrüßt hatten, fragte sie: »Ich möchte, dass du liest, was ich an Aurelius geschrieben habe. Ich schicke Kopien an alle afrikanischen Bischöfe, wie auch an Augustinus, obwohl ich bezweifle, dass er kommen wird.«

Konstantius legte seinen Umhang ab und warf ihn auf die Bank. »Puh, es ist heiß draußen.« Er setzte sich mit einem Seufzer der Erleichterung hin. Er wirkte müde. Das war derzeit häufig so. Honorius verließ sich immer mehr auf ihn. Konstantius war zum Mitherrscher ihres Bruders geworden. Er arbeitete viele Stunden lang, kümmerte sich um Minister, Besteuerung, das Heer, die Getreidevorräte, die Münzen, aufsässige Provinzgouverneure und korrupte Beamte sowie eine Myriade weiterer Regierungsbelange. Obwohl er nur sehr ungern so viel Zeit in Ravenna verbrachte und sich nach den Freiräumen und der rauen Kameradschaft des Lebens eines Heerführers sehnte, widmete er sich der Aufgabe mit großer Hingabe. Honorius hatte ihm zum dritten Mal die Konsulswürde zuerkannt, bisher aber ihren Bemühungen, ihn zum Mitkaiser zu machen, widerstanden.

Placidia klatschte in die Hände, um eines ihrer Sklavenmädchen herbeizuholen. »Sage Helvius, er soll uns etwas Wein und Obst bringen!«

Konstantius beugte sich vor, die Hände auf den Knien. »Da wir gerade von Bischöfen sprechen: Hast du von Paulinus von Nola eine Antwort erhalten?«

»Ja. Er hat sich einverstanden erklärt, bei der Synode für Eulalius zu stimmen. Und er hat mir für den Altar im Hospital ein Stück vom Umhang des heiligen Felix geschickt.«

»Gut. Paulinus hat dich schon immer gemocht. Ich erinnere mich, wie beeindruckt ich war, als er damals nach Ravenna kam, um für deine Sache zu sprechen. Pflege die Verbindung mit ihm. Sein Einfluss wächst. Dein Bruder sagt mir, er würde nun als Heiliger verehrt.« Konstantius rieb sich die linke Schulter, eine alte Kriegsverletzung, die gelegentlich noch immer schmerzte. »Irgendwie kann ich verstehen, warum es reizvoll ist, ein Heiliger zu sein. Aber es ist mir unverständlich, wie ein Mann, der einst ganze Provinzen regierte, mit einer Horde zerlumpter Mönche in Armut leben kann. Aber lies mir deinen Brief vor.«

Sie nahm den Papyrus hoch:

»Ehrwürdiger Vater Aurelius,

Ich danke Euch für Euren Segen. Ich habe Euren Brief über die neuesten Entwicklungen bezüglich der Pelagier in Eurer Diözese mit großer Aufmerksamkeit gelesen. Es freut mich, dass sich der neue Gouverneur bei Euren Bemühungen, diese abscheuliche Ketzerei auszurotten, als hilfreich erweist. Ich werde Euch natürlich weiterhin auf jegliche mögliche Art unterstützen. Auch der Kaiser hat ein ausgesprochen persönliches Interesse an dieser Angelegenheit.

Die umstrittene Wahl des neuen Bischofs von Rom ist jedoch so problematisch geworden, dass sie alle anderen Themen überschattet. In Rom gab es Ausschreitungen zwischen den beiden Gruppen, welche die rivalisierenden Bischöfe unterstützen. Der Klerus ergreift Partei. Kirchen wurden angezündet. Und das Schlimmste von allem ist, dass sich die Auseinandersetzung über Rom hinaus ausgebreitet hat. Sie droht, ganz Italien zu erfassen, hat sogar Gallien erreicht. Wie Ihr vielleicht wisst, hat der Kaiser …«

Helvius kam mit einem Tablett mit zerstoßenem Eis, Wasser, Wein und einem silbernen Mischbecher herein. Sie beobachteten schweigend, wie der ältliche Freigelassene geschickt das Getränk mischte und dann in zwei Becher goss.

Konstantius nahm einen großen Schluck. »Fahre fort.«

»… hat der Kaiser für die Iden des Juli eine Synode einberufen, um zu beschließen, wer der rechtmäßige Bischof Roms ist. Nur italische Bischöfe sind verpflichtet teilzunehmen. Dennoch bitte ich Euch und so viele afrikanische Bischöfe wie möglich um des Friedens in der Kirche Christi willen dringend, an dieser Synode teilzunehmen, um der gerechten Sache von Eulalius, dem rechtmäßig gewählten Bischof Roms, allein durch Eure Anzahl Gewicht zu verleihen.

Ich zweifle nicht daran, dass Ihr, trotz Eures ehrwürdigen Alters und der Gefahren und Mühen des Weges, diese Reise unternehmen werdet, damit Gottes Wille siegen möge.

Eure Tochter in Christo, Galla Placidia

Konstantius sagte: »Sehr überzeugend, meine Liebe. Mir scheint jedoch, dass es nicht Gottes, sondern dein eigener Wille ist, den du erfüllt sehen willst.«

»Eulalius' Wahl *war* rechtmäßig. Wir brauchen in Rom einen Bischof unseres Vertrauens. Das hast du selbst gesagt.« Warum wurde er plötzlich bissig? War er auf ihren wachsenden Einfluss in der Kirche, auf ihre Verbindungen mit Menschen wie Paulinus oder Augustinus eifersüchtig?

»Das stimmt. Aber wollen wir die afrikanischen Bischöfe in Italien haben? Wenn diese Tattergreise hier auch Haarspalterei betreiben, bekommen wir nie ein Ergebnis. Sie werden nur Probleme verursachen.«

»Wir brauchen jede Stimme. Sie werden vor dem Winter wieder in Afrika sein. Sie müssen sich um die Pelagier kümmern.«

»Ich habe diese ganze Ketzergeschichte nie verstanden. Kaum ist eine Häresie beseitigt, taucht die nächste auf. Wen kümmert schon die Willensfreiheit oder die Erbsünde.«

Sie blickte scharf auf. Er wusste, wie sehr sie seine anstößigen Ausrutscher ärgerten. Konstantius fuhr fort: »Die Aufregung ist lächerlich. In alten Zeiten konnten die Menschen glauben, was sie wollten, solange sie keine Schwierigkeiten machten und sich für den Kaiser aufopferten.«

»Ketzer bedrohen unmittelbar das Gefüge der Gesellschaft. Du verstehst nicht, wie gefährlich sie sind. Wenn sich der Glaube an Gott in einhundert Stränge aufteilen darf, wird es einhundert verschiedene Interessengruppen geben, die einander alle an die Kehle gehen. Das führt zu Unruhen und Aufruhr. Das Reich könnte unregierbar werden. Wollen wir Chaos oder Ordnung?«

Konstantius lächelte leicht. »Ich bin mir nie ganz sicher, was du mehr liebst: Gott oder das Reich.«

»Beides ist nicht unvereinbar.«

»Entweder verteidigst du die Interessen der Kirche oder die des Staates. Wenn die Kirche zu mächtig wird, werden deine Bischöfe Rom eines Tages regieren.«

»Das wäre vielleicht gar nicht so schlecht.« Sie seufzte. »Konstantius, ich möchte nicht streiten. Ich bin müde.«

Er erhob sich und griff nach seinem Umhang. »Das ist eine deiner besten Qualitäten. Anders als andere Frauen, hasst du es zu streiten. Ich muss gehen.« Er strich ihr mit einem Finger über die Wange. »Weißt du, dass du wunderschön bist, umso mehr, wenn du schwanger bist?«

Nachdem er gegangen war, lehnte sie den Kopf an die Kissen zurück. Der Duft des Meeres schwebte durch die geöffneten Türen und reinigte die Luft von den Gerüchen der Stadt. Sie legte eine Hand auf ihren sich wölbenden Bauch. Das Kind in ihr regte sich. Das Kätzchen, das zusammengerollt neben ihr lag, hob den Kopf. Es hatte die Bewegung auch gespürt. Sie fühlte sich friedlicher als seit langer Zeit. Ihre Sehnsucht nach Athaulf, der schneidende Schmerz, wann immer sie an ihn dachte, hatten nachgelassen. Er war noch immer da, würde immer da sein, aber die Erinnerung an ihn tat nicht mehr so weh. Die Bilder seines zerschmetterten, blutigen Gesichts suchten sie nicht mehr heim. Sie konnte Roderich nun ansehen, ohne ständig an Athaulf zu denken. Sie schrieb des Nachts, wenn ihr der Schlaf versagt blieb, noch immer an ihn, aber keine Tränen verschmierten mehr die Tinte. Auch die Narben an ihren Handgelenken waren noch da, würden immer da sein, aber sie schmerzten nicht mehr.

Vielleicht konnten Konstantius und sie doch harmonisch zusammenleben. Er sorgte sich auf seine Art um sie. Mit der Zeit hatte sie sich an ihn gewöhnt und lernte immer mehr, ihn so zu akzeptieren, wie er war. Seine Fehler waren nicht wirklich seine Schuld. Er wäre niemals groß oder gutaussehend oder brillant, aber seine Unzulänglichkeiten wurden von seinen Qualitäten weitgehend aufgewogen. Er war, wie Padusia neulich gesagt hatte, ein guter und fähiger Mann, wenn auch nicht großartig.

Dank Konstantius' eisernem Griff auf das Heer herrschte Frieden im Reich. Die Vandalen in Ostspanien und die Franken im oberen Gallien, von den Goten in der Mitte eingeschüchtert, verhielten sich ruhig, zumindest im Moment. Es war, als wäre die Welt, des Kampfes müde, zur Ruhe gekommen und dankbar für die Atempause.

Sechs Wochen später gebar Placidia einen Sohn. Er wurde nach gnadenvoll kurzen Wehen unmittelbar vor Mitternacht geboren. Elpidia hielt während der schlimmsten Augenblicke ihre Hand, während Tuga ihren Rücken stützte. Obwohl das Kind klein war, schrie es herzhaft, als die Haupthebamme ihm einen Klaps gab. Aristophanes versicherte

Placidia, nachdem die Frauen ihn wieder ins Geburtszimmer eingelassen hatten, dass der Junge, obwohl er ein wenig zu früh geboren wurde, leben würde. Er befahl den Hebammen als zusätzliche Vorsichtsmaßnahme trotz der Hitze, den Säugling in Lammfelle zu wickeln und ihn nicht der Zugluft auszusetzen.

Placidia blickte zu ihrem eingewickelten Sohn hinab und lächelte. Sie drückte ihn voller Ehrfurcht vor dem Wunder des Lebens in ihren Armen an sich. Er war, anders als Honoria bei der Geburt, weder rot noch runzelig. Ein wunderschöner Säugling mit zarten Wangen und langen, dunklen Wimpern. Unendliche Dankbarkeit Gott gegenüber erfüllte sie. Sie kostete den Klang des Namens ihres Sohnes, ein Name, den sie erwählt hatte, bevor er überhaupt empfangen wurde: Valentinian. Der Name eines großen Kaisers. Der Name des Vaters ihrer Mutter. Er würde Rom eines Tages regieren.

Nun musste Konstantius nur noch zum Mitkaiser erklärt werden. Danach würde sie Honorius dazu überreden, noch weitere Pflichten und Machtbereiche Konstantius und somit indirekt ihr zu übertragen. Honorius würde als der höhergestellte Kaiser den Prunk und die Pracht beibehalten, die er so liebte. Konstantius würde regieren. Wenn dies vollbracht wäre, wäre die Zukunft des Westreiches so sicher, wie sie es erreichen konnte. Alles Weitere lag in Gottes Hand.

Sie seufzte. Da war noch immer die Angelegenheit mit Konstantius. Wie sollte sie ihn aus ihrem Bett verbannen? Sie würde sich etwas ausdenken, aber nicht jetzt. Morgen. Sie blickte erneut lächelnd auf ihren schlafenden Sohn hinab. Sie wollte diesen Moment nicht verderben. Es war ein kostbarer Augenblick reiner Freude. In jedem Leben, auch in den gesegnetesten Leben, gab es nur wenige solche Momente. Man musste daran festhalten, damit man später, wenn sie nur noch zu einem von der Zeit verblassten Bild geworden waren, aus der Erinnerung an vergangenes Glück Trost und Kraft ziehen konnte.

»Du musst nun ausruhen, Kind.« Elpidias Stimme unterbrach ihre Gedanken. Ihre alte Amme streckte die Arme aus. »Ich werde mich um ihn kümmern.« Hinter Elpidia, im Schatten der gegen die Hitze mit

Fensterläden verschlossenen Fenster, klatschte Tuga in die Hände und scheuchte die Sklavenmädchen mit den Waschschüsseln und Körben schmutzigen Leinens aus dem Schlafzimmer.

Placidia nickte. Dankbar reichte sie Elpidia den Säugling. Elpidia hatte recht. Sie hatte nicht erkannt, wie furchtbar müde sie war. Sie lehnte den Kopf zurück. »Mein Kind« ... So hatte sie sehr lange Zeit niemand mehr genannt. Sie schloss die Augen. Das Wunder, ein Kind zu sein, alle Sorge, alle Verantwortung, alle Lasten des Lebens jemand anderem zu überlassen, in dem Wissen, geliebt und beschützt zu sein ... Sie glitt in einen Traum, in dem Kinder auf einer blühenden Wiese tanzten, kleine Mädchen in langen weißen Tuniken, mit Girlanden auf den Köpfen, von der Frühlingssonne beschienen.

Didius musste zweimal klopfen, bevor Konstantius reagierte. Der Heerführer war, wie er sofort sah, noch immer in derselben schlechten Stimmung wie in den vergangenen zwei Tagen. Jedermann, vom niedrigsten Schreiber bis zum Hauptquartiermeister, hatten Konstantius' Laune zu spüren bekommen, was ihm nicht ähnlich sah.

»Was ist los?«, grollte Konstantius und hob den Kopf von einem Stapel Dokumenten, die nicht den Eindruck erweckten, als hätte er seit heute Morgen viel daran gearbeitet. Auf dem Schreibtisch standen eine Weinflasche und ein halbgeleerter Becher. Auch das sah ihm nicht ähnlich. Der Heerführer schätzte Wein, aber nie vor dem Mittag.

»Dringende Nachricht aus Arelate. Trägt das persönliche Siegel des Präfekten von Gallien.«

Konstantius brach das Siegel. Er überflog die Nachricht und ließ sie dann sinken. »Der gotische König ist tot. Er war kränklich, aber so bald habe ich dies nicht erwartet.« Er seufzte. »Vallia war für einen Goten nicht schlecht. Zumindest wussten wir, mit wem wir es zu tun hatten.«

»Bedeutet dies neue Probleme, Dominus?« Lange Jahre der Vertrautheit erlaubten Didius diese Frage.

»Ich hoffe nicht. Man hat einen Neffen von Vallia, Theodorich, zum König ernannt. Laut dem Präfekten wird er die Politik seines Onkels wahrscheinlich weiterführen. Meine Frau muss ihn kennen.«

»Ein Bruder Roderichs?« Didius wölbte die Augenbrauen. »Nun, dann wird er wirklich jeden herumkommandieren! ›Mein Onkel, der König, dies und das‹ war schlimm genug …«

Konstantius schüttelte den Kopf. »Ich glaube nicht, dass es ein Bruder ist. Vielleicht ein Cousin …« Konstantius nahm den Brief erneut auf und faltete ihn langsam und sorgfältig wieder zu einem Rechteck. Er sagte, ohne aufzuschauen, beiläufig: »Da wir gerade von meiner Frau sprechen … Konntest du etwas herausfinden?«

Das zerfraß den armen Mann also. Er hatte es sich schon gedacht. Da sollte er darüberstehen. Wie konnte ein großer General, die rechte Hand des Kaisers …

»Nun? Steh nicht da wie ein Tölpel. Sprich!«

Didius scharrte mit den Füßen. »Nein … Eigentlich nicht, Dominus. Ich meine … Iris weiß nichts. Sie hat weder etwas Besonderes gesehen noch gehört. Der Bischof hat die Nobilissima kürzlich mehrmals aufgesucht, privat. Felix, Gainsrich, Roderich … Aber sie gehen ständig in ihren Räumen ein und aus. Niemand sonst. Iris hörte sie über ein neues Fest reden, den Geburtstag Christi, denke ich. Sie sind …«

»Ich weiß. Sonst nichts? Was ist mit Tuga? Oder Elpidia?«

»Sie sind verschlossen. Sie würden nicht einmal reden, wenn der große Jesus persönlich vom Himmel herabkäme und sie befragte.«

Konstantius lächelte verzerrt. »Danke, Didius. Sag Iris, sie soll die Ohren offen halten. Du kannst gehen.«

Nachdem sich die Tür hinter seiner Ordonnanz geschlossen hatte, nahm Konstantius einen großen Schluck Wein. Wenn der Schmerz nur weichen würde. Er spürte in letzter Zeit, wann immer ihn etwas aufregte, diesen scharfen Schmerz in der Brust. Nach dem dritten oder vierten Becher wurde es mitunter besser, aber bis dahin verlor auch sein Geist seine Schärfe. Dazu war es zu früh am Tag. Wenn er den Wein vorsichtig dosierte, könnte er den Tag überstehen, den Schmerz dämpfen und dennoch funktionieren.

Er verspürte bei Didius' Neuigkeiten nur wenig Erleichterung. Er hatte die Möglichkeit, dass sie einen Geliebten hatte, nie ernsthaft erwogen. Männer, sofern sie keine gekreuzigten Götter waren, interessierten sie nicht. Placidia interessierten Macht, Religion und, vielleicht, das Wohlergehen Roms. Seltsam, wie sie manchmal so lebendig sein konnte, so voller Freude wie jede andere junge Frau ihres Alters, und doch handelte sie überwiegend wie die unnahbare Kaiserin, zu der sie geboren war. Warum, so fragte er sich, fühlte er sich so verletzt, so zurückgewiesen? Er hatte immer gewusst, dass Placidia ihn nicht liebte. Hatte er wirklich geglaubt, sie würde sich ändern? So sehr er es auch hasste, es zugeben zu müssen – er hatte es geglaubt. Es hatte Augenblicke gegeben, in denen er Hoffnung, fast Glück aufkommen spürte. Sie hatte ihm während der letzten wenigen Monate ihrer Schwangerschaft auf eine Art zugelächelt, wie sie es niemals zuvor getan hatte. Sie schien seine Gesellschaft, lachend und plaudernd, zu genießen.

Vielleicht hatte ihn ihre Ankündigung, nur zwei Monate nach Valentinians Geburt, deshalb so erschüttert. Eine züchtige, christliche Ehe! Seine Frau. Eine der schönsten Frauen im Reich. Es war unfassbar! Wenn sie verrückt geworden war, hatte der Wahnsinn ihren scharfsinnigen Geist nicht beeinträchtigt: Sie hatte ihren Schlag so sorgfältig geplant wie jeder Heerführer einen Feldzug. Sie hatte die Unterstützung von Ravennas Bischof Paulinus von Nola und sogar von Augustinus erhalten. Augustinus von Hippo hatte in seiner Antwort sogar vorgeschlagen, sie solle es öffentlich machen, um für andere verheiratete Paare ein Beispiel christlicher Tugend abzugeben. Es öffentlich machen!

Sie war vom Dämon der Religion besessen. Vielleicht könnte Licinius Licht in dieses Dunkel bringen. Der alte Seher wüsste vielleicht sogar ein Heilmittel, einen Trank, irgendetwas. Licinius war kein Scharlatan wie die meisten Wahrsager. Es gab Kräfte zwischen Himmel und Erde, die man nutzen konnte, wenn man wusste wie.

»Nun, was siehst du?«

Licinius blickte weiterhin auf die dünne Rauchspirale, die von einer Bronzeschale zur geschwärzten Decke aufstieg. Das gefurchte, gelbe Gesicht des Syrers war eine undurchschaubare Maske. Konstantius wusste aus langjähriger Erfahrung, dass Licinius etwas vor ihm verbarg. Er schlug mit der Faust auf den Tisch. »Sag es mir!«

»Herr, ich fühle mich heute nicht gut. Mein Kopf ... Die Gabe verlässt mich manchmal. Wenn Ihr vielleicht morgen wiederkommen würdet ...«

Der alte Mann wirkte krank, aber warum, vor Wissen oder vor Angst? Konstanius' Stimme klang stahlhart: »Lüg mich nicht an, Licinius! Ich will wissen, was mit meiner Frau nicht stimmt. Ist sie verrückt, von einem Dämon besessen? Ist es das?«

Der Seher schüttelte den Kopf. »Nein, Dominus. Ich sehe ... einen großen Mann. Sie schreibt ihm, Briefe ...«

Konstantius umklammerte die Tischkante. Es war unmöglich. Er beugte sich hinüber und riss Licinius an seiner Tunika hoch. »Wer hat dich dazu verleitet, du syrischer Hund? Wie viel haben sie dir für diese Verleumdung bezahlt?«

Licinius' große weise Augen hielten seinem Blick stand. »Habe ich Euch jemals die Unwahrheit gesagt?«

Konstantius ließ ihn los. Er sank wieder auf seinen Stuhl. Er atmete tief ein.

Die Mittagszeit war vorüber, als Konstantius die Räume des Syrers in einem Wohngebäude im besseren Teil der Stadt verließ. Er richtete seine phrygische Kappe, die er zur Tarnung stets trug, und schlang den passenden Umhang über seine Schultern. War es möglich, dass Placidias Körper, glatt und kalt wie Marmor, unter einem Mann, einem anderen Mann, zum Leben erwachte? Er sah sie sich unter dem stoßenden Gesäß eines gesichtslosen Mannes winden und keuchen. Ein junger Stallmeister, ein Sklave, der Sohn eines Senators? Oder einer ihrer verdammten Goten? Aber die Briefe, würde sie solchen Männern Briefe schreiben? Er empfand keinen Schmerz, nur Taubheit. Und irgendwo einen kleinen Rest Hoffnung. Es konnte nicht wahr sein. Seine fromme, kalte, majestätische Frau … Die Mutter seiner Kinder … Es waren seine Kinder. Beide hatten sein Kinn, seine Hände … Er zwang sich, nicht zu denken, nur zu laufen, wie benommen. Er erinnerte sich, wie er als junger Zenturio so gelaufen war, im Schlaf, während unzähliger Gewaltmärsche. Eine laufende Maschine, ein mechanisches Laufwerk, das einen Fuß vor den anderen setzt. Vielleicht war es das, was er sein ganzes Leben lang gewesen war.

Konstantius saß auf Placidias Bett. Er rieb sich die rechte Hand und betrachtete die Verheerung, die er angerichtet hatte. Schranktüren waren herausgerissen, Schubladen umgestürzt, Kissen, ein Regenbogen von Seiden, Kämmen, Phiolen und Krügen überall auf dem Boden, und darauf, wie herabgefallene Blätter, die Briefe. Briefe der Zuneigung, der Leidenschaft, der Sehnsucht und der Verzweiflung. Er betrachtete die Schrift, in purpurfarbener kaiserlicher Tinte, auf dem teuersten Pergament aus der kaiserlichen Kanzlei, Pergament, das für Schreiben an fremde Herrscher reserviert war. Briefe an den toten König der Goten.

Konstantius musste lachen. Er lachte, bis ihn die Seiten schmerzten. Er lachte über das Schicksal, über sich selbst, über Placidias Torheit. Dann ließ er das Gesicht in die Hände sinken. Gegen einen Toten konnte man nicht kämpfen. Ein Krieg ohne Gegner war eine von vornherein verlorene Schlacht. Er erhob sich. Mit schweren Schritten durchquerte er den Schlafraum. Er hielt im Eingang inne und schaute zurück. Das Elfenbeinkästchen, das die Briefe enthalten hatte, lag zerschmettert unter Stücken von rotem Putz am Fuße der Wand, gegen die er es geschleudert hatte. So zerschmettert wie seine Träume.

Nun blieb ihm als einziges Ziel nur noch das kaiserliche Diadem. Um es zu erlangen, würde er Placidia bei Laune halten müssen, gleichgültig wie tragisch und unbelehrbar ihre Torheit war. Er würde es überstehen: Es gab viele andere Frauen, hübsche ägyptische Sklavinnen, gelangweilte Ehefrauen von Offizieren, unkomplizierte Huren, sinnliche Schauspielerinnen. Dennoch, was für eine Verschwendung …

Der Lärm in der Schenke war angestiegen. Es wurde spät. Konstantius blickte in seinen Becher. Der Wein war gerade so genießbar. Er hinterließ einen herben, metallischen Geschmack im Mund, wie Blut, und hatte einen körnigen Bodensatz, aber schließlich stieg er ihm zu Kopf.

»Warum seid Ihr heute Abend so verdrießlich, Zenturio?«

Eine füllige Hure mit krausen dunklen Haaren lächelte ihm zu. Ihr Lächeln, das eine Lücke zwischen ihren Vorderzähnen offenbarte, war anziehend. Sie beugte sich vor und ließ ihre großen, üppigen Brüste hervorquellen. Seine Lenden regten sich. Er stellte sich das Übrige vor, Hügel warmen, nachgiebigen Fleisches, Fleisch, in das man sich versenken konnte, um vergessen zu können. Es hieß, Frauen mit Zahnlücken seien geil. Er deutete auf die Bank neben sich. »Setz dich. Willst du Wein?«

Sie nickte.

Er schob seinen Becher hinüber. »Hier, trink. Wie heißt du?«

Er sah ihren Blick auf den Karneol an seinem kleinen Finger. Er hatte vergessen, ihn abzunehmen. »Irene, Dominus.«

»Es würde mir besser gefallen, wenn du mich Zenturio nennen würdest.«

»Ich werde Euch nennen, wie immer Ihr wollt.« Sie lächelte. »Soll ich Euch Rammbock nennen?« Ihre Hand glitt unter den Tisch und ergriff seine Genitalien. Sie fuhr sich mit der Zunge über die Lippen. »Darum … muss man sich kümmern.«

Er nickte mit trockenem Mund, und sein Glied pochte. Er warf eine Handvoll Kupfermünzen auf den Tisch und folgte ihr zur Rückseite, eine schmale Holztreppe hinauf, zu einer von einem Vorhang abgeschirmten kleinen Kabine.

Er bearbeitete sie langsam, methodisch, mit zusammengebissenen Zähnen, indem er zwischen ihre dicken Oberschenkel stieß, hielt ab und zu inne, zwang sich durchzuhalten. Es war, als wäre es eine Sache der Ehre, als wollte er dieser billigen Hure zeigen, dass er ein Mann war, mit dem man rechnen konnte, ein Mann, der jede Frau befriedigen konnte, jede Frau außer seiner Ehefrau.

Nachdem sie schaudernd und schweißgetränkt zum Schluss kamen, blickte Irene lächelnd zu ihm hoch. Sie seufzte. »Eure Ehefrau muss eine sehr glückliche Frau sein.«

Er rollte sich von ihr herab. »Meine Ehefrau liebt einen anderen Mann.«

»Warum habt Ihr den Bastard nicht längst mit Eurem Dolch aufgeschlitzt?«

»Das hat vor langer Zeit schon ein anderer für mich getan, aber es hat nichts genützt.« Er saß auf der Kante der Pritsche und fuhr sich mit den Händen durchs Haar. »Der Mann, den sie liebt, ist schon seit Jahren tot.«

»Und Ihr, der Ihr reich seid, der alles kaufen kann, quält Euch, weil Ihr die Liebe Eurer Ehefrau nicht kaufen könnt?« Sie legte eine Hand auf seinen Oberschenkel. »Die Götter sind ungerecht. Wenn ich Eure Ehefrau wäre und Ihr mich liebtet, würde ich der Venus jeden Tag Girlanden opfern. Die meisten Ehemänner lieben ihre Ehefrauen nicht, jedenfalls nicht die Reichen, deren Ehen arrangiert werden.«

Er tätschelte ihre Wange. »Wie recht du hast, meine kleine Metze.« Er seufzte. »Die Götter sind ungerecht. Auch meine Ehe wurde arrangiert. Von mir selbst. Ich bin in die Falle getappt, die ich mir selbst gelegt habe …«

Er griff nach seiner Kleidung. Wie seltsam, dachte er, während er sich herabbeugte und seine Sandalen schnürte, diese ureigensten Gefühle eher mit einer Hure zu teilen als in dem Marmorpalast mit der schönen Prinzessin, die seine Ehefrau war.

Placidia warf sich auf der Liegestatt hin und her, konnte nicht schlafen, hing düsteren Gedanken nach. Die Hitze war selbst nachts unerträglich. Tagelang hatte ein Wüstenwind aus Afrika geweht und auf den Marmorböden des Palastes Spuren roten Sandes hinterlassen. Sie hatte an diesem Abend eine weitere unangenehme Auseinandersetzung mit Konstantius gehabt, der noch mehr als üblich trank. Er wurde in letzter Zeit, wenn er zu viel getrunken hatte, aggressiv, etwas, was er zuvor selten gewesen war. Dieses Mal war er nicht wegen seiner Verbannung aus ihrem Bett wütend geworden, sondern über ihre Unfähigkeit, ihn zum Mitkaiser ernennen zu lassen. Das nagte an ihm ebenso wie an ihr. Honorius fühlte sich zunehmend schlechter. Die Zeit war gegen sie. Sie musste so bald wie möglich Erfolg haben.

Honorius war nach der Geburt Valentinians überglücklich gewesen: Er hatte drei Festtage einschließlich eines Dankgottesdienstes, einer Scheinseeschlacht, Zirkusspielen sowie freien Wein und Fleisch für das Volk angeordnet. Wie er es schon bei Honoria getan hatte, überhäufte er das Kind mit Titeln, einschließlich des angesehensten, dem des Nobilissimus. So weit es im Rahmen der Tradition möglich war, kam dies einer Ernennung des Jungen zu seinem Erben gleich. Boten wurden mit der frohen Botschaft zu den vier Ecken des Reiches wie auch nach Konstantinopel geschickt. Er ließ ein wunderbares Diadem aus Perlen, Granaten und Diamanten für Placidia anfertigen und überreichte es ihr bei einem großen Staatsbankett. Auf seinen Vorschlag hin wurde dem Namen des Kindes Placidus hinzugefügt: Flavius Placidus Valentinianus.

Trotz alledem bat sie ihren Bruder nun schon fast ein Jahr lang vergebens, Konstantius zum Mitkaiser zu ernennen. Als sie das Thema das letzte Mal ansprach, hatte Honorius sie mit seiner seltsamen Mischung aus Einfalt und Verschlagenheit angesehen und gesagt: »Candidianus hat mir geraten, es nicht zu tun.« Er stieß ein leises, trockenes Lachen aus. »Vielleicht denkt er, du würdest mich vergiften, wenn ich es täte.«

»Es ist weitaus wahrscheinlicher, dass er dich selbst vergiften wird, in der Hoffnung, sich bei Konstantius einzuschmeicheln. Der Mann ist ein übler Kerl.« Sie wagte es nicht, mehr gegen Candidianus vorzubringen, obwohl Konstantius wiederholt versucht hatte, Honorius die

Gier des Großkämmerers vor Augen zu führen. Sie legte eine Hand auf seinen Ärmel. »Honorius, sieh mich an. Glaubst du wirklich, ich könnte so etwas jemals tun?«

Er sah sie an und senkte dann den Blick. »Nein, natürlich nicht.« Er drehte den Ring an seinem Finger. »Ich weiß, dass du niemals ...«

»Honorius, wenn dir jemals etwas zustoßen würde, hätte das einen Bürgerkrieg zur Folge. Theodosius würde versuchen, deinen Thron zu beanspruchen. Konstantius wäre gezwungen, das Heer gegen ihn zu erheben. Die Barbaren würden sich erneut auflehnen. Es wäre das Ende des Reiches.« Sie streichelte seinen Arm. »Bitte, Honorius, unserem Volk zuliebe, Rom zuliebe.« Sie fügte mit angespannter Stimme hinzu: »Und mir zuliebe, Honorius. Ich will nie wieder in Ketten gelegt werden.«

Er strich mit einem Finger über ihre Wange. »Ich werde darüber nachdenken, kleine Schwester, ich verspreche es.«

Sie hatte dies schon zuvor gehört, hatte aber zum ersten Mal das Gefühl, dass ihn ihre Argumente bewegt hatten. Honorius würde mit der Zeit zustimmen. Die Frage war nur, wie lange es dauern würde? Die kürzlich aufgedeckte Verschwörung zur Ermordung von Konstantius' Freund Symmachus, des progotischen Präfekten von Rom, war der Beweis dafür, dass die Partei der barbarenfeindlichen Senatoren und Heeresoffiziere an Stärke zunahm. Honorius selbst schwankte noch zwischen dem Vertrauen in die gotische Ansiedlung und dem Frieden, den sie gebracht hatte, und seiner Abneigung gegen alle Barbaren, die von den Einflüsterungen der Leute genährt wurde, die Land und Privilegien an die Goten verloren hatten.

Der Schlaf floh sie auch die übrige Nacht. Erst in den frühen Morgenstunden, beim ersten Licht der Dämmerung zwischen den Fensterläden, fiel sie schließlich in einen erschöpften Schlummer.

Erst im folgenden Herbst hatte Placidia endlich Erfolg. In jenem Jahr kam der Winter früh. Die letzten hellen Herbsttage schwanden in der Dämmerung. Die Nacht setzte jeden Tag früher ein. Herabgefallenes Laub belegte die Stadt mit einem Teppich. Im Hof vor Placidias Arbeitszimmer ließen die letzten vertrockneten Rosen unter einem grauen Himmel die Köpfe hängen, und die Bronzestatuen der Götter und Kaiser ragten wie Geister empor.

Sie schickte jedermann hinaus, damit sie besser arbeiten konnte, und doch erhob sie sich ständig, rückte Dinge zurecht, blickte in den Garten. Placidia war, trotz des trostlosen Wetters, freudig erregt. Letzte Woche hatte Honorius endlich Konstantius' Krönung zugestimmt. Sie schloss die Tür zum Hof und kehrte an ihren Schreibtisch zurück. Darauf lagen die abschließenden Entwürfe des neuen Kirchenfestes, die Eugenius zuvor gebracht hatte. Mit Girlanden geschmückte Säulengänge, ein stufenförmiger Silberständer mit achthundert Kerzen für den Altar der Kathedrale, Entwürfe für Tuniken und Dalmatiken. Das Fest von Christi Geburt sollte in Ravenna zum ersten Mal eingeführt werden. Obwohl es ihre eigene Idee war, fand sie es schwierig, sich auf die Entwürfe zu konzentrieren. Ihre Gedanken schweiften ständig zu jenem erstaunlichen Moment vor einer Woche zurück, als sie in Honorius' privatem Arbeitsraum auf den Bischof von Ravenna getroffen war, um die letzten Details für das neue Fest zu besprechen.

Obwohl das Fest für Christi Geburt in Städten des Ostens wie Antiochia, Ephesus und Alexandria längst gefeiert wurde, war der Brauch in Rom erst kürzlich aufgekommen. Zunächst betrachtete der örtliche Klerus die Feier mit Skepsis, da Geburtstage ein heidnischer Brauch waren. Für die Christen war jedoch die Zügellosigkeit während der Saturnalien, des uralten Festes zu Ehren des Saturn, so abstoßend, dass ihnen der Gedanke gefiel, die Geburt Christi am 25. Dezember zu feiern, um so die Saturnalien zu verdrängen.

Als Candidianus darauf hinwies, dass vielen Leuten die Saturnalien fehlen würden, sagte Placidia schroff: »Dann werden wir das Fest der Geburt Christi einfach fröhlicher gestalten müssen. Eine gewisse Feierlichkeit soll sich mischen mit Farben und Freudigkeit. Laubgirlanden aus Stechpalme und Efeu. Rote Äpfel und Stränge vergoldeter und silberner Nüsse ... Wir werden die Kirchen, Monumente und öffentlichen Gebäude mit Gebinden und Girlanden schmücken, so wie sie die Menschen während der Saturnalien vor ihre Türen hängen. Alle Kirchen müssen in Kerzenlicht erstrahlen ...«

Bischof Maximus nickte nachdenklich. »Der Triumph des Lichtes über die Dunkelheit ... Ja. Vielleicht könnten die Saturnalien-Geschenke als Symbol für die Opfergaben der drei Weisen aus dem Morgenland angesehen werden?«

Placidia fügte hinzu: »Anstatt blutiger Gladiatorenkämpfe und trunkener Gelage soll es Prozessionen mit Kirchenbannern und heiligen Reliquien geben, bei denen die Gesänge der Menschen die Herrlichkeit Gottes preisen.« Sie wandte sich Candidius zu und fügte leicht schalkhaft hinzu: »Und um vollkommen sicherzustellen, dass das Volk den Geist des neuen Festes zu schätzen lernt, könnten wir der Menge gegenüber Großzügigkeit walten lassen ...«

Honorius, der Feierlichkeiten liebte, strahlte. Und dann sagte er jäh: »Warum planen wir nicht etwas für Konstantius' Krönung, wenn wir schon Feierlichkeiten planen? Wir sollten einen Termin im Februar festsetzen. So wird er nicht mit der Christmette und den Neujahrsfeierlichkeiten kollidieren.«

Placidias Herz setzte einen Schlag lang aus. Candidius war blass geworden, Maxentius gab vor, sein Pallium zu richten. Placidia erholte sich als Erste. Sie nahm Honorius' Hände und bedeckte sie mit Küssen. »Weißt du, dass du der beste Bruder und der klügste Herrscher des Christentums bist?«

Honorius errötete vor Freude. »Ich tue nur, was das Beste für Rom ist. Was ist mit einem Triumphbogen? Kann Eugenius uns rechtzeitig einen bauen?«

»Natürlich!«

Sie stürzte sich in die Vorbereitungen für Christi Geburtstag. Sie hatte die letzten Wochen damit verbracht, Muster für Dekorationen und neue liturgische Gewänder zu suchen und für Honorius eine seidene Dalmatik zu bestellen, auf der das juwelengeschmückte, von Palmen und Kamelen umgebenen Bild Bethlehems prangte. Aber die Feierlichkeit, die sie wirklich interessierte, diejenige, die ihr Leben ändern würde, war Konstantius' Krönung am ersten Februar.

Der Morgen von Konstantius' Krönung dämmerte ebenso kalt herauf, wie es die vergangene Woche gewesen war. Das Hippodrom, in dem die Zeremonie abgehalten werden sollte, war von Schnee bestäubt. Schnee bedeckte auch den ägyptischen Obelisk an der mittleren Trennmauer, die Dächer des angrenzenden kaiserlichen Palastes, die Basilica Ursiana und das Aquädukt, das sich durch die Stadt wand.

Placidia, die in der kaiserlichen Loge saß, zog den Kragen ihres Pelzumhangs hoch. In der Wintersonne bot das Hippodrom einen großartigen Anblick. Die Sonne hatte die Wolken zum ersten Mal seit Tagen durchdrungen und vergoldete den Circus, die Stadt und ihre schneebedeckten Dächer. Es erinnerte sie an Athaulfs Beschreibungen der winterlichen Landschaften am Danuvius. Trotz der Kälte gab es keinen freien Platz mehr. Die Menschen, die gegen das Wetter dick angezogen waren, besetzten die stufenförmig angeordneten Reihen. Verglichen mit dem Circus Maximus war Ravennas Hippodrom klein und seine Ausschmückung provinziell. Nur die ersten beiden Reihen waren aus Marmor. Dennoch fasste es fast zwanzigtausend Menschen.

Konstantius hatte dafür gesorgt, dass das Heer massiv vertreten war: drei seiner außerhalb von Ravenna stationierten Legionen, zwei Kavellerieeinheiten, die Palastwache, die Kaiserliche Leibwache, zwei Regimenter Reserve-Infanterie und eine Abordnung der Palatin-Garde, deren Standarten und Labaren auf dem weißen, frostigen Sand ruhten. Sie standen alle vor der kaiserlichen Loge aufgereiht. Die Standartenträger der alten Legionen trugen noch immer die traditionellen Tierhäute über ihren Helmen. Da waren ein Bär, mehrere Löwen, Wölfe und etwas, was wie ein Keiler aussah, die Zähne über dem Stahlhelm gebleckt, die mit Krallen versehenen Pranken um den Hals des Signifers geknüpft. Andere, neuere Einheiten trugen die weiße, mit dem Monogramm Jesu bestickte Tunika und als Heereszeichen das Heilige Labarum.

Die Patrizier hatten ihre Plätze in der überdachten Reihe zur Rechten der kaiserlichen Loge eingenommen, ihre Ehefrauen und Töchter in derjenigen zur Linken. Nur wichtige Staatsbeamte, Senatoren und Bischöfe durften die Loge des Kaisers betreten. Auf der Tribüne der Patrizier entstand heftiges Füßescharren und Sichverbeugen, als Flavius Symmachus, der ehrwürdige Patrizier und Vater des Präfekten von Rom, eintraf. Placidia neigte vor ihm den Kopf. Der kahle alte Mann steckte, nachdem er so geehrt worden war, die Hände unter seinen Umhang und lächelte glückselig.

Das Stampfen schwerbesohlter Caligae verkündete Honorius' Ankunft. Die kaiserliche Leibwache mit ihren karmesinroten Beinschienen und den langen, mit Goldspitzen versehenen Lanzen nahm ihren Posten zu beiden Seiten des Eingangs zum Palast ein. Alles erhob und verbeugte sich, als Honorius, von den Bischöfen von Rom und Ravenna und einer Reihe Senatoren begleitet, eintrat. Beim Anblick des Kaisers hoben die Soldaten unten einem uralten Brauch gemäß an: »Wir wollen Konstantius! Wir wollen Konstantius! Konstantius als Kaiser!« Das Volk nahm den Ruf auf und verlangte Konstantius.

Der oberste Justitiar Ioannes wurde geschickt, um Konstantius zu holen. Als Konstantius in einer weiß-goldenen Dalmatik erschien, senkte sich erwartungsvolles Schweigen über die Menge. Honorius gab Candidianus ein Zeichen, der daraufhin mit dem kaiserlichen Diadem auf einem purpurfarbenen Kissen vortrat. Konstantius senkte den Kopf. Honorius beugte sich vor, um ihn zu krönen. Während Honorius dies tat, verlor er das Gleichgewicht und fiel gegen einen Sitz. Das Diadem fiel klappernd zu Boden und rollte die Stufen hinab, bis es an der Balustrade, zu Aetius' Füßen, liegen blieb. Entsetztes Murmeln erklang. Wachen liefen herbei, und Hände wurden ausgestreckt. Placidia sprang auf.

Honorius richtete sich ohne Hilfe wieder auf. Er schüttelte einen Moment den Kopf, als kämpfe er gegen Benommenheit an, und stand dann still. Seine Stirn glänzte vor Schweiß. Placidia richtete seine Krone, die verrutscht war, während Bischof Maxentius den kaiserlichen Umhang zurechtzog. Placidia wollte Honorius die Stirn abwischen, aber er schob sie beiseite. »Mach nicht solch ein Aufhebens, Placidia! Um Marias willen!« Er atmete tief ein und straffte dann die Schultern. »Ihr Herren«, sagte er mit Befehlsstimme, »schreiten wir voran.« Aetius nahm ruhig das herabgefallene Diadem wieder auf und reichte es Honorius. Konstantius hatte Aetius entgegen ihrem Rat kürzlich zum Heerführer ernannt.

»Vielleicht, Augustus«, schlug Ioannes vor, »sollte jemand das Volk beruhigen?«

»Ja.« Honorius nickte. »Natürlich.«

Ioannes sprach die Menschenmenge an und erklärte, dass der Kaiser nur auf einer eisbedeckten Stufe ausgerutscht sei und die Zeremonie fortgeführt würde. Gedämpfter Beifall klang auf. Ioannes besaß, wie Placidia schon zuvor bemerkt hatte, große Geistesgegenwart, eine sanfte Zunge und stand sehr gerne im Zentrum der Aufmerksamkeit.

Als Einziger hatte sich während alledem Konstantius nicht geregt. Er stand da wie eine Statue, mit aschfarbenem Gesicht und wie das Volk bestürzt angesichts des schlechten Omens, aber er gewann nun seine Haltung wieder und beugte zum zweiten Mal den Kopf, um gekrönt zu werden. Honorius hielt das Diadem mit ruhigen Händen hoch über Konstantius' Kopf, damit alle es sehen konnten, während die beiden Bischöfe beteten. Dann setzte er die Krone fest auf Konstantius' Kopf. Der städtische Präfekt reichte Honorius den purpurfarbenen, pelzgesäumten kaiserlichen Umhang, den er um Konstantius' Schultern drapierte.

Dann wandte sich Honorius durch Ioannes, der seine Worte wiederholte, an das Volk: »Soldaten und Einwohner Roms und des Kaiserreichs! Ich, Honorius, Kaiser von Gottes Gnaden, ernenne hiermit Flavius Konstantius zu meinem Mitkaiser und Augustus. Er soll fortan gemeinsam mit mir regieren und als Konstantius III. bekannt sein.«

Die Soldaten ergriffen wie ein Mann ihre Standarten: »Ave Konstantius! Ave Konstantius! Ave Konstantius!«, riefen sie und hoben und senkten mit der uralten Geste der Zustimmung des Heeres die geheiligten Abzeichen, ohne die keine kaiserliche Wahl vollständig war.

Honorius bedeutete Placidia, sich zu erheben. Er griff nach ihrer Hand. »Und meiner ergebenen und geliebten Schwester, Galla Placidia, verleihe ich den Titel Augusta.«

Placidia war vor Überraschung und Dankbarkeit überwältigt. Großzügigkeit war stets eine der besten Eigenschaften von Honorius gewesen. Es war der höchste Titel, den eine Frau im Reich überhaupt tragen konnte. Obwohl er keine wirkliche Macht beinhaltete, war es ein Titel mit ungeheurem Prestige, der einigen der größten Frauen Roms verliehen worden war, etwa Augustus' Frau Livia, oder der heiligen Helena, Konstantins Mutter. Placidia beugte den Kopf, um den schmalen goldenen, mit Perlen versehenen Reifen zu erhalten, den Honorius auf ihren Kopf setzte. Dann wandte sie sich, einem Impuls folgend, der Menge zu und hob mit einer halb grüßenden und halb segnenden Geste die Hand. Der Circus brach in stürmischen Applaus aus. Menschen sprangen von ihren Sitzen. »Placidia! Placidia! Placidia!«, riefen sie immer und immer wieder und klatschten und stampften mit den Füßen.

Rom hatte wieder eine Kaiserin.

Das Jahr erwies sich als Zeit des Friedens. Valentinian und Honoria gediehen. Honorius' Gesundheit schien sich zu stabilisieren. Theodorich, der neue gotische König, zeigte sich als ein ebenso guter Verbündeter Roms, wie es sein Onkel gewesen war. Die einzige große Sorge waren die Perser. Durch einen Sieg über die Weißen Hunnen ermutigt, hatte Persien einen lange bestehenden Waffenstillstand mit Konstantinopel gebrochen und bedrohte die Besitzungen des Ostreiches in Armenien. Theodosius, der einen weiteren Konflikt mit Persien fürchtete, bat Honorius um Hilfe. Gegen Ende des Sommers reiste ein Strom von Boten zwischen Konstantinopel und Ravenna hin und her.

Konstantius schritt in seinem privaten Audienzraum mit hochrotem Gesicht wie ein gefangener Löwe auf und ab. Seine Offiziere und Höflinge wandten den Blick ab. Anders als Honorius hatte Konstantius nie zu Wutanfällen geneigt.

Der Bote aus Konstantinopel verharrte weiterhin in gebeugter Haltung vor Konstantius' Thron und fürchtete sich, den Kopf zu heben. Niemand wagte es, die Schriftrolle aufzuheben, die Konstantius zu Boden geschleudert hatte. Sie lag halb entrollt auf dem Mosaik, das großartige rote Siegel des Kaisers von Ostrom wie ein Blutfleck auf dem cremefarbenen Pergament, der nach Rache verlangte.

»Wie kann er es wagen! Ein Gernegroß von einem Bürschchen, der noch nie ein Schwert gezogen, geschweige denn ein Heer befehligt hat, will mir eine Lektion in Kriegsführung erteilen? Und um dem Ganzen noch die Krone aufzusetzen, tituliert er mich weiterhin als ›Heerführer‹! Ohne mich hätte Theodosius niemanden, der seine westliche Flanke schützt, und noch viel weniger meine zwei Legionen, die ihm gegen die Perser helfen!« Er stolperte in seiner Erregung fast über den Boten. »Schafft diesen Mann hier raus, bevor ich ihn erwürge!«

»Ich *bin* das westliche Reich. Ohne mich wäre das Reich längst zu Grabe gestolpert. Ich bin derjenige, der es verteidigt, der Kopf, der es regiert!«

Konstantius wischte sich über die Stirn und brüllte Didius dann an: »Ruf Castinus, sofort. Und sag Anicius, dass ich einen Bericht über die genauen Positionen unserer Streitkräfte in Griechenland und Illyrien will. Sag ihm …« Er begann zu husten. Ein dumpfer Schmerz breitete sich durch seinen Arm und die Brust aus. Seine Beine fühlten sich an, als würden sie unter ihm einknicken. Er ließ sich auf seinen Thron fallen. Sein Atem drang als knappes, ungleichmäßiges Keuchen hervor. Ein stechender Schmerz schoss durch seinen Körper. Er griff sich an die Brust und biss sich auf die Lippen, um nicht aufzuschreien.

Besorgte Gesichter beugten sich über ihn. Er winkte sie fort und schloss die Augen. »Großer Jupiter«, dachte er, »lass mich jetzt nicht im Stich. Nicht jetzt, wo noch so viel zu tun ist, wo ich gerade erst begonnen habe, meinen Sieg zu genießen.«

Aristophanes hatte recht. Er musste es vermeiden, in solche Aufregung zu geraten. Es war derselbe alte Schmerz, nur dass er dieses Mal viel schlimmer war. Er war zuvor vergangen, er würde auch wieder vergehen. Das war der Tribut eines Lebens, der Tribut all der Hindernisse, die er bewältigt hatte, der Kämpfe, die er ausgefochten hatte, der Niederlagen und Siege, des langen, harten, anregenden Weges vom Bauernsohn zum Kaiser, zum Ehemann einer Prinzessin. Im Geiste sah er Placidias Gesicht. Er klammerte sich an das Bild. Es half ihm, den Schmerz zu ertragen. Er sehnte sich danach, ihre Hand zu halten, sie anzusehen. Sie war nicht ohne Mitleid. Sie wäre bestimmt freundlich zu ihm, und doch verbot ihm der Stolz, nach ihr zu schicken. Er konzentrierte sich auf den Atem. Allmählich ebbte der Schmerz ab, und sein Atem wurde wieder regelmäßig.

Konstantius verbrachte den restlichen Nachmittag in seinen Räumen und bearbeitete mit seinen Schreibern an seinem Schreibtisch laufende Staatsdokumente, wobei er den Schmerz in seinem linken Arm ignorierte. Als sie eintrafen, schickte er Castinus und Lucius Anicius fort. Er würde heute alle Anspannung meiden. Morgen würde er sich mit Theodosius beschäftigen.

Als die Sonne unterging, fühlte er sich viel besser und sogar hungrig. Er sandte Placidia eine Nachricht und fragte sie, ob sie ihm beim Abendessen Gesellschaft leisten wollte. Als sie unter einem Vorwand ablehnte, rief er nach seinen nubischen Tänzerinnen und Didius. Er würde nicht zulassen, dass seine Frau diesen Abend verdarb. Was machte es schon, wenn seine Angewohnheit, mit seinen Ordonnanzen zu speisen, Placidia erzürnte und den Hof schockierte.

Konstantius lehnte sich auf seiner Liegestatt zurück, einen Becher ausgezeichneten Falernerwein in der Hand, und beobachtete die aufreizenden Bewegungen der geschmeidigen, ebenholzfarbenen Schönheiten mit ihren dunklen, gefühlvollen Augen, während sie sich zum Klang exotischer Flöten hin- und herwiegten. Er hielt dem neben ihm stehenden Sklaven erneut seinen leeren Becher hin. Didius, der so unbeholfen wie immer auf einer Liegestatt lehnte, runzelte die Stirn. »Vielleicht solltet Ihr das nicht tun, Dominus. Es ist Euer vierter Becher. Ihr wart …«

Konstantius lächelte. »Benimm dich nicht wie eine verdammte Ehefrau, Didius. Es geht mir gut.« Er hob seinen Becher an. »Auf das Leben. Trinken wir, solange wir es noch können.« Er deutete mit dem Kinn auf die Tänzerinnen. »Wenn du heute Nacht eine von ihnen haben willst, such sie dir aus.«

Konstantius erhob sich ein wenig später, um sich zu erleichtern. Als er stand, schoss ein Schmerzpfeil durch seine Brust. Er schwankte und streckte die Arme aus, um sich abzustützen, bevor er auf dem Boden zusammenbrach.

Didius sprang auf. Er hob Konstantius auf seine Arme und legte ihn so vorsichtig wie möglich auf die Liegestatt. »Schnell, holt Aristophanes.«

Konstantius hob eine Hand und wollte etwas sagen. Didius beugte sich herab. Konstantius sagte kaum hörbar flüsternd: »Meine Frau …«

Didius wandte sich um. »Ruft die Augusta.«

Als Placidia eintraf, hatte man Konstantius in sein Schlafzimmer gebracht. Im Vorraum und im Raum selbst standen bereits zahlreiche Höflinge. Wie lauernde Aasgeier, dachte sie. Sie war noch nie zuvor in seinem Raum gewesen. Es war, trotz der gelben, mit Fresken bunter Villen und Gärten bedeckten Wände, das nüchterne Cubiculum eines Soldaten. Ein eisernes Feldbett, eine Kleiderstange, eine Reihe an ihren Gürteln hängende Schwerter, militärische Auszeichnungen auf einem hölzernen Ständer, das mottenzerfressene Löwenfell eines Standartenträgers. Die einzige Konzession an seinen Status war das goldene kaiserliche Diadem, das auf einem Elfenbeinkasten lag.

Konstantius' Züge wirkten im schwankenden Licht der Lampen so hohl wie die Wachsmaske eines Ahnen. Seine Augen waren geschlossen, sein Mund vor Schmerz wie erstarrt. Die breite Brust hob und senkte sich mühsam. Didius, der mit zusammengebissenen Lippen am Kopfende des Bettes stand, nickte ihr knapp, fast anklagend zu. Ihr Blick schweifte zu Aristophanes. Der Arzt schüttelte behutsam den Kopf.

Sie schluckte und fragte im Flüsterton: »Habt Ihr nach dem Kaiser geschickt?«

Aristophanes verneigte sich. »Ja, Augusta.«

»Und nach dem Bischof?«

»Nein, Augusta.«

»Schickt nach ihm.«

Konstantius öffnete beim Klang ihrer Stimme die Augen. Es gelang ihm, ihr den Kopf zuzudrehen. »Placidia«, sagte er schwach.

»Verlasst uns! Ich wünsche mit dem Augustus allein zu sein, bis der Kaiser eintrifft.«

Stille erfüllte den Raum, nachdem alle gegangen waren. Es war trotz der weitgeöffneten Türen erstickend heiß und feucht. Der Mond warf jenseits der Terrasse ein Lichtband auf die Lagune.

Konstantius' Augen waren wieder geschlossen. Sie legte eine Hand leicht auf seine. Seine Finger suchten ihr Handgelenk, schlossen sich darum.

So blieben sie, näher, als sie sich jemals zuvor gewesen waren, einen langen Moment, der wie eine ganze Lebensspanne schien, bevor sie sagte: »Ich habe dich immer bewundert, auch wenn ich dich nicht lieben konnte. Nur wenige haben das erreicht, was du erreicht hast. In Rom herrscht Frieden. Dein Sohn wird Kaiser sein. Ich werde Rom schützen, bis er alt genug ist. Ich weiß nicht wie, aber ich werde es tun, das verspreche ich.« Er drückte ihr Handgelenk.

Sie fuhr fort: »Du hast mir einmal vorgeworfen, ich verachte dich. Du hast dich geirrt. Es war keine Verachtung. Es war einfach so, dass ich Athaulf liebte, dass ich niemand anderen lieben konnte.« Es war nur eine kleine Lüge, eine halbe Wahrheit.

Er öffnete die Augen. »Placidia«, flüsterte er, »ich habe ... dich immer geliebt. Du warst die Frau meiner Träume. Seit ich dich zum ersten Mal sah – als junges Mädchen, in der kaiserlichen Loge, neben Stilicho. Deine Augen, deine Anmut ... Du warst unerreichbar ... Und doch träumte ich von dir ... die ganzen Jahre ... auf allen meinen Feldzügen, während ich für Rom kämpfte, kämpfte ich auch für ... dich.«

Ihre Augen füllten sich zum ersten Mal in seiner Gegenwart mit Tränen. »O Gott«, dachte sie, »vergib mir. Dieser Mann hat mich geliebt, und ich habe ihn zurückgewiesen. Er hat mich freundlich behandelt. Er schenkte mir zwei wunderschöne, gesunde Kinder. Und ich habe ihn verschmäht. Ich habe aus Stolz und Selbstsucht gesündigt, habe die heilige Pflicht einer Ehefrau missachtet. O Gott, bitte vergib mir.«

Sie kniete sich neben das Bett. »Konstantius«, sie nahm seine Hand, »kannst du mir verzeihen?«

Er wandte mühsam den Kopf und sah sie an. Seine Augen waren klar und leuchtend. Sie las darin alle Liebe, Ergebenheit und Verzeihen auf der Welt. Er versuchte zu sprechen, aber es gelang ihm nicht. Er konnte nur nicken. Ein schwaches Lächeln erschien auf seinen blauen Lippen. Kurz darauf sank sein Kopf zu einer Seite.

Sie sah ihn durch einen Tränenschleier an. Ein dünner Speichelfaden rann aus seinem Mundwinkel. Ihr Ehemann, der Vater ihrer Kinder, der Mann, der Rom zusammenhielt, lebte nicht mehr.

Erst nachdem sie seinen Kopf aufgerichtet und seine Augen geschlossen hatte, erkannte sie schockiert, dass er gestorben war, ohne die Letzte Ölung erhalten zu haben. Ihn hätte es nicht gestört, aber auf ihr lastete es schwer. Sogar hierbei hatte sie an ihm versagt, genauso wie sie nie die Großzügigkeit seines Geistes und die Tiefe seiner Liebe erkennen konnte.

»Bitte, o Herr«, flüsterte sie, »lass diesen Mann in den Himmel ein. Es ist mein Fehler. Es war mein Versäumnis. Ich wollte den Bischof, obwohl doch jeder Priester genügt hätte.«

Als sie nach dem Türgriff fasste und den Wartenden draußen gerade verkünden wollte, dass der Kaiser Konstantius verstorben sei, hielt sie inne. Erst jetzt traf sie die Erkenntnis, was auf der anderen Seite der Tür auf sie wartete, mit voller Wucht. Sie war erneut Witwe. Allein. Der Gnade jener ausgeliefert, die sich an ihrem Niedergang weiden würden. Es waren viele. Candidianus, der sie hasste. Vielleicht die beiden Heerführer, Aetius und der überaus ehrgeizige Castinus. Aetius warf ihr schmachtende Blicke zu, lehnte sie aber im Herzen ab. Es blieb abzuwarten, ob man sich darauf verlassen konnte, dass Felix und seine Legionen loyal blieben. Bonifaz gewiss, aber er war weit weg in Afrika. Nur Honorius stand zwischen ihr und ihren Feinden.

Sie wischte sich über die Wangen und richtete ihr Haar. Sie durfte keine Schwäche zeigen. Sie musste nun stärker denn je wirken. Und sich Honorius noch mehr annähern. Ihr Einfluss auf Honorius war ihr Schlüssel zum Überleben.

Rom, Januar 423

Auf der Straße zwischen Rom und dem Hafen der Stadt herrschte am späten Nachmittag nur wenig Verkehr. Dennoch zog Placidia in ihrer Kutsche den Schleier tiefer ins Gesicht. Somit wäre die Gefahr geringer, dass ein übereifriger Zöllner sie eingehend musterte, obwohl die Gefahr ohnehin begrenzt war. Welcher Beamte würde es wagen, eine Dame und ihre Dienstboten zu durchsuchen, die zum Landsitz eines Freundes wollten, wenn man ihm sagte, dieser Freund sei der Präfekt Roms?

Was würde Symmachus selbst davon halten, dass seine Frau den Landsitz ohne seine Erlaubnis für ein Geheimtreffen zwischen dem Gouverneur Afrikas und der in Gefahr schwebenden Schwester des Kaisers zur Verfügung gestellt hatte? Sie wusste nicht, in welcher Verkleidung Bonifaz zum Landsitz reiste. Sie hoffte, dass er bereits dort wäre, wenn sie eintraf. So sehr sie Cäcilia mochte, war sie wirklich nicht in der Stimmung für weibliches Geplauder.

Ihr Blick streifte über die Landschaft. Wie oft war sie in ihrer Jugend auf dieser Straße gefahren. Der Kanal zwischen dem Hafen und dem Tiber war wie immer von schwerbeladenen Frachtkähnen verstopft, die stromaufwärts liefen, um Roms unersättliches Maul zu füttern. Bald würden sie die Nacht über den Fluss entlang festmachen. Der Rauch von Kochfeuern stieg bereits von einigen Schiffen auf. Die Felder waren, obwohl der Tag für den Winter mild und sonnig gewesen war, noch nass vom gestrigen Regen, die Erde dunkel und feucht. Nichts schien sich geändert zu haben, und doch hatte sich alles geändert.

Vor einem Jahr war sie die mächtigste Frau im weströmischen Reich gewesen. Menschen sanken bei ihrem Anblick auf die Knie, der Senat erhob sich in ihrer Gegenwart. Und doch reiste sie nun inkognito in einer einfachen, von Roderich gelenkten Pferdekutsche mit nur einem halben Dutzend Reitern als Eskorte. Sie war noch immer eine Augusta. Sie trug bei formellen Anlässen noch immer den Umhang und das Diadem einer Kaiserin, aber wie lange noch? Ihre Zukunft und die der Kinder hing nun von der Zuneigung ihres Bruders ab. Und um Honorius' Zuneigung war es, wie Stilichos Ende gezeigt hatte, bestenfalls armselig bestellt.

Nach Konstantius' Tod hatten ihre Feinde noch rascher gehandelt, als sie es erwartet hatte. Während Honorius noch die Wahl eines neuen obersten Kriegsherrn erwog, nutzte Castinus mit Candidianus' Hilfe ihre kurze Abwesenheit, um an einer Synode in Bologna teilzunehmen, um sie auszumanövrieren. Candidianus behauptete, er habe Informationen über rebellische Elemente im Heer erhalten, die sich einem unbotmäßigen Offizier anschließen wollten. Das hatte Honorius so erschreckt, dass er Castinus sofort zum Obersten Befehlshaber der bewaffneten Streitkräfte Roms machte.

Als sie das Honorius bei ihrer Rückkehr vorwarf, verteidigte er sich mit der Aussage, dass keiner der übrigen Befehlshaber besser wäre. Sie waren entweder von der Mentalität her ungeeignet, wie der treuergebene Lucius, der sich in eine Art Mark Anton verwandelt und dem Essen, den Frauen und weinerfüllten Träumen vom Glanz hingegeben hatte. Oder ihre Loyalität war zweifelhaft, wie bei dem glatten Aetius, oder sie waren zu unerfahren, wie Felix, oder zu alt, wie der siebzigjährige Marinus. Vieles davon entsprach der Wahrheit, aber dennoch …

»Warum hast du dann nicht Bonifaz gewählt?«, rief sie erbost.

»Nun … er war nicht hier. Wenn die Burgunder oder die Vandalen erneut auf dem Vormarsch sind, was Castinus für möglich hält …«

»Honorius«, sie atmete tief ein, »das nächste barbarische Heer ist Wochen von hier entfernt. Wir hätten es gewusst, lange bevor sie die Alpen überquert hätten. Ich kann nicht fassen, dass du Bonifaz abgelehnt hast. Wir haben darüber gesprochen, bevor ich nach Bononia fuhr. Bonifaz würde dich niemals verraten. Castinus vielleicht schon.«

»Das stimmt nicht! Konstantius hat immer gut von ihm gesprochen. Er hat ihn zum Befehlshaber gemacht!«

»Ja. Weil er seine Talente erkannte. Aber Konstantius war da, um ihn im Auge zu behalten. Nun ist er tot. Genau jene Talente sind es, die Castinus so gefährlich machen.« Sie wollte hinzufügen: Das, und seine enge Freundschaft mit Candidianus. Aber sie hielt den Mund. Da sie Castinus' Ernennung nicht rückgängig machen konnte, hatte sie Honorius das Zugeständnis abgerungen, Bonifaz zum Grafen von Afrika zu ernennen. So wären zumindest ein großer Teil des Heeres sowie die Getreideverschiffungen unter Kontrolle eines Mannes, der ihr treuergeben war. Jemand, der die Interessen ihres Sohnes verteidigen würde. Jemand, der durch sie das Gouverneursamt über Afrika erhalten hatte.

Bevor Castinus und sein Klüngel bei Hofe einen Gegenzug ausführen konnten, erreichte die ernste Nachricht Ravenna, dass die Vandalen in Spanien, durch Konstantius' Tod ermutigt, Tarraconensis angreifen wollten. Castinus hatte recht gehabt. Gegen seinen Willen sah er sich gezwungen, Bonifaz als stellvertretenden Befehlshaber des Heeres zu akzeptieren, das zum Ende des Winters nach Spanien marschieren sollte. Der gotische König versprach, die Vandalen bis zum Frühjahr in Schach zu halten und dann an der Seite der Römer zu kämpfen.

Castinus und Bonifaz brachen zum Winterende mit ihrem Heer auf. Aber noch bevor sie auch nur die Alpen überquert hatten, lagen sie in erbittertem Streit. Bonifaz gab seine Befehlsgewalt, ohne um Erlaubnis zu bitten, ab und kehrte nach Ravenna zurück, wo er sich einem erzürnten Honorius gegenübersah. Placidia gelang es nur durch ihren Einfluss auf Honorius, Bonifaz vor der Absetzung als Graf von Afrika zu erretten. Bonifaz beschuldigte Castinus der völligen Unfähigkeit und unerträglicher Anmaßung. Einen weiteren Punkt vertraute Bonifaz nur Placidia an. Er lachte verächtlich. »Der Dummkopf hat sogar versucht mich zu vergiften, ausgerechnet mit einem Teller Pilze!«

Da kam ihr zum ersten Mal ein schrecklicher Gedanke in den Sinn. Wenn Honorius sterben sollte … Sie schämte sich. Wie leicht es war, der Stimme des Teufels zu erliegen, wenn man Angst hatte …

Zunächst errang Castinus, von den Goten unterstützt, einige Siege gegen die Vandalen in Spanien. Während des Sommers erreichten Honorius und Placidia begeisterte Sendschreiben über seine Siege. Nicht lange danach erlitt Castinus in der Nähe von Tarraco jedoch eine herbe Niederlage. Er musste um sein Leben fliehen, da er den größten Teil seines Heeres verloren hatte. Er behauptete bei seiner Rückkehr, die Goten hätten ihn verraten. König Theoderich protestierte und wies auf die schweren Verluste unter seinen Leuten hin. Das Wort eines Barbaren stand gegen das eines Römers. Honorius schwankte, zwischen Placidias und Candidianus' Rat hin- und hergerissen. Letztendlich ergriff er Castinus' Partei. Die Stimmung gegen die Goten begann sich erneut aufzuheizen, sowohl bei Hof als auch auf den Straßen Ravennas.

Placidia überprüfte erneut ihren Schleier. Die Kutsche fuhr eine lange Straße mit uralten Zypressen entlang. Bald wären sie bei der Villa. Man konnte zu beiden Seiten, so weit das Auge reichte, Olivenhaine mit reifen schwarzen Früchten sehen. Die Ernte war in vollem Gange. Sklaven sammelten die unter den Bäumen aufgespannten Netze ein. Die letzten vollen Körbe des Tages wurden auf den Rücken geduldig wartender Esel geschlungen, während Aufseher ihre Peitschen knallen ließen, um die Arbeit vor Einbruch der Dämmerung zu beschleunigen.

Sie wurden auf halbem Weg die Zufahrt hinauf, innerhalb der Sichtweite der hohen Mauern der Villa, von einer Abordnung berittener Wachen mit dem bekränzten Adler der Symmachi auf den Schilden begrüßt. In diesen gesetzlosen Zeiten patrouillierten sogar an der Villa des Präfekten Roms bewaffnete Wächter. Roderich beugte sich vom Kutschersitz herab: »Die Herrin Quinta Metella«, verkündete er, »möchte Cäcilia Symmacha besuchen.« Die Wächter winkten sie durch.

Die großen, eisenbeschlagenen Tore öffneten sich und gaben die verblasste Pracht eines eleganten Landhauses frei, das von Außengebäuden umgeben war. Auch die Symmachi besaßen, wie so viele andere alte Familien, nicht mehr den ungeheuren Reichtum, der es ihren Vorfahren ermöglicht hatte, fast wie Kaiser zu leben.

Stallsklaven liefen herbei, trugen eine Aussteighilfe mit sich. Cäcilia, würdevoll in einer indigofarbenen Tunika, das Haar auf dieselbe altmodische Art zum Knoten geschlungen wie je, kam gerade die Treppe herab. Ihre traurigen blauen Augen erstrahlten. »Meine Liebe, es tut so gut, dich zu sehen!« Sie umarmte Placidia und blickte dann zu den Reitern und der Kutsche zurück, die sich dem Stallhof zuwandten. »Du hast keine Bediensteten mitgebracht?«

Placidia schüttelte den Kopf. »Ich hielt es für unklug. Je weniger Leute es wissen, desto besser.« Sie drückte ihrer Freundin die Hand. »Ich danke dir, Cäcilia, dass du dies arrangiert hast.« Sie betrachtete die Villa. »Ist Bonifaz hier?«

Cäcilia nickte. »Er ist mittags angekommen.« Sie nahm Placidias Ellenbogen. »Möchtest du dich umziehen? Ich schickte dir meine Bediensteten.«

»Danke, aber ich möchte zuerst ihn sehen. Ich werde später baden, vor dem Abendessen.«

»Natürlich.« Cäcilia sagte nicht mehr, aber auf ihrem freundlichen, vorzeitig gealterten Gesicht stand die Erkenntnis, dass die Dinge wahrlich ernst sein mussten, wenn Placidia sich weder umziehen noch den Staub der Straße abwaschen wollte.

Bonifaz stand mit dem Rücken zu ihr, die Arme verschränkt, und blickte durch die geöffneten Türen in den Garten. Er wandte sich beim Klang der Tür um.

»Die Herrin Quinta Metella, Herr«, verkündete der Kämmerer und zog sich mit einer tiefen Verbeugung zurück.

»Placidia!« Bonifaz kam mit ausgestreckten Armen auf sie zu. Er ergriff ihre Hände. Der altbewährte Strom der Vertrautheit floss wie immer zwischen ihnen, wenn sie sich sahen. Seine Gegenwart ließ sie aufatmen. Sie fühlte sich weniger allein.

Er hielt noch immer ihre Hände und betrachtete sie. »Ich weiß nicht, wie du es machst, aber du bist jedes Mal, wenn ich dich sehe, schöner!«

»Es ist kalt hier drinnen.«

Er lachte. »Wir Soldaten sind Kälte gegenüber unempfindlich. Gehen wir hinaus.«

Er hatte recht. Es war sicherer, draußen zu reden. Sie gingen an überwucherten Formschnitthecken, leeren Wasserrinnen und kahlen Weinranken vorbei, bis sie in einer Gartenlaube eine Steinbank fanden. Ein kleines Nymphäum sprudelte daneben, so dass Wasser über seine moosige Wand rieselte. Die Sonne ging langsam hinter ihnen unter und warf lange Schatten auf den Pfad.

Sie wandte sich Bonifaz zu. »Es tut mir leid, dass ich deine Abreise verzögert habe. Aber ich musste dich sehen, bevor du wieder nach Afrika aufbrichst.« Sie biss sich auf die Lippen. »Ich habe zum ersten Mal, seit Konstantius starb, richtige Angst.«

»Etwas Neues? Castinus?«

»Zwei Dinge. Zunächst gab es einen Aufstand. Castinus zettelte einen Angriff auf meine gotischen Wächter an. Die Gemüter erhitzten sich, die Stadt teilte sich in zwei Lager. Es wurde ein großer Aufruhr daraus, bei dem zahlreiche Menschen starben. Die kaiserliche Kavallerie musste gerufen werden, um die Ordnung wiederherzustellen. Honorius fordert erneut, dass ich meine Leibwache entlasse. Im Hafen in Classis waren noch immer Aufstände im Gange, als ich nach Rom aufbrach.«

»Entlass die Goten, Placidia. Sie waren schon immer ein Problem. Konstantius war aus gutem Grund nicht mit ihnen einverstanden.« Bonifaz lehnte sich zurück. »Das Volk liebt dich, aber wenn du eine gotische Leibwache behältst, lieferst du deinen Feinden den perfekten Vorwand, um jegliche aufgestauten, antibarbarischen Stimmungen auszunutzen.«

»Ohne sie wäre ich wehrlos.« Sie konnte ihm nicht sagen, dass ihr Stolz es nicht zulassen würde und dass sie tief im Herzen den Gedanken nicht ertragen konnte, sich von ihnen zu trennen. Auch Bonifaz hatte ein Vorurteil gegen die Goten, hatte es schon immer gehabt, seitdem sie Athaulf geheiratet hatte.

»Was meinst du damit? Niemand würde es wagen, dich anzurühren. Du hast viele Freunde im Senat, in der Kirche, den Papst selbst, im Heer, Anicius, Felix, Ioannes. Honorius würde niemals ...«

»Das ist das Zweite. Ich fürchte mich allmählich vor Honorius.«

»Honorius?« Bonifaz runzelte die Stirn. »Gewiss nicht. Warum?«

»Ich befürchte, dass er sich gegen mich wenden wird.«

»Jemand wie Honorius ist schwer einschätzbar, aber als ich euch beide zusammen sah, hatte ich den Eindruck, dass er dir wirklich ergeben ist. Er lässt dich bei allen offiziellen Anlässen an seiner Seite auftreten. Er ...«

Placidia stöhnte.

»Ja, ich weiß, es treibt dich zur Raserei, aber er ist vernarrt in deine Kinder, spielt mit ihnen, überhäuft sie mit Geschenken. Ich hörte die Geschichte von dem Pony für Honoria. Es freut ihn anscheinend, dass er dich nicht mehr mit Konstantius teilen muss. Er behandelt dich fast wie seine Kaiserin.«

»Das ist genau das Problem. Er hält öffentlich meine Hand, umarmt mich ... Fast jeden Tag lässt er mich in den Palast kommen, die Kinder bringen, mit ihm speisen. Er ärgert sich, weil ich mich weigere, mit ihm zu trinken.« Sie stieß mit dem Fuß einen Kiesel beiseite. »Es stimmt, dass er großzügig ist. Er spendet große Summen für meine Hospitäler, das neue Findelhaus ... Aber wenn ich Ravenna auch nur für wenige Tage verlassen will, schmollt er. Ich weiß nicht, wo das enden soll. Er ist schwach, Bonifaz. Schwache Männer sind gefährlich, wenn sie ihren Willen nicht bekommen.«

»Placidia, wir wissen alle, was mit Honorius nicht stimmt. Ich werde offen sein.« Er hüstelte verlegen. »Es ist für einen impotenten Mann vielleicht befriedigend, mit einer wunderschönen Frau zusammen zu sein, sie zu berühren, ihre Hand zu halten, ohne den drohenden Vollzug, ohne jeglichen Druck, weil sie seine Schwester ist. Ich weiß, das ist für eine Frau schwer zu verstehen, aber ich denke wirklich, dass das der Grund sein könnte. Ich glaube nicht, dass er aggressiv wird. Er ist ein Christ. Er ist keiner der alten verderbten Claudianer.«

»Ich hoffe, du hast recht.« Nur ein Mensch mit Bonifaz' Intelligenz und intuitivem Verständnis für andere konnte darauf kommen. Wenn sie Honorius' Verhalten analysierte, konnte sie erkennen, dass Bonifaz vielleicht richtig lag. Aber kannte er den wahren Grad der Verderbtheit, auf den Honorius herabgesunken war? Natürlich hörte jedermann Gerüchte. Aber die Dinge, die Konstantius ihr nach einigen Bechern zu viel über ihren Bruder erzählt hatte, überstieg den Glauben. Es ließ sie vor Widerwillen erschaudern. Und doch konnte sie sich nicht überwinden, über solche Dinge zu sprechen, ihren eigenen Bruder vor ihm zu demütigen.

»Bonifaz, wenn etwas schiefgeht, wirst du dann Valentinian beschützen?«

Er sah sie einen Moment an. »Mit meinem Leben. Ich schwöre es, bei Gott dem Allmächtigen.«

Sie legte eine Hand auf seinen Arm. »Ich danke dir. Das werde ich niemals vergessen.«

Es wurde kalt. Die Sonne war untergegangen. Sie stand auf, zog ihren Umhang um sich. »Wollen wir zurückgehen?«

Als sie zur Villa hinaufgingen, sah sie Bonifaz an. Wie seltsam das Leben manchmal war. Vielleicht amüsierte sich der Gott der Christen, wie die alten Götter, gelegentlich auch mit Seinen Schöpfungen? Sie hätte Bonifaz jetzt heiraten können. Er hätte Konstantius' Platz perfekt einnehmen können. Er sah nicht gut aus. Sein lockiges, rotes Haar, die große Nase, die sommersprossigen, ungleichmäßigen Züge sprachen gegen ihn, und doch besaß er die wärmsten, empfindsamsten Augen, die sie je bei einem Mann gesehen hatte. Sie liebte ihn nicht, aber sie mochte ihn weitaus mehr, als sie Konstantius je gemocht hatte. Aber es war zu spät. Er hatte eine Ehefrau, eine Ehefrau, die er liebte.

Am Ende des Pfades blieb Bonifaz stehen und wandte sich ihr zu. »Placidia, wir haben vielleicht keine weitere Chance mehr, allein zu sprechen. Ich breche morgen früh beim ersten Tageslicht auf. Schick mir Nachricht, wenn ... du mich brauchst. Ich werde immer für dich da sein. Inzwischen werde ich daran arbeiten, meine Machtbasis in Afrika und die Loyalität meiner Offiziere zu festigen.« Er nahm ihre Hand und drückte sie. »Du wurdest zur Kaiserin geboren. Warte den rechten Augenblick ab.«

Im Frühjahr glaubte Placidia allmählich, Honorius Unrecht getan zu haben. Die Düsterkeit des nebligen Winters in Ravenna wich einem sonnigen Frühling. Sie fühlte sich entspannter. Die Dinge hatten sich beruhigt. Castinus und Anicius waren fort, kümmerten sich um Probleme im oberen Gallien. Die Vandalen verhielten sich im Moment ruhig, von Theoderich in Schach gehalten. Die Kinder gediehen. Tuga, die aufgrund des Todes ihres Ehemannes während der Aufstände monatelang trauerte, gewann ihre Fröhlichkeit allmählich zurück. Honorius und Placidia gewöhnten sich fast eine Routine angenehmer Häuslichkeit an. Sie bemühte sich, wann immer möglich, nachmittags zu kommen, um die trinkenden und lärmenden Höflinge bei den Abendmahlzeiten zu meiden. Sie saßen dann in Honorius' Privaträumen oder auf der Gartenterrasse und redeten. Er bat sie um ihre Meinung zu Regierungsangelegenheiten, oder sie plauderten, oder saßen nur umgänglich beieinander, während er Staatspapiere las und sie stickte.

Als sie ihn nun beobachtete, wie er Kirschen verschlang und genüsslich kaute, dachte sie, dass er irgendwo noch immer wie ein Junge war, ein Junge, der nie vollkommen erwachsen wurde.

»Hm, diese Kirschen sind gut.« Er streckte seinen Becher aus. »Rufus, mehr Wein! Und verwässere ihn nicht!«

Placidia legte ihre Handarbeit auf die Bank. Ihre Hände fühlten sich feucht an. Es war zu heiß zum Sticken. Die Nachmittagssonne fiel schräg auf die Terrasse. Der Palastgarten war still. Selbst die Tauben waren noch nicht aus ihrer mittäglichen Dumpfheit aufgewacht. Der

Duft von Lorbeer hing in der Luft. In einem der Brunnen quakte klagend ein einsamer Frosch.

Honorius griff nach ihrer Hand. »Weißt du, kleine Schwester, es gefällt mir, dich bei mir zu haben.« Er strich mit einem Finger über ihre Wange. »Du bist entzückend. Ich habe mich oft gefragt, warum du dich in deinen Barbaren verliebt hast, obwohl du jeden römischen Adligen hättest haben können.«

»Das ist Vergangenheit.« Gott wusste, dass dies das letzte Thema war, über das sie sprechen wollte. Aber wenn sich Honorius etwas in den Kopf gesetzt hatte, ließ er nicht locker.

»Es heißt, er sei gutaussehend gewesen. Er muss auch noch andere Qualitäten gehabt haben, denn du warst so vernarrt in ihn. War er nett? Ein guter Geliebter? Es heißt, die Barbaren wären ebenso gutausgestattet wie die Nubier. Stimmt das? Sind sie ...«

»Honorius, bitte!«

»Sei mir nicht böse.« Seine Stimme war sanft, tröstlich, fast hypnotisch. »Du bist für mich mehr als eine Schwester. Ich liebe dich, Placidia. Die Ägypter, Kleopatra selbst, heirateten ihre Geschwister. Das ist nicht schändlich. Wir sind vom gleichen Blut. Gemeinsam werden wir das Reich unseres Vaters wieder so aufbauen, wie du es willst. Für dich werde ich stark sein. Ich werde mich ändern, das verspreche ich. Dein Sohn ist mein Erbe, du wirst meine Augusta sein. Wir werden diskret vorgehen, die Welt wird nichts erfahren ...«

Sie starrte ihn an. Das war nicht möglich ...

»Ich weiß, dass du es vermisst. Du musst dich an einen Mann in deinem Bett gewöhnt haben, auch wenn Konstantius nicht das war, was du wolltest.« Er näherte sich ihr. »Ich werde dir geben, was du brauchst. Ich weiß, dass ich es mit dir könnte. Ich habe lange vermutet, dass du weitaus leidenschaftlicher bist, als du wirkst. Diese Rührmich-nicht-an-Unnahbarkeit ist nur Theater, nicht wahr? Athaulf ist schon lange tot, und ich bin lebendig.« Er stieß ihre Hand in seinen Schoß. »Fühl nur, wie lebendig ich bin!«

Placidia sprang auf. »Wie kannst du es wagen! Athaulf hat immer gesagt, du seist verderbt! Du, der Frömmigkeit heuchelt, du bist nur ein widerlicher …«

Honorius erhob sich mit verzerrtem Gesicht ebenfalls. »Ach so, darum weichst du also vor mir zurück, wenn ich dich umarme, darum behandelst du mich wie einen Dummkopf! Nun, lass mich dir etwas sagen. Ich bin kein solcher Dummkopf, dass ich nicht erkennen kann, wie die Goten dich verhext haben. Nicht ich bin verderbt, sondern sie. Seit Athaulf dich zum ersten Mal in sein Bett nahm, hast du unter seinem Bann gestanden.« Seine Augen verengten sich. Er näherte sein Gesicht dem ihren. »Darum hast du dem armen Konstantius das Leben so schwer gemacht. Nun leistet Roderich denselben Dienst, nicht wahr?«

»Hör auf! Hör sofort auf! Wie kannst du es wagen, so mit mir zu sprechen!«

»Aha, die stolze Augusta.« Er trat einen Schritt zurück und sah sie an, als wäre sie eine Fremde. »Aber so ist es überhaupt nicht.« Er schlug sich vor die Stirn. »Ich erkenne es jetzt. Du hast sie verhext, angefangen mit Athaulf. Die armen Narren glauben, du seist noch immer ihre Königin, ihr Idol … Darum setzt du dich für sie ein, interessierst dich so für ihre Angelegenheiten … Ich, der Dummkopf, der ich bin, dachte, es sei nur Gefühlsduselei. Keinen, der mich gewarnt hat, wollte ich anhören, ich konnte es nicht ertragen, dass du beschuldigt wurdest … Aber jetzt erkenne ich das Muster, den raffinierten Plan. Du bist schlau, kleine Schwester, viel zu schlau. Castinus hat mich schon seit langer Zeit gewarnt. Er hat mir einen deiner Briefe an Theoderich vorgelesen …«

»Du bist verrückt!«

Als sie sich umwandte, packte er ihren Arm. »Du gehst nirgendwohin! Dieses eine Mal wirst du mir zuhören.« Nackter Hass stand in seinen Augen. »Du hast vor, mir mit der Hilfe der Goten meinen Thron zu entreißen, nicht wahr? Darum hast du deine Senatorenfreunde in Rom jahrelang gezähmt, wie ich meine Vögel zähme – mit Worten und Belohnungen. Du dachtest, du könntest den Westen mit einem Kind auf dem Thron, einem willfährigen Senat, Bonifaz, der das afrikanische Getreide kontrolliert und deinen Verbündeten den Goten allein regieren, oder? Welchen deiner Handlanger wolltest du dazu auserwählen, mich zu beseitigen, vielleicht den schönen Roderich? Oder dachtest du an Gift?«

Sie schlug ihm ins Gesicht. »Du bist verrückt, vollkommen verrückt! Geh und bete um Gottes Hilfe. Sonst kann dir niemand helfen.«

»Dieses Mal wirst du nicht das letzte Wort haben!«, schrie Honorius. »Ich werde dich umbringen, dir Valentinian nehmen ...« Er schluchzte.

Sie floh von der Terrasse.

Placidia zwang sich, den Gang nicht hinabzurennen. Er war dazu imstande, daran zweifelte sie nicht. Er würde sie töten lassen, genau wie Stilicho. Sie sah sich, wie Stilicho, an einem vom Blut glitschigen Altar kauern, während die Schwertstreiche auf sie niedergingen ...

Sie rang um Fassung, indem sie langsam und tief atmete. Alles tat, um normal zu erscheinen. Sie erwiderte im Vorraum mit den Porphyrsäulen den Gruß eines Senators und verfluchte den Mann insgeheim, als er etwas von der Ernennung eines Neffen brabbelte und sie nicht gehen lassen wollte.

Ihre Hände zitterten, als sie in das Boot mit ihrer Standarte stieg. »Zu meinem Palast, schnell!«

Sie lehnte sich in die Kissen zurück. Sie musste sich beruhigen, nachdenken. Sie musste sich und die Kinder retten, bevor Honorius eine Entscheidung traf, bevor ihre Feinde Zeit hatten, ihn dazu anzutreiben. Der Bootssklave ruderte das Boot vom Landungssteg des Palastes fort. Sie betrachtete die sich verlängernden Schatten. Es musste bereits weit nach vier Uhr nachmittags sein. Die Fahrt über die schmalen, vom Verkehr verstopften Kanäle schien endlos zu dauern. Als sie ankamen, rief sie Roderich.

An diesem Abend hielt unmittelbar nach dem Einbruch der Nacht eine Gruppe Reiter an der Porta Romana. Die Stadttore waren von der Abend- bis zur Morgendämmerung geschlossen. Außerhalb dieser Zeit durften sie nur für Regierungsangelegenheiten geöffnet werden. Der überraschte Offizier, der von den Wächtern gerufen wurde, schaute von dem Ring zum Gesicht der Frau zu Pferde. Sein Blick streifte die kleine Eskorte Goten. Er nickte. »Gute Reise, Augusta.«

Sie ritten über den schmalen Damm. Ein weiteres Tor auf der anderen Seite, und sie wären auf der Straße nach Rom. Dort, in der geschäftigen Menschenmenge des größten Hafens des Reiches, würden sie ein Schiff nach Konstantinopel nehmen. Wer auch immer sie verfolgte, würde weitaus wahrscheinlicher entlang der Adriaküste nach ihnen suchen. Bisher war kein Zeichen von Verfolgern zu sehen gewesen. Placidia betrachtete den Himmel. Kein Mond schien. Sie hatte ihre besten Pferde genommen. Sie beugte sich herab und tätschelte Phoebus' Hals. »Ich brauche von dir heute Ausdauer, nicht Schnelligkeit.« Der Rappe warf die Mähne auf, und seine Hufe berührten die rauen Pflastersteine der Straße ebenso anmutig wie den weichen Sand des Hippodroms. Sie hatte nur Roderich und eine Handvoll auserlesene Männer bei sich. Genug, um Banditen abzuwehren, aber nicht genug, um sie zu behindern.

Sie ritten Stunde um ermüdende Stunde die Adriaküste entlang durch ebenes Sumpfland. Sie überquerten kurz nach Sonnenaufgang den Rubikon nördlich von Ariminum, wo sie die Via Flaminia verließen. Sie wandten sich, anstatt auf der kaiserlichen Straße mit den Meldeposten, Gasthäusern und Patrouillen weiter zu reisen, westlich auf einen Bergpfad, der sie über die Apenninen nach Rom führen würde. Die Kinder waren in ihren hölzernen Sattelsitzen eingeschlafen, ihre Maultiere jeweils an das Pferd eines Offiziers gebunden. Sie machten so selten wie möglich Halt.

In dieser Nacht kampierten sie in der Wildnis. Placidia erzählte den Kindern zur Beruhigung eine Geschichte von einem Bären und einem Gladiator. Der Bär war der Erste, der jemals einen Gladiator besiegt hatte, und wurde freigelassen, um in seine Höhle in diesen Hügeln zurückzukehren. Wenn sie nun schlafen gingen, könnten sie am Morgen vielleicht einen Blick auf ihn erhaschen, denn manchmal brachte er lieben Kindern Honigbrocken. Valentinian juchzte vor Freude. Honoria runzelte die Stirn: »Ein Bär, Mama? Bären sind gefährlich.«

Placidia zwang sich zu einem Lächeln. »Es gibt auch sehr starke und tapfere Bären. So stark und tapfer wir ihr beide morgen und übermorgen sein müsst. Wir werden erneut den ganzen Tag reiten müssen. Es wird nicht leicht.« Sie wischte einige Brotkrumen aus Valentinians Mundwinkel. »Aber wenn wir nach Rom kommen, verspreche ich euch jedem ein Äffchen als Haustier.«

Placidia blieb an einen Baumstamm gelehnt sitzen, nachdem die Kinder mit Tuga schlafen gegangen waren, und blickte in die Glut. Roderichs Männer hatten Feuer entfacht, um wilde Tiere abzuschrecken, und Wachen gegen Banditen aufgestellt. Sie waren inzwischen wahrscheinlich vor Verfolgern sicher. Der nachmittägliche Regenschauer würde ihre Spuren den Berg hinauf getilgt haben. Aber hatte Honorius überhaupt den Befehl gegeben, sie zu verfolgen? Würde er es wagen, sie öffentlich des Verrats zu beschuldigen? Der Mut würde ihn wahrscheinlich verlassen. Aber wenn er wirklich so labil war, wie es aussah, könnte Castinus ihm alles einreden. Ihre einzige Hoffnung lag im Moment in Konstantinopel, bei ihrem Neffen Theodosius. Wenn sie erst dort war, nachdem Gainsrich Afrika und Bonifaz erreicht hatte, konnte sie weitere Pläne schmieden.

Sie dachte an die Galeere, die inzwischen hoffentlich schon lange von Classis aufgebrochen war. Das Schiff würde unmittelbar aufs offene Meer laufen, nach Hippo. Gainsrich würde am Heck stehen und nach Verfolgern Ausschau halten, bis das Leuchtfeuer des letzten Wachturms in der Dunkelheit verblichen war. Dann würde er, so Gott wollte, erleichtert seufzen und herabklettern, um sich zu ihren übrigen Goten zu gesellen, die das Meer noch immer ebenso ängstigte wie vor Jahren, auf ihrem Weg nach Ravenna. Bei Bonifaz in Hippo wären sie sicher. In Ravenna könnten sie alle niedegemetzelt werden, wie es mit Stilichos Vandalen-Wache geschehen war. Gainsrich trug zwei Briefe bei sich. Einen an Bonifaz, den anderen an Augustinus.

Sie hatte ihren Plan in Ravenna beschlossen und sofort in Gang gesetzt. Sie hatte Befehle erteilt, Briefe geschrieben und mit einer raschen und mühelosen Effizienz, die sogar sie selbst überrascht hatte, Wertsachen gepackt. Sie hatte keine Zeit gehabt zu überlegen, nachzudenken. Erst jetzt, als sie hier an dem Baumstamm lehnte, überkam sie die Erkenntnis, wie gefährlich die Situation für sie und ihre Kinder war. Sie war erneut auf sich allein gestellt, ein Flüchtling, und konnte sich nur auf ihren Verstand verlassen. Aber sie war sich bewusst, dass sie die richtige Entscheidung getroffen hatte. Sie durfte nicht zulassen, dass Verzweiflung sie überwältigte. Sie besaß noch immer Freunde bei Hof, im Senat, im Heer. Sie besaß Anwesen in Sizilien, in Afrika, in Konstantinopel. Sie hatte Valentinian. Valentinian war Honorius' Erbe. Er war, als der letzte männliche Abkomme von Theodosius' Linie, wohl auch der mutmaßliche Erbe des oströmischen Reiches, zumindest bis Theodosius' Frau einen Sohn gebar. Aber über das alles wollte sie nicht jetzt nachdenken. Dazu hätte sie später noch viel Zeit.

Sie lehnte sich erschöpft zurück und schloss die Augen. Sie musste eingenickt sein, denn als sie erwachte, war sie allein. Jemand hatte einen Umhang um sie gelegt, den blauen Umhang eines Mannes mit einer goldenen Spange. Der gute Roderich … Ihr gesamter Körper schmerzte. Zu müde, um aufzustehen, zu müde, um etwas anderes zu tun als zu schlafen, glitt sie hinab und zog sich den Umhang über den Kopf.

Roderich trat in die Taverne in Ostia. Placidia musste trotz ihrer Anspannung lächeln. Er war in einer langen, aufwendigen neuen Tunika aus weinroter Wolle mit einem silbergetriebenen Gürtel kaum wiederzuerkennen. Fort waren das lange Haar, der blaue gotische Umhang und der goldene Reif um seinen Hals.

Er setzte sich neben Placidia und die Kinder. »Ein griechisches

Schiff segelt bei Sonnenuntergang los, wenn der Wind hält. Es ist für heute das einzige annehmbare Schiff, das ich entdecken konnte. Fünf Solidi für uns alle sowie drei für die Pferde. Der Kapitän sagt, es wird ungefähr vier Wochen dauern, mit mehreren anzulaufenden Häfen.« Er hielt inne. »Augusta, das Schiff ist stabil, aber nicht sehr bequem. Ich habe die letzte verbliebene Kabine genommen. Sie ist … sehr klein. Ich werde mich zu meinen Männern im Laderaum begeben. Ich …«

»Es würde seltsam aussehen, wenn mein angeblicher Ehemann bei den Dienstboten schliefe. Die Kabine kann nicht so klein sein …« Sie seufzte. »Keine Sorge. Wichtig ist es, nach Konstantinopel zu gelangen. Es ist völlig unwichtig wie.«

Roderich nickte. »Natürlich. Ich habe die Männer losgeschickt, um Verpflegung und Bettzeug zu kaufen. Der Kapitän versorgt uns mit dem Futter für die Pferde. Wir sollen vor Sonnenuntergang an Bord kommen. Der erste Halt ist Messana.«

Sie kostete ihren Wein und schob ihn dann über den Tisch. »Trinkt das aus, Roderich. Er ist zu stark für mich.«

Er hielt den irdenen Becher einen Moment in der Hand, einen nachdenklichen Ausdruck in den Augen. Dann leerte er den Wein mit einem Schluck. »Ich hoffe, Euch nicht zu enttäuschen. Ich bin ein besserer Krieger als ein Seemann …«

Placidia lächelte. »Ihr werdet es gut machen. Ihr werdet mich nie enttäuschen.«

Placidia verspürte ein Schaudern, als sie den Namen des Schiffes sah: Die Poseidon. Ein heidnischer Name. Höchstwahrscheinlich ein heidnischer Kapitän und auch eine heidnische Mannschaft.

Sie bemühte sich, ihr Unbehagen abzuschütteln, als der Kapitän, ein dicker Grieche mit goldenen Ohrringen, sie zu ihrer Kabine führte. Placidia betrachtete den Raum ungläubig: ein kleiner, fensterloser

Raum, ein paar hölzerne Haken und ein Regal. Sie würden alle nebeneinander auf dem Boden schlafen müssen. Es roch nach Katzenurin. »Das nennen Sie eine Kabine?«

Der Kapitän kratzte sich seine Knollennase. »Es gibt nur eine größere Kabine, Domina. Sie ist für einen Notar des Kaisers reserviert. Er hat sich verspätet. Er hätte um drei Uhr hier sein sollen.« Er kniff die Augen zusammen. »Ich kann sie Euch für einen Solidus mehr überlassen, wenn Ihr sofort bezahlt.«

»Ich will niemandem seine Kabine nehmen. Wir werden darüber reden, wenn er nicht kommt – über einen vernünftigeren Preis.«

Der Grieche warf ihr einen durchtriebenen Blick zu. »Wie ich sehe, ist die Domina eine Frau mit Prinzipien.«

Sie wollte keinesfalls durch einen Streit mit einem erzürnten Regierungsbeamten Aufmerksamkeit auf sich ziehen. Wenn der Notar eintraf, würden sie sich einfach hiermit begnügen müssen.

Tuga wartete, bis der Kapitän gegangen war. »Domina, das können wir nicht tun. Dies ist ...«

»Keine Sorge, Tuga. Es wird gehen.«

Honoria rümpfte die Nase. »Es riecht hier drinnen schlecht, Mama.«

»Du hast recht, meine Süße. Wir werden die Tür eine Weile offen lassen.« Sie bemühte sich, ihre Stimme so natürlich klingen zu lassen wie möglich. »Du bleibst bei Tuga und spielst. Roderich und ich werden hinaufgehen und nachsehen, ob dieser Beamte eintrifft. Wenn nicht, können wir seine Kabine übernehmen.« Mit ruhigeren Händen, als sie sich innerlich fühlte, richtete sie ihren Schleier. Würde das Schiff ablegen dürfen?

Seit sie an diesem Morgen in Ostia eingetroffen waren, hatte nervöse Furcht sie gepackt. Die Ruhe, die sie während der letzten Woche empfunden hatte, seit sie Ravenna verlassen hatten, war aus einem unbestimmten Grund einer Art Panik gewichen. Sie konnte nichts dagegen tun, so sehr sie sich auch schalt. Sie sagte sich ständig, dass sie eine glaubwürdige Tarnung gewählt hatten: ein wohlhabendes Ehepaar, ihre beiden Kinder und ihre Sklaven. Solange die Kinder nichts Unüberlegtes äußerten … Sie hatte ihnen erklärt, dies sei ein Spiel, das sie spielen mussten, bis sie Konstantinopel erreichten.

Ihr Herz begann jedes Mal zu hämmern, wenn sie eine Abordnung der Hafenpolizei sah. Die dichte Menschenmenge, Karren und Sänften, das Gedränge von Gepäckträgern und Reisenden, die Soldaten und Beamten, die Schiffe und Lastkähne und Stapel Waren, der Lärm und der Gestank und die Hitze hatten alle zu pochenden Kopfschmerzen geführt. Sie hatte noch in der bescheidensten Schenke, die sie finden konnten, jedes Mal aufgeschaut, wenn sich der Vorhang teilte. Sie beobachtete das wogende Menschenmeer von Deck aus. Ostia war der größte Hafen der Welt. Im letzten Moment, als die Seeleute bereits die Leinen lösten, hielt eine von sechs Lectarii im Trab getragene Sänfte auf dem Kai. Placidia umklammerte die Reling. Sie schaute zu Roderich, der lächelte.

»Da ist unser Notar, Domina.«

Nun bemerkte auch sie den hoch mit Gepäck beladenen Karren, welcher der Sänfte folgte. Sie beobachteten, wie der unglaublich dicke Notar den wieder heruntergelassenen Steg hinaufwankte, wobei er sich mit einer Hand an dem Seil festhielt, während er mit der anderen versuchte, die makellosen Falten seiner safranfarbenen Toga an ihrem Platz zu halten. Ihm folgten eine Ehefrau, vier Sklaven und ein Berg an Gepäck.

Placidia seufzte erleichtert, als die Poseidon ablegte. »Wir sind in Sicherheit, Roderich. Für den Moment.«

Ihr erster Halt war Messana. Als die Poseidon in die Meerenge einlief, zog sich Placidias Herz zusammen. Heute war das Meer ruhig und glatt. Der Strand, von dem aus Alarich die Invasion Siziliens begonnen hatte, lag bis auf ein umgedrehtes Fischerboot in der Morgensonne verwaist da.

Hier, von Regen durchtränkt und zwischen Triumph und Verzweiflung hin- und hergerissen, hatte sie zum ersten Mal erkannt, wie sehr sie Athaulf liebte. An jenem Tag hatte Gott Sizilien gerettet. Er hatte wundersamerweise auch Athaulf verschont, nur um ihn ihr fünf Jahre später zu nehmen. Sie erinnerte sich an Athaulfs toten, verstümmelten Körper in Barcino, spürte den winzigen Leichnam ihres Sohnes in ihren Armen.

Ihr Kummer wich Zorn. Sie hob ihr Gesicht zum Himmel: »Warum, o Herr? Warum? Welchem Zweck haben ihre Tode gedient? Nenn mir einen Grund, einen einzigen Grund, etwas, was ich verstehen kann. Gewähre mir nicht nur Schweigen, o Herr, ich kann es nicht ertragen!«

Sie ließ den Kopf hängen. Es war hoffnungslos. Ihre Augen füllten sich mit Tränen. Es war sinnlos, mit dem Allmächtigen zu streiten. Das hatte sie bereits jahrelang getan, ohne dass eine Antwort erfolgt war. Nur Schweigen ... Endloses Schweigen ... Grabesstille, die Stille der Ewigkeit ...

Sie beobachtete durch einen Tränenschleier, wie das Schiff im Hafen von Messana festmachte. Als die beiden Zollbeamten und ihr Schreiber, die an Bord kamen, kein Interesse an den Passagieren, sondern nur an der Ladung zeigten, entspannte sich Placidia. Niemand suchte nach ihr. Vielleicht hatte sich Honorius beruhigt, oder vielleicht hatte ihre Täuschung funktioniert, und er und Castinus glaubten, sie habe in Hippo Zuflucht gesucht.

Nach Messana verlor Placidia alles Zeitgefühl. Jeder Tag verlief genau wie der Vortag, ob auf See oder in den Häfen, in denen sie haltmachten. Einige waren bedeutungslos, andere trugen die schönsten Namen der hellenistischen Welt: Ithaka, Korinth, Salamis, Athen. Und doch schienen sie ihr nach einer Weile alle gleich.

Sie verbrachte ihre Zeit überwiegend mit Lesen an Deck unter einem Sonnensegel, das niemals aufhörte zu flattern, gleichgültig wie straff man die Leinen zog. Sie gewöhnte sich bald an dieses Geräusch, genauso wie es ihr gelang, den Gestank der Ziegen auszublenden, die herumrennenden Kinder, die schwatzenden Frauen und die in ihren Käfigen gackernden Hennen. Als sie Paulus' Briefe an die Korinther satt hatte, las sie die Odyssee.

Sie hatte in Ravenna ein paar Schriftrollen in eine Tasche geworfen, die Tuga gerade gepackt hatte. Wie passend. Ein schiffbrüchiger König und ein Wanderapostel. Beide waren letztendlich erfolgreich. Paulus brachte das Christentum nach Rom, auch wenn er es mit seinem Leben bezahlte. Odysseus kehrte nach jahrelanger Irrfahrt zu seiner Frau und seinem Königreich zurück.

Aber wäre *sie* erfolgreich? Es gab Tage, an denen sie an den Erfolg glaubte, und andere Tage, an denen sie so niedergeschlagen war, dass ihr das Scheitern unausweichlich schien. Auch fürchtete sie, ihr Neffe Theodosius werde nicht das Risiko eingehen, sie zu unterstützen. Wenn ihn seine schlaue, manipulative Schwester zu sehr beeinflusste, gewährte er ihr bestenfalls das Exil und schickte sie schlimmstenfalls zu Honorius zurück.

In der Ägäis passierten sie zahllose Inseln. Einige waren kahle Flecken in einem türkisfarbenen Meer, andere uralte Städte mit üppigem Grün, deren Tempel auf den Hügeln so majestätisch wirkten wie zu Homers Zeiten. Placidia blieb bei den meisten Haltestationen auf dem Schiff, schickte die Kinder mit Tuga an Land, von Roderich beschützt.

Waren, Tieren und Sklaven wurden be- und entladen, Passagiere stiegen ein und aus, Wasser und Proviant wurden an Bord genommen. Valentinian und Honoria kamen ausgelassen zurück, mit kunterbunten Kinkerlitzchen beladen, und erzählten von seltsamen und exotischen Dingen, die ihnen auf den Märkten begegnet waren. Ihre glänzenden Augen brachten stets jedermann zum Lächeln. Arme kleine Wesen. Sie waren sich nicht bewusst, was auf dem Spiel stand, besonders Valentinian, und genossen ihre ungewohnte Freiheit wie ein großartiges Abenteuer.

Ihre Reise hatte, obwohl der Wind günstig stand, bereits über einen

Monat gedauert, als sie die Küste von Kleinasien erblickten. Sie erwachten am Morgen in dem wie ein Pferdehuf geformten Hafen von Ephesus, dessen Gebäude in der frühen Morgensonne bunt erglänzten.

Ephesus kam von der Größe und der Pracht her Antiochia und Alexandria gleich. Der Tempel der Artemis hatte als eines der sieben Weltwunder gegolten. Gelehrte kamen von überall her, um in der Bibliothek Handschriften zu Rate zu ziehen. Ephesus war die letzte Heimat Marias gewesen, die vom Apostel Johannes hier untergebracht wurde. Sowohl die Heilige Jungfrau als auch der heilige Johannes starben hier. Der heilige Paulus hatte fast drei Jahre lang in Ephesus gelebt und gepredigt.

Placidia konnte es kaum erwarten, das Schiff zu verlassen, auf dem sie wochenlang eingesperrt gewesen war. »Tuga, mach die Kinder bereit. Wie gehen alle an Land!« Roderich warf ihr einen zweifelnden Blick zu. »Haltet Ihr das für klug, Domina? Dies ist eine große Stadt, voller römischer Beamter. Jemand könnte Euch erkennen.«

»Ihr macht Euch zu viele Sorgen. Niemand wird mich erkennen. Würdet Ihr einen Kaiser erkennen, den Ihr nur auf einer Münze oder in der Ferne in einem Circus gesehen habt?« Sie zog den türkisfarbenen Schleier um ihr Gesicht. »Und Ihr«, fügte sie verschmitzt hinzu, »in Eurem langen, bestickten Gewand, seid das Inbild eines Händlers, der niemals in seinem Leben ein Schwert getragen hat!«

Sie befanden sich in einer anderen Welt. Zwei von Roderichs Leuten bahnten einen Weg durch die Menge. Placidia und Roderich folgten. Tuga ging hinter ihnen, die Kinder an der Hand. Gainsrich und die Übrigen waren losgeschickt worden, um Vorräte einzukaufen.

Während sie durch die breiten Straßen und schattigen Arkaden dieser großen Stadt wanderten, fühlte sich Placidia befreit, fast euphorisch. Sie nahm Roderichs Arm, als wäre sie wirklich seine Frau. Sie war überrascht, wie glücklich sie sich fühlte.

Die Straßen wirkten römisch, ebenso die Brunnen, die Plätze, Bäder und Theater, und doch war dies keine römische Stadt. Hier vermischte sich Griechenland mit Asien. In einem Säulengang deklamierte ein Schauspieler Aischylos auf Griechisch, umdrängt von einfachen Leuten. Römische Legionäre schoben sich vorbei an mandeläugigen, gelbhäutigen Männern auf struppigen, kleinen Pferden; hochgewachsene Beduinen führten Kamelkarawanen an. Schlangenbeschwörer unterhielten die Menge an den Straßenecken, die Sänfte eines Edelmannes wurde vorbeigetragen, dahinter seine vier Jagdleoparden an zinnoberroten Leinen, von Nubiern gehalten.

Auf den Märkten gab es Obst- und Gemüsesorten, die sie noch nie gesehen hatte, fremdartige Tiere, Töpferwaren mit unvertrauten Mustern. Ein durchdringender Geruch waberte durch die Gasse der Gewürzhändler: Berge an Kardamom, aufgerollte Weinblätter, Pfeffer aus China und Indien, ein unbekanntes, gelbes Pulver, Gewürznelken und gewundene Knollen, die unheimlich wirkten. In Rom wären die Gewürze auf winzigen Waagen für die Küchen der Reichen abgewogen worden, hier lagerten sie in gewaltigen Körben, und ganz gewöhnliche Hausfrauen drückten sie, schnupperten daran und feilschten unbekümmert.

Sie blieben vor einem Thermopolium stehen. Vor der Straßenverkaufstheke des Gasthauses warteten Kunden, die ihr eigenes Geschirr mitgebracht hatten. Die Gäste im Lokal machten einen ordentlichen Eindruck, der Boden war sauber gefegt, und die Speisekarte, in Griechisch und Aramäisch auf einer Wachstafel neben der Tür, klang vielversprechend.

Kaum sahen sie sich nach einem Platz an einem der langen Gemeinschaftstische um, kam schon der Besitzer herbeigeeilt. »Bitte hier entlang, Herr.« Er führte sie in einen von Weinreben beschatteten Innenhof, der für die bessere Kundschaft reserviert war. An einem Ecktisch sahen zwei römische Offiziere kurz von ihren Tellern auf. Placidia zog sich den Schleier tiefer über Gesicht und Haare.

Irdenes Geschirr wurde aufgetragen, darauf Hühnchen, Aal, eingelegter Fisch, Linsen, Oliven, Garum und gutes Olivenöl sowie Fladenbrot. Das Essen duftete köstlich.

Valentinian und Honoria stopften sich mit dem warmen, weichen Brot voll. Tuga verschlang eine Hühnchenkeule, als hätte sie seit einer Woche nicht gegessen, und auch Placidia speiste mit Genuss.

Roderich lehnte sich zurück, aß nur wenig, hielt den Weinkelch mit nachdenklichem Blick in der Hand. Von Zeit zu Zeit schaute er zu den beiden Römern hinüber. Als er Placidia ansah, las sie einen besonderen Ausdruck in seinen Augen. Sie kannte diesen Blick, hatte ihn schon oft zuvor gesehen. Wie lange würde sie noch so tun können, als wüsste sie nicht um seine Bedeutung, als spürte sie die Antwort darauf nicht in sich? Sie hätte dieses Gefühl schon lange bekämpfen müssen, bevor es über die ersten Regungen hinaus an Kraft gewinnen konnte. Die erzwungene Nähe seit der Flucht aus Ravenna hatte das Ganze nur noch schlimmer gemacht; und doch brauchte sie ihn, mehr denn je. Nicht nur, weil er ihr Schutz bot, sondern weil er ihr auch Kraft gab.

Placidia nahm einen weiteren Schluck Wein. Das Sonnenlicht sprenkelte den Kieselboden. Auf der anderen Wandseite lief Wasser über bemooste Muschelschalen in einem kleinen Nymphäum. Es war, als befänden sie sich in einer anderen Welt. Die beiden römischen Offiziere waren längst gegangen. Die überfüllte Stadt draußen, die Welt und all ihre Kümmernisse schienen wie ausgelöscht. Roderichs Hand lag auf dem Tisch; sie war wie der Mann selbst, groß, wohlgeformt, praktisch und doch mit langen, einfühlsamen Fingern. Wenn wir hier nur für immer bleiben könnten, dachte Placidia.

Auf Empfehlung des Besitzers heuerten sie für ein paar Kupfermünzen einen Führer namens Theophoros an, der ihnen in holprigem Latein die Pracht von Ephesus nahebrachte und dabei heftig mit seinem Wanderstab fuchtelte. Als er ihnen im Forum auf einer in Granit gemeißelten Karte der Stadt die Standorte der größten Sehenswürdigkeiten zeigte, schlug Roderich vor, eine Sänfte zu mieten.

»Ich möchte lieber gehen«, sagte Placidia. »In einer Sänfte bekommt man nur die Oberfläche eines Ortes mit, nicht seine Essenz. Außerdem, finde ich, sollte man sich dem Grab des Apostels in Demut nähern, zu Fuß.«

Roderich hob eine Augenbraue und starrte geradeaus. »Wie Ihr wünscht, Domina. Es scheint aber ein weiter Weg zu sein. Wir werden die Kinder tragen müssen.«

»Wir setzen sie an einem passenden Ort ab. Das ist ohnehin besser für sie.« Es dauerte nicht lange, da fanden sie einen öffentlichen Garten voller Brunnen, in dem sie die Kinder mit Tuga und Roderichs Männern zurückließen. Dann schritten sie eine breite, von Marmorbögen gesäumte Straße entlang, die vom Hafen bis zum Odeon führte.

»Diese herrliche Straße ist neu«, sagte der Führer. »Sie heißt Arkadiane und wurde erbaut von Kaiser Arcadius. Fertiggestellt wurde sie erst vor sechzehn Jahren.«

Arcadius. Sie versuchte sich an das Gesicht ihres älteren Halbbruders zu erinnern. Das vage Bild eines großen, eleganten, unangenehmen jungen Mannes tauchte vor ihrem inneren Auge auf. Man hatte ihr erzählt, Arcadius habe die Wiederheirat ihres Vaters so verabscheut, dass er bei Hofe schreckliche Szenen machte, um seine Stiefmutter zu blamieren. Doch als Arcadius Kaiser des östlichen Reiches wurde, erwies er sich als weitaus effektiverer Herrscher als Honorius im Westen. Hatte sein Sohn Theodosius den alten Familienzwist vergessen? Was hatten sie und ihre Kinder von Theodosius zu erwarten?

Der Stadtführer hob seinen Wanderstab: »Dort, Domina, ist der Tempel der Artemis. Eines der sieben Weltwunder. Gebaut von dem reichsten Mann der Welt, König Krösus von Lydien.«

»Mehr ist davon nicht übrig?« Rissige Stufen führten zu einem gewaltigen Viereck empor. Zwischen den wenigen Säulen, die noch standen, ragten Akazien auf. Magere Hunde streunten durch die Ruinen. Zu beiden Seiten der Stufen umrahmte ein herrliches Fries mit bekränzten Stierköpfen aus weißem Marmor das Fundament des einst größten Heiligtums der Welt.

»Und die Statue der Artemis?«, erkundigte sie sich. In Rom hatte sie eine Kopie dieser berühmten Skulptur gesehen. Anders als die herkömmlichen Darstellungen der Artemis in Rom – die römische Diana –, war die Artemis aus Ephesus eine orientalische Göttin aus Elfenbein, Gold und Ebenholz, vielbrüstig und mit Bienen geschmückt.

»Weg, Domina, weg ...« Theophoros schwenkte seinen Stab in Richtung des Horizonts. »Verbrannt, gestohlen, niemand weiß es.«

Sie hätte froh sein müssen über die Zerstörung eines weiteren Monuments der Götzenverehrung, und doch empfand sie eine tiefe Melancholie, ein Gefühl des Verlusts. Musste denn die Zerschlagung des Heidentums Hand in Hand gehen mit dem Verlust von so viel Schönheit, einem so reichen Erbe der Vergangenheit? Gab es keinen anderen Weg?

Die Sonne stand schon tief, als sie den steilen Hügel zum Grab des Apostels Johannes erklommen. Die letzten Pilger des Tages waren gegangen, der Wächter wollte gerade die Türen schließen. Roderich drückte ihm einige Münzen in die Hand.

Placidia ging an ihm vorbei. »Warte hier. Ich möchte allein hineingehen.«

Im Inneren herrschte Stille. Sanftes Licht fiel durch die Alabasterscheiben. In der Kapelle war es kühl, die Wandmosaiken zeigten einen üppig blühenden Garten. Das Mosaik in der Kuppel bildete den heiligen Johannes als jungen Mann ab, wie er sein Evangelium in der Hand hielt. Über dem Kopf des Apostels war sein Symbol zu sehen, ein goldener Adler, dessen ausgebreitete Flügel ihn schützend umarmten.

Unter der Kuppel befand sich ein Baldachin aus Marmor auf vier Porphyrsäulen, unter dem der aus grobem Stein gehauene Sarkophag des Apostels ruhte.

Placidia warf sich vor dem uralten Sarg nieder. Der Marmorboden fühlte sich kalt an ihrer Stirn an. Es roch nach Rauch. Sie lag mit geschlossenen Augen und ausgestreckten Armen einfach nur so da, sehr lange Zeit, ein ganzes Leben lang. Wie im Traum hörte sie die Stimme ihrer Amme Elpidia, die ihr erzählte, dass Johannes der Lieblingsheilige ihrer Mutter gewesen sei. Vielleicht hatte ihre Mutter Ephesus ebenfalls einmal besucht und genau an dieser Stelle gebetet. Es gab so vieles, was sie über die Frau, die ihre Mutter war, nicht wusste, niemals wissen würde. Doch das war nicht mehr wichtig.

Die Bitterkeit all ihrer Verluste, ihr glühender Zorn auf das Schicksal, auf Gott, wichen langsam von ihr. Die Vergangenheit war keine Qual mehr, sondern wies auf die Zukunft voraus. Ein großer Friede breitete sich in ihr aus. Von irgendwoher, aus den innersten Tiefen ihrer Seele, kam die Antwort, nach der sie ihr ganzes Leben lang gesucht hatte.

Roderich sah zu, wie sie den Grabbau verließ. Auf der Schwelle blieb sie kurz stehen, zögerte. Ihr türkisfarbener Schleier war nach hinten gerutscht, legte ihr dunkles Haar frei. Trotz ihrer fortgeschrittenen Jahre war sie immer noch so schön wie damals, als er sie als junge, gefangene Prinzessin in Alarichs Zelt zum ersten Mal gesehen hatte. Ihre Figur war etwas voller, runder geworden und doch wirkte sie jetzt sogar noch eindrucksvoller als damals. Sie war sowohl stärker als auch verletzlicher geworden. Er hatte sie triumphieren und leiden sehen, hatte erlebt, wie sie abwechselnd Königin, Gefangene, Kaiserin und nun Flüchtling war. Stets hatte er ihren Einfallsreichtum, ihre Würde und ihren Mut bewundert. Mit der Zeit hatte er gelernt, sein Herz zu zähmen, sich gezwungen, immer eine respektvolle Distanz zu wahren, ihr Beschützer, Berater und, in seltenen Momenten, fast auch ihr Freund zu sein.

Sie trat auf ihn zu, ihr Blick voller Gelassenheit und Ruhe. Er reichte ihr einen Beutel. »Für Euch, Domina.«

»Was …?« Sie öffnete den Beutel und sah die trockene Erde darin.

»Vom Boden hier. Theophoros sagt, er besitze Wunderkräfte.« Placidia sah zu ihm auf, und er musste sich förmlich zwingen, seine Erklärungen fortzusetzen. Allzu heftig pochte sein Herz. »Viele wurden dadurch gerettet, einschließlich seiner eigenen Tochter, die während einer Fieberepidemie hier in Ephesus, die letztes Jahr Tausende tötete, beinahe gestorben wäre.«

Placidia schenkte ihm ein strahlendes Lächeln. »Danke, Roderich. Ich werde diese Erde in Ehren halten.«

Er wies mit dem Kopf auf die beiden einzigen Sänften, die noch warteten. Ihre Träger kauerten neben der Grabstätte, hofften auf letzte Gäste für den Weg hügelabwärts. »Ich denke, wir sollten uns den Rückweg erleichtern.«

Sie bezahlten Theophoros und stiegen in die größere der beiden Sänften. Seite an Seite, während sich ihre Schultern in der schwankenden Sänfte berührten, sahen sie zu, wie die Sonne über Ephesus langsam unterging.

Am nächsten Morgen stachen sie in See. Gegen Mittag flachte die frische Brise ab, die sie direkt nach Norden getrieben hatte. Dann herrschte zwei Tage lang Windstille. Die Ägäis war so glatt wie ein Spiegel. Tagsüber brannte die Sonne auf sie herab, nachts warf der Mond ein gespenstisches Licht auf die reglose See. Nachmittags schien die Hitze im Schiff unerträglich. Placidia trat an Deck, fächelte sich Luft zu.

Auf dem Deck wimmelte es von Menschen. Sie drängten sich unter dem improvisierten Sonnendach, dösten vor sich hin, warteten auf die Abendkühle. Der Kapitän, der in den letzten beiden Tagen eigentlich nur getrunken hatte, schnarchte in seiner Hängematte. Einige Mütter stillten ihre Säuglinge, verscheuchten dabei die Fliegen. Eine Gruppe schwitzender Soldaten saß beim Würfelspiel. Placidia fand einen Stapel Hühnerkäfige neben der Kombüse. Sie setzte sich auf einen der Käfige und ignorierte das empörte Gackern seiner Bewohner. Ein Windhauch, zärtlich wie eine Berührung, strich über ihr Gesicht. Dann noch einer, stärker. Das Meer kräuselte sich. Placidia wusste nicht, ob es der richtige Wind war. Falls ja, würden sie Konstantinopel in zwei Tagen erreichen.

Der Kapitän sprang aus seiner Hängematte, auf einen Schlag hellwach. Er bellte einige Befehle. Innerhalb weniger Augenblicke kletterten die Seeleute in die Masten. Der Steuermann tauchte auf. Die Segel flatterten erst, dann bauschten sie sich. Die Poseidon pflügte durch die Wellen. Die Erwachsenen jubelten, die Kinder klatschten. Unbeeindruckt von dem Umstand, dass Tieropfer verboten waren, durchschnitt der Kapitän die Kehle einer zappelnden Henne, ließ das Blut des Tieres, das immer noch mit den Flügeln schlug, ins Meer strömen, bevor er den Leichnam den Wellen übergab.

Placidia wurde übel. Sie sah sich um. Einige hatten sich abgewandt, aber die meisten beteten mit ernsten Gesichtern und nach oben gerichtetem Kopf zu ihren Götzen. Wie lange würde es noch dauern, bis man diese Menschen von ihrem Aberglauben befreit hatte? O Gott, dachte sie, wie wenig hat die Menschheit gelernt, seit du uns deinen Sohn geschickt hast, um uns zu erlösen. Heilige wie Augustinus, Hieronymus und Paulus mochten predigen und mahnen und schreiben, und vielleicht bewirkten sie etwas bei den Gebildeten, die vernünftiges Denken gelernt hatten, aber die Masse der Menschheit war immer noch weit von der Erlösung entfernt.

Gegen Abend verdunkelte sich der Himmel. Der Wind steigerte sich zum Sturm. Als Gischt über das Schiffsdeck fegte, verschwanden die meisten Passagiere nach unten. In der Ferne war Donnergrollen zu hören. Am Horizont blitzte es. Placidia, die schon beobachtet hatte, mit welcher Mühe der Steuermann das Schiff auf Kurs hielt, sah nun, wie er sich mit einem Seil sicherte. Als es zu regnen begann, ging auch sie nach unten.

Während der Nacht fand Placidia keinen Schlaf. Sie lag auf ihrer Strohmatratze und lauschte dem heulenden Wind und den Wellen, die sich am Schiff brachen. Im Licht der schwankenden Laterne sah sie Valentinian und Honoria neben Tuga in unruhigem Schlaf liegen. Auf einmal sah sie sich selbst wieder auf einem Felsvorsprung, Wind und Regen zerrten an ihren Haaren und an ihrer Kleidung, während sie beobachtete, wie Alarichs Flotte vom Sturm vernichtet wurde. Sie sah die aufgewühlte Meerenge von Messana, die immensen Brecher, die die

Schiffe der Goten wie Nussschalen hochhoben und sie in einen feuchten Abgrund fallen ließen oder aber gegen die Felsen warfen. Durch die Gischt sah sie Männer von den Schiffen in die tosenden Fluten stürzen. Einige wenige, die schwimmen konnten, schafften es an die felsige Küste. Die meisten starben. Sie erinnerte sich auch an die schlimm zugerichteten, aufgeblähten Leichen, an das Holz und die Trümmer, die noch Tage später an den Strand gespült wurden. Mit einem Ruck fuhr Placidia hoch. Sie musste eingeschlafen sein. Ein Kind weinte. Das Schiff rollte und schwankte, das Holz ächzte. Placidia setzte sich auf. Gleich darauf wurde ihre Schulter von einem Balken getroffen.

»Mama, Mama!« Honoria klammerte sich mit weit aufgerissenen Augen an Tuga fest. Valentinian weinte.

»Tuga, beruhige die Kinder. Ich spreche mit dem Kapitän.« Placidia ließ die Palla über ihren Kopf gleiten.

Roderich legte ihr die Hand auf den Arm. »Bitte bleibt hier. Ihr könnt nichts tun und bringt Euch nur in Gefahr. Entweder verzieht sich der Sturm oder dauert an. Wir sind in Gottes Hand.«

Sie sah zu ihm auf. »Und das sagst ausgerechnet du, wo du doch das Meer hasst?«

Er lächelte. »Ich habe keine Angst, und ich bin auch nicht seekrank.«

Der schwere Seegang warf sie gegen ihn. Seine Arme schlossen sich um sie, hielten sie fest. Er hat recht, dachte sie, wir sind alle in Gottes Hand. Und im Tod, falls wir sterben, werden wir alle gleich sein. Einen Augenblick lang verspürte sie in dem schummrigen, vom Sturm gebeutelten Schiff, mitten in dem Geschrei und den Brechern, einen großen Frieden. Roderich hielt sie fest. Keiner sprach ein Wort. Dann richtete sie sich auf. »Ich muss etwas tun«, sagte sie.

Im Schiff herrschte Chaos. Placidia drängte sich durch verstreutes Gepäck und panische Passagiere. Der Gestank nach Erbrochenem war überwältigend. Beinahe wäre sie über eine entflohene Gans gestolpert. Endlich fand sie den Kapitän, der gerade über eine Leiter an Deck klettern wollte. Sie hielt sich an der Leiter fest.

»Wie schlimm steht es?«

Der Grieche betrachtete sie prüfend, um zu entscheiden, ob sie die Wahrheit aushalten würde. »Domina, es ist schlimm, und es wird noch schlimmer werden. An Eurer Stelle würde ich zu den Göttern beten. Das ist einer der schwersten Stürme, die ich vor Patmos jemals erlebt habe, und das will was ...« Er hielt sich an einer der Sprossen fest. Frauen und Kinder schrien, die Laternen an der Decke gingen aus. Placidia klammerte sich mit beiden Händen an die Leiter.

Nach einer scheinbaren Ewigkeit kletterten zwei völlig durchnässte Seeleute mit einer rauchenden Laterne herunter. Placidia erkannte den älteren der beiden. Es war der Steuermann. Die Seeleute flüsterten dem Kapitän eilig etwas zu, dann riegelten sie die Tür zum Deck ab.

Der Kapitän ließ sich auf einen Heuballen fallen. Ein Pferd wieherte auf der anderen Seite der Abtrennung. Die meisten Passagiere jammerten und klagten laut. Einige beteten. Manche starrten einfach nur vor sich hin. Als sich Placidia zwischen ihnen hindurchdrängte, klammerte sich eine alte Frau an ihre Tunika. »Wir werden sterben, wir werden sterben! Rettet uns, Domina. Fleht die Götter an, uns zu retten!«

»Die Götter können dich nicht retten, weil es sie nicht gibt! Und ich kann es auch nicht! Lass los!« Sie schob die Frau von sich. Panik stieg in ihr auf. Roderich hatte recht. Sie musste zurück zu ihren Kindern. Sie musste beten. Nur das Gebet konnte sie jetzt noch retten. Sie kämpfte sich zu ihrer Kabine durch. Doch plötzlich blieb sie stehen, von Scham überwältigt. Ihre Worte an die alte Frau hallten in ihr nach. Rasch eilte sie wieder zurück.

»Kapitän, was hast du gesagt, wo wir sind?«

Der Grieche hob den Kopf. »Irgendwo vor der Insel Patmos.«

Plötzlich wich alle Angst von ihr. Sie fühlte sich absolut ruhig. Der heilige Johannes war der Schutzheilige ihrer Mutter. »Ruf deine Männer. Wir werden alle zusammen zum Apostel Johannes beten. Patmos ist sein Heiligtum. Er wird uns retten.«

»Nein!« Der Kapitän sprang auf. Sein Gesicht lief rot an. »Die Götter werden uns mit Sicherheit ertrinken lassen! Wie sie Rom untergehen ließen! Sie haben uns verlassen, weil wir sie verraten haben …«

»Du hast den ganzen Tag zu deinen Göttern gefleht«, rief Placidia. »Hat die Henne, die du geopfert hast, deinem Gott gefallen? Hat der Wein, den du ins Meer gegossen hast, den Sturm beruhigt? Hat Neptun deine Gebete erhört? Deine Götter sind nichts als machtlose Steingötzen, von Menschenhand erschaffen!«

Sie kletterte auf eine Taurolle. »Ihr guten Leute!«, rief sie. »Wir sind in Todesgefahr! Nur der Gott der Christen und seine Apostel können uns retten. Betet mit mir!«

Sie breitete die Arme im Gebet aus. »Heiliger Johannes, Apostel Jesu, beschütze uns in dieser Stunde der Not! Errette uns vor dem Tod im Meer und lass Gott in die Herzen jener Eingang finden, die hier zu dir beten!« Die Passagiere standen missmutig herum. Sie musste sie irgendwie aufrütteln, sie dazu bringen, sich selbst zu retten, indem sie glaubten …

»Du dort!« Placidia wandte sich an eine bleiche junge Frau, die einen Säugling an ihren Busen presste. »Du hast diesem Kind Leben gegeben, willst du es nun sterben lassen?« Die Frau schüttelte den Kopf und begann zu weinen.

»Dann bete mit mir. Betet alle mit mir!« Placidia breitete wieder die Arme aus. Sie wiederholte ihr Bittgebet. »Heiliger Johannes, Apostel Jesu, wir flehen dich im Namen Gottes, des Vaters, an, rette die Seelen auf diesem Schiff …«

Die junge Mutter griff die Worte von Placidia auf, zögerlich anfangs. Dann fielen einer nach dem anderen ein, bis ein Stimmenchor durch das Schiff hallte und das Toben des Sturms übertönte. »Heiliger Johannes, Apostel Jesu, wir flehen dich im Namen Gottes, des Vaters, an … Heiliger Johannes, Apostel Jesu … Heiliger Johannes, Apostel Jesu …«

Im Morgengrauen schleppten sich die Passagiere an Deck. Voller Ehrfurcht starrten sie auf das Meer, dessen glatte Oberfläche von den ersten Strahlen der Sonne erleuchtet wurde. Einer nach dem anderen fielen sie auf die Knie. Auch Placidia sank auf die Planken und betete: »Heiliger Johannes, immer werde ich an diesen Moment denken, so wie alle, die du gerettet hast. Eines Tages will ich dir eine große Basilika errichten …«

Mütter drückten ihre Kinder an sich, Fremde umarmten sich; sie traten zu Placidia und berührten ehrfürchtig ihre Kleider. »Ihr habt uns gerettet, Domina.«

Placidia schüttelte den Kopf. »Nein, nicht ich, Gott hat uns bewahrt vor dem Sturm.«

Christen wie Heiden, Freie und Sklaven würden dieses Wunder nicht vergessen. Vielleicht fanden sie so zur Wahrheit.

In der Abenddämmerung erreichte die Poseidon das Goldene Horn. Placidia, die auf dem Vordeck stand, hielt den Atem an, während sie auf die Hafenmauern schaute, die immer näher kamen, bis sie über ihr dräuten und den bernsteinfarbenen Himmel ausblendeten. Die Stadt der sieben Hügel, noch größer als Rom. Die Hauptstadt Konstantins war hell erleuchtet; es gab Leuchtfeuer auf den Türmen und Palästen, mit Fackeln erhellte Arkaden, von innen leuchtende Basiliken, unzählige Lichtquellen, wie Nadelstiche so klein. Es hieß, dass Konstantinopel mehr Lampenöl verbrauchte als der ganze Rest des Kaiserreiches.

»Bist du hier zur Welt gekommen, Mama?« Valentinians Augen schimmerten groß im Licht der Schiffslaterne.

»Ja, in einem Palast dort auf dem Hügel zur Linken.«

»Schlafen wir heute dort?«

Sie drückte ihn an sich. »Ich weiß es nicht, mein Schatz.«

»Warum nicht?«

»Wir müssen dort schlafen, wo es deinem Cousin, dem Kaiser von Ostrom, beliebt.«

Von der Reling aus suchte Placidia besorgt den Kai ab. Kein Anzeichen einer offiziellen Eskorte. Das Schiff lag schon lange vor Anker, und alle anderen Passagiere waren bereits von Bord gegangen. Die Träger und Sänften, die Körbe, Packbündel und Amphoren waren fast alle weg. Sogar die Bettler hatten sich verzogen. Bald wäre der Kai wieder leer, abgesehen von Roderichs Männern mit ihren Pferden. Sie winkte den gotischen Offizier zu sich, den sie vorgeschickt hatte. »Was genau hat man dir im Palast gesagt?«

»Kaiserin, die Wache rief einen Beamten, der deine Tafel an sich nahm. Er sagte nichts. Also kehrte ich zum Hafen zurück.«

Sie konnte unmöglich die ganze Nacht an Bord bleiben. So sehr würde ihr Neffe sie nicht brüskieren. Es musste etwas schiefgelaufen sein. »Besorge mir eine Sänfte, die uns zum Haus der Galla bringen soll.«

Die Sänfte schaukelte, dann verfielen die Lectarii in einen gleichmäßigen Trott. Placidia fühlte sich plötzlich euphorisch. Morgen würde sie nach dem Palast schicken lassen. Heute war sie einfach eine römische Besucherin in dieser großartigen Stadt. Niemand wusste, wer sie war. Sollten sie sie doch für schamlos halten. Sie ließ ihren Schleier sinken. Endlich befand sie sich in der Stadt, die sie so lange vor ihrem inneren Auge gesehen hatte, die Stadt, in der sie geboren war, an die sie sich jedoch so wenig erinnerte. Die Menge machte Platz, aus Respekt vor ihrer Eskorte. Roderich ritt neben ihr. Valentinian lag schlafend in ihrem Schoß. Ihr gegenüber vergrub Honoria die Nase in ihrer Kapuze. Ebenso wie in Rom stanken die Straßen nämlich auch hier. Placidia sah zwei Männer, die sich vor einer Tuchwalkerei in einen Bottich erleichterten. Auch hier profitierten die Walker von dem Mangel an öffentlichen Toiletten.

Auf dem Forum des Konstantin kamen sie am Milion vorbei. Die Distanz zu jedem Meilenstein im östlichen Reich wurde von hier aus gemessen, ebenso wie es bei dem Milion in Rom für das Westreich galt. Sie sahen das großartige Hippodrom, die Quadriga mit Bronzepferden über dem Eingangstor, funkelnd im Fackellicht, einen Marktplatz mit goldenen Statuen, Kirchen mit Kuppeln und Säulenhallen aus Alabaster. Das Forum hatte ihr Vater erbauen lassen. Es wirkte wie daheim in Rom. Und doch kam Konstantinopel trotz all seiner Pracht nicht Rom gleich. Dieser allzu rasch erbauten Stadt fehlten das Alter und die Würde, die sich nicht durch Goldglanz ersetzen ließ.

Wie würde das Haus der Galla aussehen? Das Haus ihrer Mutter. Selbst nachdem sie Kaiserin geworden war, hatte ihre Mutter diese Villa behalten. Placidia erinnerte sich an Elpidias Worte, dass ihre Mutter dort Zuflucht suchte, wann immer sie dem Hofzeremoniell des Großen Palastes entkommen wollte. Für Placidia dagegen bedeutete die Villa nie mehr als ein Eintrag in dem Wirtschaftsbuch, das ihr der Verwalter ihrer byzantinischen Besitztümer, Lucius, zweimal jährlich schickte. Es gab sicher Sklaven, die sich um das Haus und die Gärten kümmerten. Oder nicht? Lucius wäre nicht der erste Verwalter, der einem abwesenden Besitzer die Unterhaltskosten imaginärer Sklaven berechnete. Womöglich lag die Villa in Trümmern, der Garten war verwildert, die Fliesen gesprungen, das Dach undicht …

Nachdem sie sich dem erstaunten Portuarius an der Pforte zu erkennen gegeben hatte, erwies sich das Haus der Galla als luxuriöse Villa mit mehreren Innenhöfen. Ein Portal mit einer vergilbten Elfenbeintäfelung führte ins Atrium. Obwohl die Wände dringend gestrichen werden mussten, waren die Böden ordentlich gefegt. Nachtblühende ägyptische Lotusblüten schwammen wie herabgefallene Sterne im Teich des Peristyls.

Ein ältlicher Mann kam den Gang auf das Atrium zugeeilt, während er noch seinen Gürtel schnürte.

Er erbleichte, als habe er eine Erscheinung gesehen. »Augusta! Ich … wir hatten ja keine Ahnung. Wenn ich es gewusst hätte, dann hätte ich …« Er starrte sie an. »Augusta, es ist unfassbar, Ihr ähnelt …«

»Bist du Lucius?«

»Ja, Augusta. Ich …«

Placidia hob die Hand, um einen weiteren Wortschwall zu unterbinden. Sie lächelte. Der Eifer des Verwalters schien aufrichtig. »Lass Zimmer für uns herrichten. Hast du Futter für die Pferde?«

»Ich bin erst gestern vom Gut zurückgekehrt. Wir haben eine Wagenladung Heu. Es ist von hervorragender Qualität, dank des Flusses. Aber natürlich ist es nicht viel, unter diesen Umständen. Ich lasse gleich morgen früh nach mehr schicken.« Ihm kam ein neuer Gedanke. Er rang die Hände. »Augusta, die Zimmer werden regelmäßig gelüftet, aber das Leinen liegt in Truhen, seit Eure Mutter, die Kaiserin … Ich hätte nie erwartet, dass Ihr das Haus mit Eurer Anwesenheit beehrt, Augusta.« Er lief rot an. »Ich meine … der Palast wäre vielleicht eher …«

»Keine Sorge. Heute Nacht werden wir uns so gut es eben geht zu behelfen wissen. Morgen kannst du alles Nötige veranlassen. Aber jetzt spute dich. Meine Kinder sind sehr müde.«

Die Zimmer waren mit allzu wenigen, altmodischen Lampen nur spärlich beleuchtet, aber wenigstens rußten die Lampen nicht, also war das Öl von guter Qualität. Die Betten wurden von eifrigen, gutgenährten Sklaven rasch mit frischen Leinentüchern bezogen. Lucius war offenbar ein vorbildlicher Verwalter. Placidias letzter Gedanke in dieser Nacht, bevor sie erschöpft einschlief, galt den Lotusblüten im Atrium.

Unter der strahlenden Sonne des Vormittags rannten Valentinian und Honoria durch die Terrassengärten, kreischten vor Freude darüber, nicht länger auf einem Schiff eingesperrt zu sein. Ihre Augen wurden groß, als Lucius sie ins Haus rief und ihnen zeigte, wie sich die Lotusblüten zur Mittagszeit verschlossen. Placidia bemerkte, dass die Hecken in Form von Tieren zugeschnitten waren. Sie mussten im Laufe der Jahre geduldig in Form geschnitten worden sein, aber sie war viel zu unruhig, um sie zu bewundern. Sie saß unter einem uralten Maulbeerbaum und starrte aufs Meer. Als zur zweiten Nachmittagsstunde immer noch kein Bote aus dem Palast eingetroffen war, schlug Roderich vor, selbst vorstellig zu werden.

Placidia holte scharf Luft. »Nein. Ungeduld zu zeigen wäre noch demütigender. Sie wollen mir klarmachen, dass ich nicht länger die Augusta des Westreiches bin, sonder nur ein machtloser Flüchtling.«

»Aber Ihr seid seine Tante. Ihr sagtet, er habe Euch immer freundlich geschrieben …«

»Das war früher. Es passt ihm nicht, dass Valentinian und ich hier sind. Jetzt, da er hofft, das Erbe von Honorius anzutreten, will er ihn nicht vor den Kopf stoßen. Er weiß, wie krank Honorius ist. Ich kann ihn verstehen. Bonifaz hat mich gewarnt. Dennoch glaube ich nicht, dass er oder seine Schwestern uns ein Leid antun wollen. So intrigant Pulcheria angeblich auch sein soll, steht sie doch im Ruf einer Heiligen …« Placidia seufzte. »Ich habe keine Wahl.«

Um ihre Ängste während der Wartezeit zu verscheuchen, spazierte sie durch die Straßen von Konstantinopel, wie sie es an so vielen Orten zuvor getan hatte. Allein von Roderich begleitet, legte sie weite Wege zurück, an manchen Tagen mehrere Meilen. Barbiere rasierten ihre Kunden auf der Straße, Schüler saßen auf einem Platz unter einer Markise und rezitierten ihre Lektionen. Es ging vorbei an Seilern und luxuriösen Geschäften in schattigen Arkaden, in denen Seidenstoffe, Parfüms, Glasphiolen und Juwelen verkauft wurden. Eines Morgens blieb sie fasziniert vor einem Laden stehen, in dem Zeitmesser gefertigt wurden. So ein Geschäft hatte sie noch nie zuvor gesehen. Der Besitzer, ein freundlicher alter Jude, zeigte ihr Klepsydren in jeder Größe, große und kleine Sonnenuhren, sogar eine beachtliche Wasseruhr. Sie kaufte sich eine Taschensonnenuhr aus Bronze, nicht viel größer als eine Münze.

Roderich scherzte schon, sie würde sich noch die Sohlen durchlaufen. »Ich trage genagelte Schuhe, aber Eure Schuhe, Domina, sind für Marmorböden gemacht, nicht für gepflasterte Wege.«

Einmal ließ Placidia sich von ihrer privaten Sänfte am Forum des Konstantin absetzen. Ihre Lectarii erhielten die Weisung, auf sie zu warten, während Roderich und sie den Lageplan der Stadt studierten, ein großes Viereck aus schwarzem Basalt, in den jede größere Sehenswürdigkeit eingemeißelt war. Mit dem Finger folgten sie den tiefen Linien zum Zielort. Roderich sagte: »Wir sollten einen der Sänftenträger mitnehmen. Wenn wir uns verirren, finden wir nie zurück …«

»Dann nehmen wir uns einfach eine öffentliche Sänfte.«

»Nicht, wenn wir in einem Viertel von zweifelhaftem Ruf gelandet sind …«

Sie lächelte. »Keine Sorge. Komm!«

Gegen Mittag kehrten sie immer in einer Garküche ein. Sie erstanden Fladenbrot, Braten und ein paar Äpfel. Anschließend teilten sie sich das Essen, saßen auf den Stufen einer Säulenhalle oder auf einer Marmorbank in einer der Parkanlagen. Oder unter einem Baum mit Blick auf das Wasser, und dann sahen sie zu, wie die Boote den Bosporus durchquerten. Eines Tages erkundigten sie sich bei einem Wasserverkäufer vor der Marienkirche, wie sie am besten nach Galata kämen.

»Ihr könnt die alte Fähre weiter oben nehmen, aber die neue Fähre ist gleich dort unten, durch die Seepforte. Ihr spart Euch an Sohlen, was Ihr für die neue Fähre zahlen müsst. Und auch an Kraft.« Er grinste ein zahnloses, laszives Lächeln. Seine Augen musterten Roderich. »So, wie dieser Riese aussieht, werdet Ihr all Eure Kraft brauchen, werte Dame!«

Placidia zuckte innerlich zusammen. Der Mann nahm an, dass sie ein Liebespaar waren. Vielleicht waren sie das, ohne es zu wissen, aber nicht so, wie der Alte es sich vorstellte. In Roderichs Gegenwart fühlte sie sich ruhig, respektiert, sicher. Sie schätzte sein Urteil und genoss es, mit ihm zu reden, auch wenn seine Bildung – für einen Goten – nicht so außergewöhnlich war wie einst die von Athaulf. Sein Latein war gut, sein Griechisch einigermaßen. Aber eine Kaiserin konnte sich nicht dem Befehlshaber ihrer Garde hingeben, selbst wenn er von Adel war, der Neffe eines Königs. Doch mit jedem Tag, der verstrich, fühlte sie sich ihm näher. Wie lange noch würde sie ihre Gefühle kontrollieren können? Sich davon abhalten können, auf seinen Blick, seine Stimme, seinen Körper zur reagieren?

Die Fähre trug sie durch das Goldene Horn nach Galata. Sie schlenderten am Bosporus entlang, über grüne Wiesen, vorbei an eleganten Sommervillen, gepflegten Obstgärten, gelegentlich an Tavernen neben dem Schrein eines Märtyrers oder einem Kloster. Nach all dem polierten Marmor, der Überfülle an Gold und Bronze, die jede Statue, jede Säule zum Glänzen brachte, nach all der Pracht von Konstantinopel wirkte der ländliche Frieden von Galata wie Balsam.

Je mehr Zeit sie in der Villa ihrer Mutter verbrachte, desto näher fühlte sie sich der Frau, deren Erinnerung nie mehr als ein Schatten gewesen war. Placidia wanderte durch die Zimmer, in denen alles noch genauso war wie zu dem Zeitpunkt, als ihre Mutter starb.

Bald wurde ihr klar, dass Lucius die Erinnerung an ihre Mutter inbrünstig pflegte. Das erklärte die Heckenschnitte, die Lotusblüten, den einwandfreien Zustand des Hauses und die gewissenhaft geführten Wirtschaftsbücher. Placidias Großmutter mütterlicherseits hatte Lucius als jungen Freigelassenen eingestellt, um ihre Neffen zu unterrichten. Als ihre Tochter Galla Kaiserin wurde, vertraute sie ihm die Verwaltung ihres Hauses und ihrer Güter an. Lucius hatte nie geheiratet, war immer damit zufrieden gewesen, im Schatten der Frau, die er von weitem bewunderte, alt zu werden.

Lucius hatte ihr zwar vorgeschlagen, ins Schlafzimmer ihrer Mutter zu ziehen, aber Placidia zögerte. Es schien ihr falsch, das zu tun. Das Zimmer ihrer Mutter war herrlich. Die Fresken stellten einen Frühlingsgarten vor verblichenem, gelbem Hintergrund dar, umgeben von einem Gitterzaun, und überall blühende Obstbäume und Vögel. Neben ihrem Bett stand eine Schale mit frischem Jasmin.

Das Bett ihrer Mutter war eines der schönsten Möbelstücke, die Placidia jemals gesehen hatte. Breiter als ein normales Bett, mehr wie ein orientalischer Diwan, mit gewundenen Beinen und Einlegearbeiten aus Elfenbein, Bernstein und Malachit. In jeder der vier Ecken wachte ein Schwan aus Bronze über die Schläferin. Die Trittstufe war eine Miniaturausgabe des Bettes. Placidia ließ das Bett in das daneben gelegene Cubiculum bringen, das dieselbe Aussicht auf das Meer bot. Die Wände der Kammer waren gelb gestrichen, mit Girlanden aus Blumen und Früchten.

Eines Abends, es war schon spät, setzte sich Placidia vor einen hohen Bronzespiegel im Ankleidezimmer ihrer Mutter. Sie fuhr mit dem Finger über die Intarsienkante des kleinen Schminktisches, auf der kein Staubkorn zu finden war. Der Schminktisch war eher eine achteckige Schachtel mit Beinen als ein richtiger Dreifuß. Sie öffnete eine der vier winzigen Schubladen. Darin befanden sich alte Phiolen und Bürsten, Haarklammern und Kämme. Sie zog den Stopfen aus einer länglichen, türkisfarbenen Phiole, in der sich ägyptischer Khol befand. In einem kleinen, silbernen Tiegel fand sie rissiges Antimon, um sich das Gesicht zu weißen. Es gab zwei Pinzetten aus Bronze und einen verschlissenen Nagelpolierer. In der Ecke einer Schublade lag ein Zweig Jasmin, die Blüten brüchig und gelb, aber unversehrt. Sie dufteten nach einem längst vergangenen Sommerabend, einem Garten am Bosporus, dem dunklen Haar einer Frau. Eine eingetrocknete Phiole mit Ambra verströmte noch ein ganz schwaches Aroma. War das der Duft ihrer toten Mutter, einer Mutter, an die sie sich nicht erinnern konnte, nach der sie sich aber immer vage und hoffnungslos gesehnt hatte, wie man sich nach Freiheit, Wohlstand oder Glück sehnte, wenn man es nicht besaß, wissend, dass man sein Ziel nie erreichen wird?

Placidia sah in den Spiegel, während sie den Elfenbeinstab in den schwarzen Puder senkte. Sie zog mit dem Stab einen Strich entlang ihren geschlossenen Lidern. Als sie in den Spiegel blickte, sah eine andere Frau sie an. Eine Griechin, keine Römerin, mit großen, dunkel umrahmten Augen. Eine Frau, keine Kaiserin.

Sie ritten durch die Goldene Pforte, vorbei an der Zollstation, hinaus aufs Land. Placidia saß besonders gern am späten Nachmittag zu Pferde, wenn die Hitze nachließ und die untergehende Sonne das

Marmarameer zur Linken und die Felder und Obstgärten zur Rechten in ein goldenes Licht tauchte. Die Freiheit, ganz sie selbst zu sein, begeisterte sie jedes Mal aufs Neue.

Placidia und Roderich zogen die Zügel an. Sie hatten die kleine Kirche der heiligen Maria von Chrysos erreicht, wo Placidia regelmäßig haltmachte, um zu beten, eine Opfergabe aus Blumen auf den Altar zu legen oder eine Kerze zu entzünden. An diesem Tag blieb sie länger als üblich in der verlassenen Kapelle, tief in Gedanken versunken.

Anschließend stiegen sie wieder auf und ritten in Richtung Meer. Es war eine lange, gerade Strecke, ideal für einen Galopp. Am Ende erreichten sie die Bucht, in die sich ein kleiner Fluss ergoss, an dem sie üblicherweise ihre Pferde tränkten.

Roderich wollte ihr wieder aufs Pferd helfen.

»Ich glaube, ich möchte ein wenig zu Fuß gehen, Roderich.«

»Wollt Ihr, dass ich Euch begleite?«

»Nein. Bitte warte hier. Ich ... ich muss nachdenken.«

Sie konnte seine Augen nicht sehen, die untergehende Sonne schien ihr mitten ins Gesicht, aber sie spürte seine Enttäuschung so deutlich, als hätte er sie ausgesprochen. Placidia ging am Strand entlang. Als sie schließlich meinte, sie könne sich umdrehen, standen der Mann und die Pferde immer noch an derselben Stelle, hoben sich dunkel vom Himmel ab. Ein Fischreiher flog aus dem Marschland hinter dem Fluss auf. Er segelte über sie hinweg, dann landete er in dem nassen Sand am Strand.

Placidia kletterte auf einen Felsen, setzte sich und schlang die Arme um die Knie. Das Meer war ruhig und glatt, die letzten Sonnenstrahlen ein schmaler, flammenfarbener Streifen am Horizont. Am besten schrieb sie bald an Bonifaz und bat ihn, Roderich das Kommando über eine Legion zu geben, irgendwo, wo es sicher war, in Afrika. Roderich war ein herausragender Befehlshaber und konnte Bonifaz nützlich sein, falls es zu einer Auseinandersetzung mit Ravenna kommen sollte und er ihre Interessen verteidigen musste. Doch die Vorstellung, sich von ihm zu trennen, erschreckte sie.

Placidia erhob sich und ging bis zum Ende der schmalen Bucht, wo die Schirmkiefern, vom Wind tief gebeugt, scheinbar ins Wasser greifen wollten. Der feine weiße Sand war mit Kiefernzapfen übersät. Sie hob eine konische graue Muschel auf, die sich kühl und tröstlich anfühlte wie etwas, an dem man sich festhalten konnte.

Als Placidia endlich zurückkehrte, legte Roderich seine Hände ineinander, um ihr beim Aufsteigen zu helfen. Sie blieb stehen. »Wie würde es dir gefallen, eine Legion in Afrika zu befehligen, unter Bonifaz?«

Er richtete sich auf. »Warum macht Ihr mir so ein ehrenvolles Angebot, Augusta?«

Sie zwang sich zu einem Lächeln. »Weil du ein guter Offizier bist. Es ist Verschwendung, wenn du mir in Konstantinopel das Pferd hältst.«

Er erwiderte ihren Blick. »Habe ich Euch verärgert, Augusta?«

»Du hast mich nicht verärgert, natürlich nicht. Du hast mir gut gedient, mehr als gut. Ich ... du bist mir ein Freund geworden ... es ist nur so ...« Sie hob die Hand an ihren Schleier.

Er fasste ihr Handgelenk. »Ihr wollt, dass ich weggehe, weil Ihr fürchtet, ich könnte mich eines Tages vergessen? Ich könnte vergessen, dass ich ein Barbar bin und Ihr Kaiserin seid? Ist es das?« Seine Augen wurden zu schmalen Schlitzen. »Oder fürchtet Ihr, Ihr könntet Euch erinnern, dass Ihr eine Frau seid, Augusta?«

Seine Hand hielt immer noch ihr Handgelenk umklammert. Sie starrte ihn an. »Lass mich los! Ich habe keine Angst! Ich meine nur, es ist besser, wenn wir beide uns daran erinnern, wer wir sind!« Ein Zittern lief durch ihren Körper. Sie merkte, dass auch ihre Stimme schwankte.

Er zog sie an sich. Sie ließ den Kopf an seine Brust sinken. Placidia konnte das Leder seines Wamses riechen, das warm unter ihrer Wange lag. Nach geraumer Zeit hob sie ihr Gesicht und bot ihm ihre Lippen dar. Die Gefühle, die sie durchströmten, wirkte wie ein Schock für sie. Es war so lange her, seit ihr Körper auf einen Mann reagiert hatte. Sie hatte völlig vergessen, wie es sich anfühlte.

Sie standen engumschlungen, in einer Umarmung, die so alt war wie die Welt. Die Flut leckte an ihren Füßen. Endlich ließen sie einander los, schwer atmend. Roderich lächelte sie an. »Ich habe dich immer geliebt, seit dem Augenblick, in dem ich dich in Alarichs Zelt zum ersten Mal sah.« Er nahm ihre Hand. »Komm, wir setzen uns und beobachten den Sonnenuntergang.«

Schweigend saßen sie nebeneinander, sahen zu, wie die Sonne hinter dem Meer versank. Die beiden Pferde knabberten an Grasbüscheln am Rande des Strandes, zogen dabei ihre Zügel hinter sich her. Placidias Hand lag auf Roderichs Schulter. Sie fühlte sich in Frieden. Gott hatte sie als Frau erschaffen. Er würde sie verstehen.

»Heute Nacht«, flüsterte sie. »Wirst du bis heute Nacht warten, nach der zehnten Stunde?«

»Ich habe Jahre gewartet. Da machen ein paar Stunden nichts mehr aus.«

Ihr schossen die Tränen in die Augen. »Ach, Roderich, wir haben so viel Zeit verschwendet, und wir haben doch so wenig davon.«

Er lächelte. »Ich fürchtete schon, das würde dir niemals klarwerden.«

Die Kammer lag im Halbdunkel. Das einzige Licht kam von einer Fackel in einer Bronzehalterung neben der Tür. Placidia hörte, wie Roderich sich über die Balustrade schwang, dann seine Schritte auf der Terrasse. Die azurblauen Vorhänge teilten sich. Placidia stand neben dem Bett. Sie hielt einen der Schwanenköpfe des Bettgestells umklammert, war plötzlich nervös wie eine junge Braut. Roderich legte einen Finger auf die Lippen. Er war ganz ruhig, als ob es völlig normal für ihn wäre, in Bettkammern zu schleichen. Sie sah, wie er sein Schwert ablegte, die Brustplatte löste, seine Sandalen aufschnürte. Zuletzt zog er seine Tunika über den Kopf.

Ihr Mund wurde trocken, als er auf sie zutrat. Sein Phallus, in seiner erigierten Pracht an Pan erinnernd, war wie das Glied eines heidnischen Gottes. Er streifte ihr das Nachthemd über die Schultern und ließ es zu Boden gleiten. Die Reaktion ihres Körpers, als er sie an sich zog, trat augenblicklich ein; eine Flutwelle des Begehrens, so kraftvoll, dass sich ihr alles drehte. Seit Jahren hatte sie davon geträumt, ohne es zu wissen, hatte den Sturm ihrer angesammelten Sehnsucht unterdrückt.

Ihr wurde in diesem Moment klar, wovor sie sich die ganze Zeit gefürchtet hatte. Der Schweiß, den sie an ihrem Rücken spürte, war der klamme Schweiß der Angst. Lüsterne Kaiserinnen hatten sich immer schon Liebhaber ins Bett geholt. Aber sie unterwarfen sich ihnen nicht. Doch sie wollte sich diesem Mann hingeben, sich ihm unterwerfen, ihn lieben, nicht nur mit ihrem Körper, auch mit ihrer Seele.

Sie fielen auf das Bett. Die Welt wurde ausgeblendet. Vergessen waren die Qualen der Vergangenheit und die Unsicherheit der Zukunft. Vergessen war auch, welche Gefahren ihr Handeln barg.

Am Morgen saß sie unter den ausladenden Ästen des Maulbeerbaumes. Ihre Hände lagen in ihrem Schoß. Sie starrte aufs Meer, ohne es zu sehen. Das Frühstück aus Brot, Oliven und mit Wasser versetztem Wein, das sie in den Garten hatte bringen lassen, ruhte unberührt auf dem Dreifuß neben ihr.

Placidia fühlte sich gesegnet und voller Staunen. Fast zehn lange Jahre hatte sie vergessen, wie es war, wenn man liebte. Was sie statt des Meeres sah, war ihr altes Selbst, zerknittert auf dem Boden liegend wie eine Tunika. Sie hörte ihr zusammenhangloses Flüstern, sah sich, wie sie seinen Körper verehrte, wie sie sich seiner Kraft fügte. Sie spürte Roderichs Hände in ihrem Haar, wie er ihren Körper packte, wie er jeden Zentimeter von ihr in Besitz nahm. Die Welt, das Reich, Vergangenheit und Zukunft, ihr Selbst – alles war vergessen, weggeschwemmt von Welle an Welle eines Empfindens, das sie zutiefst veränderte.

Wie ein Phönix war sie aus der Asche der Vergangenheit auferstanden; sie würde von nun an nie wieder dieselbe sein.

Es dauerte drei Wochen, bis ein offizieller Vertreter des Reiches, der nach Pomade stank und ein magentarotes Gewand mit silberner Borte trug, eine Botschaft des Palastes überbrachte.

Roderich rümpfte die Nase, nachdem der Mann gegangen war. »Puh, schlimmer als eine syrische Hure. Für wann ist die Einladung des Kaisers?«

Placidia zuckte innerlich zusammen. Musste er wirklich syrische Huren erwähnen, über die er eindeutig eine Menge zu wissen schien? Ob er noch lernte, seine Worte in ihrer Gegenwart mit Bedacht zu wählen?

»Die Nachricht ist nicht vom Kaiser.« Placidia sprach monoton. »Sondern von seiner Schwester Pulcheria. Sie bittet mich, morgen bei ihr vorzusprechen. Theodosius ist offenbar zu beschäftigt, um seine Tante zu empfangen. Hier, lies.«

Roderich nahm das Pergament und überflog die Zeilen, die in purpurner kaiserlicher Tinte geschrieben waren. »So schlimm ist es nicht. Sie entschuldigt sich für die Verzögerung. Vielleicht war die Frau von Theodosius wirklich krank. Wir wissen, dass er fort war. Wenn seine Schwester die Regierungsgeschäfte führte und sich darüber hinaus auch noch um die Gesundheit seiner schwangeren Frau kümmern musste ...«

»Pah. Das ist doch jämmerlich. Ich bin eine Augusta, ebenso wie Pulcheria. Es gibt keine Entschuldigung dafür, meine Botschaften nicht zu erwidern. Ich kann dir sagen, was passiert ist. Pulcheria war bestürzt über meine Ankunft und wollte keine Entscheidung treffen, bevor ihr Bruder nicht zurück war. Mich zu empfangen bedeutet, wenn schon sonst nichts, dass sie meine Anwesenheit in Konstantinopel akzeptiert.«

»Tja, jetzt haben sie diesen Schritt gewagt.«

»Das konnten sie kaum unterlassen. Ihre nächste Entscheidung wird meine Zukunft und die meiner Kinder bestimmen. Wenn sie mich anerkennen, könnte das einen möglichen Bruch mit Honorius bedeuten. Es könnte auch bedeuten, dass sie die Hoffnung auf das Westreich aufgeben, falls das ihr Ziel gewesen sein sollte.«

»Wenn sie dich zurückschicken, blamieren sie sich unendlich. Und es gibt möglicherweise einen Aufstand in Afrika … Papst Coelestin, der römische Senat, der Prokonsul von Afrika sind deine Freunde. Wenn Bonifaz die afrikanische Getreideflotte aufhält, wie es Heraklian einst tat …«

»Ich könnte passenderweise an einem Fieber sterben.« Sie lächelte trocken. »Tote Kaiserinnen schüren keine Aufstände.«

Sie sah ihn fest an. »Ich werde die Kinder morgen nicht mitnehmen. Roderich, versprich mir, dass du mit ihnen fliehst, falls ich nicht zurückkomme. Nehmt den Landweg durch Illyrien. Bring sie nach Spanien, zu deinen Leuten. Dein König wird sie beschützen. Unter der großen Steinplatte in meiner Kammer liegt genug Gold, um euch dorthin zu bringen.«

Er trat auf sie zu und nahm ihr Gesicht in seine Hände. »Geliebte, du hast zu viel gelitten. Du hast den Glauben an die Menschheit verloren. Sie werden dich nicht verraten. Theodosius und seine Schwestern sind zutiefst gläubig.«

»Da bin ich mir gar nicht so sicher … Pulcheria mag fromm sein, aber sie ist auch eine der machtbewusstesten, pragmatischsten Frauen, die jemals hinter einem Thron die Fäden eines Reiches in der Hand hielten …«

Roderich küsste ihre Stirn. »Du irrst dich. Die machtbewussteste Frau, die jemals hinter einem Thron die Fäden eines Reiches in der Hand hielt, bist du. Und das wirst du wieder sein.«

»Mag sein.« Ihre Stimme klang flach. Sie empfand nur Unsicherheit und Zweifel.

Ein schnaufender Kämmerer und vier kaiserliche Garden mit silbernen Brustharnischen und blutroten Umhängen eskortierten Placidia durch den Gebäudekomplex von Konstantins Großem Palast. Er reichte von der Kirche St. Sophia vorbei am Hippodrom, erstreckte sich über angrenzende Häuser, Höfe und Terrassengärten bis hinunter zum Meer und den kaiserlichen Hafenmauern.

Kolonnaden, Thronsäle, Audienzgemächer, Kapellen, Gärten, Bibliotheken, Versammlungsräume, die Kasernen und Exerzierplätze der Palastwache, Ställe, Bäder und Sporthallen sowie die Kanzleien der verschiedenen Regierungsämter, sie alle bildeten einen gewaltigen Wohn- und Regierungsbereich.

Placidia erhaschte einen Blick auf das Goldene Triclinium, den Speisesaal für Staatsempfänge. Der Mosaikboden war angeblich der größte der Welt. Mittlerweile waren sie an den Hauptempfangshallen vorbeigekommen. Sie querten einen weiteren Innenhof, schritten durch einen weiteren bewachten Bogengang. Placida war höflich, aber nachdrücklich gebeten worden, ihre eigene Eskorte in der ersten Halle zurückzulassen. Unbehagen breitete sich in ihr aus. War es ein Fehler gewesen, dem christlichen Ruf ihrer Verwandten zu vertrauen? War er nichts weiter als ein sorgfältig gepflegter Nimbus?

Endlich führte man sie in einen sonnendurchfluteten Säulensaal mit Blick auf einen Garten. In der typischen Unordnung eines Studierzimmers lagen Pergamentrollen verstreut auf Tischen und Hockern. Es gab diverse astronomische Instrumente und in einer Ecke einen Falken, der auf einer Stange saß. Erleichterung wallte in Placidia auf. Es war ein gutes Zeichen, dass Theodosius sie in so informeller Umgebung empfing. Er behandelte sie als Familienmitglied.

Der Kämmerer verbeugte sich. »Majestät, die Augusta Galla Placidia ist hier!«

Neben einem Schreibtisch voller Schriftrollen stand ein großer junger Mann in den Zwanzigern mit bereits schütterem Haar. Er trug eine schlichte Leinentunika und wirkte eher wie ein Schreiber als ein Kaiser.

»Meine liebe Tante!« Theodosius kam auf sie zu. Er nahm sie bei den Händen. »Es tut mir so leid, dass ich dich nicht früher empfangen konnte. Ich war auf einer Inspektionsreise entlang der illyrischen Grenze. Meine Schwester … meiner Frau ging es nicht gut …« Er hatte leuchtende, haselnussbraune Augen. Sein scheues Lächeln offenbarte schiefe Zähne.

Placidia spürte ein Welle der Sympathie für diesen ungelenken jungen Mann. Sie lächelte. »Ich bin froh, dass wir uns endlich begegnen.«

Theodosius winkte zwei junge Frauen herbei, die sich von einer Bank erhoben. Sie waren ungefähr im selben Alter. Eine war sehr schön und sichtlich schwanger, die andere unscheinbar. Beide trugen die dunklen Haare zu strengen Knoten zurückgebunden.

»Meine Frau Athenaïs und meine Schwester Pulcheria …«

Kaiserin Athenaïs küsste Placidia auf beide Wangen. Sie hatte ein entzückendes Lächeln. »Ich bedaure sehr, dass mein Unwohlsein unser Treffen hinauszögerte.«

Pulcheria küsste sie ebenfalls, aber ohne die Wärme der Kaiserin. »Willkommen in Konstantinopel, Tante.«

Placidia erwiderte die Umarmung. Wenn Theodosius zweiundzwanzig war, musste seine Schwester jetzt vier- oder fünfundzwanzig sein. Pulcheria war von durchschnittlicher Größe, hager, mit strengem Gesichtsausdruck, großen, wachen brauen Augen und bleichem Teint. Sie trug eine graue Tunika, die an einen Nonnenhabit erinnerte. Ihr einziger Schmuck war ein Kruzifix aus Elfenbein mit Perlen. Es war schwer zu glauben, dass diese knochige, unverheiratete junge Frau das Ostreich als Regentin für ihren Bruder beherrscht hatte, seit sie sechzehn war.

»Lasst uns nach draußen gehen«, schlug Theodosius vor. »Da ist es kühler.«

Zwei riesige Nubier standen neben der Tür und bewegten die Luft mit großen Fächern aus weißen Straußenfedern. Stufen führten hinunter in einen Garten mit einem eckigen Brunnen und Laubengängen, die mit Weinreben umrankt waren. Myrten und Zypressen wuchsen auf dem Rasen. Die Nischen in den Wänden, die den Garten vom Rest des Palastes abschirmten, schmückten Statuen.

Ein Diener schenkte geeisten Granatapfelsaft ein, ein weiterer reichte ein silbernes Tablett mit Honiggebäck und Früchten herum. Placidia genoss den eisgekühlten Saft; das letzte Mal hatte sie in

Ravenna ein Sorbet genossen. Aber selbst dort war der Nachschub an Schnee, um die Eishöhlen zu füllen, selten geworden.

Athenaïs beugte sich zu Placidia. »Ich werde dich einigen der Hofdamen vorstellen. Die meisten sind leider so dumm wie Schafe. Von den Klügeren sind viele so fromm, dass sie nicht einmal ins Theater oder zu den Rennen gehen. Magst du Wagenrennen?«

»Ich fürchte, das ist eine meiner Schwächen, auch wenn ich immer auf den Verlierer zu setzen scheine.«

Athenaïs lachte. »Ich liebe die Rennen auch. Lass uns zusammen gehen. Mein Vater pflegte mich für meine Leidenschaft zu schelten. Jetzt tut es mein Ehemann.« Sie lächelte Theodosius zärtlich an. »Er stöhnt immer, wenn er einem Rennen vorsitzen muss. Ich habe neulich mit Priscilla gespeist, der Frau von General Ardaburius. Man konnte früher so viel Spaß mit ihr haben, aber jetzt ist sie von einer geradezu verbissenen Frömmigkeit. Während des gesamten Essens ließ sie uns aus dem Evangelium des heiligen Lukas vorlesen! Niemand konnte sich unterhalten!« Athenaïs lachte. »Und am Ende, das wirst du nicht glauben, da ...«

»Athenaïs!« Pulcheria warf ihr einen strengen Blick zu.

Die Kaiserin erbleichte. Theodosius starrte in den Garten. Um die peinliche Stille zu brechen, legte Placidia ihre Hand auf seinen Arm.

»Was für ein friedlicher Fleck das hier ist, Neffe. Ich hätte nie gedacht, dass dieser Palast so schöne Rückzugsorte bietet. Obwohl ich hier geboren wurde, kann ich mich an so gut wie nichts erinnern. Am eindrücklichsten sind mir noch die weißen Pfauen im Gedächtnis. Sie haben Krümel aus meiner Hand gepickt, als ich klein war.«

»O ja.« Theodosius strahlte. »Wir halten immer noch welche. Sie mögen Gebäck. Du musst deine Kinder einmal mitbringen. Unsere Licinia ist noch zu klein, um mit deinen Kindern zu spielen, aber sie können die Pfaue füttern. Ich würde sie gern kennenlernen. Athenaïs und ich mögen Kinder sehr. Wir können unser nächstes kaum erwarten.«

»Für wann wird das freudige Ereignis erwartet?«, erkundigte sich Placidia.

Athenaïs seufzte. »Leider erst zum nächsten Mond oder etwas später. Der letzte Monat ist der Schlimmste. Aber ich freue mich schon unbändig darauf, unseren Sohn im Arm zu halten.« Sehnsüchtig fügte sie hinzu: »Wenn nur Gott unseren Wunsch erfüllt.«

Ein männlicher Erbe war von entscheidender Bedeutung, umso mehr, als die Schwestern von Theodosius unverheiratet bleiben würden. Der armen Athenaïs musste der Druck der Erwartungen an sie sehr zusetzen. Und zwei Schwangerschaften in so rascher Folge waren zweifelsohne erschöpfend.

Pulcheria meinte: »Die arme Athenaïs musste wirklich sehr leiden bei dieser Schwangerschaft noch viel mehr als bei der ersten, vor allem unter der Hitze.« Placidia hörte zu ihrer Überraschung echtes Mitgefühl aus Pulcherias Stimme heraus.

»Du solltest mit deinen Kindern in den Palast ziehen«, fuhr Pulcheria fort. »Ihr habt es hier bequemer. Außerdem ist es angemessener.«

Placidia ließ sich nichts anmerken, aber ihr Hals schnürte sich zu. Pulcheria hatte den ersten Schritt getan. Bleibe ruhig, ermahnte Placidia sich selbst, und gib dich bescheiden. Keine Forderungen, keine Vorschläge, keine Drohungen. »Ich danke dir sehr, aber mir ist klar, dass meine Anwesenheit in Konstantinopel eine heikle Sache ist. Ich will offen sein. Ich möchte eure Freundlichkeit nicht ausnützen, und ich möchte auch keinen Keil zwischen euch und Honorius treiben.«

»Du nützt unsere Freundlichkeit nicht aus!« Athenaïs lehnte sich vor. »Wir sind die einzigen Angehörigen, die du noch hast. Dein Bruder hat dich behandelt wie ...«

»Athenaïs!«

Dieses Mal starrte Athenaïs Pulcheria böse an. Sie legte Placidia die Hand auf den Arm: »Dein Bruder hat sich abscheulich verhalten. Theodosius und ich sind glücklich, dich hier zu haben.«

Pulcheria sah Placidia an: »Wir wissen deine Offenheit zu schätzen, Tante. Es könnten womöglich tatsächlich Komplikationen mit unserem Onkel Honorius entstehen. Da gibt es, wie du weißt, die Frage, was mit Illyrien geschehen soll. Die Verhandlungen befinden sich in einem heiklen Stadium.«

Placida dachte: Oh, mach dir mal keine Sorgen um Illyrien. Honorius wird dir diese Provinz niemals abtreten, egal, wie viel du verhandelst.

Pulcheria wandte sich an ihren Bruder. »Theodosius, teile unserer Tante mit, was wir beschlossen haben.«

Theodosius presste die Fingerspitzen aneinander. »Liebe Tante, ich möchte nicht, dass du glaubst ... mir ist klar, dass es hart klingen wird, aber wenn ich Valentinian offiziell als Honorius' Erben anerkenne, würde ich mich damit in die Angelegenheiten des Westreiches einmischen. Ich weiß, Honorius hat deinem Sohn den Titel eines Nobilissimus verliehen. Aber ...« Er hielt die Hände in einer hilflosen Geste nach oben.

Das war es dann also. Sie würden ihr Zuflucht gewähren, mehr aber auch nicht. Ein kluger Kompromiss. Auf diese Weise hielten sie sich alle Optionen offen. Natürlich wussten sie, dass Honorius zunehmend geistesgestört wurde, aber vielleicht war ihnen nicht klar, wie schlimm es um seinen Zustand schon bestellt war. Es würde Zeit erfordern, ihre Einstellung zu ändern, sie davon zu überzeugen, dass Valentinians Anspruch auf den Thron des Westreiches nicht nur legitim, sondern auch zu ihrem Vorteil war. Placidia lächelte. »Das verstehe ich. Ich erwarte nicht, dass ihr Valentinian als den Erben von Honorius anerkennt. Gott wird darüber entscheiden, wann es ihm gefällt. Ich bitte nur um einen Ort, an dem ich meine Kinder in Sicherheit großziehen kann, weit weg von meinem geistesgestörten Bruder. Ich bleibe im Haus meiner Mutter. Das kommt meiner Sehnsucht nach einem ruhigen Leben der Abgeschiedenheit und des Gebets entgegen.«

Pulcherias Gesichtsausdruck ließ sich nicht deuten, aber Placidia war sicher, dass sie die Andeutung verstanden hatte. Einem geisteskranken Kaiser zu erlauben, das Westreich zu regieren, konnte Theodosius moralisch nicht lange rechtfertigen. Pulcherias Wertvorstellungen waren so streng wie ihre Intelligenz hoch war – das würde ihr jetzt zu denken geben.

Theodosius erwiderte steif: »Tante, du kannst dir meines Schutzes sicher sein. Selbstverständlich werden dir alle Ehren und Titel eingeräumt, die einer Augusta zustehen.«

»Und du wirst dich auch nicht verstecken«, sagte Athenaïs. »Du bist viel zu schön, um den ganzen Tag allein zu meditieren. Du musst mich oft besuchen! Wenn mein Kind erst einmal geboren ist, werden wir ins Theater und zu den Rennen gehen. Wenn du möchtest, kannst du dich meiner Bibliothek bedienen. Sie gehörte meinem Vater und enthält über zweitausend Schriftrollen auf Griechisch, Lateinisch und Hebräisch.« Athenaïs war die Tochter von Leontius, einem renommierten Philosophen aus Athen, der seine Tochter ebenso gut ausgebildet hatte wie seine Söhne. Nach dem Tod ihres Vaters war Athenaïs in einen Rechtsstreit mit ihren Brüdern über das Erbe verstrickt gewesen. Sie war nach Konstantinopel gekommen, um ihren Fall vor den Kaiser zu tragen. Theodosius war von ihrer Schönheit und ihrem Wissen hingerissen. Merkwürdigerweise gab Pulcheria dieser Ehe ihren Segen, trotz der Tatsache, dass Athenaïs Heidin war. Athenaïs trat zum Christentum über, ein Übertritt, der allen Berichten zufolge aufrichtig war.

Placidia fragte sich, wie Athenaïs, die ihren Ehemann zu lieben schien, es ertrug, dass Pulcheria ihn so bevormundete. Die Beziehung zwischen den beiden Frauen war seltsam. Eine Mischung aus Bewunderung und Rivalität? Als Theodosius nach der Geburt ihres ersten Kindes im letzten Jahr Athenaïs in den Rang einer Augusta erhob, obwohl das Kind ein Mädchen war, hatte Pulcheria offen ihre Missbilligung gezeigt. Sie hatte erwartet, die einzige Augusta am Hofe zu bleiben. Und doch hatte sie wahre Sorge um Athenaïs gezeigt. Je länger Placidia Pulcheria beobachtete, desto faszinierter war sie. Pulcheria zu verstehen war der Schlüssel zum Erfolg. Sie fragte sich, wie Pulcheria damit zurechtkam, dass es nun drei Augustae in Konstantinopel gab?

Theodosius strahlte angesichts dieses Themas, mit dem er sich am wohlsten fühlte: »Du kannst dich natürlich auch meiner Bibliothek bedienen. Mein besonderes Interesse gilt der Astronomie. Ich glaube, du hast ebenso wie meine Frau etwas von einem Gelehrten an dir. Vor kurzem habe ich ein außergewöhnliches astronomisches Gerät gekauft. Ich würde es dir sehr gern zeigen. Ein Dozent an der Universität von Alexandria brachte es mit. Es ist das Ergebnis eines jahrhundertelangen Versuchs, den Himmel mit Hilfe eines mechanischen Gerätes nachzustellen. Es könnte die Navigation revolutionieren und bestätigen, dass unser Planetensystem tatsächlich heliozentrisch ist, wie viele behaupten, aber noch keiner je beweisen konnte. Man kann damit Sonnenfinsternisse berechnen und die Treffgenauigkeit unseres Kalenders enorm verbessern. Der Gelehrte heißt Diogenes von Rhodos. Heute Morgen war er hier, kurz bevor du gekommen bist. Er war völlig außer sich, der Arme. Eben erhielt er die Nachricht, dass der zweite Mechanismus, den ich ihn in Alexandria bestellen ließ, mit dem Schiff, das ihn transportierte, gesunken ist. Offenbar war der Mechanismus zur Zeit der Griechen und der frühen Römer sehr bekannt, geriet dann aber in Vergessenheit.«

»Theodosius«, unterbrach ihn Pulcheria. »Marina und Arcadia sind hier.«

Placidia unterdrückte ein Stöhnen. Pulcheria war wenigstens klug und dynamisch, weit mehr als ihr Bruder. Aber nach dem, was sie gehört hatte, verbrachten die beiden jüngeren Schwestern ihre Zeit ausschließlich mit Beten, dem Sticken von Altartüchern oder wohltätigen Werken. Wie Pulcheria waren sie halbe Nonnen und hatten ein Gelübde ewiger Jungfräulichkeit abgelegt. Arcadia und Marina – jüngere und noch bleichere Ausgaben von Pulcheria – wurden vom Patriarchen von Konstantinopel begleitet, einem Kirchenmann von beträchtlichem Körperumfang, mit langem, grauem Bart und dröhnender Stimme.

»Puh, was für eine Hitze!« Der Patriarch nahm seinen juwelenbesetzten Hut ab und legte ihn auf den Tisch. »Ich bin wie ausgedörrt.«

Er hielt dem Diener seinen Becher hin. Zu Theodosius gewandt sagte er: »Ich musste den ganzen Morgen die Übersetzungen des Hieronymus vor dem Kirchenrat verteidigen. Du hättest diese Narren hören sollen. Nur weil sie mit seiner Methode nicht einverstanden sind, wollen sie doch tatsächlich das gesamte Werk von Hieronymus ächten. Wenn wir nicht mit Bedacht vorgehen, haben wir es mit einem neuerlichen Aufstand zu tun, mein Kaiser. Ihre Anhänger haben sich bereits versammelt.« Er wandte sich an Placidia. »Augusta, die Menschen von Konstantinopel sind wie die Alexandriner: versessen auf Aufstände. Jeder noch so kleine Grund reicht ihnen, um einen Aufstand anzuzetteln, aber am meisten lieben sie einen theologischen Aufruhr. Jeder Barbier, Wasserträger und Walker in dieser Stadt hat eine Meinung zu Fragen der Kirchenlehre und vertritt sie mit Eifer.«

Als Placidia in ihre Villa zurückkehrte und mit ihrer Eskorte vor der Pforte darauf wartete, dass der Pförtner den Riegel aufzog, rutschte ein Passant auf dem Gehweg neben ihr laut fluchend aus. Im Aufraffen beugte sich der Mann zu ihr. »Eine Botschaft für die Augusta«, flüsterte er, »am Dienstboteneingang.«

Der Bote war den weiten Weg von Hippo gekommen. »Erhebe dich«, sagte Placidia zu dem knienden Mann. »Du musst müde sein nach der langen Reise. Mein Verwalter wird sich um dich kümmern.«

Sie betrachtete den Ring in ihrer Hand. Roderichs Ring. Sie hatte ihn in Ravenna um seinen Ring gebeten, damit Gainsrich ihn Bonifaz in Hippo übergeben konnte. Er war der Beweis für die Vertrauenswürdigkeit des Boten. Sie würde Roderich einen neuen Ring schenken. Dieser hier musste erneut nach Afrika reisen, womöglich noch mehrmals.

Vor ihrem inneren Auge sah sie das Gesicht von Bonifaz: die großen, ausdrucksstarken Augen, die roten Locken, die vorstehende Nase, die nervösen Finger. Der gute Bonifaz. Ein loyaler Freund und ein tapferer Soldat; ein wenig zu gefühlvoll, zu sensibel, um ein großer General zu sein. Sie ertastete den Beutel in ihrem Schoß. Solidi, sie erkannte die kleinen, schmalen Münzen durch das weiche Leder. Genug, um ihre Würde zu wahren, zumindest einige Monate lang. Jetzt würde sie sich nicht vor ihren Verwandten demütigen müssen. Bonifaz hatte eines ihrer afrikanischen Anwesen verkauft und stand in Verhandlungen für den Verkauf eines weiteren. Auch die Nachricht, die er ihr bezüglich Ravenna zukommen ließ, war ermutigend. Sie war noch nicht zur Verräterin erklärt worden.

Doch was brachte ihr das? Trotz seiner geschwollenen Füße und seiner Schwindelanfälle mochte Honorius noch gut und gern dreißig Jahre leben. Und selbst wenn Honorius früher starb, wie aussichtsreich war ihre Chance, Theodosius und seine Generäle davon zu überzeugen, den Anspruchs Valentinians auf den Thron des Westreiches anzuerkennen? Sie legte den Beutel mit dem Geld zur Seite und nahm den Brief zur Hand, den Bonifaz ihr geschrieben hatte. Die Bedingungen in Afrika waren einer Revolte in Ravenna nicht zuträglich; außerdem ließ sich die Reaktion von Theodosius auf ein solches Ereignis unmöglich vorhersagen.

Das Marmarameer lag glatt und friedlich vor ihr; es herrschte Windstille. Eine Galeere bahnte sich langsam ihren Weg durch den Bosporus. Eingerahmt vom abfallenden Rasen und den von Lucius liebevoll gepflegten, beschnittenen Hecken sah man hinter der Galeere die Küste Asiens. Am Rand des Gartens, direkt am Wasser, stand ein gelber Säulenpavillon, von Rosen umrankt. Ein Anblick unvergleichlicher Lieblichkeit, viel schöner als das nebelreiche Ravenna oder die zerfallende Grandezza von Rom. Doch trotz der Schönheit fühlte sie sich hier in der Falle, wie angekettet. Wie lange würde sie hierbleiben müssen? Den Rest ihres Lebens? Zwanzig, dreißig Jahre im Exil? Ein nutzloses, vergeudetes Leben, und am Ende würde man sie neben ihrer Mutter und ihrem Vater begraben oder schlimmer noch, wenn sie Pech hatte, neben Pulcheria.

Und Roderich? Was sollte aus ihm werden? Würde er sich damit zufriedengeben, immer im Schatten zu stehen, ihr untergeordnet, nicht ihr gleichgestellt? Was konnte sie ihm für seine Liebe geben, außer einige wenige gestohlene Augenblicke verbotener Leidenschaft?

Wenn ihre Kinder Glück hatten, führten sie ein Leben als arme Verwandte, die bei Hof toleriert wurden. Schlimmstenfalls würde man Valentinian beseitigen, wenn nicht auf Geheiß von Pulcheria, dann auf Befehl irgendeines ehrgeizigen Generals, jemand wie Aspar, der davon träumte, ein ungeteiltes Reich zu regieren. Honoria würde man in ein entferntes Kloster abschieben.

Placidia holte tief Luft. Wenn sie sich dieser schwarzen Wolke der Verzweiflung, die sie zu verschlingen drohte, hingab, wäre sie verloren. Sie erhob sich, strich ihre Tunika glatt. Sie musste beten, allein sein. An einem stillen, heiligen Ort, irgendwo, wo sie wieder zu ihrer alten Kraft finden konnte, die jeden Tag ein wenig mehr aus ihr herauszusickern schien.

Als Placidia aus ihrer Sänfte stieg, staunte sie angesichts der Größe der Kirche. Die Basilika der heiligen Apostel, die Konstantin als kaiserliches Mausoleum errichtet hatte, war die zweitgrößte Kirche in Konstantinopel. Die Außenwände waren mit Alabaster verkleidet, die Dachziegel mit Gold überzogen. Doch ebenso wie die ganze Stadt war auch die Kirche zu schnell erbaut worden, auf einem minderwertigen Fundament und mit mittelmäßiger Handwerkskunst. Eine Seite des Gebäudes musste bereits von hölzernen Pfeilern gestützt werden. Arbeiter besserten im Atrium das Bodenmosaik aus. Einige der Säulen, die die Vorhalle trugen, waren mit Metallbändern verstärkt worden.

Innen war die Kirche vom Boden bis zur Decke mit vielfarbigem Marmor überzogen. Korinthische Säulen hielten das Hauptschiff, die Apsis war ein Wunderwerk der Mosaikkunst: Auf einem blumenübersäten Feld aus leuchtenden Grüntönen sah man Heilige und himmlische Schafe in bukolischer Pracht, gesegnet von Christus als Herrscher.

Zu dieser Stunde lag die Kirche verlassen. Der Diakon reichte ihr eine brennende Lampe. »Nehmt diese hier, Domina. Einige der Lampen unten sind erloschen.«

Er führte sie die Treppe in die Krypta hinunter. Merkwürdigerweise roch es in der Krypta nicht nach Staub oder Verfall wie in so vielen anderen Grabstätten.

Placidia drückte dem Diakon eine Münze in die Hand. »Danke. Ich möchte allein sein.«

In der Mitte der kreisrunden Krypta, unter einem auf Säulen ruhenden Alabasterbaldachin, stand ein Altar. Die Öllampe darauf warf ein weiches Licht auf die Reihen der Sarkophage an den Wänden.

Placidia hob ihre Lampe, um die Namen besser lesen zu können: Konstantin, seine Mutter Helena, eine von Konstantins Frauen, mehrere Kaiser und Mitregenten, Placidias Onkel, Kaiser Valentinian, ihr Bruder, Kaiser Arcadius. Der letzte Sarg zur Linken war aus leuchtend weißem Marmor. Szenen aus dem Leben Alexanders des Großen waren eingemeißelt. Der Sarg ihres Vaters. Ihr Vater hatte diesen Sarg lange vor seinem Tod bei einem griechischen Bildhauer in Auftrag gegeben. Die Qualität und Grazie des Reliefs waren erstaunlich. Sie konnte die Episoden in Alexanders Leben deutlich erkennen: Olympias und die Schlange, der Brand von Persepolis, der Indus und auf der Vorderseite die Überführung von Alexanders Leichnam nach Alexandria. Sie spürte einen Kloß im Hals. Ihr Vater, den sie so sehr geliebt und so wenig gekannt hatte, war bereits zu Lebzeiten als »der Große« bezeichnet worden, dennoch hatte er nicht seine eigenen Leistungen zum Thema seines Sarkophages gemacht, sondern die eines anderen, größeren als er es war.

Zu beiden Seiten des Sarkophags standen kleinere Särge. In dem Sarg zur Linken lag Flacilla, die erste Frau ihres Vaters. Der Sarg zur Rechten war der ihrer Mutter. Ein Sarkophag aus ägyptischem Porphyr ruhte auf den Rücken von vier geflügelten Sphingen. Placida fuhr die Inschrift mit ihrem Finger nach: »Hier ruht Galla, die geliebte Gattin des Kaisers Theodosius I.«

Placidia kniete nieder. Tränen schossen ihr in die Augen. Sie presste das Gesicht gegen den kalten Stein und flüsterte: »O Mutter, hilf mir. Führe mich in dieser Stunde meiner Not. Gib mir die Stärke, die ich brauche, um mein Schicksal zu erfüllen.« Lange verharrte sie in dieser Position, mit geschlossenen Augen, die Arme um die beiden vorderen Sphingen geschlungen, als ob sie im Tod erneut die Frau umarmte, die ihr das Leben geschenkt hatte.

Lachend schüttelte Placidia den Kopf. »Schau sie dir an, sind sie nicht reizend?«

Athenaïs zog sich die Palla enger um die Schultern. Sie lächelte, aber es war ein schwaches Lächeln. »Ja, das sind sie.«

Sie saßen auf der Terrasse mit Blick auf den Garten, die zu Placidias Villa gehörte. Die Kaiserin schaute nachmittags häufig unangemeldet vorbei, nur mit kleiner Eskorte. Manchmal brachte sie ihre zweijährige Tochter Licinia mit. Das kleine Mädchen verehrte Valentinian, sie folgte ihm überall hin. Der Junge ertrug das mit überraschend viel Langmut. Er stritt sich zwar gern mit seiner Schwester, aber dem kleinen Mädchen gegenüber warf er sich zum Beschützer auf.

Valentinian versuchte, den Miniaturstreitwagen auf dem Gartenpfad zu halten. Er zerrte entschlossen, wenn auch wenig wirkungsvoll an den Zügeln der Ziege, um sie davon abzuhalten, in die Blumenbeete zu streunen. Die Ziege hatte es, in typischer Ziegensturheit, auf die Ringelblumen abgesehen, ihre Lieblingsleckerei.

Licinia hatte sich von der Hand ihrer Kinderfrau losgerissen und versuchte, hinter dem Streitwagen herzurennen. Dabei quietschte sie vor Vergnügen. Die beiden Kindermädchen der Prinzessin folgten ihr.

Honoria, die gerade fünf geworden war, hielt sich zu reif für solch kindische Vergnügungen. Sie saß auf ihrer Schaukel und tat so, als würde sie nicht zusehen, forderte den Sklaven hinter ihr stattdessen auf, sie fester abzustoßen.

Athenaïs zitterte trotz ihres Schals und der nachmittäglichen Wärme. Placidia warf ihr einen besorgten Blick zu. Athenaïs sah bleich aus. Und furchtbar mager. Es war jetzt drei Monate her, seit sie ihr

Kind bekommen hatte, ausreichend Zeit für eine gesunde junge Frau, um wieder zu Kräften zu kommen. Doch seit der Geburt hatte sich in Athenaïs etwas verändert. Die Wärme, der Charme, die Intelligenz waren immer noch da, aber die überschäumende Vitalität, die Placidia bei ihrer ersten Begegnung gespürt hatte, waren verschwunden. Die entzückenden Augen von Athenaïs waren von Trauer verschleiert, sogar wenn sie lächelte. War sie nur niedergeschlagen, weil auch ihr zweites Kind ein Mädchen war, oder gab es einen tieferen Grund für ihre Melancholie? Vielleicht war ihr Temperament für das Leben einer Kaiserin ungeeignet. Athenaïs hatte Placidia gegenüber mehr als einmal mit sehnsüchtiger Stimme von ihrem früheren Leben in Athen erzählt. Ein Leben der Freiheit und der intellektuellen Diskussionen mit gleichgesinnten Freunden, Theateraufführungen und Vorträgen. All das war von dem erdrückenden Zeremoniell und der beklemmenden religiösen Atmosphäre am Hof unmöglich gemacht worden.

Hatten Pulcherias Bemerkungen unmittelbar nach der Geburt sie so verstört? Ihre Worte waren in jedem Stall, jeder Taverne und jedem Palast wiederholt worden. Pulcheria hatte zu Theodosius im Geburtszimmer gesagt: »Wenn sie noch ein weiteres Mädchen produziert, müssen wir sie nach Athen zurückschicken und dir eine bessere Brüterin besorgen.« Und das trotz Pulcherias Nähe zur Kirche, die Scheidungen als unmoralische, heidnische Gepflogenheit betrachtete und versuchte, sie zu verbieten.

Theodosius hatte getan, was er konnte, um die Grausamkeit seiner Schwester wiedergutzumachen. Er hatte sogar Placidia gebeten, Athenaïs aufzuheitern, ihr zu versichern, dass ihr nächste Kind ein Sohn sein würde. Das brachte Placidia in eine schwierige Lage; obwohl sie Athenaïs wirklich sehr mochte, war es gefährlich, gegen Pulcheria Partei zu ergreifen. Theodosius betete seine Frau an und bat sie oft um ihren Rat, aber er hörte auch auf seine Schwester. Die beiden Frauen befanden sich in einer Schlacht um den Einfluss auf den Kaiser. Es war unmöglich, das Ergebnis vorherzusagen, doch wäre dies ein Wagenrennen, dann würde Placidia schweren Herzens ihr Geld auf Pulcheria setzen.

»Vorsicht!« Theodosius nahm Placidia am Arm, als sie den Weg zur Stadtmauer hinaufgingen, der für die Stiefel von Soldaten und Wagenräder gemacht war, nicht für die weichen Sohlen einer Frauensandale. Als sie näher kamen, hielten die Arbeiter mit ihrem Getöse inne. Der Vorarbeiter eilte herbei und verneigte sich. Die Maurer gingen in die Knie.

Placidia sah zur Wehrmauer. »Von hier oben ist es ja noch beeindruckender. Ich habe von deiner Mauer gehört, aber so etwas wie das hier hätte ich mir nie vorgestellt. Sie wird Konstantinopel uneinnehmbar machen.«

Theodosius seufzte. »Ich bete zu Gott, dass es so sein möge. Wir bessern im Moment einige kleinere Schäden, die im letzten Jahr beim Erdbeben entstanden.«

Placidia fragte: »Wie lang ist die Mauer?«

Stolz erklärte Theodosius: »Sie reicht vom Goldenen Horn bis zum Marmarameer. Sechs römische Meilen.«

Placidia riss die Augen auf. »Sechzigtausend Schritte!«

»Der Name Eurer kaiserlichen Hoheit wird für immer in diesen Ziegeln und diesem Mörtel überdauern«, erklärte Aspar. »Noch in tausend Jahren wird man von der Theodosianischen Mauer sprechen.«

Theodosius sah den General kopfschüttelnd an. »Du bist ein unverbesserlicher Schmeichler, Aspar. Ich sehe dir das nur nach, weil du auch ein guter General bist.«

Theodosius nahm Placidia am Ellbogen. »Lass uns zum nächsten Turm gehen. Es gibt sechsundneunzig Wachtürme. Mein Name wird nie mit dem des großen Theodosius mithalten können, aber vielleicht wird etwas von mir in dieser Mauer weiterleben. Man wird sich dunkel an mich erinnern, in einem oder zwei Jahrhunderten. Vielleicht auch irgendein verschrobener Jurist in seinem verstaubten Studierzimmer, wegen des Kodex mit Gesetzestexten, den ich zusammenstelle. Das ist alles. Ich habe nie eine Schlacht gewonnen oder eine Provinz erobert oder ein Barbarenvolk befriedet. Ich bin nur ein Gelehrter, der zufällig Kaiser wurde.«

Placidia legte die Hand auf seinen Arm. »Du bist zu streng mit dir. Es gibt jene, die erobern, und jene, die bewahren. Ohne die Anstrengungen des Zweiten zerfallen die Leistungen des Ersten zu Staub.«

»Du würdest einen erstklassigen Kaiser abgeben, liebe Tante. Du bist wie Pulcheria. Nur, dass es in deiner Gesellschaft lustiger ist. Kein Wunder, dass Athenaïs dich so mag.« Er lächelte. »Ich liebe meine Schwester, aber sie kann ein echter Drachen sein.«

In etwas ernsterem Ton fuhr er fort: »Weißt du, ich wünschte, ich könnte dir helfen. Und dem Westreich. Aber selbst wenn ich eine Armee erübrigen könnte, kann ich nicht meinen eigenen Onkel absetzen. Mir ist bewusst, dass er Augenblicke geistiger Verwirrung hat, aber …«

Placidia nickte. »Ich kann dich verstehen, Theodosius. Und ich bin dankbar für alles, was du für mich getan hast.«

Im Hippodrom gab es keinen einzigen Platz mehr, auch keine Stehplätze. Alle Köpfe waren der Kathisma, der kaiserlichen Loge, zugewandt. Die Rennwagen standen in Formation, warteten hinter den Starttoren. Die Pferde wieherten, zerrten an den Zügeln, scharrten mit den Hufen.

Theodosius lächelte Athenaïs zu. »Sollen wir sie warten lassen?« Sie schüttelte den Kopf. Er hob den Arm und ließ das weiße Seidentuch fallen. Applaus füllte den Circus. Trompeten erklangen. Die Startgatter sprangen auf. Placidias Puls raste, als die Wagen in die Arena donnerten. General Ardaburius, dem mehrere Rennteams gehörten, spielte mit seinem Siegelring. Sogar die Senatoren lehnten sich auf ihren kurulischen Stühlen nach vorn.

Auch Athenaïs war erregt. Ihre Wangen hatten ausnahmsweise Farbe angenommen. Sie zwinkerte Placidia zu. Die Kaiserin hatte auf zwei der Favoriten gesetzt, ohne dass ihr Mann es wusste, der zwar die Leidenschaft seiner Frau für Wagenrennen tolerierte, Glücksspiel jedoch zutiefst missbilligte. Theodosius selbst las Regierungspapiere, die er unter seiner purpurnen Toga verborgen hielt. Hin und wieder sah er auf und lächelte unverbindlich, mit dem Gesichtsausdruck eines Menschen, der geduldig seine Pflicht erfüllt.

Weder Pulcheria noch Marina oder Arcadia nahmen jemals an einem Rennen teil. Die arme Athenaïs. Ihre Freude an Wagenrennen war ein weiterer Punkt, der zu Reibungen zwischen ihr und Pulcheria führte. Athenaïs hatte Placidia erzählt, dass nur die Angst vor ernsten Aufständen Pulcheria davon abhielt, ihren Bruder zu überreden, er solle die Rennen als bösen, heidnischen Brauch verbieten.

Die Armee hatte eine Woche gebraucht, um die Aufstände niederzuschlagen, nachdem Theodosius die Gladiatorenkämpfe untersagt hatte. Seit damals hatte die Gewalt zwischen Anhängern bei Wagenrennen signifikant zugenommen. Aspar, Ardaburius' Sohn, hatte Placidia einmal erzählt, dass der heidnische Brauch, die Instinkte der Massen zu befriedigen, indem man ihnen blutige Spektakel bot, große Weisheit barg, denn sonst richtete sich ihre innewohnende Brutalität nach außen. Placidia betrachtete das markante Profil von Aspar. Mit nur zweiundzwanzig Jahren war er der Generalstabschef seines Vaters und noch klüger als er. Aspar würde es weit bringen. Aber natürlich irrte er sich. Nicht durch die Befriedigung der Blutgier der Armen, der Geknechteten, der Vergessenen konnte man sie leichter regieren, sondern indem man ihnen Hoffnung gab, indem man sie auf eine höhere Bewusstseinsebene hob, so dass sie sich änderten.

Die Menge grölte. Placidia wandte ihre Aufmerksamkeit wieder der Rennbahn zu. Das erste Rennen erwies sich als Katastrophe, drei Wagen fielen um, zwei Wagenlenker mussten auf Tragen aus der Arena gebracht warden, und es gab eine lange Verzögerung, bis die verkeilten Wagen abtransportiert waren. Das zweite Rennen war langweilig; der Favorit, ein blonder Thraker, der vier Hengste von Ardaburius lenkte, gewann es beinahe mühelos.

Das dritte Rennen erwies sich als aufregend. Nachdem zwei Mitstreiter ineinanderkrachten und ausfielen, entwickelte sich das Rennen zu einem Wettstreit zwischen zwei gleichstarken Meistern der Rennbahn. Einer, der Grüne, war ein berühmter Epheser, für den die Grünen, so raunte man sich zu, vor einem Jahr 10 000 Solidi an die karthagischen Blauen bezahlt hatten. Der andere war eine Neuerwerbung der Blauen, ein unbekannter Wagenlenker aus Alexandria namens Porphyrius.

Dicht gefolgt von dem Grünen, der versuchte, ihn in die *Spina* abzudrängen, näherte sich Porphyrius dem Wendepunkt in einem gefährlich engen Winkel. Er sah über seine Schulter, während er auf die Pferde einpeitschte. Der Grüne holte auf. Porphyrius hatte den Pfosten schon fast umrundet und es geschafft, die Distanz zwischen sich und seinem Gegner zu erhören, als der Grüne doch wieder aufholte.

Die Anhänger der Blauen sprangen von ihren Sitzen. »Auf, Porphyrius, auf! Porphyrius, auf! Lass dich von diesem Hurensohn nicht einholen!« Die Grünen und ihre bezahlten Jubilatores wurden übertönt.

Gleich darauf fuhren die beiden dicht auf dicht. Die Pferde des Grünen behinderten Placidias Sicht. Sie beugte sich vor, umklammerte die Armlehnen ihres Sitzes. Das war die letzte Runde. Wenn Porphyrius es um den Pfosten schaffte, hatte er gewonnen. Placidia lächelte Athenaïs zu. Gegen den Rat der Kaiserin hatte sie auf diesen völligen Außenseiter gesetzt. Der Liebling von Athenaïs, eine weitaus sicherere Wette, war in der zweiten Runde zu Bruch gegangen.

Im entscheidenden Augenblick wurde Placidia von einer Bewegung abgelenkt. Ein Minister von Theodosius beugte sich zum Kaiser und flüsterte ihm etwas. Theodosius stellte eine Frage, erteilte dann rasch einige Befehle. Anschließend sagte er etwas zu Athenaïs, deren Augen groß wurden. Dann wandte er sich an Placidia. Ein Blick sagte ihr, dass etwas nicht stimmte.

»Placidia …«, fing er an. Die Menge brüllte. Placidias Hals schnürte sich zu. Sie spürte, wie sich ihr Magen verkrampfte. War ihren Kindern etwas zugestoßen? Theodosius beugte ich näher zu ihr, damit sie ihn über den Lärm hinweg verstehen konnte. »Placidia, dein Bruder Honorius ist tot.«

»Wie?«

»Offenbar ist er an Wassersucht gestorben. In Ravenna, vor sechs Wochen.«

»Ich verstehe.«

Sie fühlte nichts. Keine Freude, kein Bedauern, keine Trauer. Nur eine große Leere. Gott mochte gegenüber der Seele von Honorius Gnade walten lassen – sie hatte keine Gnade für ihn übrig.

Placidia sah wieder zum Circus. Porphyrius hatte gewonnen. Die Zuschauer sprangen auf und riefen im Chor: »Porphyrius! Wir lieben dich! Porphyrius! Wir lieben dich! Porphyrius! Wir lieben dich!«

Die Zuschauer auf den bezahlten Plätzen lärmten ebenso laut wie der Plebs oben in den kostenlosen Sitzreihen. Blumen und Strohkissen regneten auf Porphyrius herab, während er seinen Wagen langsam um die Spina lenkte und dabei wie ein siegreicher General salutierte, bevor er vor der kaiserlichen Loge zum Stehen kam. Seine blaue Tunika hing in Fetzen an seinem Körper, sein Gesicht war blutüberströmt, sein Helm verschwunden, und doch hatte er nichts von seiner Würde verloren. Porphyrius trat aus seinem Wagen, wischte sich das Blut vom verletzten Auge und stieg die Stufen zur Kathisma hinauf. Er verneigte sich vor dem Kaiser. Theodosius drückte ihm den Lorbeerkranz auf den Kopf. Er legte eine manikürte Hand auf die muskulöse Schulter des Wagenlenkers, dann drehten sich beide zur Menge, die erneut in ohrenbetäubende Jubelrufe ausbrach.

Die Gewinner waren glücklich, die wohlhabenden Verlierer nahmen sich vor, beim nächsten Mal ihre Verluste auszugleichen, und die Armen tröstete das kostenlose Essen, das nach dem Rennen auf der Straße ausgeteilt wurde. Die Massen waren unterhalten worden, und der Kaiser hatte seine Beliebtheit gestärkt.

Brot und Spiele.

Placidia sah zwar die Flaggen und Trompeter und die Paradewagen, die aus dem Circus zogen, doch sie dachte nur an ihren toten Bruder und dann an ihren Vater. Das Hippodrom erinnerte sie stets an ihren Vater. Placidia wusste noch, wie sie es das erste Mal gesehen hatte. Es war besser proportioniert und viel anmutiger als der Circus Maximus in Rom, dafür kleiner. Über dem zeremoniellen Eingang stand eine Quadriga aus vier lebensgroßen, vergoldeten Pferden von unvergleichlicher Anmut, ein Wunder des Bronzegussverfahrens. Es wurde Lysippus zugeschrieben, dem Bildhauer Alexanders des Großen.

Aber was Placidia jedes Mal aufs Neue berührte, was sie immer mit Melancholie und Sehnsucht erfüllte, war ein ägyptischer Obelisk aus rosafarbenem Granit. Ihr Vater hatte ihn vom Tempel in Karnak mitgebracht und hier aufstellen lassen, um seinen Sieg über die Perser zu feiern. In die untere Hälfte waren Szenen der persischen Niederlage geschnitzt, die obere Hälfte zeigte ihren Vater, umgeben von seiner Familie, wie er in derselben Loge, in der sie sich jetzt befand, einem Wagenrennen vorsaß.

Doch als sie jetzt zum Abbild ihres Vaters schaute, spürte sie zum ersten Mal keine Trauer. An diesem Tag strahlte das Bild Stärke und Zuversicht aus. Ihr Vater war der letzte Kaiser gewesen, der über ein vereintes römisches Reich geherrscht hatte. Er hatte es unter seinen Söhnen aufgeteilt, weil er begriff, das ein gewöhnlicher Mann kein so gewaltiges Reich regieren konnte. Selbst die Hälfte des Reiches zu regieren, erforderte ungewöhnliche Talente. Es war zu früh, um vorherzusagen, ob Valentinian diese Talente besaß. Sie jedoch verfügte darüber. Gott hatte ihr für eine Frau außergewöhnliche Fähigkeiten geschenkt. Er hatte sie geprüft, um sie für die Last zu stärken, die er eines Tages auf ihre Schultern legen würde.

Nun musste sie nur noch Theodosius davon überzeugen, dass auch er ein so großes Kaiserreich nicht regieren konnte. In seinem Herzen hatte er das bereits akzeptiert. Um die Kontinuität der theodosianischen Dynastie zu gewährleisten, würde sie ihm anbieten, Valentinian mit Licina zu verheiraten. Das war der Augenblick, auf den sie, ohne es zu wissen, ihr ganzes Leben lang gewartet hatte.

Als die kaiserliche Familie ihre Loge verließ, nahm Theodosius sie am Ellbogen. »Placidia, da ist noch etwas.« Er sprach mit ernster Stimme.

»Es gab einen Aufstand in Ravenna. Irgendein unbedeutender Beamter namens Ioannes wurde zum Kaiser ausgerufen.«

»Ioannes? Der oberste Schreiber?« Das war unmöglich. Der gelehrte, aufgeblasene, aber immer liebenswürdige Ioannes? Dahinter steckten zweifelsohne Castinus und Aetius.

»Er hat die Frechheit besessen, mich zu bitten, ihn als Kaiser anzuerkennen. Komm, ich habe einen geheimen Rat einberufen. Wir werden morgen offiziell den Tod deines Bruders bekanntgeben. Aber erst müssen wir uns um diese Angelegenheit kümmern.«

Auf dem Weg durch die prachtvollen Flure des Palastes, in dem Placidia zur Welt gekommen war, spürte sie ein tonnenschweres Gewicht in ihrer Magengrube. Theodosius mochte das Recht ihres Sohnes auf den Thron anerkennen, aber ihn zu überreden, gegen das Westreich in den Krieg zu ziehen, war eine andere, weitaus schwierigere Aufgabe.

Trotz der vier fächerschwingenden Sklaven war die Hitze im kaiserlichen Studierzimmer drückend. Theodosius wischte sich die Stirn. »Aspar, was wissen wir über diesen Ioannes?«

»Nicht viel, Dominus. Er ist Hofbeamter, kein Militär. Patrizier, Ende dreißig, Berufsbeamter. Hat etwas von einem Intellektuellen. Entfernt mit den Anicii verwandt.«

»Christ?«

»Offenbar.«

Pulcheria sah Placidia an. »Kennst du ihn?«

»Ja. Aber Ioannes ist nicht die eigentliche Bedrohung. Die wahre Gefahr geht von den Männern aus, die ihn auf den Thron gesetzt haben, den Männern, die die Armee überredet haben, ihn zu wählen.«

Ardaburius nickte. »Den Wichtigeren der beiden kennen wir. General Castinus, der Schattenkaiser. Nutzlos auf dem Feld, aber klug und manipulierend.«

Placidia widersprach. »Ich halte Aetius für sehr viel gefährlicher.«

Aspar runzelte die Stirn. »Man sagte mir, er sei nur ein kleines Licht, jemand, der nach der Pfeife von Castinus tanzt.«

»Aetius tanzt nie lange nach der Pfeife eines anderen. Dafür ist er viel zu willensstark. Aetius ist Römer, Sohn eines Magister Equitum. Als Kind wurde er von den Hunnen als Geisel genommen. Ich glaube, er lebte sehr lange unter ihnen.«

Placidia wandte sich an Roderich. »Sag uns, was du als Militär über Aetius weißt.«

Roderich verneigte sich. »Er ist ein fähiger Anführer. Außerordentlich tapfer. Kann brillant improvisieren. Mir scheint besonders bedeutend, dass er mehrmals große Reiterkontingente der Hunnen verpflichtete, um die Einfälle der Barbaren an den römischen Grenzen abzuwehren.«

Ardaburius wischte das beiseite. »Die Hunnen haben vor einiger Zeit einen Vertrag mit uns abgeschlossen. Sie stellen im Moment keine Gefahr mehr dar. Es macht sie viel zu glücklich, unser Gold zu verprassen.«

»Was ist Aetius für ein Mann?« Pulcherias Blick war auf eine Stelle links von Roderich gerichtet, als ob sie mit der Säule hinter ihm sprach. War es Arroganz, Angst vor gutaussehenden Männern oder der Ekel, dem Liebhaber ihrer Tante in die Augen schauen zu müssen? Leicht belustigt dachte Placidia, dass es vielleicht eine Mischung aus allem war. Sie hatte nie herausgefunden, ob Pulcheria von ihrem Verhältnis mit Roderich wusste. Man konnte sich nur schwer vorstellen, wie ein Minister der jungfräulichen Pulcheria den Bericht eines Spions über das, was im Schlafzimmer ihrer Tante vor sich ging, erläuterte. Doch Pulcheria hatte sich recht freundlich einverstanden erklärt, als Placidia vorschlug, Roderich an der Versammlung teilnehmen zu lassen, weil er vielleicht einen wertvollen Beitrag leisten konnte.

Roderich fuhr fort: »Er ist kaltherzig und grausam. Wie die Hunnen, nur zivilisierter. Er spricht ihre Sprache fließend und unterhält exzellente Verbindungen zum König der Hunnen. Er hat mehrmals die Seiten gewechselt. Kennt keine Skrupel.«

»Ich verstehe. Er ist also kein Christ?«

Roderich sah Pulcheria merkwürdig an, als ob er sagen wolle, dass es sich nicht notwendigerweise ausschloss, skrupellos und Christ zu sein. Einen Augenblick lang fürchtete Placidia, er könne das aussprechen. Aber er schüttelte nur den Kopf. »Ich fürchte, das weiß ich nicht, Augusta.«

Ardaburius sagte: »Laut einer Signalmeldung, die ich eben empfing, haben Ioannes und Castinus zwei Legionen in Ravenna.«

Theodosius nahm eine Schriftrolle zur Hand. »In seinem Schreiben erwähnt Ioannes sechs Legionen. Ist das möglich?«

»Er lügt.« Placidias Stimme wurde hart. »Es gibt nur einen Weg, mit Thronräubern umzugehen, und das ist, sie so schnell wie möglich zu köpfen, als Abschreckung für alle anderen.«

Ardaburius rieb sich das Kinn. »Ich stimme Euch zu, Augusta, aber ich kann nur wenige Truppen entbehren, wenn ich unsere Verteidigung nicht gefährden will. Im Umgang mit Usurpatoren muss man Zeit gewinnen, so tun, als würde man ihre Ansprüche prüfen, sie allmählich schwächen. Honorius hat das erfolgreich mit Konstantin in Gallien gemacht. Wir können mit Hilfe unserer barbarischen Verbündeten seine Grenzen drangsalieren. Unsere alanischen …«

»Wie viele zusätzliche Männer braucht Ihr?«, unterbrach ihn Placidia.

Ardaburius seufzte. »Mindestens zwei Legionen. Besser drei.«

»Ich kann drei Legionen aufbringen.«

Alle starrten sie an. Schließlich ergriff Theodosius das Wort: »Aber … wie?«

Placidia schluckte. Sie spürte, wie ihr Herz pochte. Das war der entscheidende Schachzug, einer, den sie fast ein Jahr lang zurückgehalten hatte. »Bonifaz, der Statthalter von Afrika, wird Ioannes nicht anerkennen. Seine Loyalität meinem Sohn und mir gegenüber ist unverbrüchlich. Bonifaz hat sechs Legionen in Afrika. Ich kann auf drei davon zählen. Er wird außerdem verhindern, dass die Versorgungsflotte mit dem Weizen ausläuft. Die Legionen aus Afrika können in wenigen Wochen in Italien sein. Auch der König der Goten hat mir seine Hilfe zugesichert.« Das stimmte nicht ganz. Es könnte wahr werden, aber es würde Wochen dauern, bevor sie das erfuhr. Gleich im Morgengrauen würde sie einen Boten entsenden.

Es trat eine lange Stille ein. Dann sagte Pulcheria bedächtig: »Das, liebe Tante, ändert in der Tat alles.«

Pulcherias Blick war ausdruckslos und doch wusste Placidia, dass sie gewonnen hatte. Das Westreich gehörte ihr.

Die Harmonien des Begräbnisgesangs hoben und senkten sich durch St. Sophia. Die Totenmesse für Honorius hatte eben begonnen. Placidia hielt Valentinian an der Hand. Sie fürchtete, er könne weinen, aber er stand ganz ruhig, wie hypnotisiert von der Menge, der Feierlichkeit, den unzähligen Lichtern.

Eine Welle der Zärtlichkeit brandete in ihr auf. Tief in ihrem Innern hatte sie immer bezweifelt, ob sie Konstantius' Kinder jemals wahrhaft würde lieben können, hatte sich an ein anderes Kind erinnert, das von Athaulf. Und doch liebte sie sie wirklich. Vielleicht war es ausgleichende Gerechtigkeit, dass Gott nun Valentinian zukommen ließ, was er ihrem Erstgeborenen verwehrt hatte.

Einst hatte sie an derselben Stelle gestanden, fast im selben Alter wie Valentinian. Beim Begräbnis ihres Vaters. St. Sophia musste damals anders ausgesehen haben, vor dem Erdbeben, obwohl Theodosius und Pulcheria die Basilika des Konstantin nach den Originalplänen wiederaufbauen ließen. Zahlreiche Säulen waren wiederverwendet worden. Das Holzdach war neu. Der Altar war wundersamerweise intakt geblieben, ebenso das Mosaik der Apsis. Wie oft hatte man ihr als Kind die Geschichte erzählt, wie ihre Tante Serena dem Patriarchen zusetzte, damit er sie dem Begräbnis ihres Onkels zusammen mit den Männern beiwohnen ließ. Die Erinnerung an diesen Tag tauchte vor Placidias innerem Auge auf, als sei es gestern gewesen: Sie sah sich neben Honorius und Arcadius stehen, spürte Serenas Hand auf ihrer Schulter, sah Stilichos dunkle, nachdenkliche Augen.

An diesem Tag war sie, wie Serena vor so langer Zeit, die einzige Frau in der Apsis. Theodosius und seine Minister standen um die Totenbahre. An Stelle von Honorius' Diadem lag ein goldener Lorbeerkranz auf der Bahre. Der Patriarch von Konstantinopel hielt den Gottesdienst, unterstützt vom Patriarchen von Antiochia und einer Schar von Bischöfen. Theodosius hatte diesen Monat zum offiziellen Trauermonat für seinen Onkel erklärt. Dreimal täglich wurde in allen Kirchen für Honorius' Seelenheil gebetet.

Die Messe wurde in einem so archaischen Griechisch gelesen, dass Placidia kaum ein Wort verstand. Sie sah zur Empore mit den Frauen auf. In der ersten Reihe saß Athenaïs, prächtig in mitternachtsblauer Seide und einem perlenbesetzten kaiserlichen Diadem. Pulcheria, Marina und Arcadia in klösterlichem Grau und neben Arcadia die kleine Honoria.

Die Diakone sprengten Weihwasser, der Patriarch hob die rechte Hand und segnete die Gemeinde. Die Totenmesse war vorüber. Placidia spannte die Schultern an. Das war der Moment, auf den sie gewartet hatte.

Der Tradition gemäß müsste Theodosius nun die Prozession aus der Kirche anführen. Stattdessen trat er an den Altar. Ein Murmeln lief durch die Basilika. Theodosius hob die Hand, forderte Schweigen. Die hagere, gebeugte Gestalt ihres Neffen mit seinem frühzeitig schütteren Kopf war wie verwandelt. Seine schmalen Schultern schienen breit, sein Rücken gerade. Zum ersten Mal erkannte sie eine Familienähnlichkeit zwischen Honorius und ihm, die Fähigkeit, kaiserlich und beeindruckend zu wirken, und sei es nur für wenige Momente. Sein Blick war zielgerichtet und fest, er sprach mit der Menge durch seinen kaiserlichen Sekretär, der seine Worte wiederholte:

»Volk von Konstantinopel, Bürger des Ostens und Westens, Brüder und Schwestern in Christus! Mein geliebter Onkel Honorius, Kaiser des Westreichs, hat den ewigen Frieden gefunden. Er hat einen Nachfolger ernannt, doch ein Verräter hat sich selbst zum Kaiser ausgerufen, entgegen des Willens meines Onkels und aller Gesetze. Das werden wir nicht zulassen! Mit Hilfe Gottes werden wir den Usurpator niederschlagen und den rechtmäßigen Erben auf den Thron setzen.«

Der Patriarch von Konstantinopel streckte die Hand nach Valentinian aus. Placidia beugte sich zu ihrem Sohn. »Nur zu, mein Schatz. Nimm den Patriarchen an der Hand. Geh mit ihm. Du brauchst keine Angst zu haben.«

Der Patriarch führte Valentinian die Stufen zum Altar hinauf. Theodosius legte seine Hand auf die Schulter des Jungen. Er lächelte. »Keine Angst, Valentinian. Bald schon kannst du mit Licinia die Pfaue füttern. Es dauert nicht mehr lang.«

Theodosius wandte sich der Gemeinde zu, die Hand immer noch auf Valentinians Schulter. »Noch zu Lebzeiten hat mein kinderloser Onkel seinen Neffen Valentinian, Sohn seiner Schwester, der Augusta Galla Placidia, zum Nobilissimus ernannt. Ich erkläre ihn hiermit zum Kaiser des Westens. Lang lebe Valentinian der Dritte!«

Die Basilika hallte von dem vielstimmigen Chor wider: »Lang lebe Valentinian! Lang lebe Valentinian! Lange lebe der westliche Kaiser Valentinian der Dritte!«

Valentinian brach in Tränen aus. Er vergrub sein Gesicht in der Tunika von Theodosius. Der Patriarch versuchte, ihn vom Kaiser zu lösen. Je mehr der Prälat schmeichelte, desto stärker klammerte sich Valentinian an den einzigen ihm vertrauten Menschen. Er schlang seine Arme um die Beine von Theodosius und schluchzte in die purpurne Seide. Theodosius gebot dem Patriarchen, das Kind gewähren zu lassen. Mit der Hand auf dem Kopf des Jungen sah Theodosius zur Gemeinde: »Wie ihr sehen könnt, ist der neue Kaiser noch ein Kind, erst vier Jahre alt. Daher erkläre ich seine Mutter, die Augusta Galla Placidia, zur kaiserlichen Regentin, um über das römische Westreich zu herrschen, bis Kaiser Valentinian volljährig ist.«

Erleichterung stieg in Placidia auf. Sie hatte den ersten Schritt geschafft. Valentinian war Kaiser. Nun musste sie das Westreich denen entreißen, die es ihrem Sohn streitig machen wollten.

Rom, Oktober 425

Im hellen Sonnenschein eines römischen Herbstmorgens zogen Placidia und Valentinian zum Klang von Zimbeln und Trompeten in die Ewige Stadt ein. Zu Tausenden säumten die Menschen die Straßen und hießen sie willkommen. Am Kopf der Prozession schritten der Bischof von Rom und seine Geistlichkeit. Sie trugen die Kette des heiligen Petrus und ein neues heiliges Labarum, bestickt mit den Porträts von Placidia und Valentinian. Es war ein unerhörter Bruch mit der Tradition, dass Placidia nicht in einer Staatssänfte getragen wurde, sondern auf einem Schimmel mit goldenem Sattel ritt. Juwelenbesetzte Armspangen bedeckten die Narben an ihren Handgelenken. Auf ihrem Kopf ruhte das Diadem von Honorius, dessen langes Gehänge mit jedem Schritt ihres Hengstes hin- und herschwang. Dass sie das Diadem trug, hatte zu Stirnrunzeln geführt, aber es befriedigte sie ungemein.

Beinahe achtzehn Monate hatte sie auf diesen Moment hingearbeitet. Mit ihren Kindern und an der Spitze der von Aspar geführten Truppen des Ostsreiches war sie nach Italien gezogen. Die erste Stadt, die sie zurückerobern konnten, war Aquileia an der adriatischen Küste, wo sie sich mit den Truppen vereinten, die Bonifaz aus Afrika entsandt hatte. Ardaburius segelte mit der anderen Hälfte der oströmischen Armee zum Angriff auf Ravenna. Bonifaz hielt die afrikanischen Getreidelieferungen zurück, die stattdessen nach Aquileia umgeleitet wurden. Trotz mehrerer ernster Rückschläge, darunter der Schiffbruch von Ardaburius und seine vorübergehende Gefangennahme durch Ioannes, hatte sie am Ende triumphiert. Ein Rebellenstützpunkt nach dem anderen fiel. Als sie in den Süden kamen, huldigte Stadt um Stadt ihr und ihrem Sohn. Die Tore von Ravenna öffneten sich, und die Bürger strömten in Scharen heraus, um sie in Empfang zu nehmen. Ioannes und Candidianus wurden geköpft; Castinus floh. Aetius zog sich zusammen mit dem großen Kontingent an hunnischen Söldnern nach Pannonien zurück, zum König der Hunnen.

Sie war stolz auf das, was sie erreicht hatte: Es war ihr gelungen, gänzlich verschiedene Armeen zusammenzuschweißen und zum Erfolg zu treiben. Und sie hatte gnadenlos, aber gerecht die schlimmsten Verräter bestraft und sich mit dem Rest ausgesöhnt. So war sie zum Symbol eines neuen, vereinten Reiches geworden. Ihr standen die Tränen in den Augen, als die Menschen von Aquileia sie zur »Mutter von Rom« ausriefen. Doch trotz allem, trotz des Triumphes und der Euphorie, fürchtete sie sich vor dem Verlust, der ihr bevorstand. Es war der Preis, den sie zahlen musste, doch war ihr der Gedanke unerträglich. Wenn es nicht um ihre Kinder ginge …

Sie sah zu Valentinian hinunter, der neben ihr auf einem weißen Pony ritt, als Miniaturkaiser gekleidet, inklusive Diadem und Zepter. Ausnahmsweise schüchterte ihn das Gebrüll der Menge dieses Mal nicht ein. Er hielt sich aufrecht, hielt das Zepter hoch, wie man es ihm beigebracht hatte. Vor der Basilica Julia wurde die Prozession plötzlich langsamer. Placidia konnte das Hindernis nicht sehen. Valentinian schaute zu ihr auf, sein kleines Gesicht angestrengt. »Mache ich es gut, Mama?«

Sie nickte. »Sehr gut, wie ein echter kleiner Kaiser. Bald sind wir am Palast.«

»Es ist schwer, gut zu sein, Mama.«

Sie lächelte. »Ich weiß. Aber du darfst jetzt nicht reden. Ein Kaiser muss wie eine Statue aussehen.«

Sie wünschte, sie könnte sich umdrehen und nach Honoria sehen. Als Honoria gehört hatte, dass ihre Sänfte sieben Schritte hinter ihrem kleinen Bruder getragen wurde, hatte sie einen Schmollanfall bekommen. Die dunkelhaarige, temperamentvolle Achtjährige war hübsch und groß für ihr Alter und ein liebevolles Kind, aber doch ein wenig zu egozentrisch.

Die Prozession setzte sich wieder in Bewegung. Hinter ihnen ritten die siegreichen Generäle des Ostens: Aspar und sein Vater Ardaburius, mit silbernen Brustplatten und altmodischen Helmen mit schwarzen Federn, gefolgt von ihren Offizieren und den Generälen Placidias: Anicius, Felix und Marinus. Große, bemalte Tafeln mit den Abbildungen von Theodosius und seiner Familie, einschließlich der vierjährigen Prinzessin Licinia, mit der Valentinian verlobt war, wurden von Nubiern in Leopardenfellen hochgehalten. Sklavenmädchen trugen Körbe, aus denen sie großzügig Gaben an die Menge verteilten: frisch geprägte Münzen mit den Abbildungen von Placidia und Valentinian.

Während Placida ihre Blicke über dieses Meer an jubelnden Gesichtern auf dem Forum gleiten ließ, zu den wuchtigen öffentlichen Gebäuden, auf die hölzernen Tribünen für die Senatoren und die Patrizier von Rom, dachte sie, wie recht sie gehabt hatte, Valentinians Akklamation hier abzuhalten. In Ravenna wäre es einfacher und weniger kostspielig gewesen, aber nur Rom besaß die hehre Majestät, die den Segen der Vergangenheit auf Gegenwart und Zukunft übertrug. Wichtiger noch, wenn Valentinian hier zum Kaiser ausgerufen wurde, in Anwesenheit der Armee des Ostreiches, mit den Porträts von Theodosius und seiner Familie, bedeutete das einen nachdrücklichen Hinweis an ihre eigene Armee, dass das Ostreich sie und ihren Sohn unterstützte.

Sie senkte die Zügel. Ihr Rücken schmerzte von der steifen Haltung, die erforderlich war, damit die Krone nicht verrutschte. Sie hatten den Fuß des Palatin erreicht, bald konnte sie ihren schweren Kopfschmuck ablegen. Placidia freute sich auf ihre alten Gemächer im Palast; hoffentlich war dort nichts verändert worden.

An diesem Abend erlaubte Placidia Valentinian, der verheult und übermüdet war, als er ihr nach seinem Bad gebracht wurde, ausnahmsweise zur Belohnung bei ihr zu bleiben, während sie einen Stapel wichtiger Papiere abarbeitete. Eine Weile spielte er zufrieden mit seinen

Spielzeugsoldaten. Dann wurde er wieder zappelig, fuchtelte mit seinem neuen Schwert herum, erstach imaginäre Feinde, die sich hinter den weißen Seidenvorhängen verbargen.

»Valentinian, sei vorsichtig! Mach nichts kaputt!«

Plötzlich gab es ein Getöse. Eine wertvolle griechische Vase lag in Scherben auf dem Mosaikboden.

Valentinian brach in Tränen aus.

»Sieh dir an, was du getan hast!« Placidia streckte die Hand aus. »Gib mir das Schwert!«

Gott, dieses Kind konnte aber auch schwierig sein! Waren alle sechsjährigen Jungen wie er? Vielleicht. Doch allzu oft erinnerte er sie an Honorius. Wie sein Onkel war Valentinian eigensinnig, und seine Stimmung schwankte unvorhersehbar.

Valentinian klammerte sich an sein vergoldetes Holzschwert. Mit hochrotem Gesicht trotzte er seiner Mutter: »Nein, das gehört mir! Der General hat es mir gegeben. Alle Soldaten haben meinen Namen gerufen. Ich bin der Kaiser. Es gehört mir …«

»Valentinian, ich weiß, dass es dir gehört. Aber du bist jetzt müde, es war ein langer Tag. Komm her und gib mir einen Kuss.« Er kam nur zögernd. Sie umarmte ihn. »Geh jetzt mit Leontius, es ist schon spät. Wir müssen alle ins Bett.«

Es war wirklich ein langer Tag gewesen, wenn auch ein Tag des Triumphs. Erst die beiden siegreichen Armeen, die ihren Sohn vor den Toren der Stadt zum Kaiser erklärten. Dann die endlose Prozession. Die Ehrerbietungen der Senatoren, die sich vor ihr tiefer verbeugten als vor ihrem Sohn. All diese Anstrengung, nur um die Thronfolge eines Kindes sicherzustellen, das sie liebte, aber dessen Fähigkeit, ein derart geschwächtes Reich zu regieren, ihr immer ungewisser schien. Er war zwar erst sechs Jahre alt, aber trotzdem hegte sie Zweifel.

Nachdem Valentinian sich von Leontius hatte hinaustragen lassen, starrte Placidia noch eine Weile in die Flamme einer seltsamen Öllampe, die wie ein verzweigter Baum aussah. Der gute Leontius. Trotz seines fortgeschrittenen Alters hatte er nicht gezögert, Konstantinopel zu verlassen. Wie Aristophanes war er für sie unersetzlich geworden, bot Ordnung und Stabilität, überwachte das Ein- und Auspacken, die Köche und Hauslehrer, die Kindermädchen und Schreiber, hielt einen kaiserlichen Haushalt zusammen, der unablässig in Bewegung war.

Placidia legte ihren Stylus aus der Hand. Sie war zu müde, um weiterzuarbeiten, und doch zu überreizt, um schlafen zu können. Vielleicht bildete sie sich manches auch nur ein, glaubte überall nur Dunkelheit zu sehen. Es gab so viel zu tun, so viele Probleme. Sie sehnte sich nach Roderich, nach dem Trost seiner Stimme, seiner Arme, nach seinem Rat, aber er befand sich auf der anderen Seite des riesigen Palastes, im Nordflügel. Sie konnte ihn heute Nacht nicht rufen lassen. Morgen …

Roderich hatte an der Spitze der Reiterei hervorragend gekämpft; er und seine Männer hatten zwei große Kavallerieschlachten gewonnen. Am Ende war es Roderich gewesen, der den in Gefangenschaft geratenen Ardaburius während eines tollkühnen Angriffs auf Ravenna befreit hatte. Aber Roderich war auch ein Problem, das gelöst werden musste, ein Problem, das sie verdrängte, weil die Lösung zu schmerzlich war. Wann immer sie daran dachte, breitete sich unerträgliche Qual in ihr aus. Wie konnte sie ihn aufgeben?

Sie konnte ihn nicht heiraten. Sie konnte ihn nicht als heimlichen Liebhaber halten. Es kursierten bereits Gerüchte. Placidia zog sich den Schal fester um die Schultern. Gab es wirklich keinen anderen Weg? Sie hatte ihn schon zum Befehlshaber einer Legion ernannt. Konnte sie ihn nicht zum General machen, ihm eine Frau suchen und ihn für immer in ihrer Nähe halten?

Ihr wurde kalt. Tagsüber war es zwar heiß gewesen, aber nun drang die Nachtkühle ins Schlafzimmer. Sie ließ einen Schuh vom Fuß gleiten und berührte den Boden. Das Mosaik war kaum noch warm.

Die Heizung funktionierte, war aber nicht ausreichend. Wie gewöhnlich legten die Sklaven nicht genug Scheite auf, verkauften an

Holz, was sie nur verkaufen konnten. Das fing im Heizraum des Palastes an und dehnte sich über das ganze Reich aus. Die Polizei, die Armee, die Provinzstatthalter, das Postwesen, die Aquädukte, die Straßenausbesserungsmannschaften. Rom war die Hauptstadt der Korruption. Gott hatte ihr ein verfallendes Reich anvertraut, und nun war es ihre Aufgabe, es zum Besseren zu wenden.

Wie sollte sie das schaffen? Jahrelang hatte sie auf diesen Augenblick hingearbeitet, voller Zuversicht, dass sie in der Lage sein würde, ihn zu meistern, sobald er kam. Aber konnte eine Frau alleine das überhaupt? Das war die Frage, die nun in allen Kasernen und Palästen, auf jedem Marktplatz und in jeder Taverne diskutiert wurde.

Das Westreich war nicht Konstantinopel.

Keine Frau hatte je hier geherrscht. Diejenigen, die es versucht hatten, waren rasch gescheitert. Einen Hengst zu reiten und die Krone ihres Bruders zu tragen waren Symbole von großer Wirkung, aber sie genügten nicht.

Ihre Minister und Generäle waren loyal. Nicht unfähig, aber keiner von ihnen besaß die Persönlichkeit, die nötig war, um alle anderen zu dominieren. Aus genau diesem Grund hatte sie sie ausgesucht. Aber das führte auch zu Unentschlossenheit und Gezänk. Sie brauchte jemanden, der die anderen einte, sie anführte und gleichzeitig ihrem Ehrgeiz Einhalt gebot.

Placidia stand auf und schritt rastlos mit verschränkten Armen auf und ab. Vor ihrem inneren Auge ging sie die Liste möglicher Kandidaten durch: Provinzstatthalter, Generäle, hochrangige Offiziere, Senatoren. Sie verwarf einen nach dem anderen.

Plötzlich blieb sie stehen. Aber natürlich! Der Mann war direkt vor ihren Augen, nur ihr Stolz hatte sie ihm gegenüber blind gemacht: Aetius. Einige Wochen zuvor hatte er ihr aus seinem Lager an der illyrischen Grenze eine Nachricht geschickt und um eine Unterredung gebeten. Sie hatte noch nicht darauf geantwortet.

Aetius besaß eine starke Persönlichkeit, einen scharfen Verstand und eine pragmatische Einstellung. Er glaubte an die Größe Roms, ohne sich davon blenden zu lassen. Er war sogar attraktiv, auf gefährliche Weise, wie eine grüne Schlange, die in der Sonne glänzte. Oft hatte er sie merkwürdig angesehen, als ob er innerlich etwas überdachte. Ja, er hatte sich auf die Seite von Ioannes und Castinus geschlagen. Wie viele andere auch. Rein rechtlich gesehen, hatte er Theodosius verraten, nicht Valentinian. Beim Tod eines Augustus wurde der Überlebende Herrscher beider Hälften des Reiches, bis ein neuer Augustus von ihm benannt wurde. Während Valentinian und sie in Konstantinopel waren, wusste niemand außer Bonifaz und ihren getreuesten Anhängern, wo sie sich befand. Sie war ja selbst bis zuletzt nicht sicher gewesen, ob Theodosius den Anspruch Valentinians auf den westlichen Thron tatsächlich unterstützen würde.

Aetius hatte einfach den Kaiser unterstützt, der da war, anstatt auf die unsichere Nachfolge eines weit entfernten Kindes zu setzen. Natürlich war das Verrat. Aber es gab verschiedene Stufen von Verrat. Jetzt brauchte Aetius sie ebenso sehr, oder sogar mehr als sie ihn. Als römischer Berater des Königs der Hunnen sah seine Zukunft nicht besonders rosig aus.

Natürlich würde man ihn im Auge behalten müssen: dafür war Bonifaz bestens geeignet. Sie hatte Felix zum stellvertretenden Heerführer ernannt. Verdrießlicher Politiker, der er war, schien es höchst unwahrscheinlich, dass Felix versucht sein würde, Verrat zu begehen. Jedenfalls sehr viel weniger wahrscheinlich als bei einem charismatischen General, dem seine Truppen zu Füßen lagen. Dadurch hätte sie die perfekt Pyramide aus drei Generälen, die sich alle gegenseitig in Schach hielten.

Sie stand einen Moment reglos, starrte auf den Boden. Dann durchquerte sie den Raum und öffnete ihre Schreibschatulle. Rasch verfasste sie eine Nachricht. Sie würde Roderich zu Aetius senden, um ein Treffen zu vereinbaren.

Placidia stand auf der Terrasse der Palastbibliothek, lehnte mit den Armen auf der Balustrade. Wie schön war Rom im Zwielicht! In der

Ferne, jenseits des Circus Maximus, hinter dem Tiber, ging die Sonne in einem Dunstschleier unter. In der Nacht würde es regnen. Seltsam, wenn man bedachte, dass sie auf eben dieser Terrasse vor so langer Zeit zugesehen hatte, wie Rom brannte. In dieser Bibliothek hatte sie Alarich verflucht, hatte zum ersten Mal, ohne es zu wissen, Athaulf und Roderich gesehen.

An diesem Abend herrschte kein Chaos. Friedlich lag Rom ihr zu Füßen. In den Gärten unter ihr stolzierten weiße Pfauen im letzten Licht des Tages, ihre langen Schwanzfedern wischten mit königlicher Anmut über den Boden. Der einzige Misston kam aus dem Innern, wo Teile der Palastbibliothek eingepackt wurden. Placidia wollte die Fortschritte begutachten und hatte in der Bibliothek ein Durcheinander an halbleeren Regalen, offenen Truhen und mit Schriftrollen übersäten Tischen vorgefunden. Hinter ihr konnte sie hören, wie die Bibliothekare darum stritten, welche Schriftrollen in welche Truhen gehörten. Der alte Simon, der zahnlose Chefbibliothekar, stieß mit seinem Gehstock auf den Boden, während die tiefe Stimme von Marcus Tullius alle anderen übertönte.

Marcus klang zornig. »Unfassbar! Die hier ist auch in der falschen Truhe! Ich habe dir gesagt, dass jedes Regal in ein anderes Truhenfach kommt, markiert mit der Regalnummer und den Titeln. Was hast du hier für Leute, Simon, Bibliothekare oder Ziegenhirten?«

Placidia musste ein Lachen unterdrücken. Vielleicht hätte sie den alten Verleger Marcus nicht bitten sollen, das Einpacken zu überwachen. Er war immer sehr forsch gewesen. Aber er hatte es angeboten, und sie kannte ihn schon seit ihrer Kindheit. Wer könnte besser als Marcus eine Auswahl aus den Tausenden griechischer und lateinischer Schriftrollen treffen. In Ravenna gab es keine Bibliothek, die diesen Namen verdient hätte; Honorius hatte nie etwas Längeres als die Ernennungsliste der Konsuln gelesen.

Sie hörte, wie die Tür zur Bibliothek geöffnet wurde. »Ist die Augusta hier?«

Roderich, Gott sei Dank! Sie ging hinein. »Roderich! Ich freue mich, dass du zurück bist!« Sie nahm seinen Arm und führte ihn zum Verleger. »Marcus, das ist Roderich.«

Fast unmerklich schürzten sich Marcus' Lippen, seine Gesichtsmuskeln wurden starr. Eine Welle der Trauer überkam sie. Sogar der aufgeschlossene, warmherzige, kluge Marcus Tullius. Doch konnte sie wirklich etwas anderes erwarten?

Sie zwang sich zu ihrem herzlichsten Lächeln. »Roderich, ich möchte dir Marcus Tullius vorstellen. Er ist der größte Verleger Roms und darüber hinaus mein Freund und Mentor, seit ich zwölf Jahre alt war.« Die dunklen, halbgeschlossenen Augen von Marcus musterten den jüngeren Mann einen Augenblick lang kühl, dann setzten seine guten Manieren ein, und er nickte. »Es war heldenhaft, wie Ihr General Ardaburius befreit habt. Wir schulden Euch viel.«

Roderich nickte ebenfalls. »Ich habe nur meine Pflicht getan.«

Daraufhin sagte Marcus: »Wenn Ihr mich entschuldigen würdet, ich muss diese Truhen versiegeln, bevor ich gehe.« Er zog seinen Ring vom Finger. »Ich habe nach Sonnenuntergang eine wichtige Lesung im Odeon. Eine brillante junge Dichterin aus Antiochia. Ihre Arbeiten gefallen dir bestimmt, Placidia. Ich bringe dir eine Ausgabe mit.« Damit drehte er sich zu Simon um und reichte ihm seinen Siegelring.

Nachdem Marcus kurz darauf mit eiligem Winken entschwunden war, schickte Placidia die anderen fort. Als sie allein waren, fragte sie: »Und? Was hat Aetius gesagt?«

»Er war charmant, wie jemand, der einen mit einem Honigkuchen vergiften will. Es ist deine Entscheidung, aber ich würde Aetius nicht in meiner Nähe haben wollen.«

Sie lächelte. »Ich weiß, Männer mögen ihn nicht. Frauen schon. Heißt das, dass er kommen wird?«

»O ja. Er hat sogar das Angebot von Geiseln abgelehnt.« Roderich imitierten die nasale Stimme von Aetius: »Das Wort der Augusta, mein lieber Roderich, reicht vollkommen aus.«

Sie legte den Kopf an seine Brust. »Das mit Marcus tut mir leid. Ich dachte … normalerweise ist er anders, überhaupt nicht heuchlerisch.

Ich hatte jahrelang keinen Kontakt zu ihm. Ich dachte sogar, er sei während der Plünderungen ums Leben gekommen. Doch als ich dann aus Spanien kam, begegnete er mir zufällig, und wir wurden wieder Freunde.« Sie schloss die Augen. Nach einem Augenblick sagte sie: »O Roderich, was sollen wir nur tun? Ich fühle mich so elend. So …«

»Ich weiß.« Er streichelte ihren Rücken. »Wir müssen uns der Sache stellen. Auf dem Weg nach Illyrien hatte ich Zeit zum Nachdenken. Ich habe über uns nachgedacht, über dich. Es wird nicht funktionieren. Ich werde dich immer lieben, aber wenn ich bleibe, bin ich nur ein Stolperstein für dich. Du würdest mich im Laufe der Zeit hassen, weil du mich liebst. Vielleicht würde auch ich es dir irgendwann übelnehmen, wie ein Dieb im Schatten leben zu müssen. Wenn wir uns jetzt trennen, bleibt uns die Erinnerung und unsere Würde.«

»Wie kann ich mich von dir trennen? Du bist meine Stärke, mein …« Ihre Augen wurden tränennass.

Roderich führte sie auf die Terrasse. »Schau!« Mit der Hand zeigte er auf die Stadt. »Das ist jetzt dein Leben. Du hast das hier. Du hast Rom.« Er küsste sie auf die Stirn. »Ich werde dich aus der Ferne beobachten und stolz auf dich sein. Ich werde hören, was du alles erreichst, und lächeln – gesegnet, weil eine solche Frau mich einst liebte.«

Drei Wochen später traf Aetius ein. In typischer Kühnheit kam er nur mit einem Geleitbrief und einer kleinen Eskorte an Hunnen. Placidia und Aetius trafen sich in einer Festung am Meer. Die Garnison war zur Verschwiegenheit verpflichtet worden. Niemand außer ihren engsten Beratern wusste von diesem Treffen. Im Zimmer befand sich nur ein alter Diener.

Placidia saß auf einem Stuhl mit hoher Lehne und sah zu, wie Aetius sich ihr näherte. Er war so groß und eindrucksvoll, wie sie ihn in Erinnerung hatte. Unverändert, bis auf die leicht ergrauten Schläfen. Aetius verneigte sich, etwas weniger tief, als es Sitte war, aber tief genug, um nicht beleidigend zu sein.

»Ihr habt nach mir schicken lassen, Augusta?« Die Worte waren demütig, das Lächeln nicht. Anders als ihre Berater, die auf ihren Vorschlag entsetzt reagiert hatten, schien ihn ihre Anfrage wenig überrascht zu haben.

Plötzlich bekam sie Angst. Etwas an diesem Lächeln erfüllte sie mit Unbehagen. Sie hatte den Drang, etwas zu erfinden, irgendeine Geschichte, um den Gang der Dinge zu ändern und ihn wegzuschicken, ohne ihm den wahren Grund zu nennen, warum sie nach ihm hatte schicken lassen. Aber natürlich wusste er es bereits. Es gab nur eine einzige mögliche Erklärung.

»Bitte.« Sie zeigte auf den Stuhl neben dem dreibeinigen Tisch. »Nehmt eine Erfrischung.« Sie wartete, während der Diener Wein mit Wasser mischte und ihn in zwei silberne Kelche goss. Nachdem der Diener sich zurückgezogen hatte, sagte sie beiläufig: »Ja, General, ich habe nach Euch schicken lassen. Diesen Entschluss habe ich nicht leichtfertig gefasst. Der Umgang mit Verrätern ist gegen meine Prinzipien.« Sie hob den Blick. »Aber es ist in unser beider Interesse, nicht länger Feinde zu sein. Ich bin eine Frau. Ich brauche fähige Männer, die meine Armeen befehligen.«

»Was genau wollt Ihr damit sagen, Augusta?«

»Ich schlage vor, dass Ihr aufhört, Rebell zu sein, und mein treuer Untertan werdet. Ich habe vor, Euch die Präfektur Galliens zu übertragen.«

Seine Pupillen weiteten sich fast unmerklich. »Wie könnt Ihr sicher sein, dass ich Euch und Euren Sohn nicht entthrone, sobald ich an die Macht komme? Sobald ich die Kontrolle über mehrere Legionen habe, wäre es …«

»Weil weder Theodosius noch Bonifaz Euch das erlauben würden.«

Er schürzte die Lippen. »Ihr würdet mir den treuergebenen Bonifaz als Wachhund vorsetzen?«

Gut. Der unerschütterliche Aetius war doch nicht so distanziert wie er schien. Sein Neid auf Bonifaz und seine Verachtung für ihn waren so stark wie eh und je.

Sie betrachtete den dicken Teppich auf dem Boden. »Es gibt noch einen Grund.« Sie sah auf. »Ich halte Euch für einen wahren Römer. Ich denke, Ihr glaubt an Rom. Konstantius war der gleichen Meinung. Trotz Eurer Freundschaft zu den Hunnen wisst Ihr ebenso gut wie ich, dass es am Ende heißt: sie gegen uns. Rom muss triumphieren oder untergehen.«

»Hm.« Er deutete ein Lächeln an. »Ihr seid nicht nur eine sehr schöne Frau, Augusta, sondern auch eine sehr scharfsinnige.«

»Um Euch meinen guten Willen zu zeigen, habe ich genug Gold mitgebracht, damit Ihr die Hunnen auszahlen könnt. Schickt sie nach Hause.« Sie seufzte. »Es ist gerade noch so viel, wie meine Schatzkammer aufbringen kann; sie ist fast leer. Die Magnaten haben ihren Nutzen aus dem Staatsstreich von Ioannes gezogen und ihre Steuern nicht bezahlt. Ich habe ein Edikt erlassen und ihnen einen Monat gegeben, ihre Steuerschuld zu zahlen, sonst haben sie ihren Grundbesitz verwirkt. Aber natürlich muss das erst einmal durchgesetzt werden.«

»Ich würde mich glücklich schätzen, Euer provisorischer Steuereintreiber zu werden, Augusta. Gewalt übt eine erstaunliche Wirkung auf die Geldbeutel zögernder Steuerzahler aus.«

Er hatte akzeptiert. Etwas sagte ihr, dass sie Rom einen großen Dienst erwiesen hatte, als sie ihren Stolz schluckte. Sie streckte die Hand aus, wie es Männer taten. »Aetius, lass uns Freunde sein, zum Wohle Roms.«

Er zögerte kurz, von ihrer Geste verblüfft, dann schüttelte er fest ihre Hand. »Für Rom.«

Roderichs Abreise war für die Iden des Januar geplant. Je näher der Tag rückte, desto schwerer wurde Placidias Herz. Sie blieb in Rom, verzögerte die Abreise des Hofes nach Ravenna, damit sie und Roderich die wenige Zeit, die ihnen noch blieb, in der Stadt ihrer Kindheit verbringen konnten.

Nachts, wenn Roderich nicht bei ihr war, warf sie sich stundenlang auf ihrem Lager hin und her, unfähig zu schlafen. Tagsüber vergrub sie sich in Staatsgeschäfte. Wann immer ihre Pflichten es ihr erlaubten, schickte sie in den späten Nachmittagsstunden nach Roderich. Sie saßen beieinander und unterhielten sich oder ritten mit kleiner Eskorte vor die Stadtmauern zur Kirche des heiligen Paulus, deren Wiederaufbau beinahe abgeschlossen war. Dort beobachteten sie Eugenius und seine Mosaikleger dabei, wie sie den letzten goldenen Rahmen um das Mosaik in der Apsis legten. Wenn die Arbeiter gegangen waren, beteten sie gemeinsam vor dem Sarkophag des Apostels und zogen Kraft aus der Nähe zu seinem Grab.

Die letzte Nacht verbrachten sie gemeinsam im Bett mit den Schwanenpfosten, das Placidia aus Konstantinopel hatte mitbringen lassen. Sie fuhr den Umriss von Roderichs Lippen mit ihrem Finger nach: »Sei nicht traurig, mein Geliebter. Du wirst zurückkommen, in einigen Jahren, wenn die Gerüchte verstummt sind. Mit einer Frau und einem Haufen kleiner, blonder Kinder. Du wirst eine Villa in Ravenna und einen Palast in Tolosa bewohnen. Und du wirst mein Botschafter bei Theoderich sein und immer hin- und herpendeln.«

Roderich hielt ihre Hand fest. »Du täuschst keinen von uns beiden, das weißt du.«

In dieser Nacht liebten sie einander wie es nur die Verdammten können; ein Ritual aus Liebe und Tod, durchglüht von der wilden Verzweiflung jener, die das verlieren werden, was sie am meisten lieben. Dazwischen lagen sie einander in den Armen, sprachen wenig, bis auf erstickte Kosenamen, im Dämmerlicht geflüstert. Sie klammerten sich aneinander. Ein so heftiges Zittern durchlief Placidia, dass sie nicht sagen konnte, ob es Schmerz oder Lust oder beides war. Irgendwann, als ihr Körper wieder einmal bebte, spürte sie, dass Roderich sie ansah, und öffnete die Augen. Ihr Blick verschmolz mit seinem, sie verlor jeden Wirklichkeitssinn. Vergangenheit und Zukunft waren wie weggefegt. Sie sank zurück, schaudernd.

Tränen schossen ihr in die Augen. Sie wandte sich ab und vergrub das Gesicht in den Kissen. Nach einem Augenblick zog er ihren Kopf sanft an seine Schulter. Sie legte ein Bein über ihn, schmiegte sich in seinen Arm. So verschlungen lagen sie lange Zeit. Ihr Atem kam flach, und sie fielen in einen Halbschlaf. Kurz vor Morgengrauen wurden sie von Tuga geweckt. Roderich zog sich an. Placidia sah vom Bett aus zu. Bewegungen, die sie Hunderte Male gesehen hatte, mechanisch und gewöhnlich, und doch war jede Bewegung eine Erinnerung in einer Erinnerung. Sie hielt es nicht länger aus, stand auf und griff nach einer Stola. Als er fertig angezogen war, setzte er sich erschöpft ans Fußende des Bettes. Er sah sie an. Sie barg seinen Kopf an ihrer Brust, hielt ihn schweigend an sich gedrückt.

Eine Stunde später machten sie sich im ersten Morgengrauen gemeinsam auf den Weg. Roderich und seine Eskorte, sie mit einer kleinen Abteilung der Palastwache. Am Fuße des Palatin zogen sie die Zügel an. Roderich stieg ab. Er sah zu ihr auf, die Augen matt vor Qual. »Lebe wohl, Augusta.«

In diesem Moment spürte sie, wie etwas in ihr zerbrach. Spontan zog sie den Achatring vom Ringfinger ihrer rechten Hand. »Ich habe ihn mein ganzes Leben lang getragen, er ist ein Teil von mir. Lass ihn dir weiten.«

»Ich werde ihn immer in Ehren halten.«

»Geh mit Gott.« Ihr brach die Stimme. »Geh rasch!«

Auf ihrem Pferd sitzend sah sie zu, wie er den Hügel hinunter zum Tiber ritt. An der Brücke hielt er an und drehte sich um. Sie umklammerte die Zügel so fest, dass die silbernen Beschläge ihr in die Hand schnitten. »Geh nicht! Verlass mich nicht!« Der Schrei wallte in ihr auf, stieg zu einer Welle an, hallte in der Leere der Zeit wider, und erstarb, bevor er ihre Lippen erreichte.

Totenstille herrschte, als sie zusah, wie seine Barke ablegte und in die Strömung bog. Sie sah zu, wie der Tiber, der zum Styx wurde, ihr Leben davontrug. Sie wusste, sie würde Roderich niemals wiedersehen. Langsam wendete sie ihr Pferd und ritt den Hügel hinauf. Vor ihr lagen lange Jahre voller Pflichten, ohne Liebe, ohne Zärtlichkeit. Und am Ende ein kaltes und einsames Grab.

Epilog

Rom, November 450

Die alte Kaiserin ruhte auf ihrer Liegestatt, wie sie es jeden Nachmittag tat, und sah auf Rom. Es war eine Aussicht, derer sie niemals müde wurde, eine Aussicht, die sie ihr ganzes Leben lang geliebt hatte. Sie war zufrieden in dem alten, heruntergekommenen Kaiserpalast, weitaus glücklicher hier, ihrer Vergangenheit und den Aposteln nahe, als am leichtfertigen Hofe ihres Sohnes in Ravenna. Sie schloss das juwelenbesetzte Evangelium des Johannes, in dem sie gelesen hatte. Manchmal konnte nicht einmal mehr Gottes Wort ihre Aufmerksamkeit fesseln.

Zärtlich sah sie zu dem Mädchen, das auf einem Kissen vor dem Fenster las, mit angezogenen Beinen, völlig in Ovids ›Metamorphosen‹ aufgehend. Eine der Freuden des Alters war ihre Enkelin Eudocia. Auch sie liebte Rom und kam oft zu Besuch, blieb dann immer mehrere Monate. Einige vorwitzige Strähnen waren dem filigranen, goldenen Haarnetz entkommen und kringelten sich an ihren Hals. Valentinians ältere Tochter war so schön und talentiert wie Athenaïs, ihre Großmutter. Placidia dachte an die reizende, begabte Frau von Theodosius und ihre Freundschaft in Konstantinopel, vor so langer Zeit. Athenaïs hatte den Hof nicht länger ertragen und war nach Jerusalem ausgewandert, wo sie immer noch lebte, Gedichte schrieb und ihr Leben der Arbeit für Gott widmete.

Placidia musste husten. Es war ein trockener, lästiger Husten, an dem sie seit Ende des Sommers litt.

Eudocia hob den Blick. Auch ihre Augen waren erstaunlich: groß, leuchtend, blaugrau, umringt von langen Wimpern. »Ist es schwer, alt zu sein, Großmutter?«

Placidia musste ein Lächeln unterdrücken. Eudocia hatte seit jeher, schon seit sie ein Kind war, die Angewohnheit gehabt, direkte Fragen zu stellen. Eine Angewohnheit, die ihre sittsame Mutter, Valentinians Frau, besonders befremdlich fand.

»Nein, mein Schatz. Alt zu sein ist nicht schwer. Es kann ärgerlich und unangenehm sein, aber nicht schwer. Man hustet, und es tut überall weh, aber es hat auch seine guten Seiten. Schwer ist immer nur der Übergang von einem Lebensalter ins andere. Du bist noch zu jung, um das zu verstehen, aber eines Tages wirst du es begreifen. Und jetzt geh, meine Süße, es ist Zeit für meinen Mittagsschlaf.« Sie lächelte das Mädchen an. »Komm nach deinem Rhetorikunterricht wieder, dann essen wir zusammen. Nur wir zwei.«

Die Augen des Mädchens leuchteten auf. Allein mit Placidia zu essen war ein besonderer Genuss. Sie beugte sich vor und küsste sie: »Träume süß, Großmutter.«

Tuga deckte sie mit einer weichen, purpurnen Decke zu, während Iris die Vorhänge zuzog. Placidia lehnte sich zurück und schloss die Augen. Sie fühlte sich jetzt oft müde, doch das Leben hatte immer noch seine Vorzüge – wie dieses entzückende Kind, das so anders war als Valentinian oder Honoria. Wann immer sie an Honoria dachte, spürte sie einen Knoten in der Brust. Die arme, dumme Honoria. Zweimal hatte Placidia ihr das Leben gerettet. Das erste Mal, als Honoria sich in ihren Kammerherrn verliebt und von ihm schwanger geworden war. Valentinian hatte befohlen, sie beide hinrichten zu lassen. Placidia war es gelungen, sie stattdessen ins Exil in ein Kloster zu schicken. Vor nicht langer Zeit hatte Honoria dann eine noch viel größere Ehrlosigkeit begangen: Sie hatte dem König der Hunnen einen Ring geschickt, ihn gebeten, sie zu retten, und ihm dafür die Ehe versprochen. Valentinian verurteilte sie zum Tod wegen Hochverrats. Erneut rettete Placidia sie, indem sie Valentinian davon überzeugte, Attila würde in Rom einfallen, wenn Honoria ein Leid geschah. Um die Eheschließung zu unterbinden, zwangen sie Honoria, einen ältlichen Senator zu heiraten. Placidia hatte sie seit der Hochzeit nicht mehr gesehen. Man hatte ihr gesagt, dass Honoria sich dem Wein ergeben hatte, wie einst ihr Onkel Honorius. Placidia brachte es nicht über sich, ihr zu vergeben. Welche Fehler Valentinian sonst auch haben mochten, zumindest besaß er Ehrgefühl.

Im Laufe der Jahre waren alle verschwunden, die sie geliebt hatte: Augustinus war während der Belagerung Hippos durch die Vandalen gestorben; Jahre später war Bonifaz von Aetius tödlich verwundet worden, als die lange schwelende Rivalität zwischen den beiden zu einer offenen Schlacht geführt hatte. Felix und Padusia waren tot. Lucius Anicius war im Jahr zuvor der Pest erlegen. Sogar Theodosius, so viel jünger als sie, war vor kurzem in Konstantinopel gestorben. Am schlimmsten war, dass auch Roderich tot war. Selbst nach so langer Zeit schmerzte die Erinnerung immer noch wie eine offene Wunde.

Sie sah es vor sich, als sei es gestern gewesen: Jahre, nachdem sie sich von ihm getrennt hatte, gewährte sie einer Abordnung der Goten eine Audienz. Einer der Gesandten, ein älterer, gebeugter Stammesführer, der nur noch wenige Zähne hatte, reichte ihr eine kleine Schachtel. »Augusta, man bat mich, Euch dies hier persönlich zu übergeben.«

Das Schloss sprang auf. Auf einem Stück verblasster Seide lag der Achatring, den sie Roderich vor so langer Zeit in Rom gegeben hatte. Sie starrte ihn an. Das geweitete Goldband war dünn und abgenutzt. Ihre Augen füllten sich mit Tränen.

»Dann ist er also tot?«

Der alte Mann nickte. »Ja, Augusta. Vergebt mir, ich wusste nicht …«

Sie floh in ihre Gemächer und schickte ihre Dienerinnen fort. Erst in diesem Moment, als sie schluchzend auf ihrem Bett lag, wurde ihr etwas klar, das sie nie eingestanden hatte, nicht einmal sich selbst gegenüber. Während all dieser Jahre hatte tief in ihr eine winzige Flamme der Hoffnung geflackert. Diese Flamme hatte ihr die Kraft zum Weitermachen gegeben. Nun war sie erloschen und mit ihr alle Hoffnung und alle ihr verbliebene Lebenskraft.

Der Einzige, der ungebeugt schien, war Aetius: Dank ihm gab es das geschrumpfte Reich immer noch. Doch nicht einmal Aetius hatte verhindern können, dass Afrika in die Hände der Vandalen fiel. Es folgte eine Phase schrecklicher Hungersnot. Am Ende hatte sie es geschafft, Frieden mit den Vandalen zu schließen. Rom kaufte nun ihnen das afrikanische Getreide ab, anstatt den ehemaligen römischen Landbesitzern. Die Vandalen wurden, wie die Goten zuvor, allmählich gezähmt. Und wie die Goten fielen sie von Zeit zu Zeit in ihre alten Gewohnheiten zurück: ein Raubzug hier, ein Verrat dort – aber am Ende würden auch sie romanisiert werden.

Die größte Bedrohung, der sich der Westen nun gegenübersah, waren die Hunnen. Wild, heidnisch und von unvorstellbarer Grausamkeit schien ihr Vormarsch unaufhaltsam. In nur wenigen Jahren hatte ihr König Attila ein Reich geschaffen, das von den Steppen Asiens an der Donau entlang bis zum Rhein reichte. Zweimal hatte er die oströmischen Armeen besiegt und riesige Tributzahlungen eingetrieben. Sowohl Gallien als auch Italien waren in Gefahr. Nur Aetius konnte Attila besiegen. Placidia seufzte, dachte an Aetius. Er hatte sein Kommen für die fünfte Stunde angekündigt. Auch heute noch suchte er ihren Rat, wann immer Rom eine Gefahr drohte. Sie waren wie ein altes Ehepaar, das sich hasste, aber gezwungen war, miteinander zu leben. Sie stritten sich heftig und waren am Ende im Allgemeinen doch einer Meinung.

Placidia musste schlafen, um für ihr Treffen mit Aetius ausgeruht zu sein, aber der Schlaf wollte sich nicht einstellen. Sie drehte sich auf die andere Seite, um den Schmerz in ihrer Brust zu lindern. Sie kannte diesen Schmerz. Er kam und ging, wie ihr Husten. Eine der Ärgerlichkeiten des Alters. Placidia war Eudocia gegenüber nicht ganz ehrlich gewesen. Alt zu sein barg viele Augenblicke des Leids, des Würdeverlusts, des Bedauerns in sich. Aber man erhielt auch eine neue Freiheit, eine machtvolle, neue Sicht auf das Leben. Es war, als ob man wie eine Art uralter Halbgott am Rand einer Klippe über der Welt schwebte und Vergangenheit, Gegenwart und Zukunft gleichzeitig sehen konnte. Man stand über den Torheiten der Menschen, mit einer gelassenen Abgeklärtheit, zu der man unmöglich Zugang finden konnte, solange man von den Leidenschaften und der Unwissenheit der Jugend gefesselt war.

Nach einer Weile schlief sie endlich ein. Sie schlief gut und wachte erfrischt auf, nachdem sie einen angenehmen Traum hatte, in dem es überraschenderweise um Aetius ging.

»Augusta.« Der Palastwächter verbeugte sich. »Der General ist da.«

Placidia sah von ihrem Schreibtisch auf und hinüber zur Klepsydra. Die sechste Stunde war beinahe gekommen. Aetius hatte sich verspätet, was ungewöhnlich war. Sie nickte: »Führe ihn herein.« Sie unterschrieb das letzte Dokument, dann reichte sie es ihren beiden Schreibern. »Lasst uns allein.«

Sie sah zu, wie Aetius auf sie zukam. Obwohl das Alter auch auf ihm lastete und er jedes Mal, wenn sie ihn sah, weniger Haare hatte, verbreitete er immer noch dieselbe eindrucksvolle Präsenz, strahlten seine Augen denselben Magnetismus aus. »Du kommst spät.«

»Es tut mir leid, Augusta.« Er kniete sich unter Mühen hin. »Ich hoffe, du bist wohlauf?«

»Ich habe mich schon besser gefühlt. Steh auf, Aetius. Das ist eine absurde Stellung für einen Mann deines Alters.«

»Letztes Mal hast du mich getadelt, weil ich nicht kniete!«

»Habe ich das?« Sie zuckte mit den Schultern. »Vielleicht hatte ich mich über dich geärgert. Oder ich wollte sehen, ob du noch fit genug bist, um unsere Armeen anzuführen.«

Sie erhob sich mit einer würdevollen Bewegung, wie sie hoffte, sehr darauf achtend, dass man die Mühe, die es sie kostete, nicht sah. Sie führte ihn quer durch den Raum zu einer Eckbank, die mit Kissen ausgelegt war.

Aetius setzte sich, streckte sein schlimmes Bein aus. Er seufzte. »Ich weiß nicht, warum du in dieser Stadt lebst. Der Verkehr ist furchtbar. Das Forum ist dermaßen überlaufen, dass man nicht mehr durchkommt, die Gossen sind voller Unrat, die Beamten dämmern alle im

Halbschlaf. Du solltest den neuen Präfekten entlassen. Ich sagte dir bereits, dass er nutzlos ist. Faul, korrupt und arrogant.«

»Wenigstens ist er ein Patrizier. Ich bringe es einfach nicht über mich, Umgang mit diesen neuen Männern zu pflegen – sie sind noch gieriger und darüber hinaus auch noch vulgär. Die vom alten Schlag halten ihre Bestechlichkeit zumindest im Rahmen des Anstands. Aber was gibt es Neues aus Ravenna? Was führt dich her? Zweifellos willst du etwas.«

Aetius' Augen blitzten vergnügt auf. »Ich möchte, dass du mich nach Ravenna begleitest – um den Kaiser zur Vernunft zu bringen. Du bist die Einzige, auf die er hört.«

»In Hinblick auf Attila?«

Aetius nickte. »Der Kaiser hat seine Meinung schon wieder geändert. Er fürchtet sich, Attila die Stirn zu bieten. Lieber zahlt er Tribut und lässt zu, dass dieser Hund uns ganz langsam ausblutet, anstatt sich ihm in der Schlacht zu stellen. In diesem Jahr hat Konstantinopel sich bereit erklärt, Attila 3000 Pfund Gold zu zahlen. Kannst du dir das vorstellen? 3000 Pfund Gold?«

Placidia seufzte. »Ich weiß. Aber ich kann Valentinian nur bedingt einen Vorwurf machen – nach den Verlusten, die Attila Theodosius zugefügt hat. Natürlich liegt Valentinian falsch, wie üblich. Je mehr man Attila gibt, desto mehr will er.«

»Augusta, wir müssen ihn angreifen, bevor er noch stärker wird. Illyrien hat er bereits erobert. Er zwingt immer mehr Stämme ins Vasallentum. Sogar die Burgunder ... Er wird den gesamten Westen einnehmen und uns zerstören.« Aetius beugte sich vor. »Ich kann auf die Goten und die Franken zählen. Vielleicht sogar auf die Vandalen. Auch sie fürchten sich vor Attila. Ich bilde zwei weitere Legionen aus. Mit dem Geld aus der neuen Münzprägung ...«

»Ich habe gestern einen Brief von Valentinian erhalten. Er meint, wir sollten einen zusätzlichen Vertrag mit den Vandalen abschließen und sie dann als Puffer benützen.«

»Dem willst du doch nicht zustimmen, oder?«

»Nein, Aetius, natürlich nicht. Außerdem mögen die Hunnen die unmittelbare Bedrohung darstellen, aber die Vandalen werden die Nächsten sein.«

»Die Vandalen haben nicht so viel Macht. Sie verfügen weder über die riesige Zahl von Vasallen wie Attila noch über seine Belagerungsmaschinen.«

»Noch nicht. Aber sie haben bereits Schiffe.«

»Kommst du nun morgen mit mir nach Ravenna?«

Sein Tonfall ärgerte sie. Aetius hatte im Umgang mit ihr nie diese seltsame Mischung aus Vertraulichkeit und Respekt abgelegt. »Nein, das werde ich nicht. Es geht mir nicht gut genug. Aber ich werde Valentinian schreiben. Ihn überzeugen. Und wenn er sich dennoch widersetzt, dann komme ich, egal wie es mir geht.«

Aetius sah sie einen Augenblick an. »Was würde Rom nur ohne dich tun?«

Sie hatte diesen Blick schon manches Mal gesehen. So sehr sie sich dafür hasste, ihr Herz schlug dabei jedes Mal schneller. Immer noch. Sie zuckte mit den Schultern. »Ich bewirke nichts.«

»Doch, das tust du.«

Sie stand auf, ein Zeichen dafür, dass die Audienz beendet war. »Du bekommst meinen Brief noch heute Abend.«

Er griff nach seinem Überwurf. »Lebe wohl, Augusta.«

Als er schon fast an der Tür war, rief sie: »Aetius!«

Er drehte sich um. »Ja?«

»Gott segne dich.«

Er kam zurück, nahm ihre Hand und sah ihr in die Augen. »Kannst du mir das mit … Bonifaz nicht irgendwann vergeben?«

Sie entzog ihm sanft ihre Hand. »Nein. Aber ich wünsche dir dennoch Gottes Segen.«

Er presste die Lippen zusammen. »Den werde ich brauchen. Möge Gott auch mit dir sein.« Er drehte sich um und ging.

Placidia hielt sich an ihrem Schreibtisch fest. Sie fühlte sich schwindelig und schwach. Plötzlich wusste sie mit absoluter Sicherheit, dass sie Aetius zum letzten Mal gesehen hatte. Er ging seinem Schicksal entgegen. Einem Schicksal, das so dunkel war, wie das, was er anderen hatte angedeihen lassen. Doch trotz seines Machthungers hatte er ein Vierteljahrhundert lang geholfen, Rom zu schützen, und er war immer noch bereit, für Rom sein Leben zu riskieren. Seine Feinde glaubten, er tue das nur aus selbstsüchtigen Gründen, doch das stimmte nicht. Aetius tolerierte keine Rivalen. Er hatte viele verraten, doch er würde niemals Rom verraten.

An diesem Abend speisten Placidia und Eudocia in Livias altem Triclinium. Sie waren allein, ihre Liegen standen einander gegenüber. Nur ein Diener und zwei Sklaven warteten ihnen auf. Beide hatten sich für das Essen sorgfältig umgezogen. Eudocia, die es liebte, sich Schmuck ihrer Großmutter auszuleihen, hatte Placidias Lieblingskette aus Perlen und Türkisen angelegt. Von der gegenüberliegenden Wand sah die Marmorbüste Livias, der Frau von Augustus, auf sie herab.

Ebenso wie der Rest des Palastes bedurfte auch dieses kleine, intime Esszimmer dringend einiger Ausbesserungsarbeiten. Die Wandgemälde mussten restauriert werden, das Goldfries an der Decke war an vielen Stellen brüchig. Livia hatte die Natur geliebt, die meisten Räume waren mit blühenden Gärten, Bäumen und Tieren bemalt: Pfauen, die aus Brunnen tranken, Tauben in Birnbäumen, Schwäne, die in Teichen mit Wasserlilien schwammen.

Placidia hatte schon lange nicht mehr mit so viel Appetit gegessen. Eudocia, die gern aß, bat um eine zweite Portion Schnecken. Sie leckte sich genüsslich die Finger, wusste, dass sie an diesem Abend nicht dafür gescholten würde. »Sie sind köstlich, Großmutter.«

»Lucius Anicius hat mir seinen Koch in seinem Testament vermacht. Ich fürchte, ich werde seinen Speisen nicht gerecht. Meine Gäste genießen seine Bemühungen mehr als ich. Papst Leo behauptet, er habe niemals besseren Siebenschläfer gegessen. Aber Leo will mir vermutlich nur schmeicheln. Er ist ein großer Mann, wenn auch ein wenig zu sehr Höfling.« Placidia zuckte mit den Schultern. »Vermutlich kann man nicht der Anführer der Christenheit sein, wenn man das Temperament eines Heiligen hat.«

Placidia prostete Eudocia zu. »Ich wünsche dir morgen eine sichere Reise, mein Schatz. Und komme bald wieder. Ich werde dich vermissen.«

Sie hielt ihren Glaskelch hoch, um ihn sich ein weiteres Mal füllen zu lassen. Placidia trank nie mehr als ein Glas Wein, das reichlich mit Wasser gemischt war. Doch aus irgendeinem Grund war ihr an diesem Abend nach Feiern zumute. Warum, vermochte sie nicht zu sagen. Es gab nichts, worüber sie sich hätte freuen können. Im Gegenteil. Morgen würde Eudocia sie verlassen und nach Ravenna zurückkehren. Die Bedrohung durch die Hunnen hatte ihren Höhepunkt erreicht. Sogar das Wetter hatte sich geändert; Placidia konnte hören, wie der Regen auf die Terrasse prasselte, die Fensterläden klapperten im Wind. Sie hatte sich in letzter Zeit nicht wohl gefühlt. Und doch war sie guter Dinge, beinahe fröhlich. Sie hob erneut ihren Kelch. »Auf dich, Eudocia. Mögest du Glück und Weisheit und Liebe finden!«

Eudocia bekam große Augen. »Weißt du, dass du die erstaunlichste alte Dame auf der ganzen Welt bist? Und die beste Großmutter von allen?«

»Es heißt, ich sei auch eine großartige Kaiserin.« Placidia lachte und schüttelte den Kopf. »Aber das stimmt nicht. Ich habe das Beste getan, was ich konnte. Wie eine sparsame Hausfrau ihre Laken stopft, habe ich den Stoff des Reiches davor bewahrt, dass er sich auftrennt. Ich habe jedwede Strategie verfolgt. Ich habe zu Heiligen gebetet und mich mit Schurken eingelassen. Ich habe ein unsicheres Band zwischen Römern und Barbaren geknüpft, zwischen Heiden und Christen. Wird es überdauern? Wird es etwas bewirken?« Sie zuckte mit den Schultern. »Es ist zu spät für große Herrscher in Rom, mein Kind. Imperien kommen und gehen. Die alten sterben, die neuen erheben sich aus der Asche der alten.«

»Großmutter, muss ich wirklich Hunerich heiraten?« Eudocia legte ihren Silberlöffel aus der Hand.

Placidia stützte ihr Kinn auf den Händen ab. »Ich weiß es nicht, mein Schatz, wirklich nicht. Deine Verlobung mit Hunerich besiegelte den Friedensvertrag mit den Vandalen. Sie hat Rom vor dem Hungertod bewahrt. Es gab keine andere Möglichkeit, ich musste es tun.«

Eudocia nickte. »Ich weiß, du hast es mir erklärt. Ich meine, wird es wirklich so kommen? Du hast gesagt ...«

»Ich wollte nie, dass du ihn heiratest. Wenn wir die Hunnen besiegen und unsere Flotte neu aufbauen, können wir die Vandalen vernichten. Aber wenn es zu einer Heirat kommen sollte ...«

»Ich will aber nicht!«

»Eudocia, du bist erst dreizehn. Uns bleiben noch vier Jahre. Wir werden alles versuchen, um es zu vermeiden. Aber wenn es zu einer Heirat kommt, dann ist das Gottes Wille. Unsere Botschafter sagen, er sei gebildet und recht gutaussehend. Ich habe den König der Goten geheiratet und war sehr glücklich.«

Eudocia schnitt eine Grimasse. »Du hast ihn geliebt.«

»Das habe ich, von ganzem Herzen. Aber ich habe Rom dennoch niemals vergessen.« Placidia tätschelte Eudocias Arm. »Auch du wirst die Liebe finden, da bin ich ganz sicher. Aber auch du musst deine Pflicht erfüllen.«

»Hast du danach noch einmal jemand anderen geliebt?«

Placidia sah auf ihre Hände. Sollte sie es ihr sagen? Brachte sie es wirklich über sich, ihr von Roderich zu erzählen, eine verbotene Leidenschaft zu beichten? Würde es diesem Kind, das sie so sehr liebte, helfen, würde es ihm etwas Wertvolles beibringen? Vielleicht. Jedenfalls würde sie ihre Enkelin nicht anlügen.

Sie sah Eudocia an. »Ja. Einen wunderbaren Mann. Einen Goten. Er war nicht von meinem Rang. Ich konnte ihn nicht heiraten und gleichzeitig Kaiserin sein. Ich musste mich von ihm trennen. Es war schrecklich, aber ich habe es getan.« Sie sah in die Ferne, so weit in die Ferne und doch so nah. Der Schmerz war noch so heftig, als sei es gestern gewesen. »Irgendwie war es schlimmer als bei Athaulf, denn Roderich war noch am Leben.«

Eudocias graue Augen blickten voller Mitgefühl. »Hast du es jemals bedauert, Großmutter?«

Placidia dachte einen Augenblick darüber nach, zerbröselte ein Stück Brot zwischen ihren Fingern. »Macht ist ein großer Trost. Ich fand Trost. In meinen Kindern. In meiner Arbeit für die Kranken, für die Armen. Im Gebet.« Sie schwieg kurz, versuchte, so offen mit sich selbst zu sein wie mit Eudocia. »Letzten Endes habe ich es nicht bereut, denn Rom hat mich gebraucht. Was immer die Zukunft für dich bereithält, Eudocia, vergiss nie, dass du Römerin bist.«

In dieser Nacht ging Placidia später zum Gebet als sonst. Ihre Schritte hallten in dem Gewölbe wider, das die Kirche mit dem Palast verband. Der Kandelaber in ihrer Hand warf einen Lichtkegel auf die Treppe, die nach unten in die Kirche führte. Während sie am kalten Steingeländer Halt suchte, dachte sie voller Dankbarkeit an Eugenius, der immer flache Stufen gebaut hatte. Wie recht er gehabt hatte, als er ihr sagte, dass solche Stufen für die sehr Jungen und die sehr Alten am besten seien.

Die Kirche war dunkel und still. Placidia stellte den Kandelaber auf den Boden. Sie faltete den Saum ihrer Tunika, bevor sie kniete, das polsterte ihre Knie, vor allem das schmerzende. Ich mag alt sein, aber wenigstens kann ich, anders als Aetius, noch knien, ohne mich irgendwo festhalten zu müssen, dachte sie. Das Aufstehen war allerdings eine andere Sache, eine, bei der sie sich mit der Hand am Altar festhalten musste. Er war aus parischem Marmor gefertigt, von diesem talentierten, jungen Meistersteinmetz aus Halikarnassos, dessen Namen sie vergessen hatte, derselbe, der die kleine Kapelle in Ravenna entworfen hatte, von der die Leute glaubten, sie solle als ihr Mausoleum dienen.

Wie wenig sie Bescheid wussten. Sie würde sich niemals dort begraben lassen. Im Tode würde sie endlich bei denen liegen, von denen sie im Leben getrennt worden war. Bei Athaulf und ihrem Sohn. Sie hatte ihre Überreste nach Rom bringen lassen, schon vor langer Zeit. Placidia senkte den Kopf im Gebet, wie sie es seit vielen Jahren jede Nacht tat. Doch der Frieden für Rom, für den sie betete, der Frieden, den sie hier nach Mitternacht immer fand, wollte sich nicht einstellen.

Stattdessen wanderten ihre Gedanken auf dem gewundenen Pfad ihres Lebens zurück. Sie sah sich wieder in dem ruckelnden Planwagen, die schwelenden Ruinen Roms verlassend. Das Leuchten in Athaulfs Augen, als er sie zum ersten Mal in den Armen hielt. Das Meer hocherhobener Schilde der Goten, die sie als ihre Königin anerkannten. Die Leiche ihres erstgeborenen Sohnes in seinem silbernen Sarg, wie eine Wachspuppe, kalt und reglos. Athaulfs geliebtes Gesicht, eingeschlagen von der Axt des Dubius. Sie sah sich in Ketten, wie sie hinter Sigerichs Streitwagen hergezogen wurde, spürte wieder, wie sie stolperte und fiel, den Mund voller Dreck, die Handgelenke aufgerissen und blutend.

Sie roch Konstantius' Atem, der nach Wein stank, in ihrer Hochzeitsnacht; sie sah sein nervöses Lächeln, während er, der Mitregent des Westens, in seiner purpurnen Robe neben Honorius stand. Sie sah die gewaltigen Wellen der Ägäis, spürte das Schwanken des Schiffes und hielt sich fest im eisiggrauen Dämmern des nahen Todes.

Sie spürte, wie sich Valentinians kleine Finger bei seiner Thronbesteigung in Rom an ihre Hand klammerten, sah den Strand, an dem Roderich sie zum ersten Male küsste, spürte seine warmen Lippen und den kühlen, feuchten Sand unter ihren Füßen. Sie hielt den Brief von Augustinus in der Hand, in dem er ihr vom Einfall der Vandalen in Afrika berichtete, der brüchige Papyrus schwer wie Blei, und die fieberheiße Hand des sterbenden Bonifaz: »Ich habe dich immer geliebt, Augusta ...«

Sie sah die kalten, grauen Augen von Aetius, den sie bewunderte und hasste; mit ihm teilte sie ihre größte Leidenschaft: die Liebe zu Rom. Aetius, der unermüdlich weiterkämpfte und das Reich und ihren schwachen, nutzlosen Sohn verteidigte.

Ein Geräusch in der Stille brachte sie in die Wirklichkeit zurück. »Wer ist da?«

Es gab keine Antwort, nur ein weiteres, fast unhörbares Rascheln.

Placidia sah sich um. Es musste eine Fledermaus sein. Sie war an sie gewöhnt.

Placidia fühlte sich müde, so müde. Sie sah zu den Kerzen. Sie standen noch hoch. Ausnahmsweise würde sie gehen, bevor die Kerzen heruntergebrannt waren, bevor sie ihre selbst auferlegte Nachtwache beendet hatte, ihr einsames Flehen vor Gott. Gott hatte das Ende der römischen Welt beschlossen. Ihr war vor langer Zeit klargeworden, dass kein Einwand einer gebrechlichen alten Frau Gott dazu bringen würde, seine Pläne zu ändern, wo er doch sogar das Flehen von Männern wie Augustinus ignoriert hatte. Und doch gab sie nicht auf, zwang Gott, ihr zuzuhören. Aetius und Valentinian waren womöglich die letzten wahren Römer, die über Rom herrschten. Sie spürte eine Welle der Wut, dieselbe jugendliche Wut, die sie vor so langer Zeit beim Anblick des brennenden Rom empfunden hatte. Rom hatte das nicht verdient. Züchtigung, ja, aber nicht die Auslöschung, die nun Roms Schicksal sein würde.

Plötzlich vernahm sie eine Stimme, tief in ihrem Inneren. Rom war nicht tot, würde niemals sterben. Roms Aufgabe in der Welt hatte eben erst begonnen. Rom würde noch Jahrtausende existieren, bewahrt und verwandelt durch die Kirche Christi; ein Leuchtfeuer der Zuversicht, der Gelehrsamkeit und Kultur, ein Ideal, das die Menschheit durch ihre dunkelsten Momente im ewigen Kreislauf aus menschlicher Bösartigkeit, Dummheit und Größe führen sollte. Die Kirche würde zu Rom werden und das Christentum zu einem neuen Reich, das seine Wurzeln in dieser unsterblichen Stadt am Tiber hatte, in der einst die Zwillinge von der Wölfin gesäugt worden waren.

Wieder hörte sie eine Bewegung. Sie öffnete die Augen. Vor ihr stand eine weißgekleidete Gestalt, umgeben von einem leuchtenden Schein.

»Fürchte dich nicht«, sprach der Engel.

Placidia spürte eine ungeheuere Erleichterung. All ihre Last fiel von ihr ab. »Ich habe auf dich gewartet«, sagte sie und griff nach seiner ausgestreckten Hand. »Schon lange Zeit.«

Am Morgen fand man Placidias Leichnam auf den Altarstufen. Die Türen waren geschlossen; kein Windhauch regte sich in der Kirche. Neben ihr auf dem Boden befand sich der silberne Kandelaber. Die Kerzen standen noch hoch.

Historische Anmerkungen

Ein Jahr nach Galla Placidias Tod schlugen Aetius und die Goten Attila in der Schlacht auf den Katalaunischen Feldern (Chalons) in Gallien. Damit änderten sie den Lauf der europäischen Geschichte. Die Hunnen erholten sich niemals von dieser Niederlage und gerieten in Vergessenheit.

Im Jahr 454 fügte Valentinian Aetius in einem Wutanfall eine tödliche Stichverletzung zu, woraufhin er seinerseits von zwei Anhängern des Aetius ermordet wurde. Nach Valentinians Tod riss ein Usurpator den Thron an sich und zwang Valentinians Witwe Licina, ihn zu heiraten. Licina bat die Vandalen, sie zu retten. Das taten die Vandalen, allerdings plünderten sie Rom, bevor sie mit Valentinians Familie nach Afrika zurückkehrten. Placidias Enkelin Eudocia heiratete den König der Vandalen und wurde die Mutter des nächsten Vandalenkönigs.

Die Vandalen errichteten ein Königreich in Nordafrika, das bis ins Jahr 535 überdauerte, dann wurden sie von einer byzantinischen Armee unter General Belisarius besiegt und zerschlagen.

In Spanien folgten die Goten auf die Vandalen. Sie machten Toledo zu ihrer Hauptstadt und schufen das große westgotische Königreich Spanien, das sich zu einem blühenden Staat entwickelte und die Gesetze und Gebräuche Roms mit den eigenen zu einer prachtvollen neuen Kultur vereinte. Ihr Königreich fiel im Jahr 711 an die Mauren.

Das weströmische Kaiserreich schleppte sich noch weitere zwanzig Jahre dahin, von einer Abfolge untauglicher Usurpatoren regiert. 476 wurde

Romulus Augustus, der letzte weströmische Kaiser, von Odoaker, einem Stammesfürsten der Germanen, abgesetzt. Das gilt allgemein als das Ende Roms und als Anfang des Mittelalters.

Italien wurde zu einem Flickenteppich aus kleinen germanischen Stämmen, die in ständigen Konflikten lebten, bis Karl der Große das Reich im Jahre 800 neu belebte. Unter dem Namen ›Heiliges Römisches Reich‹ überlebte das Reich Karls des Großen über eintausend Jahre.

Das oströmische Kaiserreich, das später Byzanz genannt wurde, währte bis 1453, dann wurde es von den muslimischen Türken erobert. Verwandelt vom Islam erblühte es erneut als Osmanisches Reich.

Historische Personen der Handlung

Aetius	Senator, Verräter, später Anführer der Armee unter Galla Placidia
Alarich (1)	König der Goten
Alarich (2)	Ältester Sohn des Athaulf
Arcadius	Placidias älterer Halbbruder, Kaiser des oströmischen Reiches
Ardaburius	General des oströmischen Kaisers Theodosius, Vater von Aspar
Aspar	General des oströmischen Kaisers Theodosius, Sohn des Ardaburius
Athaulf	Schwager von Alarich, König der Goten nach dessen Tod
Athenaïs	Frau des oströmischen Kaisers Theodosius
Attalus	Römischer Senator, von den Goten zum Kaiser ausgerufen
Augustinus	Bischof von Hippo, später heiliggesprochen
Ausonius	Patrizier, Poet und Staatsmann
Bonifaz	Jugendfreund Galla Placidias und Gouverneur von Afrika
Candidianus	Honorius' Berater, Präfekt von Rom
Castinus	General unter Konstantius
Dardanus	Gouverneur Galliens zur Zeit von Galla Placidias Ankunft
Dubius	Athaulfs Mörder, von Sigerich beauftragt

Eucherius	Sohn von Serena und Stilicho
Eudocia	Galla Placidias Enkelin
Eudoxia	Frau des weströmischen Kaisers Arcadius
Felix	Senator, General und Minister von Galla Placidia
Frigitil	Athaulfs erste Ehefrau – wahrer Name unbekannt
Galla	Galla Placidias Mutter, zweite Frau von Theodosius dem Großen, Tochter des Kaisers Valentinian II.
Gerlinda	Alarichs Ehefrau – wahrer Name unbekannt
Gunderich	König der Vandalen
Heraklian	Gouverneur von Afrika
Hieronymus	Priester, Theologe, Übersetzer der Bibel ins Lateinische, später heiliggesprochen
Honoria	Tochter von Galla Placidia und Konstantius
Honorius	Galla Placidias jüngerer Halbbruder, Kaiser des weströmischen Reiches
Ioannes	Kaiserlicher Justitiar und Thronräuber
Jovinus	Gallisch-römischer Patrizier; ernannte sich zum Kaiser, wurde mit seinem Sohn durch Athaulf besiegt
Julian	Römischer Kaiser, der versuchte, das Christentum abzuschaffen und die Götterverehrung wieder einzuführen
Konstantin der Usurpator	Römischer General in Britannien, fiel in Gallien ein und ernannte sich zum Imperator
Konstantius	Honorius' Anführer der Armee, nach dessen Tod weströmischer Kaiser, Galla Placidias zweiter Ehemann
Licinia	Tochter von Theodosius und Athenaïs
Livia	Frau des Kaisers Augustus, gestorben 29 n. Chr.

Maria	Tochter von Serena und Stilicho
Marina und Arcadia	Schwestern des oströmischen Kaisers Theodosius
Padusia	Galla Placidias beste Freundin
Paulinus	Bischof von Nola, später heiliggesprochen
Pulcheria	Schwester des oströmischen Kaisers Theodosius
Sarus	Gotischer Stammesführer und Verräter, Feind von Alarich und Athaulf
Sebastian	Jovinus' Sohn
Serena	Stilichos Frau, Nichte von Kaiser Theodosius dem Großen
Sigerich	Gotischer Stammesführer und Widersacher Athaulfs
Stilicho (Flavius)	Oberster Kommandant der Armee unter Kaiser Theodosius dem Großen und später unter Honorius
Symmachus	progotischer Präfekt von Rom
Theoderich (1)	jüngster Sohn Athaulfs
Theoderich (2)	König der Goten, Nachfolger Vallias
Theodosius der Große	Galla Placidias Vater. Letzer Kaiser, der das ost- und weströmische Reich regierte
Theodosius (2)	Arcadius' Sohn, nach dessen Tod oströmischer Kaiser
Theodosius (3)	Sohn von Athaulf und Galla Placidia
Thermantia	Serenas und Stilichos Tochter
Vallia	Gotischer Stammesführer, König der Goten nach Athaulfs Tod
Valentinian	Sohn von Galla Placidia und Konstantius, später Kaiser Valentinian III.

Römische und heutige Orts- und Flussnamen

Alpis Cottae – Montgenèvre
Arausio – Orange
Arelate – Arles
Ariminum – Rimini
Barcino – Barcelona
Bononia – Bologna
Burdigala – Bordeaux
Carcasum – Carcassonne
Classis – der römische Kriegshafen Ravennas
Cosentia – Cosenza
Danuvius – Donau
Forum Livii – Forli
Gades – Cadíz
Gratianopolis – Grenoble
Garumna – Garonne
Lugdunum – Lyon
Massilia – Marseille
Messana – Messina
Mediolanum – Mailand
Narbo – Narbonne
Nemausus – Nîmes
Nola – Nola
Noricum – römische Provinz, heutiges Bayern, Österreich, Slowenien
Ostia – Ostia
Padus – Po
Rhegium – Reggio di Calabria
Rhenus – Rhein
Rhodanus – Rhone
Tarraco – Tarragona
Taurinorum – Turin
Tolosa – Toulouse
Treverorum – Trier
Valentia – Valence
Vardo – Gardon (Fluss)
Viena – Vienne
Volturno – Volturno

Danksagung

Mein Dank geht an meine Agentin Vicki Satlow und meine deutsche Lektorin Dr. Cordelia Borchardt, die mich beide außerordentlich gut unterstützt haben. Ebenso danke ich François Vassard, Zell Rangecroft, Christopher MacLehose, Bradford Shaheen und D. L. Nelson, die mir alle auf ihre Weise mit Recherchen, wertvoller Kritik und ausgezeichneten Vorschlägen geholfen haben. Insbesondere aber bin ich meinter Tochter Bianca dankbar, die bereit war, mich für einige Jahre mit Galla Placidia und dem alten Rom zu teilen.

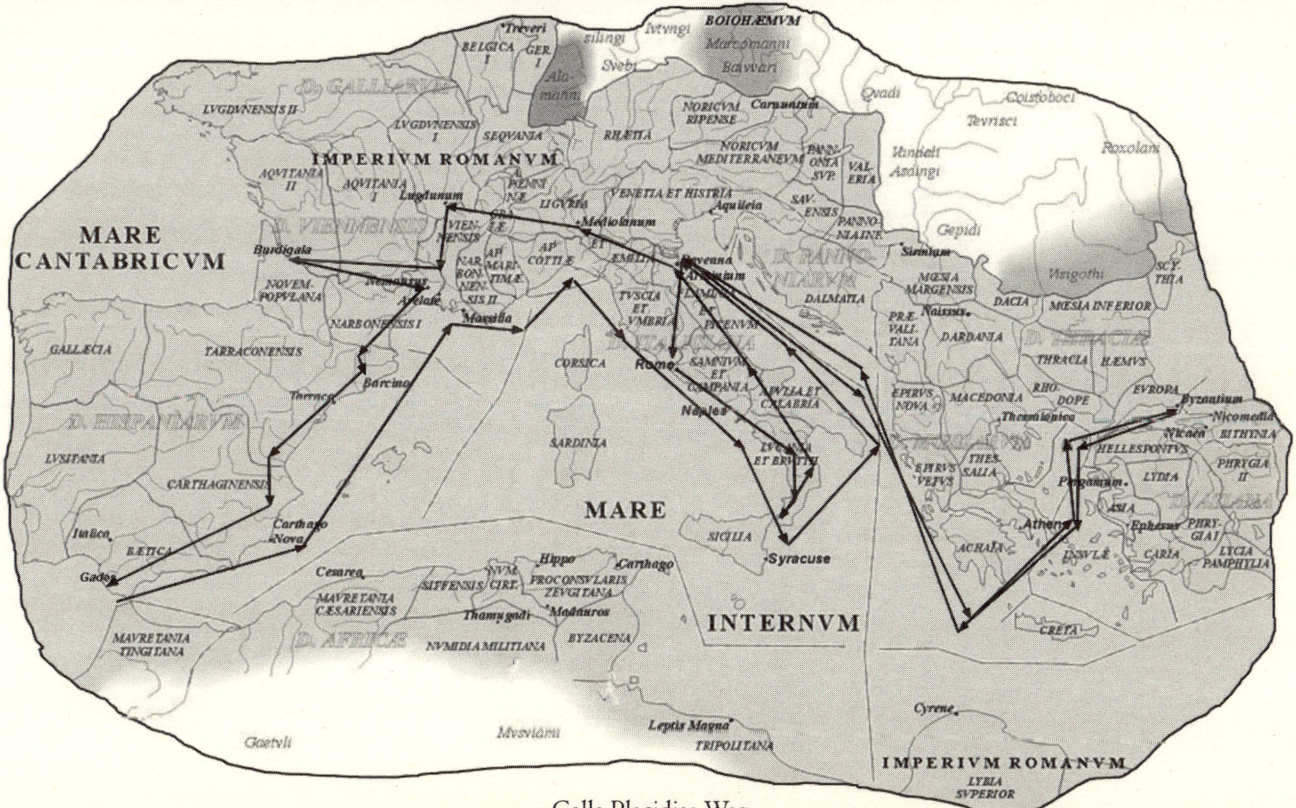

Galla Placidias Weg

R. M. Bordihn

Der Falke von Palermo

Roman

Aus dem Englischen von Maria Czedik-Eysenberg

Band 15538

Als Junge lebte er auf den Straßen von Palermo, umgeben von Intrigen, Verrat und Not. Dann wurde er Kaiser des Heiligen Römischen Reiches deutscher Nation: Friedrich II. von Hohenstaufen war das Wunder seiner Zeit. Spannend und farbig erzählt der Roman von seinem Kampf gegen den Papst, von seiner schicksalhaften Liebe zu Bianca von Sizilien und vom mittelalterlichen Deutschland.

Fischer Taschenbuch Verlag

fi 15538 / 1